MIKE McQUAY

10 SUR L'ÉCHELLE DE RICHTER

TRADUIT DE L'AMÉRICAIN PAR MARIE-CATHERINE CAILLAVA

À la mémoire de Mike McQuay,
qui n'aura pas vécu assez longtemps
pour voir le résultat de son superbe travail

A.C.C.

Titre original :
RICHTER 10

Published in agreement with the author,
c/o Baror International, Inc., Bedford Hills, New York
Copyright © 1996, by Arthur C. Clarke and Mike McQuay

Pour la traduction française :
© Éditions J'ai lu, 1999

10 SUR L'ÉCHELLE DE RICHTER

Du même auteur
Arthur C. Clarke
aux Éditions J'ai lu

« Le génie a un point commun avec la vie : nous ne savons rien d'eux et ne les connaissons que par leurs effets. »

Charles Caleb COLTON

« Le monde accueille toujours les nouveaux talents à bras ouverts. Mais, la plupart du temps, il ne sait pas quoi faire du génie. »

Oliver Wendell HOLMES

NORTHRIDGE, CALIFORNIE
17 JANVIER 1994, 4 H 31

Le rugissement balaya la pièce, telle une vague, passa sous le petit Lewis Crane âgé de sept ans, le réveillant en sursaut. L'enfant s'assit dans son lit et ouvrit les yeux. Il eut à peine le temps de s'apercevoir que tout était sombre autour de lui. La fin du monde commençait.

La maison tout entière fut secouée de bas en haut, le garçon fut jeté à bas de son lit, son armoire s'arracha du mur, s'écrasa à côté de lui, projetant des milliers d'éclats de verre sur son dos. Ses jouets sautaient comme s'ils étaient vivants, le sol ondulait, agité de soubresauts de plus en plus violents. Le gamin hurla.

– Maman ! Maman !

Il entendait la voix de sa mère derrière le fracas de verre brisé et le grondement de tonnerre qui venait du sol, mais n'arrivait pas à comprendre ce qu'elle lui criait. Il essaya de se lever, tomba et se mit à ramper, les entrailles nouées par une panique animale, son instinct de survie ne lui dictant qu'une seule idée : fuir !

Il entendit encore sa mère et se traîna vers l'endroit d'où venait sa voix, hors de sa chambre, dans le hall d'entrée où les tableaux tombaient des murs un à un. Ses mains le brûlaient, il s'était coupé.

Il essaya à nouveau de se relever, l'ondulation de la maison le projetant d'un mur à l'autre tandis qu'il avançait vers la voix de sa maman. La baraque craquait, mugissait comme un animal à l'agonie.

Ce fut alors qu'il entendit papa. Papa ne l'appelait pas, mais hurlait de douleur. Le sol était couvert de morceaux de verre. Lewis avait les pieds en sang, mais il trouva la force de continuer à avancer malgré les ténèbres, malgré la peur, malgré la maison qui se tordait de plus en plus fort.

Il atteignit la salle à manger. La pâle lueur des étoiles projetait de longues ombres bleues dans la pièce. Tous les objets étaient en mouvement en une danse de la mort. Sa mère tituba soudain dans la pièce, se dirigeant vers lui. Elle tomba, se releva et l'appela.

– Maman ! répondit-il.

– Cours, mon chéri ! lui ordonna-t-elle en essayant en vain de se rattraper aux meubles. Cours ! Va dehors !

– Mais papa… commença-t-il.

La fin de sa phrase se perdit dans le fracas du toit qui s'effondrait sur le devant de la maison. Sa mère fut écrasée sous le poids de la bibliothèque vitrée que papa lui avait offerte pour un anniversaire. Les vitres explosèrent au visage de Lewis, les éclats déchirant son petit pyjama à l'effigie des Tortues Ninjas.

Une poussière épaisse, étouffante, tournoyait dans la lumière des étoiles qui brillaient maintenant là où le toit se trouvait quelques instants plus tôt. Le gosse grimpa sur les restes de la table pour essayer de dégager sa mère. La maison se balançait toujours en gémissant, comme si elle n'allait jamais s'arrêter.

Papa ne criait plus :

– Je vais t'aider, maman, dit Lewis.

Les larmes qui coulaient sur ses joues traçaient des sillons dans la couche de poussière qui lui couvrait le visage tel un masque. Il poussa une chaise. Sa mère était coincée sous les débris, seule sa tête et un de ses bras dépassaient.

– Cours, mon chéri, souffla-t-elle calmement. Sors de la maison !

Il essaya de pousser la bibliothèque pour libérer maman, mais il n'était pas assez fort.

– Je t'en prie, Lewis, insista-t-elle d'une voix étrangement sereine, fais ce que je te dis.

– Mais tu… tu es…

– Ne me désobéis pas! Sois un bon petit garçon, fais ce que je te dis, tout de suite!

Lewis Crane recula tout en regardant sa maman, le cerveau en ébullition. Il ne pouvait pas bouger la bibliothèque tout seul. Il fallait qu'il aille chercher de l'aide.

Le sol ondulait toujours, mais le grondement semblait plus distant.

– Je vais trouver quelqu'un pour te sortir de là, fit-il en titubant. Maman, je reviens tout de suite, tu m'entends? Je reviens pour toi et pour papa.

– C'est ça, mon chéri, articula-t-elle d'une voix brisée, dépêche-toi!

Il rampa, chavirant, se heurtant contre les murs, et sortit enfin du salon. Un autre pan du toit s'effondra dans un fracas assourdissant juste au moment où il atteignait la porte d'entrée. Il sentit une odeur de gaz.

Arrivé sur la pelouse devant la maison, l'enfant découvrit dans la lueur des lampes torches que le sol, d'habitude plat, était maintenant tout gondolé. Il eut envie de hurler de terreur, mais il n'en avait pas le temps. Il fallait qu'il aide maman à sortir des décombres.

Les voix des voisins se mêlaient au grondement du sol. Des gens couraient hors des maisons qui s'effondraient, espérant trouver la sécurité à l'air libre.

– Au secours! cria-t-il, mais sa voix resta bloquée dans sa gorge.

Lewis rassembla alors ses forces et hurla:

– Au secours! S'il vous plaît…

Il courut vers la lumière des torches, buta contre une des bosses de la pelouse et tomba. La chute fut brutale. Tout son corps le faisait souffrir à présent. Il se mit à pleurer.

Tandis qu'il essayait de se relever, les faisceaux des lampes commencèrent à converger vers lui. Des silhouettes apparurent.

– C'est le gosse des Crane, cria quelqu'un. Venez vite!

Des mains le saisirent, essayèrent de l'étendre sur la pelouse, mais il se débattit.

– Aidez-moi! Ma maman et mon papa sont dans la maison, il faut…

– Doucement, petit, murmura une voix. Reste calme, c'est

moi, M. Haussman, ton voisin d'en face. Je vais m'occuper de tes parents.

— Oh, mon Dieu, cria une femme, regardez-le !

Les torches se pointèrent sur lui.

— Il est blessé, il saigne… son bras !

Lewis tourna la tête pour voir ce que ces gens regardaient sur lui. Un morceau de verre, gros comme une carte à jouer, était fiché dans son épaule. Ce n'était pas douloureux. En fait, il ne sentait plus du tout son membre.

— Ma maman est coincée dans la maison, dit-il. Aidez-la !

Une main saisit le bout de verre et tira brutalement dessus. Une des femmes eut un haut-le-cœur et se détourna. Lewis vit le sang jaillir à gros bouillons de sa blessure.

— Nom de Dieu ! s'exclama M. Haussman.

Il arracha les restes du pyjama du pauvre petit et en fit un garrot qu'il attacha au-dessus de la plaie béante.

— Il faut emmener ce gosse à l'hôpital.

— On peut le mettre à l'arrière de mon pick-up, lança la voix de M. Cornell, le voisin d'à côté.

— O.K., va le chercher.

Cornell s'éloigna en courant.

— Mes parents… gémit Lewis, essayant de se relever.

Haussman l'obligea à se rallonger.

— On va les sortir de là.

Il se tourna vers les silhouettes qui se profilaient autour d'eux dans la lumière des lampes :

— Est-ce que quelqu'un peut aller chez les Crane voir ce qu'on peut faire ?

Le sol fut agité d'un soubresaut. Tout le monde cria. Mme Haussman se mit à sangloter. Quelques hommes se dirigèrent vers la maison des Crane.

— Qu'est-ce qui se passe ? demanda le garçon en s'accrochant à la manche de Haussman.

— C'est un tremblement de terre, mon petit, lui répondit-il en lui resserrant le garrot sur le bras. Un gros, très gros tremblement de terre.

— Ça sentait le gaz chez moi, annonça Lewis en tentant à nouveau de se relever.

— Le gaz ?

Haussman jura.

– Oh, non!

Il laissa tomber l'enfant sur le sol, se leva et dirigea sa lampe vers Cornell qui était déjà dans son pick-up garé un peu plus loin.

– George, hurla-t-il, ne mets pas le…

Une explosion monstrueuse illumina la nuit, la rendant un instant aussi claire que le jour. Lewis, appuyé sur les coudes, vit une énorme boule de feu avaler sa maison, celle de M. Cornell, ainsi que le pick-up.

Des hommes, les vêtements en flammes, sortirent de chez les Crane en courant et en hurlant de douleur. M. Cornell, dans sa camionnette, n'était plus qu'une torche vivante qui se tordait en tous sens.

Lewis avait beau être un enfant, il était assez intelligent pour comprendre qu'il venait de perdre tout ce qu'il y avait d'important dans sa vie. L'amour et la protection de sa famille lui avaient été volés par un caprice de la nature.

Il se laissa retomber sur la pelouse et regarda les étoiles tandis que les flammes montaient des maisons à quelques mètres à peine de lui. La chaleur le brûlait, sa transpiration se mêlait à son sang.

Le petit Lewis Crane était seul.

LIVRE UN

TRENTE ANS PLUS TARD

1
LE NAMAZU

ÎLE DE SADO, JAPON
14 JUIN 2024, LEVER DU SOLEIL

Dan Newcombe avait un problème : il pensait trop.

Lorsque les premiers rayons du jour filtrèrent sous sa tente, il était allongé sur son lit de camp, entièrement nu, portant seulement ses chaussures et un petit terminal à son poignet, son pad. Il essayait en vain d'arrêter le défilé des chiffres qui dansaient dans son esprit. Dans un monde fait de mensonges, Newcombe avait découvert une vérité et se préparait à parier sa vie dessus.

C'était une question de principe.

À l'extérieur, quelqu'un enfonçait des tubes d'acier dans le sol, quelqu'un qui risquait également sa vie parce qu'il croyait en la vérité découverte par Newcombe.

Le bruit métallique du maillet devenait de plus en plus violent, faisant éclater un à un les chiffres imaginaires dans l'esprit de Dan, jusqu'à ce qu'il n'en puisse plus, se redresse brusquement et se couvre les oreilles avec les mains.

La danse des chiffres l'avait empêché de dormir pendant quarante-huit heures.

Il avait besoin de se détendre, de se calmer.

Newcombe se leva. Un deuxième bruit, ressemblant au premier, résonnait à présent au loin, à contretemps. Dan alla jusqu'à son ordinateur, alluma une lampe, qui éclaira à peine l'intérieur de la tente, les deux tables de cartographie et les appareils électroniques qui y étaient entassés.

Il détestait le mensonge. Ce qui voulait dire qu'il détestait la façon dont Lewis Crane menait ses affaires. Mais même Crane était encore sensible au concept de « vérité », car lui aussi jouait sa vie sur les calculs de Dan.

Sa vie et celle de centaines d'autres personnes. Crane faisait toujours tout en grand.

Le focus à facettes au sommet de la lampe prit soudain une teinte verte. Elle avait besoin d'être rechargée. Dan attrapa l'objet avec deux doigts, alla jusqu'à l'entrée de la tente, le passa à l'extérieur, le rentra aussitôt et le remit en place. La lumière de la lampe devint aveuglante. Il l'éteignit et la posa sur une des tables. De toute façon, la tente était maintenant éclairée par le lever du jour.

Newcombe ne faisait confiance à personne, si ce n'était à lui-même, car personne ne lui avait jamais fait de cadeau dans la vie. Il avait dû se battre et gueuler pour obtenir tout ce qu'il avait, et ne devait aucun remerciement à qui que ce fût. Il s'était fait une place dans un monde qui niait son existence, et aujourd'hui il allait enfin récolter le fruit de ses efforts. Tout ce qu'il avait à faire, c'était demeurer en vie. Le reste se ferait tout seul.

Les sismos étaient prêts. Leurs petites lignes dansantes et hoquetantes étaient un véritable langage qu'il comprenait mieux que quiconque. Il faisait confiance aux sismographes. Contrairement aux humains, ces appareils étaient sûrs, fiables, précis. Il régla l'arrivée d'énergie de l'ordinateur, et aussitôt dix-sept petits sismos holographiques apparurent, flottant devant ses yeux, leurs curseurs blancs et leurs lignes rouges et bleues enregistrant le pouls de la planète.

Les dix-sept graphiques indiquaient une intense activité sismique, ce qui voulait dire que cette région de la plaque pacifique était en pleine crise. Dan pouvait le sentir rien qu'en regardant les lignes onduler. Il savait que Crane, où qu'il se trouvât, le sentait aussi. Mais Crane, lui, n'avait pas besoin d'instruments. Il avait pour lui son étrange instinct... et ce bras inerte.

Aujourd'hui allait être le grand jour... peut-être.

Newcombe avait fini par comprendre une chose : la science était un système qui permettait de transformer une vérité reconnue en supposition erronée. La dérive continentale était officiellement acceptée comme étant un fait et non une simple hypothèse depuis à peine cinquante ans! La seule différence entre les mensonges des scientifiques et ceux des autres gens, c'était que les scientifiques avaient un besoin inné de recalculer, de recalibrer, de réinventer sans cesse leurs mensonges en essayant de les rapprocher de la vérité. Si la vérité absolue existait, si elle était un jour découverte et reconnue, la société trouverait sûrement un moyen de la déformer pour en faire un mensonge de plus.

Newcombe avait besoin de la vérité, parce qu'il croyait, bêtement, que celle-ci libérerait le genre humain. Mais il y avait la vérité, et il y avait le fric, et jamais les deux ne pourraient s'entendre. Voilà comment il s'était retrouvé à travailler pour un cinglé.

Il passa le doigt sur une touche du clavier, et le mode « mémoire » se mit en marche. Les graphiques représentaient maintenant un résumé des huit dernières heures. Il écarquilla les yeux en voyant cinq pics, parfaitement synchrones sur les dix-sept sismos. Quelque chose se préparait dans les entrailles de la planète.

— Beau clair de lune! fit une voix familière derrière lui.

Newcombe se retourna et découvrit une jeune femme à l'entrée de la tente qui contemplait ses fesses nues en souriant.

— Lanie? bafouilla-t-il, abasourdi. Lanie!

Il l'attira à l'intérieur. Elle portait une combinaison antiradiation.

— Moi-même, mon amour! répondit-elle en se collant contre lui.

Il lui retira son grand chapeau, faisant tomber ses cheveux noirs en cascade sur ses épaules, puis remonta délicatement sur son front les grosses lunettes intégrales qu'elle portait toujours.

Ces yeux, ces yeux noisette qui le fascinaient depuis des années… il l'embrassa longuement. Son visage luisait de crème protectrice.

Dan aurait voulu se donner tout entier à la seule femme qui eût jamais touché à la fois son cœur et son esprit, mais il y avait les sismos, et il y avait les chiffres.

— Qu'est-ce que tu fais là? demanda-t-il.

– Tu n'es pas au courant? Ton copain Crane m'a engagée hier soir et m'a donné l'ordre de venir.

– C'est ce qu'on va voir! rétorqua-t-il en allant enfiler le pantalon de paysan chinois qui traînait près de son lit. Ton transport est toujours dans l'île?

Elena King haussa les épaules.

– J'en sais rien. Qu'est-ce qui te prend?

Il passa une chemise de travail kaki qu'il boutonna nerveusement.

– Ce qui me prend? répondit-il en indiquant les sismos. Regarde ces trucs, cette île est sur le point d'exploser!

– Je sais, c'est pour ça que je suis ici. Tout le monde ne parle que de ça.

Il avança vers elle, lui remit ses lunettes sur les yeux et l'embrassa rapidement.

– Je ne sais pas ce qui se passe mais je vais te faire sortir d'ici de la même façon que tu es y venue, annonça-t-il.

– Attends, tu as entendu ce que je t'ai dit? demanda-t-elle tandis qu'il lui lançait son chapeau. Je suis ici parce que je travaille *ici*! Crane m'a annoncé hier soir que tu m'avais personnellement recommandée pour le poste d'imageur et qu'il avait besoin de moi tout de suite… et qu'il me payait cinq fois mon salaire habituel.

Newcombe passa un gilet, mit ses lunettes.

– Lanie, il y a deux semaines, Crane m'a demandé si je connaissais un bon imageur spécialisé en synnoétique. Bien entendu, je lui ai immédiatement parlé de toi, et c'est tout. Si j'avais su qu'il cherchait quelqu'un pour un travail de terrain…

– Tu n'es pas content que je sois là?

Il frappa l'icône d'appel de Crane sur le pad à son poignet.

– Où est-il encore, ce cinglé?

– Bonjour, docteur! fit la voix de Crane dans son implant aural. Belle journée pour un tremblement de terre, vous ne trouvez pas? Venez nous rejoindre, je suis à la mine.

– J'arrive.

Il coupa la communication d'un geste rageur, prit le chapeau des mains de Lanie pour le lui enfoncer sur la tête et la poussa dehors, dans le froid du petit matin. Tous deux émergèrent dans une des rues du village de toile.

– Je suis toujours content de te voir, mais pas ici !

Ils avancèrent dans la boue épaisse de l'immense campement. Tout le monde appelait cette mélasse la « boue de Crane ».

Des gens, emmitouflés comme des momies, passaient autour d'eux. Newcombe, avec ses origines africks, avait une peau qui produisait suffisamment de mélanine pour se protéger des mortels rayons U.V. du soleil. C'était le seul avantage, à son avis, qu'il y avait dans ce bas monde à être noir de peau.

Il respira à fond l'air frais et humide, dans l'espoir de s'éclaircir l'esprit. Un homme avec une charrette chargée de café et de galettes de riz passa près d'eux, les éclaboussant de boue. Dan attrapa une tasse, ajouta au liquide une cuillerée de Dorph et but avidement.

Sa colère disparut aussitôt. Il se détendit.

Le camp, baptisé *Centre mobile* par Crane et surnommé *la Ville de la mort* par tous les autres, ressemblait à un arc-en-ciel. Le bleu et rouge des milliers de tentes, les ballons à air chaud, le ciel gris ardoise, l'océan. Même la végétation, dopée par les pluies incessantes qui caractérisaient cette période de l'année dans le Pacifique Nord, avait pris des teintes violentes de vert et de jaune.

Le camp était en effervescence. On courait dans tous les sens : équipes de premiers secours, étudiants en dernière année de médecine, journalistes coiffés de leurs casques de transmission vidéo, personnalités de passage, ouvriers recrutés dans le petit village d'à côté.

– Comment es-tu arrivée ici ? demanda Dan en poussant Lanie devant lui à travers la foule.

Ils se faufilèrent à travers un groupe de volontaires de la Croix-Rouge qui regardaient des ouvriers enfoncer des tubes en titane dans le sol.

Voilà d'où venaient les martèlements, se dit-il.

– Je suis venue en hélic avec des journalistes. Crane les fait rappliquer de partout. Il prétend qu'il a vu les cinq signes. Qu'est-ce qu'il veut dire par là ?

Newcombe entendait les chiens du camp hurler à la mort dans le lointain. Des étudiants inséraient à présent de longues tiges en forme de brosses dans les tubes.

– Tu sais ce qu'ils font ? demanda-t-il, ignorant sa question.

– Ce sont des cils électroniques. Ils sont censés mesurer jusqu'à la moindre vibration électromagnétique dans la plus petite des particules. Crane veut savoir comment la poussière, l'eau et la roche vont vivre ce qui va arriver…

Dan se tourna vers Elena. On ne voyait plus rien de son visage derrière son grand chapeau et ses lunettes intégrales.

– Ouais, je connais la chanson. Écoute-moi, Lanie, Crane est un dingue. Il est obsédé par l'idée de communiquer avec la planète.

Il indiqua les câbles qui reliaient les tubes à l'ordinateur de contrôle et ajouta :

– Tout ça, c'est de la foutaise !

– De la foutaise en théorie. Mais c'est sur ce genre de foutaise que je vais me construire une carrière, *docteur*, rétorqua-t-elle froidement. La Fondation Crane finance *tes* rêves, elle peut aussi financer les miens, non ?

– Mes rêves, eux, sont réalistes.

– Va te faire foutre, lui jeta-t-elle en s'éloignant.

– D'accord, d'accord !

Il courut dans la boue pour la rattraper, la saisit par le bras et l'obligea à se retourner.

– Je te fais mes excuses, Lanie. On repart de zéro, tu veux ?

Un sourire passa sur ses lèvres luisantes de crème.

– On verra. Alors, qu'est-ce que c'est que cette histoire de « cinq signes » ? Tout le monde ne parle que de ça.

– Je te montre et ensuite je te fais sortir d'ici.

Une petite camionnette électrique passa silencieusement non loin des ordinateurs, ses roues projetant des gerbes de boue. Elle transportait une immense cage remplie de poules. Burt Hill, l'homme à tout faire de Crane, passa la tête par la portière.

– Hé, Doc Dan ! appela-t-il. Venez voir ça.

Un attroupement se forma aussitôt autour du véhicule. Newcombe se fraya un chemin. Burt sortit de la cabine et grimpa à l'arrière. Les parties de son visage qui n'étaient pas cachées par son épaisse barbe étaient couvertes de crème protectrice.

La foule montrait du doigt la cage tout en faisant des commentaires. Les poules se jetaient contre les barreaux, essayant désespérément de s'échapper, battant des ailes, caquetant hystériquement.

– Les animaux le sentent, dit Lanie qui avait rejoint Newcombe.

– Oui, ils le sentent. Bon, j'ai besoin de votre camionnette.

– Elle est à vous. Il vous faut autre chose ?

– Libérez les poulets.

Newcombe s'installa au volant. Lanie monta à ses côtés.

Hill ouvrit la cage. Les poules en jaillirent dans une explosion de plumes, de battements d'ailes et de piaillements stridents. La foule recula.

– Burt, cria Dan par la portière, mettez un peu d'ordre ici. Ne laissez personne sortir des zones de sécurité. L'opération est foutue si on perd un seul journaliste.

Newcombe ouvrit le focus du moteur et démarra lentement.

– O.K., doc, répondit Hill, restez à l'ombre !

Newcombe accéléra, se demandant pourquoi Crane avait décidé de faire venir Lanie ici, à Sado. Ce type avait l'esprit complètement tordu ! Comment avait-il pu croire que le meilleur moyen d'aider son collaborateur était de faire venir sa petite amie auprès de lui, à l'endroit le plus dangereux de la planète ? Newcombe travaillait avec la Fondation depuis un an, mais il avait toujours du mal à se concentrer. Il n'arrivait pas à s'adapter à l'atmosphère de carnaval permanent dont Crane était entouré.

La camionnette fonça à travers le camp boueux, vers la mine. Newcombe était tendu malgré la Dorph. Il s'en voulait d'être excité à l'idée de ce qui allait se passer, mais, nom de Dieu, il avait attendu ce jour toute sa vie !

– Qu'est-ce que je suis censée faire, maintenant ? questionna Lanie. Te demander où tu étais passé ces six derniers mois ?

Le véhicule quitta les rues du village de toile pour s'engager sur un chemin de terre qui coupait à travers champs. Le soleil montait dans le ciel et l'air commençait à devenir brûlant.

Newcombe se tourna vers elle.

– Désolé, j'étais injoignable. Les choses ont été très… intenses, à Los Angeles.

– Dois-je traduire par là que tu as essayé de m'oublier ?

– Je t'aime trop à mon goût, répondit-il sans réfléchir. Je n'aime pas avoir ce genre de faiblesse sentimentale.

– Tu es vraiment bizarre, Dan. Si je te comprends bien, tu m'as évitée parce que tu ne pouvais pas me contrôler.

C'était la vérité. Il grimaça.

– Tu ne voulais pas aller vivre dans la montagne avec moi, expliqua-t-il. Et ne me ressors pas ton laïus au sujet de ta «carrière». Ça me donne l'impression de m'entendre parler.

Lanie s'appuya contre le dossier de son siège et observa la campagne qui défilait autour d'eux.

– Bon, qu'est-ce qui se passe sur cette foutue île? On dirait qu'elle est inhabitée.

– Elle ne l'est pas. Mais il n'y a pas grand-chose ici, tu as raison.

Il indiqua un point à l'horizon et commenta :

– C'est le mont Kimpoku, là où le prêtre bouddhiste Nichiren vécut dans une hutte et eut une vision du *kami-kazi*, le «vent divin» qui détruisit la flotte de Kūbīlāy Khān. Je crois qu'il y a aussi les ruines d'un palais quelque part. Mais le vrai centre de l'île est Aikawa, un village de pêcheurs à l'est de notre camp. Ils ont une compagnie théâtrale, des tambours sacrés, tout ce qu'il faut pour les touristes. Au départ, ils nous ont bien accueillis, nous leur amenions du travail. Puis, au cours de ces dernières semaines, il se sont mis à nous haïr.

– Haïr?

Il tourna et engagea le véhicule sur une route de terre qui s'enfonçait dans une forêt de cyprès et de bambous. Une Jeep passa dans l'autre sens. Son chauffeur klaxonna en faisant bonjour avec la main, tandis que les passagers, tous des Filmeurs, les regardaient bouche bée, leurs implants vidéo braqués sur Dan.

– Autant que tu saches dans quoi tu as mis les pieds, mon amour, dit Newcombe. Crane prédit la destruction totale. Depuis trois semaines, il répète au monde entier que l'île de Sado va être détruite par un tremblement de terre. Au bout d'un moment, les gens qui vivent ici ont fini par craindre qu'il ne leur porte la poisse et qu'il fasse fuir les quelques touristes qui venaient encore dans le coin. Ça fait plusieurs jours qu'ils nous demandent de partir. Ils deviennent agressifs.

Elle hocha la tête.

– Je ne comprends pas. Ils ne souhaitent pas savoir ce qui va se passer?

La camionnette arriva dans une clairière où étaient garés des hélics et des véhicules de surface.

– À quoi ça leur servirait de savoir? Cela fait un mois que nous sommes ici, attendant l'inévitable. La prédiction des tremblements de terre n'est pas une science exacte. Les gens ne peuvent pas quitter leurs foyers et attendre. Ils ont leur vie, leur travail. Il faut qu'ils survivent.

– Mais c'est exactement ce que Crane essaie de faire : rendre les prédictions plus précises.

Newcombe se gara près d'un hélic des infos japonaises et ferma le focus de la camionnette. Au-dessus d'eux, d'autres hélicoptères tournaient.

– Crane est un malade. Je ne sais pas ce qu'il veut réellement, à part le fric.

– Pourquoi travailles-tu avec lui, dans ce cas?

– Il m'a donné carte blanche pour poursuivre la seule chose qui me semble vraiment utile : déterminer les zones sismiques potentielles et leurs limites précises afin de convaincre les gouvernements de ne rien y construire. Notre petite « expérience » d'aujourd'hui va être un bon test pour mes théories. Nous allons risquer nos vies sur ce coup-là.

Ils sortirent de la camionnette et se dirigèrent vers l'entrée d'une caverne, à cinquante mètres d'eux, d'où entrait et sortait un essaim de scientifiques. Tout excitée, Lanie marchait vite. Dan dut presque courir pour la rattraper.

– Je ne suis pas très forte en tectonique des plaques, dit-elle, mais si je te comprends bien, vous voulez que les gouvernements fassent évacuer les villes côtières?

Il se doutait qu'elle allait tout de suite repérer son problème numéro un : convaincre les gens, leur faire prendre la bonne décision.

– Pas toutes les villes côtières. Ce n'est pas si simple. La complexité mathématique et géologique du problème est immense. Aujourd'hui, nous allons écrire une page d'histoire.

– Je suis impatiente de voir ça.

Il lui jeta un coup d'œil sombre, puis pénétra avec elle dans la caverne. Une foule se pressait à l'entrée, des bavards, des Filmeurs.

– Il y a une question que j'aimerais te poser avant de rencontrer Crane, lança Lanie en voyant son expression soucieuse. Pourquoi le détestes-tu autant?

Newcombe réfléchit et décida d'être honnête avec elle. Si Lanie était prête à mourir ici avec lui, il lui devait bien ça.

– Depuis quelque temps, répondit-il, quand je me regarde dans le miroir, c'est le visage de Crane que je vois.

Lewis Crane, debout, les mains dans le dos, contemplait les dessins taillés dans la roche des parois de l'ancienne mine d'or. Ces gravures grossières avaient été faites un millénaire auparavant, par des prisonniers condamnés à travailler ici. Les scènes représentaient la souffrance, la lutte, les punitions, une vie avec pour seule alternative: travailler ou mourir. L'existence de ces hommes n'avait pas été très différente de sa propre vie, pensat-il, excepté qu'il s'était jugé et condamné tout seul.

Sumi Chan se trouvait à ses côtés et se balançait nerveusement d'un pied sur l'autre.

– C'est pour aujourd'hui, Crane.

– Oui, Sumi, c'est pour aujourd'hui, répondit-il tranquillement tout en continuant à étudier les dessins.

Il se demandait quel effet la mine elle-même avait eu sur la sismologie de la région. Il existait peut-être des études là-dessus dont il n'avait pas connaissance.

– Vous avez attiré sur vous l'attention de tant de gens que, si vous échouez, vous risquez de perdre vos sponsors. Les sociétés d'infos que vous avez convoquées ne vont pas attendre éternellement, elles partiront ce soir. Elles ont dépensé beaucoup de temps et d'argent pour venir ici. Ces crétins vont vous bouffer tout cru si vous ne leur fournissez pas le spectacle promis.

Crane se tourna vers Sumi, son supporter numéro un et principal appui financier avec la branche américaine de la World Geological Survey. Il lui sourit et soutint son regard tandis que ses derniers mots résonnaient dans les profondeurs des mines d'Aikawa.

– Un spectacle, dites-vous, Sumi ? Un spectacle pour récolter des fonds, pour attirer l'attention des gens.

Il donna une tape sur l'épaule étroite du petit homme.

– Venez, le show va avoir lieu et nous allons casser la baraque ! Allons, ne faites pas cette tête ! Nous sommes sur le point de réaliser un rêve. Bientôt, plus personne ne pourra évoquer les tremblements de terre, les TT, sans penser à moi.

– J'espère qu'on ne se souviendra pas de vous comme d'un petit rigolo.

Le visage fin et androgyne de Sumi brillait dans la vive lumière du système d'éclairage installé dans les galeries. Crane passa un bras autour de ses frêles épaules.

– Comparés à la puissance de la nature, nous sommes tous des petits rigolos, Sumi. Vous allez admirer le spectacle depuis le sol ?

Chan se racla la gorge.

– J'ai mon propre hélic.

Crane éclata de rire.

– Vous m'aimez bien mais vous ne me faites pas confiance, remarqua-t-il en le reconduisant vers la sortie. Un jour il faudra bien que vous vous décidiez à vous dévouer corps et âme à une cause.

– J'ai consulté mes ancêtres, docteur Crane, sourit Sumi, et ils m'ont promis un avenir différent de celui dont vous parlez. Je regarderai le spectacle depuis le ciel. De toute façon, je vous ai pris une grosse assurance personnelle.

Lewis hocha la tête et jeta un œil vers les centaines de visages, cachés derrière des masques, qui l'observaient depuis l'entrée de la caverne.

– Se dévouer corps et âme, Sumi, se dévouer à une cause. Êtes-vous prêt à devenir célèbre ?

– Je serai le premier à être félicité pour votre succès, répondit Chan.

Puis le petit homme sortit rapidement, passa à travers la foule et se dirigea vers les hélics.

Crane prit la posture qu'il adoptait toujours avec les journalistes : le gentil dictateur. Il sortit dans la lumière du matin, glissa sa main gauche dans la poche de son costume blanc, mit ses lunettes et rabattit sa capuche. Son bras gauche était paralysé à quatre-vingt-dix pour cent, et il ne voulait pas donner une impression de faiblesse en le laissant pendouiller bêtement.

La presse mondiale était venue en force. Il y avait peut-être là quarante agences d'infos différentes. Quarante lignes directes avec le monde, un monde qui allait être étonné et émerveillé avant la fin du jour. Crane était connu dans les arcanes de la géologie, il allait devenir célèbre aux yeux de la planète entière.

Il sourit aux visages masqués, aperçut Newcombe avec une femme qu'il ne connaissait pas, probablement l'imageur qu'il venait d'engager. Il leur fit signe de s'approcher, et la foule s'ouvrit puis se referma dès qu'ils furent à ses côtés. La femme arriva près de lui la première.

– Miss King ? demanda-t-il en serrant leurs mains gantées.

– C'est vraiment pour aujourd'hui ? demanda-t-elle aussitôt.

Crane se demanda à quoi ses yeux pouvaient ressembler derrière ses grosses lunettes.

Il ôta les siennes et lui décocha un clin d'œil.

– Si ça n'arrive pas aujourd'hui, ma chère, nous allons avoir beaucoup d'ennuis. Bienvenue à bord !

Newcombe s'interposa et se planta devant son patron.

– Pourquoi l'avez-vous fait venir ici ? demanda-t-il.

– Pour qu'elle travaille avec moi. Bon, maintenant…

– Mettez-la sur un hélic d'infos. Je ne veux pas qu'elle se trouve sur l'île quand la plaque va glisser.

Crane remit ses lunettes sur ses yeux.

– Elle fait partie de l'équipe, elle partage la vie de l'équipe.

Lanie tira Newcombe par le bras.

– Dan…

– Alors elle démissionne ! s'écria-t-il. Elle ne fait plus partie de l'équipe.

Lewis sourit.

– Dan, vous n'avez pas confiance en vos propres calculs ?

Il se tourna vers Elena King sans attendre la réponse :

– Est-ce que vous démissionnez, docteur ?

– Certainement pas.

– Bravo, fin de la discussion ! Nous n'avons pas de temps à perdre en bavardages, Newcombe. Vous ne le comprenez donc pas ?

Dan serra les dents et se contenta de hocher la tête.

– Cette mine est l'endroit le plus dangereux qui existe, annonça-t-il d'une voix sourde.

– Exact.

Crane se planta devant la foule et commença à parler d'une voix forte.

– Les anciens Japonais appelaient les tremblements de terre *Namazu*. *Namazu* était un poisson-chat géant qui avait été mis par le dieu Kashima sous la « pierre sacrée », un rocher aux pouvoirs magiques. Quand la main du dieu faiblissait, le *Namazu* se débattait, causant des tremblements de terre. Les gens des villages luttaient contre le poisson géant, mais les charpentiers et les artisans le défendaient, car les séismes leur fournissaient du travail. Rien n'a changé depuis ces temps ancestraux.

Les journalistes éclatèrent de rire. Les douzaines de CD cams qui filmaient émettaient un bourdonnement entêtant. Crane rit aussi, puis continua.

– L'idée de prévoir les séismes n'est pas nouvelle. Elle est aussi vieille que le *Namazu*, mais aujourd'hui nous avons atteint un niveau de technologie qui rend possibles des prédictions précises. C'est ainsi que je peux vous annoncer qu'un tremblement de terre d'une puissance de 7 à 8 sur l'échelle de Richter va détruire cette île et le village d'Aikawa.

Les journalistes gloussèrent comme des dindons. Crane les fit taire d'un geste.

– La façon dont je suis arrivé à cette conclusion est une longue et complexe histoire. Mon premier assistant et estimé collègue, le Dr Daniel Newcombe, me rappelle de vous dire que cette mine est un endroit particulièrement dangereux.

Il y eut des rires, mais cette fois plus nerveux.

– Comme il nous reste quelques minutes, cependant, avant de devoir nous rendre en lieu sûr, je vous propose d'aller voir le puits utilisé, il y a mille ans, par les prisonniers qui travaillaient ici, reprit-il. En chemin, le Dr Newcombe nous expliquera sa théorie sur la protection antisismique.

Crane se dirigea alors vers le large puits qui se trouvait derrière les arbres, en lisière de la clairière.

Il les sentait, les micro-secousses qu'aucun autre être humain ne pouvait percevoir ! Cela faisait partie de lui, de sa nature et de sa mission.

– Le mot «science» veut dire recherche, commença Newcombe.

Crane remarqua, une fois de plus, que Dan prenait un ton autoritaire chaque fois qu'il parlait en public.

– En explorant le passé, nous découvrons le futur. En connaissant la géologie d'une région donnée et en étudiant les séismes qui se sont produits dans des zones similaires, j'ai développé un système que j'appelle «écologie des tremblements de terre», ou séisméco. Les séismes modifient les écosystèmes. J'ai calculé mathématiquement les effets d'un épicentre de force Richter 7 sur la tranchée de subduction de Kuril, à vingt kilomètres de cette île. J'ai fait une carte de la plaine située au-dessus de nous qui ne sera, à mon avis, pas affectée par le séisme. Lors du TT, c'est là-bas que nous devrons nous trouver, pas ici.

– Comment pouvez-vous savoir cela ? demanda quelqu'un.

– Magie ! rétorqua Newcombe comme ils arrivaient au puits.

Crane s'agenouilla sur le cercle de pierre qui délimitait le trou dans le sol et, du doigt, en indiqua l'intérieur.

– Certaines de nos techniques ressemblent effectivement à de la magie, dit-il, en simplifiant comme à l'habitude pour son auditoire. Mais la plupart d'entre elles sont aussi vieilles que la civilisation. Il existe cinq signes que l'on peut voir dans un puits. Venez regarder tour à tour tandis que je vous explique.

Les gens se mirent en file indienne. Le soleil était maintenant haut dans le ciel et éclairait l'intérieur du trou. Newcombe s'approcha de Crane et se pencha vers lui.

– Il faut faire partir tout le monde immédiatement ! s'écria-t-il en lui saisissant le bras. Je crois que je viens de sentir une petite secousse.

Crane sourit.

– Je l'ai sentie aussi, mais nous avons encore quelques minutes.

Il se retourna vers la foule agglutinée autour de lui.

– Signe numéro un : l'eau se trouble. Puis elle devient turbulente et des bulles apparaissent.

Il y eut un murmure. Une femme hurla soudain d'une voix aiguë :

– Il y a des bulles !

«Bien», pensa Crane. Il tenait son public…

– Il y a ensuite des changements dans le niveau de la nappe phréatique. On m'a affirmé que l'eau a baissé de plus de quarante centimètres depuis hier.

L'enthousiasme de Crane commençait à gagner les visiteurs. Ils parlaient nerveusement entre eux et regardaient alentour. Crane voulait capturer leurs esprits, les faire siens.

– Enfin, dit-il en remontant un gobelet d'eau au bout d'une ficelle, l'eau devient amère.

Il tendit le verre à un homme qui portait un casque 3-D Steadycam et lui fit signe de boire. L'homme avala une gorgée, faillit s'étrangler et recracha.

– L'amertume, répéta Crane en se levant. Il existe un dicton qui s'applique à la fois à la vie et aux tremblements de terre : « Le vent se rassemble lentement mais n'en est pas moins puissant. » Les engrenages géants de notre mère la Terre vont, aujourd'hui, déchiqueter cette île. Et l'homme, malgré sa technologie, ne peut rien faire.

Newcombe appela :

– Regardez !

Crane leva les yeux. Le ciel du matin prenait une teinte rouge-orange, signe d'une intense activité électrique au niveau du sol. Le dernier signe. Le moment fatidique arrivait. Il pouvait le sentir, son corps résonnait comme un instrument de musique. Le monde allait changer pour eux.

– Mes amis, appela-t-il, suivez-nous rapidement jusqu'au camp. C'est le seul endroit où vous serez à l'abri. Ceux d'entre vous qui ont des hélics souhaiteront sans doute vivre la chose depuis le ciel. Ce sera… spectaculaire. Allons-y !

Il courut jusqu'au camion avec Elena King et Newcombe. Lanie s'assit comme elle put entre les deux hommes. Autour d'eux, les véhicules se dispersaient déjà en projetant des jets de boue derrière eux.

– Bon Dieu, ça va être juste ! s'écria Newcombe en démarrant rapidement. Lanie, on a juste le temps de te mettre sur un hélic.

– Ne vous inquiétez pas, docteur, fit-elle sans le regarder. J'ai une confiance totale en vos calculs.

– Bon début de spectacle, commenta Crane, des gens qui

courent pour sauver leur vie, qui se précipitent à l'abri, un abri que *nous* leur avons indiqué. Ça va être fantastique.

— Et le village ? demanda Elena. Vous n'allez pas les prévenir ?

Crane se tourna vers elle et sourit en voyant la fièvre dans ses yeux.

— J'ai passé des heures à essayer de les prévenir. Ils m'ont jeté dehors il y a trois jours et ont menacé de me faire arrêter si je revenais au village. Je ne peux rien faire de plus.

— Je suis sûre du contraire.

Crane consulta sa montre.

— Il nous reste environ cent vingt secondes, je suis ouvert à toutes les suggestions, ma chère. Étonnez-moi si vous le pouvez.

Lanie ouvrit la bouche, mais ne trouva rien à dire. Elle posa alors tendrement la main sur l'épaule de Newcombe.

— Dan ? murmura-t-elle tandis que la camionnette fonçait sur la vieille route qui montait vers le camp.

— Nous sommes ici pour les voir mourir, affirma froidement Newcombe. Et ce, afin que la Fondation Crane puisse obtenir des crédits pour ses recherches.

Ils arrivèrent à la base, la traversèrent jusqu'à la falaise qui surplombait l'océan, la mer du Japon. Crane sentait le sang battre dans son mauvais bras, des images de bâtiments en ruine, de mer de feu, lui passèrent devant les yeux. Il essaya de se calmer, de maîtriser ses démons intérieurs, de chasser ses doutes.

— Vous avez des visiteurs, remarqua Dan.

Crane se retourna et vit que plusieurs véhicules en provenance du village les suivaient, juste derrière la foule qui courait. Les voitures transportaient des officiels et des militaires en uniforme.

Newcombe se gara à cinq mètres de l'à-pic au-dessus de la mer. Crane entendait maintenant un grondement lointain. Il savait qu'ils n'avaient plus qu'une minute, au grand maximum. Il sortit de la camionnette, parfaitement calme, tandis que la foule se refermait autour d'eux.

Crane marcha avec Newcombe et Elena jusqu'au précipice et se pencha. Cent mètres plus bas, niché entre la paroi de roche et l'océan, se trouvait le village d'Aikawa. Il était composé de quelques centaines de maisons de bois aux toits rouges qui épousaient le relief de la côte en forme de fer à cheval. L'image même de la tranquillité. La petite flotte de bateaux de pêche était déjà au large. Les pêcheurs devaient se demander pourquoi le ciel était orange. Dans les ruelles, on pouvait voir quelques passants, loin de se douter qu'ils étaient en train de vivre les derniers instants de leur vie. Crane crut entendre des rires d'enfants, mais peut-être n'existaient-ils que dans son imagination.

— Crane San! appela derrière lui une voix en colère.

C'était Matsu Morita, le maire d'Aikawa. Il était vêtu d'un costume noir et portait une cravate en argent. Ses lunettes solaires étaient petites et carrées.

— Bonjour, monsieur Morita, fit Crane en observant du coin de l'œil les cent cinquante personnes massées derrière le maire. Mesdames, messieurs, comme vous pouvez le voir, des lignes jaunes ont été peintes sur le sol pour votre sécurité. Veuillez rester à l'intérieur de ces marques, je ne peux pas me porter garant de votre sécurité si vous sortez du périmètre.

— Je crois que la plaisanterie a assez duré, lança Morita en faisant signe aux militaires d'approcher.

— Je suis d'accord, monsieur le maire, l'heure fatale est arrivée.

L'homme éclata de rire.

— Comment, vous ne nous exhortez plus à évacuer le village? Plus d'histoires horribles pour nous effrayer?

Crane secoua la tête.

— Il est trop tard. Je ne peux plus rien faire si ce n'est me préparer à aider les survivants.

Le maire soupira et saisit une feuille que lui passa un lieutenant en uniforme blanc orné du logo de Liang Int.

— Ceci est un communiqué officiel émanant du gouvernement, dit Morita en tendant le document à Crane. Vous avez ordre de démonter votre camp et de quitter cette île sur-le-champ. Vos autorisations ont été annulées.

Crane regarda le ciel. Tels des oiseaux de proie, les hélics piquaient entre les ballons à air chaud pour prendre des vues du village. Il comprit soudain la colère du maire.

— Vous entendez ce que je vous dis, Crane San? Vous devez partir maintenant!

L'homme lui colla de force le papier dans la main. Crane le laissa tomber sans même le lire et se tourna face à l'océan. Tous regardaient vers la plage. Des poissons volants, qui étaient un des symboles de l'île et une spécialité culinaire locale, sautaient hors de l'eau et se jetaient sur le sable par centaines.

Crane se tourna vers le maire.

– Je suis vraiment désolé, monsieur. *Gomen Assai*, soupira-t-il. Aujourd'hui le destin va faire de vous un survivant. Comme vous allez le découvrir, ce sort n'a rien d'enviable.

Il se concentra de nouveau sur la foule et poursuivit :

– Mesdames, messieurs, vous pouvez certainement entendre à présent le grondement sous vos pieds. Restez aussi groupés que possible. De là où vous êtes, vous pouvez clairement voir les poissons qui deviennent fous et sautent sur la plage.

Il pivota vers le village et sembla soudain se transformer en statue de pierre. Lewis Crane se trouvait dans une sorte de transe que ni le bruit de tonnerre, ni le brouhaha des spectateurs ne pouvaient troubler. Bien souvent, par le passé, il avait failli franchir la limite entre la raison et la folie. Il avait fait face à ses propres peurs, à sa colère, en se demandant quand le monstre de la Terre reviendrait pour essayer de l'engloutir à nouveau. Il haïssait la Bête qui allait surgir, il la haïssait avec une fureur qui aurait eu raison de n'importe quel homme.

Les premiers jets d'eau apparurent à quelques centaines de mètres du rivage, puis l'océan lui-même se dressa en un geyser d'une vingtaine de mètres. La foule autour de Crane commençait maintenant à hurler et à s'agiter. Morita, agrippé à la manche de Lewis, contemplait le spectacle, paralysé par l'horreur et la stupéfaction. Les jets se rapprochèrent de la côte, explosant avec de plus en plus de force.

Les habitants d'Aikawa comprirent enfin ce qui leur arrivait. Les bateaux dans le port, secoués en tous sens, se heurtaient et coulaient. Une autre main saisit Crane et le tira légèrement. Tournant la tête, il découvrit Elena King qui serrait son bras inerte. Il ne sentait absolument pas la main de la jeune femme.

Les geysers atteignirent enfin le rivage. Le grondement dans le sol était devenu assourdissant. Tout vibrait. La mer, déchaînée en une véritable tempête, comme habitée par un démon, monta dans le ciel orange et atteignit presque le haut de la falaise où se tenait la foule.

Soudain, le séisme proprement dit se produisit.

Le fond abyssal plongea alors dans la subduction, sous la plaque eurasienne, précipitant un morceau de la plaque pacifique en direction du cœur incandescent de la planète. La Terre entière ressentit le choc. Le mouvement n'avait été que de quelques millimètres, tout au plus, mais il remonta vers la surface, là où vivaient tous les êtres autres qu'aquatiques. Progressivement, il s'amplifia, le sol se dilata, et la destruction de l'île de Sado commença.

Le sol bougea brutalement sous leurs pieds, et Crane se prit soudain à se demander s'il avait eu raison de faire confiance à Newcombe, à ses calculs censés désigner avec précision les zones de Sado qui allaient ou non être détruites. En bas, sur le rivage, les maisons tremblaient et leurs habitants couraient, affolés, dans les rues. Les bâtiments s'effondrèrent, prouvant une fois de plus qu'aucun des monuments que l'homme érigeait à la gloire de sa propre puissance ne pouvait résister à la Terre. Un hôtel de quatre étages, que les touristes avaient déserté après les prédictions de Crane, s'écroula comme un château de cartes.

Les cris des villageois à l'agonie montèrent jusqu'en haut de la falaise en un long gémissement, pour se mêler aux clameurs de la foule qui regardait, impuissante. Le maire, près de Crane, hurlait comme une vieille femme hystérique. Derrière eux, le mont Kimpoku grandissait laborieusement de vingt mètres, et les anciennes mines, qu'ils venaient tout juste de visiter, se refermaient, avalées par le sol, emportant avec elles le souvenir de ceux qui avaient travaillé et souffert ici.

L'île de Sado s'effondrait de tous les côtés.

De violents mouvements de va-et-vient jetèrent la plupart des spectateurs au sol, tandis que le village, en bas, à demi dissimulé derrière la fine brume soufflée par l'océan, était réduit à l'état de gravats.

La mort de cette île, la sixième du Japon par la taille, survenait dans un vacarme et dans un déchaînement de puissance qu'aucun être humain n'avait jamais connus auparavant. Alors que des pans entiers de l'île s'écroulaient, de larges plaques de roche volcanique glissèrent dans la mer. Le sol, la Terre, hurla, couvrant tous les autres sons.

Mais le pire était encore à venir.

L'estomac noué, Crane resta debout tandis que tout le monde se couchait par terre en se couvrant la tête avec les mains. Tout le monde sauf Elena King, qui demeura stoïquement près de lui. Seule sa main crispée sur le bras de Crane trahissait la peur qu'elle éprouvait : cette panique absolue qui vous saisit lorsqu'on se rend compte à quel point l'homme, malgré toute sa technologie, se révèle impuissant face aux forces de la nature.

– Courage, lui murmura Crane.

Et soudain tout s'arrêta. Quatre-vingt-dix secondes après le début du séisme, la Terre avait fini de réaligner les pièces du puzzle qui la composaient. Il y eut un silence de mort. La foule commença à se relever lentement, hébétée, regardant autour d'elle. L'île était différente, à présent. Elle avait perdu la moitié de sa superficie. Le paysage familier avait changé de forme, les points de repère avaient disparu ou s'étaient déplacés de plusieurs mètres, les collines avaient changé d'aspect. Rien n'était plus comme avant. En bas, le village apparaissait comme un tas de ruines fumantes. Ses habitants se relevaient, eux aussi, au ralenti. Mais Crane savait que l'enfer n'était pas terminé pour eux. La mort allait les avaler dans un instant.

Les équipes médicales d'urgence étaient prêtes à descendre jusqu'à Aikawa avec des médicaments et de l'eau fraîche. Crane se tourna vers Morita. Le maire, tétanisé par l'horreur, contemplait fixement ce qui restait de son village, de sa vie.

Crane attendit que les caméras pivotent vers lui avant de parler.

– Monsieur le maire, dit-il, vous n'avez pas voulu que je vous aide avant le tremblement de terre. Me permettrez-vous de le faire maintenant ?

Morita ne broncha pas. Ses lunettes étaient de travers sur son visage et ses yeux paraissaient sans vie.

– Il faut que je descende, murmura-t-il calmement. Mon village… il faut…

– Non, coupa Crane. Vous ne pouvez pas descendre, pas encore.

L'homme ne l'écouta pas et se mit à courir. Il fonça à travers la foule, vers sa voiture.

– Arrêtez-le! hurla Crane. Écoutez-moi, tout le monde, restez où vous êtes, voyez ce qui se passe sur le rivage!

Ils se tournèrent. La mer du Japon s'était retirée à plusieurs centaines de mètres de l'île, laissant derrière elle un sable sale, couvert de poissons morts et de bateaux à demi enfoncés dans la vase. Mais l'eau n'allait pas rester au loin très longtemps.

Deux membres de la Croix-Rouge ramenèrent Morita au bord de la falaise. Il se débattit furieusement.

– Laissez-moi partir, laissez-moi y aller! hurlait-il sur un ton hystérique. Pourquoi me retenez-vous?

– Je vous demande de rester, parce qu'il faudra un représentant des autorités civiles pour identifier les corps et aider à organiser les secours, fit Crane. Regardez la mer, Morita!

Un mur d'eau se dressait sur l'océan, à quelques kilomètres de l'île, fondant inexorablement vers la falaise pour combler le vide créé par le déplacement des plaques.

– *Tsunami*, mesdames et messieurs, annonça Crane d'une voix calme, s'efforçant de ne pas leur dévoiler le sentiment d'horreur qui montait en lui. Nous descendrons chercher les survivants lorsque ce sera terminé. Je suis certain que les représentants des médias qui sont parmi vous poseront leurs caméras et nous prêteront main-forte lorsque le moment viendra.

Il se retourna et vit Newcombe passer le bras autour des épaules d'Elena. Se dégageant alors, il la poussa délicatement vers son assistant.

– Vous avez fait du bon travail, Dan, nota-t-il. Il nous reste à espérer que cette falaise soit suffisamment haute pour que nous soyons épargnés.

– Comment pouvez-vous rester aussi calme? lui rétorqua Newcombe. Il y a des gens, en bas, qui sont en train de mourir!

– Il faut bien que quelqu'un garde la tête froide.

– Quel genre de Cassandre sommes-nous à la fin, nom de Dieu?

– Il va falloir vous y habituer, docteur, ceci n'est que le début.

– Mais pourquoi faisons-nous tout cela?

Crane ignora sa question et rejoignit le maire du village.

L'homme pleurait en silence, totalement effondré. Il le prit dans ses bras et l'étreignit.

— Il faut être courageux, Morita San, lui murmura-t-il.

— Laissez-moi aller mourir avec eux !

Le mur d'eau grandissait et se rapprochait au galop en rugissant comme un troupeau de bêtes fauves.

— Non, répondit Crane calmement. Il faut que quelqu'un vive pour se souvenir d'eux.

Le tsunami gronda, hurla, se déchaîna, étouffant les cris de la foule. La vague furieuse se jeta contre l'île de Sado de tous les côtés à la fois, se refermant sur elle comme un piège, heurtant la falaise, y grimpant. L'eau passa sur la foule, la frappa telle la main de Dieu, projetant tout le monde au sol, surgissant de l'à-pic et entraînant avec elle des morceaux de maisons et des corps désarticulés.

Crane lui-même tomba face contre terre. L'eau s'abattit sur lui de tout son poids, des planches et des pierres le frappèrent. Il se couvrit la tête avec les mains, exactement comme il l'avait fait quand il avait sept ans.

Tremblant de peur, il resta recroquevillé sur le sol, puis parvint à se relever tandis que l'eau disparaissait.

Des débris et des cadavres jonchaient la falaise. Certains des Filmeurs étaient revenus à eux et prenaient déjà automatiquement des images en promenant leur regard autour d'eux. Beaucoup de personnes dans la foule avaient été assommées par la vague qui avait pris vitesse et force en montant le long de la roche. Certains avaient été blessés par les objets projetés jusque-là.

Les membres de la Croix-Rouge ne descendirent pas tout de suite au village, mais s'occupèrent de leurs blessés en premier. Cela n'avait pas d'importance et n'affecterait en rien l'image de marque de leur organisation ou de la Fondation.

Crane avait réussi. L'horreur était très médiagénique, et il n'y avait jamais eu de spectacle plus horrible que celui auquel ils venaient d'assister. Il attrapa Burt Hill qui passait près de lui en courant.

— Organisez les équipes de secours, commencez à descendre maintenant !

— Bien, monsieur.

Crane aperçut Morita, debout, qui regardait en bas de la falaise. Il s'approcha de lui. Tout était redevenu calme, la mer était plate. Seulement, là où se trouvait Aikawa quelques minutes auparavant, il ne restait plus à présent qu'une plage entièrement vide. Il ne subsistait rien, pas un mur, pas un bateau.

– Je suis désolé, dit Crane à voix basse.

Morita se tourna vers lui, les larmes coulaient sur ses joues.

– Je sais que je ne devrais pas vous tenir pour responsable de ce qui vient d'arriver, bien au contraire. Et pourtant, je vous en veux.

Là-dessus, le maire lui tourna le dos et s'éloigna, laissant Crane seul pour faire face à ses démons. Personne ne s'approcha de lui. Personne ne vint lui tendre la main et lui demander comment il se sentait, s'il allait bien. Pour la foule, il était aussi distant et intouchable que les morts qui gisaient sur le sol, aussi calme.

Ils se trompaient tous. Les morts, eux, connaissaient au moins la paix.

2
ÉRUPTIONS

WASHINGTON, D.C.
15 JUIN 2024, 18 H 16

Le soleil se couchait derrière le Monument à la mémoire de Washington, et M. Li Cheung, responsable de Liang International pour l'hémisphère occidental, se disait qu'au cours des deux dernières heures les bureaucrates américains qui travaillaient pour lui – souvent sans même le savoir – avaient regagné leurs domiciles. Plus important à ses yeux était le fait que le quartier général nord-américain de Liang se préparait à prendre son rythme, plus calme, du soir. Liang Int., l'étoile ascendante chinoise du monde des affaires, était propriétaire de l'Amérique. Dix ans auparavant, Liang Int. avait réussi à prendre pied sur le continent, arrachant quelques opportunités d'affaires aux Allemands, qui possédaient alors l'Amérique. L'Option Massada s'était révélée bien meilleure que tout plan ou toute tactique que les Chinois auraient pu mettre au point, car le nuage radioactif et les retombées qui avaient résulté des explosions avaient ravagé l'Europe méridionale, centrale et orientale. Une fois le *Vaterland* dévasté et plus de la moitié de sa population atomisée, Liang avait pu agir vite et fort, consolidant sa tête de pont en Amérique pour prendre à la gorge les intérêts allemands, non seulement sur le continent américain, mais à travers le monde entier.

À présent, Li se tenait dans sa salle de réunion sécurisée. La pièce était scellée, tout y était sombre, excepté la carte virtuelle du globe qui brillait tout autour de lui. Il se tenait au cœur de la planète transparente et regardait la pleine lune dans le lointain. Ici la lune était toujours pleine. Les mineurs travaillaient sans cesse.

Ici, dans cette pièce, il n'existait pas de jour ni de nuit : il n'y avait pas de fenêtres. Des équipes se relayaient sans cesse. Toutes les décisions pouvant influencer les affaires (et d'aucuns auraient dit : la survie) des États-Unis, du Mexique, et des franchises d'Amérique centrale étaient prises ici même. Le reste de Washington – l'esplanade qui s'étendait entre le Capitole et le Mémorial de Lincoln, la Maison-Blanche et ses occupants, les dizaines de ministères, de bureaux et d'agences gouvernementales qui s'étendaient jusqu'aux périphériques, tout cela n'était qu'un décor pour touristes. Liang Int. possédait tout, et commandait à tout, même au soi-disant gouvernement des États-Unis d'Amérique. Le président Gideon, le vice-président Gabler, le Cabinet, les membres du Congrès et de la Cour suprême n'étaient guère plus que des employés, des figurants ou des laquais. Bien évidemment, ils maintenaient une fiction plausible de gouvernement, mais c'était là tout ce qu'il restait : une fiction.

Ce soir, Li était distrait, ses pensées revenant sans cesse à la revue de presse vidéo que ses collaborateurs lui avaient présentée très tôt le matin sur un certain Lewis Crane et sur les événements de l'île de Sado. Tous des parvenus, et, pour la plupart, des imbéciles. Ils avaient même eu la copropriété de l'Amérique avec le Moyen-Orient – à une époque où il existait encore un Moyen-Orient. Mais leur bail avait été des plus courts. De temps en temps cependant, une firme japonaise tentait de s'approprier une part de marché. Li ricana, se réjouissant au souvenir des représailles exercées par son prédécesseur à la tête de Liang Int. America : en réponse à un affront de cette nature, il avait fait abattre les deux mille cerisiers offerts au début du siècle par l'empire du Soleil-Levant aux États-Unis, et qui avaient depuis été l'ornement du bassin de l'esplanade.

– La pluie dans le Midwest va retarder les récoltes, dit Mui Tsao, caché dans l'ombre, derrière son panneau de contrôle. Je suggère que nous contactions Liang Int. à Buenos Aires et pompions dans leurs surplus jusqu'à ce que la récolte ait rattrapé son retard.

Les deux hommes parlaient anglais uniquement en signe de bonne volonté envers les habitants du pays. Tous les officiels américains devaient parler chinois couramment.

– Bien, répondit Li. J'ai vu un rapport au sujet de l'épidémie d'anthrax dans la branche sud-américaine. Voyez s'il serait possible de leur donner du bétail en échange du blé. Prenez les bêtes à Houston.

– Où allons-nous mettre le blé ?

– Mettons-le dans les entrepôts où sont stockées les puces à migraine.

– Et qu'est-ce qu'on fait des puces à migraine ?

– On les donnera aux franchises sud-américaines, cela couvrira une partie du paiement pour le blé. Le temps qu'ils comprennent ce qui se passe, ils auront déjà distribué les puces et seront obligés de s'en débarrasser en les soldant !

Il entendit son partenaire pouffer de rire en tapant les ordres d'échange sur son clavier. Li lui-même sourit. La « puce à migraine », comme on l'appelait, était un distributeur d'endorphine qui percevait la moindre raideur dans les muscles du cou et diffusait immédiatement une dose bienfaisante de Dorph, faisant ainsi disparaître la migraine avant même qu'elle ne se soit déclenchée. Le seul problème était que le cerveau aimait tellement la Dorph qu'il fabriquait migraine sur migraine juste pour en obtenir et vidait rapidement l'implant. L'utilisateur se retrouvait alors avec des maux de tête à devenir fou. Dès que la chose s'était sue, plus personne n'avait acheté la puce, et sept entrepôts avaient été remplis avec des caisses pleines de ces gadgets désormais sans aucune valeur.

– C'est fait, fit Mui en tapant des instructions sur son clavier.

Li était à la tête de la branche nord-américaine, et Mui, sa Harpie, le surveillait. En tant que numéro deux dans la chaîne de prise de décision, Mui était chargé de vérifier tout ce que faisait son supérieur et de s'interroger sur toutes ses actions. Cela pouvait devenir irritant, mais l'effet était positif sur les décisions, sur les affaires. Et les affaires étaient ce qui donnait un sens au monde et à la vie. Si un jour Li dépassait le seuil acceptable d'erreurs, Mui le remplacerait, et on lui donnerait sa propre Harpie pour le surveiller. Ce système était la cause de bien des insomnies, mais il restait de loin le meilleur pour Liang Int.

Et cela seul comptait. Li était avant tout et par-dessus tout un pur produit de sa compagnie.

La carte flottait autour de Li, les océans brillaient, les routes commerciales du monde étaient indiquées en rouge pâle, tandis que les récoltes et les famines illuminaient leurs régions d'une auréole jaune. La nourriture était toujours un problème, seuls les champs protégés pouvaient résister à la colère destructrice du soleil.

Les zones de stockage des matériaux nucléaires étaient représentées par des points rouges, situés en une trentaine d'endroits différents, les fuites dans la nappe phréatique courant comme de petites veines sur des milliers de kilomètres autour de ces points. Les échanges de métaux précieux et de devises brillaient dans les zones urbaines, tandis que les dépenses des consommateurs étaient indiquées par des petits personnages, un par million, clignotant dans leurs zones respectives de consommation comme des grains de poussière dans le soleil. La production était surveillée au niveau planétaire, les comparaisons étaient immédiatement faites avec les autres transactions de même type. Les murs du bureau étaient couverts de hiéroglyphes affichant les résultats, et dont la signification n'était connue que d'un petit groupe de personnes qui travaillaient toutes au plus haut niveau dans Liang Int. Si une seule d'entre elles devait quitter Liang pour une cause autre que la mort, tous les codes seraient changés.

Le nuage de Massada clignotait en noir, sa masse se trouvait ce soir au-dessus de l'Europe et se dirigeait vers l'est, poussée par les vents. Et Massada ramenait les pensées de Li, une fois encore, à Lewis Crane.

Crane avait obtenu le prix Nobel six ans auparavant pour récompenser ses recherches sur l'option Massada, et tout particulièrement son impact sur les tremblements de terre. Ces travaux avaient abouti directement à l'interdiction de tous les essais nucléaires sur Terre, Crane ayant démontré que de telles détonations pouvaient provoquer des séismes à des centaines, voire des milliers de kilomètres du site de détonation. Les collaborateurs de Li avaient fait remarquer à leur patron que le tremblement de terre de Sado était une conséquence directe de la destruction du Moyen-Orient en 14.

Li se demandait, pensif, s'il serait possible pour quelqu'un qui disposerait des programmes et des données de Crane de provoquer des séismes à distance, dans des lieux choisis. Il écarta la question, qui ne présentait qu'un intérêt marginal par rapport à ses préoccupations immédiates : la politique et le profit. Restait la mystérieuse raison pour laquelle Crane souhaitait le rencontrer, par l'entremise de Sumi Chan. Celui-ci avait laissé un message à Li, quelques heures plus tôt, à propos de la rencontre que Crane voulait organiser.

Ah, ils étaient audacieux, ces Américains. Mais Li les aimait bien, eux et leur pays. Tout comme l'Europe, c'était un pays du tiers-monde avec un passé culturel. Ses propres entreprises avaient disparu depuis longtemps. Les travailleurs y étaient nombreux, peu chers, durs à la tâche, et réinvestissaient sans rechigner leurs salaires dans la compagnie elle-même en consommant. Les Américains étaient les meilleurs consommateurs du monde, sauf bien sûr pour la « puce à migraine ».

Li n'avait connu dans sa vie que le succès, c'était la raison pour laquelle il se faisait tant de souci au sujet des prochaines élections. De toute évidence, Lewis Crane savait cela. Jusqu'ici, Li avait toléré le soi-disant gouvernement des Américains et n'avait jamais rien dit parce que les candidats de Liang avaient toujours gagné. Mais maintenant, pour une raison qu'il s'expliquait mal, leur principal concurrent au niveau multinational, le Yo-Yu Syndicate, poussait de l'avant ses propres candidats et avait déjà pris sept sièges à Liang lors des dernières élections. Cela n'était sans doute qu'une fluctuation mineure, causée par les modes et par la vieille croyance fermement ancrée chez les Américains qu'un « changement » au sein d'un gouvernement était toujours bénéfique. Mais cette stupide idée commençait à causer des troubles dans l'harmonie entre les consortiums. Li était d'autant plus contrarié que sa planète virtuelle ne lui offrait aucun indice quant à ce qu'il convenait de faire. Il fallait qu'il trouve une solution. D'où Crane et ses séismes ! C'était une sorte de cadeau pour les citoyens, un moyen de leur montrer combien il les aimait.

Son diorama émettait des bips et des sifflements sur un millier de tonalités différentes. Li les reconnaissait toutes. Quand il entendit le délicat pépiement du téléphone, il prit l'initiative et se tourna vers Mui.

– Passez-moi Sumi Chan sur une ligne brouillée. Mettez-le en surimpression sur la côte Ouest.

Tout en attendant, Li esquissa un sourire. Il savait que son associé observait son attitude avec le plus grand soin.

Le visage de Sumi Chan, haut de dix centimètres, apparut soudain et flotta au-dessus de la chaîne de montagnes de la Sierra Nevada. Cependant, Li ne lui parlerait pas face à face. Une projection de son visage, programmée sur ordinateur, serait montrée à sa place, afin d'éviter qu'une expression ou un geste ne trahisse ses émotions.

– Bonjour, monsieur Li.

Il y avait dans les yeux de Chan quelque chose que Li ne comprenait pas.

– Bonjour, Sumi, répondit-il, l'ordinateur synchronisant les mouvements des lèvres de son image avec ses paroles. Comment allez-vous ?

– Je vous suis très reconnaissant et je suis aussi tout à fait enthousiasmé, répondit Chan sur un ton respectueux. Votre attention m'honore beaucoup.

– Tout comme vous m'avez honoré de cette invitation à rencontrer le Dr Crane.

Li fit une pause, afin de laisser à son interlocuteur l'occasion de fournir spontanément des informations sur la rencontre. Lorsque celles-ci se firent attendre, Li ajouta :

– Je suppose que je ne le rencontrerai pas seul à seul.

– Non, à moins que vous ne le souhaitiez. Le Dr Crane veut vous faire partager, ainsi qu'à un petit groupe de décideurs de haut niveau, certaines de ses idées… et de ses propositions.

Li hocha la tête.

– Une entrevue qui arrive à point. Ses exploits à Sado monopolisent les médias, à ce que l'on me dit.

– Oui, Sado… une tragédie dont les conséquences sur le plan humain auraient pu, pour une large part, être évitées.

– Les conséquences économiques aussi, bien entendu.

– Bien sûr ! approuva Sumi. Puis-je compter sur votre présence ?

– Si mon emploi du temps le permet, je serai assurément heureux de participer à une telle réunion. J'apprécierais, toutefois, que vous vous coordonniez avec M. Mui Tsao pour tout ce qui concerne la liste des participants, les préparatifs et tous les détails.

– Cela va sans dire, monsieur. Oserai-je vous dire à quel point le Dr Crane sera heureux de votre réponse ?

Li poussa un grognement et eut un geste indiquant que, pour lui, le chapitre était clos. Il conclut avec un sourire :

– Restez à l'ombre, Sumi Chan.

– Vous de même, monsieur.

CONCOCTIONS
À BORD DU YACHT *DIATRIBE*, OCÉAN PACIFIQUE
15 JUIN 2024, 21 H 35

– M. Li Cheun est bien évidemment le seul qui compte sur la liste, Crane, l'homme que vous devez convaincre si vous voulez parvenir à vos fins, expliqua Sumi qui ajouta avec un léger sourire : …Et je compte sur vous pour l'éblouir. J'ai bien peur de devoir utiliser tous mes trucs sur lui.

Ce qu'il n'exprimait pas ouvertement, c'était sa crainte d'avoir déjà utilisé toutes ses astuces… sur Mui Tsao, avec lequel il avait juste fini de discuter dix minutes plus tôt. Aucun doute n'était possible : Li Cheun avait des idées très précises sur la manière de se servir de Lewis Crane.

– Oh, je l'éblouirai, pas de problème, je vais lui faire le grand jeu, répondit Crane qui balança sa chaise en arrière, prit sa bouteille de vieux scotch et but au goulot.

Newcombe tenta de ramener la discussion à lui :

– Vous avez des copies de mon papier pour tous ceux qui ont accepté de participer ?

Sumi fit oui de la tête.

– Chacun d'entre eux en trouvera un exemplaire dans sa cabine à son arrivée à bord.

Newcombe hocha la tête. Pourquoi donc Crane avait-il choisi de les escamoter ainsi sur ce yacht depuis l'île de Sado et de les mener, au milieu de l'océan, à la rencontre de Sumi ? Cela le dépassait. Quant à deviner les raisons qui poussaient Lewis Crane à vouloir tenir à bord d'un bateau une conférence réunissant des participants aussi prestigieux… Cela dit, le *Diatribe* était un jouet fabuleux, un engin de grand luxe bourré des technologies les plus avancées. Mais qui en était le propriétaire, et comment était-il venu entre les mains de Lewis ? Sur ce point, Dan Newcombe ne se faisait pas d'illusions : il n'en saurait jamais le fin mot.

– Bien, reprit Crane à l'adresse de Sumi. Revenons à nos politicards. Il y a Kate…

Le rire de Sumi Chan l'interrompit.

– Ce sont tous des politicards, et de tous, le vice-président des États-Unis est celui qui manifeste le moins de sens politique.

– Gabler, commenta Newcombe sans cacher son mépris. Un imbécile et un bouffon.

– Et une pièce de choix pour amuser la galerie, Dan, répondit fermement Crane. Laissez-nous le soin de ce genre de choses, à Sumi et à moi.

Newcombe soupira.

– Avec grand plaisir ! Et cela nous ramène aux domaines dans lesquels je suis, en revanche, un expert. Pourquoi vous livrez-vous à des manœuvres d'une telle complexité ? La situation est, à mes yeux, claire et nette. Nous avons toutes les données sur l'écologie des séismes, tout est là noir sur blanc… et nous avons des *preuves*. Ce qui s'est passé à Sado était si proche de ce que j'avais prédit qu'il faut aller jusqu'au cinquième chiffre après la décimale pour trouver une différence entre mes calculs et les faits. C'est du concret, ça peut se vendre. Alors vendez-le.

Crane portait une chemise jaune très chic et un simple maillot de bain.

– Je vais m'en servir, répondit-il, mais je ne vais pas baser toute mon opération là-dessus.

Dan fronça les sourcils et Sumi Chan remplit à nouveau le verre de Newcombe avec du champagne de synthèse, auquel il ajouta deux gouttes d'un liquide qu'il gardait dans un petit flacon vert, sa préparation personnelle de Dorph. Dan Newcombe savait que Sumi voulait l'obliger à avaler une dose de Dorph.

Cela lui était égal. Les connaissances de Sumi en matière de chimie glandulaire étaient légendaires.

– Je vais vous dire pourquoi je ne vais pas vendre votre TT-éco, mon petit Danny, reprit Crane, sa voix rendue incertaine par l'alcool. Primo, vous n'avez pas compris le but de toute l'opération.

Crane avait du mal à affronter les gens lorsqu'il n'était pas légèrement ivre. D'une main, il couvrit le goulot de sa bouteille lorsque Sumi s'approcha avec son compte-gouttes pour y verser un peu de Dorph.

Newcombe haussa les épaules.

– Vous m'avez engagé parce que j'ai du talent. J'ai aussi une grande gueule, je vous ai prévenu dès le départ.

– C'est *ma* Fondation, rectifia Crane. C'est moi qui prends les décisions. Vos calculs ont en effet été merveilleusement précis, docteur, parce que… vous saviez à l'avance où se trouverait l'épicentre. Vous le saviez parce que je vous l'avais annoncé ! Votre travail ne représente qu'une infime partie de ce que la Fondation Crane peut faire. En ne vendant que les résultats de votre travail, nous limiterions la somme d'argent que nous pouvons espérer obtenir. Cependant, pour être parfaitement honnête avec vous, je crois que votre perception des choses est faussée. Vous partez du principe que les gens prendront la bonne décision. Ils ne le feront pas. Tous les habitants de Los Angeles savent qu'ils vivent juste au-dessus d'un ensemble de failles qui ne tient en place que par miracle. Et pourtant, ils restent là. Croyez-vous que vous pourriez convaincre le gouvernement d'évacuer L.A., de faire déménager treize millions de personnes ? Où voudriez-vous qu'ils les mettent, pour commencer ?

– Mon système sauve des vies !

Crane soupira et avala une rasade.

– Je crains seulement que très peu de gens ne prennent en considération cet argument. Inventez un système qui fera faire des économies, cela intéressera beaucoup plus le bon peuple.

– Mais mon système a très bien marché !

– C'est exactement pour cela que je veux m'en servir, mais je veux aussi en relativiser les résultats. Je ne veux pas que les gens

pensent que tout est aussi simple que vous l'imaginez, Dan !
Nous voulons obtenir beaucoup plus.

– Obtenir quoi ?

Crane se pencha vers Newcombe et parla à voix basse, sur un
ton presque théâtral. Sumi se rapprocha automatiquement.

– Messieurs, vous êtes-vous déjà demandé ce qui se passerait
si toute la recherche scientifique dans un secteur donné était
regroupée sous un seul drapeau, contrôlée et coordonnée par
une seule institution ?

– Vous voulez tout ? s'esclaffa Newcombe.

Crane se mit un doigt sur les lèvres.

– Nous ne sommes pas encore en isolation ! dit-il en haussant les sourcils. Pensez que Liang Int. est omninationale. Le
contrôle de toute la recherche en tectonique est une chose
techniquement faisable. Il faut simplement en convaincre ces
messieurs. Je pourrais tout diriger depuis la Fondation, tout cen-
traliser, et avoir accès à chaque parcelle d'information, à chaque
découverte. Dans ces conditions, il deviendrait possible de faire
des prédictions exactes.

Newcombe commençait à comprendre.

– C'est pour cela que vous avez engagé Lanie. Vous voulez
qu'elle trie et analyse toutes les données si vous réussissez votre
coup.

– Et c'est pour cela que toutes les organisations qui ont
investi de l'argent dans la Fondation sont à bord, murmura Sumi
en s'asseyant et en secouant la tête. Crane, vous êtes très audacieux ! Vous avez bien dû rire de moi, il y a un moment, lorsque
je vous parlais de l'importance de Li, alors que Li Cheun était
votre cible depuis le début !

– De grâce, Sumi, ne le prenez pas en mauvaise part, lui
répondit Lewis, l'air à la fois gamin et charmeur.

Presque aussitôt, il reprit un air sérieux :

– La recherche géologique est vitale, tout le monde le sait,
mais peu de gens se sentent personnellement concernés alors
que, manifestement, ils devraient l'être. Et tout aussi manifestement, il serait logique que Liang Int. finance notre travail : cela
ne lui coûterait quasiment rien, et elle ne retirerait que des
bénéfices de son investissement.

Newcombe se leva. La Dorph de Sumi commençait à faire

son effet. La sensation de bien-être l'envahit, l'enveloppa de la tête aux pieds comme un souffle d'air frais, accompagnée de la légère excitation sexuelle si caractéristique – des otoxines, sûrement –, ce qui lui fit soudain penser qu'il avait bien fait, en fin de compte, de se réconcilier avec Lanie pendant le voyage de retour.

Le bateau tanguait doucement.

– Nous n'avançons plus, remarqua Dan, on dirait qu'on a jeté l'ancre.

– C'est le cas, répondit Crane avec une lueur de malice dans le regard. Cela fait partie de la surprise que je réserve à mes invités… grâce à vous, bien entendu.

Il fit un clin d'œil appuyé à Newcombe qui réprima un frisson. Se sentant soudain glacé sans raison, celui-ci murmura à Lewis Crane :

– Pourquoi voulez-vous avoir entre les mains un tel pouvoir ?

– Plus on a de pouvoir, plus on peut faire de grandes choses.

Une lueur étrange était apparue dans les yeux de Crane, comme s'il était illuminé par une vision.

Ce type était fou, Newcombe n'en doutait pas une seule seconde, mais ce qu'il n'arrivait pas à comprendre, c'était l'étrange aura qui l'entourait. Crane n'avait jamais commis la moindre erreur, ses numéros délirants leur avaient, jusqu'ici du moins, toujours permis d'obtenir les crédits dont ils avaient besoin. Combien de temps Dan pourrait-il rester en équilibre sur ce manège emballé ? Mais n'était-il pas lui-même prêt à aider le diable à pousser la mécanique encore plus vite, si cela pouvait faire de la séisméco une réalité ?

MARTINIQUE
17 JUIN 2024, 9 H 45

Raymond Hsu, un contremaître de l'usine de sucre Liang Guérin à Fort-de-France, sur l'île des Caraïbes appelée Martinique, essayait de passer un appel d'urgence au contrôleur de franchise de l'île de Grand Cayman pour lui annoncer que le travail était interrompu suite à l'arrivée soudaine et dévastatrice d'un nuage de milliers de petits insectes jaunes et de mille-pattes. Les deux espèces étaient venimeuses, un adulte piqué plusieurs fois pouvait en mourir.

Ils avaient tenté d'arrêter l'invasion en déversant de l'essence autour de la plantation. Les ouvriers se servaient de cannes à sucre comme de fléaux. Il y avait du sang d'insecte partout. Chez le contremaître, à côté des champs, les employés tuaient les bestioles avec de l'eau bouillante ou à coups de fer à repasser tandis que sa femme et ses enfants hurlaient de terreur. Tout cela ne servait pas à grand-chose.

L'invasion des insectes n'était qu'une suite de la longue liste d'événements bizarres qui s'étaient produits ces derniers temps autour de la montagne Pelée, située à vingt kilomètres au nord. Fin mars, on avait senti des émanations sulfureuses. Deux semaines plus tard, des panaches de fumée surgissaient du sommet du mont. Huit jours après, Fort-de-France était secoué par de petits frémissements du sol, et il tombait une pluie de cendres.

Celle-ci était devenue plus épaisse, plus régulière, et l'odeur de soufre plus forte au fil des semaines. Puis la pluie était venue, faisant déborder les myriades de rivières qui dévalaient les flancs de la montagne Pelée et de sa sœur jumelle, les pitons du Carbet. Les rivières devinrent torrents, entraînant de la montagne jusqu'à la mer des troncs d'arbres et des rochers, ainsi que les carcasses de vaches et d'oiseaux asphyxiés. Les gorges de la montagne se remplirent de cendres et, sous l'effet de la pluie, des lacs s'y formèrent.

Tandis qu'on transmettait l'appel de Hsu, Fort-de-France était assiégé par des milliers de fers-de-lance, des vipères au dos jaune et au ventre rose, de presque deux mètres de long, et dont la morsure tuait instantanément. La population cédait à la panique, courant les rues armée de pics et de pelles pour faire face à l'invasion. Nul ne réalisait que ces animaux étaient terrorisés et fuyaient la montagne où les secousses se faisaient de plus en plus fréquentes. Des centaines de personnes mouraient, surtout des enfants.

Le contrôleur de franchise, un nommé Yuen Ren Chao, dit à Raymond Hsu d'embaucher plus de main-d'œuvre et d'accélérer la production sans se soucier de la montagne Pelée qui rugissait et dont le sommet était maintenant couvert de fumée. Le volcan était resté longtemps endormi, et ceux qui parvenaient à voir à travers la fumée se sentaient très humbles face à la grandeur de la nature : deux cratères de lave incandescente bouillonnaient près du sommet telles les fournaises de l'enfer. Au-dessus, flottaient des nuages qui lançaient des éclairs.

La plantation n'atteindrait pas son quota aujourd'hui. M. Yuen serait obligé de demander plus de sucre à Cuba, pendant que les Martiniquais se battaient contre les serpents au lieu de fuir avec leur famille.

Deux jours après l'appel de Raymond Hsu, un des lacs déborda, faisant dévaler la pente de la montagne à un monstrueux mur d'eau rendue bouillante par le contact avec la lave. Le torrent brûlant balaya la plantation et tous ceux qui s'y trouvaient. Raymond Hsu et toute sa famille périrent avec les ouvriers, ébouillantés par la vague.

MILIEU DU PACIFIQUE
18 JUIN 2024, 10 H 13

Newcombe grimpa l'échelle vers la plate-forme d'observation, savourant la fraîcheur de la nuit. La brise venait du sud. Le ciel était parfaitement dégagé. Juste au-dessus de lui, un convoi de fusées-cargos, qui appartenait probablement à la société minière Union Carbide, brillait au milieu des étoiles, avançant vers la Lune comme un immense serpent de carnaval.

La Lune était presque pleine ce soir. Le logo de Liang, un simple « L » cerclé de bleu, scintillait sur la partie visible de sa surface avec des reflets cristallins traversés de lueurs bleutées.

– Tu vas attraper la crève, ici, lança-t-il à Lanie qui se trouvait là, nue, prenant un bain de lune.

Il s'approcha et prit la chaise à côté d'elle. Elle lui sourit, ses yeux brillants comme les astres au-dessus d'eux.

– Les puissants se rassemblent, aussi Crane voudrait que nous nous joignions à la fête, soupira-t-il, désolé de ne pouvoir passer la soirée ici, auprès de cette femme au corps merveilleux.

– Tu as l'air contrarié, remarqua-t-elle.

Il haussa les épaules.

– Ça irait mieux si je pouvais assassiner une certaine personne… ou me tailler de ce bateau.

Il fit la grimace et expliqua :

– L'océan est un endroit rêvé pour rencontrer les gens rassemblés sur le pont, à l'arrière : rien que des barracudas, sans exception. Et nous, qu'est-ce qu'on est ? Des appâts ?

– Crane te fait tourner en bourrique ?

Il fit oui de la tête.

Elle se redressa et enfila la robe du soir par terre à côté d'elle. Le tissu était encore plus blanc que sa peau, le bleu du logo de la Lune s'y reflétait.

– Est-ce que je suis assez habillée pour prendre un cocktail avec le vice-président des États-Unis ? demanda-t-elle en virevoltant sur la pointe des pieds.

Il l'attira contre lui et l'embrassa sur la joue.

– Tu as plus de classe que tous les vice-présidents du monde, et celui des États-Unis n'est qu'un pauvre minable. Ça te plaît, tout ce cirque mondain, on dirait.

Elle le regarda d'un air interloqué.

– Si ça me plaît ? Tu veux parler du fric ? Bien sûr que oui. La semaine dernière, j'étais un docteur ès sciences anonyme au chômage, comme il y en a tant, et aujourd'hui je fais partie de l'équipe Crane, je m'apprête à transformer le monde avec eux. Au cas où tu n'aurais pas allumé la T.V., je te signale que nous sommes au centre de tous les débats. Ne me dis pas que tu ne trouves pas ça excitant. Je suis tellement surexcitée moi-même que j'en ai du mal à dormir la nuit.

Il sourit.

– J'avais remarqué. Mais ne perds pas les pédales pour autant. Maintenant que j'ai enfin réussi à te récupérer, j'espère bien que tu auras du temps à me consacrer.

Elle se glissa entre ses bras et se serra contre lui. Ses cheveux sentaient le parfum.

– Tu vois, il te suffisait de me proposer un boulot dans ton équipe. Oh, Dan, ça va peut-être marcher entre nous cette fois !

Il sourit. Pendant cinq ans, ils avaient en vain essayé de faire taire leurs ego et d'oublier la concurrence qui les opposait.

– J'ai toujours souhaité que ça marche, Lanie. Allez, viens, allons en bas. Il y a quelqu'un de très spécial que je veux te présenter.

– Qui ?

– Tu ne me croiras pas si je te le dis.

Ils descendirent l'échelle, prirent l'ascenseur jusqu'au pont principal et s'engagèrent sur la passerelle qui menait à la promenade arrière, où ils retrouvèrent Crane. À moitié ivre, celui-ci se tenait près de la table des hors-d'œuvre, entouré d'une véritable cour, et racontait comment, lors du tremblement de terre de 2016 en Alaska, la ville entière d'Anchorage avait été avalée par une crevasse.

Sur le pourtour de la promenade étaient alignés des écrans qui diffusaient en boucle des images de la tragédie de Sado, revenant sans cesse sur des vues de Crane faisant son discours au bord de la falaise, les bras écartés tel Moïse ouvrant la mer Rouge.

Les vêtements que portaient les invités étaient tous d'une extrême légèreté, faits pour la plupart de soie ou de rayonne. Chacun essayait de mettre le moins d'obstacles possible entre son corps et la fraîcheur de l'air nocturne. Dans un monde où la lumière du jour pouvait tuer, la nuit était une obsession. Le vice-président Gabler, quant à lui, avait comme d'habitude l'allure d'un mannequin de vitrine de grands magasins. À ses côtés, sa femme, Rita, gloussait. Il souriait benoîtement en écoutant les dernières consignes de M. Li. Ce dernier était, comme toujours, flanqué de M. Mui.

– Voici Kate Masters, annonça Lanie tandis que Sumi se glissait près d'elle et lui collait un verre de champagne dans la main.

Newcombe avait déjà repéré Masters. C'était un personnage hors du commun. En tant que présidente du PdF, parti qui contrôlait le vote des femmes, elle était tenue d'adopter une attitude effrontée et ne se gênait pas pour le faire. Dans une Amérique divisée, elle pouvait apporter instantanément quarante millions de voix au candidat de son choix. Seule l'ADDR, qui regroupait les intérêts des retraités et était représentée ce soir par un homme à l'aspect banal nommé Aaron Bloom, restait plus puissante.

Kate Masters était petite, avec de longs cheveux roux et des yeux verts. Elle portait une robe légère, vert pomme, qui ondulait autour d'elle comme une nappe de brouillard. Tandis qu'elle avançait, ses bras et ses jambes apparaissaient un instant, pour être de nouveau cachés par le nuage de mousseline pomme pas mûre. Elle sourit d'un air coquin dans la direction de Lanie qui lui renvoya la même expression.

– Je parie qu'elle croque des petites filles pour son petit déjeuner, commenta Newcombe.

Sumi, son compte-gouttes à la main, louchait sur le verre de champagne d'Elena.

– Quelque chose de spécial pour la charmante miss Lanie? demanda-t-il.

Elena tendit son verre pour recevoir trois gouttes.

– Votre réserve privée?

Sumi fit signe que oui.

– Pour créer vos propres tremblements de terre, chère amie.

Plissant les yeux, il l'étudia avec une attention presque scientifique, puis ajouta :

– Vous ne m'aimez pas, n'est-ce pas?

Lanie haussa un sourcil.

– Je ne sais pas, je ne vous connais pas. Vous jouez un personnage en permanence.

– Sumi est le meilleur ami de la Fondation, dit Newcombe, étonné de son attitude envers le petit homme.

Lanie but une gorgée de champagne synthétique et sourit à Chan.

– C'est ce qu'on m'a rapporté. Que pensez-vous de la séisméco?

Newcombe aperçut Crane qui disparaissait dans la coursive menant aux cabines. Chan répondit à Elena sans quitter Dan des yeux un seul instant.

– Je pense que la Fondation a beaucoup de chance d'avoir un homme comme le Dr Newcombe dans son personnel. Il aide à faire progresser la science au moment où nous arrivons à un point critique.

– Critique est le mot qui décrit le mieux cette soirée, ricana Dan.

Il regrettait déjà de s'être laissé convaincre par Crane de participer à une de ses «surprises».

Sumi Chan lui sourit, puis s'empressa auprès de Kate Masters, qui prit une pleine dosette de Dorph dans son verre. Produite à partir de la distillation naturelle des glandes humaines, la Dorph était pure, et l'overdose impossible.

Lanie se laissa aller contre Dan Newcombe, qui l'entoura immédiatement de ses bras. L'excitation du cocktail de Sumi donnait son plein effet. Dan commençait à embrasser la jeune femme dans le cou, lorsque Crane vint se placer au centre du pont.

— Mes amis, déclara celui-ci d'une voix forte, merci d'avoir bien voulu respecter mes consignes de discrétion en vous rendant dans le plus grand secret jusqu'à Guam pour y embarquer. Vous allez comprendre dans un instant les raisons de tout ce mystère. Mais avant toute chose, je vais vous demander, comme convenu, d'interrompre toutes les transmissions, de quelque type que ce soit.

Lewis Crane se redressa de toute sa hauteur. Le moment était d'une très grande tension dramatique, comme il l'avait voulu.

Lanie se dégagea machinalement de l'étreinte de Newcombe, son attention captivée par la mise en scène de Lewis.

Ce dernier regarda si tout le monde était prêt et frappa le pad qu'il portait au poignet.

— À mon signal, capitaine Florio !

Sa voix résonnait dans les haut-parleurs du yacht et dans les aurals de tous les passagers.

— Maintenant ! s'écria-t-il.

Toutes les lumières s'éteignirent sur le *Diatribe*, les écrans, les projecteurs et même le cube à musique. Les invités sur le pont fouillèrent tous dans leurs poches, tapèrent des instructions sur leurs poignets, coupant le flot de transmissions qu'ils recevaient sans cesse. Dans un monde où la communication était reine, ils venaient de faire un bond dans le passé pour se retrouver à l'âge de la pierre.

Lanie éteignit elle aussi son aural. Elle se sentait brusquement stressée, presque effrayée, et prit conscience qu'elle commençait à hyperventiler. Elle avala d'un coup le verre presque plein de champagne synthétique aromatisé à la Dorph et se demanda si les autres, enveloppés comme elle par la chape de silence qui couvrait le pont, se sentaient aussi angoissés qu'elle à la pensée de leur isolement. Si c'était le cas, ils le cachaient bien.

— C'est follement excitant, murmura-t-elle à l'oreille de Dan.

Celui-ci répondit par un gloussement sonore qui ne fit que lui taper davantage sur les nerfs.

— Et tu n'as encore rien vu, lui murmura-t-il en réponse.

Elle détourna soudain le regard acéré qu'elle jeta à Newcombe : Crane, qui avait sorti un petit scanner de la poche de sa chemise, le mit en marche et fit un tour complet sur lui-même.

— Rien à signaler! annonça-t-il en souriant. Nous sommes seuls. Et maintenant, si vous voulez bien me pardonner, il y a un invité de plus, mais que vous n'aviez pas eu l'occasion de rencontrer.

La porte de la coursive qui menait aux cabines s'ouvrit, et tous furent d'un coup sous l'emprise du charisme du nouveau venu, un Africk de haute taille.

— Mesdames et messieurs, je vous présente Mohammed Ishmael.

La foule, frappée de stupeur, retint son souffle au moment où paraissait le chef de la branche militante de la Nation de l'Islam, un paria, un banni et, au dire de certains, un criminel et un terroriste plus que confirmé. Mohammed était grand, au moins un mètre quatre-vingt-dix, et paraissait encore plus imposant dans son dashiki noir qui scintillait sous les étoiles. Il portait un fez également noir. Il dévisagea les personnes présentes sur le pont avec l'expression d'un lord passant en revue les serviteurs de son manoir.

— Mon Dieu, murmura Lanie d'une voix rendue rauque par la peur, c'est *lui* !

Deux agents des services secrets, bâtis comme des orangs-outans, se précipitèrent pour protéger M. Li, qui semblait rire. Était-ce sous l'effet du choc, se demanda Lanie, ou était-il dans la confidence et savourait-il simplement la plaisanterie ? Le vice-président Gabler, à court de mots, faisait de grands gestes, et les autres participants s'agitaient nerveusement et murmuraient entre eux. Les éclats de rire rauques de Kate Masters couvraient les autres voix. De toute évidence, Sumi Chan était stupéfait, et de tous les présents, seul Mui Tsao semblait garder un strict contrôle de soi.

Il avança d'un pas et dit à la cantonade :

– Je suggère… que nous ajournions brièvement notre réunion. Peut-être serait-il opportun que tous les participants se retirent dans leurs cabines ?

Ce n'était pas une suggestion, mais un ordre, se dit Lanie King. Puis elle vit l'expression peinte sur le visage de Dan et eut un mouvement de recul à la vue de trois siècles de haine des Africks enchaînés, brûlant dans ses yeux.

– Je n'arrive pas à croire que tu sois dans le coup, lui murmura-t-elle.

Il la regarda, son expression s'adoucissant.

– J'ai aidé à persuader notre bon Frère d'assister à la réunion, et à le faire monter discrètement à bord à Guam, après que nous avons embarqué nos quatre invités d'honneur. Tu te souviens, ce moment où on a coupé les moteurs et manœuvré l'ancre ?

Lanie avait du mal à avaler.

– Après tout… après ce que… Je veux dire, je…

– Parce que mon soutien à la Nation de l'Islam a failli, dans le passé, me coûter ma carrière ?

Il eut un sourire amer.

– J'ai l'appui de Crane, cette fois. Et puis c'est important, Lanie, très important, pour la Fondation… et pour tous les Africks qui vivent.

Les invités refluaient en désordre, et Newcombe entraînait sa compagne vers l'endroit où elle avait vu Sumi Chan coincer Lewis Crane, contre la rambarde.

Le petit Chinois, écumant de rage, frappait la poitrine de Crane de son poing menu.

– C'est un désastre ! s'exclama-t-il, hors de lui. Cet homme est un criminel recherché, un bandit. Un tel affront à M. Li… Il aura ma peau, ma peau, je vous dis ! Pourquoi ne m'avez-vous pas prévenu ?

– Vous seriez-vous donné tant de mal pour faire venir les autres invités si vous l'aviez su ? demanda Crane.

– Bien sûr que non !

Lewis se contenta de hausser les épaules.

– Trafic d'influence avec un bandit recherché, énuméra Sumi tristement, sédition, aide et soutien à des groupes terroristes connus…

– Diplomatie, corrigea Crane, recherche d'une solution pacifique à un problème national. Et un bon choix politique. Vous verrez, Sumi, vous verrez bien.

– La seule chose que je verrai, j'en ai peur, ce sera ma tête sur un plateau dans les mains de M. Li Cheun.

– Votre tête ? Ça me paraît peu probable.

Il éclata de rire puis, soudain calmé, donna une tape amicale sur les frêles épaules de Sumi.

– Est-ce que notre deuxième petite surprise est prête ? demanda-t-il au pauvre Chan.

Sumi opina.

– Très bien. Alors, vous savez ce qu'il faudrait que vous fassiez ? Rendez visite à nos invités, cabine par cabine, avec votre jolie bouteille verte pleine de Dorph. Dites-leur que nous nous retrouverons ici dans dix minutes. Le minutage sera parfait, conclut-il en jetant un coup d'œil à son pad.

– Ouiiiiiii ! gémit Chan, qui attrapa la bouteille, le compte-gouttes et se faufila vers la porte de la cabine.

Arrivé à mi-chemin, il se retourna.

– Peut-être allons-nous avoir de la chance… et couler.

Lanie détourna ses regards de Newcombe et observa Crane. Elle se sentait dépassée par les événements et un peu perdue. Il lui fallait bien dix minutes, toute seule, pour penser. Aussi s'excusa-t-elle et rebroussa-t-elle chemin vers la plate-forme d'observation. En fait, c'était une fuite, qui la menait vers ce sanctuaire tout en haut du vaisseau, sous les étoiles. Lorsqu'elle y fut parvenue, la jeune femme tenta de digérer les événements de la soirée. Cela lui était douloureux. Comme à l'accoutumée, elle éprouvait une grande réticence à faire face au monde troublé dans lequel elle vivait. Lanie King avait pour habitude de traiter les « réalités » en les ignorant, en se jetant à corps perdu dans son travail ou ses affaires privées… ou simplement en se mettant en veilleuse. Mais Crane l'avait placée sur une très haute orbite, du haut de laquelle il allait lui falloir faire face à un certain nombre de désagréments, au premier rang desquels cette soudaine apparition de Frère Ishmael.

La Nation de l'Islam, la N.D.I., était crainte et redoutée… et avait été contenue, enserrée dans les Zones de Guerre. Elle se souvenait que, lorsque les Zones avaient été créées, son père les avait appelées des «ghettos», un mot terrifiant pour la fille d'un Juif, qui avait subi dans son jeune âge les marques publiques les plus humiliantes de la discrimination après l'option Massada. Mais elle avait passé son enfance et son adolescence imprégnée des peurs que son père tentait pourtant de cacher de son mieux. Les Allemands qui avaient gouverné son pays avaient eu beau faire de leur mieux pour se démarquer de leur passé nazi, ils n'en restaient pas moins des gouvernants autoritaires, et son père semblait en permanence s'attendre à trouver un camp de concentration au coin de chaque rue.

Elle fit la grimace et garda les yeux clos. Affreux, c'était affreux, la manière dont l'humanité s'enlisait dans la haine et la violence. Aussi loin qu'elle puisse se souvenir, les gens avaient été dressés les uns contre les autres par des différences raciales, ethniques ou religieuses. Rares étaient les fois où elle se permettait de penser à ce que Dan, elle et tant d'autres avaient souffert. Cela faisait trop mal. Des larmes perlèrent au bord de ses paupières serrées.

Dan Newcombe lui avait raconté que le pire de ses souffrances avait commencé avec la loi de 2005 sur le contrôle des rues, qui avait presque rendu illégal le simple fait d'avoir la peau noire. Ce texte avait donné libre cours aux penchants racistes des Blancs américains, ignorants et bourrés de préjugés, en leur épargnant l'hypocrisie du *politically correct*. La haine pouvait s'afficher au grand jour. Les couvre-feux, les restrictions du droit au logement et autres humiliations imposées par la loi avaient confiné les Africks dans certaines zones des villes et des bourgades à travers le pays, et limité à quelques heures dans la journée leur liberté de mouvement. D'autres textes, plus restrictifs encore, avaient été édictés, et avaient contribué à la création des Zones. Quant au qualificatif «de Guerre», il s'était imposé comme une évidence avec la montée en puissance de l'islamisme militant des Africks. Nul ne savait exactement ce qui se passait dans les Zones de Guerre. On soupçonnait la Nation de l'Islam d'y endoctriner les Africks et de les armer, et il est vrai que des escarmouches violentes avaient lieu avec les Forces de la Police Fédérale, qui encerclaient les Zones. Cela donnait créance à toutes les rumeurs sur ce qui s'y passait.

Le plus recherché d'entre tous était assurément Mohammed Ishmael. Son passé, tout entier composé d'actes de résistance violente à la Police Fédérale, sa rhétorique – en fait, presque tout en lui, se disait Lanie – aboutissaient à faire de lui un des hommes les plus recherchés, les plus haïs… et, en théorie, les plus dangereux de la planète. Pourquoi Crane l'avait-il invité à cette réunion ? Il aurait dû se douter de la perturbation que cela causerait. Et, plus précisément, pourquoi Dan avait-il assuré le contact avec Mohammed Ishmael, connu pour son refus de discuter avec quelque Blanc que ce fût, et aidé à le faire monter à bord ? Dan avait défendu l'*idée* de la N.D.I. à l'université de Chine, à San Diego, et s'était fait virer, y laissant tous ses espoirs de carrière ou presque. Cela n'avait aucun sens. Pour Dan, en tout cas.

Soudain, Elena crut entrevoir la stratégie de Lewis Crane : la carotte et le bâton. Il n'avait pas poussé le seul Ishmael à venir, mais également Kate Masters, présidente du Parti des Femmes, et Aaron Bloom, qui dirigeait l'Association de Défense des Droits des Retraités, l'ADDR. Ils représentaient les principaux groupes de votants aux États-Unis et constituaient le bâton que Crane agitait face à Liang Int. Quant à la carotte… le projet de prédiction des séismes en tenait lieu, faisant miroiter aux yeux de Li la possibilité de protéger les vies humaines et surtout les possessions matérielles qui constituaient son patrimoine. Les gens importaient-ils vraiment aux yeux de Liang ? En tant que main-d'œuvre, en tout cas, et il ne fallait pas oublier les bâtiments et le matériel… il y avait du profit à ne pas laisser perdre. Lanie hocha tristement la tête. Le lucre semblait être la force motrice de la plupart des gens dans le monde. Il n'y avait que quelques exceptions, comme Crane, Dan et elle.

Un gong résonna.

Lanie se releva du transat sur lequel elle était allongée, incertaine et partagée comme jamais avant. Une partie d'elle aurait voulu fuir les politicards qui allaient se rassembler de nouveau sur le pont, en contrebas, alors qu'en même temps elle était dévorée par l'envie de se précipiter vers Crane, l'homme qui créait l'événement, et vers le quitte ou double qu'il lançait ce soir pour arriver à ses fins.

3
LE GRAND RIFT

**OCÉAN PACIFIQUE
18 JUIN 2024, À L'HEURE DES SORTILÈGES**

Un énorme sous-marin reposait sur les eaux, le long du *Diatribe*. Ses membres d'équipage sortaient déjà du kiosque et jetaient des câbles d'amarrage à leurs collègues du yacht, qui les attachèrent, unissant ainsi les deux vaisseaux. Le nom *VEMA II* était écrit sur les flancs du sous-marin. C'était un navire si grand qu'à côté de lui le *Diatribe* ressemblait à une barque.

La proue du submersible formait un gigantesque verre grossissant qui ressemblait à un énorme œil myope en train de scruter l'océan.

– Préparez-vous à passer le reste de la soirée sous les eaux, annonça Crane. Je vous promets que vous n'oublierez jamais ce que vous allez vivre.

– Le maître du rift, s'esclaffa Newcombe qui riait encore, impressionné malgré lui par le talent de metteur en scène de Crane.

– Le maître du rift ? répéta Lanie.

– Oui, nous allons voir une mère donner la vie.

– Une mère ? Quelle mère ?

– Mère Nature.

En quelques minutes, tous avaient pris place dans la chambre d'observation du *VEMA II*. Lewis Crane se tenait à l'extrémité de la longue table qui occupait presque toute la salle d'observation située dans la section avant du *VEMA*. Il sourit à la bande d'escrocs et de salopards assis devant lui.

Crane avait calculé que, sur cette bonne vieille planète, ils étaient les plus à même de lui donner ce qui lui revenait de droit. Il n'y avait pas non plus de fils de pute plus égoïstes et machiavéliques. Lui, en tout cas, n'en avait jamais rencontré jusqu'ici. Camus ne disait-il pas que la politique et le destin de l'humanité étaient dirigés par des hommes sans idéal et sans grandeur d'âme? Il fallait bien s'en accommoder.

Comme il n'arriverait pas à leur faire entendre la voix de la raison, il allait donc leur montrer un spectacle distrayant. Un verre dans le nez, une tape dans le dos, puis entrée des chiens et des poneys savants! C'était avec ce genre de tactique qu'il avait survécu pendant ces trente dernières années, depuis la mort de ses parents.

– Je vais me permettre de vous demander à tous de vous donner la main, de toucher les personnes assises à vos côtés, dit-il. Il est essentiel que nous soyons tous certains que nos compagnons sont réels.

Tout le monde se plia au rituel familier. Les négociations importantes ne pouvaient pas être légalement conduites par des projections holographiques.

Pour le moment, les fenêtres d'observation étaient fermées, totalement cachées. Sumi passait rapidement derrière les invités, leur servant des boissons mêlées de Dorph.

Newcombe était assis près d'Ishmael. Les deux hommes parlaient à voix basse sans se soucier des yeux qui les observaient. Quel que fût le prix à payer, Crane avait organisé toute sa carrière, sa vie, pour en arriver à ce moment précis. Rien ne l'empêcherait de parvenir à ses fins.

– La civilisation existe, commença-t-il à mi-voix, parce que les forces géologiques de notre planète le permettent. Tout peut changer en un instant. Malgré les merveilles que nous avons créées, nous sommes toujours terrorisés par le monde dans lequel nous vivons. La question est… pourquoi?

La pièce était immense, environ quinze mètres de long sur neuf de large, la plus grande salle de réunion jamais agencée à bord d'un sous-marin. Ses murs étaient nus et froids. Une pièce fonctionnelle, destinée aux scientifiques et aux marins qui vivaient ici, non loin du grand rift océanique. Une lumière diffuse baignait la salle sans vraiment l'éclairer. Le vaisseau tremblait de temps à autre, et était traversé parfois par un léger bruit sourd que les invités prenaient, de toute évidence, pour un son provenant des moteurs. Crane savait ce qu'il en était, et Newcombe aussi. Ils échangèrent un sourire complice.

Lewis Crane fit lentement le tour de la table, parlant clairement, ponctuant ses phrases de silences, en observant ses invités qui ne le quittaient pas des yeux. Tout le monde était suspendu à ses lèvres.

– Notre planète a approximativement cinq milliards d'années, et pourtant elle semble continuer à se former.

– La vie, par son essence même, est une lutte, docteur, remarqua Frère Ishmael.

Crane cessa de marcher et se tourna vers lui.

– Et l'homme, par son essence même, a pour destin d'essayer de s'élever au-dessus des luttes.

– En niant la volonté de Dieu ? insista Ishmael.

– En faisant du monde un endroit plus humain.

Lewis retourna à sa place, sa main valide maintenant l'autre derrière son dos. Son bras gauche le faisait horriblement souffrir. Il regarda ses convives et poursuivit :

– On enregistre environ un million de séismes par an, ce qui correspond *grosso modo* à un toutes les trente secondes. La plupart ne sont pas perceptibles, mais plus de trois mille parviennent tout de même jusqu'à la surface et, en moyenne, une trentaine d'entre eux causent des dégâts, et des morts par milliers. La plupart des gens vous diront qu'il en a été, et qu'il en sera, toujours ainsi. Je ne suis pas d'accord.

Il attendit des réactions, puis continua :

– Combien d'entre vous savent quelles sont les forces qui provoquent ces séismes ?

– Contentez-vous d'aller droit au but, lança M. Mui, l'associé de Li. Poursuivez le briefing.

– Ceci est bien plus qu'un briefing, répondit Crane. J'essaie de vous faire partager ce qu'il y a dans mon cœur et dans ma tête. Écoutez-moi. La Terre sur laquelle nous vivons est composée d'énormes plaques tectoniques, six principales, vingt-six en tout. Elles dérivent, flottent, sur le manteau, un coussin de roches incandescentes, presque liquides. Quatre-vingt-quinze pour cent de la totalité des tremblements de terre ont lieu dans les zones de subduction, là où les plaques se percutent l'une l'autre en dérivant. Ces plaques continentales glissent sur les océans de lave qui coulent juste en dessous d'elles.

Le sous-marin trembla, cette fois suffisamment fort pour que toutes les personnes assises autour de la table sursautent. Il y eut un bruit extrêmement violent, comme une explosion. Tout le monde bondit à nouveau. Si les chaises et la grande table n'avaient pas été rivetées au sol, les invités les auraient renversées.

– Est-ce que… il y a un problème avec le bateau ? demanda Rita Gabler, une main sur sa jolie gorge.

– Non, pas du tout. Comme je le disais, les plaques océaniques se dirigent à nouveau en direction du cœur de la planète une fois qu'elles ont subducté sous les continents, poursuivit-il d'une voix plus forte afin d'être entendu malgré les bruits d'explosion et les vibrations qui secouaient le *VEMA*.

Il sentait la tension dans l'air, et sourit en constatant que tous ses invités avaient le visage luisant de sueur.

– Une fois que la plaque a glissé, reprit-il, un long processus de transformation se met en marche, résultant en… ceci.

Il pressa un bouton situé sur le petit panneau de commande à côté de la table. Les rideaux métalliques s'ouvrirent instantanément. Des cris s'élevèrent.

Là, juste sous leurs yeux, l'océan brillait d'une vive lueur orangée. De la lave incandescente, ardente, montait des pics de la montagne sous-marine en une ligne rouge sans fin. L'océan était en feu sur plusieurs kilomètres. Les cris firent place à un silence terrifié. Ils avaient devant eux une planète vivante. Ils étaient enfin dans l'état d'esprit dans lequel Crane souhaitait les voir : l'humilité.

– Renaissance ! s'écria-t-il en s'avançant, une main levée, jusqu'à la fenêtre. Vous contemplez en ce moment même la Terre tandis qu'elle se répare elle-même en rendant à sa surface ce qui a été perdu sous les continents. Le magma basaltique monte de l'asthénosphère et se fraie un chemin entre les pics et les vallées situés en dessous de nous. L'eau de l'océan le refroidit, et le magma forme alors d'autres pics, puis pousse l'immense plaque, lui faisant amorcer son prochain mouvement de subduction.

– Est-ce que nous sommes en sécurité ici ? demanda M. Li d'une voix totalement neutre.

Le *VEMA* fut à nouveau secoué. La respiration de la planète était accompagnée de tremblements de terre sous-marins constants.

– Oui, sauf si nous sortons faire une promenade, répondit Crane.

Il se tourna pour regarder par la fenêtre le cœur de la Terre palpiter, le cœur de cette Mère Nature qui avait tué sa mère à lui. Ils étaient à environ quatre cent cinquante mètres du rift et du plasma… le rift pacifique. La vue du liquide rouge orangé, de la matière ardente et visqueuse le remplit de colère et d'horreur. Il laissa ses émotions s'emparer de lui, puis attendit d'en avoir repris le contrôle, d'avoir maîtrisé la Bête, avant de refaire face à ses invités.

Il leur demanda alors de quitter leurs sièges.

– Venez près de moi admirer cette plaie béante, celle-là même qui cause tant de tourments et de souffrances à l'humanité.

Ils se levèrent, lentement d'abord, puis avec plus d'assurance. Crane voulait qu'ils apprennent à faire confiance au sous-marin, à faire confiance à l'incroyable capacité de l'homme à maîtriser son propre environnement. Et cela marchait, il le sentait. La température commençait à monter dans la pièce, la violente lumière rouge orangée des éruptions dansait sur leurs visages. Le pouvoir primal de la planète était déchaîné et allait les convaincre.

– Incroyable ! s'écria Elena King d'une voix rauque.

Elle se tourna vers Crane. Ses yeux brillaient, pas seulement à cause du feu à l'extérieur du vaisseau, mais aussi à cause de celui qu'il devinait en elle. Il lui renvoya son sourire, sachant parfaitement ce qu'elle ressentait, certain qu'elle allait être l'instrument idéal pour forger sa vision. Elle était un tison qu'il utiliserait pour enflammer le monde.

Li se détourna de la fenêtre et s'avança vers Crane. C'était un vieil homme, et on aurait dit que sa peau était trop grande pour son squelette.

– Docteur, vous venez de me montrer une merveille que je ne suis, certes, pas près d'oublier. Mais vous ne nous avez pas encore expliqué pourquoi nous sommes ici.

– Laissez-moi vous poser une question d'abord, lança Crane. Pourquoi êtes-vous venu ?

Li sourit. Crane pouvait voir, à la limite de son champ de vision, Newcombe qui se rapprochait de King.

– Quand les créatifs ont une proposition à faire, les productifs doivent écouter, répondit Li. Et vous avez une voix que l'on entend très bien, ces temps-ci, docteur Crane. Nous fabriquons ce que vous inventez, mais ici je ne vois rien qui puisse donner du travail à nos ouvriers.

– Pouvons-nous retourner à la table ? demanda Crane à la cantonade.

Chacun rejoignit sa place d'un pas lent. La pièce était teinte de rouge par la luminosité de la lave. Des reflets orange dansaient sur le dessus de la table polie comme un miroir. Sumi Chan reprit son office, faisant le tour des convives et remplissant les verres vides.

M. Li était le président de la branche américaine de Liang Int., la firme chinoise numéro un dans le monde des affaires, qui était aussi propriétaire de l'Amérique. Avant les Chinois, les Japonais et les Allemands avaient détenu ce titre et, avant eux, les hommes d'affaires du Moyen-Orient – à l'époque où il y avait encore un Moyen-Orient.

Crane étendit sa main valide devant lui.

– Je veux faire de vous les pionniers d'un nouveau monde, dit-il sans préambule. Un monde où les tremblements de terre ne seront plus une menace.

– Qu'est-ce que j'ai à voir là-dedans ? demanda Kate Masters.

Crane se précipita de l'autre côté de la table, se plaça derrière elle et lui étreignit les épaules.

– Vous allez être le marteau qui me permettra de faire entrer la raison dans la tête de ces hommes !

Il se tourna vers Frère Ishmael, puis vers le représentant de l'ADDR.

– Vous aussi, vous serez mes… marteaux.

– Je n'en suis pas certain, murmura Gabler. En revanche, je crois bien que nous venons de nous faire insulter !

– Laissez-nous nous occuper des négociations, voulez-vous, monsieur le vice-président ? coupa M. Li d'un ton qui cachait mal son mépris pour le politicien.

Crane continua de faire le tour de la table, puis s'arrêta près de Newcombe et de King.

– Avec l'aide de ces deux personnes, et avec votre aimable assistance, mesdames et messieurs, je vous garantis que je peux en quelques années vous fournir un programme informatique qui permettra de prédire à l'heure près chacun des tremblements de terre devant se produire sur notre planète. Ce programme ne se contentera pas de nous dire où le séisme aura lieu, mais nous indiquera également sa magnitude, la puissance des ondes P et S qu'il dégagera, et les zones de dégâts primaires, secondaires et tertiaires. Nous pourrons vous dire quelles seront les régions à évacuer et quelles seront les zones sûres.

– Comment comptez-vous faire cela ? demanda une femme aux cheveux noirs comme la nuit qui représentait l'empire Krupp.

À son accent, elle était de toute évidence anglaise.

– Grâce à l'information, répondit Crane. En ayant accès aux informations dont nous avons besoin, nous pourrons tout programmer, nous pourrons littéralement recréer la Terre, dans ses moindres détails : toutes ses idiosyncrasies et ce, en laboratoire ! Nous allons imiter, puis prédire. C'est juste une question d'huile de coude et d'imagination.

– Allez droit au but, fit M. Li en secouant la tête avec impatience. Où est le profit dans tout cela ?

Un petit homme chauve, assis de l'autre côté de la table, éclata de rire. C'était le représentant des compagnies d'assurances.

– Excusez-moi, ricana-t-il, mais un tel programme pourrait permettre aux assureurs de faire enfin des contrats contre les séismes qui tiennent debout... si vous me passez l'expression ! Nous avons étudié les chiffres fournis par le Dr Crane depuis notre départ de Guam. En sachant à l'avance où un tremblement de terre aura lieu, nous pourrons refuser d'assurer les bâtiments construits dans les zones qui seront détruites, nous pourrons même faire voter des lois pour interdire la construction dans ces régions. Dans les zones de dégâts secondaires, nous serons à même de créer un vraie législation sur les matériaux utilisés. Pour ce qui est des constructions existant déjà et en usage, comme les magasins, le fait de savoir la date d'un séisme permettra de ranger tous les objets fragiles en lieu sûr. Nous économiserions des milliards tous les ans, des milliards que – je vous le dis tout de suite – nous vous prêterons, à vous, industriels, afin de les faire fructifier et de récolter encore quelques milliards de bénéfices en plus. Une affaire géniale.

– Impressionnant, remarqua Mui.

Crane pointa le doigt vers lui.

– Vous saurez où il ne faut pas construire d'usine, de barrage, de centrale électrique. Avec mon programme, vous ne perdriez rien : pas d'ouvriers tués ou blessés, pas de bâtiments à reconstruire ou à réparer.

– Ce qui veut dire que tout cela est très mauvais pour l'industrie du bâtiment ! s'écria le porte-parole international de Wang.

Crane ne put s'empêcher de repenser au *Namazu*.

– Une petite seconde, fit Newcombe en se levant. Vous nous parlez de l'industrie du bâtiment quand nous vous parlons de sauver la vie de dix à quinze mille personnes tous les ans ! Comment osez-vous… ?

– Du calme, Dan, l'interrompit Crane en lui faisant signe de se rasseoir. Nous avons, bien entendu, tous le désir de sauver des vies, je me trompe, messieurs ?

Il y eut un murmure affirmatif autour de la table.

– Voilà, vous voyez ? sourit Crane. Nous sommes tous des gens de cœur.

Il s'adressa alors à Li et à Mui :

– Avez-vous envisagé la valeur potentielle des droits exclusifs d'utilisation de mon programme ?

– L'exclusivité ?

Li réfléchit puis sourit :

– Intéressant…

Newcombe fronça les sourcils :

– Ce programme doit être destiné au monde entier.

– Bien sûr, rétorqua Li, mais à quel tarif ? En ayant toutes les

68

cartes en main, nous pourrons vendre à des pays concurrents les informations sur les séismes qui auront lieu chez eux, ou…

Mui éclata de rire.

– …ou les laisser se débrouiller avec la Terre !

– Sur le bateau, vous avez parlé de réélection, interrompit Gabler en se tortillant sur sa chaise.

– Réfléchissez, monsieur le vice-président, dit Crane. Ce serait l'opération humanitaire la plus prestigieuse de tous les temps. Imaginez que le peuple des États-Unis voie que son gouvernement – ce gouvernement qui lui paraissait jusque-là si insensible et seulement intéressé par la finance et l'industrie – est en train de se mettre en quatre pour rassembler tout le savoir accumulé par les scientifiques de toutes les nations au fil des ans, et ce, dans le seul but de protéger ses citoyens. La réaction des Californiens, à elle seule, rend l'opération politiquement intéressante.

– Mais où sera le profit pour vous, docteur ? demanda Kate Masters.

Crane fit lentement le tour de la table. Le moment qu'il avait attendu toute sa vie était enfin arrivé.

– Le profit pour moi sera d'avoir en main tous les éléments indispensables pour mener ce projet à la réussite. Le sous-marin dans lequel nous nous trouvons actuellement appartient à la World Geological Survey. Je le veux. J'ai besoin de toutes les parcelles de savoir, si infimes soient-elles, toutes les informations qui existent. Je veux le contrôle des milliers de sismographes qui sont installés un peu partout sur cette planète, et je veux également un libre accès aux sismos appartenant aux sociétés et aux fondations privées. Je veux le quartier général de la Geological Survey, dans le Colorado, et ses banques de données. Je ne mettrai personne à la porte. Ils travailleront pour moi, ce sera le seul changement perceptible pour eux. Je veux que le Système de Positionnement Global et les satellites du S.P.G. ne travaillent plus que pour moi durant les cinq années à venir. Je veux un budget illimité et, surtout… personne pour regarder par-dessus mon épaule.

– Vous avez du culot, en tout cas, lança Frère Ishmael, toujours assis à côté de Newcombe. Mais dites-moi, docteur, qu'est-ce qui vous fait croire que ces surhommes de la finance ici présents vont accepter de partager la moindre miette de leur pouvoir avec vous?

– C'est là que vous intervenez, Frère, lui rétorqua Crane, vous, miss Masters et M. Bloom. Vous contrôlez personnellement des milliers de voix dans les principales zones métropolitaines. Kate en contrôle des millions d'autres dans le reste du pays. Avec votre soutien, nous pouvons...

– Vous n'avez pas mon soutien, coupa simplement Ishmael en se levant. Nous n'acceptons pas les cadeaux des Blancs, nous ne votons pas pour les Blancs. Nous sommes autosuffisants.

– Attendez, je ne parle pas de «cadeau», rectifia Crane qui n'en croyait pas ses oreilles. Je parle d'éviter les catastrophes naturelles! Savez-vous ce qui arriverait dans la Zone de Guerre de L.A. si la faille de San Andreas...

– Vous ne m'avez pas compris, l'interrompit Ishmael d'un ton toujours égal. Nous ne prenons rien qui vienne des animaux blancs, et nous ne leur donnons rien. Votre stupide discours à propos des tremblements de terre me fait rire.

Il indiqua la fenêtre.

– Ceci est la volonté d'Allah. Je ne travaillerai jamais avec vous.

– Ce n'est pas une attitude raisonnable, soupira Crane. Pourquoi ne pas me laisser sauver la vie de vos amis?

– Il existe beaucoup de choses pires que la mort, docteur. La soumission en est une. La soumission entraîne l'esclavage et détruit le respect de soi. Vivre soumis, c'est vivre une vie pire que celle d'un animal.

Crane baissa la tête avec tristesse.

– La mort n'est pas très agréable non plus, elle est la fin de toute chose...

– Nous vivrons tous éternellement dans le royaume d'Allah, rétorqua Ishmael entre ses dents. Mais si vous étiez capable de comprendre cela...

Crane l'interrompit d'une voix brisée par le chagrin:

– Oh, mais j'essaie, monsieur, j'essaie vraiment, je vous assure!

– Si le projet de Crane ne vous intéresse pas, intervint Gabler en se levant à son tour, pourquoi êtes-vous venu?

Ishmael s'éclaircit la gorge.

– Je suis ici pour…

À cet instant, des bips stridents retentirent, apparemment émis par quelque appareil dans les poches des deux hommes des services secrets. L'un d'eux saisit le petit scanner qui pendait à sa ceinture.

– Monsieur, nous détectons une forme non identifiée de surveillance… sur les microfréquences !

– Isolez la source ! ordonna Li.

Tout le monde se mit à parler en même temps, dans un brouhaha assourdissant. Les deux agents parcoururent la pièce en tous sens, essayant d'obtenir un signal plus précis.

– Nous avons déjà scanné, s'exclama Crane, il n'y avait rien !

L'interphone siffla, et une voix appela :

– Docteur Crane, ici le capitaine Long. Nous avons détecté une source de micro-ondes quelque part dans la section avant, là où vous vous trouvez.

– Le coupable vient sûrement tout juste de mettre son appareil de communication en marche, dit Crane en pressant le bouton de l'interphone sur la table. Merci, capitaine, nous nous en occupons.

– Comme je le disais, reprit Ishmael, je suis venu ici afin de me faufiler à travers la toile d'araignée tissée de mensonges et de bêtises derrière laquelle votre gouvernement se cache. Je suis ici pour vous présenter directement, face à face, notre liste de revendications. Malgré le fait que votre gouvernement ne reconnaisse pas notre existence, nous existons. Et nous avons bien l'intention d'être entendus.

– De quoi parlez-vous ? demanda Gabler, dont les mains tremblaient tandis qu'il suivait de l'œil le manège des agents secrets.

– Je parle d'autonomie ! D'indépendance… un État islamique en Amérique du Nord, qui engloberait les zones actuellement occupées pas les États de Floride, de Caroline du Sud, de Caroline du Nord, de Géorgie, d'Alabama, de Louisiane et du Mississippi.

– On y est presque ! s'écria un des deux agents en se rapprochant avec son scanner du sas de sortie.

Ishmael, parfaitement serein au milieu de la panique générale, sortit de son dashiki un petit disque qui tenait dans la paume de la main et le fit glisser sur la longue table polie jusqu'à Gabler. Li l'attrapa au passage.

– Les détails de notre projet de sécession sont enregistrés là-dedans, dit Ishmael. Et le contenu de notre programme est, en ce moment même, montré à des milliards de spectateurs à travers la planète. Nous demandons l'autonomie, monsieur le vice-président. Nous la demandons maintenant !

– Ce n'est ni le moment ni l'endroit, déclara Gabler. Je n'accepte pas de vous écouter et je refuse ce disque.

– Ici ! s'écria un des agents.

À l'aide de pinces effilées, il sortit quelque chose d'une des décorations du mur, se précipita vers la longue table et y posa une caméra miniature pas plus grosse qu'une tête d'épingle. Gabler la saisit entre deux doigts et l'avala.

– Trop tard, fit Ishmael. Désormais notre mouvement a officiellement déposé ses revendications.

– Je doute fort que les habitants des régions que vous avez mentionnées soient d'accord avec vos soi-disant revendications, rétorqua le vice-président.

– Ce qui prouve que vos ancêtres auraient dû réfléchir avant de kidnapper mon peuple sur sa terre natale, de l'entasser comme du bétail à bord de bateaux et de l'amener ici.

Ishmael sourit et, s'avançant vers Crane qui ne bronchait pas, reprit :

– Je me moque de vos tremblements de terre, docteur, mais je vous remercie de m'avoir donné l'occasion de rencontrer M. Gabler et ses… voyons… hommes de main. Maintenant, j'aimerais retourner à ma cabine. J'ai besoin de repos.

– Vous êtes un homme cruel ! s'écria soudain Crane.

Ishmael secoua la tête.

– Non, je suis un rêveur, tout comme vous. Nous avons simplement des rêves différents.

– Pas un rêve, monsieur, un cauchemar fait de désastres, d'angoisses et de doutes. Mais souvenez-vous d'une chose : votre rêve est important pour les hommes d'aujourd'hui, le mien englobe tous les temps.

Ishmael sourit.

– Cette histoire de programme de prévision que vous vendez

à ces imbéciles, ce n'est pas du tout ce qui vous intéresse. Vous voulez plus, beaucoup plus !

Crane le regarda dans les yeux et répondit d'une voix glaciale :

– Bonne nuit, Frère Ishmael.

Celui-ci sortit de la pièce. Sumi le suivit en courant.

– Voilà qui est absolument parfait, vraiment parfait ! fit Gabler d'une voix enjouée.

Il prit le disque des mains de Li et le considéra comme s'il s'agissait d'un rat crevé, avant d'ajouter :

– Nous pouvions avoir cette réunion à Washington, sous la protection de *mon* service de sécurité, mais non, il fallait que vous fassiez votre petit numéro.

– Au point où nous en sommes, vous feriez bien de suivre mes suggestions si vous voulez survivre. Ishmael vient de vous ridiculiser, monsieur le vice-président, et cela devant la Terre entière. Vous pouvez laisser les choses en l'état ou contre-attaquer. J'ai lu les derniers sondages, il y apparaît clairement qu'une partie de plus en plus grande des citoyens des États-Unis souhaite une forme ou une autre de rattachement avec les habitants de la Zone de Guerre de leur ville. Les Blancs ne représentent plus désormais que trente pour cent de l'électorat. Vous pouvez vous servir de mon projet pour donner l'impression que vous avez tendu la main à la Nation de l'Islam et que vous avez été rejeté. Si vous suivez mon plan, vous prouverez que vous avez à cœur les intérêts de chacun, quelle que soit la façon dont ils vous accueillent. Si vous refusez, je présenterai mon projet à l'opposition et, croyez-moi, *eux* n'auront pas peur de passer pour des bienfaiteurs de l'humanité.

Il se retourna et dévisagea le vice-président qui se tenait la tête penchée, comme un chien en train de contempler son os.

– Je suis sûr que M. Li comprend mon point de vue, continua Lewis.

– Nous avons pris notre décision, docteur Crane !

Crane inspira profondément pour se calmer et essaya de conserver son air serein.

– Je vous écoute, monsieur.

– Je demanderai à tout le monde de quitter la pièce.

Crane acquiesça et regarda Dan qui avait l'air d'hésiter entre la colère et l'enthousiasme… Bah, il s'en remettrait.

En moins d'une minute, Li et Crane étaient seuls à la table.

– Vous êtes un homme intéressant, docteur.

Le visage fripé du vieil homme brillait d'une lueur nouvelle.

– Vous aussi, monsieur.

– Vous savez, bien sûr, que nous ne pouvons pas vous donner des crédits gouvernementaux illimités.

– Mais, je…

Li leva la main.

– J'ai joué le jeu selon vos règles, docteur. C'est à mon tour de parler, maintenant. Si, et je dis bien *si*, nous travaillons ensemble, vous aurez besoin de quelqu'un pour superviser le projet. Quelqu'un que nous apprécions tous les deux, Sumi Chan, par exemple.

– Sumi ?

– Vous allez voir qu'il est facile de traiter avec nous. Nous aimons les Américains. Vous êtes si adroits, avec vos gadgets. Vous inventez les objets les plus étonnants. Vraiment remarquable.

– Vous avez dit *si* nous travaillons ensemble ?

Crane observa le vieillard. Il contemplait son verre devant lui sur la table, l'air de se demander s'il allait reprendre un peu de Dorph.

– J'ai précisé *si,* en effet.

Li acheva son verre puis attrapa celui de Mui et en avala d'un trait le contenu.

– Tout le monde est très intéressé par vos idées, continua-t-il. Mais vous demandez au gouvernement et aux industriels de vous confier une immense responsabilité, et tout cela sur la foi d'une seule démonstration.

– Où voulez-vous en venir ?

– C'est très simple, Crane, sourit Li avec une lueur pétillante dans les yeux. Vous aurez tout ce que vous demandez, mais il faut d'abord nous convaincre que vous êtes bien ce que vous prétendez être.

– Et comment le ferai-je ?

– Très simplement : annoncez un autre séisme, quelque chose d'important, d'impressionnant. Faites-le avant les élections. Elles auront lieu en mai, cela vous laisse six mois. Si, comme vous le dites, il y a trente tremblements de terre d'importance majeure tous les ans, vous aurez de quoi faire.

– C'est tout ?

– Non, il faudrait que ce séisme survienne près des États-Unis, que les électeurs le ressentent. Si vous réussissez, docteur Crane, le monde sera à vous.

À BORD DU *DIATRIBE*
AU LARGE DE LA CÔTE CALIFORNIENNE
19 JUIN 2024, 10 H 12

– Bien sûr que nous sommes sous surveillance, affirma Frère Ishmael à Crane.

Dan Newcombe, assis entre eux dans la grande salle de réunion du *Diatribe* décorée de bois et de cuivre, écoutait avec attention.

Ishmael était resté après que tous les autres invités, y compris ses gardes du corps, étaient partis. Newcombe se demandait pourquoi.

– Tout le monde est observé tout le temps, continua Ishmael. C'est ainsi que fonctionne votre monde de Blancs, et c'est aussi votre occupation principale. Les hommes espionnent les hommes. Les machines espionnent les machines. Pourquoi ?

– Nous sommes des petits curieux, je suppose, répondit Crane aimablement en essayant de deviner ses intentions. Et puis, vous savez, ce qui est inventé est amélioré puis utilisé. Cela fait partie de la nature humaine. Et tout le monde n'est pas espionné. Il y a ceux qui se paient les services de personnes capables d'être… plus malignes que les machines.

Ishmael sourit et pointa un doigt vers lui.

– Et alors *cette* personne vous surveille. Et n'oubliez pas ceux qui *les* surveillent.

– Vous n'avez pas d'appareils de détection dans la Zone de Guerre ? demanda Newcombe.

Le leader nationaliste se tourna vers lui. Depuis son arrivée à bord, il avait traité tout le monde avec mépris, mais il se comportait envers Newcombe comme s'il était un vieil ami.

– Bien sûr que nous en avons. Nous nous en servons contre les Blancs, tout comme les Blancs s'en servent contre nous, ou du moins essaient. Comme le Dr Crane, nous passons beaucoup de temps à essayer d'être plus malins que les machines. Mes frères m'ont fait savoir que notre conversation, en ce moment, est enregistrée par un appareil appelé Poste d'Écoute n° 528, qui se trouve en orbite au-dessus de nous. Nous serons hors de sa portée à 1 h 45.

Lanie était assise en face de Dan. Ses yeux pétillaient comme ceux d'une enfant.

– Si nous sommes écoutés, dit-elle à Ishmael, pourquoi parlez-vous ?

– Cela fait partie de notre campagne politique, répondit-il. Nous souhaitons faire connaître aux Blancs les raisons pour lesquelles nous ne pouvons pas vivre dans la même société. Vous et le monde entier écoutez en ce moment mon raisonnement. Lorsque j'aurai quelque chose à dire en privé, je le dirai en privé.

– Vous m'utilisez sans la moindre honte, fit Crane.

Il haussa les épaules et but une lampée de bourbon avant d'ajouter :

– Écoutez, Frère Ishmael, j'ai beaucoup de respect pour vous. Je me fiche pas mal que vous vous serviez de moi pour faire passer votre message au monde. Mais, nom de Dieu, faites un geste, vous aussi ! Soutenez-moi un peu. Je veux le bien de tous !

– Non ! s'exclama Ishmael. Vous ne voulez pas aider l'humanité, vous voulez terrasser la Bête. Je le vois dans vos yeux lorsque vous parlez des tremblements de terre. Vous les haïssez. Dieu a créé leur force mais vous avez l'audace de haïr Sa création. Je suis désolé pour vous et vos moulins à vent, mais je vais prier Allah pour que jamais vous ne réussissiez dans votre combat.

– Vous êtes un homme dur, remarqua Crane en levant son verre. Vous êtes le négociateur le plus rusé que j'aie jamais vu. Bien sûr que je hais la Bête. Je la hais tout comme les Crétois haïssaient le Minotaure. Qu'y a-t-il de mal à haïr un monstre ?

Malcolm X a bien prononcé ces mots : « Quand notre peuple est mordu par des chiens, n'a-t-il pas le droit d'abattre ces chiens ? » Je hais la Bête à cause des rêves et des vies qu'elle détruit et je vais trouver un moyen d'émousser son épée, avec ou sans votre aide. Et ce que je dis en ce moment s'adresse au monde entier.

Il avala une longue rasade et ricana :

— Vous devriez envisager de vous mettre à boire, mon ami. La sobriété n'est pas bonne pour la santé.

— Je ne suis pas votre ami.

— Bien sûr que non. Vous ne buvez pas. Vous pensez vraiment que vous allez avoir votre État islamique ?

Ishmael acquiesça lentement.

— Nous l'aurons, répondit-il. Dans ce monde de faiblesse, nous sommes la force vive.

— Dans ce cas, comment expliquez-vous ce qui s'est passé au Moyen-Orient ? demanda Lanie.

— L'entité juive a choisi de se détruire elle-même plutôt que d'avoir à faire face à la réalité de l'Islam, rétorqua Ishmael avec un haussement d'épaules. Cela n'a rien à voir avec moi. Le nuage de Massada est là pour rappeler chaque jour combien est grand le pouvoir d'Allah sur les infidèles. Il n'y a plus de Juifs en Palestine.

Crane soupira.

— Il n'y a plus personne en Palestine ! Et ce fait ne changera pas dans le futur proche. Comment osez-vous dire qui doit mourir et qui doit vivre ? Je travaille pour que tout le monde vive.

— La jungle ne fonctionne pas comme vous le pensez, répondit Ishmael. Et les séismes non plus. Vous ne pouvez pas ramener vos parents à la vie, docteur.

— N'essayez pas de me psychanalyser, je vous en prie, soupira Crane en finissant son verre d'un seul trait. Je vais sur la plate-forme d'observation pour voir si nous approchons de la côte. Est-ce que vous êtes en sécurité ici, Frère Ishmael ?

— Je ne sais pas. Suis-je en sécurité ?

— Je ne suis pas suffisamment puissant pour vous protéger, dit Crane. Qui veut venir avec moi ?

— J'arrive, fit Lanie.

Elle prit son café, y ajouta une cuillerée de Dorph. New-combe se leva. Ishmael le retint par le bras.

– Reste avec moi, Frère Daniel. J'ai à te parler.

Newcombe le regarda, se rassit, puis se tourna vers Lanie

– Faites attention au soleil, là-haut. Je vous rejoins dans cinq minutes.

Il l'observa tandis qu'elle se dirigeait vers l'écoutille en compagnie de Crane. Ils s'armèrent de gants, de chapeaux, de lunettes, et Lewis sortit un tube de sa poche. Il ouvrit l'écoutille. La lumière aveuglante du soleil envahit la pièce. Dan se cacha les yeux mais vit cependant la silhouette de Lanie, qui lui disait au revoir.

Ils avaient passé toute la journée de la veille ensemble, et s'étaient tous deux étonnés de constater combien la vie avait enfin un sens lorsqu'ils se trouvaient l'un près de l'autre. Prudemment, Dan recommençait à rêver d'une maison, d'une famille, de n'importe quoi, pourvu que ce soit loin de Crane et de sa poursuite obsessionnelle du monstre. Il avait même réussi à convaincre Lanie de venir habiter avec lui quand ils retourneraient à la Fondation.

– Pourquoi es-tu avec la femme blanche ? demanda Ishmael.

Newcombe le fusilla du regard et répondit simplement :

– Je l'aime.

– Elle est ton ennemie. Elle n'est pas seulement blanche, elle est aussi juive.

Newcombe contracta la mâchoire.

– Elle est cosmie !

– Le judaïsme n'est pas une religion mais une race.

Newcombe examina son Bloody Mary.

– Je ne suis pas d'accord avec la philosophie de la Nation de l'Islam, dit-il. Je suis un Africk, je vis en Amérique et je me débrouille très bien, merci. Je ne suis pas opprimé. Je suis maître de mon propre destin. Grâce à mon éducation et à mon intelligence, je suis maintenant le meilleur dans ma spécialité et j'ai choisi librement la femme avec qui je souhaite vivre.

– Alors pourquoi travailles-tu pour quelqu'un comme Crane ? Pourquoi n'as-tu pas ton propre laboratoire, tes propres sponsors ?

Newcombe sentit la colère l'envahir.

– Avec qui avez-vous parlé ? demanda-t-il entre ses dents.

Ishmael se pencha vers lui et parla d'une voix si faible que Dan dut presque coller sa tête à la sienne pour l'entendre.

– Je suis resté à bord pour te parler. La N.D.I. a besoin de toi. Tes Frères t'appellent.

– J'en doute, rétorqua Newcombe, soudain mal à l'aise.

– La Nation de l'Islam va avoir besoin d'hommes de science, d'hommes intelligents, connaissant parfaitement la société des Blancs, afin de pouvoir construire notre nouveau monde. Nous sommes pour le moment coupés en trente morceaux, chacun dans une ville différente, tous encerclés. Mais ces Zones sont de plus en plus surpeuplées. Nous avons désespérément besoin d'espace et d'une unité géographique. Nous sommes en état de guerre. Mais nous prendrons ce dont nous avons besoin. La chari'a de Dieu et un État indépendant deviendront enfin une réalité. Tout le monde devra choisir son camp. Tu fais semblant d'être un homme blanc à la peau noire, mais tu n'en es pas un, j'ai vérifié.

– Si vous avez « vérifié », vous savez que j'ai déjà failli une fois détruire ma carrière parce que je soutenais publiquement la création d'un État islamique. Depuis notre rencontre télévisée à bord du *VEMA,* je me suis de nouveau grandement mis en péril. Votre cause est juste, Ishmael, mais j'ai déjà versé mon sang pour elle.

– Tu n'as pas ta place dans le monde des Blancs, à moins d'être leur laquais. Tu veux un monde meilleur ? Moi aussi. Je suis venu te dire que je peux réaliser ce rêve bien mieux que l'homme satanique pour qui tu travailles.

– Satanique, Crane ?

– Il fait partie des forces des ténèbres, Daniel. Je fais partie de celles de la lumière.

– Vous vous trompez. Crane est comme moi.

– Tu n'en crois rien. Tu sais qu'il est fou.

Newcombe soupira, abasourdi par la perspicacité d'Ishmael.

– Crane est un homme marqué, sans implantation solide dans les cercles du pouvoir. Maintenant que notre djihād a commencé, ton affiliation politique à la N.D.I. te donnera un pouvoir. Tu pourras faire de grandes choses. Tu pourras être le chef d'orchestre. Je ferai de toi un héros de l'Islam.

– Ça m'a tout l'air d'une condamnation à perpétuité.

– … Écoute-moi, Frère, s'écria Ishmael en se levant majestueusement. Notre monde va naître, tu y auras ta place, tu y auras des amis. Crois-moi lorsque je te dis qu'il n'y a pas de place pour un Africk trop savant dans le monde des diables blancs. Ils vont faire de toi un cireur de chaussures de luxe. Crane a déjà commencé.

– Vous vous trompez !

– Pas au sujet de Crane, ni de la femme blanche. Fais-moi confiance, Frère, je suis le seul à qui tu puisses te confier. La juste colère de Malcolm X, de Louis Farrakan et de Saladin le Prophète est dans mes veines. Tu réaliseras ton véritable potentiel au sein de la Nation de l'Islam.

Il se pencha et écrivit sur un bloc-notes posé sur la table : *Mémorise ces chiffres, c'est le numéro d'une ligne directe et sûre pour me joindre.*

Le leader islamique s'était levé et regardait par un des hublots teintés. L'océan était calme et reflétait le soleil en lignes argentées aveuglantes. Il se retourna vers Newcombe.

– Tu crois que je ne te connais pas, mais tu fais erreur. Je t'ai connu dans la jungle, et dans les bateaux des marchands d'esclaves, et sous le fouet. Je t'ai connu lorsqu'ils sont allés te chercher dans ta maison et t'ont pendu, et quand ils t'ont frappé et mis en prison pour t'empêcher de traîner dans les rues. Je t'ai connu lorsqu'ils t'ont promis la liberté pour ne t'accorder que celle de mourir de faim. Je t'ai connu, Frère, lorsqu'ils t'ont donné les poisons et les armes pour que tu te tues toi-même. Je t'ai connu lorsqu'ils en ont eu finalement assez et se sont détournés de toi, espérant que tu mourrais dans la jungle de béton qu'*ils* avaient construite. Ne dis plus jamais que je ne te connais pas. Je te connais comme Dieu te connaît, comme tu te connaîtrais toi-même si tu ouvrais seulement les yeux.

– Ils vont vous arrêter, vous le savez, dit Newcombe, la voix brisée par l'émotion. Vous n'allez pas tenter de fuir ?

Frère Ishmael sourit et ne répondit pas.

Le visage de Sumi Chan s'inscrivit avec un *Bip !* sur l'écran de Li Cheun.

– Je vous appelle comme convenu, pour faire mon rapport

au sujet du Dr Crane. Il arrivera au port en fin d'après-midi et se rendra directement à la Fondation.

— Excellent. Vous êtes-vous occupé d'installer le système de surveillance dans sa résidence et dans ses laboratoires ?

Les yeux de Chan changèrent à peine d'expression.

— Oui, monsieur Li.

— Avez-vous un problème avec votre mission ?

— Non, monsieur, reprit vivement Sumi, seulement, je connais le Dr Crane depuis…

— Soyons tout à fait clairs sur ce point, Sumi, coupa Li en remarquant l'expression apeurée sur le visage qui flottait devant lui. Je peux faire votre fortune ou vous détruire. En travaillant pour la Société géologique U.S.G.S., vous travaillez pour moi. Quand vous accordez une bourse, c'est moi qui l'accorde. Si vous ne voulez pas de ce travail…

— Monsieur, je vous suis totalement dévoué, à vous et à Liang International.

— Crane n'est pas votre frère, il est votre cible.

— Oui, monsieur. Pardonnez-moi, monsieur.

— Ne vous excusez pas, Sumi, vous faites un excellent travail. Ne quittez pas, un instant…

Il se tourna vers Mui qui figea la projection du visage de Chan :

— Qu'en est-il d'Ishmael ?

— Peur générale et réaction négative à sa demande d'un État islamique, répondit Mui en lisant son écran. Réaction *très* négative de la part des États du Sud mentionnés dans les revendications. Notre analyse indique que, pour le moment, les candidats de Yo-Yu vont utiliser cette peur à leur avantage pour se faire élire.

— Je vois, murmura Li qui avait soudain une idée. Repassez-moi Chan.

Le visage de Sumi disparut puis se reforma. Il avait l'air plus détendu. Il avait dû avaler de la Dorph durant cette petite pause.

— Sumi Chan, il se peut que dans les mois à venir vous deveniez un élément très important de cette opération. J'ai la plus grande confiance en vous. Est-ce que Frère Ishmael est encore à bord du *Diatribe* ?

— Il y était il y a dix minutes, lorsque j'ai parlé avec Crane.

Li coupa le son du pad qu'il portait au poignet et lança à Mui :

— Appelez la Police Fédérale, voyez s'ils peuvent l'arrêter pendant qu'il est encore à bord. Accusez-le de sédition. Nous le voulons vivant... Dites-le-leur, surtout !

Mui frappa son clavier.

— La FPF de Los Angeles est prévenue. Le G est en route.

Li fit un petit signe d'approbation et se concentra de nouveau sur Chan.

— Je veux que vous preniez un hélic et que vous conduisiez personnellement le Dr Crane à la Fondation avec nos compliments. Nous allons vous faire parvenir assez d'argent pour permettre à son organisation de poursuivre ses recherches. Nous donnerons au docteur tout ce qu'il veut... pour le moment. Passez beaucoup de temps là-bas. C'est maintenant votre devoir, votre mission. Nous trouverons quelqu'un d'autre pour s'occuper de votre poste à la Société géologique. Compris ?

— Oui, monsieur. Merci, monsieur.

— Restez à l'ombre, monsieur Chan.

— Vous de même, monsieur Li.

Mui fit disparaître le visage de Sumi, et Li se tourna vers la Californie. Crane était entré dans l'arène par un coup de force, il était devenu un des joueurs. Parfait. Il allait falloir qu'il en assume les conséquences.

Sur la plate-forme d'observation, Lewis Crane et Elena King admiraient l'horizon lointain à travers leurs lunettes protectrices. Ils avaient chaud sous leurs épais vêtements. Le soleil était brûlant. Crane n'en pouvait plus d'impatience. Ce voyage sur le *Diatribe* lui avait d'abord semblé être une bonne idée, ce qu'il continuait de croire. Mais maintenant, il était en train de devenir fou. Même la boisson ne l'aidait plus à tenir. Il fallait qu'il *fasse* quelque chose. Par-dessus le marché, son bras lui faisait horriblement mal. Elena le regarda, les yeux écarquillés.

— Ça ne va pas ?

— Quelque chose... vient d'arriver... et je suis au milieu de cette saloperie d'océan !

– Est-ce que c'est proche ? Une tranchée de subduction qui viendrait de glisser juste en dessous de nous ?

Crane secoua la tête. Son attention s'était reportée sur les volatiles. Ils étaient trop gros et, surtout, bien trop rapides.

– Il n'y a pas de subduction dans cette région de l'océan. La Californie repose sur une faille, la plaque pacifique et la plaque nord-américaine frottent l'une contre l'autre en glissant dans des directions opposées. Si quelque chose se passait là-bas, ça se saurait. Mais merci, en tout cas.

– Merci de quoi ?

– De ne pas mettre en question mes intuitions.

Lanie avait remarqué les oiseaux, elle aussi, et les observait.

– Dan m'a dit que vous sentiez certaines choses dans votre bras.

– Et quoi d'autre ?

Elle sourit et se tourna vers lui.

– Il prétend que quand vous souffrez, il souffre aussi…

– Je lui casse les pieds, c'est ça ?

– Oui. Dites, ces oiseaux, là-bas, ils ne sont pas un peu trop gros pour être des mouettes ?

– Trop gros et trop bruyants. Vous entendez ce bourdonnement ?

– Non.

Ils admirèrent les volatiles qui continuaient de s'approcher, leurs petits moteurs à focus vrombissant… des caméras téléguidées déguisées en mouettes et lancées à leur recherche !

– Je crois que ces messieurs de la presse nous ont repérés.

Les caméras piquèrent au-dessus du pont. On pouvait même voir les logos de sociétés d'infos sur leurs flancs. Elles effectuèrent un looping puis tournèrent autour du *Diatribe* avant de l'encercler.

– On doit être tout près des côtes, dit Lanie. Vous avez vu les oiseaux sans logo ?

Crane fit signe que oui.

– Police Fédérale. Ils sont là pour Ishmael. Je vous parie qu'ils vont essayer de l'arrêter avant que nous n'arrivions au port.

– On ne peut rien faire ?

– Il aurait dû partir avec ses gardes du corps, immédiatement après le meeting. Je ne comprends pas pourquoi il est resté.

Un des oiseaux sans logo s'approcha du pont. Crane lui fit « Hello » et mit les mains en porte-voix pour crier aux autres caméras :

– Merci de votre accueil ! Nous sommes impatients de vous rencontrer dès notre arrivée !

Il baissa la voix, ajouta entre ses dents :

– Charognards…

Puis il continua à faire des signes amicaux de son bras valide et demanda à Lanie de l'imiter en souriant.

– Regardez les nuages, dit-elle.

Crane leva les yeux et vit son propre visage projeté sur un cumulo-nimbus situé au-dessus d'eux.

– Ce nuage me grossit ! Amusons-nous un peu, restez là.

Il descendit l'échelle en riant, passa le long du canot de sauvetage, se glissa sur le pont principal, prit le kit de survie et revint sur la plate-forme.

– Qu'est-ce que vous fabriquez ? demanda-t-elle en le voyant ouvrir la boîte en aluminium.

– Je sais que c'est quelque part là-dedans… ha ha !

De la boîte, il sortit un pistolet lance-fusées et le brandit triomphalement.

– Si le monde nous observe, nous nous devons de lui fournir un spectacle à la hauteur !

– Vous n'êtes pas sérieux, protesta-t-elle en reculant de plusieurs pas.

– Je suis toujours sérieux !

Crane chargea une grosse cartouche dans le pistolet et le ferma d'un geste vif.

Puis il leva l'arme et tira dans la nuée de mouettes. La fusée partit en laissant derrière elle une traînée blanche. Elle explosa au milieu des oiseaux.

– En plein dans le mille ! s'écria Elena, applaudissant tandis que deux mouettes, en pièces, tombaient à l'eau.

Une troisième caméra commença à perdre de l'altitude. C'était un oiseau sans logo, ce qui signifiait que Lewis venait de se faire des ennemis dans la Police Fédérale.

L'appareil disparut derrière une vague à une centaine de

mètres du *Diatribe*. Les autres caméras se retournèrent pour filmer sa chute.

Il rechargea le pistolet et le tendit à Lanie.

— Vous voulez essayer d'en avoir un?

Elle le prit et visa.

— Je ne risque pas de m'attirer des ennuis en faisant cela?

— Quelle importance? fit-il, goguenard, tandis qu'elle appuyait sur la détente et faisait tomber une mouette dans une gerbe d'étincelles de magnésium.

Les autres oiseaux s'écartèrent les uns des autres puis s'éloignèrent tout en continuant de filmer.

Crane distinguait maintenant des bateaux qui approchaient, des curieux et des professionnels qui, tous, voulaient voir le maître des tremblements de terre. Derrière les embarcations, on voyait une ligne à l'horizon, la terre ferme. Ils étaient arrivés. Il allait pouvoir mettre les choses au point sur les événements des deux derniers jours.

— Bien visé! s'écria-t-il à l'adresse de Lanie.

Le ciel était à présent couvert de nuages, tous montrant les images de programmes de T.V. Le monde entier devait se brancher en ce moment même sur ce spectacle via les aurals.

— Je pense que vous aviez raison à propos du G, dit Lanie en indiquant un groupe de bateaux rapides qui commençaient discrètement à les encercler.

Crane posa la boîte par terre et posa un pied sur l'échelle.

— Ils ne veulent pas qu'Ishmael puisse se sauver en profitant de la cohue au port. Je descends et je vais essayer de les retenir.

Lanie se tenait juste derrière lui. Les bateaux s'amarrèrent au *Diatribe*. À leur bord se trouvaient des hommes en combinaisons blanches immaculées, portant des cagoules et des masques protecteurs avec lunettes incorporées.

— Est-ce que vous savez ce que vous faites? demanda-t-elle en lui saisissant le bras et en le fixant.

Elle avait des yeux magnifiques, noisette, pleins de curiosité. Des yeux qui disaient la vérité.

— Non, répondit Crane, plongeant son regard dans le sien. J'improvise depuis qu'Ishmael a fait exploser sa petite bombe sur le *VEMA*. J'ai tenté le coup. Dans mon plan original, j'avais besoin d'avoir toutes les cartes pour réussir. Ishmael a déconné, juste assez pour rendre les choses un peu plus piquantes.

– Mais vous avez réussi.

– Pas encore.

Des haut-parleurs se mirent à hurler tout autour d'eux :

« Ici la Police Fédérale, annonça une voix féminine en un murmure si amplifié que chacun de ses mots avait la puissance d'une déflagration. En accord avec la loi de 2005 sur le contrôle des rues, nous avons obtenu l'autorisation d'arrêter Léonard Dantine, également connu sous le nom de Mohammed Ishmael. »

– Cela va faire baisser la cote de certains dans les sondages, remarqua Crane en observant les hommes en blanc aux visages de fantômes grimper à bord. Je crois qu'ils vont bientôt avoir besoin de quelqu'un pour porter le chapeau.

La porte de la cuisine s'ouvrit à toute volée. Newcombe passa la tête.

– On peut faire quelque chose pour les stopper ?

– Vous croyez qu'il faudrait les stopper ?

Lewis haussa les épaules en voyant l'expression furieuse de son assistant.

– Bon, ajouta-t-il. Compris… je vais essayer.

Le passage était bloqué à l'avant et à l'arrière par deux groupes d'hommes en blanc qui avançaient vers eux. Lanie continua de suivre Crane.

– Pourquoi dites-vous que vous n'avez pas réussi ? demanda-t-elle. Je croyais que Li…

– Li m'a dit qu'il fallait que je recommence.

Il s'avança vers un des hommes. Leurs uniformes ne portaient aucune marque distinctive. Les G étaient anonymes. C'était leur force, ce qui les rendait si inhumains.

– Ce bateau se trouve en dehors des eaux territoriales des États-Unis, déclara Crane. Vous êtes par conséquent en dehors de votre zone de juridiction et vous n'avez aucun droit de vous trouver à mon bord. Veuillez quitter le *Diatribe* immédiatement !

Le G parla dans son pad, puis hocha la tête :

– Deux milles nautiques et demi. Désolé, nous sommes dans les eaux territoriales, répliqua-t-il aimablement.

Puis il indiqua la porte.

— Y a-t-il une autre issue à cette pièce ?

— Oui, de l'autre côté, répondit Lanie en voyant que Newcombe, fou furieux, s'était collé contre la porte pour leur bloquer le passage.

— Il ne va pas tenter de se sauver, soupira-t-il en s'écartant à regret. Il me l'a juré.

Le G se rua dans la pièce, Crane juste derrière lui, suivi par les autres. Frère Ishmael était calmement assis à la table, un sourire serein aux lèvres.

— Avez-vous une réservation, messieurs ? demanda-t-il.

— Debout, vous êtes en état d'arrestation !

Ishmael se leva.

— Je ne suis pas de votre pays et je n'ai violé aucune de vos lois, dit-il. Vous ne pouvez pas m'arrêter.

— Vous pourrez faire une déclaration qui sera enregistrée par le robot du dépôt, rétorqua le G d'une voix calme et presque amicale. Ces messieurs vont vous accompagner. C'est vous qui choisissez la façon dont vous allez sortir de cette pièce.

Six hommes s'avancèrent. Ils ne tenaient pas d'armes à la main, mais sur leurs manches brillaient des petits appareils électroniques et des bandes micro-ondes, des appareils mortels. Ils se placèrent autour d'Ishmael et lui sautèrent dessus pour l'attraper.

Ils ne saisirent que du vide. Leurs bras passèrent à travers le leader islamiste qui devint presque transparent.

— Une projection... il n'est pas vraiment là ! s'exclama Newcombe en éclatant de rire.

Ishmael avança vers lui, passant carrément à travers la table, et se pencha pour lui murmurer :

— Seulement depuis ce matin ! Contacte-moi, Daniel.

Les membres du G sortirent de la pièce sans dire un mot ; le dernier d'entre eux tendit à Crane une facture pour la mouette abattue. L'image d'Ishmael riait, il fit un tour sur lui-même afin que les caméras perchées sur le bastingage qui filmaient à travers les hublots teintés puissent mieux le voir.

— Peuples du monde, regardez comment se conduisent les animaux blancs ! Ce sont des sauvages. Nous devons avoir notre État indépendant, et rien ne nous arrêtera. C'est la volonté d'Allah.

Puis il disparut, les laissant seuls. Crane retourna à l'extérieur, sachant que le G allait maintenant essayer de le rendre responsable de ce qui s'était passé avec Ishmael.

Il fallait qu'il arrive à élever le débat, à dépasser les petits problèmes des policiers.

Il émergea sur le pont. Cinq mouettes s'envolèrent en le voyant, craignant qu'il ne recommence à jouer au tir aux pigeons. Il se pencha par-dessus le bastingage et regarda les G regagner leurs bateaux et s'éloigner, tandis que les professionnels des infos s'approchaient avec les Filmeurs amateurs. Il sentit soudain la présence de Lanie à ses côtés et se tourna vers elle. Newcombe n'était pas là.

– Li et les autres ont conclu un marché avec vous, dit-elle. Il va falloir qu'ils tiennent parole, eux aussi.

– Uniquement si je leur apporte un autre tremblement de terre sur un plateau, murmura-t-il.

À présent, une flottille de bateaux de différentes tailles et de tous types les entourait. Ils se rapprochaient de Los Angeles. Les nuages au-dessus d'eux montraient leurs visages, tandis que les mouettes plongeaient à tour de rôle devant le navire. Les gens à bord des esquifs leur faisaient de grands signes.

Lanie vint se placer auprès de lui tandis qu'il jouait les célébrités et saluait. Il se pencha par-dessus le bastingage et héla l'embarcation la plus proche :

– Ohé du bateau ! Que se passe-t-il côté séismes ? Je viens de sentir quelque chose !

Un haut-parleur grésilla sur une des vedettes des infos.

« La Martinique vient d'être rasée par une éruption de la montagne Pelée », annonça une voix aussi forte que le tonnerre.

Crane se tourna vers Elena King.

– Ne défaites pas vos bagages.

Puis il passa une jambe par-dessus la rambarde et descendit sur le pont principal. Il avait soudain tout oublié, tout, sauf la Bête et la chasse, cette foutue chasse qui ne se terminerait jamais.

4
PROCÉDÉS GÉOMORPHOLOGIQUES

LOS ANGELES, CALIFORNIE
20 JUIN 2024, 20 H 47

Personne ne savait que Sumi Chan était une femme. Personne. La *yi-sheng* qui avait aidé à l'accouchement était morte cinq ans plus tôt. Les parents de Sumi, qui avaient organisé cette tromperie dès que l'amniocentèse avait montré qu'ils n'allaient pas avoir un héritier mâle, étaient décédés en 22, victimes de la grippe de Saint Louis, ramenée par un voyageur de commerce de retour d'Amérique, et qui avait dévasté l'Asie.

C'était ainsi que Sumi vivait : en construisant un immense mensonge. Et elle allait devoir continuer. À leur mort, ses parents étaient sans le sou, pour cause de faillite. Ils étaient propriétaires d'une compagnie pharmaceutique qui avait créé un implant contre les maux de tête pour Liang Int. L'implant n'avait jamais fonctionné correctement et ils avaient perdu des sommes considérables. Sumi avait consacré vingt-huit ans de sa vie à se faire passer pour un homme afin d'hériter de biens qui n'existaient même plus.

Être prisonnière était une sensation qu'elle connaissait parfaitement. Elle était venue en Amérique, car la coutume voulait qu'on étudie la science à l'étranger. Sa position à l'U.S.G.S. n'était qu'une manœuvre, son but réel étant de surveiller à long terme le portefeuille de valeurs de sa compagnie. Aujourd'hui, elle n'avait plus rien d'autre et craignait avec terreur qu'on lui reprenne le peu qui lui restait si on découvrait la vérité. Cela la laisserait anéantie, déshonorée, inutile. La seule sensation pure que Sumi Chan connaissait était la peur, une peur qui la rongeait sans cesse.

Elle monta dans l'hélic de Liang Int. L'intérieur de l'appareil ressemblait à une tanière et l'extérieur à un batteur à œufs géant. C'était un modèle très prisé pour son confort.

Sumi essaya de se contrôler. Crane avait été gentil avec elle, il lui avait offert la notoriété et un poste prestigieux. Lewis était un homme étrange et distant, mais elle l'aimait bien. Il ne méritait pas ce qui allait lui arriver.

Chan scruta la foule d'environ deux cents personnes qui approchait de la plate-forme d'atterrissage sur les quais de Long Beach Harbor. Le soleil était déjà bas dans le ciel. La nuit claire, remplie d'étoiles, allait tomber sur la plus grande ville de l'hémisphère Ouest. Les gens avaient fermé leurs ombrelles et les tenaient sous le bras. Ils se frottaient le visage pour en ôter la crème protectrice, et retiraient leurs gants et leurs combinaisons. La liberté de la nuit était arrivée.

Crane marchait en tête du groupe le long des docks bien éclairés, les journalistes tournant autour de lui comme des mouches. La plupart des gens qui couraient derrière étaient des Filmeurs, des chômeurs ou des citoyens qui s'ennuyaient, des gens qui ne vivaient plus que pour passer à la T.V., pour voir leurs visages projetés sur les nuages et les façades d'immeubles. Faire le Filmeur n'était plus une obsession. Trop de gens le faisaient. C'était devenu un véritable phénomène de société.

À côté de Crane marchaient Newcombe et la femme qu'il avait engagée peu de temps auparavant. Que venait-elle faire dans tout ça ? Sumi ne savait que penser d'Elena King. Elle semblait avoir la détermination de Crane et le tempérament émotif de Newcombe. Une combinaison dangereuse. Chan avait grand-peur qu'elle ne découvre son secret, elle craignait toujours que les femmes voient clair dans son jeu.

La foule arriva. Sumi ouvrit la porte coulissante pour permettre à Crane et à son équipe de monter dans l'appareil.

— Docteur Crane, appela un journaliste vêtu d'une grande

veste de mandarin jaune, pouvez-vous nous dire quand le « Big One » va détruire L.A. ?

– Si je vous disais qu'il va se produire demain, répondit Crane en se hissant à bord à la suite de Newcombe et de Lanie, que feriez-vous ? Voilà la question que vous devriez vous poser !

Il ferma la porte et se laissa tomber lourdement sur une chaise pivotante rembourrée. Il grogna, se détendit un court instant, puis se massa le visage de sa main valide. Soudain, il se redressa en saisissant le bord de sa chaise et regarda Sumi.

– Qu'est-ce qu'on attend ?

Sumi pressa un bouton sur le bras de son fauteuil.

– Allez-y ! ordonna-t-elle.

L'hélic s'éleva dans les airs en quelques secondes, sans la moindre vibration.

– Prochain arrêt, fit Chan en souriant à Crane, la Mosquée !

– La Mosquée ? répéta Elena King en continuant d'essuyer la crème de son visage avec une serviette.

– C'est comme ça que Sumi a surnommé la Fondation, dit Newcombe en s'étirant. Tu comprendras pourquoi en arrivant.

– Vous avez des nouvelles de la montagne Pelée ? demanda Crane.

– Non.

– Commençons par le commencement, O.K. ? La Martinique est dans la chaîne des Antilles, exact ?

– Exact.

Crane se tourna vers Lanie.

– Et voilà la profonde tranchée de subduction dont vous me parliez sur le bateau ! dit-il en mettant ses mains en « V ». Les tranchées micodéennes… La plaque fond durant la subduction et monte sous la forme de magma basaltique à travers la montagne de lave.

– Il va peut-être y avoir d'autres éruptions, prévint Newcombe.

– Il y en a déjà eu deux autres, annonça Sumi, mais plus petites. Le gros problème, c'est la météo. Il y a vingt rivières sur les flancs de la montagne Pelée, toutes débordent. La montagne s'est effondrée et a glissé sous la forme de coulées de boue, emportant des villages entiers. L'un de vous veut-il boire quelque chose ? J'ai de la Dorph.

– Non, répondit Crane en frappant son pad pour connecter son aural. Merci, mais personne ne veut boire. Sumi... appelez les gens des infos. Je veux qu'il y en ait qui m'accompagnent là-bas, sinon ils auront oublié qui je suis avant demain matin. Appelez aussi Burt Hill à la Fondation. Dites-lui que je veux une douzaine d'équipes de secours médical et une dizaine de costauds.

– Des costauds ?

– Des hommes forts, capables de creuser. À propos, content de vous voir, Sumi.

– Bien, monsieur.

Sumi utilisa la ligne directe avec la Fondation, dont un terminal se trouvait dans le bras de son fauteuil, pour envoyer le mémo à quarante destinataires – des agences d'infos.

Crane frappa son clavier et ouvrit la ligne *privée-privée* qui le reliait avec Harry Whetstone. Il fit pivoter son siège pour admirer le spectacle de la nuit sur Los Angeles tout en attendant que le système trouve Whetstone et établisse le contact. Harry était un type tranquille, de ceux qu'on appelait souvent des philanthropes, ce qui voulait dire en clair qu'il possédait cinquante millions de dollars et avait décidé d'en donner quelques-uns, histoire d'avoir l'impression de ne pas être comme tout le monde. Et cela fonctionnait. Il était devenu un de ces hommes puissants qui aimaient apparemment se plier aux caprices de Crane – caprices qui, le plus souvent, se réduisaient à des demandes très raisonnables.

– Ici Whetstone, j'écoute ! lança une voix ferme et amicale.

– Stoney, c'est Crane.

– Je me demandais si tu étais revenu de...

– J'ai besoin de ton avion et de beaucoup d'équipement.

– La montagne Pelée ?

– Je veux partir dans une heure. Est-ce que tu peux envoyer ton avion à la Fondation, disons dans les trente minutes qui viennent ?

– Si le plein est déjà fait, oui. Ces gros oiseaux ne marchent pas avec un focus. Je peux t'avoir de l'équipement lourd, je te l'envoie avec si ça t'intéresse.

– Grands dieux, non, fit Crane. J'ai besoin de pelles et de pioches, c'est tout.

– Tu es sûr que…

– Des pelles et des pioches, Stoney. Rappelle-moi sur la ligne Q lorsque tu pourras me dire vers quelle heure l'avion arrivera. Dépêche-toi.

La cité en dessous de lui était en pleine effervescence. Les images des T.V. brillaient comme du cristal liquide sur toutes les surfaces verticales : immeubles, panneaux d'affichage, murs, véhicules. Les plus hauts édifices paraissaient être vivants sous les mouvements des images gigantesques projetées sur les façades de vingt ou trente étages. Ils se dirigèrent vers le nord, Mendenhall Peak, dans les montagnes de San Gabriel.

– Pourquoi le G est-il monté sur mon bateau aujourd'hui ? demanda Lewis d'une voix forte en tournant le dos à ses compagnons.

Sumi lui donna la réponse la plus évidente. Elle faisait toujours attention avec Crane, la vérité était une arme à double tranchant :

– La réaction aux demandes d'Ishmael a été très négative. Les gens veulent qu'on fasse quelque chose. Ils ont peur de ce qui se cache dans les Zones de Guerre.

– Ça change quelque chose pour nous ?

– Il est trop tôt pour le dire. Le pays est sous le choc. Nous ne savons rien d'autre.

– Mais Li ne prend pas de risques. Il ne nous a pas contactés.

– M. Li est un homme d'affaires, dit aussitôt Chan. Qu'espériez-vous de lui ?

– J'espérais qu'il nous protégerait, moi et le pacte que nous avons fait, lâcha Crane avant de hausser les épaules. Enfin, tout cela n'est pas une surprise. Je peux survivre à l'affaire Ishmael, il faut juste que je prenne les choses en main moi-même.

Il soupira de fatigue. Il dormirait pendant le vol vers la Martinique. Un sentiment d'horreur l'envahissait. Il devinait la souffrance, la panique oppressante de ceux qui étaient prisonniers dans leurs maisons sous des tonnes de boue et de roches. Les larmes lui montèrent aux yeux, il s'essuya le visage de la main et tenta de retrouver sa sérénité habituelle, indispensable pour supporter des désastres comme Sado et la montagne Pelée.

Il regarda en bas et essaya de se concentrer sur le spectacle de la nuit. Il pouvait voir son hélic de Liang Int. sur la plupart des écrans. Le but des projections était principalement de distraire les gens pendant qu'ils faisaient la queue pour obtenir des produits de première nécessité. Les gadgets électroniques ne coûtaient pas cher et étaient amusants. Ils empêchaient les citoyens de réfléchir au fait que l'infrastructure du pays était, au mieux, totalement chaotique. Des appartements insalubres, des problèmes constants d'approvisionnement en nourriture et des salaires très faibles : l'électronique était la meilleure façon de se consoler – après la Dorph, bien sûr.

En dessous d'eux, un des hélics qui les poursuivaient plongea trop bas et son hélice heurta le flanc d'un immeuble. L'appareil s'écrasa, le nez en avant, sur le toit plat d'un building.

La foule, caméra au poing, se précipita. Quelques secondes plus tard, le véhicule de Crane avait dépassé les lieux du drame mais il pouvait tout de même suivre la scène sur les T.V. qui brillaient dans la nuit.

Plusieurs hommes armés de pieds-de-biche sautèrent sur le cockpit de l'épave pour en voler le focus. Ils se battirent entre eux pour attraper le petit disque de trois centimètres de diamètre tandis qu'un autre homme se glissait à l'intérieur malgré la fumée noire pour y chercher d'éventuels survivants.

– Vous n'auriez pas une *bonne* nouvelle ? demanda Lewis en continuant de profiter du spectacle.

– Kate Masters soutient sans réserve votre recherche sur les séismes, répondit Sumi. Mais, en échange, elle demande que le gouvernement mette la procédure Vogelman sur la liste des soins remboursés par l'assurance maladie.

Crane secoua la tête en pensant à l'implant contraceptif.

– Amusant, nous voilà maintenant dans le business du contrôle des naissances !

– Pour ce qui est du plan pour le tremblement de terre… commença Lanie.

Crane la fusilla du regard et lui fit signe de se taire.

– Nous discuterons plus tard, miss King.

Il espérait avoir parlé assez sèchement pour qu'elle se taise. L'hélic était à coup sûr truffé de micros en tout genre. Il indiqua son oreille du doigt, le signe universel qui signifiait « on nous écoute ».

Lanie hocha la tête. Elle avait compris.

Sur la centaine d'écrans qu'ils pouvaient apercevoir dans la ville, au moins la moitié montraient des images de l'hélic qui s'était écrasé. Tandis que les vandales s'emparaient du focus, l'autre homme émergeait du cockpit en tirant après lui le pilote qui avait l'air totalement désorienté. Ils virent soudain les voleurs et leur sautèrent dessus, essayant de leur reprendre le focus qui contenait de puissantes cellules électriques liquides. Un appareil assez puissant pour faire voler un hélic pouvait fournir de l'énergie à une maison pendant au moins un an. Certains étaient prêts à tuer pour en avoir un de ce type.

Le pad de Crane bipa. Il activa son aural.

— Ouais?

— Stoney, dit la voix. L'oiseau a fait le plein et est prêt à partir. J'ai aussi deux mille pelles et pioches dans un camion qui vient de quitter son entrepôt de L.A. Nord. Il sera bientôt chez toi.

À travers la vitre, Lewis ne voyait plus de lumières. Ils passaient maintenant au-dessus de la Zone de Guerre, cette immense étendue de terre autrefois appelée L.A. Est, aujourd'hui transformée en camp retranché, fortifié et sombre.

Le territoire de Frère Ishmael.

— Bon travail, Stoney. Mes amitiés à Katherine.

— Crane… pour l'avion…

— Je ne vais pas le donner comme le dernier, promis.

— Merci.

Crane ferma les yeux au moment où ils passaient le périmètre éclairé où se tenaient les troupes qui encerclaient la Zone. La Zone était entourée par un grillage aux mailles serrées, les toits et les côtés des buildings eux-mêmes en étaient recouverts. Nul n'avait vu l'intérieur de la Zone de Guerre depuis des années. Personne n'avait la moindre idée du nombre d'Africks et d'Hispanicks qui y vivaient, ni de la façon dont ils se débrouillaient pour survivre. Les troupes laissaient passer les camions qui ne transportaient pas des produits de contrebande, mais peu de véhicules se présentaient au contrôle. Certains en concluaient que les compagnons d'Ishmael n'étaient pas nombreux. Cette question était le sujet de bien de conversations et de débats, car de nombreux enfants pouvaient être nés pendant ces quinze dernières années, des enfants qui n'auraient connu que la philosophie de la contre-culture, de jeunes soldats fanatisés.

Le pilote prit immédiatement de l'altitude en passant au-dessus de la Zone. Crane se retourna vers les autres.

– Nous repartirons trente minutes après notre arrivée, annonça-t-il. Vous feriez bien d'appeler maintenant la Fondation et de leur dire de préparer l'équipement dont vous aurez besoin.

Il fit un rapide calcul sur son pad.

– Je vous autorise jusqu'à deux tonnes de matériel chacun. Vous pouvez occuper cinq mètres carrés dans l'avion.

– Je vais m'arranger pour que nos sacs soient transportés d'ici à l'avion, glissa Newcombe. J'appelle Burt pour qu'il…

– Vous restez ici, Dan, l'interrompit Crane. J'ai besoin de vous à la Fondation pour chercher un séisme… n'importe quel séisme. Commencez par jeter un coup d'œil aux franchises d'Amérique centrale, il s'y passe toujours des choses.

– Vous emmenez Lanie mais pas moi ? s'exclama Newcombe.

Crane ne comprit pas la raison de l'étonnement de son assistant.

– Elle a besoin d'un peu d'expérience sur le terrain, Dan, et vous, vous avez pour mission de trouver un moyen de nous sortir de la merde. Fin de la discussion.

Crane se détourna. Il ne voulait pas se mêler de la vie de Newcombe. Tout ce qu'il souhaitait, c'était que ce type soit heureux, certes, mais surtout qu'il soit concentré pour travailler.

L'hélic piqua légèrement vers l'ouest et se dirigea vers la vallée. Ils passaient à présent au-dessus de centaines de failles. L.A. elle-même se trouvait à cheval sur le système de l'Elysian Parks, un labyrinthe composé de failles connectées entre elles et assez profondes pour avaler la ville tout entière. Lewis hocha la tête. Lorsque la catastrophe se produirait, combien de personnes mourraient dans les rangs des fidèles de Frère Ishmael ?

Le pilote avait laissé l'appareil perdre un peu d'altitude en atteignant la frontière extérieure de la Zone. Crane reconnaissait les lumières de Northridge, là où sa vie avait commencé et s'était terminée. Le séisme qui avait tué ses parents avait été insignifiant, un infime mouvement dans une petite faille que personne n'avait repérée… jusqu'au jour fatal. À l'époque, on l'avait baptisée «la faille de Northridge», puis ses collègues de l'Académie des Sciences avaient changé son nom après qu'il eut reçu le prix Nobel. Ils l'avaient nommée «la faille de Crane».

Ils passaient à présent au-dessus d'autres failles. Des failles gigantesques – Santa Susana, Oak Ridge, San Gabriel, Sierra Madre… toutes capables d'engendrer des tremblements de terre importants. Il y avait, bien sûr, la plus célèbre, celle de San Andreas, quarante-huit kilomètres à l'est, une fissure de plus de mille deux cents kilomètres de long qui maintenait la Californie en place. Elle marquait la frontière entre la plaque pacifique et la plaque nord-américaine. C'était là que la pression causée par les mouvements opposés des deux plaques était la plus forte. Un jour, la faille allait s'ouvrir et la Californie de l'Ouest dériverait vers le nord. Crane ne comprenait pas pourquoi les gens posaient toujours des questions à propos du «Big One», la catastrophe qui détruirait Los Angeles. Ce séisme pourrait être produit par n'importe laquelle des milliers de failles, qu'elles soient d'origine tectonique ou causées par la pression. La terre avait le choix, des milliers de possibilités pour s'ouvrir et se déchirer. Des milliers de façons de mourir. Ce qui était intéressant, ce n'était pas que la Californie puisse disparaître à tout moment, mais plutôt le fait qu'elle n'avait pas encore disparu. C'était pour cette raison que Lewis avait construit sa Fondation dans la montagne de San Gabriel, des monts formés par les mouvements des failles. Il voulait se trouver en plein centre, au beau milieu de l'action. Pour tuer la Bête, il fallait aller dans sa tanière.

L'hélic plongea dans la vallée et se dirigea vers Mendenhall.

– Lanie, dit-il en indiquant quelque chose à l'extérieur, venez voir. Voici votre nouvelle maison !

Elle s'approcha. Il ne put s'empêcher de sourire en la voyant sursauter. La Fondation était construite sur un plateau rocheux, à mi-hauteur de la montagne qui s'élevait à mille quatre cents mètres. Elle se trouvait au centre d'une toile d'araignée faite de lasers rouges, des rayons qui visaient des cibles spécifiques et qui pouvaient détecter le moindre mouvement de la Terre.

L'image de la science dans toute sa splendeur: des lignes

écarlates, brillant sous un ciel étoilé. La Fondation ne pouvait être atteinte que par la voie des airs.

Tandis qu'ils ralentissaient en se rapprochant du sol, ils purent voir l'avion supersonique de Whetstone qui tournait au-dessus des montagnes avant de se diriger vers la longue piste d'atterrissage qui aboutissait au centre de la Fondation.

– Mon Dieu, s'écria Lanie, on dirait une mosquée !

– Je vous l'avais dit, déclara Sumi avant de se tourner vers Crane et d'annoncer : Cinq journalistes vont nous rejoindre sous peu, docteur.

– Quand, exactement ?

– Ils sont juste derrière nous. Les seuls qui pouvaient être prêts à temps sont ceux qui étaient déjà à nos côtés sur les quais. Est-ce que c'est O.K. ?

– Il faudra faire avec. N'oubliez pas de prévenir nos gars qu'ils vont bientôt atterrir.

– Pourquoi ce bâtiment ressemble-t-il à une mosquée ? demanda Elena King.

Newcombe se rapprocha d'elle.

– Darwinisme architectural, répondit-il.

– Je ne comprends pas.

Ils volaient maintenant à travers les réseaux de lignes rouges en direction de la zone d'atterrissage pour hélics située à côté du bâtiment principal. Le building était massif et carré, son toit en forme de dôme.

– Je l'ai fait construire semblable à une mosquée, expliqua Crane, parce que je n'ai jamais vu une mosquée être détruite par un tremblement de terre. Certains de ces édifices au Moyen-Orient sont restés debout mille ans, jusqu'à Massada bien entendu. Le grand architecte ottoman du XVIe siècle, le nommé Sinan, utilisait à l'époque un système de renforts en chaîne pour protéger tous les bâtiments publics des séismes. Et ça fonctionnait.

Le pilote posa l'hélic près de la Mosquée. Crane fit aussitôt glisser la portière et sauta au bas de l'appareil. Le domaine était bien éclairé et s'étendait dans toutes les directions. L'immense laboratoire en forme de dôme était haut comme un immeuble de trois étages et se dressait seul au centre. Les bâtiments contenant les bureaux se trouvaient à une centaine de mètres, collés à la montagne elle-même, alignés comme les wagons d'un train. Au-dessus d'eux, à flanc de rocher, se perchaient de petites maisons ressemblant à des chalets. C'était là qu'habitait le personnel de la Fondation. Ces maisonnettes étaient bâties sur des plates-formes reposant elles-mêmes sur des vérins hydrauliques. Il y en avait dix, reliées entre elles par une série d'escaliers en métal suspendus à une bonne centaine de mètres au-dessus du sol. La piste d'atterrissage pour avions brillait dans la nuit comme un long tapis, de l'autre côté de la mosquée. L'énorme jet de Whetstone s'y trouvait. Son arrière était déjà ouvert, et des ouvriers se hâtaient d'y charger de l'équipement et du matériel médical.

Burt Hill, sa longue barbe épaisse flottant au vent, se précipita dès qu'ils descendirent de l'hélic. Les appareils des journalistes commençaient à se poser plus loin.

– Doc, cria-t-il, nous nous occupons de tout, mais il y a un problème avec les médecins. Ceux que vous aviez emmenés à Sado ne sont pas prêts pour repartir en mission.

Crane se dirigeait vers les hautes portes du laboratoire.

– Je m'en doutais un peu. Voici ce que vous allez faire : appelez Richard Branch à l'école médicale d'U.S.C. et demandez-lui de nous envoyer une douzaine d'étudiants. Dites-lui que je leur propose le stage le plus instructif de leur vie. Et suggérez-lui de leur dire qu'il s'agit de vacances dans les Caraïbes. Vous avez compris ?

– Des vacances dans les Caraïbes, compris.

– À propos, un camion rempli de pelles et de pioches va bientôt arriver ici. Il faut que nous soyons prêts à tout mettre dans l'avion.

– Je vais sortir Betsy du hangar avant toute chose. À quelle heure vous pensez que ce camion va arriver ?

– Il est déjà dix heures. Il sera là à dix heures et demie au plus tard.

– Je vous accompagne là-bas ?

– Pas cette fois, Burt. Vous restez ici pour donner un coup de main au Dr Newcombe. Dès que vous aurez le temps, scannez l'intégralité de la Fondation, cherchez les micros, les caméras. Faites une inspection de type A.

– Vous n'emmenez pas Burt? s'exclama Newcombe d'une voix tendue. Quel genre de voyage est-ce… ?

Crane toisa son assistant.

– Je n'ai pas l'habitude qu'on discute mes décisions.

– Il va falloir vous y faire, rétorqua Dan, parce que je ne vais pas vous autoriser à emmener Lanie si…

– Tu ne vas pas quoi? interrompit Elena en lui attrapant le bras.

Crane réprima un sourire en voyant son visage s'empourprer et ses yeux étinceler.

– Tu ne vas pas *m'autoriser* à y aller? articula-t-elle. Depuis quand te prends-tu pour mon père?

– Tu ne comprends pas! s'écria Newcombe. Ça va être beaucoup plus dangereux que Sado. La dernière fois que…

– Ça suffit, nous parlerons dans la salle de contrôle! coupa Crane.

Il ouvrit les deux battants de la porte marquée du sceau de la Fondation. Il n'y avait aucun élément mécanique dans le système d'ouverture, rien qui risquât de se bloquer en cas d'urgence.

Elena King suivit les deux hommes à l'intérieur, absolument éberluée. La Fondation Crane était l'endroit le plus étonnant qu'elle ait jamais vu. Elle avait été construite au bord d'un précipice comme pour provoquer Mère Nature et voir si elle oserait s'attaquer à ses bâtiments… Lewis défiait Dieu en un duel singulier. Cependant, si impressionnante qu'elle fût, l'apparence de la Fondation n'avait pu préparer Lanie au spectacle qu'elle découvrit à l'intérieur.

Le laboratoire était immense, composé d'une pièce centrale ouvrant sur d'autres plus petites dans les étages. En son centre, dominant les lieux, se trouvait une sphère représentant la Terre, haute de trois étages, et qui occupait pratiquement toute la place. Mais ce n'était pas une simple carte. Des ouvriers perchés sur des grues et de hautes échelles soudaient la coque du globe, projetant en tous sens des geysers d'étincelles. C'était une représentation complète du sol, avec les reliefs, les océans, le tout protégé sous une couche de verre. La sphère n'était de toute évidence qu'à moitié achevée. On pouvait voir des millions de petits câbles en sortir. Son centre, son cœur, ressemblait à une petite fournaise. Elena comprit immédiatement.

– Vous construisez le monde, dit-elle d'une voix rauque d'émotion.

– Tout ceci est à vous, miss King, sourit Crane. Voici ce pour quoi je vous ai engagée.

– C'est à moi ?

– Nous allons reproduire la vie de la planète.

– Vous comptez sur cette chose pour faire vos prédictions ? demanda-t-elle.

Crane l'observa longuement, les yeux à la fois moqueurs et durs. Les yeux d'un joueur.

– Non, fit-il à mi-voix. Nous comptons sur vous pour faire nos prédictions. Ce globe sera votre outil de travail.

– Nous pouvons parler de cela plus tard, grogna Newcombe, toujours en colère. Il y a une chose qu'il nous faut mettre au point tout de suite.

– Bien sûr.

Crane tourna les talons. Newcombe le suivit d'un pas rapide. Lanie s'éloigna à reculons, incapable de détourner son regard de cette monstrueuse image de la planète Terre en train de se former sous ses yeux. C'était sa propriété, son outil, avait annoncé Crane. Oui, mais pour en faire quoi ?

Il n'y avait aucun objet accroché aux murs dans tout le bâtiment, aucun panneau en verre, rien qui pût blesser quelqu'un en cas de séisme. Tout était en pierre, du sol au toit. Les petits labos, tous équipés de sismographes et de matériel électronique, n'avaient ni fenêtres ni portes. Tous les meubles étaient scellés au sol. L'éclairage était fourni par des petits spots brillants situés dans des niches taillées à même la paroi.

De l'autre côté de l'immense salle, un mur de cent mètres de long et de dix de haut était entièrement couvert de sismographes miniatures mesurant les mouvements du sol selon l'échelle de Richter et les autres systèmes de mesure les plus utilisés. Il y en avait plusieurs milliers, certains émettaient des bips, d'autres des sons ténus semblables à des tintements de clochettes. Lanie songea que ceux qui bipaient ainsi devaient détecter les secousses qui parcouraient en permanence la Terre. Les sonneries, en revanche, devaient indiquer les tremblements ayant déjà atteint la surface. À l'autre bout du mur, une des machines émettait en continu des plaintes qui ressemblaient à celles d'un bébé. Elena frissonna en pensant : *La Martinique.*

Un escalier de métal se trouvait à côté d'une rangée de sismos ; sur la première marche étaient peints les mots : « Entrée interdite au personnel. » Crane et Newcombe y grimpaient, vers un petit blockhaus en saillie dans le plafond. Elena se hâta de les rejoindre, s'efforçant de ne pas regarder en bas… elle avait une faiblesse : le vertige.

Elle se glissa par la petite porte dans la salle de contrôle. On aurait dit un bunker. La pièce était petite, des panneaux de contrôle donnaient accès à tous les éléments de la monstrueuse machinerie du globe. Une ouverture avait été taillée dans un des murs et permettait de voir l'énorme sphère.

Dès qu'elle entra, Newcombe lui tendit un casque antibruit et lui fit signe de le mettre. Il portait déjà le sien, ainsi que Crane. Elle s'exécuta. Lewis appuya à regret sur un bouton. Une sirène hurla, assourdissante, douloureuse, même à travers le casque. Si quelqu'un les écoutait, il était maintenant sourd !

Ils ôtèrent leurs casques. Crane appuya sur un autre bouton. Un champ d'électricité statique envahit la pièce, brouillant tous les systèmes d'écoute qui pouvaient encore être branchés. L'air autour de Lanie se mit à crépiter et à émettre de petits éclairs bleus qui firent se dresser ses cheveux autour de sa tête et lui chatouillèrent la peau.

Lewis se laissa tomber pesamment sur l'unique chaise de la pièce, sembla changer d'avis et se releva. Il toisa Newcombe d'un air las.

– Qu'est-ce qu'il y a, Dan ? Allez-y, crachez le morceau.

– Vous n'emmenez pas Lanie à la Martinique ! déclara-t-il froidement.

Se tournant vers elle, il leva la main pour imposer silence.

– Écoutez-moi, continua-t-il. Elle n'a jamais participé à ce genre d'opération. Elle n'a aucun entraînement de survie ou de premiers soins. Elle va vous gêner plus que vous aider.

Elena sentit la colère monter en elle.

– Cesse de te conduire comme si je t'appartenais. Comment puis-je acquérir de l'expérience si je reste tranquillement ici ?

– Laisse-moi parler une petite minute, tu veux bien ? protesta Newcombe, le visage dur. La dernière fois que Crane a joué avec un volcan, nous avons perdu sept personnes.

Elle sursauta.

– Tu veux dire…

– Ouais, mortes ! La moitié de l'équipe n'est pas revenue. Nous ne cherchions pas à nous faire remarquer, à l'époque. Nous n'avons pas prévenu la presse, et presque personne n'a rien su.

Lanie dévisagea Crane.

– C'est vrai ?

Il répondit sans hésiter.

– Oui. C'était à Sumatra. Un nouveau volcan était apparu sur l'île en moins d'un mois. Nous étions en train d'évacuer un des flancs du cratère pour échapper à un écoulement. Je craignais qu'un deuxième cratère parasite ne se forme sous le flot de lave. Nous n'avons pas été assez rapides. Le nouveau cratère a fait exploser la moitié de la montagne. Nous n'avons, bien sûr, jamais retrouvé les corps. Vous voulez toujours m'accompagner ?

Lanie était sous le choc. Elle avait en effet bien des choses à apprendre.

– Est-ce que je vous serai utile ?

– Vous en apprendrez plus sur la tectonique en travaillant quelques heures sur un volcan actif qu'en lisant tous les livres du monde. Et si vous savez panser une blessure, vous serez utile.

– Alors je viens, lança-t-elle sans hésiter.

– Si elle monte dans l'avion, moi aussi, décréta Newcombe.

– Non. Vous passeriez votre temps à la protéger, ce qui vous rendrait tous les deux inutiles. De toute façon, je vous ai déjà expliqué que j'avais besoin de vous ici.

Newcombe s'approcha lentement de Crane et parla entre ses dents.

– Ne me faites pas ça…

– Ne « me »… répéta Elena King. Pourquoi ramènes-tu toujours tout à toi ?

– J'utilise mes employés au mieux de leurs compétences, rétorqua Crane. Je suggère que vous pensiez un peu plus à notre programme et un peu moins à votre vie amoureuse, Dan.

– Vous êtes trop aimable ! Je ne vous ai jamais demandé de l'engager, je ne vous ai jamais demandé de…

– Assez ! s'écria Lanie en faisant un geste brusque qui créa de petits éclairs bleus autour de son bras. Docteur Crane, puis-je parler seule à Dan ?

Crane les regarda, et elle vit dans ses yeux qu'il craignait d'avoir commis une énorme erreur en l'engageant. Si elle voulait gagner sa confiance, elle devait le faire maintenant.

– Bien sûr. Je vais aller voir si le chargement du camion se passe bien.

Sur le pas de la porte, il se retourna et lâcha :

– Réglez cela maintenant une fois pour toutes.

Puis il disparut dans l'escalier.

Il y eut plusieurs secondes de silence après son départ. Lanie et Newcombe se dévisageaient de loin.

– Ne me fais pas rater pareille occasion, dit-elle enfin.

Il prit un air triste.

– Je ne veux pas qu'il t'arrive quoi que ce soit. Tu n'as aucun entraînement, tu pourrais te faire tuer. Crane s'en fout. Il ferait n'importe quoi pour poursuivre ses démons. Te perdre comme ça… je ne le supporterais pas.

Elle s'approcha de lui et le laissa la prendre dans ses bras.

– J'ai besoin de ce travail, murmura-t-elle en blottissant sa tête contre son épaule. C'est le programme le plus extraordinaire qu'un imageur ait eu à mener. Je n'aurais jamais espéré obtenir un poste comme celui-ci et je ne veux pas le perdre.

Il lui caressa doucement les cheveux.

– Ce programme ne vaut pas qu'on risque sa vie pour lui, souffla-t-il.

L'électricité crépitait chaque fois qu'il la touchait.

Elle leva son visage vers Dan :

– Tu me connais, tu connais mes motivations.

– Oui.

– Alors écoute-moi. Il vaut mieux mourir en découvrant quelque chose que vivre inutilement et dans l'ignorance.

– Ne dis pas ça.

– C'est la vérité, Dan, et tu le sais. Si tu m'empêches de faire cela, tu me perdras pour toujours.

Newcombe la repoussa, se détourna et alla à l'autre extrémité de la pièce. Il ne voyait aucun moyen de nier ce qu'il savait être la vérité.

– Je… je ne veux pas te perdre, c'est tout.

Elle lui répondit d'une voix douce, consciente qu'elle le manipulait de la même façon que Crane l'aurait fait.

– Tu ne me perdras pas, je serai de retour avant même que tu t'aperçoives que j'étais partie. Rends-moi service. Fais transporter mes bagages et tout mon matériel dans ton bungalow. Installe tout. Lorsque je serai de retour, nous vivrons ensemble.

– Tu es sérieuse ?

Elle hocha la tête.

– Je suis toute à toi, mon amour.

Elle lui tendit la paume et interrogea :

– Marché conclu ?

Dan lui serra la main vigoureusement puis l'attrapa, la souleva du sol et la fit tournoyer en riant. Lorsqu'il la reposa, il avait l'air à nouveau préoccupé.

– Fais bien attention à toi, là-bas, ne prends pas de risques, promis ?

Elle se dirigea vers la porte.

– Promis. Je vais prévenir Crane. Retrouve-moi à l'avion.

Lanie fonça dans l'escalier, ses pieds touchant à peine les marches. Elle regardait le globe, son globe. Elle était surexcitée, enthousiasmée. La présence du danger ne faisait que rendre l'expérience plus excitante.

Elle retrouva Lewis dehors au milieu d'un ballet d'hommes et de machines qu'il dirigeait avec de grands gestes comme un chef d'orchestre. Elle se planta à côté de lui.

– Je viens, dit-elle simplement.

Il haussa juste un sourcil.

– Bien.

Crane se tourna vers la montagne comme s'il attendait quelque chose. Puis elle entendit un faible ronronnement, et un hélic surgit de derrière un pic. Arrimé à lui par un câble, se balançait un camion de deux tonnes et demie. Les pelles et les pioches. Il lui montra le véhicule du doigt. Dans son monde, rien n'était impossible.

Rien d'impossible, c'était aussi la philosophie d'Elena King.

5
DISSOLUTION

LA FONDATION
21 JUIN 2024, 1 HEURE DU MATIN

— Comme si une fois par semaine ne suffisait pas, dit Hill pour la centième fois. Maintenant il faut que nous fassions une vérification le vendredi soir! Peu importe que j'aie été là tout le temps depuis hier. Non, Sa Majesté demande qu'on fasse une vérification de type A, un vendredi soir!

— Samedi matin maintenant, corrigea Sumi.

Ils se tenaient dans la nacelle pendue au bras de la grue. L'engin vibrait de toutes parts, tandis que Hill, qui pilotait, le dirigeait vers le haut du globe. Dans sa main libre, il tenait un appareil d'où sortait un faisceau de câbles. Le débogueur bipait toutes les dix secondes.

— Vous dites que vous faites ça une fois par semaine?

— Exact, ouais, répondit Burt qui fronçait les sourcils en consultant son débogueur. Je fais ça tous les lundis à sept heures du matin! C'est comme ça que je commence ma semaine de travail.

Il détourna son instrument du globe et le pointa de nouveau vers les laboratoires.

— Vous dites que vous faites ça tous les lundis?

Burt la toisa. Ses yeux étaient encadrés par ses cheveux et sa barbe qui lui donnaient l'air d'un hérisson. Sumi lui sourit amicalement. Il pouvait avoir aussi bien trente ans que soixante. Mais son regard bleu semblait plus vieux.

– Ça me permet de me remettre dans le bain… de reprendre le boulot. J'aime bien que la Fondation fonctionne en douceur, comme un moteur. Pas de surprise, pas d'imprévu. J'imagine que c'est pour ça que Doc Crane m'aime bien.

– Je crois qu'il vous aime bien pour nombre de raisons, et notamment parce qu'il sait qu'il peut compter sur vous, répliqua Sumi tout en calculant qu'il allait falloir qu'elle soit ici tous les dimanches pour retirer le matériel de surveillance qu'elle allait installer.

Sumi se tenait les bras ballants. Elle avait dix transmetteurs collés à ses mains, un à chaque doigt.

– Qu'est-ce que vous voulez dire ? demanda Hill.

Ils avaient fini leur travail autour du globe. Il appuya sur le bouton pour redescendre vers le sol.

– Crane n'est pas là, vous auriez pu remettre la vérification à lundi. Personne n'aurait été au courant.

La nacelle vibra légèrement en atteignant le plancher. Ils en sortirent. Sumi s'approcha de la sphère pour admirer la Patagonie et posa la main sur les îles Malouines.

Elle sentait le regard de Burt. Celui-ci répondit :

– Je peux pas faire ça, Chan. Et je ne veux pas. Être le contremaître de Doc Crane, c'est le meilleur boulot que j'aie jamais eu, et j'aime ce que je fais. Et si vous saviez combien il me paie ! Merde, rendez-vous compte, il m'a donné un des bungalows dans la montagne, comme ça, gratos ! Je vous le dis, Sumi, quand Crane choisit un bonhomme, il lui reste fidèle. Ça compte, pour moi. Il a fait la même chose avec vous. Comment croyez-vous que vous avez été promu Grand Conseiller aux Subventions ? Un type qui a le prix Nobel peut beaucoup de choses. Je vous dis que Crane est allé parler de votre carrière avec le conseil d'administration.

Sumi contracta malgré elle sa main sur les Malouines. Merde ! Elle venait de coller trois transmetteurs sur la boule magique, deux sur l'île Grande Malouine et un sur l'île Soledad. Vu leur taille microscopique, on ne risquait pas de les voir, mais ce type de transmetteur se mettait automatiquement en marche une fois collé sur une surface. Elle n'avait plus qu'à espérer que Hill ne remette pas en marche son débogueur. Elle toussa et se tourna vers lui.

— C'est bénéfique pour la Fondation aussi, dit-elle tranquillement. Ma nouvelle situation me permet de mieux défendre les intérêts de Crane.

— Ça ne change rien au fait que le Doc est un type bien.

Sumi Chan baissa les yeux. Malgré toutes les justifications qu'elle s'inventait, elle avait honte.

— Tenez, fit Hill en lui offrant un bonbon au citron fourré à la Dorph.

— Merci.

Sumi glissa la pastille dans sa bouche tandis que Hill se dirigeait vers les labos et les hangars du côté ouest. Elle le suivit. Il allait falloir qu'elle choisisse avec soin les coins où déposer ses transmetteurs. Il faudrait mettre les micros dans les pièces que Crane préférait.

La Dorph commença rapidement à faire son effet, et son humeur se stabilisa, mais il y avait des choses que même la chimie ne pouvait faire oublier comme, par exemple, la culpabilité.

— Vous voulez vous envoyer un ou deux verres une fois que j'aurai fini ? demanda Hill. Vous savez, la vue est spectaculaire depuis mon bungalow. Quand la nuit est claire, on peut voir les programmes du soir sur la Lune.

— Marché conclu, Burt, mais puis-je suggérer que nous nous « envoyions » une bouteille spéciale que j'ai dans ma valise ?

— Bonne idée.

Chan se demanda jusqu'à quelle heure de la nuit ils allaient boire, essayant d'obtenir des informations l'un de l'autre.

Hill pressa une des touches de son pad et gueula :

— REMUEZ-VOUS LE CUL ET RETOURNEZ AU BOULOT !

Sa voix dans les haut-parleurs était assourdissante. Les soudeurs sursautèrent et ramassèrent leurs outils.

— D'habitude, Crane vous emmène avec lui en mission, remarqua Sumi.

Hill fronça les sourcils ; il était réellement inquiet. Chan songea alors que personne ne s'était jamais inquiété ainsi pour elle.

— Ouais, je n'aime pas quand il part seul. J'espère que quelqu'un lui rappellera qu'il faut manger.

Sumi consulta sa montre.

– J'imagine qu'il doit être arrivé sur place maintenant.

Burt éclata de rire.

– Il est arrivé et il a déjà tout pris en main, soyez-en sûr.

À cet instant précis, Lewis Crane se tenait au milieu d'un paysage apocalyptique, tout de cendre et de boue, dans laquelle on enfonçait jusqu'aux genoux. Cet endroit avait été, quelques heures auparavant, la ville côtière du Prêcheur, en Martinique. Crane hurla dans un français douteux :

– Silence, s'il vous plaît, silence !

Les habitants tentaient de creuser dans la boue pour dégager leurs familles prisonnières.

La montagne grondait encore, des éclairs illuminaient partout le ciel. Elena King enfonçait à grands coups de marteau ses détecteurs dans le flanc de la montagne Pelée.

Ils étaient sur la face est. Malgré la couche de cendre qui recouvrait tout, ils pouvaient voir la lueur rougeoyante des flots de lave qui coulaient encore sur le versant sud. Ils en percevaient même la chaleur. C'était le petit matin, mais les termes de « nuit » et de « jour » n'avaient dorénavant plus de sens. La nuit serait perpétuelle, jusqu'à ce que la prochaine pluie chasse la cendre en suspension dans l'air. Plus loin au sud, Fort-de-France brûlait. Là-bas, tous les habitants et les employés de Liang s'affairaient à dynamiter les bâtiments pour créer des zones coupe-feu.

Dans le passé, Crane s'était déjà trouvé confronté à ce genre de situation. Malgré toutes les dépêches qu'il avait envoyées par le réseau du SISMA, il se passerait des jours avant que la communauté internationale ne se mobilise et envoie de l'aide. En attendant, les habitants du Prêcheur allaient devoir se débrouiller avec leurs maigres ressources. Il savait que gérer les ressources locales était justement le problème numéro un dans ce genre de désastre. Le temps passait, les chances de survie des personnes prisonnières sous les décombres et sous la boue diminuaient de moitié toutes les six heures. Après ce délai, le chiffre augmenterait exponentiellement chaque minute. Il fallait un chef, c'était indispensable pour pouvoir sauver les victimes enfermées dans le ventre de la Bête.

— Écoutez-moi, s'il vous plaît ! insista Crane.

La ville ressemblait maintenant à un terrain vague boueux où l'on aurait jeté de vieux morceaux de murs et des poutres brisées.

Toute cette chaîne d'îles était d'origine volcanique. Toutes étaient nées du feu de la Terre. À une époque, on les appelait les Antilles, puis la Communauté européenne avait acheté la Martinique aux Français et l'avait rebaptisée « À VENDRE ». Liang était devenu le propriétaire du terrain et des habitants quelques années plus tôt.

Les survivants, affolés et en loques, couraient autour de Crane, creusant la boue avec leurs mains ou avec des pelleteuses trouvées sur des chantiers proches. Ils hurlaient et criaient tandis que leurs familles emprisonnées sous les décombres essayaient de respirer.

Un homme, hagard, se parlant à lui-même, passa près de Crane en tirant les restes d'un lit sur un des passages aménagés au-dessus de la boue avec des échelles et des planches. Crane sortit un briquet de sa poche, l'alluma et le jeta sur le lit qui prit feu immédiatement. Puis il se tourna vers les camions remplis d'équipement qu'il avait fait venir par ferry. Il fit signe aux chauffeurs.

Les cinq véhicules creusèrent de profonds sillons en roulant sur ce qui avait été la place du marché. Lewis leur cria de mettre en marche leurs sirènes pneumatiques. Le résultat fut une clameur stridente qui fit se retourner tout le monde vers le lit en feu.

— Écoutez-moi donc ! cria-t-il à nouveau.

Cette fois, la population hébétée écouta. Il annonça en français, en anglais puis en chinois :

— Je suis venu vous sauver, mais il faut que vous m'écoutiez. Vous faites beaucoup trop de bruit. Vous ne pouvez pas entendre les cris des survivants. Vous devez vous taire. Vous ne devez plus utiliser les pelleteuses, elles ne vont faire qu'enterrer un peu plus vos familles. Mes camions sont pleins de pelles et de pioches. Prenez-les. Creusez là où vous entendez des appels. Nous devons tous parler à voix basse. Si vous entendez quelque chose, demandez à quelqu'un d'autre d'écouter et de confirmer l'endroit d'où vient le son, puis piochez très prudemment. Ceux qui sont coincés sous les décombres mourront si vous ne faites pas exactement ce que je vous dis. Les hommes vont creuser. Les femmes et les enfants vont emporter les débris hors de cette zone. Utilisez des brouettes, des planches, des portes, tout ce qui peut servir pour transporter de la boue et des morceaux de murs. Agissez le plus vite et le plus silencieusement possible. Le personnel médical est là pour soigner ceux d'entre vous qui sont blessés. Si vous trouvez quelqu'un dans les décombres, ne le sortez pas avant qu'un médecin ne l'ait examiné. Vous êtes de braves gens, vous comprenez, j'en suis sûr, qu'il faut faire ce que je dis.

Crane se dirigea vers les camions. Des Américains, l'air affolé, étaient en train d'en descendre. Il aimait et il détestait les gens. Les humains étaient capables d'être bons et ignobles en même temps.

– On vous a fait le topo dans l'avion, leur dit-il. Allez-y !

Peu à peu, la ville se fit totalement silencieuse. Les chauffeurs des camions allumèrent les puissants projecteurs de leurs véhicules pour éclairer les sauveteurs. Lanie rejoignit Crane au centre de l'agitation générale.

– Les senseurs sont en place, murmura-t-elle. Et vous aviez raison. Les données que je suis en train d'obtenir directement du sol vont m'apprendre mille fois plus que ce que j'aurais imaginé. Nous nous tenons juste au-dessus d'un cœur sismique qui vit et qui bat.

Il fit signe qu'il comprenait et se tourna vers le ciel.

– Vérifiez que les données sont transmises aux ordinateurs, lui souffla-t-il. Et assurez-vous aussi que les satellites retransmettent bien le tout jusqu'à la Fondation.

– Pourquoi regardez-vous tout le temps en l'air ?

Il secoua la tête, remua les lèvres sans dire un mot, puis articula à mi-voix :

– Mon bras. Cette saloperie n'en a pas encore fini avec nous. Il faut évacuer tous ces gens aussitôt que possible. On va mettre les blessés dans les camions et les emmener aux docks.

Soudain, on hurla en français :

– J'ai entendu parler quelqu'un, j'ai entendu parler quelqu'un !

– Moi aussi, j'ai entendu ! cria une autre personne.

– Creusez! leur ordonna Crane, les mains en porte-voix.

Un groupe se forma et exécuta ses ordres, sans bruit, tous travaillant unis dans un but commun. Lewis avança vers eux, vers le volcan. Il allait aider à sauver une vie que la Bête considérait déjà comme sienne. En marchant, il expliqua à ses hommes les rapports entre les quantités d'air et de vide dans les bâtiments submergés par la boue et quels étaient les endroits où ils avaient le plus de chances de trouver des survivants. Il aida à sortir des caisses et à installer le matériel d'écoute amplifiée, les caméras thermiques et les sondes en fibres optiques qui allaient êtres enfoncées directement dans la boue et aideraient à trouver plus de personnes, vivantes ou mortes. Tout ce matériel destiné à l'origine à la «surveillance», à l'espionnage, allait être d'une grande utilité. Crane n'avait ni l'impression de faire le bien, ni l'impression de faire le mal. Il ne ressentait que l'urgence de la situation. Son obsession l'avait poussé à venir ici. Sa colère contre la Bête allait lui donner l'énergie de travailler.

Rapidement, des gens furent sortis des décombres, apparemment sains et saufs. Elena King, son ordinateur fonctionnant tout seul, rejoignit les équipes de premiers soins et aida à faire des pansements puis à hisser les blessés dans les camions. Les heures passaient. Elle regarda plusieurs fois derrière elle et vit Crane qui marchait en donnant des ordres comme un général au milieu d'une bataille. Une femme suivait deux brancards en courant. La malheureuse vit Crane, se précipita vers lui et l'entoura de ses bras en pleurant de gratitude. Il eut une grimace horrifiée, se raidit et la repoussa comme s'il avait peur du contact physique.

Elena King travaillait la peur au ventre. Elle n'avait jamais été aussi terrifiée de sa vie. Elle n'avait pas eu peur à Sado, elle ne s'était pas rendu compte du danger. Mais ici, elle savait ce qu'ils risquaient. Elle était sur le fil d'un rasoir. Il restait à espérer que Lewis aurait le bon sens de tout faire pour qu'ils s'en sortent vivants. Mais Lanie avait déjà remarqué que Crane pouvait parfois agir sans aucun bon sens, il était simplement intelligent. Le fait qu'il n'arrêtait pas de scruter le ciel n'arrangeait rien. Elle essaya d'oublier sa peur en aidant à monter les blessés dans les véhicules et en dressant une liste de leurs noms. Trois fois déjà, les camions avaient emmené des chargements de rescapés jusqu'aux docks et aux ferries. Les équipes qui creusaient trouvaient de moins en moins de personnes dans les décombres.

Soudain, elle leva les yeux et son corps entier se raidit sous le choc. Des éclairs pâles et roses zébraient le ciel entre le haut du monolithe et les nuages. Puis brusquement, ils se mirent à fuser de toutes parts, en claquant bruyamment comme des coups de canon. Tout le monde comprit que les choses allaient mal et tous se mirent à creuser encore plus vite.

Elena courut à travers la foule des ouvriers fatigués et désespérés, enjamba les gravats et trouva Crane au milieu des débris d'une maison à moitié immergée dans la boue. Il y avait là un escalier menant à un premier étage qui n'existait plus. Un adolescent d'une quinzaine d'années était étendu sous la rampe de bois ouvragée. Une poutre lui bloquait les jambes. Plusieurs hommes tentaient d'installer un levier de fortune pour soulever le morceau de bois. Crane et un interne de l'U.S.C. étaient à genoux à côté du gosse.

— Crane, dit-elle, le ciel…

— Pas maintenant.

Il se tourna vers les hommes qui s'apprêtaient à hisser la poutre :

— Non, ne la retirez pas encore !

— Pourquoi ? demanda l'interne. Les blessures de cet enfant sont peu importantes. Nous pouvons le mettre dans un camion et le…

— Leçon numéro un, docteur, articula Crane. Vous n'avez jamais entendu parler du crush syndrome ?

Le jeune toubib, couvert de boue et de poussière, le regardait fixement. Lewis continua :

— Dans un cas comme celui-ci, il faut soigner le patient sur place avant de prendre le risque de le déplacer. Il est resté presque dix heures sous cette poutre. Son corps a eu largement le temps de produire des toxines à l'endroit où la circulation a été coupée. Si vous le sortez de là, il va se lever et aura l'air en pleine forme, mais il mourra d'une crise cardiaque dans une heure.

— Qu'est-ce qu'on fait ?

— On lui colle une bonne intraveineuse d'antitoxiques et du sérum pour le requinquer. Ensuite, on retire la poutre. Son corps aura alors été préparé à faire face aux toxines qui vont se répandre d'un seul coup dans son système sanguin.

— Je vais chercher ce qu'il faut, dit le jeune interne en se levant.

Quand il se fut éloigné, Crane fit signe à Lanie de se rapprocher et se pencha vers le blessé.

— Parle-moi, lui murmura-t-il en mauvais français.

— J'ai peur, monsieur.

— Moi aussi, mais pas trop, répondit Lewis, avant de se tourner vers Elena.

— Les éclairs, dit-elle. Il y en a partout.

Le visage de Crane se durcit. Il se leva sans dire un mot et sortit des décombres pour observer le ciel tandis que l'interne revenait avec le matériel nécessaire à une perfusion.

L'air crépitait autour d'eux, les éclairs descendaient et montaient le long de la montagne qui grondait à nouveau.

— Il faut faire partir tout le monde immédiatement, lança Lewis.

— Que se passe-t-il ?

— Le feu de Saint-Elme, répondit-il en s'éloignant.

Il appela la population et lui demanda de ramasser les blessés et de se diriger vers les docks.

Lanie le rattrapa en courant.

— Il y a de l'électricité statique dans l'air, lui expliqua-t-il. Il va se passer quelque chose.

Soudain, la population du Prêcheur se mit à courir en hurlant. Le grondement était devenu plus fort, et une épaisse pluie de cendres commençait à s'abattre sur eux. Lanie se concentra sur Crane pour éviter de paniquer. Il se dirigeait vers la maison à l'escalier.

Ils pénétrèrent à nouveau dans les décombres.

— Allez-vous-en, docteur, ordonna-t-il au toubib en lui prenant le goutte-à-goutte des mains.

— Mais, mon patient...

— Foutez-le camp, tout de suite !

Puis il se tourna vers les hommes qui s'apprêtaient à glisser le levier sous la poutre après l'avoir calé sur une grosse pierre.

— Sauvez-vous, vite !

Ils se mirent à courir vers les camions.

Lanie entendit les moteurs des véhicules qui se mettaient en marche. Le sol grondait. Une pluie de pierres s'abattait maintenant sur l'île dans un fracas épouvantable.

– Qu'est-ce que vous faites ? Venez ! hurla-t-elle en voyant Crane s'installer avec le goutte-à-goutte à côté du jeune garçon.

– Allez-vous-en, Lanie !

– Pas sans vous !

– Je vous donne un ordre !

– Comme vous l'avez déjà remarqué, je n'obéis que rarement aux ordres. Alors, économisez votre souffle.

Lewis fronça un instant les sourcils, puis il ordonna :

– Prenez le levier. Quand je vous en donnerai l'ordre, vous pousserez de toutes vos forces et je sortirai le gosse de là-dessous, O.K. ?

Elle se glissa dans l'espace étroit où se trouvait l'extrémité du levier et attendit. Au loin, les moteurs des camions vrombissaient. Ils s'éloignaient déjà vers les docks, les laissant seuls. Elle espérait qu'ils rouleraient assez vite et arriveraient aux ferries à temps.

– Pourquoi êtes-vous restée ? demanda-t-il en tenant la main de l'adolescent.

– Je ne sais pas. Peut-être que je voulais vous montrer que je prends vraiment mon travail au sérieux.

Il éclata de rire.

– Vous m'avez convaincu ! Mais ce n'est pas moi que vous avez besoin de convaincre, à la Fondation.

Elle feignit de ne pas avoir entendu l'allusion à Newcombe.

– Est-ce que nous allons mourir ? demanda-t-elle.

– Ouais, probablement. Ça vous va, comme plan ?

– C'est vous, le patron...

Le sac de sérum antitoxique n'en finissait pas de se vider. Crane parlait doucement au gosse tandis que le sol grondait sous eux. Dès que la poche fut vide, il l'arracha du goutte-à-goutte, la jeta et cria :

– Allez-y, vite !

Lanie appuya de tout son poids sur la poutre. L'air sentait le soufre. Elle comprit qu'il ne plaisantait pas en parlant de leur mort. Mais elle ne céda pas à la panique. Elle se sentait détachée et professionnelle. Elle avait un travail à accomplir. Voilà pourquoi elle était si calme.

Elena se surprit elle-même – elle ne se serait pas crue capable de réagir ainsi.

Elle entendait Crane tousser tandis qu'elle appuyait de plus belle. Les cendres dans l'air... elle étouffait.

– Je l'ai! cria Lewis en chargeant le garçon sur son épaule avec son bras valide.

Il sortit des décombres en titubant. Lanie relâcha sa prise sur le levier et le suivit. La place du marché était vide. Ils avancèrent en chancelant, leurs pieds s'enfonçant à chaque pas davantage dans la boue.

– Qu'est-ce qu'on fait maintenant? demanda-t-elle.

– Maintenant nous allons... oh, mon Dieu!

Crane regardait au-dessus d'eux, les yeux écarquillés de surprise et de terreur.

Au loin, le sommet de la montagne Pelée était entouré d'une auréole de lumière rouge qui devenait de plus en plus brillante. La nuit causée par la cendre dans l'atmosphère devint soudain aussi lumineuse que le soleil de midi. Puis, brusquement, l'auréole se détacha du pic et s'abattit sur la montagne, pour déferler vers un point à une centaine de mètres d'eux. Ce n'était pas de la lave, mais une avalanche de roches et de débris chauffés au rouge, tous en expansion. Lanie aperçut de gros rochers et des restes de troncs d'arbres au milieu du rougeoiement qui pulsait en détruisant tout sur son passage. D'énormes pierres, devenues masses en fusion, dévalaient la pente en jetant des gerbes d'étincelles.

La vitesse de l'avalanche était incroyable. Elle descendit toute la montagne en quelques secondes à peine, et manqua de peu la ville et, avec elle, Lewis et Elena.

– J'avais entendu parler de ce phénomène, mais je ne l'avais jamais vu, dit Lewis, la voix rauque d'émotion.

– C'est fini?

– Non.

L'auréole rougeoyante se dissipait à peine, lorsqu'un monstrueux nuage la remplaça et se forma dans le ciel à présent visible au-dessus du glissement de terrain. Il montait de l'avalanche elle-même, la remettant en mouvement, comme si des

116

particules volcaniques plus légères commençaient de s'élever à leur tour pour venir glisser au ras du sol.

Le nuage était globuleux, sa surface composée de protubérances rondes qui gonflaient et se multipliaient dans un déploiement d'énergie fantastique. Hypnotisée, Lanie ne sentit même pas le bras de Crane qui la poussait. L'énorme champignon enflait et avançait dans leur direction, bouillonnant, changeant sans cesse de forme, dévorant le sol sous lui. Des boursouflures soudaines apparaissaient à sa surface, propulsées vers eux à une vitesse incroyable, sous des éclairs incessants.

– Vite, retournons dans la maison! hurla Lewis, le visage balayé par le vent brûlant qui leur parvenait du nuage. Dépêchez-vous, vite!

Elle obéit.

Crane la poussa devant lui, la forçant à se courber en deux, et l'entraîna dans les décombres. Une pluie de pierres de la taille de grosses noix tombait sur eux. Le rugissement faisait maintenant tout vibrer. Il savait qu'il avait environ vingt secondes pour trouver un moyen de se protéger de la température de deux mille degrés centigrades qui allait sucer l'oxygène hors de leurs poumons dans quelques instants.

Les ouvriers avaient ouvert un trou dans les décombres pour pouvoir atteindre le gamin. L'ouverture était en train de s'effondrer. Une poutre grinça bruyamment, craqua, puis céda. Crane eut l'impression de voir la scène au ralenti. Le morceau de bois les frappa de plein fouet, heurtant Lanie à la tempe. Elle tomba au sol, se tordit, commençant à suffoquer.

– Venez!

Il l'attrapa, mais son bras n'avait pas la force de la remettre sur ses pieds. Il posa alors le garçon à terre et celui-ci, tremblant, rampa tout seul dans l'obscurité de la maison qui s'effondrait.

Crane prit Elena par la taille et la souleva en l'appuyant contre sa hanche à la façon d'un judoka. Derrière eux, dehors, la place du marché était incandescente. Il pouvait à peine respirer.

– Salle de bains! cria-t-il à l'adolescent. Baignoire… baignoire!

– Par ici! toussa le gamin sans cesser de ramper.

– Marcher, marcher!

Crane tira Lanie derrière lui ; elle gémit de douleur. Il avança en pliant sur ses jambes.

– King, appela-t-il, vous êtes toujours avec moi ?

Sa tête roulait sur ses épaules, elle battit des paupières en tentant d'empêcher ses yeux de rouler en arrière.

– Je… je suis b-bien, murmura-t-elle faiblement. J'ai besoin de m'allonger. Je… je…

– Ouais, c'est ça, fit Crane en la saisissant par les aisselles. Dan va me tuer après ça. Enfin, si le volcan ne me tue pas d'abord.

Le gamin avait rampé sous l'escalier, apparemment dans un cul-de-sac, mais il poussait de toutes ses forces une porte bloquée par les gravats. Crane, qui ne pouvait presque plus respirer, laissa tomber Lanie au sol et se jeta de tout son poids contre le panneau qui céda. Il atterrit dans une salle de bains dont seul le mur donnant du côté du volcan s'était effondré. Ailleurs, la pièce était remarquablement intacte.

Crane se retourna, tira le gosse à l'intérieur. Une baignoire se dressait majestueusement au milieu de la pièce, couverte de cendres. Il retourna ensuite dans l'entrée, saisit Lanie par le col et la traîna derrière lui.

– Ne vous endormez pas ! lui hurla-t-il en la tirant par-dessus les débris. Vous m'entendez ? Ne vous endormez pas !

– À vos ordres, capitaine ! bafouilla-t-elle.

Du sang coulait le long de son cou, sur sa chemise et dans ses cheveux.

Il l'amena à côté de la baignoire et la coucha par terre.

– Ne bougez pas !

Puis il prit le garçon par le bras, l'allongea à côté de Lanie, se coucha sur eux deux et renversa la baignoire sur lui. Crane espérait qu'elle contiendrait une poche d'air suffisante et qu'elle résisterait à la chute des débris. Il fallait qu'elle les protège.

Le grondement redoubla d'intensité. Dans les ténèbres, sous la baignoire, tout vibrait.

– Retenez votre respiration ! dit-il en français pour le gamin. Lanie, ne respirez plus !

Ils firent ce qu'il disait. Le rugissement du nuage déferla au-dessus d'eux comme une vague. Les restes de la maison cédèrent sous l'effet de la chaleur et du poids de la boue. La bâtisse s'effondra en grinçant avec un cri presque humain, semblable à celui qu'avait poussé la maison des parents de Crane, trente ans plus tôt.

Lewis dut relâcher sa respiration. Il avait l'impression que son corps rôtissait, toutes ses sécrétions naturelles séchant d'un coup sur sa peau. Il ne pouvait plus ni respirer ni avaler. Il entendait ses compagnons étouffer. Il décida alors que la montagne Pelée ne prendrait pas sa vie, ni la vie de ceux qui étaient avec lui. Nom de Dieu, le monstre en avait déjà pris assez !

— N'ayez pas peur, articula-t-il avec difficulté.

Ses lèvres étaient comme du parchemin.

— N'ayez pas peur, c'est fini !

À sa surprise, il s'aperçut qu'il caressait les cheveux de Lanie. Il sentit qu'elle se détendait.

Dehors, le grondement s'était éloigné.

Lanie lâcha alors une plainte.

— Si c'est f-f-fini, pourriez-vous… retirer… votre genou… de mon dos ? Vous me faites m-m-mal.

— Désolé.

Il réussit enfin à prendre une profonde respiration. De l'air frais était en train d'envahir toute la zone, emplissant le vide créé par le nuage. Il sentit un courant d'air passer sous la baignoire. Cela signifiait qu'il y avait une ouverture vers l'extérieur. C'était bon signe.

De sa main valide, il poussa la baignoire, qui ne bougea pas. Quelque chose de lourd était tombé dessus. Le garçon tendit les bras et l'aida. Ils réussirent à la soulever suffisamment pour que Crane roule à l'extérieur. Il jeta au loin tous les débris qui leur bloquaient la sortie.

Tout était sombre autour de lui. Il tendit la main dans la direction de l'escalier. La porte et les murs n'étaient plus là. Tout s'était effondré en un «V» inversé autour de la salle de bains. Cela les avait sûrement sauvés, mais ils étaient maintenant prisonniers.

Vivants, mais pris au piège.

Crane entendit le gamin gémir dans l'obscurité. Il le chercha à tâtons et l'atteignit juste au moment où le malheureux s'effondrait sur le sol. Il palpa le gosse, chercha sa carotide. Pas de pouls.

– Non! hurla-t-il dans les ténèbres. Tu ne l'auras pas, tu ne le prendras pas!

Il se mit à lui faire du bouche-à-bouche, sachant déjà qu'on ne lui avait pas donné suffisamment d'antitoxiques. La peur l'avait achevé. Son cœur n'avait pas résisté.

– Allez! supplia-t-il en frappant la poitrine inerte de l'adolescent. Allez, bouge!

Il ne sut pendant combien de temps il essaya de réanimer le garçon. Mais il arrivait un moment où même Lewis Crane devait abandonner. Hors d'haleine, il se laissa tomber en arrière sur un tas de gravats. Cela sentait le gaz, mais il n'aurait pu dire si cette odeur était réelle ou n'était qu'un fantôme du passé. Il sentit la chaleur brûlante de flammes qu'il ne pouvait voir. Il se mit à pleurer doucement et regretta, comme il l'avait fait chaque jour depuis la catastrophe de Northridge, de ne pas être resté à l'intérieur de la maison avec ses parents. La sérénité de la mort lui avait été refusée, et la souffrance était devenue sa compagne de route.

– Il est mort, murmura-t-il enfin.

Pas de réponse. Il se redressa.

– Lanie? Lanie...

Crane rampa jusqu'à elle. Il la prit dans ses bras. Elle se laissa faire, son corps inerte bougeant mollement tandis qu'il la berçait. Ils se trouvaient dans une tombe de pierre et de boue. Lewis ferma les yeux, et tout en revoyant malgré lui des images de bâtiments s'effondrant et de flammes orange, il pria de toutes ses forces pour qu'Elena King vive.

6
PANGÉE

LA FONDATION
21 JUIN 2024, 11 H 15

Assis devant l'écran de dix mètres sur quinze, Dan Newcombe restait désespérément songeur. Il contemplait un océan de boue, un désert de vase visqueuse où pointaient çà et là les restes squelettiques d'une civilisation. Quelque part, sous cette boue et cette cité effondrée, se trouvaient les deux personnes les plus importantes pour lui. Il refusait d'accepter leur mort, c'était dans cet entêtement qu'il puisait sa force.

La vue était prise d'un hélic en position stationnaire au-dessus du Prêcheur. Il pouvait voir les silhouettes maculées de boue des sauveteurs ramasser des débris en une trentaine d'emplacements différents. Leurs efforts semblaient dérisoires. Les gens de la Fondation étaient là par devoir, les habitants de la ville par gratitude envers le saint-démon qui avait sauvé leurs familles.

– Heu… allô ? résonna une voix dans le système de haut-parleurs qui entouraient Newcombe dans l'obscurité de la salle de briefing.

– Oui, qui est-ce ? répondit-il, non sans remarquer le ton tendu de son interlocuteur.

– Heu… je suis le Dr Crowell, et j'aimerais bien retourner creuser le plus rapidement possible. Je…

– Docteur, coupa Newcombe, nous n'avons pas beaucoup

de temps. Êtes-vous la dernière personne à avoir vu le Dr Crane et le Dr King avant l'éruption ?

– Oui… je…

– S'il vous plaît, docteur. Vous avez un prénom ?

– Ben.

– Ben, demandez à quelqu'un de pointer une caméra sur vous. Je veux vous voir. Ah… bien, merci.

Le visage fatigué et hagard d'un homme couvert de boue apparut en insert sur l'immense écran. Il était jeune, mais ses yeux semblaient ceux d'un vieillard. C'était peut-être dû à la fatigue. Peut-être.

– Vous savez où ils sont, Ben ?

– Je sais où ils *étaient*, docteur, mais tout a changé de place. Rien ne se trouve plus à son emplacement d'origine. Je n'arrive plus du tout à me… repérer. Je suis désolé.

– Calmez-vous. Crane est vivant. Nous sommes en contact avec lui. Ils ont encore un peu d'air. Il faut simplement que nous les localisions. Vous êtes sur la place du marché ?

– Je crois.

– Est-ce que c'est arrivé du côté de la place du marché ?

– Oui ! s'écria le médecin, son visage s'illuminant.

Newcombe inséra une photo-carte du Prêcheur en bas à droite de l'écran. Elle montrait la place telle qu'elle était encore quelques jours auparavant.

– Demandez à quelqu'un de vous passer un moniteur. Je vous transmets une photo-carte.

– Un instant… oui… je vois la carte.

– Observez-la attentivement et tirez vos conclusions.

Prise par satellite, l'image était d'une précision parfaite. Ben zooma sur une rue qui menait à la place et fit le point sur les maisons à mansardes aux toits rouges, témoins de l'influence coloniale française.

– C'est celle-là ! s'écria-t-il avec excitation. La cinquième en partant de la place, du côté ouest de la rue.

Dan observait son visage qui réapparut sur l'écran.

– Comment pouvez-vous être aussi affirmatif ?

– Il y avait un escalier, assura Crowell, mais il n'y avait plus de premier étage. Ça ne peut être que là. Votre carte ne montre qu'une seule maison à étage. C'est forcément celle-là.

Newcombe fit apparaître une règle graduée sur la carte.

– Il y avait un mât avec un drapeau au centre de la place, exact ?

– Le haut en est toujours visible.

– À l'est du mât, à trente-sept mètres et vingt-neuf centi-mètres, se trouve la porte de la maison. Faites des mesures pré-cises et demandez à tout le monde de creuser. Mais allez-y doucement, très doucement.

– On s'y met déjà, dit Crowell en souriant, je pars les aider.

Ses yeux avaient rajeuni d'un coup.

– Non, il y a déjà assez de gens pour creuser. J'ai besoin que vous me donniez des détails. Que s'est-il passé, exactement ? Comment les deux membres les plus importants de l'expédition ont-ils pu être ainsi abandonnés sur les lieux d'une éruption ?

– Nous avons évacué la ville à cause du feu de Saint-Elme. J'étais occupé à poser un goutte-à-goutte à un patient qui était coincé sous les décombres lorsque le Dr Crane est arrivé et nous a donné l'ordre, à moi et aux hommes qui installaient un levier, de partir pour les docks. Il m'a pris le goutte-à-goutte des mains et nous avons couru. C'était comme dans un cauchemar, essayer de courir dans la boue épaisse, se sentir aspiré à chaque pas par...

– Continuez, Ben.

Le visage du médecin vieillit à nouveau tandis qu'il revivait son passage en enfer.

– Nous sommes arrivés, je ne sais comment, jusqu'au port. Il y avait des éclairs roses partout. Il y avait du feu... des pierres, des rochers qui nous tombaient dessus aussi serrés que des gouttes de pluie. C'était la panique sur les ferries, le chaos... les camions, les gens qui se bousculaient. Nous avons tous réussi à monter à bord, mais nous ne nous étions pas éloignés de l'île de plus d'un mille ou deux lorsque tout a explosé. C'est à ce moment-là que ce foutu nuage est descendu de là pour se pré-cipiter sur nous, il nous poursuivait, il était plein d'éclairs. Il rugissait et crachait des pierres. J'ai cru que nous étions tous perdus. Et puis le nuage a commencé à ralentir. Il a pâli, et il est passé sur nous... un ouragan de cendres qui a grandi jusqu'à emplir tout le ciel... sauf l'horizon... Je n'avais jamais rien vu de tel.

Newcombe ne quittait pas des yeux les ouvriers qui creusaient.

— Dites-leur de glisser des senseurs optiques dans la maison dès que possible, ordonna-t-il.

Crowell disparut plusieurs secondes de l'écran, puis réapparut. Il avait l'air grave.

— Ils m'ont demandé de vous prévenir moi-même… Tout le monde a peur de vous parler. Il semble que la plupart du matériel de surveillance a été perdu dans le… l'éruption, c'est bien comme ça que vous avez appelé ce qui s'est produit ? On n'aurait pourtant pas cru que…

— Ben, s'il vous plaît.

Crowell inclina la tête en signe d'excuse.

— Ils essaient de bricoler quelque chose en ce moment même.

— S'ils m'entendent, qu'ils sachent que je les tiens pour responsables. Qu'ils se magnent le train ! Maintenant, dites-moi, combien de temps s'est passé entre le moment où vous avez laissé Crane et celui de l'éruption ?

Crowell ouvrit des yeux ronds.

— Peut-être dix minutes, à peine le temps que la poche d'antitoxiques soit entièrement injectée.

— À quelle heure cela s'est-il passé ?

Ben chercha dans sa poche, en sortit sa montre et la tourna pour que Newcombe puisse la voir. Le cadran était cassé, le temps s'était figé à 7 h 26.

— Je l'ai cognée en montant dans le camion. Je peux y aller, maintenant ?

Quatre heures. Même s'ils avaient survécu au feu et à la boue, ils risquaient maintenant l'asphyxie.

— Une dernière chose, Ben. Vous avez dit qu'il y avait un escalier dans la maison ?

— Oui.

— Merci. Je n'ai plus besoin de vous.

Il fit disparaître le visage de Crowell de l'écran et le remplaça par un scan de tous les programmes d'infos diffusés en ce moment.

Dan était assis dans l'amphithéâtre aux cinquante rangées de fauteuils, l'écran géant dominant la salle au-dessus du podium destiné au conférencier. Il appuya sa tête contre le dossier de son siège et ferma les yeux. Ils allaient les trouver, avec un peu de chance, avant que l'air ne commence à leur manquer. Crane était resté dans la maison, certainement dans la partie située sous l'escalier, un coin où l'oxygène allait stagner en poche. Un endroit pas plus mauvais qu'un autre. Ils étaient là, sous l'escalier. Newcombe refusait d'envisager toute autre possibilité.

– Préférerais-tu que je te laisse seul ? lança soudain une voix familière derrière lui.

Il ouvrit les yeux et découvrit un hologramme de Frère Ishmael, haut de vingt centimètres, flottant à côté de lui, entouré d'un halo angélique.

– Je n'ai même pas envie de te demander comment tu fais ça, soupira Dan.

L'apparition prit l'air penaud.

– J'ai mis un transmetteur sur le dos de ta main pendant que nous étions sur le bateau. C'est ce petit bouton rouge à la racine de ton pouce, il ressemble à un début de verrue. Arrache-le et je disparaîtrai.

Newcombe regarda son pouce, vit le petit émetteur mais n'y toucha pas.

– Tu es au courant de ce qui se passe ? demanda-t-il.

L'image fit signe que oui.

– J'ai pensé que tu aurais peut-être besoin d'un peu de compassion, Frère. La folie de Crane a mis ta compagne en danger.

– Folie ? répéta Newcombe. Crane a sorti quarante-deux survivants de ce merdier. J'appelle ça du courage, Frère Ishmael.

– Il faut du courage simplement pour survivre, répondit Ishmael. Mais je ne suis pas venu ici pour me disputer avec toi, seulement pour te soutenir pendant l'attente… et pour partager tes pleurs si Dieu veut que tu pleures.

– Il est trop tôt encore pour penser aux pleurs.

– Bien sûr. Est-ce que tu participes à l'opération de secours ?

– Comme je le peux.

– Que s'est-il passé, là-bas ? interrogea la voix d'Ishmael dans son aural. J'ai regardé toutes les infos, mais ils n'expliquaient pas ce qui s'est produit.

Newcombe ne répondit pas tout de suite. Il était furieux que personne n'ait songé à s'occuper de l'équipement de surveillance. Ils auraient gagné des heures s'ils avaient eu un bon scanner optique. Burt Hill, lui, n'aurait jamais abandonné le matériel. Mais ce connard de Crane ne l'avait pas emmené avec lui!

– On appelle ce qui s'est passé une *nuée ardente*, expliqua-t-il enfin. C'est le nom que les Français ont donné à ce phénomène la première fois qu'il s'est produit, sur la montagne Pelée, voilà bien longtemps. Un nuage de feu…

– Qu'est-ce qui le provoque?

– Un genre d'explosion latérale qui a assez de force pour souffler et déplacer la couche supérieure de lave et de saloperies qui se trouvent en haut du cratère. Ça déferle sur la montagne comme un liquide épais. En réalité, c'est un mélange de gaz, de vapeur et de particules solides. Lorsque les particules les plus lourdes se déposent, le gaz et la vapeur sont libérés de ce qui les retenait et continuent leur chemin. Les particules légères empêchent le nuage de se dissiper dans les airs pendant un certain temps. Puis elles se déposent aussi, et la nuée monte.

– À propos, quel est cet objet qu'ils installent dans la boue? demanda Ishmael.

Newcombe se tourna vers l'écran. Il sentit son cœur accélérer son rythme. Le moment de vérité approchait. Un scanner optique. Les sauveteurs avaient maintenant des yeux.

Crane et Lanie King étaient assis côte à côte dans leur tombeau de boue, appuyés contre la baignoire qui leur avait sauvé la vie. Le garçon, dont ils ne sauraient jamais le nom, était étendu à côté d'eux dans l'obscurité.

Autour d'eux, tout était noir. Crane n'avait aucune idée de l'épaisseur de boue qui les séparait de l'extérieur. Le peu d'oxygène qui leur restait était prisonnier dans cette tombe avec eux et se souillait rapidement. Il sentait l'odeur de plus en plus rance et âcre de l'air qu'il respirait.

Il frappa le pad à son poignet.

– Dan, vous êtes toujours là?

– Je suis là, Crane, répondit la voix dans son aural. Je pense que nous avons repéré l'endroit où vous êtes. Les hommes arrivent avec un scanner optique.

– Faites-nous passer un tuyau, une arrivée d'air.

– O.K. Je voudrais parler à Lanie.

– Elle est… indisposée.

Lewis coupa la communication et se laissa retomber contre la baignoire. À côté de lui, Elena passait sans cesse de la lucidité à l'inconscience. Le coup qu'elle avait reçu l'avait plongée dans un état semi-comateux. Elle avait une vilaine coupure à la tempe. Crane avait arrêté l'hémorragie en appliquant de la boue dessus. Il avait arraché une des manches de sa chemise pour en faire un bandeau qu'il avait noué le plus serré possible autour de la tête d'Elena. Il desserrait un peu le bandage toutes les dix minutes, puis le resserrait. La jeune femme avait besoin de soins médicaux. Lewis avait fait un peu de médecine, juste assez pour acquérir les connaissances nécessaires lors d'une mission, mais il n'était jamais allé au-delà des simples premiers soins. Il fallait maintenant à Lanie un vrai médecin.

Elle gémit à côté de lui. Elle revenait à nouveau à elle, comme elle l'avait déjà fait quinze fois. Chaque réveil était un recommencement. Il l'entendit respirer plus vite, comprit qu'elle savait où elle était, qu'elle sentait la douleur. Il lui posa la main sur l'épaule.

– Restez calme, murmura-t-il d'une voix apaisante.

– Crane ?

– Doucement. Vous avez reçu un coup à la tête. Essayez de vous détendre.

– Où sommes-nous ?

– Nous sommes prisonniers sous les décombres d'une maison… sous une coulée de boue. Nous sommes à la Martinique. Les secours arrivent.

– Vous voulez rire ? La Martinique ? Et Dan ? Il va bien ?

– Il va bien, mais il s'inquiète pour vous. Il est resté en Californie.

– En Californie ? Pourquoi est-ce que je ne me souviens de rien ?

– C'est normal, murmura-t-il calmement en lui touchant à nouveau l'épaule. Ne vous inquiétez pas.

– Que m'est-il arrivé ?

– Un coup à la tête.

– Vraiment ? Et Dan ?

– Il va bien. Il n'est pas ici.

– Nous ne sommes pas en Californie, n'est-ce pas ?

– Non.

– Je me sens mieux.

– Nous sommes à la Martinique.

– Ah bon ? Et Dan n'est pas ici, c'est ça ?

– C'est ça.

– On est coincés mais les secours arrivent ?

– Ça, ma chère, je l'espère autant que vous !

Elle soupira.

– Je me sens bien. Vraiment, je suis O.K. Mais j'ai mal à la tête. Je dois avoir de la Dorph sur moi… je ne voyage jamais sans en emporter.

– Je l'ai, dit-il. Je vous en ai déjà administré, mais si vous en voulez encore une dose…

– Juste une petite, murmura-t-elle en tendant la main.

Il prit la plaquette dans la poche de sa chemise et lui donna une pastille. Cette scène se répéta six fois.

– Prenez-en une aussi, conseilla-t-elle en avalant le comprimé.

– Vous savez bien que je ne prends jamais de Dorph.

– Pourquoi… Aïe… ça fait mal !

– Ne touchez pas votre tête, dit-il en se redressant. Vous savez, je pourrais vous dire n'importe quoi, vous ne vous en souviendriez pas.

Elle rit.

– Bien sûr que si, je m'en souviendrais ! Je vous dis que je me sens bien. J'aimerais simplement savoir une chose, est-ce que Dan est O.K. ?

– Il va bien, il est en Californie.

– Est-ce que j'ai pris de la Dorph ?

– Oui.

Crane ressentait une jouissance diabolique, une totale liberté à converser ainsi avec quelqu'un qui allait instantanément oublier ce qu'il disait. Il décida d'en profiter. Cette conversation risquait d'être la dernière. Il fallait que ce qu'il dise soit à la hauteur de l'occasion !

– Lanie, j'allais vous raconter pourquoi je ne prends pas de Dorph.

– Alors, pourquoi ?

– J'ai essayé une fois. Ça a arrêté la douleur.

– C'est le but recherché.

– C'est pour ça que je n'en prends pas.

Il sentit qu'elle s'étirait et regarda dans sa direction, essayant d'imaginer son visage dans les ténèbres, ses grands yeux pleins de curiosité.

– Je vois, vous vous apprêtez à me déballer la vérité sur votre propre compte, exact ?

– Exact, et vous ne vous souviendrez de rien. À propos, quelle est la dernière chose dont vous vous souvenez ?

Elle hésita.

– Heu… nous étions en train de parler. Je m'en souviens très bien. Je me souviens que nous étions sur un bateau. Dites, pourquoi est-ce que tout est sombre ?

– Nous sommes coincés sous des éboulis dus à un glissement de terrain, mais les secours arrivent.

– Dan va bien ?

– Dan va bien. Vous savez que vous me plaisez ?

– Holà… minute ! Me faire sauter dans la boue, c'est pas ma tasse de thé !

– Je n'avais jamais rencontré une femme comme vous. Je peux voir votre âme dans vos yeux.

Il lui caressa la joue du bout des doigts. Doucement, elle repoussa sa main.

– O.K., soupira-t-elle. Vous vous servez de ce système avec toutes les filles que vous rencontrez ?

– Quel système ?

– Le… enfin, ce que vous venez de dire…

– J'ai vécu toute mon enfance avec la sœur de ma mère, Ruth. L'argent était rare. Son mari ne m'aimait pas. Ses propres gosses passaient en premier. Il fallait que je me surpasse tout le temps pour me faire remarquer. À l'âge de dix ans, j'avais lu tous les livres sur les tremblements de terre et la tectonique des plaques. J'ai eu mon premier diplôme à quinze ans. J'ai continué sur le même rythme. C'est l'histoire de ma vie. Mais il n'y a aucun système là-dedans.

– Mais votre vie sentimentale… les copains… les petites amies ?

Des gravats et des planches glissèrent et tombèrent non loin d'eux. Lanie se rapprocha et lui prit la main.

– J'étais rejeté par tout le monde à l'école, raconta-t-il sur un ton égal. J'étais un handicapé. J'ai grandi au milieu de gens plus âgés que moi. Ça m'a aidé pour beaucoup de choses, mais je ne me suis pas fait d'amis. Tout le monde se moquait éperdument de ce que je ressentais.

– Et les femmes?

– Pas la moindre. Même pas un flirt. Je n'en ai jamais embrassé une. J'ai trente-sept ans et je n'ai jamais tenu la main d'une fille qui me plaisait.

Elle posa la tête sur son épaule.

– Vous savez quoi? Si on sort d'ici vivants, je vous donnerai un baiser de première classe, histoire de vous mettre sur la bonne voie.

– Promis?

– Juré! Je… Pourquoi est-ce que tout est si sombre? Pourquoi sommes-nous ici?

– Nous avons essayé de sauver un garçon piégé par le volcan.

– Le volcan?

– Et nous nous sommes retrouvés piégés nous-mêmes. Et, oui… Dan va bien. Il n'est pas ici. Nous sommes à la Martinique.

– Je vous ai déjà posé ces questions?

– Une ou deux fois.

– Je crois que j'ai oublié. Mais maintenant je vais m'en souvenir. Et le garçon, que lui est-il arrivé?

– Il est à votre gauche.

Elle tendit la main et sauta presque dans les bras de Crane.

– Oh, mon Dieu!

– Il n'a pas survécu, Lanie.

Elle se détendit et s'appuya contre la baignoire.

– Nous allons mourir, n'est-ce pas? Nous allons mourir dans le noir.

– C'est une possibilité. Je suis désolé. On a engagé des recherches pour nous retrouver. Cela dit, nous avons réussi à faire évacuer la ville à temps.

Il l'entendit respirer profondément.

– Évacuer la ville? On ne peut rien faire d'ici?

– Pas vraiment, répondit-il. Je n'ose toucher à rien dans le noir. Nous pourrions tout faire écrouler.

– Vous n'avez pas de briquet ou de…

– J'ai déjà cherché, même dans les poches du gamin. Vous savez, je commence à m'inquiéter pour l'oxygène.

Elle gémit.

– Faites-moi peur, je vous en prie, continuez…

– Peu importe, vous allez oublier.

– Vous êtes trop bon ! Non, je ne vais pas oublier. À propos, où est Dan ?

– Pas ici. Il va bien.

Elle soupira.

– Bien. Dites, est-ce que nous avions prévu celui-ci ?

– Je ne peux rien prévoir du tout. Vous voulez que je vous raconte tout ?

– Tout quoi ?

Il s'appuya contre la baignoire et respira. L'air était fétide.

– J'ai préparé Sado depuis le jour où les Israéliens, ayant repéré les hélics iraniens au-dessus de leur territoire, ont fait sauter tout leur stock nucléaire. Cette série d'explosions n'a pas seulement irradié tout le Moyen-Orient et son pétrole, mais a également eu un important effet sur la plaque arabe qui, elle-même, influe beaucoup sur les plaques turco-égéenne et iranienne. C'était un peu comme de regarder des dominos tomber. Quand les plaques indo-australienne et eurasienne ont commencé à réagir, j'ai pu prédire les séismes à un ou deux mois près. Finalement, quelques années plus tard, les plaques indo-australienne, philippine, nord-américaine et pacifique se sont heurtées brutalement. Cela a eu un effet léger mais dévastateur sur une zone de subduction mineure près de Sado, au Japon. Je n'avais qu'à suivre la carte, ajouta-t-il en haussant les épaules.

– Quelle carte ?

– Celle des séismes liés à l'option Massada.

– Pourquoi n'avez-vous pas prédit d'autres tremblements de terre avant Sado ?

– Pour deux raisons. Primo, personne n'écoute jamais. Secundo, en faisant une prévision, je prenais le risque de me tromper et par conséquent d'être considéré pour le restant de mes jours comme un charlatan. Je voulais donc mettre toutes les chances de mon côté. Sado était parfait. Suffisamment impressionnant pour intéresser tout le monde.

– Mais… nous ne sommes pas à Sado, n'est-ce pas ?

– Nous sommes à la Martinique. Dan va bien, il est à la maison. Allez, posez-moi la question suivante. Vous vous demandez sûrement pourquoi je dis que je peux prédire les séismes alors que cela n'est pas vrai.

– Ouais, dites-moi ça. Je m'en souviendrai, ce coup-ci.

– Je vends un rêve, le rêve d'un monde parfait. Toutes ces morts, toute cette souffrance sont inutiles.

– Je suis désolée… j'ai dû rater un épisode, je…

– Je crois sincèrement que, grâce à un globe parfaitement similaire à la Terre, nous allons *pouvoir* prédire avec précision les tremblements de terre. La technologie pour ce faire existe. Il faut simplement réunir les ressources et le fric pour réussir.

– Mais tout ça, c'est de la théorie…

Crane sentit qu'elle réfléchissait, essayant de ne pas perdre le fil de la conversation.

– Faire une copie à l'identique de la Terre, reprit-elle, ça ne veut pas dire mettre en mémoire toutes les informations et attendre de voir ce qui se passe sur la sphère ainsi créée. Il faut d'abord savoir pourquoi la Terre est ce qu'elle est aujourd'hui.

– C'est pour faire cela que je vous ai engagée.

– Je vais prévoir les séismes ?

– Oui.

Elle grogna.

– Je suis d…. désolée. Je n'ai pas bien suivi… Est-ce que Dan va bien ?

– Il va bien. Je viens de vous dire que vous alliez prédire les tremblements de terre. Vous me disiez ce qui n'allait pas dans mon plan pour créer une boule simulant la Terre.

Elle gémit à nouveau.

– Il va falloir que vous simuliez la Terre à l'époque de sa formation et que vous laissiez le globe se développer, mais cela n'apportera pas pour autant la réponse à tous vos problèmes. Que faites-vous des impondérables, les météorites qui ont heurté la Terre, les explosions nucléaires ? Vous avez étudié l'influence des essais nucléaires sur les séismes, il doit y avoir d'autres éléments. Des nuances totalement chaotiques dont nous ne soupçonnons même pas l'importance dans… Aah !

Elle sursauta et frappa Crane.

– Ôtez-moi ça !

– Quoi ?

– Il y a quelque chose qui… me rampe dessus. Chassez-le !

Il chercha Lanie dans l'obscurité, prit sa main et remonta le long de son bras. Il trouva enfin l'objet, froid et métallique.

– Ah !

Il attrapa la fibre optique du scanner qui venait d'être inséré dans leur prison et la porta à hauteur de son visage.

– Vous en avez mis, du temps ! s'écria-t-il. Creusez doucement. Nous sommes dans une poche d'air mais tout va s'effondrer d'un instant à l'autre. Allez-y très lentement. Commencez par nous descendre une arrivée d'air. Et, pour l'amour du ciel, donnez-moi à boire ! Ils font du rhum sur cette île, faites-moi passer une bouteille dès que vous aurez enfilé le tube à air.

Le scanner glissa hors de sa main, et il y eut des bruits à l'extérieur. Les ouvriers avaient commencé à creuser pour passer une arrivée d'air dans leur tombeau.

– Est-ce que Dan est là, dehors ? demanda Lanie.

– J'espère que non. J'ai besoin qu'il soit au labo et qu'il recherche des séismes futurs.

– Pourquoi les rechercher, puisque vous ne savez pas les prévoir ?

Il prit sa main dans le noir et l'embrassa.

– Ma chère, on n'abandonne pas le rêve de toute une vie simplement parce que la chose est impossible. Peut-être allons-nous avoir à nouveau de la chance. Il y a une chose que je veux essayer.

– Je peux peut-être vous aider. Plus vous avez de données, plus vous avez de chances de réussir. Avez-vous des chiffres sur le temps de retour en place des zones de séismes ?

– Bien sûr.

– Nous commencerons par là.

Soudain, une lumière blanche illumina leur caverne de boue. Il y eut un sifflement, et de l'air frais leur parvint enfin, et avec lui, l'espoir.

– Docteur Crane ? appela une voix par le tube.

Il se retourna et cria dans le tube d'environ douze centimètres de diamètre.

– Je suis là! Garçon, où est cette bouteille de rhum que j'ai
commandée?

La bouteille lui fut glissée par le tube avec un litre d'eau
minérale. Crane passa l'eau à Elena et avala une longue gorgée
de rhum.

– Vous êtes loin de nous?

– Environ trois mètres, répondit la voix. On va vous sortir de
là en quelques minutes.

– Est-ce que nous sommes les seuls survivants?

– Tous les survivants sont arrivés aux docks à temps… à part
vous trois.

– Nous deux, précisa Crane avant d'avaler une seconde gorgée. Nous ne sommes que deux, ici.

Il s'assit et se tourna vers le gosse. Lanie regardait fixement le
cadavre depuis que la lumière leur était parvenue. Crane se
força à faire taire ses émotions.

– Que s'est-il passé? demanda-t-elle en tendant le bras vers
la bouteille de rhum.

– Nous avons tout fait pour le sauver. Il est mort. Fin de l'histoire.

– Est-ce qu'il y a eu un tremblement de terre?

– Une éruption volcanique… nous sommes à la Martinique.

– Mon Dieu… la Martinique? Et Dan, où est-il?

– À la maison.

Crane était heureux qu'elle ne se souvienne systématiquement de rien. Cela lui permettait d'être honnête avec elle et de
lui parler sans détour.

– Vous vous souvenez de votre promesse? demanda-t-il.

– Quelle promesse?

– Peu importe. Je suis amoureux de vous, vous savez.

– Ne dites pas des choses comme ça. Nous avons déjà assez
de problèmes.

– De quoi parlez-vous, Lanie?

Elle avala une autre rasade puis lui rendit la bouteille. Dans la
lumière venue d'en haut, ils ressemblaient à des statues de
glaise.

– Vous savez, Crane, il y a une chose que je ne comprends pas.

– Quoi ?

– Vous voulez tout ce fric, tout ce… pouvoir, simplement pour prévoir les tremblements de terre. Nous venons d'en discuter, d'ailleurs, non ?

– Oui, et vous devez vous demander quel est mon véritable but.

– Ouais. Faire des prédictions pour sauver des vies, c'est une noble cause, mais ça, c'est le boulot de Dan. Et j'ai l'impression qu'il ne va tenir qu'une place secondaire dans votre opération. Pourquoi ne vous contentez-vous pas de l'aider dans ses recherches ? Définissez quelles sont les zones à risque, faites passer des lois sur les normes antisismiques ou interdisez toute construction dans ces régions. Vous n'avez pas besoin des milliers de données que vous avez demandées pour en arriver là.

Il la toisa et lui dit ce qu'il n'avait jamais eu le courage de dire à un autre être humain.

– Je me fous pas mal de prédire les tremblements de terre. C'est juste un moyen, pas une fin.

– Et la fin, c'est quoi ?

– Je ne peux pas coexister avec le monde tel qu'il est. Aussi, j'ai l'intention de le modifier. Je veux débarrasser l'humanité des tremblements de terre une fois pour toutes.

Elle éclata de rire et tendit la main pour avoir la bouteille. Il but une gorgée avant de la lui passer.

– Et comment comptez-vous faire ?

– En soudant les plaques. Au commencement, ce monde n'était composé que d'un seul continent, la Pangée. Ce continent ne connaissait ni séismes ni volcans. Je vais ramener le monde à cet état.

Lanie but lentement. Crane lui arracha la bouteille des mains et but à son tour. Elle ricana bêtement.

– Vous venez de dire que vous voulez souder les plaques, si je me souviens bien ?

– Oui.

– Comment allez-vous faire ?

Il se tourna vers elle et lui fit un clin d'œil.

– En faisant exploser d'énormes charges nucléaires dans les failles.

– Quoi ?

La lumière s'accrut, et des voix résonnèrent tout autour d'eux tandis que des mains se tendaient pour les sortir de leur tombeau et les ramener à la surface.

– En avant, Elena King ! s'écria-t-il en lui passant son bras valide autour de la taille. Nous allons pouvoir vivre et combattre un jour de plus !

– Est-ce que Dan est là ? demanda-t-elle.

– Non.

– Et le garçon ?

– Laissez-le. Ne gâchons pas ce sauvetage triomphal en exhibant un cadavre. Les relations publiques, Lanie, nous en vivons et nous en crèverons !

Tout en essayant de garder son calme, Dan Newcombe regardait fixement. Sous ses yeux, une équipe de premiers secours creusait lentement dans la boue verte et grise qui recouvrait ce qui avait été autrefois une maison à deux étages. L'image d'Ishmael flottait à côté de lui, l'air contemplatif. Dan pouvait voir cette holoprojection, mais Ishmael ne le voyait pas.

– Est-ce que tu suis aussi le sauvetage ? demanda Newcombe, la gorge serrée.

– Oui, répondit Ishmael. Je suis sûr que tout va bien se passer.

– Pourquoi ?

– Crane est un fou. Il a la capacité de survivre à toutes les tragédies. C'est un cadeau que Dieu lui a fait, mais c'est aussi une malédiction.

– C'est la première fois que je t'entends dire du bien de lui.

– Je ne dis pas du bien de lui. Il n'est pas un être humain au sens propre. Il est une force qui influence ma vie, tout comme je suis une force qui influence la sienne. Nous sommes des glaciers, lui et moi, nous rampons doucement, en écrasant tout sur notre passage. Crane est au-delà de toute définition. Est-ce que tu vois l'homme avec la chemise bleu clair, près du camion ?

Newcombe regarda. C'était le technicien qui s'occupait du

scanner optique. Il s'agitait en réglant frénétiquement ses appareils.

– Je crois qu'ils les ont trouvés ! s'écria Newcombe en voyant le type se mettre soudain à danser la gigue dans la boue. Regarde comme il bondit, ils sont vivants !

Les portes de la salle de conférences s'ouvrirent à toute volée. Burt Hill et plusieurs programmeurs entrèrent au pas de charge en poussant des cris de joie. Ils avaient vu la même image sur leurs moniteurs.

– Disparais, suggéra Dan à Ishmael.

La petite projection se volatilisa. Newcombe songea qu'il allait falloir penser à remercier Frère Ishmael de l'avoir soutenu pendant cette épreuve difficile.

– Je ne vais plus jamais le *laisser* partir sans moi ! s'écria Hill en courant dans l'allée centrale pour rejoindre Newcombe et regarder la suite du sauvetage.

Les autres personnes s'installèrent plus loin au fond de la salle.

– Ils ont dû perdre l'équipement de surveillance, grogna Burt. Ce truc qu'il utilise m'a l'air d'être un sacré bricolage.

Daniel hocha la tête.

– Exact. Rassurez-vous, Burt, la prochaine fois que Crane part sur le terrain, je vous attacherai personnellement à lui avec une bonne paire de menottes.

– Bordel, visez-moi ça ! lâcha Hill en voyant les ouvriers glisser une bouteille de rhum dans le tube à air. Ça, c'est Crane… il veut boire un coup avant de sortir !

Newcombe continua à suivre les événements. Les ouvriers faisaient la chaîne et se passaient des seaux de boue. La maison était peu à peu dégagée. Lewis et Lanie étaient vivants, mais étaient-ils indemnes ?

L'équipe de premiers secours entra enfin dans la maison. Lewis Crane sortit tout seul des décombres, souriant aux caméras. Les personnes présentes dans la salle de conférences et à la Martinique poussèrent des cris de victoire en même temps. Crane soutenait Elena avec son bras valide et tenait dans l'autre main la bouteille de rhum presque vide.

Newcombe sentit son estomac se retourner. Lanie avait la tête bandée. Ses cheveux et tout son côté gauche étaient couverts de sang. Elle avait l'air à demi inconsciente. Lewis, lui, semblait être en pleine forme.

– On dirait qu'elle est blessée, fit Burt.

– J'espère pour eux qu'ils ont autre chose que des étudiants de dernière année, là-bas, commenta Newcombe en tapant sur son pad l'ordre de reconnexion avec la Martinique.

Une forme couverte de boue, qui n'avait plus grand-chose d'humain, apparut sur l'écran.

– Amenez-moi Crane! ordonna Newcombe.

Juste à cet instant, sur l'écran principal, il vit Lanie, qu'on allait étendre sur un brancard, passer les bras autour du cou de Crane et l'embrasser longuement. Dan serra les poings et grinça des dents. Il dut faire un effort pour ne pas jurer. Lewis n'avait pas l'air surpris qu'elle l'ait embrassé. Que se passait-il?

Crane gesticula en regardant les caméras, la bouteille à la main, hilare. Tout cela n'était qu'un autre amusement pour lui. Salopard! Frère Ishmael avait raison. Il n'était pas humain.

Crane disparut dans la foule des sauveteurs agglutinés autour de lui. Soudain, son visage se matérialisa dans l'insert au coin de l'écran. Newcombe sursauta. L'autre acheva la bouteille de rhum.

– Crane… souffla Newcombe.

– Danny chéri! s'écria Crane en prenant une serviette qu'on lui tendait pour s'essuyer le visage. Est-ce que nous vous avons manqué?

– Où est-elle? J'espère pour vous que vous ne l'avez pas tuée!

– Nous sommes sur une ligne ouverte qui est sûrement écoutée, Danny chéri.

– Où est-elle?

Crane arborait son sourire «spécial relations publiques» et n'allait pas changer d'attitude.

– Nous l'évacuons vers la Dominique. Elle a juste pris un mauvais coup, mais il vaut mieux la faire examiner. Elle va bien. À propos, elle n'a pas arrêté de demander de vos nouvelles.

– Je veux lui parler.

Crane se pencha un instant sur le côté.

– Impossible, Dan. Ils la préparent pour le voyage. De toute façon, je ne pense pas que ce serait une bonne idée de célébrer vos retrouvailles sur une ligne ouverte. Vous lui parlerez plus tard.

– Pour l'amour de Dieu, laissez-moi au moins la voir ! Je veux savoir si elle va bien.

Crane hocha la tête tout en continuant à sourire.

– Pas sur une ligne non codée, nous ne voulons pas révéler nos petits secrets, n'est-ce pas ?

– Crane…

– Il faut que j'y aille, Danny chéri, mon public m'attend.

Lewis disparut de l'écran sans prévenir. Newcombe se laissa retomber dans son fauteuil et regarda les équipes qui s'apprêtaient à quitter le site.

– Il faut que j'aille préparer leur retour, déclara Burt Hill en s'éloignant à la hâte de Dan.

Tous les autres le suivirent.

Newcombe resta assis, seul. Il se sentait vieux, il avait l'impression de s'être fait avoir. En cet instant précis, il haïssait Crane et lui aurait cassé la figure s'il l'avait pu. Frère Ishmael avait raison à propos de beaucoup de choses. Il avait une vision du monde si juste et claire… cela tenait presque de la magie.

La ligne Q était une ligne privée et sûre. Newcombe brancha son pad dessus et composa le numéro qu'il avait mémorisé dans le salon du *Diatribe*.

Sumi Chan était assise devant son terminal de surveillance, inséré dans le mur d'écrans de son chalet personnel de la Fondation. Les chalets et leurs passerelles lui rappelaient une toile d'araignée. Son domicile était situé juste en dessous du centre – la demeure de Crane.

– Est-ce que vous recevez ma transmission, monsieur Li ? demanda-t-elle en scrutant un petit écran qui montrait une image de Newcombe en train de parler avec une holoprojection de Frère Ishmael.

– Je la reçois. Merci, Sumi.

– Je me suis dit que cela devrait vous intéresser.

– C'est plus qu'intéressant. Cherchez tous les liens possibles entre le Dr Newcombe et ce bandit. Nous allons faire la même chose.

– Ce bandit, monsieur ?

– Mohammed Ishmael. Son attitude agressive et son impopularité nous ont forcés à condamner ses actions et l'existence même de la Nation de l'Islam.

Sumi ne comprenait pas trop, mais le cacha, bien sûr.

– Je vois. Y a-t-il autre chose, pour le moment ?

– Continuez votre excellent travail. Nous avons de grands plans pour vous. *Zaijian*, Sumi Chan. Restez à l'ombre.

– *Zaijian*, monsieur Li.

Ce fut Li qui coupa la communication. Ses ordinateurs avaient enregistré en mémoire toute la scène entre Newcombe et Ishmael. Sumi éteignit son terminal et tira de son bureau une bouteille verte remplie de Dorph.

Elle se dirigea vers la porte d'entrée. Le chalet était grand et bien agencé, une pièce spacieuse avec une chambre à coucher sous le plafond-cathédrale, qui offrait une vue splendide sur la Californie. L'horizon était immense. En d'autres circonstances, elle aurait connu la sérénité en un tel lieu.

Elle sortit sur le balcon. Le vent était chaud et irrégulier de ce côté de la maison. Un condor planait en contrebas, sa voix ressemblait dans le lointain à un cri de bébé. Sumi pensait que M. Li commettait une erreur en condamnant la Nation de l'Islam. Ils étaient des consommateurs, eux aussi, après tout. Ils faisaient, à leur façon, partie de la société américaine. Les condamner attirait l'attention sur eux, leur donnait un statut à part. Un statut qui aboutirait sûrement à un rejet, mais qui pouvait aussi déboucher sur un soutien. Les Américains étaient habitués à penser librement, à se voir offrir des idées diverses et variées. Si la Nation de l'Islam ne les menaçait pas, ils l'accepteraient. Et s'ils étaient forcés de choisir, ils risquaient d'opter pour la liberté malgré tout, un concept que M. Li ne connaissait pas.

Se sentant soudain mélancolique, Sumi déboucha la bouteille et but directement au goulot. Ses seins la faisaient souffrir sous le corset. Un problème qui revenait tous les mois, un problème *de femme*. Sa Dorph spéciale, qui contenait un concentré d'oxytocine et de PEA relaxant, la soulageait un peu, même si le mélange éveillait aussi en elle certains besoins sexuels qu'elle ne pourrait jamais satisfaire. Elle ne pouvait s'offrir aucun parte-

140

naire sexuel car elle ne faisait confiance à personne. Le sexe ne faisait donc pas partie de sa vie.

Elle se laissa envahir par ses sensations, se détendit, sentit sa température monter.

De gros nuages flottaient dans le ciel, sur lesquels apparaissaient les images de partisans de la Nation de l'Islam arrêtés par le G à l'extérieur des postes de garde renforcés de L.A. Est. En bas, à la Fondation, Burt Hill organisait les tables et installait une tente pour un grand buffet de bienvenue destiné à fêter le retour de l'équipe. Il y aurait aussi un bar, un petit poste de premiers soins et un podium pour les interviews.

Sumi Chan éviterait la presse, cette fois-ci. Tout ce qu'elle voulait faire, c'était ôter son corset et se cacher sous les couvertures de son lit. Elle reprit de la Dorph. Peut-être aujourd'hui, pour une fois, allait-elle pouvoir se sentir bien.

7
LES BIG BANGS

LA FONDATION
3 SEPTEMBRE 2024, 15 H 45

Un condor solitaire tournait haut dans le ciel, au-dessus du périmètre de sécurité de la Fondation Crane, de ses alarmes, de ses détecteurs et de son système de brouillage des transmissions. L'élégance fluide de l'oiseau n'était surpassée que par la complexité de l'électronique qui le composait, car il était une créature artificielle, et les ganglions de son système nerveux étaient reliés directement au cerveau de Mohammed Ishmael. Les yeux du condor voyaient plus loin que ceux des autres oiseaux. Il était juste, se disait ce dernier, que son espion du ciel soit un gigantesque vautour américain. Bientôt, si tout se déroulait selon ses plans, il disposerait d'un autre espion, presque aussi fiable, à l'intérieur même de la Fondation.

Aux yeux de Frère Ishmael, Lewis Crane devait faire l'objet d'une surveillance attentive, car il était la seule personne sur la planète susceptible de présenter un danger pour ses plans. Crane s'opposait à la vision du monde, apocalyptique, d'Ishmael, et ce dernier avait su, dès leur première rencontre, que leurs destinées étaient liées. Que l'attention qu'il prêtait à cet homme et au travail de sa fondation découlât de considérations personnelles et passablement irrationnelles ne le tracassait pas outre mesure, pas plus que le temps exagéré qu'il y consacrait.

Cela était nécessaire, il le savait, sans pouvoir dire pourquoi ni comment.

Les yeux du condor firent le point sur la zone d'atterrissage pour hélics qui jouxtait le bâtiment principal du complexe de la Fondation. Crane l'appelait « la Mosquée », ce qui n'amusait pas du tout Ishmael. Ce qui le faisait en revanche sourire, c'était de constater que les arrivants étaient tous présents lors de la rencontre en mer, au mois de juin. On avait réinvité tout le monde, sauf lui. Il éclata de rire.

Lanie King était en tout point spectaculaire, se disait Lewis Crane en observant le laboratoire central ou – comme il encourageait tous à l'appeler – la salle du globe. Au cours des trois mois écoulés, Lanie avait fait ses preuves à maintes et maintes reprises. Elle n'utilisait pas les ordinateurs, elle les *vivait*, les respirait… et surtout elle avait adopté de tout cœur son ambition pour le globe. C'était elle qui avait recruté les programmeurs, qui les avait tirés de leurs bureaux relégués sur l'arrière pour les amener ici, dans la salle du globe, afin qu'ils aient sous les yeux l'objet de leurs soins et apprécient l'immensité de leur tâche. Tout ça, se disait Lewis, c'était de la bonne gestion de projet.

La seule chose qui le tracassait, c'était son propre rôle public. Il rebondissait de show en show, d'apparition en apparition, et tout cela n'était que du spectacle, du Cecil B. deMille, du Barnum. Introverti par nature, il sortait épuisé de chacune de ces opérations de relations publiques, bien que personne n'eût pu se douter de ce qui lui en coûtait. La rencontre qui devait avoir lieu ce jour était l'une des plus cruciales de sa carrière. Les politicards et les bailleurs de fric voulaient voir des progrès réalisés. Plus important encore, Li voulait un tremblement de terre et, bon Dieu, Crane en avait un à lui servir tout chaud !

Les travaux de Newcombe et de Lanie montraient que les émissions de radon au niveau du sol avaient augmenté de près de trente pour cent tout le long de la vallée du Mississippi. Des charges électromagnétiques apparaissaient également dans la région. Il était probable que l'origine des deux phénomènes se trouvait dans une tension sur la ligne de faille. Quand les rochers se fendaient, ils laissaient échapper le radon. Puis, lorsqu'ils se fracturaient carrément, ils permettaient un passage plus aisé à l'électricité à travers la nappe phréatique. C'étaient des signes précurseurs. Enfin, peut-être.

Au mois de juillet, les ordinateurs d'Elena avaient appliqué la théorie sismique des décalages de retour à la prédiction des rythmes de récurrence pour pronostiquer un tremblement de terre de grande envergure le long de la faille de New Madrid, dans le Missouri. Il n'y en avait pas eu à cet endroit depuis 1812. Crane allait raconter à ses invités l'histoire de ce séisme historique en guise de hors-d'œuvre avant les réjouissances à venir. Il se sentait déprimé et morose, partagé entre des sentiments antagonistes. Il avait besoin de ce tremblement de terre pour pouvoir poursuivre ses travaux et, à terme, sauver des millions de vies humaines. Mais il ne pouvait écarter, à son désespoir, la pensée qu'un tel séisme, tout au long des trois cents kilomètres de cette faille, pouvait tout détruire de Little Rock à Chicago, sans épargner Memphis, Saint Louis ni Natchez. Il fallait qu'il ait raison, mais il souhaitait se tromper – au moins sur l'étendue des dégâts.

Il regarda autour de lui la pièce à l'éclairage calculé pour renforcer l'intensité dramatique. Il y avait une petite tribune, du genre qu'on trouve dans les stades, près de la porte principale, pour que les dignitaires puissent observer le spectacle dans de bonnes conditions. Les V.I.P. bavardaient tout en buvant le champagne spécialement préparé par Sumi. Même M. Li semblait être de bonne humeur. Gabler était là aussi, sans Madame pour une fois. Il devenait toutefois un hôte sans importance, ce soir, car le Président lui-même, Gideon, était venu. Comment tous ces gens pouvaient-ils être d'aussi bonne humeur ? Cela dépassait Crane. Au cours des deux mois écoulés, il y avait eu des émeutes dans les Zones de Guerre, afin d'appuyer les demandes d'indépendance de la N.D.I. Le renforcement des mesures de bouclage et le blocus alimentaire décidés pour mettre au pas les populations des Zones avaient eu peu de résultats. Les fondamentalistes islamiques de Paris, de Lisbonne, d'Alger et de Londres soutenaient, par leurs émeutes, leurs Frères américains. Un boycott efficace des produits de Liang Int. avait poussé M. Li à capituler dans plusieurs endroits, et tout particulièrement à lâcher du lest en ce qui concernait le blocus alimentaire.

Une nouvelle maladie sexuellement transmissible, hautement contagieuse, frappait le sous-continent indien, démentant une fois de plus les prédictions les plus sombres sur les risques de surpopulation. Mais les malthusiens se voyaient chaque jour contrés dans leurs hypothèses par les mutations génétiques de virus et de bactéries, les souches résistant aux antibiotiques, sans oublier l'éternelle ennemie de l'humanité, la famine. La production alimentaire de la planète était dérisoire. Il n'y avait presque plus de végétation sauvage. Les U.V. grillaient les récoltes, détruisaient tout ce qui ne poussait pas sous les pare-soleil à quatre sous que vendait en exclusivité Yo-Yu, le concurrent de Liang.

Liang réagissait, cependant. En juillet, le président des États-Unis – traduisez Liang Int. – allait engager une politique de recherche sur la régénération de la couche d'ozone. Ce qui avait fait dire aux officiels de Yo-Yu que l'administration voulait tuer le marché de la libre concurrence, en les attaquant directement sur les ventes des crèmes écran total et des pare-soleil. Ils appelèrent la décision gouvernementale du « terrorisme politique ».

Crane hocha la tête, consterné devant les caprices de l'homme. Contre ceux de la nature, en revanche, il était prêt à agir, même maintenant. Il monta sur l'estrade où Elena King officiait, au pupitre de ses ordinateurs, et où Dan Newcombe siégeait, à la vaste table couverte de microphones, capables de porter le moindre soupir aux quatre coins de l'immense salle.

– Mesdames, messieurs, appela-t-il.

Sa voix, telle celle d'un dieu, résonna comme un coup de tonnerre.

Les lumières s'éteignirent lentement. Lewis attendit que les murmures cessent dans la foule pour annoncer :

– L'univers.

Une lumière aveuglante explosa dans la pièce en un flash de moins d'une seconde, puis ce furent à nouveau les ténèbres. Il y eut quelques cris, des rires.

– Notre univers a commencé par une explosion d'hydrogène et d'hélium. De la matière en fusion fut vomie dans toutes les directions, à des vitesses inimaginables.

Le globe se mit soudain à briller, à brûler en des flammes

rouges et jaunes, et à tourner à toute vitesse. C'était une holo-projection.

– Voici comment notre planète a commencé son existence, il y a quatre milliards et demi d'années. Elle était littéralement composée de feu. Sa rotation compressa les nuages de poussière et de gaz, et elle prit forme.

Le feu diminua peu à peu d'intensité, la sphère simula alors la formation de la planète, passant de l'état gazeux à l'état solide. C'était extrêmement impressionnant. La taille gigantesque du globe, brillant dans les ténèbres, faisait paraître les spectateurs minuscules. Newcombe entendait la foule murmurer. Ils s'attendaient à un spectacle de qualité et ils n'étaient pas déçus.

– Au début, notre monde était composé de roches fondues. Progressivement, les éléments les plus lourds, le nickel et le fer, se déposèrent en son centre, le cœur, incroyablement dense. Certains des matériaux plus légers, comme le basalte et le granit, se mirent à fondre et flottèrent vers le haut en se refroidissant, formant une fine croûte, le manteau, qui se trouve à l'extérieur de la planète.

Tandis qu'il parlait, le globe simulait cette phase de la vie de la Terre, montrant en quinze secondes ce qui s'était passé en un milliard d'années. La Terre, un rocher stérile.

– Puis il commença à pleuvoir…

Le bruit du tonnerre résonna, de noirs nuages apparurent, et de la pluie holographique s'abattit sur le monde. Des éclairs frappèrent la planète.

– Il plut pendant des milliers d'années, jusqu'à ce que notre monde soit totalement recouvert par les eaux. Le ciel se dégagea alors.

Le globe s'était transformé en une boule d'eau.

– Le refroidissement s'opéra petit à petit. L'eau s'évapora. Des terres émergées, des terres flottantes, apparurent.

Des masses continentales surgirent des eaux, dérivant lentement sur les océans. Tout le monde regardait, fasciné. Les plaques de terre glissèrent vers l'équateur et se rejoignirent pour former un monumental super-continent, totalement désertique.

– La Pangée, dit Crane. C'est le mot grec qui signifie «toutes les terres». Ceci est le point d'origine du monde que nous connaissons aujourd'hui. La rupture de la Pangée en plusieurs continents fut due à des forces inconnues, mais qui devaient être liées à la convection. Cela créa les volcans, dont les gaz permirent l'apparition de la vie biologique. La fin de la Pangée marqua aussi le début des séismes.

Il se tourna vers Lanie et dit tranquillement :

– Chargez le dernier séisme de New Madrid dans le globe.

Newcombe était occupé à gribouiller quelque chose sur un bout de papier. Sans un mot, il se leva et descendit l'escalier vers les programmeurs. Newcombe montra le papier à Crane. Il avait écrit dessus : « NE TENTEZ PAS LE DIABLE ». Lewis sourit. Les lumières s'éteignirent à nouveau.

– J'attire votre attention sur les États-Unis et sur le fleuve Mississippi, lança-t-il depuis les ténèbres, tandis que la sphère, illuminée par des spots, se réarrangeait.

La Pangée se brisa et la planète se reforma, devenant le monde tel que les spectateurs le connaissaient. Toutes les lumières s'éteignirent, mis à part celles qui éclairaient la zone du Mississippi.

– Nous sommes en mai 1811, poursuivit Crane. Il pleut beaucoup ce printemps-là, les rivières débordent, il y a des épidémies. On entend le tonnerre, mais, curieusement, il n'y a pas d'éclairs. En automne, les habitants de New Madrid, dans le sud-est du Missouri, à la limite des États du Kentucky et du Tennessee, voient avec étonnement des dizaines de milliers d'écureuils quitter leurs forêts ancestrales et se sauver en bandes vers la rivière Ohio où ils se noient tous. En septembre, la Grande Comète de 1811 passe au-dessus de la région, illuminant d'une lueur étrange les zones boisées… de mauvais présages pour beaucoup de personnes.

Crane monta lentement l'escalier. Le globe ne tournait plus, mais s'était arrêté de façon que les personnes sur la tribune puissent voir la région de la vallée du Mississippi.

– L'Amérique est un pays encore sauvage. Il n'y a pas de loi dans l'Ouest. Tecumseh est le chef des tribus indiennes près de New Madrid. Le général William Henry Harrison passe l'automne à se battre contre les guerriers. Les pirates et les voleurs continuent leurs petits trafics sur la rivière. Les bateaux voyagent en convois pour se protéger mutuellement. Mais au petit matin du 16 décembre, un lundi, tout cela devient secondaire.

Crane se tenait juste sous le rayon du projecteur.

– À deux heures du matin, «l'enfer sur terre» cesse d'être une simple expression pour devenir une réalité.

Il y eut soudain un craquement sourd dans la salle, et une immense cicatrice lumineuse apparut sur la planète avant de commencer à se ramifier.

– Le sol bouge violemment, détruisant les cabanes de rondins, raconta Lewis. Les habitants se précipitent dans les rues. Ils entendent des grondements et des explosions assourdissants qui ressemblent au bruit du canon. Un horrible rugissement et des sifflements stridents résonnent sous leurs pieds. La terre s'ouvre tout autour des pionniers. Du gaz soufré les enveloppe. Ils ont du mal à respirer. Le sol roule et ondule en vagues, comme la mer, et des éclairs montent vers le ciel. La terre explose comme un volcan, crachant de l'eau, des pierres et du sable jusqu'au-dessus des plus grands arbres. Cela va durer toute la nuit. Vingt-six secousses… qui ne sont que des chocs précurseurs. La vingt-septième secousse est bien pire que la plus grande explosion que nous ayons connue. Sa puissance est telle qu'on la ressent dans trente États. Des forêts entières sont rasées. Le sol s'effondre, puis se reforme. D'immenses failles s'ouvrent et avalent tout. Le Mississippi change de cours des centaines de fois. Pris dans un dédale de fissures et de roches, il se transforme en un torrent furieux comme nous en voyons dans nos pires cauchemars. Tout ce qui se trouve sur la rivière est tué. À un certain moment, le fleuve se met même à couler vers sa source. Les rives s'effondrent, les eaux montent, inondant toute la vallée, noyant tout ce que le séisme lui-même n'avait pas anéanti. À Jackson, dans l'État du Mississippi, à cent kilomètres de là, les arbres se couchent et les maisons tombent comme des châteaux de cartes. À Saint Louis, bien plus haut sur le fleuve, des éclairs montent du sol, les cheminées tombent, les maisons se cassent en deux. Une épaisse brume entoure la ville pendant des jours. Les dégâts sont énormes dans l'Arkansas. Memphis est quasiment rayée de la carte par les glissements de terrain. Les objets se brisent dans les maisons jusqu'à Nashville. La dévastation s'étend à tout le pays, sur des milliers de kilomètres. Juste au nord de Detroit, un lac se met à bouillir comme de l'eau qu'on prépare pour le thé. Les secousses sont ressenties fortement à Richmond et à Washington, D.C. À Charleston, les cloches des églises se mettent à sonner et les habitants ont des nausées dues aux mouvements du sol.

Des lignes lumineuses apparurent alors sur le globe, partant de la zone de l'épicentre, et commencèrent à s'étendre, recouvrant finalement presque tous les États-Unis. Newcombe sentit son estomac se nouer.

– Qu'est-ce que tout cela a à voir avec nous, docteur? dit M. Li.

– Vous vouliez un séisme, répondit Crane sur un ton aimable. Je vous en donne un. Selon nos calculs, il y a longtemps qu'un autre tremblement de terre aurait dû avoir lieu sur la faille de New Madrid. Nous avons récemment enregistré plusieurs signes qui ne trompent pas. En ce moment même, nous essayons, avec l'aide du Dr Newcombe, de définir la date à laquelle aura lieu la tragédie. Docteur Newcombe, avez-vous quelque chose à ajouter?

Dan resta un instant sans bouger. Il ne savait pas s'il était déjà temps de tirer la sonnette d'alarme, mais il serait criminel de ne pas prévenir les gens du danger, même si rien n'était encore tout à fait sûr. Si Crane avait raison, la Fondation allait avoir besoin de toute l'aide possible pour travailler sur ce problème.

Il se décida finalement à parler.

– Les montagnes Rocheuses ont tendance à absorber les chocs sismiques. Tout séisme dont l'épicentre est situé à l'est des Rocheuses va se combiner à des séismes du côté de la Californie. Le résultat sera dévastateur, car la croûte terrestre transmet très bien les ondes de choc. Nous savons que le grand séisme de New Madrid avait touché de plein fouet une zone de cent mille kilomètres carrés, causé des dégâts importants sur une zone de deux millions de kilomètres carrés et avait été ressenti sur près de quatre millions de kilomètres carrés. Il y a eu beaucoup de tremblements de terre dans cette région, mais trois d'entre eux, en 1811 et en 1812, ont dépassé largement 8 sur l'échelle de Richter. Si un séisme de ce type se produisait de nos jours, nos premières estimations indiquent qu'il y aurait environ trois millions de morts. Les dégâts matériels seraient de l'ordre de deux cent cinquante milliards de dollars. Le chaos qui s'ensuivrait paralyserait la production du pays bien au-delà de la zone touchée par le séisme. La nation serait incapable de fournir services et denrées au niveau international. L'économie ne se remettrait jamais de ce coup, le pays serait condamné. Souvenez-vous que la Grande-Bretagne n'a jamais réussi à se remettre des guerres du XXe siècle.

Il y eut un long et lourd silence dans la salle. Newcombe prit une profonde inspiration.

— Est-ce que tout cela répond à votre question, monsieur Li ? demanda-t-il sans malice.

Crane aimait beaucoup le président Gideon. Il avait l'air de s'intéresser réellement aux gens et il regardait dans les yeux son interlocuteur. Il avait aussi un air digne que n'avait pas le vice-président. Bien entendu, cela ne le rendait pas plus autonome que Gabler, mais il était plus facile de traiter avec lui.

— J'espère que vous avez juste essayé de nous faire peur, docteur Crane, dit Gideon en tenant fermement son verre. Je ne suis pas sûr d'avoir envie d'être le président d'un pays ravagé et réduit à néant comme celui que vous venez de nous décrire.

M. Li, à côté de Gideon, se pencha vers lui.

— Le bon docteur n'a pas ce genre d'humour. Je pense qu'il croit réellement ce qu'il vient de prédire devant nous.

— Je ne fais pas de « prédictions » dans le sens vaudou du terme, si c'est ce que vous voulez dire, messieurs. Nous nous contentons d'étudier une hypothèse scientifique des plus raisonnables.

Le Président hocha la tête. Lewis vit qu'il réfléchissait à ce qu'il venait d'entendre.

— Ce qui veut dire que vous n'êtes pas absolument sûr que cela va se produire.

Crane leva son verre. Burt Hill se précipita pour le remplir à nouveau avec du bourbon.

— Oh, mais cela va se produire, monsieur le Président. La Terre se moque pas mal de nos souhaits.

— Mais quand cela va-t-il se produire, Crane ? demanda Li. C'est là tout ce qui nous importe.

Lewis observait attentivement les deux hommes.

– Nous travaillons là-dessus, croyez-moi. Tous les signes habituels sont là. Nous essayons d'obtenir une date. Si le globe était fini…

Gabler se joignit au petit groupe et lança :

– Mais, justement, il n'est pas fini. Vos prédictions ne sont donc que des paroles en l'air.

Crane toisa le vice-président.

– Tout comme Sado était des « paroles en l'air », vice-président Gabler ? Mon équipe est composée des meilleurs professionnels qui ont consacré leur vie à ce genre de travail. Et vous, monsieur, que savez-vous des séismes ?

Gabler devint rouge comme une pivoine. Gideon se mordit les lèvres pour ne pas éclater de rire.

– Il nous faut une date, soupira Li, les élections sont dans deux mois tout juste.

– Je fais de mon mieux, répondit Lewis. Si nous nous dépêchons et faisons une prévision qui s'avère finalement inexacte, cela ne servira à personne.

– Je suis bien d'accord, dit Li tandis que Sumi s'approchait et lui versait du champagne. Mais rappelez-vous, Crane, il est dans votre intérêt de trouver quelque chose qui se passera avant les élections.

Gideon tendit son verre à Sumi.

– Vous devez comprendre, Crane. Avec une telle prédiction, en prévoyant un désastre majeur, nous pourrons sauver des millions de vies et des milliards de dollars de matériel. Les gens de chez Yo-Yu n'auront plus aucune chance.

Li rattrapa Sumi par la manche avant qu'elle ne puisse s'éloigner.

– J'ai peur du contraire. Je vois les choses autrement : nous annonçons une catastrophe, nous évacuons des villes entières, fermons des usines, nous protégeons le matériel, mais rien ne se passe.

– Ne dites pas de bêtises, lâcha Gideon.

Li sourit.

– Je vous dis ce que je pense. Docteur Crane, est-ce que vous êtes satisfait du travail de Sumi ?

Crane et Chan échangèrent un sourire.

– Sumi est le meilleur superviseur que j'aie jamais eu sur un projet. Il est toujours là, il comprend les priorités et me fait des chèques sans me poser trop de questions. Je lui confierais la Fondation sans hésiter une seule seconde.

Le sourire de Li s'élargit et il passa un bras autour des épaules de Chan.

– Excellent. Liang Int. aurait besoin de beaucoup de garçons comme Sumi. Vous savez, docteur, je suis fasciné par votre globe. J'en ai un aussi.

– J'en ai entendu parler. J'aimerais le voir.

Li éclata de rire.

– J'ai bien peur que cela ne soit impossible. Nous avons des règles très strictes.

– Je comprends. Sumi, je crois que M. le Président Gideon a fini son verre.

Sumi approcha avec sa bouteille.

– Je ne peux pas permettre ça. La règle numéro un de la Fondation, c'est qu'un verre ne doit jamais être vide.

Gideon hocha la tête. Il avait l'air détendu et calme. Il n'avait pas besoin de ses gardes du corps dans un lieu aussi sûr que la Fondation. Il leva son verre.

– À votre santé, docteur Crane, aux nobles Cassandre qui nous protègent !

Tout le monde but, puis Gideon demanda :

– Est-ce qu'il serait possible pour moi de visiter la propriété ? C'est un endroit extraordinaire. Si quelqu'un a le temps, je…

– Quelqu'un ? répéta Crane. Voyons, monsieur le Président, personne ne connaît ces lieux mieux que moi. Est-ce que quelqu'un d'autre veut se joindre à nous ?

– Allez-y tous les deux, conseilla Li. Faites connaissance. Je dois parler affaires avec M. Chan.

– D'accord, à tout à l'heure, acquiesça Lewis.

Chan fit un effort pour continuer de sourire tandis que Crane et Gideon s'éloignaient. Elle n'aimait pas l'air de vieux renard vicieux de M. Li.

Li la regarda dans les yeux.

– Où en sont-ils réellement sur cette histoire de New Madrid ? demanda-t-il sur un ton sec.

Sumi secoua la tête.

– Je ne sais pas au juste. Il y a tant de données qui arrivent. Je sais qu'ils y consacrent tout leur temps, maintenant. Mais ils n'ont pas encore de date. Il se peut très bien qu'ils découvrent que le séisme ne se produira que dans des années.

Li fronça les sourcils.

– Je veux un séisme avant les élections.

– Ils font ce qu'ils peuvent.

– Non, Sumi. Ils peuvent trouver un tremblement de terre – si les théories de Crane sont ce qu'il en dit. Mais pour cela, il faut qu'ils s'appliquent à faire ce que *je* veux, et pas qu'ils s'amusent avec leurs joujoux, leurs dates, leur (il fit la grimace) *recherche fondamentale*. À propos de recherche, qu'en est-il de ce cher Dr Newcombe ? Est-ce que sa petite excursion est toujours prévue pour ce soir ?

Sumi fit signe que oui. Elle sentait le piège se refermer petit à petit sur la Fondation.

– Il va voyager sous le nom de Enos Mann. Il partira dès qu'il fera noir.

– Et il sera absent toute la nuit, annonça Li. Le nuage de Massada va passer ce soir autour de minuit.

– Vos hommes sont en place ?

– Ne vous inquiétez pas pour *mes* hommes, rétorqua Li en fronçant les sourcils à l'approche de Mui. Occupez-vous plutôt de cette prédiction. Et maintenant, allez distribuer votre champagne. Je ne veux pas qu'on remarque que nous avons parlé tous les deux.

Sumi s'inclina, contrôlant difficilement sa colère. Elle alla vers Newcombe, cherchant désespérément quelque chose à dire, un moyen subtil de lui faire comprendre qu'il devait rester chez lui ce soir. Ce qu'il s'apprêtait à faire pouvait condamner Crane et tout ce sur quoi la Fondation travaillait. Tandis qu'elle s'approchait, sa bouteille de champagne spécial à la main, Kate Masters, vêtue d'un body écarlate, de collants rouges et d'une petite cape, secoua son épaisse chevelure rousse et se tourna vers elle.

– Oh, Sumi, soupira-t-elle en tendant son verre, il faut que vous me donniez la recette !

– Un vieux secret de famille, répondit Chan en souriant comme elle avait vu les hommes le faire lorsqu'ils parlaient à ce genre de femmes. C'est un mélange qui est bon pour votre vie sexuelle !

— Mon chou, je n'ai aucun problème de ce côté, mais remplissez mon verre tout de même !

Sumi remplit le verre à ras bord. Elle se rendait compte que, à bien des points de vue, Kate Masters jouait elle aussi un jeu de cache-cache. Elle était beaucoup plus que celle qu'elle prétendait être en public. Elle s'était créé un personnage destiné à un public d'hommes dans un monde d'hommes.

— Hé, laissez-m'en un peu ! s'écria Newcombe en tendant son verre à Sumi.

Kate Masters but une longue rasade, puis déclara à la cantonade :

— Je veux que vous sachiez tous que ce que vous faites ici est important. Je sais qu'aux yeux de certains le fait que Crane doive vendre ce travail aux pouvoirs de l'argent désacralise vos recherches. Sachez que cela n'en diminue en rien la valeur à mes yeux.

Lanie lui sourit.

— Nous apprécions cela. Nous voulons seulement aider les gens, mais il faut toujours de l'argent pour travailler.

Newcombe fronça les sourcils.

— C'est la règle du jeu, remarqua-t-il sombrement. La règle d'un jeu que je déteste, mais auquel nous sommes obligés de jouer.

— Vous m'avez vraiment fait peur avec votre discours, lui dit Masters.

— J'espère bien. Ça m'a fait peur aussi.

Kate but à nouveau avant de remarquer :

— Je ne sais pas si ça a une importance, mais nous avions dit que nous soutiendrions la Fondation Crane en échange de la procédure Vogelman. Si l'administration avait refusé, nous vous aurions soutenu de toute façon. Il y a des choses plus importantes que la politique. Vous avez de la classe !

— Vive tout le monde et vive le champagne ! s'exclama Sumi. Il faut que j'aille chercher une autre bouteille. Restez à l'ombre.

Elle s'éloigna rapidement. Lanie la suivit des yeux. Un sentiment d'immense solitude, de tristesse, émanait de Sumi Chan.

Lanie ne lui faisait pas confiance, mais ça ne l'empêchait pas d'avoir de la peine pour lui. Elle se tourna vers Masters.

– En quoi consiste exactement un Vogelman? demanda-t-elle.

– Vous êtes intéressée, mon chou? répondit Masters.

– Non, rétorqua Newcombe, nous sommes simplement…

– Oui, je suis intéressée, l'interrompit Lanie en le regardant dans les yeux. Je vais avoir beaucoup de travail ces deux prochaines années. Je voudrais m'éviter les tracas d'une grossesse ou de sa prévention.

Masters répondit en fixant Newcombe.

– C'est un simple implant. Vous n'avez même pas besoin de rester à l'hôpital. C'est fait en quinze minutes. L'implant dure toute la vie et vous empêche d'ovuler. Plus de crampes, plus de règles…

Elle dévisagea Dan encore plus intensément avant d'ajouter:

– *Beaucoup* de femmes se le font faire.

– Ça ne va pas arranger la démographie du globe, remarqua Newcombe.

– Si vous voulez avoir un bébé, vous prenez une pilule. Infaillible. Beaucoup de mères le font faire à leur fille dès la puberté. Ça, au moins, ça marche contre les maux de tête, sur certaines du moins.

– Ce n'est pas naturel, grogna Newcombe.

Masters lui décocha son fameux sourire assassin.

– Voilà bien une opinion d'homme! La nature est ce qu'on lui demande d'être. Je connais deux bons docteurs à L.A. qui font ça très bien, Lanie. Vous voulez que je vous prenne rendez-vous?

– Oui, répondit Elena.

– Non, fit Newcombe.

Masters avala une rasade, respira à fond et finit son verre.

– Bon… vous feriez peut-être mieux d'en discuter entre vous d'abord…

– Je vous appellerai, sourit Lanie.

Elle jeta un regard noir à Newcombe. Pourquoi fallait-il qu'il soit si arrogant? Ce devait être une question d'hormones, sans doute.

Kate rejeta sa cape en arrière à la façon d'une tragédienne.

— Il faut que j'aille me mêler aux invités. On ne me paie pas pour bavarder avec des amis en buvant.

— C'est pourtant ce qu'on dirait, lâcha Newcombe.

Masters haussa les épaules.

— Bon, je vais donc vous tirer ma révérence en douceur, O. K. ? Merci encore pour le spectacle, en tout cas. Je vais avoir des cauchemars pendant des semaines.

Elle serra la main de Daniel et étreignit longuement Lanie.

— Je vous appelle demain, lui murmura celle-ci à l'oreille.

Masters s'éloigna. Lanie se tourna, furieuse, vers Dan.

— Je n'ai jamais été aussi embarrassée de ma vie ! Comment as-tu osé dire des choses pareilles ?

— Comment ça, « j'ai osé » ? Mais c'est une décision qui nous concerne tous les deux et que nous devons donc prendre en commun, non ?

Il n'avait pas l'air de comprendre de quoi elle parlait. Cela la rendit encore plus furieuse.

— Ce n'est pas mon avis, Dan. C'est mon corps, c'est ma vie. Et, la semaine prochaine, je me fais faire un Vogelman, que cela te plaise ou non.

— Écoute, nous ne sommes plus des adolescents, tu ne vas pas pouvoir concevoir pendant très longtemps…

— Concevoir ?

Elle prit une longue inspiration pour se calmer et continua :

— Je ne suis pas une déesse de la fertilité qui attend la semence du mâle, Dan ! Pourquoi faut-il toujours que tu gâches tout ?

— C'est un grand jour ! lança soudain la voix de Crane derrière eux. Nous les avons mis sur le cul, les enfants !

Ils se retournèrent et le virent qui arrivait vers eux.

— Nous leur avons promis une chose que nous ne pouvons pas leur donner, dit Newcombe entre ses dents. Je ne vois pas ce qu'il y a de génial là-dedans. Vous auriez au moins pu attendre que nous ayons fait une mesure de tension avant d'annoncer la nouvelle au monde.

Crane se tourna vers Lanie.

— Qu'est-ce qu'il a ?

Elle secoua la tête.

— Il veut avoir des gosses.

– Des gosses ? répéta Crane en faisant la grimace. Mon Dieu, quelle idée horrible ! Peu importe. Un problème à la fois. Je veux vous inviter tous les deux chez moi pour le dîner, une petite réunion entre amis.

Le visage d'Elena s'illumina.

– Très bonne…

Newcombe l'interrompit.

– Je ne peux pas venir.

Ils le regardèrent tous les deux.

– Vous êtes invité ailleurs ? demanda Crane.

Lanie remarqua que Dan évitait maintenant leurs yeux.

– Il faut que j'aille dans la montagne, annonça-t-il en se détournant. J'ai trop longtemps remis à plus tard le calibrage de notre équipement sur la faille de San Andreas. Il faut que je le fasse ce soir.

– Ce soir ? s'étonna Crane. Mais c'est une nuit Massada !

– Je prendrai une combinaison isolante.

– Prends-en deux, annonça Lanie. Je viens avec toi.

Il secoua la tête.

– Non, tu restes ici et tu profites du dîner. Je ne serai de retour qu'au petit matin.

– Ça ne me fait rien de passer la nuit à…

– Je veux y aller seul ! cracha Newcombe. Je n'ai rien contre toi, je veux juste rester un peu seul et réfléchir.

Elena avait du mal à croire qu'il soit à ce point en colère. Elle savait qu'il lui cachait quelque chose.

– Du temps pour réfléchir à quoi ?

Burt Hill cria depuis l'autre côté de la pièce :

– Doc Dan, la nuit tombe ! J'ai sorti votre hélic si vous en voulez toujours.

– J'arrive.

Newcombe salua Crane et King :

– Bonne soirée.

Il sortit de la salle du globe sans se retourner, passant entre les groupes de politiciens et autres escrocs du monde des affaires qui allaient eux aussi partir, maintenant que la nuit tant attendue était là.

– Mais qu'est-ce qui lui arrive ? murmura Crane.

Lanie secoua la tête.

– Je ne sais pas. Mais ça n'a rien à voir avec la faille de San Andreas.

– Comment ça ?

– Il a envoyé un de ses techniciens recalibrer l'équipement la semaine dernière.

21 H 10

– Est-ce que vous êtes prêts, à la fin ? cria Crane du haut de la nacelle de la petite grue qui tournait à trente mètres du sol autour du globe.

Complètement ivre, il se penchait par-dessus bord et gesticulait avec sa bouteille de rhum.

– Descendez de là, lui cria Elena King. Vous allez vous tuer !

La grue trembla. Il faillit être projeté dans le vide.

– Je suis trop méchant pour mourir ! hurla-t-il, les mains en porte-voix. Allez, dites à vos hommes de se bouger le cul et mettons-nous au boulot sur cette saloperie !

– Nous sommes déjà en train de travailler…

– Crane m'a l'air d'être bien… exubérant, ce soir, commenta Sumi Chan derrière elle.

– C'est le moins qu'on puisse dire, soupira Elena.

Elle mourait de faim. L'invitation à dîner de Lewis était restée paroles en l'air. Il l'avait oubliée et ne pensait plus qu'à mettre le globe en marche. Entre le départ de Dan et l'attitude infantile de Crane, Lanie commençait à avoir l'impression que son rôle à la Fondation allait être celui d'une mère plutôt que celui d'une associée.

Elle se tourna vers la rangée de programmeurs penchés sur leurs claviers et fit un signe de tête à Sumi Chan.

– En place, tout le monde, vous avez entendu le grand chef. On met en marche l'artillerie lourde.

Il y eut des soupirs et des grognements, mais personne ne protesta à haute voix. Crane était le patron. Il faisait ce qu'il voulait. Elena regarda Chan.

– Est-ce que *vous* pourriez le faire descendre ?

Sumi Chan sourit.

– Je n'essaierais même pas !

– C'est bien ce que je craignais.

Elle s'éloigna des rangées de terminaux installés tout le long du mur jusqu'autour de la boule. La masse de la sphère s'élevait majestueusement au centre de la salle. Tout paraissait petit à côté de ce symbole du rêve fou qu'ils allaient essayer de faire devenir réalité.

Lewis était reparti pour un nouveau tour de manège autour du monstre.

– Descendez de là immédiatement, ou je fais reporter l'essai à plus tard ! menaça-t-elle.

Il donna du poing sur le panneau de contrôle de la nacelle. La grue s'arrêta brutalement et son bras se balança d'avant en arrière. La bouteille de rhum lui échappa des doigts et vint s'écraser au sol, près de Lanie.

– Oups… désolé !

– Crane, vous descendez tout de suite !

Lorsque le long bras se fut replié, Lewis sortit de la nacelle avec l'air contrit d'un petit garçon qui a fait une grosse bêtise.

– J'ai fait tomber ma bouteille…

– Je vais vous en chercher une autre, dit aussitôt Sumi.

– Merveilleux, soupira Lanie en se tournant vers Crane. Vous en avez combien en stock, de ces bouteilles ?

– Des caisses, docteur, répondit Lewis en fronçant les sourcils. Des caisses de bouteilles offertes par les citoyens reconnaissants du Prêcheur. Qu'est-ce qu'on attend pour commencer le test ?

– Au cas où vous ne le sauriez pas, docteur Crane, murmura-t-elle gravement, nous avons chargé des données, pas des programmes exécutables dans les ordinateurs. Et nous n'avons pas fini ce travail, d'ailleurs, je tiens à vous le signaler. Nous allons devoir ouvrir tous les chemins d'accès pour pouvoir faire votre petit essai ce soir. Ces gens travaillent depuis ce matin et ils sont crevés. Donnez-leur une minute, O.K. ?

– Vous êtes fâchée contre moi, gémit-il avec une moue boudeuse.

– Je suis fâchée contre Dan, corrigea-t-elle. Vous êtes ici, vous vous prenez pour lui. Un géologue ou un autre… vous avez tous la même tête de bourrique !

— Dan est un grand garçon, fit Crane. Il est parti parce qu'il avait quelque chose à faire, du travail. C'est tout.

— Sa vie est ici. À la Fondation. Il n'a rien à faire à l'extérieur.

— Et une bouteille de rhum de la Martinique sans Dorph, une! annonça Sumi en se précipitant vers eux pour donner le flacon à Lewis.

Crane en dévissa le bouchon et avala une longue rasade. Il se retourna pour admirer son globe.

— Je sens que je vais devenir dingue si ce truc n'est pas mis en marche rapidement.

— Vous êtes déjà dingue, rétorqua Lanie. De toute façon, on ne peut pas espérer grand-chose lors d'un premier essai. Les éléments impondérables sont…

— Les éléments impondérables? C'est pour les gérer que je vous ai engagée! C'est le boulot de l'imageur, de parler au globe et de communiquer synnoétiquement avec lui, de créer une synergie!

Son sourire avait complètement disparu.

— Je sais, mais ce n'est pas un travail facile. Nous avons entré toutes les données historiques mais nous parlons ici de la vie même d'une planète. Imaginez que quelqu'un se creuse une piscine à Rome et lubrifie ainsi sans le savoir une faille non cartographiée. Deux ans plus tard, vous avez un séisme en Alaska. Nous ne pouvons pas transformer le chaos en données informatiques, et nous ne savons pas, justement, quel rôle le chaos a joué, si son influence sur le développement de la planète a été secondaire ou principale.

Lewis regarda Sumi.

— Et vous, vous en pensez quoi?

— Je pense qu'il faut que nous fassions une prédiction avant les élections, sinon nous allons perdre nos subventions. Si un essai ce soir peut faire avancer les choses, alors je suis pour.

Elena ignora Crane et se tourna vers Chan.

— Et si on fait une prédiction erronée? Merde, à quoi cela servira-t-il? Je ne vous suis pas, Sumi. Vous êtes aussi stupide que M. Li. Nous ne pouvons pas demander à la Terre de nous faire un joli petit séisme juste parce que cela arrange notre comptable!

— Nous ne pouvons pas survivre sans subventions, insista Sumi en observant la réaction de Crane. Vous avez failli parler d'un tremblement de terre possible dans quelques mois en plein cœur de l'Amérique. Ce n'est pas moi qui ai abordé le sujet, c'est vous.

– Nous avions les responsables devant nous. Il fallait que je trouve quelque chose, c'est tout. Les signes annonciateurs d'un séisme sont là, pas tous, mais la plupart.

– Et il vous faut quoi de plus pour faire une annonce claire et nette ?

En entendant Chan poser cette question, Lanie sentit un frisson la parcourir. Elle se demanda pourquoi.

– Nous allons faire des mesures sur place de la tension au sol. Comme ça, nous saurons un peu mieux ce qu'il en est. Ce serait bien si on pouvait découvrir les traces d'une activité intense après une période de dilatation, ou alors un petit précurseur. Ce ne serait pas un mal non plus si on trouvait une activité électrique accrue au niveau du sol. Remarquez que si nous trouvions une dilatation… là je serais prêt à faire quelques spéculations pour peu que l'activité sismique recommence en profondeur. C'est toujours bon signe quand la lubrification fait bouger la serpentine pour permettre à une grande faille de glisser.

– Vous baseriez votre prédiction sur ça ? demanda Sumi.

– Pourquoi pas ?

Crane leva sa bouteille vers Lanie avant d'ajouter :

– Et puis, je vais vous dire autre chose. Primo, je ne veux plus de défaitisme. Nous sommes arrivés là où nous en sommes aujourd'hui en étant positifs et optimistes. Secundo, nous transformons le rêve de toute une vie en réalité. Vos ordinateurs sont bourrés d'informations sur notre planète, plus qu'on n'en a jamais réuni auparavant. Nous allons trouver des réponses. Peut-être que lorsque nous aurons analysé tout ce savoir, nous découvrirons bien des choses, certaines auxquelles nous ne nous attendions pas, *y compris*, peut-être, le fait qu'il y a une logique dans le Chaos.

– Vous n'arrêtez donc jamais de penser ? demanda Lanie.

– Jamais !

Les lumières vives qui éclairaient la salle furent baissées de trente pour cent.

– Je crois que nous sommes prêts, lança un des programmeurs.

Il y eut des cris de joie parmi ses collègues.

– Mesdames, messieurs, déclara Crane d'une voix forte, je vous remercie tous pour vos efforts.

Il pivota vers Lanie et lui sourit d'un air presque paternel.

– À vous l'honneur !

Elle le ressentit alors, ce mélange de peur et d'excitation qu'elle tentait de refouler depuis qu'il avait parlé d'essayer le programme dès ce soir. Elle acquiesça de la tête, incapable de parler, et se dirigea vers la console principale. Elle observa les lumières qui clignotaient, les rhéostats et les curseurs. Le clavier de commande se trouvait juste sous le moniteur.

Elle alluma l'écran et regretta que Dan ne soit pas là. Il aurait mérité de voir ça, quel que soit le résultat de l'expérience. Elle hésita à toucher le clavier.

– Nous n'avons pas de fanfare, miss King, remarqua Crane qui attendait en regardant la sphère monstrueuse.

Les mains tremblantes, elle tapa : PÉRIODE POST-PANGÉE, et frappa la touche « *Entrée* ».

Avec un faible mugissement, le globe commença à tourner, les continents se déplacèrent pour n'en former qu'un seul, énorme, où les conditions climatiques étaient extrêmes. Puis le continent à peine né commença à son tour à se scinder lentement. Des veines rouge vif symbolisant des séismes apparurent sur les lignes de fracture des masses continentales qui, peu à peu, se repoussèrent mutuellement.

– Magnifique ! s'exclama Crane.

Lanie était bien trop occupée à surveiller si une anomalie n'apparaissait pas dans le déroulement du programme pour apprécier le spectacle.

– Quelle est notre première interphase historique ? demanda Crane d'une voix tendue.

– Le météore de Chicxulub, dix kilomètres de diamètre, dit-elle, tombé il y a soixante-cinq millions d'années.

– La frontière entre les ères K et T, dit Crane.

Elle contemplait le globe en frissonnant.

– Ouais, début du tertiaire, fin des dinosaures. Cherchez les volcans côté antipodes. Là…

L'holoprojection d'un météore brûlant dans l'atmosphère terrestre traversa la salle du globe avant de s'écraser dans la péninsule du Yucatán, projetant en tous sens des nuages de poussière gigantesques qui s'élevèrent dans les airs et masquèrent très vite la planète tout entière. De fines lignes rouges commencèrent à palpiter, s'étendant du point d'impact vers l'extérieur, luisant malgré la poussière. Des signes d'activité volcanique apparurent de l'autre côté de la sphère.

Crane attrapa Elena par le bras. Ses yeux brillaient tandis qu'il regardait l'histoire de la Terre se rejouer sous ses yeux.

– Oui ! murmura-t-il.

Lanie se sentait également de plus en plus tendue.

Et soudain, elle l'entendit.

Un petit son pareil à celui de clochettes, provenant d'une station de programmation à l'autre bout de la rangée de consoles. Puis un autre, et un autre encore. Le système se fermait. Shutdown.

– Non ! rugit-elle en arrachant son bras à la main de Lewis pour se tourner vers la console principale.

Des messages d'erreur clignotaient, des bips résonnaient partout dans l'immense pièce. Lanie se retourna. Le globe s'était éteint et immobilisé. Crane tremblait sur ses pieds en grognant de rage.

Elle tendit les mains pour taper sur le clavier un ordre de rapport de situation mais s'arrêta en voyant les mots qui brillaient sur le moniteur, les mots qu'elle avait espéré ne jamais voir :

PAS D'ANALOGIE – SYSTÈME INCOMPATIBLE.

Elle laissa tomber ses bras, totalement effondrée. Crane la rejoignit à la hâte pour voir ce qui se passait.

– Allez-y, cherchez où se trouve l'erreur.

– Je ne peux pas, marmonna-t-elle en indiquant l'écran. Je ne sais pas par où commencer.

Il lut les mots sur le moniteur, saisit Lanie par les épaules et la força à le regarder dans les yeux.

– Qu'est-ce que ça veut dire ?

Elle se sentait sombrer. Les autres programmeurs s'étaient levés et se rassemblaient maintenant autour d'elle et de Crane.

– Ça veut dire que le cratère de la météorite du Mexique ne peut pas s'incorporer historiquement aux autres données que nous avons programmées dans la machine. Le système nous explique qu'il est impossible que ces faits se soient passés ainsi.

– Non, murmura-t-il.

Puis il haussa le ton et répéta :

– Non ! Je ne peux pas accepter ça. Faites un reset et recommencez la simulation !

– Attendez, lança Lanie, il y a deux possibilités. La première étant une erreur de programmation, ce qui est possible puisque vous ne nous avez pas donné le temps de faire de vérification. Pour corriger ce genre d'erreur, il faut que nous revoyions tout ce que nous avons fait ce soir, et que nous contrôlions chaque étape. Mais mes programmeurs sont trop fatigués pour faire cela.

– Et l'autre possibilité ?

Elle inspira longuement.

– Il se peut que les événements qui ont eu lieu avant Chicxulub, peut-être la fracture de la Pangée elle-même, avaient déjà tellement influé sur la vie de la planète que la chute du météore n'a pas du tout eu l'influence que nous lui prêtons dans notre simulation.

– Vous m'aviez dit que la machine pourrait repérer et corriger ce genre d'incohérences en essayant toutes les possibilités, en testant le nombre limité d'événements dont nous aurions mal évalué l'influence.

Elena le vit renverser la tête en arrière et boire une longue gorgée de sa bouteille, qu'il vida à moitié. Il ressemblait, comme souvent, à une bombe à retardement près d'exploser.

– Ce que vous dites est exact, expliqua-t-elle, mais seulement pour les problèmes situés entre un événement connu et un autre événement connu. Entre, par exemple, Chicxulub et la chute des murs de Jéricho. Mais nous ne savons rien de ce qui s'est passé avant Chicxulub. Tout ce que nous avons programmé comme s'étant produit avant Chicxulub n'est que pure spéculation, le produit de théories scientifiques.

Crane pointa l'index vers elle. Sa main tremblait de rage. L'alcool n'arrangeait rien.

– Mais, là aussi, le nombre de possibilités est limité.

Il se détourna d'elle et se dirigea d'un pas décidé vers le globe, le fixant intensément, comme s'il allait pouvoir trouver des réponses en se concentrant dessus. Pour la première fois depuis qu'elle travaillait à la Fondation, Lanie se rendit compte que la force motrice de leur travail était l'énergie de cet homme. Ce n'aurait pas été la première fois qu'un fou amenait des gens sensés à croire à ses délires.

Il se retourna brusquement.

— Remettez-moi ça en marche, King. Nous allons vérifier le programme au fur et à mesure.

— Non, rétorqua-t-elle. Mes programmeurs sont fatigués, *je suis* fatiguée. Nous essaierons à nouveau demain matin.

— Je vous ai donné un ordre !

— Et je refuse d'obéir.

— Allez vous faire foutre ! hurla-t-il en jetant sa bouteille à moitié vide contre le globe.

Celle-ci s'écrasa sur l'Antarctique. Une fumée noire s'éleva, indiquant l'endroit où le liquide était entré en contact avec des fils.

— Vous êtes virée ! cria-t-il.

Lanie se tourna vers le groupe de programmeurs agglutinés autour d'elle.

— Parfait. Rentrez tous chez vous. Nous avons fini pour ce soir. Demain matin, votre nouveau chef vous donnera des instructions.

— Je crois qu'il faut qu'on le mette au lit, lui glissa Sumi Chan.

— Qu'il aille au diable !

— Lanie…

Elle hocha la tête à regret et rejoignit Crane. Elle le saisit par son bras invalide, tandis que Sumi prenait le bon.

— Allez, on rentre à la maison, dit Sumi Chan. Vous avez besoin de dormir.

— Je n'ai pas besoin de dormir, chanta Lewis en se laissant entraîner vers la sortie.

Tout en marchant, il tourna la tête pour admirer la boule géante.

— Il faut que je m'asseye et que je réfléchisse, ajouta-t-il. Les possibilités sont sûrement finies. Il faut que le nombre de possibilités soit fini…

— Comment savoir tout ce qui a pu se produire ? rétorqua Lanie, sachant qu'elle ferait mieux de se taire et de repenser à cela toute seule. Vous savez, Crane, nous sommes peut-être passés à côté d'un million de météores.

Il se pencha et l'embrassa sur la joue.

– Ah, mais un million, ça, c'est un nombre fini ! Je peux analyser un million de possibilités, et vos ordinateurs le peuvent aussi. C'est peut-être une question de poids. Vous ajoutez combien au poids total de la Terre ?

– Un petit millier de tonnes par jour, à cause de l'activité météorique.

– Essayez de rajouter plus de poids dans le début du programme. Il tombe beaucoup moins de météorites aujourd'hui que durant la phase de formation de notre planète, il y a un milliard d'années.

– Si vous voulez, soupira Elena.

Ils étaient arrivés dehors. Crane repoussa les deux femmes pour se tenir debout tout seul.

Il leva le nez vers le ciel, la lune était pleine aux trois quarts. On voyait dessus des projections de scènes d'accidents de voitures. Il y avait du sang.

– Voilà où il faudrait que je vive, observa-t-il en montrant l'astre du doigt. De là-haut, je pourrais contempler la folie du monde et en rire.

Il s'aperçut soudain qu'il n'avait plus sa bouteille de rhum.

Ils traversèrent la grande esplanade vers les escaliers qui menaient aux maisons.

– Au moins, remarqua Elena, vous n'auriez pas de tremblements de terre, sur la Lune !

Sumi et Crane éclatèrent de rire.

– Mais il y a des séismes sur la Lune, fit Sumi.

– Vraiment ?

– Environ trois mille tremblements de lune par an, dit Lewis.

– Est-ce qu'il y a un cœur ?

– Ouais, répondit Crane. D'environ quinze mille kilomètres de diamètre. Mais les tremblements de lune sont faibles, du 2 sur l'échelle de Richter, au maximum. Peu d'entre eux remontent jusqu'à la surface. Ce ne sont pas des séismes, mais des souvenirs de séismes.

– Des souvenirs ?

– Vous savez, soupira Crane tout en continuant à regarder

fixement la Lune, un homme pourrait se construire le monde de ses rêves, là-haut. Pas comme les types des compagnies minières qui ne font que prendre et ne donnent rien… un monde de vérité.

— J'ai l'impression d'entendre Dan, remarqua Sumi. La vérité n'existe pas, Crane.

— La science est vérité, murmura Lanie, et l'amour est une vérité aussi.

— L'amour n'existe pas, lâcha Sumi amèrement. Ce n'est qu'un masque pour cacher la douleur.

C'était la première fois que Lanie entendait ce petit homme exprimer un sentiment personnel, révéler quelque chose de lui-même.

— Ce n'est pas vrai.

Sumi prit un air dur.

— Ah oui ? Et où est l'homme de votre vie ce soir ?

— La liberté est un mensonge, commença Crane, citant Dan. La sécurité est un mensonge, la politique est un mensonge, la religion est un mensonge…

Il pivota vers Lanie.

— Vous n'êtes pas renvoyée.

— Merci… Enfin, je ne sais pas si je dois vous remercier pour… ça.

— Il faut que vous remettiez le globe en marche. Vous comprenez ce que je dis ? On ne peut pas tout arrêter maintenant, ce n'est pas possible. Le rêve…

Lanie frissonna. Elle repensa à ses rêves à elle, et se demanda où était Dan. Elle allait devoir passer la nuit seule.

— Je ferai tout ce que je peux pour que l'engin fonctionne, commenta-t-elle. Vous pouvez me faire confiance.

— Je vous fais confiance. J'ai la même confiance en vous qu'en Dan… ou qu'en Sumi !

Il tapota amicalement l'épaule de Chan qui avait l'air soudain bien mal à l'aise. Lanie ressentit de la tristesse, songeant que le monde était bien minuscule pour que Crane fasse confiance à quelqu'un comme Sumi Chan.

La brise du soir était chaude. Une sonnerie résonna au loin, puis l'ordinateur de la Fondation annonça : « Le niveau des radiations est maintenant supérieur au maximum recommandé. Veuillez vous abriter et prendre toutes les mesures d'usage. »

Le bruit de portes et de volets automatiques qui se refermaient retentit dans la nuit.

Crane pointa le doigt vers l'ouest. Un immense nuage noir avançait, obstruant totalement le ciel. C'était le nuage de Massada.

– Le voilà. Nous ferions mieux de nous réfugier à l'intérieur. Pourquoi ne venez-vous pas chez moi prendre un verre ? Qu'est-ce que vous en dites ?

– Crane, dit Lanie, si vous aviez encore un peu de cervelle, vous vous souviendriez que nous ne pouvons pas aller chez vous.

Il la toisa, le visage inexpressif, puis haussa les sourcils.

– Le vertige, fit-il, oui, je me souviens. Vous n'aimez pas les hauteurs.

– J'en ai une peur panique, corrigea-t-elle. Quand ça me prend, mes genoux cèdent, mon corps refuse de m'obéir.

Lewis renversa la tête en arrière et rit.

– Je me suis toujours demandé pourquoi Dan et vous ne veniez jamais me rendre visite. Vous êtes pleine de surprises !

Ils étaient arrivés au premier escalier qui montait vers les maisons. Lanie passa la première et s'avança jusqu'au palier qui était le plus bas. Crane titubait derrière, s'appuyant sur Sumi.

– Si vous trouvez que le vertige me rend intéressante, soupira-t-elle, attendez que je vous raconte mes cauchemars.

– Des cauchemars ? répéta-t-il en la rejoignant enfin.

– Je rêve de la Martinique, j'en rêve chaque fois que je dors.

Elle sentit la colère monter en elle, la colère contre Dan qui savait qu'il la laissait seule pour la nuit.

– Et qu'est-ce qui se passe, dans votre rêve ? demanda Crane qui, à la surprise de Lanie, avait l'air de s'intéresser à la question.

Le vent qui portait le nuage noir était froid et de plus en plus violent.

– Je ne me souviens que de bribes. Des images. Je me vois assise dans le noir et je touche le corps de ce pauvre garçon. Je me rappelle… le goût du rhum…

– Et quoi d'autre ? demanda-t-il en se renfrognant.

– Vous aussi êtes dans mon rêve. Vous portez une grosse

combinaison épaisse… toute blanche, comme une combinaison antiradiation, mais plus rigide… plus importante. Vous êtes surexcité à propos de quelque chose, mais je ne peux pas entendre ce que vous dites à cause de votre combinaison. Il y a des cris et des explosions autour de moi, et le cadavre est là… et tous ces gens sont couverts de boue. Je… je crois que le plus affreux, c'est l'attitude que je prends.

– Quelle attitude ?

Elle se dirigea vers la porte de son chalet, croisant les bras pour tenter d'arrêter de frissonner.

– J'attends la mort.

Des larmes coulèrent sur ses joues.

– Lanie, je…

– Je vais me coucher, dit-elle soudain.

Elle entra dans la maison et claqua vivement la porte derrière elle pour qu'ils ne la voient pas s'effondrer.

– Dan, murmura-t-elle alors en se cachant le visage dans les mains. Où es-tu, espèce de fumier ?

Elle pleura pendant une heure, puis alla au lit et pleura encore jusqu'à ce que le sommeil vienne. Elle fit le même cauchemar que d'habitude, mais cette fois-ci, Crane, toujours vêtu de son épaisse combinaison, tendit les bras vers elle. Il essaya de lui prendre les mains. Elle entendit alors le mot qu'il hurlait : Pangée.

8
LA THÉORIE DU CHAOS

**ZONE DE GUERRE DE LOS ANGELES
3 SEPTEMBRE 2024, 21 H 20**

Dan Newcombe avançait lentement à travers la foule qui se pressait avant d'être prise par l'obscurité. Il marchait à environ deux pâtés de maisons des terrains vagues qui entouraient la Zone. Les citoyens hâtaient le pas, dans l'espoir de gagner un abri avant l'arrivée du nuage. Des flics fédéraux qui avaient fini leur service traînaient, essayant de tuer le temps.

Il cherchait, littéralement, des ennuis.

Il y avait de longues files d'attente devant les marchands de Dorph et de nourriture. Les clients regardaient nerveusement le ciel, espérant qu'il ne pleuvrait pas. Tout le monde fermait hermétiquement les fenêtres de son commerce ou de son habitation, se préparant pour le nuage de Massada.

Comme toujours, la décrépitude des rues était camouflée par des projections de lumières et de couleurs agréables à l'œil. Des T.V. jouaient sur les murs, et des holoprojections se baladaient sans but dans les rues ou parlaient avec leur propriétaire, leur tenant compagnie tandis qu'ils faisaient la queue. C'était la nuit des bizarreries. On voyait de tout, depuis des femmes nues jusqu'à des ours bruns de l'Alaska. Juste à l'extérieur de Fashion China, la plus grande chaîne de magasins de vêtements du monde, se tenait un dragon cracheur de feu de dix mètres de long, qui racontait les dernières blagues à la mode à son propriétaire.

Newcombe était là ce soir pour rencontrer Frère Ishmael. Le leader avait fini par le convaincre de descendre de sa montagne. Leur amitié grandissait, il était normal que Dan lui rende visite à son tour. Malgré sa dispute avec Lanie, il était impatient. Être avec Ishmael, ou tout du moins avec une image de lui, deux fois par semaine avait fini par lui donner l'impression de faire partie d'une force vitale supérieure. Il hésitait cependant à s'engager, ses opinions politiques ayant déjà failli le détruire par le passé.

Il s'arrêta au stand d'un vendeur de Dorph, un petit homme de race blanche qui souriait tout le temps, et acheta une dose liquide. L'homme la lui donna dans une petite bouteille avec une paille.

— Est-ce que vous savez où se trouve le Parloir de l'Horizon ? demanda-t-il tout en aspirant.

— Le pâté de maisons suivant... juste à droite, répondit l'autre en indiquant une zone de la rue qui ressemblait à un kaléidoscope de lumière et de mouvements. Vous n'avez pas le look...

— Le look de quoi ?

— Le look à vous faire ouvrir la tête... le look des Puciers... appelez-les comme vous voulez.

Il plissa les yeux et scruta les tempes de Newcombe, cherchant sans doute des implants d'interface.

— C'est votre première fois ?

— Vous êtes flic ou quoi ?

L'homme ouvrit de grands yeux.

— Hé... pas la peine de m'insulter !

Il s'éloigna en poussant sa charrette dans la rue. Newcombe se fraya difficilement un chemin à travers la foule, cherchant l'Horizon.

Il y avait des caméras de sécurité partout. Il se demandait qui pouvait bien regarder ce qu'elles filmaient. Il y avait dix fois plus de caméras dans L.A. que d'habitants, même en comptant les membres du G. Il y en avait, bien sûr, ce soir. Leurs masques intégraux, au sourire figé, leur donnaient l'air de monstres amicaux. Mais il n'y aurait pas d'escarmouches, cette nuit. La foule était polie, tranquille, tout le monde s'occupait de ses petites affaires.

– Là-bas! cria quelqu'un.

Newcombe sursauta immédiatement, mais les gens avaient le nez en l'air, vers le ciel. Les premières volutes de nuages noirs commençaient à passer au-dessus d'eux. Il fallait qu'il s'abrite quelque part.

Il accéléra le pas, vit le mot HORIZON en grosses lettres gothiques rouges flotter devant un immeuble en fer de deux étages sans marques distinctives. Il se précipita vers la petite porte rouge et entra.

N'ayant jamais été dans un club spécialisé dans les puces électroniques, il ne savait pas à quoi s'attendre. Liang avait condamné l'utilisation d'implants directs sur le cerveau voilà bien longtemps, parce que les Puciers ne consommaient pas grand-chose d'autre que des puces. Mais la libre entreprise jouant, Yo-Yu s'était dépêché de reprendre le marché abandonné par Liang et avait ouvert des clubs à puces malgré les lois interdisant toute publicité et obligeant les établissements à rester à l'intérieur de zones prédéfinies.

Il traversa une petite entrée sombre, puis passa une autre porte et s'avança sur la longue plage de sable blanc qui s'étendait devant lui à perte de vue. L'océan était d'une pureté cristalline. Il pouvait sentir l'odeur de la mer, ainsi que le vent chaud et salé.

Newcombe entendait vaguement, à l'extérieur, les sirènes se mettre en marche et les haut-parleurs demander aux citoyens de quitter les rues. Il se tourna dans la direction d'où venaient ces sons, mais la porte par laquelle il était entré avait disparu.

Un Chinois en maillot de bain venait à sa rencontre, loin devant lui sur la plage. Dan s'assit sur une chaise longue qui ressemblait fort à celles du *Diatribe* et attendit.

L'homme arriva jusqu'à lui, le dépassa et continua son chemin.

Newcombe se leva.

– Excusez-moi, monsieur… appela-t-il.

L'autre s'arrêta et se retourna.

– Beau temps pour la saison, vous ne trouvez pas?

– Excusez-moi, je me demandais si vous pourriez m'aider…

– Il faut que j'y aille, répondit l'homme, j'ai perdu mon chien.

Daniel, toujours debout, regarda le Chinois s'éloigner. Une mouette se posa soudain sur son épaule.

– Désolée, dit la mouette, j'ai été retenue… un client qui ne voulait pas partir alors que son heure était terminée. Vous attendez depuis longtemps ?

– Je suis censé rencontrer quelqu'un ici, répondit Newcombe après une hésitation.

La mouette s'envola et décrivit des cercles autour de lui.

– Si vous n'avez pas de réservation, ajouta-t-elle, je ne vais pas pouvoir faire grand-chose pour vous. Nous sommes toujours complets les nuits Massada.

– Je m'appelle Enos Mann.

L'oiseau émit un cri de surprise, puis se posa sur sa tête.

– Ah oui… *les Mille et Une Nuits*. Nous vous attendions. Suivez-moi.

Elle s'envola vers l'océan, Dan la suivit. Il avança dans l'eau sans se mouiller et soudain sentit un rideau contre son visage. Il l'écarta et découvrit une pièce de l'autre côté, entièrement composée de portes. Un homme l'observait.

– Suivez-moi, s'il vous plaît, demanda-t-il avec la même voix que la mouette.

Dan traversa la pièce, écoutant les cris et les gémissements qui provenaient de l'autre côté des portes. Il avait déjà vu des accros aux puces sur les T.V., mais Liang les montrait toujours comme étant des cadavres ambulants, maigres, et ne vivant que pour avoir leur dose régulière de shoot électronique. Il ignorait quel effet cela faisait de s'interfacer avec un ordinateur. L'idée de se brancher directement sur les machines de la Fondation lui parut fort tentante.

L'homme ouvrit l'avant-dernière porte et le fit passer dans une salle nue, utilitaire, avec un lit, un fauteuil relax, et une petite table entre les deux. Sur la table, un gros coussin rouge, et sur le coussin une puce d'un demi-centimètre de côté.

– Vous avez entendu les alarmes ? demanda l'homme.

Tout en parlant à Newcombe, il poussa le lit qui cachait une plaque d'égout dans le sol.

– J'ai entendu.

– Vous êtes coincé ici pour la nuit.

Il frappa plusieurs fois la plaque d'un violent coup de pied, puis quitta la pièce. Newcombe l'entendit fermer la porte à clé derrière lui.

Dan était seul. Son cœur battait à toute vitesse tandis qu'il examinait la pièce. Il prit la puce entre ses doigts, se demanda ce qu'elle pouvait être et pourquoi on entendait des cris et des gémissements de l'autre côté des portes de ce curieux établissement. Il se dirigea vers la bouche d'égout et regarda la plaque qui l'obstruait. Elle était parfaitement ronde et de toute évidence conçue pour qu'on ne puisse pas la faire tomber dans le trou qu'elle protégeait.

S'il voulait changer d'avis, c'était maintenant ou jamais. Il considéra la porte derrière lui, puis l'ouverture dans le sol. Soudain, la plaque bougea, se souleva, et un visage souriant apparut.

— Frère Daniel ! s'écria Frère Ishmael en riant. Tu es bien pâle.

Newcombe hocha la tête et lui rendit son sourire.

— C'est ce qu'on appelle une entrée théâtrale, remarqua-t-il.

Ishmael émergea du trou et serra Dan dans ses bras. Deux autres hommes sortirent à sa suite.

— J'ai vu qu'il y avait une grande réunion aujourd'hui à la Fondation, expliqua Ishmael en arrangeant son dashiki.

Les deux garçons qui venaient d'arriver passèrent des scanners sur Newcombe.

— Comment sais-tu cela ? demanda Daniel en levant les bras pour leur faciliter la tâche.

— Je m'intéresse à tout ce que fait mon Frère, répondit Ishmael. Tu vis parmi l'élite. Comment va le président Gideon ? Quel genre d'homme est-il ?

Newcombe haussa les épaules.

— C'est un politicien.

— Qui n'en est pas un ? Est-ce que Liang insiste toujours pour que la Fondation fasse une prédiction rapide ?

— Très rapide.

Ishmael le regardait fixement, les yeux brillants.

— C'est un manège infernal, Frère. Souviens-toi de ce que je dis. Méfie-toi.

Les scanners émirent des bips stridents. Les gardes du corps se redressèrent. L'un d'eux se tourna vers Ishmael.

– Deux transmetteurs, dit-il. Un sur la main droite, l'autre sur la manche gauche.

– Celui de la main droite est à moi, commenta Ishmael.

Dan réalisa soudain dans quelle position il venait de se mettre.

– Je ne sais pas d'où vient l'autre… Je ne me permettrais jamais de…

– Bien sûr que non, tu ne le ferais pas. Cette chose peut venir de n'importe où. Le vent les fait voler dans les rues.

Il arracha le minuscule objet qui ressemblait à un insecte et l'écrasa du pied.

– Il faut y aller, annonça un des gardes du corps.

Ishmael acquiesça et se dirigea vers le trou.

– Suis-moi, Frère.

Il commença à descendre.

Newcombe était réellement effrayé, maintenant. L'histoire du transmetteur avait tout gâché. Non seulement, il était en train de pactiser avec l'ennemi mais en plus quelqu'un était au courant. Le garde du corps le poussa doucement dans le dos pour qu'il descende à son tour. Dan comprit à cet instant qu'il n'avait plus aucun contrôle sur sa destinée.

Puis il se demanda si tout cela n'était pas un coup monté par Ishmael.

L'échelle métallique s'enfonçait dans la pénombre. Dan entama sa descente et leva la tête vers le garde qui refermait la bouche d'égout derrière eux. Il atteignit le sol environ dix mètres plus bas. Ishmael se tenait à côté de lui. Son visage luisait étrangement dans la faible lumière diffusée par une cellule à pile sèche située dans le mur de brique.

Dan voulut parler, mais un signal d'alarme retentit.

– Oh, oh! lança Ishmael en parlant fort pour se faire entendre. Le G est à la porte. Viens, tu vas voir à quoi ressemble la vie d'un révolutionnaire.

Il se mit à courir et s'engagea dans un long tunnel de brique où brillait la même lueur irréelle. Le couloir paraissait ne pas avoir de fin. Le petit groupe avançait vite. Les deux gardes se tenaient toujours derrière Newcombe afin de s'assurer qu'il ne ralentisse pas.

– Ça ne ressemble pas à un réseau d'égouts, ici, s'étonna Dan sans cesser d'avancer.

– Nous ne sommes pas dans les égouts. Nous avons construit ces tunnels.

– Comment avez-vous fait ?

– On a fait creuser les prisonniers. La vieille technique des Blancs.

Il prit un autre tunnel à angle droit, continua sa course vers un mur qu'il traversa sans hésiter. Dan le suivit à travers la paroi holographique. Il se retrouva dans une pièce, celle-là bien éclairée et pavée de dalles. Il y avait des couloirs partout, eux-mêmes débouchant sur d'autres.

Ishmael continua.

– Voici notre sortie de secours en cas de problème.

Il traversa un autre mur. Newcombe, aussi surpris que désorienté par tout ce qui se passait, le suivit sans réfléchir. Ils se trouvaient maintenant au pied d'un escalier ouvragé en spirale qui s'enfonçait dans les ténèbres. Ils descendirent. Ou n'était-ce qu'une illusion ?

– Je ne vous demandais pas comment vous aviez fait pour les creuser, remarqua Daniel, mais comment vous aviez pu vous le permettre financièrement.

Son guide sourit.

– L'argent n'est pas un problème pour nous. L'espace, si. Nous recevons beaucoup de dons de gens qui, comme toi, ont trouvé leur chemin jusqu'à nous et soutiennent la création d'un État islamique sur ce continent. Il y a encore de nombreuses choses que tu ne comprends pas.

– On dirait. Oh, à propos, je n'ai vraiment pas fait exprès d'amener le G jusqu'ici. Je ne savais pas que j'avais…

– Le monde de l'homme blanc est fait ainsi, répliqua Ishmael en montrant qu'il avait déjà oublié l'incident.

Ils avaient à présent atteint une salle au pied de l'escalier, construite comme l'intérieur d'une ruche, avec des alcôves donnant sur des tunnels. Elle était éclairée par des centaines de torches. Tous les sons résonnaient. Ishmael fonça à travers la pièce.

– Est-ce qu'ils vont nous rattraper ? demanda Newcombe qui

courait à présent si vite que les gardes n'avaient plus besoin de le pousser.

– J'espère que non.

Ils coururent pendant au moins une minute et se retrouvèrent au pied d'un mur. Ishmael tira sur un levier qui sortait du sol. La paroi de la cave s'effaça et révéla un ascenseur.

Quand ils furent tous à l'intérieur, Frère Ishmael pressa un bouton et le mur de pierre se referma. Il se retourna alors et l'autre côté de l'ascenseur s'ouvrit, dévoilant encore une autre pièce.

Celle-ci était dallée du sol au plafond de petits carrés en céramique jaunes et bleu clair. Il n'y avait pas de portes. Dan comprit qu'ils étaient proches du but de leur périple, quel qu'il fût. L'idée géniale était que la machinerie de l'ascenseur pouvait dissimuler le matériel de projection holographique.

– Est-ce que cet ascenseur marche réellement ? demanda-t-il.

– Bien sûr, dit Ishmael. Il mène à une myriade d'autres étages et même aux vrais égouts. Tu es celui d'entre nous qui a le plus d'ennuis en ce moment, tu t'en rends compte ?

Certes, Newcombe s'en rendait compte.

– Celui à qui appartenait le transmetteur a ma vie entre ses mains, soupira-t-il amèrement. Ce n'est pas toi qui l'avais mis là, au moins ?

Ishmael le regarda dans les yeux et secoua la tête.

– Ce ne serait pas conforme aux lois de l'islam. Nous sommes du même côté, Frère.

– Je l'espère.

La salle était bien éclairée. Il y avait un recoin sur la droite, un tunnel et, vingt-cinq mètres plus loin, une porte. Mais entre les deux, Newcombe aperçut quelque chose d'infiniment plus intéressant. Il se précipita pour voir, laissant Ishmael derrière.

Une fente faisait le tour de la salle, coupant en deux chacun des murs. À un endroit, il y avait une dénivellation de cinq centimètres entre le haut et le bas de la fissure.

– À quelle profondeur sommes-nous ? demanda Newcombe à Ishmael qui s'approchait.

– Vingt-cinq ou trente mètres, répondit celui-ci en haussant les épaules. La Terre bouge par ici, n'est-ce pas ?

Dan était tout excité, il avait devant lui une faille en action. Il passa la main sur la fente ouverte comme une bouche qui grimace.

– Ceci fait partie du complexe élyséen. Depuis combien de temps est-ce comme ça ?

– Environ deux ans. Ça s'agrandit un peu tous les jours.

Des personnes étaient apparues de l'autre côté du tunnel et vinrent se joindre à eux.

– Ça ne va pas s'arrêter, fit Newcombe. Dans quelque temps, toute cette section de tunnels sera détruite.

– Allah nous protège ! Nous avons déjà perdu des tunnels de cette façon.

Un groupe d'une vingtaine de personnes, en majorité des hommes, les entourait à présent. Certains étaient très jeunes, des adolescents. Ils étaient tous armés.

Une jeune femme en noir se tenait près d'Ishmael. Son visage était fin, son regard brillait et observait tout autour d'elle. Elle avait les mêmes yeux que lui.

– Vous devez être Khadijah, dit Newcombe.

– Notre visiteur est un magicien ! s'exlama-t-elle.

Le petit groupe éclata de rire.

– Voici Daniel Newcombe, lui dit Ishmael en riant. Je t'ai parlé de lui.

– Oh, oui, sourit Khadijah. C'est celui qui n'a pas le courage de se joindre à notre djihâd.

Dan prit un air sombre.

– Exact, c'est moi.

Il se tourna vers Ishmael :

– Avez-vous déjà vérifié le niveau de radon, ici ?

– Non.

Il soupira.

– Si jamais j'arrive à rentrer chez moi, je vous enverrai de l'équipement. Le radon peut être mortel. Il vaut mieux savoir tout de suite ce avec quoi vous…

– Je suppose qu'il n'y a pas de faille élyséenne ni d'émissions de radon en Caroline du Nord, coupa Ishmael.

Daniel le regarda fixement. Ce type était un extrémiste, qui tenait à ses rêves. Ou peut-être un visionnaire, comme Crane.

– Si tu ne veux plus de moi… je m'en vais.

Ishmael lui sourit de toutes ses dents et lui donna une claque dans le dos.

– Je veux au contraire que tu te joignes à nous, mais pas ici, Frère, là-haut ! Viens.

Ils se dirigèrent tous vers la porte. Sur le panneau étaient peints en vert pâle un croissant de lune et une étoile unique, symboles de l'islam. Ishmael fit entrer Dan dans ce qui ressemblait à une grande salle de conférences avec des chaises, une estrade, et une kitchenette ouverte sur le reste de la pièce. Les autres les suivirent.

– Nous allons voir Martin, dit Ishmael, entraînant Newcombe vers une autre porte.

Khadijah marchait près d'eux, observant Dan d'un air plein de reproche.

Dan Newcombe se sentait totalement dépassé et abasourdi par tout ce qu'il voyait. Son expérience de la politique ne l'avait jamais préparé à cela. Il avait toujours donné dans la politique « intellectuelle ». Ici, l'intellect devenait matière sous la forme d'énergie physique et émotionnelle. Et aussi sous la forme d'armes. Il y en avait partout. Des caisses de munitions étaient empilées le long des murs.

Il n'avait pas vu un fusil depuis au moins quinze ans, depuis que la sécurité individuelle était devenue la priorité nationale au niveau politique et scientifique. Ceux qui en avaient les moyens déléguaient leur sécurité à des spécialistes. Les armes offensives étaient devenues facilement détectables par les nouveaux scanners X-D. Tous ceux sur qui on en trouvait étaient automatiquement fichés comme criminels et devenaient *ipso facto* des cibles « légales » pour la police. Il n'était donc pas surprenant que les armes offensives aient presque totalement disparu du pays.

Ishmael le conduisit dans un bureau. Un homme d'une cinquantaine d'années, en robe blanche et coiffé d'un fez immaculé, se leva de derrière la table où il travaillait. Dan le vit sourire sous sa large barbe poivre et sel. Il était mince et bougeait avec la souplesse d'un serpent.

Je viens juste de lire les rapports, lança-t-il. Dans Son infinie sagesse, Allah a choisi de ne pas faire pleuvoir ce soir sur la Zone de Guerre.

Ishmael fit avancer Dan.

– C'est une bonne nouvelle. Frère Daniel, voici mon frère, Martin Aziz. C'est lui qui a eu le premier l'idée de te contacter.

– *Asalām alaikum*, murmura Aziz.

Puis il se pencha par-dessus le bureau, serra Newcombe contre sa poitrine avec force et l'embrassa sur les deux joues. Il montra du doigt un mur composé d'écrans miniature.

– J'ai vu que vous aviez eu des petits problèmes, ce soir, ajouta-t-il en relâchant son étreinte.

– C'est ma faute, j'en ai peur, dit Newcombe avant de jeter un regard sombre à Khadijah qui se tenait toujours à côté de lui.

– Ne t'inquiète pas, murmura Aziz. Ils n'arrivent jamais à dépasser le niveau du faux système d'égouts. Ils ont trouvé une autre bouche conduisant vers la surface et ont poursuivi par là des projections que nous leur avons envoyées. Assieds-toi, Frère Newcombe. C'est pour toi que je me fais du souci. La FPF sait à présent que tu es avec nous.

– Qu'est-ce qu'ils vont me faire? s'inquiéta Dan en prenant une chaise de bois nu.

Ishmael et sa sœur s'assirent sur un divan.

– Impossible de le savoir. Ils font ce qu'ils veulent. Ils inventent les règles du jeu pendant le jeu. As-tu déjà rencontré quelqu'un qui soit sorti des geôles de la FPF?

– Non. Mais je n'ai jamais rencontré de criminel… Je veux dire, jusqu'à aujourd'hui.

Tout le monde rit, même Khadijah.

– Je pense que tu ne risques rien, reprit pensivement Aziz. Du moins tant que tu seras associé avec Liang Int. Une fois qu'ils ne te protégeront plus… qui sait!

– Est-ce que Crane aurait pu mettre le transmetteur sur ta manche, pour pouvoir avoir un moyen de pression sur toi? demanda Ishmael.

– Frère Ishmael, nous sommes des scientifiques. Tout ce que nous voulons, c'est rendre la vie un peu plus agréable sur cette planète. Est-ce si difficile à…

– C'est tout ce que *toi* tu veux, l'interrompit Khadijah. Mais, d'après ce qu'on m'a raconté, Crane est un esprit vicieux.

– Crane? s'écria Dan, étonné. J'ai entendu des gens pré-

180

tendre qu'il était mégalo, mais vicieux, jamais. C'est un homme inspiré.

– Inspiré par quoi ou par qui ? questionna tranquillement Ishmael en se levant du sofa pour venir se planter devant lui et le regarder dans les yeux. Frère, ne réponds pas encore à cette question, réfléchis-y, c'est tout.

– Si tout ceci se savait, lança Aziz, qu'arriverait-il à toi et à Crane ?

– Aucune idée, répondit Daniel. Frère Ishmael m'affirme que c'est vous qui voudriez me voir devenir votre porte-parole.

– Exact. Tu sais, mon frère et moi avons des façons très différentes de voir les choses. Tu remarqueras que lorsque j'ai abandonné mon nom d'esclave, celui que m'avaient donné les hommes blancs, j'ai choisi un nom qui relevait de la non-violence. Je crois que le monde est prêt à écouter nos demandes. Elles sont justes. Nous avons besoin d'hommes affricks et hispanicks ayant du charisme pour nous représenter dans le monde des Blancs. Malheureusement, mon frère est le seul représentant que nous ayons en ce moment. Les gens ont peur de lui. Je veux montrer à l'Amérique l'autre face de notre mouvement.

– Les hommes blancs n'abandonnent jamais quoi que ce soit sans se battre d'abord, intervint Ishmael. Malgré le fait qu'ils sont maintenant minoritaires par rapport aux autres races, ils veulent *toujours* contrôler le pays à travers leurs hommes de main chinois. La seule chose qu'ils écouteront, c'est le djihād. Si nous troublons suffisamment l'ordre public, ils nous donneront ce que nous demandons pour nous faire taire.

– Mais est-ce qu'on ne peut pas se débarrasser d'eux simplement en votant contre eux ? demanda Newcombe. Il y a un bouton sur toutes les T.V. qui permet de voter…

– D'où est-ce que tu débarques ? s'écria Khadijah. Les Chinois ne laissent que les Blancs se présenter aux élections parce qu'ils savent que les Blancs veulent maintenir le présent statu quo financier. Ils les contrôlent par l'argent. Ils rendent les Blancs riches et tous les autres pauvres.

– Mais pourquoi les Chinois devraient-ils avoir peur de vous ? Ishmael se mit à rire et retourna s'asseoir.

– Nous sommes le mouvement qui monte, Frère. Il va falloir

qu'ils nous cèdent leur place. Ils ont raison d'avoir peur. Ils nous ont murés dans les Zones de Guerre pour en finir avec leur « criminalité ». Mais nous sommes de plus en plus nombreux, et notre influence va en grandissant. Nous ne prenons pas leurs poisons. Nous sommes forts et intraitables. Le Coran seul est notre guide. Nous sommes l'avenir. Ils sont le passé.

Martin Aziz se tourna vers Dan.

— Écoute donc Léonard bavasser comme une vieille femme ! se moqua-t-il.

Ishmael fit la grimace en l'entendant utiliser son nom d'esclave.

— Il parle et je réfléchis à ta situation, continua Aziz. Tu sais, Daniel, Crane t'exploite. Il te maintient à un rang subalterne. J'ai entendu parler de ta technique que tu appelles la séismécologie. Je me demande pourquoi tu ne t'en sers pas pour t'élever un peu. Être célèbre facilite les choses lorsque, comme toi, on risque de se retrouver dans des situations difficiles.

— Crane ne veut pas que je publie mes résultats, pas encore, soupira Newcombe. Qu'est-ce que je peux y faire ?

— Tu es un homme libre, rétorqua Ishmael. Fais ce que tu choisis de faire. Tu me dis que ta technique peut aider le monde. Alors vas-y, aide le monde. Va au bout de ton potentiel.

— En étant célèbre, je serai un meilleur porte-parole pour ton mouvement, c'est ça ? Les choses ne sont pas si faciles. Je travaille pour la Fondation qui détient la propriété intellectuelle de tout ce que je peux découvrir durant mon travail pour elle. J'ai les mains liées.

Aziz tendit les bras vers lui.

— Alors, Frère, laisse-moi te détacher. L'esclavage ne te sied pas.

Newcombe se tortilla sur sa chaise. Ils avaient touché un point sensible, et ils le savaient. Il ne comprenait toujours pas pourquoi Lewis refusait de le laisser publier les résultats de son travail sur Sado. Son système sauverait des vies, mais on aurait dit que Crane voulait que seule la Fondation ait ce pouvoir de vie et de mort. Pourquoi ?

Ishmael se leva et vint s'asseoir sur le coin du vieux bureau de bois, près de Dan.

— Que se passerait-il si tu publiais tes découvertes malgré

tout? Tu pourrais reverser tous tes bénéfices à la Fondation, prouvant ainsi ta bonne foi. Et le monde profiterait de ton travail. Toi aussi. Tu m'as dit un jour que tu voulais que je te donne la vérité. La voici, sans fard, telle quelle.

Daniel s'agita, mal à l'aise.

– Tu veux que je me dresse contre Crane?

– Pourquoi pas? commenta Aziz. Il se dresserait contre toi en un instant si cela l'arrangeait.

– Il a fait beaucoup pour moi…

– Non! s'écria Ishmaël en pointant un doigt autoritaire vers lui. *Tu* as fait beaucoup pour lui! Tu ne comprends pas encore? Crane s'est toujours servi de toi pour se faire valoir. Il ne veut pas que l'on sache que tu existes. Penses-tu sincèrement qu'il est mal de sa part de vouloir priver le monde de tes découvertes?

– Je le crois, j'en suis sûr.

Cela faisait des mois que Dan ressassait cela dans son esprit.

Ishmaël se pencha vers lui et parla d'une voix rauque de colère.

– Tu plies l'échine devant un homme tel que Crane parce que, dans le monde des Blancs, un Africk ne peut vivre sans avoir un maître, un propriétaire. Es-tu si épris de cette femme blanche, si perdu dans la toile de mensonges et d'excuses que tu as toi-même tissée pour ne pas voir cela?

Newcombe se leva et se mit à faire les cent pas.

– Nom de Dieu, souffla-t-il.

– Mais c'est moi qui t'ai dit cela, et tu acceptes la chose, n'est-ce pas?

Newcombe prit une profonde inspiration et tenta de reporter mentalement sa colère sur Crane. En vain.

– Oui. On peut le dire comme ça.

– Alors, je t'ai convaincu?

– Non, répondit-il, mais tu as fait avancer ta cause dans mon esprit.

Ishmaël se leva, alla à la porte et la verrouilla. Puis il se retourna, souriant.

– J'ai toute la nuit devant moi.

GRABEN
VALLÉE DU MISSISSIPPI, PRÈS DE NEW MADRID
10 SEPTEMBRE 2024, TARD DANS L'APRÈS-MIDI

Gary Panatopolous était un sous-traitant de la Geological Survey. Il était payé au forage et non à la profondeur. Il passait son temps à protester pour ne pas avoir à creuser plus profond ou plus longtemps. Aujourd'hui, son fils âgé de cinq ans était à ses côtés, se tenant comme lui les poings sur les hanches, regardant d'un air mauvais les gens de la Fondation.

Sa foreuse était large et noire, perchée sur ses huit pattes, comme une araignée, au-dessus du trou de deux mètres cinquante de diamètre. M. Panatopolous avait donné un nom à sa machine. Elle s'appelait Arthro. Elle creusait beaucoup plus vite qu'aucune équipe humaine n'aurait pu le faire et avait assez de puissance pour pouvoir rejeter les sédiments extraits à plusieurs centaines de mètres de l'excavation. Chaque fois qu'une section du forage était terminée, Arthro glissait un morceau de tube dans le trou à l'aide de ses pattes, rendant ainsi le puits stable et sûr. Panatopolous aurait la tâche supplémentaire de reboucher le trou après le départ de Crane et de l'équipe de la Fondation.

L'excavatrice fonctionnait à plein régime lorsque Dan arriva. Des geysers de boue et de poussière s'élevaient vers le ciel. Arthro avait la taille d'un petit immeuble de deux étages et dominait la scène. Newcombe passa entre ses pattes pour rejoindre les autres. La bête montait et descendait, suçant littéralement le sang de la terre.

— Vous êtes tous fous ! s'écria Panatopolous en se tournant vers Newcombe.

Aux yeux de Dan, cette opinion faisait de lui un sage.

— Mais qu'est-ce que vous cherchez donc à cette profondeur ? Un trésor ou quoi ?

— En quelque sorte, répliqua Crane. Dan, est-ce que vous avez des nouvelles de Burt ?

Ils se tenaient tous dans l'ombre de la machine. Crane avait ôté son capuchon.

— Ils viennent juste de terminer, annonça Newcombe assez fort pour être entendu malgré le rugissement de la foreuse. Burt a installé dix-sept sismos, cette zone en est maintenant truffée. Tout est branché et en marche. Espérons que la nature va y mettre un peu du sien, maintenant, ajouta-t-il en examinant le trou.

— La nature n'y met jamais du sien, rétorqua Lewis. Domptez-la ou vivez sous sa domination. Il n'y a pas d'autre choix possible.

— Ouais, dit Lanie en frappant son pad, c'est moi. Qu'est-ce qu'il y a ?

— Je vais perdre de l'argent sur cette affaire, soupira Panatopolous en repoussant en arrière son gros casque jaune. Regardez le petit, j'ai une famille à nourrir. Pourquoi je perdrais de l'argent en travaillant pour vous ?

— Parce que vous êtes un homme intègre, lâcha Crane. Et j'aime les gens intègres. Un homme a toujours la réputation qu'il mérite.

— L'intégrité, ça ne nourrit pas son homme, répondit le foreur.

— Ça y est, dit Elena, continuez. Branchez-vous sur le canal N, et visez-moi ça.

Daniel appuya sur son pad. L'intérieur de ses lunettes se transforma en écran et une carte apparut, montrant le nombre mensuel de séismes dans la vallée du Mississippi. Au moins soixante-dix pour cent de ces tremblements de terre s'étaient produits entre les mois de novembre et de février.

— Nous continuons les recherches, dit Lanie. J'ai trouvé ça dans les données distribuables sur les canaux analogues. Tu as des questions ?

Ce fut Crane qui parla, Newcombe éteignant la carte pour se tourner vers lui.

— Voyez ce que vous pouvez trouver au sujet des phases et des éruptions solaires.

Il se tourna vers Panatopolous et lui parla à voix basse :

— Vous faites tout ce que vous pouvez pour m'aider, je fais tout ce que je peux pour vous aider, ça vous va ?

— Ça me va, répondit le type en hochant la tête.

Juste à ce moment, un klaxon résonna, indiquant que le forage était terminé. Panatopolous sourit sous sa moustache poivre et sel pleine de boue et de crème antisolaire. Il regarda Newcombe.

– Mille huit cent quatre mètres, annonça-t-il. Je vais prendre la nacelle.

Dan avait laissé le canal N branché sur son aural et écoutait les résultats de la recherche d'information demandée par Lanie : « *Nous n'avons trouvé aucun lien entre les phases lunaires et les séismes dans la baie du Mississippi. Il existe cependant une corrélation étroite entre les taches solaires et les mouvements du Reelfoot Rift. Il semble que les séismes majeurs s'y sont tous produits durant des périodes de faible activité solaire. Vérifiez sur la carte…* »

Newcombe ne se donna même pas la peine de rebrancher ses lunettes. À la place, il observa le long câble qui remontait en sifflant du trou pour rentrer à l'intérieur de la foreuse elle-même. L'araignée rangeait sa toile.

– Quel genre d'activité solaire y a-t-il, cette année ? demanda Crane.

– Activité faible, répondit la voix du scientifique. Il n'y a pas eu aussi peu de taches solaires depuis… 1811.

Dan sentit sa bouche devenir sèche. Lanie eut un petit cri.

– Voilà la nacelle, annonça Newcombe.

Un autre câble commençait à sortir de l'énorme machine et à descendre vers le trou. À son extrémité, une nacelle pouvant contenir plusieurs personnes.

Ils coupèrent la transmission et se dirigèrent vers le trou. L'ex-cavatrice soufflait de la fumée blanche et brûlante de son large ventre, dix mètres au-dessus de leurs têtes.

Daniel prit le sac à dos contenant la perceuse hydraulique et monta dans le chariot aux côtés de Crane et de Lanie. Lewis, comme un gosse, s'amusait à faire se balancer la nacelle. Lorsque la porte se ferma, il appela :

– Faites-nous descendre, monsieur Panatopolous, ensuite nous pourrons tous rentrer chez nous !

La nacelle descendit rapidement dans le tube, presque en chute libre. Ils retirèrent tous leurs casques et leurs lunettes. Les lumières s'allumèrent. Ils atteignirent vite une profondeur d'un kilomètre et demi. Les patins de freinage les ralentirent tandis qu'ils glissaient le long des derniers mètres. La nacelle heurta doucement le fond du trou, le graben.

Lanie s'agenouilla aussitôt et ouvrit un panneau au centre de la nacelle – qui ressemblait beaucoup à une bouche d'égout, remarqua Dan. Elle s'appuya comme elle put contre la paroi de l'étroit habitacle pour que ses compagnons puissent voir. Ils se penchèrent tous et, sous leurs yeux, apparut une roche vieille de cinq cents millions d'années.

Ils s'assirent alors sur le plancher, les jambes pendantes, les pieds posés sur la roche multimillénaire. Le rocher avait été rendu doux et lisse par la foreuse. Newcombe sortit la perceuse hydraulique et l'ajusta.

– Quand tu veux, où tu veux, dit-il à Lanie.

Elle sourit en haussant un sourcil et appuya sur le bouton commandant l'arrivée d'énergie qui alimentait le compresseur.

Dan posa l'extrémité du foret sur la roche. L'armature s'ajusta automatiquement sur le graben.

– Ne bougez surtout pas, ordonna-t-il en attrapant la poignée et en appuyant sur le bouton « Marche ».

De l'eau sous pression jaillit de la machine en un jet fin, pas plus épais qu'un trait de crayon, taillant sans difficulté dans la roche. Le tuyau de la foreuse descendait automatiquement dans le trou, jusqu'à ce qu'il atteigne une profondeur de vingt centimètres.

Dan diminua la pression et tira la perceuse en arrière. Crane déballa le drain de vingt-cinq centimètres qu'il avait emporté ainsi que le minuscule marteau qui allait avec. Un paquet de petits fils sortait d'une des extrémités du drain – le cerveau de la machine. Il se tourna vers Lanie.

– À vous l'honneur, ma chère.

Elle sourit, prit le marteau et le drain, puis se pencha en avant, glissa la longue tige dans l'orifice jusqu'à ce qu'il ne dépasse plus que cinq centimètres hors de la roche. Elle se servit alors du marteau et frappa doucement, à petits coups. Un murmure s'éleva aussitôt. La machine était en marche.

– Je suis déjà branché sur les ordinateurs de la caravane, dit Dan.

Il déboîta l'interface de son pad qu'il brancha sur l'extrémité de la tige. Il établit la connexion entre les deux systèmes, puis appuya sur « Entrée ». Le pad commença à biper et à mesurer le taux de compression exercée sur la roche du graben.

Les données étaient immédiatement transmises vers la caravane mais il brancha ses lunettes pour les lire.

– Quel est le taux de glissement ? demanda-t-il

– Dans les cinq centimètres, répondit Crane. L'énergie qui a produit cela s'est accumulée pendant deux siècles.

Des chiffres rouges et bleus défilaient à toute vitesse devant ses yeux.

– Ça fait dans les mille quatre-vingts mètres de glisse. Ça représente une pression énorme. Je vois en ce moment des chiffres de stress qui sont bien au-delà de tout ce que j'ai pu voir jusqu'ici dans ma vie. Nous sommes drôlement près du point de rupture.

Les chiffres s'arrêtèrent. Newcombe ôta ses lunettes et regarda ses compagnons.

– Il va y avoir un séisme ici, conclut-il dans un murmure. Et très bientôt.

Crane se tint le bras droit en grimaçant.

– Je sais.

À ce moment, un rugissement sourd fit vibrer la roche. Tout se mit à trembler. Leur nacelle glissa sur le côté et se balança pendant plusieurs secondes. Des kilos de poussière tombèrent sur eux des parois du trou.

– Vraiment très bientôt, renchérit Dan.

Lanie s'était accrochée à son bras.

Lewis frappa calmement son pad.

– Remontez-nous, monsieur Panatopolous. Nous avons terminé.

Sumi Chan écoutait les longs bips indiquant que la liaison était établie et regardait sa console. Elle savait qu'elle écoutait le point d'orgue d'une longue symphonie qui avait commencé plusieurs mois plus tôt, sur le *VEMA*. C'était son chant du cygne.

Il pleuvait dehors. Crane et Burt étaient dans le Missouri. La plupart des employés avaient pris leur journée. Tout le monde, des techniciens aux chefs de département, était dehors, en maillot de bain, profitant d'une des rares occasions où ils pouvaient sortir en plein jour sans protection. Leurs voix parvenaient à Sumi. Ils s'amusaient, mais elle, bien sûr, ne pouvait pas les rejoindre.

Elle brancha son pad sur la ligne R, la ligne d'urgence de M. Li, accessible vingt-quatre heures sur vingt-quatre. Il répondit immédiatement.

– Ici Sumi Chan, monsieur, dit-elle. Vous m'avez demandé de vous informer quand l'équipe de New Madrid commencerait à nous transmettre ses résultats.

– Où aboutissent les données en question ?

Sumi se sentit honteuse.

– Je me suis servie de mes codes de sécurité pour les détourner jusqu'à moi. Je les intercepte avant qu'elles n'arrivent aux ordinateurs de la Fondation.

– Bonne initiative, Sumi, dit Li sur un ton enjoué qui ne lui ressemblait pas.

Elle comprit tout de suite qu'il se passait quelque chose.

– Est-ce qu'il s'agit de ces mesures de tension que Crane trouve si importantes ? demanda Li.

– Il a l'intention de baser sa prédiction sur ces résultats, c'est exact, monsieur.

Elle sentait que le moment arrivait, l'instant où elle allait devoir prendre la décision la plus importante de toute sa vie. Elle avait dû faire des choix sans cesse, depuis des années. Elle n'avait plus d'énergie mentale en réserve.

– Que me conseillez-vous de faire, Sumi ?

Elle prit une longue inspiration.

– Je ne sais pas, dit-elle enfin.

– Vous avez piraté leurs transmissions mais vous n'avez rien à me conseiller ?

– Monsieur, tout ce que je pourrais vous conseiller peut à l'avenir s'avérer mal fondé.

– Ne quittez pas.

Li interrompit la communication. Un instant plus tard, son image holographique apparaissait à côté du bureau de Sumi.

– Venez, Sumi… asseyez-vous près de moi. Il est temps que nous ayons une petite conversation.

Elle se leva et suivit la projection jusqu'au sofa. Li, une lueur inquiétante dans l'œil, l'invita à prendre place, puis s'assit lui-même. Il flottait cinq centimètres au-dessus du sofa.

— Bien, fit-il. Dites-moi ce que vous pensez que je devrais faire et laissez-moi le soin de juger si votre conseil est « mal fondé » ou non. Allez-y, je vous écoute… parlez.

Chan était effondrée. Elle dévisageait Li, très calme, et comprit que pour produire une telle projection il devait avoir du matériel caché chez elle, ici. Elle savait donc qu'il savait. Elle avait à présent la corde autour du cou. Qui espionnait l'espion ?

— Si vous voulez que Crane prédise un séisme qui se passera avant les élections, il vous suffit de changer les résultats des mesures de stress et de les augmenter de façon infinitésimale. En augmentant la pression, vous laisserez croire que le séisme est pour tout de suite. J'en sais suffisamment sur la séisméco du Dr Crane pour faire les modifications et changer les chiffres dans le bon sens.

— Parfait, sourit M. Li, apparemment aux anges. Comment un tel plan pourrait-il manquer de réussir ?

— Vous ne comprenez pas ?

Elle chercha dans la poche de son pantalon le paquet de chewing-gums à la Dorph qu'elle gardait en permanence sur elle, puis reprit :

— Monsieur Li, ces gens sont sur le point de prédire le tremblement de terre le plus dévastateur de l'histoire des États-Unis de Liang America. J'ai toute confiance en leur jugement.

Elle mit deux tablettes de chewing-gum dans sa bouche.

— Si nous faisons volontairement une fausse prédiction, nous mettons en danger la vie de centaines de milliers de personnes, car un jour le séisme arrivera *réellement*.

Li haussa les épaules.

— Quel rapport ? Je vous parle de gagner des élections.

— Vous n'avez pas entendu ce que je vous ai dit ?

— J'ai entendu, et ce que vous avez dit tient de la spéculation, sans plus, Sumi. Il ne vous est jamais venu à l'esprit que, si le gouvernement se mêlait de prévoir les séismes, l'affaire se finirait devant un tribunal ? Les gens nous feraient des procès pour les avoir prévenus trop tôt, ou trop tard. Ce serait l'anarchie. Je n'aime pas cela. Modifiez les chiffres, Sumi.

Sumi s'inclina légèrement.

– Monsieur, loin de moi le désir de vous manquer de respect, mais je ne peux suivre un ordre que je trouve dangereux.

M. Li sourit, ses dents blanches artificielles étincelèrent. Son image se leva, s'approcha d'elle et posa une main fantomatique sur son épaule.

– Regardez ce que j'ai ici, dit-il.

Une holoprojection de sa propre salle de bains apparut au centre de son living-room. Sumi se vit sortir de la douche, nue, ne laissant aucun doute quant à son sexe. Elle rougit, affreusement embarrassée.

– Donc, vous savez, soupira-t-elle.

– Vous êtes une jolie femme, Sumi, dit Li. Est-ce que quelqu'un d'autre sait ?

Il essaya de lui caresser le corps avec ses mains, en vain, elles disparurent à l'intérieur. Cela renforça encore l'impression de viol qu'elle ressentait.

— Uniquement vous, et c'est bien suffisant, j'en ai peur.

Li ricana.

– Je ne souhaite pas vous exposer ni vous humilier publiquement, expliqua-t-il. Je veux juste me servir de vous comme d'un instrument. Maintenant que j'ai des informations qui me permettent de vous contrôler, je peux faire des plans pour votre avenir. Je vous pose à nouveau la question : allez-vous faire ce que je vous ordonne de faire ?

Elle fronça les sourcils.

– J'ai travaillé si longtemps avec ces gens. Ce sont tous des êtres humains qui…

– J'ai la Geological Survey au bout du fil, et je suis prêt à leur annoncer que vous êtes un imposteur doublé d'un escroc, et je pense leur recommander d'en finir avec vous immédiatement. Décidez-vous.

Sumi se cacha le visage dans les mains.

– Je le ferai, murmura-t-elle d'une voix étouffée.

– Que répondez-vous ?

– Je le ferai, répéta-t-elle plus fort.

Elle se leva, alla jusqu'à son terminal et commença à taper en s'efforçant de ne pas réfléchir à ce qu'elle faisait. En moins d'une minute, elle avait écrit et intégré aux données principales ses faux chiffres. Toute sa vie, elle avait menti à ceux qui l'entouraient. Maintenant, elle faisait mentir la science elle-même. Ce n'était pas de très bon augure.

– C'est fait, annonça-t-elle en se tournant vers Li.

L'holoprojection avait disparu. Sumi alla à la salle de bains et se lava les mains.

9
ONDES SONORES

LA FONDATION CRANE
1er OCTOBRE 2024, 18 HEURES

Le bureau de Crane n'était pas vraiment un bureau. C'était son antre, une pétaudière. La pièce était vaste et carrée, vaste uniquement parce que, ainsi, il avait plus de place pour entasser son foutoir. Des kilos de papier sortis tout droit des imprimantes s'empilaient sur le sol, la plupart des piles finissaient par s'effondrer et personne ne les redressait jamais. Il y avait des livres partout, pas seulement sur les étagères mais aussi par terre, au milieu des papiers. Il y avait une table quelque part, cachée dans ce souk. Des gobelets en plastique et des bouts d'emballages de sandwichs jonchaient la pièce. Les ordinateurs et les imprimantes étaient placés au petit bonheur la chance, sur toutes les surfaces planes encore libres. Lewis avait son lit dans un coin. Plusieurs bouteilles d'alcool vides traînaient à côté.

Crane n'avait pas de système de rangement, mais il savait précisément où se trouvait chaque chose. Au mur était accrochée une photo de ses parents noircie par la fumée. Un petit avion en plastique gisait sur une des étagères. C'étaient les seuls objets réchappés de l'incendie qui avait détruit son enfance et sa vie, les seuls objets personnels qu'il possédait. Il était obsédé par son passé. Il était un être humain au sens biologique du terme, mais sans plus.

Une grande ouverture avait été taillée dans un des murs, lui permettant de contempler son globe quand il le voulait.

Il y avait de l'électricité dans l'air. Tous les membres importants de la Fondation étaient là. Ils le connaissaient bien, et étaient tous arrivés avec leur propre chaise pliante et leur tasse de café. Crane se tenait à moitié allongé sur son lit. Il allait prendre la décision la plus importante de sa vie et il voulait leur opinion, non pas pour l'aider à prendre cette décision, mais pour la renforcer.

Ils formaient en fin de compte une bande assez peu recommandable : des charlatans, des étudiants renvoyés des labos universitaires, des esprits tordus lancés dans des recherches suffisamment éclectiques pour faire peur aux scientifiques conservateurs, à *l'establishment* de la recherche. Certains d'entre eux étaient effectivement des charlatans, mais d'autres n'étaient que des incompris. Tous aimaient travailler sur le terrain, et Crane croyait au travail sur le terrain, au lien que cela créait avec la Terre. Et puis, pendant qu'ils étaient en mission, ils ne l'emmerdaient pas.

Lanie et Dan n'étaient pas encore arrivés. Daniel essayait d'accélérer l'impression de sa courbe de séisméco, et Elena supervisait un autre essai pour faire avancer le globe au-delà de la Pangée. Lewis ne pouvait pas la voir par l'ouverture dans le mur mais il avait entendu les tintements de clochettes signalant un échec. Le système continuait de se mettre hors circuit à chaque essai.

Il avait fini par comprendre qu'il y avait quelque chose de complètement erroné dans leur conception de la formation de la Pangée elle-même. Si la Pangée était reconstruite avec exactitude, alors tous les événements entre elle et la comète du Yucatán qui marquait le début de l'ère tertiaire auraient des dimensions finies – d'une façon ou d'une autre, ils n'auraient plus qu'à passer en revue toutes les possibilités et connecter les deux événements. Mais la machine continuait de nier l'existence de la Pangée, ce qui voulait dire que leur erreur se situait peut-être plus loin dans le passé.

Cela le tracassait, mais il ne pouvait pas s'en occuper pour le moment. Il avait passé trente ans à préparer cet instant, à attendre l'occasion qui lui permettrait de changer le monde. Ce soir, il allait prendre le risque le plus important de sa vie. Il avait toujours su qu'il faudrait en arriver là mais il n'avait jamais réalisé à quel point cet instant allait être terrifiant. S'il se trompait maintenant, quand le monde entier s'intéressait à lui et l'écoutait, il serait un homme fini. Il n'aurait plus jamais une autre occasion de tenter de faire de son rêve une réalité. Cela le terrifiait, mais cela n'allait pas le faire reculer non plus. Ce dont il avait le plus besoin, à présent, c'était de la loyauté de son équipe.

Newcombe sentit que l'atmosphère dans la chambre était tendue dès qu'il arriva dans le couloir. Les jeux étaient faits, et Crane allait passer à l'action.

— Désolée, dit Lanie à la cantonade, on a mis plus de temps que prévu pour imprimer le graphique.

Elle entra maladroitement, à petits pas, aidant Dan à porter un grand tableau. Ils apportèrent ensuite la grande feuille sur laquelle se trouvait le graphique, un camembert en couleurs. Ils l'installèrent sur le chevalet devant une caméra. Puis ils s'assirent sur le sol, contre le mur, côte à côte. Crane avait l'air plus agité que d'habitude, ce qui n'était pas peu dire.

— Je suppose que les essais avec le globe ont été un échec une fois de plus, marmonna-t-il d'un air sombre.

Lanie hocha la tête avec tristesse.

— Quinzième essai. Ça commence à devenir décourageant.

Lewis fronça les sourcils.

— La réponse est là, nous ne la voyons pas encore, c'est tout. Il faut continuer d'essayer.

Il ne la regardait pas, il avait peur de perdre contenance s'il la voyait. Durant ces quatre mois de travail en commun, il lui avait révélé plus de lui-même, du vrai Crane, qu'il ne l'aurait cru possible. Il était terrorisé à l'idée d'avoir donné ce genre de pouvoir sur lui à quelqu'un, surtout à une femme. Mais il ne pouvait pas s'en empêcher, elle semblait le comprendre. Elle l'acceptait tel qu'il était et n'attendait rien de lui. Elle avait même accepté de faire sien son rêve tant que cela ne l'empêchait pas de poursuivre ses propres chimères.

– Comme la plupart d'entre vous le savent déjà, dit-il en se redressant malgré la douleur sourde qui faisait palpiter son bras, nous avons très sérieusement envisagé d'annoncer qu'il allait y avoir un séisme sur les failles de New Madrid.

Une confusion générale s'ensuivit et tout le monde se mit à parler en même temps. Crane leva sa main valide pour réclamer le silence. Newcombe devinait la peur dans leurs yeux. Faire une prédiction, cela voulait dire travailler encore plus dur et tout perdre en cas d'échec. Pour des marginaux comme ces scientifiques, la fin de la Fondation serait leur fin – plus de salaire, et aucune chance de nouvelle embauche.

– Je vais écouter tout le monde, déclara Crane, mais un à la fois. Docteur Franks ?

Un petit homme aux cheveux courts et frisés se leva en secouant la tête.

– Nous avons entendu beaucoup de rumeurs.

– De quel genre ?

– On dit que les résultats du test Ellsworth-Beroza sont négatifs.

– C'est exact, répondit Crane. Asseyez-vous, docteur, je vous en prie.

Il jeta un regard alentour puis annonça :

– Tant que le globe ne sera pas vraiment opérationnel, je crois que toutes nos tentatives d'utilisation des tests classiques ne déboucheront que sur des résultats non conclusifs. Pour ceux d'entre vous qui ne sont pas familiers avec le test Ellsworth-Beroza, c'est un système qui consiste à créer une zone de nucléation définie par des sismographes placés à une certaine distance de la zone de danger potentiel. Les séismes surviennent par phases. Avant qu'une rupture majeure ne se produise sur une faille, beaucoup de petits glissements apparaissent. Cela crée une énorme pression sur les parties adjacentes à la faille et les écrase. La roche autour se déforme. Ces petits changements passent inaperçus et sont pris par les sismographes pour un bruit de fond sismique, à moins que les appareils ne soient placés exactement au bon endroit et ne soient réglés pour rechercher précisément ces phénomènes. Durant les semaines et les jours précédant l'instant où le tremblement de terre va se déchaîner hors de la zone de nucléation et causer des dégâts énormes, Ellsworth-Beroza monte la garde et nous prévient en captant des frémissements, voire des distorsions visibles au niveau de la surface. Or, Ellsworth-Beroza ne capte rien. Ces phénomènes ne se produisent pas en ce moment.

Il y eut de nouveau des cris et un brouhaha général. Crane leva la main.

– Aucun test n'est infaillible, ajouta-t-il, c'est pour cela que la prévision des séismes est si difficile. Mais écoutez ce que nous avons trouvé jusque-là. L'activité électrique a crû, les émissions d'hélium ont augmenté, les émissions de radon aussi, il y a des chocs précurseurs mais pas directement dans notre zone de nucléation. Nous avons découvert des signes de dilatation. Mais nous avons quelque chose de bien plus significatif que tout cela – nos mesures de tension. Docteur Newcombe ?

– Nous avons pris un échantillon du cœur de la roche de cette région, dit Dan en scrutant la petite foule qui l'observait. Nous avons mis cet échantillon dans une chambre de compression pour voir quelle pression il pourrait supporter avant de se rompre. La roche a implosé lorsque la pression à atteint 4 033,01435 livres. Les mesures que nous avons prises sur le Reelfoot Rift étaient de 4 033,01433. La roche dans la baie, d'après nos calculs, ne pourra pas tenir plus de… vingt-neuf jours.

– Quelle sera la magnitude du séisme que vous prévoyez ? demanda Sumi qui venait d'entrer dans la pièce.

– Vu l'emplacement du point de pression maximum et du temps de réaction de la faille, nous allons avoir droit à un Mercalli de niveau XI dans la zone de l'épicentre, ce qui se traduira par un 8,5 sur l'échelle de Richter avec une magnitude 9.

Franks s'était levé de nouveau.

– Un 8,5. C'est… inimaginable !

Le visage de Crane prit une expression grave.

– Memphis… disparue. Saint Louis… rasée. Nashville… anéantie. Little Rock… des ruines. Chicago… des dégâts majeurs. Kansas City… à reconstruire. Indianapolis… plus rien. La liste est terrifiante. Toutes les terres arables dans la région céréalière seraient bouleversées. Des tempêtes couperaient la frange orientale des États-Unis du reste du continent. Et, en plus, les communications et l'électricité seraient coupées pour Dieu sait combien de temps. Regardez les cartes.

Tous se précipitèrent pour examiner le document de Newcombe, qui expliqua :

— Nous comptons sur un hypocentre à cinquante et un kilomètres sous la surface, et sur un épicentre de surface situé en plein dans la faille, à vingt bornes au nord de Memphis. Si la localisation est correcte, mes schémas seront aussi précis qu'à Sado.

Une des tectoniciennes, Loreen Devlin, lui fit face.

— Vous allez déclencher une panique générale. Et qu'est-ce qui se passera si vous vous trompez ?

— … Et qu'est-ce qui se passera si j'ai vu juste ? rétorqua Crane. En mon âme et conscience, je ne peux pas me taire, garder cela pour moi. En quatre mille ans d'histoire documentée, il y a eu plus de treize millions de gens qui sont morts par la faute de tremblements de terre.

— Mais à Sado, insista-t-elle, vous avez attendu des semaines. Comment allez-vous procéder, cette fois ?

— Je crois que j'ai appris quelque chose, à Sado. Cette fois, je vais leur donner une date précise, et pas une période de temps supposée dangereuse. Je pense au 30 octobre, un peu après dix-sept heures, quand vient la fraîcheur du soir.

— Vous réalisez, bien entendu, ce dans quoi vous vous engagez ? lui demanda Sumi. Qui sera responsable, une fois que vous aurez parlé ? Le gouvernement ? Les médias ? Et que devront faire les entreprises ? Fermer boutique et perdre leur chiffre d'affaires, ou rester ouvertes et risquer les actions en justice de ceux qui auront été blessés dans leurs locaux lorsque la catastrophe se produira ? Si vous faites erreur, serez-vous responsable pécuniairement de l'effondrement socio-économique des zones affectées ? Et si l'on suit le scénario de Loreen, votre prédiction déclenchera-t-elle une panique massive, avec pillages et intervention de la garde nationale ?

— N'est-ce pas un peu tard pour avoir la pétoche, Sumi ? lui répondit Lewis.

Sa voix avait une intonation étrange.

Sumi fit un pas hésitant vers lui, comme en pénitence. Elle se pencha vers Lewis Crane et lui murmura à l'oreille ces mots que seule Lanie put également entendre :

– Je me fais simplement du souci pour vous, Crane.

– Je me dois de faire cette prédiction, lui répondit-il. Cela n'a plus rien à voir avec des financements, désormais. Je ne puis pas garder cette information pour moi seul.

Sumi hocha la tête d'un air qui parut triste à Elena, puis se dirigea vers le fond de la salle.

– Quelqu'un a-t-il des remarques ou des suggestions à faire ? insista Lewis.

– Ouais, lui répondit Franks. Ne le faites pas. Moi, j'aimerais pas être le porteur de ce genre de mauvaises nouvelles. Et, en plus, vous croyez vraiment que les gens prêteront attention à ce que vous allez dire ? Est-ce que les gens vous écouteront ?

– Je peux leur dire où se trouve le puits, docteur, fit Crane, mais je ne peux pas les obliger à en boire l'eau. Le but de notre opération sur Sado et de toute la publicité qui a été faite autour de moi là-bas était de me rendre crédible comme oracle, pour que les gens m'écoutent et prennent mes paroles au sérieux. Le moment de faire l'annonce est arrivé. Les conditions sont parfaites.

– Est-ce que vous allez passer par une agence gouvernementale pour diffuser la nouvelle ? demanda le vulcanologue résident, Mo Greenberg.

– Non, le temps que l'administration me fasse remplir les paperasses nécessaires, le séisme serait passé.

Il alla jusqu'à son bureau et fouilla dans le désordre qui gisait dessus. Il trouva enfin un CD de la taille d'un gros joint de robinet.

Le visage grave, il parla d'une voix rauque.

– J'ai tout mis là-dessus. Nous allons diffuser la nouvelle d'ici et passer à tour de rôle mon discours et les graphiques de Dan. Nous rediffuserons la chose toutes les heures pendant les jours qui viennent.

– J'aimerais que nous en parlions d'abord avec la Geological Survey, dit Loreen Devlin.

– Non ! hurla Crane. Vous voudriez étouffer l'affaire parce que vous êtes faible ! Choisissez votre camp. Nous avons un reve, une mission, et nous n'allons pas avoir le trac maintenant. Je vous demande de me soutenir de tout votre cœur, de toute votre âme. Nous entamons le combat suprême, celui de l'Homme contre la Nature. Je ne veux pas d'équivoque, de demi-soutien. Vous êtes avec moi ou vous quittez la Fondation. Est-ce que nous nous comprenons bien, mesdames et messieurs ?

Il y eut un murmure d'hésitation. Lewis devint rouge de colère. Dan sentit la main de Lanie se refermer sur son bras.

— Vous êtes avec moi ou vous foutez le camp ! s'écria Crane en grimaçant de colère.

Il prit une bouteille de rhum au pied de son lit, l'ouvrit et la passa sous le nez des personnes assises au premier rang.

— Je vais tuer la Bête, déclara-t-il. Êtes-vous avec moi ?

Il fit face à chacun d'entre eux, leur posant la même question, le regard brûlant de fièvre. L'un après l'autre, ils rentrèrent dans le rang.

Lorsqu'il atteignit Dan Newcombe, celui-ci lui annonça froidement :

— Je ne me compterai pas au nombre de vos esclaves en faisant ce type d'acte d'allégeance.

— Vous avez le même statut que les autres ici, murmura Crane qui contenait mal sa colère. Jurez de soutenir notre cause ou partez maintenant.

Il lui colla la bouteille dans la main. Dan la lui rendit.

— Je ne bois plus d'alcool. J'étais à vos côtés sur la plaine de Sado. Je n'ai rien à vous prouver.

— Allez vous faire foutre ! marmonna Crane.

Puis il retourna vers son bureau, sortit l'unité de transmission de dessous les piles de papiers. Il glissa le CD dans la fente et, sans un instant d'hésitation, appuya sur le bouton de transfert.

— C'est fait, dit-il. Maintenant, foutez le camp, tous !

Elle n'avait jamais entendu ces coups sourds, c'était la première fois qu'ils apparaissaient dans son rêve. Lanie King était étendue sur son lit, couverte de transpiration, le feu sous elle craquait, la brûlait. Son esprit se consumait. Elle voyait Crane dans sa combinaison blanche, avec son casque semblable à une bulle. Il hurlait, il essayait de lui dire quelque chose, mais les coups sourds et violents étaient si forts qu'elle ne pouvait pas l'entendre.

– Mais qu'est-ce que c'est que ce bordel ? s'exclama soudain la voix de Newcombe à côté d'elle.

Lanie se réveilla en sursaut et se redressa sur le lit. Les coups continuaient.

– Ouvrez cette putain de porte ! hurlait la voix de Crane. Sale traître, ouvrez !

Il avait bu, cela s'entendait.

Lanie secoua la tête et consulta la pendulette près du lit. Il était presque quatre heures du matin.

– Qu'est-ce qu'il veut ? demanda-t-elle.

– Est-ce que je sais, moi ?

Dan se leva, nu, et descendit l'escalier vers la porte d'entrée.

– Je sais que vous êtes là ! gueulait Crane. Ouvrez la porte !

– Foutez le camp, répondit Newcombe sur le même ton. Allez dormir, vous êtes complètement bourré !

Lanie sortit du lit. Dehors, Lewis se jeta de tout son poids contre la porte. La structure en aluminium ne vibra même pas sous le choc. Il recommença.

Elena King alluma la lampe de chevet et alla se pencher par-dessus la rampe de l'escalier.

– Mon Dieu, Dan, dit-elle, laisse-le entrer avant qu'il ne se blesse.

– Le laisser entrer ! Tu es folle ?

Lanie se précipita dans l'escalier sans se préoccuper du fait qu'elle était nue, elle aussi, et ouvrit la porte.

Crane se tenait debout sur le seuil, ses yeux brillaient comme de la lave dans la pénombre de la nuit. Ses vêtements étaient tout de travers. Il entra en les bousculant, repoussa Lanie qui voulut l'attraper par la manche.

Il alla directement vers le mur d'écrans, l'alluma, puis frappa le clavier du terminal, trouva le canal qu'il voulait et le brancha sur tous les postes.

– Tu m'as trahi, salaud, fit-il en regardant Newcombe comme s'il allait le tuer. Je comprends maintenant pourquoi tu n'as pas voulu boire avec moi ce soir.

– Je ne sais pas de quoi vous voulez…

Dan ne termina pas sa phrase. Son visage venait d'apparaître sur les écrans.

Lanie s'approcha de lui et lui prit le bras, mais comme Crane, il se dégagea.

— Oh, mon Dieu… murmura-t-il, abasourdi par ce qu'il voyait. Je ne comprends pas, ils m'avaient promis qu'ils ne le diffuseraient pas avant des mois…

Il se laissa tomber sur le divan.

— Apparemment, ils ont changé d'avis… commença Crane.

Soudain, il se rendit compte que Lanie était nue. Ses yeux s'agrandirent. Il attrapa le grand tissu afghan qui drapait un des fauteuils et le lui mit sur les épaules.

— Couvrez-vous! ordonna-t-il.

Elle rougit, embarrassée, et arrangea pudiquement le tissu autour de son corps. Elle ne pouvait détacher ses yeux des moniteurs. Les écrans diffusaient tous la même image, celle de Dan en train de faire une dissertation extrêmement détaillée sur son système de séisméco, rendant ainsi public tout ce que Lewis avait voulu garder secret.

Il s'avança et coupa le son, comme si cela allait changer quelque chose.

— Avez-vous bien lu votre contrat, docteur? demanda Crane.

— Je connais mon contrat, répondit-il avec calme. Si vous écoutez bien mon discours, vous verrez que je cite sans cesse la Fondation et que j'ai l'intention de lui reverser tout l'argent que je vais toucher.

— Je n'en ai rien à foutre! La séisméco fait partie du produit que nous vendons, de ce qui nous permet de continuer à travailler! En donnant ces informations gratuitement, vous détruisez tout ce que nous avons accompli!

— Le monde a besoin de connaître mes théories, dit Newcombe. J'ai longuement réfléchi et j'ai décidé que ceci était la chose à faire, la chose juste.

— Ce n'était pas à toi de décider de ce genre de choses, lui fit remarquer Lanie.

Dan lui jeta un coup d'œil rageur.

— Ne te mêle pas de ça! Nous pouvons en discuter, mais vous vous calmez d'abord, présisa-t-il à l'intention de Crane.

Lanie regardait son patron. Elle le sentait totalement paniqué. Il ne savait absolument pas comment réagir face à une situation qu'il n'avait jamais rencontrée auparavant.

Il se laissa tomber sur une chaise.

– Pourquoi m'avez-vous fait ça? demanda-t-il d'une voix faible.

Daniel lui répondit, insistant sur chaque syllabe, sur chaque mot, contrôlant à grand-peine sa colère.

– Vous avez un rêve, Crane. Un rêve qui a échoué aujourd'hui pour la quinzième fois.

– Mes rêves vont bien plus loin que la construction de ce globe!

– Très bien, je vous écoute. Quel est votre vrai rêve alors? Quel est *exactement* votre but?

Crane le dévisagea sans dire un mot.

– Vous voyez? reprit Newcombe. Vous ne voulez pas me le dire… à moins, bien sûr, que vous-même ne sachiez pas ce que vous voulez… Peu importe. Mais moi j'ai entre les mains quelque chose de bien réel. J'ai passé dix ans à étudier et à classer les ondes de choc des séismes. Je sais que, pour vous, ça n'a rien de vraiment très excitant comme travail. Mais, bordel, au bout de dix ans j'ai obtenu des résultats! Les chiffres ont commencé à avoir un sens, mon travail m'a permis de prévoir quelles seraient les zones de dégâts autour des failles. Mes équations forment un système indépendant, il fallait que je les communique au monde. Aussi, je les ai mises noir sur blanc et je les ai envoyées à des magazines scientifiques. La Fondation récoltera le fric et les lauriers, je vous l'ai dit. Mais mon rêve, contrairement au vôtre, est devenu réalité!

Crane indiqua les écrans.

– Votre rêve m'appartient, ce que vous avez fait s'apparente à du vol pur et simple. Rien ne m'oblige à vous révéler la nature de mon but, de ma vision. Je ne le ferai que lorsque le moment sera venu. Vous n'avez aucun pouvoir, Dan, ni sur moi ni sur ma vision du futur. Si la façon dont je mène les choses ne vous convient pas, vous n'avez qu'à démissionner. Je n'ai jamais forcé qui que ce soit à travailler pour moi.

– Je ne peux pas démissionner parce que j'ai besoin de votre fric, dit Dan. Foutez-moi à la porte, si cela vous chante.

Lanie frissonna.

Lewis prit une profonde inspiration et se leva. Il n'avait plus de force, toute sa colère semblait l'avoir quitté. Il se dirigea d'un pas incertain vers la porte et se tourna vers eux en l'ouvrant.

— Je ne peux pas vous foutre à la porte, et vous le savez. J'ai trop d'admiration pour vous. Vous êtes le meilleur, espèce de salaud ! J'espère simplement que ce que vous venez de faire ne va pas nous faire perdre nos subventions. Excusez-moi de vous avoir dérangés.

Il sortit. Dan se précipita pour verrouiller la porte derrière lui.

— Pauvre cinglé ! lâcha-t-il en retournant s'asseoir sur le canapé. Bordel de merde, je ne comprends pas… ils m'avaient promis qu'ils ne diffuseraient pas mon discours avant que je ne leur dise de le faire.

Il donna un coup de poing dans un coussin près de lui. Lanie se leva, toujours drapée dans le tissu afghan.

— J'imagine qu'ils n'ont pas pu résister à la tentation. Crane vient de prédire officiellement un séisme pour bientôt. Cela a fait de ton discours un programme d'actualité. Ne fais pas la gueule, tu vas être célèbre toi aussi, maintenant.

— Tu t'imagines que j'ai fait tout ça délibérément ?

— Je ne sais pas pourquoi tu l'as fait, répliqua-t-elle. Je sais simplement une chose : tu n'avais pas le droit de voler ce qui appartenait à Crane simplement parce que sa façon de diriger la Fondation ne te convient pas.

Il se leva et la prit par les épaules.

— Je l'ai donné au monde entier, Lanie ! Il va simplement falloir que tu t'y habitues.

Elle se détourna de lui.

— Tu aimes bien jouer les rouleaux compresseurs, tout écraser sur ton passage, n'est-ce pas, docteur ? Eh bien, je vais te le dire : je me suis fait faire un Vogelman parce que je savais que, une fois que tu te serais mis en tête d'avoir des enfants, tu allais me persécuter, m'en parler sans cesse jusqu'à ce que je craque et que je fasse ce que tu veux.

Il la reprit par les épaules et l'obligea à lui faire face.

— Une petite seconde. Je croyais que nous avions décidé que tu n'allais pas te faire faire un Vogelman ?

— C'était à moi de prendre cette décision, tu n'avais rien à voir là-dedans, rétorqua-t-elle en se tournant de nouveau vers les écrans.

Les écrans montraient maintenant Dan en train de continuer sa conférence avec des graphiques qui étaient suffisamment simples pour être compris même par des non-scientifiques.

– Ça non plus, ajouta-t-elle, ce n'était pas une décision que tu avais le droit de prendre seul.

– Tu t'es fait faire un Vogelman sans me le dire…

Lanie admirait toujours son visage sur les écrans. Il avait l'air si sincère. Elle ne put s'empêcher de rire.

– On dirait que toi aussi tu as pris quelques petites décisions sans m'en parler.

Il soupira d'un air épuisé.

– Et puis merde ! Éteins-moi cette saloperie et retournons nous coucher.

Elle ne voulait pas. Elle ne voulait pas dormir avec lui cette nuit.

– Vas-y. Je te rejoins plus tard.

Dan s'approcha d'elle et elle se contracta lorsqu'il la toucha. Il grogna et s'éloigna aussitôt.

– O.K., dit-il en montant l'escalier. Mais, fais-moi plaisir, ne t'investis pas trop dans les rêves délirants de Crane. C'est un malade, rien de plus.

Elle se retourna d'un coup et lui cria :

– Mon globe n'est pas un « rêve délirant » !

Dan fit la sourde oreille et retourna dans la chambre. Lanie l'entendit éteindre la lumière. Elle regarda alors la porte d'entrée et murmura à l'adresse de celui qui se tenait là quelques minutes auparavant :

– Ce ne sont pas des rêves délirants.

RUPTURES
GERMANTOWN, TENNESSEE, PRÈS DE MEMPHIS
27 OCTOBRE 2024, 10 HEURES

– Imagine un peu, ce gars qui me dit qu'il va mettre mon nom sur la liste des candidats pour le prix Nobel de sciences !

Newcombe parlait tout en frappant de son marteau un des

piquets-senseurs de Lanie. La longue tige s'enfonçait lentement dans le sol noir du delta.

Elena en avait assez. Il ne parlait plus que de cela.

– Il est encore un peu tôt pour ouvrir le champagne, soupira-t-elle, tu ne crois pas ? Généralement, on donne le Nobel de sciences à une découverte faite des années auparavant, quand tout le monde peut enfin en apprécier la valeur.

– Crane l'a eu très vite, répondit Dan en l'aidant à enfoncer la longue antenne en forme de brosse dans le trou au centre du piquet. Tu as peut-être raison, mais laisse-moi au moins m'enthousiasmer un peu, O.K. ?

– C'est toi le docteur, dit-elle avant de lui montrer le focus en haut de son appareillage.

Une lumière rouge s'alluma, les données commençaient à être transmises.

– Tu as raison… c'est moi le docteur.

Elle se retourna et examina la longue rangée de piquets. Celui-ci était le quinzième. Grâce à la méthode de Dan, ils allaient permettre de définir les zones de dégâts.

Derrière eux, à cinq cents mètres, se trouvait le village de toile, bien plus grand que celui de Sado. Il s'étendait sur des hectares et des hectares de champs de coton. On se préparait à recevoir des milliers, voire des centaines de milliers de personnes déplacées.

Il était difficile de se préparer pour un cataclysme de l'ampleur de celui qu'ils avaient prédit, mais Memphis était un bon endroit où commencer. La ville se trouvait à quelques kilomètres seulement de l'épicentre prévu, et il était clair qu'après le séisme il ne resterait rien de ses rues ni de ses immeubles. N'ayant pas réussi à obtenir beaucoup d'aide de la part du gouvernement pour les opérations d'évacuation, Crane s'était une fois de plus tourné vers son bienfaiteur Harry Whetstone pour l'aider à construire ce camp de réfugiés.

Le ciel était clair. Il faisait chaud pour un mois de novembre. Lanie transpirait dans son long manteau et ses gants. Son grand chapeau à bord mou cachait son visage et ses grosses lunettes intégrales. Quelques nuages flottaient au-dessus d'eux, montrant les images des bouchons de plusieurs kilomètres à la sortie des villes. Les gens qui avaient un endroit où aller partaient. Sur d'autres nuages étaient projetées des images de ceux qui restaient. Ils se préparaient aussi, à leur façon. Un petit nuage montrait des interviews, des entêtés qui ne croyaient pas à la prédiction, des idiots qui n'avaient même pas compris ce qu'était un tremblement de terre.

Crane avait engagé un groupe d'écrivains pour garder une trace écrite de ce qui allait se passer. Il pourrait ainsi mieux préparer les séismes à venir.

– On a fini ? demanda Dan.

Elle le regarda, et l'envia de pouvoir se permettre d'être en tee-shirt et de ne pas porter de chapeau.

– J'ai tout ce qu'il me faut pour le moment. Mais ça va être intéressant de faire des analyses dans de la boue antédiluvienne. Toute cette région va se remettre en place lors du séisme.

Newcombe sourit et se dirigea vers la camionnette dans laquelle il avait installé les senseurs. Il se mit au volant.

– Ça va te plaire, la terre devient liquide. Tu verras des choses énormes, des maisons par exemple, disparaître sous la surface. D'autres objets, enterrés depuis longtemps, vont remonter. Crois-moi, je n'aimerais pas habiter La Nouvelle-Orléans en ce moment. Non seulement ils vont souffrir à cause du séisme lui-même mais ils vont voir les morts sortir de leurs tombes.

Lanie monta à côté de lui et claqua la portière.

– Charmant. Je me demande ce que donne l'Ellsworth-Beroza ce matin.

Dan mit le focus en route et fit marche arrière à travers le champ. Des squelettes de plants de coton gisaient autour d'eux, tels les morts de La Nouvelle-Orléans.

– Moi aussi, l'Ellsworth-Beroza me tracasse. Tous les géologues de la planète sont ici. Et tous sont d'accord sur un point : si l'Ellsworth-Beroza n'est pas positif, le séisme ne se produira pas.

– Dan, nous étions ensemble dans ce foutu trou. Nous avons senti les secousses tous les deux.

– Je suis bien d'accord mais, justement, pourquoi l'Ellsworth-Beroza ne montre-t-il aucune activité correspondante ?

– Peut-être que ce séisme est timide et ne nous donnera pas les signes précurseurs habituels.

Il fronça les sourcils.

– Ouais… peut-être. Ou bien peut-être que nous avons fait une énorme bourde en faisant une prédiction sur celui-là. Si c'est le cas, Crane est un homme fini. Ça ne fait que renforcer mon idée de rendre publique ma séisméco. Je peux continuer sans lui et survivre malgré tout si besoin est.

Elena fronça les sourcils elle aussi.

– Ouais, peut-être, comme tu dis. Mais je doute que Lewis Crane soit jamais un homme fini. Pas avant qu'il soit dans sa tombe en tout cas, et encore je ne suis pas sûre.

– C'est un malade. Ils vont finir par l'enfermer dans un asile.

Elle s'appuya contre la portière et contempla les images dans le ciel. Daniel était un homme intelligent, mais il était étrange de constater à quel point il était aveugle quand il s'agissait du génie de Crane. Celui-ci avait des problèmes psychologiques, c'était évident, et il le reconnaissait lui-même. Il était même un peu délirant par moments, mais cela ne faisait pas de lui un fou à lier.

Dan semblait croire au vieil axiome qui disait que celui qui a de la chance est un homme de bien, et celui qui n'en a pas un mauvais homme. Et Dan avait eu beaucoup de chance, récemment. Moins d'une semaine après la première diffusion de sa théorie et de ses équations de séisméco, une équipe de tectoniciens chinois sur le point de découvrir les débuts d'un séisme grâce au test Ellsworth-Beroza avaient appliqué le système de Dan aux données qu'ils possédaient sur l'épicentre probable. Ils avaient convaincu les habitants de Guiyang, capitale de la province du Guizhou, d'évacuer la région. Deux jours plus tard, un 7,2 sur l'échelle de Richter secouait toute la zone et dévastait la ville. Il n'y avait eu aucun mort. Les scientifiques avaient annoncé officiellement que c'était le travail de Dan qui avait permis de définir la région à évacuer.

Et voila comment la carrière de Newcombe progressait, tandis que celle de Crane était suspendue, en ce moment même, aux résultats de l'Ellsworth-Beroza du jour. Lanie avait l'impression de voir la chance des deux hommes tourner en même temps.

La relation entre elle et Dan était en train de changer, de décliner, elle aussi. Elena avait mis une distance supplémentaire entre elle et lui depuis le soir de la prédiction. Mais il n'avait pas l'air de l'avoir remarqué. Elle avait poussé son petit jeu au-delà des limites du raisonnable pour voir s'il réagissait. Rien. Elle avait continué alors, par habitude, à le traiter avec cette même distance. Il n'y avait plus aucun moyen de repartir en arrière. Les petits détails qui faisaient que rien n'allait plus restaient si infimes qu'il était impossible d'en discuter pour les analyser. Le fait de travailler avec une équipe ne simplifiait rien. La routine s'installait et la passion avait disparu. Elle n'en parlait à personne et vivait au jour le jour.

Et puis, il y avait les rêves.

Lanie rêvait chaque fois qu'elle dormait. Son cauchemar prenait maintenant de telles proportions qu'elle commençait à se demander s'il n'avait pas un sens caché, s'il représentait autre chose que la simple expression d'un souvenir, de ses peurs. Elle se souvenait de plus en plus de choses, à présent, mais elle rêvait toujours. Des scènes entières lui revenaient : la boue, l'horrible boue, le tri des blessés, le bruit des camions qui klaxonnaient tous en même temps. Mais elle n'arrivait toujours pas à se souvenir de ce qui lui avait fait perdre la mémoire. Cette partie des événements restait une zone d'ombre. Elle n'était même pas sûre d'avoir envie que ces détails-là lui reviennent.

— Regarde-moi ce monde ! s'écria Dan.

Ils roulaient maintenant au milieu de la ville de toile. Ici, pas de couleurs vives comme à Sado. Toutes les tentes étaient du même kaki militaire. Il y avait des avenues, des rues, dans lesquelles pouvaient circuler des camions. Et il y en avait des milliers. Au-dessus du camp, dans le vent, brillait une projection du drapeau américain.

Il y avait foule partout. Vêtus d'uniformes sombres, les employés de Whetstone Inc., la société de services du millionnaire, dirigeaient les opérations.

Dan se gara devant le Q.G. au moment où un groupe d'écoliers arrivaient en autobus.

— Des tech-kids, dit-il en descendant de la camionnette.

Lanie les regarda sortir de leur bus. Des gosses de huit à quinze ans. Ils avaient tous le même air effrayé, fragile. Ils représentaient un problème de société qui devenait de plus en plus important.

Les tech-schools faisaient partie d'un système d'éducation spéciale. Le secteur de l'enseignement classique était en train de réévaluer tout ce qu'on croyait savoir sur les méthodes d'apprentissage. Dans les tech-schools, ce problème n'existait pas car la seule matière enseignée et le seul sujet d'étude étaient le pad de poignet 101. On apprenait aux gosses comment se servir de leur ordinateur grâce au pad, comment se connecter aux réseaux et obtenir toutes les informations qu'ils voulaient. Le fait que la plupart des lignes sur ce modèle de pad étaient vocales rendait obsolète l'apprentissage de la lecture et de l'écriture. Savoir se servir du pad, c'était tout savoir. Mais qu'en était-il de la discipline ? Et la mémorisation, la façon d'organiser ses idées ? Une donnée, quelle qu'elle soit, se perdait rapidement si on ne s'en servait pas, même au niveau du cerveau. Pourtant, avec un pad entre les mains, ces gosses étaient des génies.

Dan et Lanie entrèrent dans la tente rouge du Q.G., la seule tache de couleur du camp. Elle observa les gamins. Ils trépignaient et regardaient en tous sens. Ce genre de comportement était caractéristique des tech-kids. Ils avaient une très mauvaise capacité d'assimiler et de réagir aux stimuli physico-émotionnels. Ils vivaient par le pad. Le pad leur donnait tout, toutes les réponses.

Des représentants des habitants des secteurs proches allaient et venaient dans la tente, apportant les pétitions de leurs concitoyens. Crane, vêtu de kaki, fronçait les sourcils d'un air grave et secouait la tête en parlant à Sumi et à Whetstone – un grand type aux cheveux blancs. Les deux hommes étaient aussi en uniforme. Contre les parois de la tente s'empilaient des écrans qui montraient les mêmes images que les nuages dans le ciel.

Lanie et Dan s'approchèrent.

– Vous êtes un con, Parkhurst, disait Crane en mettant la main contre son oreille.

Il devait être en train de discuter avec un des sceptiques du NAS, qui ne voulaient pas croire à sa prédiction. Il soupira et coupa la communication.

– Il y a une bande de tech-kids dehors, annonça Lanie. Il va falloir s'en occuper de près.

Crane se tourna vers Sumi.

– Vous pouvez vous en occuper ?

Sumi souriait comme à l'accoutumée.

– Bien sûr.

Elle quitta la tente.

– Où en sommes-nous, côté Ellsworth-Beroza ? demanda Newcombe.

Crane regardait droit devant lui sans rien dire.

– Rien du tout, répondit Whetstone. Aucune activité, ce qui est très étrange. Il se passe des choses anormales dans ce pays.

Whetstone avait soixante-sept ans, il était grand et mince et avait tant de charisme que Lanie se surprit à se demander à quoi il devait ressembler lorsqu'il en avait quarante.

– Qu'est-ce que vous entendez par là ? interrogea-t-elle.

– Vous ne vous êtes jamais demandé pourquoi le gouvernement met tant de temps à nous envoyer de l'aide ? Voyez comme les choses sont allées vite en Chine pour l'évacuation. Mais ici, rien ! Le gouvernement avait décidé d'investir dans la Fondation pour pouvoir s'en servir à des fins publicitaires lors des prochaines élections. Or le jour est venu, et ils ne bronchent pas. Ce n'est pas normal.

– On a déjà assez de problèmes comme ça, déclara Dan. Inutile de devenir parano par-dessus le marché. Le séisme est prévu pour dans deux jours, ça leur laisse du temps, peut-être qu'ils vont…

– Mon bras ne me fait pas mal, l'interrompit Crane. Mon bras me fait *toujours* mal, avant un séisme.

Juste à cet instant, tous les écrans clignotèrent et les images qu'ils diffusaient furent remplacées par un seul et même programme qui, pour le moment, montrait le sceau présidentiel. Lanie frappa son pad et se brancha sur la ligne K. Mais sur toutes les fibres, le programme restait le même.

« … sident des États-Unis », dit la voix dans son aural.

L'image montra alors le président Gideon assis à son bureau. Près de lui se trouvait M. Li.

Le Président parla en phrases courtes, facilement réutilisables par la presse pour des citations dans les articles à venir. M. Li souriait d'un air huileux.

« Mesdames, messieurs, je m'adresse aujourd'hui à vous pour dénoncer un crime. Depuis des mois, les contribuables ont versé de l'argent à un charlatan. Lewis Crane et sa Fondation ne savent rien sur les séismes que le reste du monde ne sache déjà. Crane est un escroc et il est en train d'escroquer les Américains. Nous dénonçons ici officiellement son annonce d'un séisme pour le 30 octobre comme un mensonge. Par conséquent, nous annulons dorénavant toutes les subventions qui lui étaient allouées. »

Crane s'était avancé jusqu'à un moniteur haut devant lui. Il secoua lentement la tête.

— Mais qu'est-ce qu'ils font ?

— Tu ne comprends pas ? lui dit Whetstone. Ils nous enculent jusqu'à l'os ! Je me doutais qu'il allait se passer quelque chose comme ça.

« De plus, continua le Président, nous avons à présent la preuve que la Fondation Crane a été en contact permanent avec le leader islamique Mohammed Ishmael, après que celui-ci a fait sa demande pour la création d'un État islamique pendant une réunion avec Lewis Crane. Il semble donc que, nous, le peuple américain, soyons bien victime d'une véritable conspiration. »

Une vidéo apparut alors sur les écrans. Elle avait été filmée à partir d'un transmetteur posé sur la manche d'un homme. L'image bougeait beaucoup tandis qu'il avançait en balançant les bras. Il s'arrêta devant un vendeur de Dorph et lui acheta une petite bouteille avec une paille. La voix de l'homme était familière. Lorsqu'il tendit la main pour payer sa Dorph, son visage apparut. Dan Newcombe.

Crane pivota vers Newcombe et s'avança jusqu'à lui.

— Qu'est-ce que ça veut dire ? Qu'est-ce que nous allons voir ?

Dan pâlit mais regarda Crane dans les yeux.

— Moi et Ishmael.

— Et quoi d'autre ?

Du menton, Daniel lui indiqua les écrans. On le voyait maintenant entrer dans le hall de ce qui ressemblait à un club à puces. Lanie suivait les images bouche bée. Une trahison de plus. Voilà où Dan était la nuit Massada, voilà où il était allé !

Tout le monde avait les yeux fixés sur les écrans, ils étaient paralysés. L'image de Dan entra dans une petite pièce. Quelqu'un poussa le lit devant lui et un homme sortit d'une ouverture dans le sol. Ishmael. Il embrassa Dan comme s'il était un parent.

Elena ne regardait plus les moniteurs mais Dan debout à côté d'elle. Il sentait ses yeux sur lui mais il ne se tourna pas vers elle. Il était tendu et observait les réactions des autres.

La dernière image montrait Newcombe et Ishmael penchés sur la puce, la caméra dans la paume de Dan. Leurs visages grossis fixaient les spectateurs d'un air méchant.

Crane se tourna vers Dan, mais parla à l'intention de Whetstone.

— Stoney, appelle tes deux hommes les plus costauds et disleur de garder l'entrée de cette tente. Je ne veux pas que les journalistes viennent ici avant que je les convoque. Dis à Sumi de revenir ici tout de suite.

Whetstone fit signe qu'il avait compris et, avant de sortir, donna une tape amicale, presque tendre, sur l'épaule de Crane.

— Écoutez, dit Dan, tout cela n'a rien à voir avec vous ou la Fondation. C'est ma vie, c'est personnel.

— Et avec moi ? demanda Lanie. Merde, ça me regardait, non ? Je sais ce que la Nation de l'Islam pense du mélange des races ! Pourquoi ne m'as-tu rien dit ?

Les pads de toutes les personnes présentes dans la tente émettaient sans arrêt des bips stridents. Les journalistes essayaient de les contacter, de repérer où ils se trouvaient. Ils n'avaient que quelques minutes devant eux.

— Je n'avais pas envie de t'en parler. J'avais les mêmes raisons que toi avec ta Vogelm…

— Silence ! ordonna Crane.

Il inspira profondément et ferma les yeux pour se concentrer avant d'ajouter :

— Commençons par nous occuper de notre problème le plus immédiat.

Il tendit un index accusateur vers Newcombe :

— Est-ce que vous me jurez que votre relation avec Ishmael n'a rien à voir avec votre travail à la Fondation ?

— Vous avez ma parole, répondit Newcombe.

— Ta *parole* ? s'esclaffa Lanie, au bord des larmes.

Elle avait l'impression que son monde s'écroulait.

Crane salua d'un hochement de tête Whetstone et Sumi qui étaient de retour. De l'autre côté de la bâche qui servait de porte, quatre gardes à la carrure impressionnante prenaient position.

– Comment ont-ils fait pour vous mettre cette caméra ? demanda Crane.

Dan haussa les épaules.

– Aucune idée. On me l'a peut-être mise par hasard.

– Un amateur qui a ensuite revendu les images à Liang, dit Sumi. Cela arrive très souvent.

– Est-ce que ça a réellement une importance ? soupira Whetstone.

Lewis fixait toujours Dan.

– Non, à moins qu'ils n'aient encore d'autres petites surprises pour nous en réserve.

– Je suis allé rendre visite une seule fois à Frère Ishmael, expliqua l'intéressé. Il est souvent venu me voir par holoprojection interposée. Nous bavardons, nous nous conseillons l'un l'autre.

Lanie ne pouvait plus se contenir. Elle se sentait trahie.

– Et c'est lui, bien sûr, qui t'a conseillé de rendre public illégalement ton travail ?

Lewis l'arrêta de la main et se rapprocha encore de Newcombe.

– Plus tard ! Dan, est-ce que vous me jurez que vous ne saviez pas que Gideon allait annuler le programme ?

Dan bondit.

– Bien sûr que je ne savais rien ! s'exclama-t-il, indigné. Je perds autant que vous dans cette affaire !

Ce n'est pas ce que tu m'as dit plus tôt, pensa Lanie.

– Vous avez sauvé *votre* séisméco, remarqua Whetstone.

Daniel fronça les sourcils et se tourna vers lui.

– Qu'est-ce que vous insinuez ?

– Plus tard, répéta Crane, plus tard, Stoney. Allons-y mollo. Je ne mets pas en question l'intégrité de Dan. Ce que nous devons faire avant tout, c'est décider comment contre-attaquer.

Newcombe éclata de rire.

– Contre-attaquer ? Vous ne comprenez pas ? Nous sommes

déjà morts! Ils nous ont coulés, capitaine, descendus en flammes et enterrés!

Il se mit au garde-à-vous et salua, puis se pencha vers Sumi.

– Et vous, vous n'avez rien vu venir? Comment ça se fait?

Sumi sursauta.

– Depuis que nous travaillons avec M. Li, j'ai toujours été sur le terrain. Je n'ai jamais eu de contact avec le gouvernement au sujet du programme. J'ai toujours été avec vous, où que vous soyez.

Dehors, on entendait des voix, des cris. Une foule se formait autour de la tente. Lanie ferma les yeux.

– Arrêtons de chercher qui est responsable, dit Crane. Nous avons toujours notre prédiction.

– Vous dites que votre bras ne vous fait pas mal, lui rappela Dan.

Un des gardes passa la tête à l'intérieur.

– Monsieur, on va bientôt avoir un sérieux problème ici…

– Dites-leur que nous allons faire une déclaration dans une minute, répondit Lewis.

Le garde se tourna vers Whetstone qui approuva d'un signe de tête.

Crane réfléchit à voix haute.

– Les mesures de tension ne mentent pas, les autres signes non plus. Tout cela n'a aucun sens.

– Et l'Ellsworth-Beroza? demanda Newcombe. Peut-être que nous nous sommes trompés depuis le début. Nous sommes peut-être idiots.

– Non, docteur, nous ne sommes pas idiots, rétorqua Crane. Vos suggestions? J'écoute tout le monde.

Ils le regardèrent tous.

Whetstone prit la parole.

– Crane, est-ce que tu vas confirmer ta prédiction?

Lewis eut un petit sourire.

– Mon bras ne me fait pas mal. Mon bras ne sait pas mentir. Mais cela n'a pas d'importance. Vous voyez, dans notre situation, nous ne pouvons pas faire demi-tour. Nous sommes obligés de continuer sur notre lancée actuelle. Nous allons tout jouer sur un coup de dés. Nous ne pouvons pas donner l'impression de ne pas être sûrs de nous. Les jeux sont faits depuis longtemps.

Il alla jusqu'à l'entrée de la tente.

– Qu'est-ce que vous faites ? demanda Lanie.

Il s'arrêta et se tourna vers elle comme un automate.

– Je vais parler aux journalistes, tenter de les convaincre de m'écouter, moi, et d'oublier ce qu'ils viennent d'entendre.

– Vous allez tout démentir ? lui demanda Dan.

Crane se passa la main dans les cheveux et, sans s'en rendre compte, se décoiffa un peu plus.

– Ça va être facile. Je ne suis au courant de rien, point final. Vous, restez tous ici. C'est moi qui ai eu droit à la gloire jusque-là, maintenant je vais avoir droit aux tomates. Je vais faire de mon mieux pour vous protéger, Dan.

– Je n'ai pas besoin que vous m'accordiez des faveurs, répondit celui-ci.

Crane fronça les sourcils, attrapa un chapeau à grand bord qui était accroché à un portemanteau près de la porte et disparut dans la lumière du matin. Lanie s'aperçut que tous les écrans montraient maintenant Lewis. La foule le filmait.

Il y avait des centaines de gens, la plupart avec des caméras, debout dans la rue pleine de poussière qui passait devant la tente. Crane s'avança. Les hommes de Whetstone formèrent un cordon autour de lui et repoussèrent la cohue des spectateurs au fur et à mesure qu'il avançait.

– Il faut que vous m'écoutiez une minute, annonça-t-il en levant les bras pour qu'ils se taisent.

La brouhaha continua. Il brancha son pad sur le canal du système de haut-parleurs du camp.

Dans la tente du Q.G., Dan s'avança vers Lanie. Elle lui dit simplement :

– Je ne te connais plus.

– Peut-être ne m'as-tu jamais vraiment connu, répliqua-t-il en regardant les écrans. Je veux simplement que tu saches que je suis désolé. Je t'aime. J'ai fait ce qu'il fallait que je fasse.

La voix de Crane résonna soudain avec puissance.

– Mes amis ! Malgré ce que vous venez d'entendre, la Fondation maintient toujours sa prédiction. Rien n'a changé. Nous n'avons aucune idée de la raison qui a poussé le Président à parler ainsi. Je n'y connais rien en politique mais je m'y connais en séismes, et je vous dis à nouveau que vous allez avoir droit au tremblement de terre le plus dévastateur du siècle.

Lanie fit une grimace dégoûtée.

– Détruire mon travail en t'associant à un homme qui me tuerait de ses propres mains s'il en avait l'occasion… c'est ça, ce que tu « devais » faire ?

– *Ton* travail ? répéta-t-il, ne comprenant pas bien.

– Bonjour, Dan, surprise, réveille-toi ! Le globe est *mon* bébé, *mon* équivalent de ta séisméco. Et je pense que les conséquences de mon travail auraient pu être encore plus importantes que celles de ton système.

– Ce globe, dit-il, n'est qu'une représentation physique de la folie de Crane. C'est un objet qui n'a aucun sens.

Elle le frappa au visage, si fort que sa main la brûla.

– Disparais de ma vie, dit-elle avant de s'éloigner de lui.

Dehors, les gens criaient, posaient des questions à Crane à propos de la Nation de l'Islam. Il haussa les épaules.

– La Nation de l'Islam n'a rien à voir avec notre recherche sur les séismes. Le Dr Daniel Newcombe est un ami de longue date de Mohammed Ishmael. Il a parfaitement le droit d'aller lui rendre visite en dehors de ses heures de travail.

Les cris redoublèrent. Crane essaya de faire taire la foule mais en vain.

– Je n'ai pas besoin que ce fou me défende ! s'écria Dan en se dirigeant vers la sortie de la tente.

– Non ! hurla Whetstone.

Mais Dan était déjà dehors.

Lanie le vit sur les écrans. Il avait l'air si fier, ses yeux lançaient des éclairs tandis qu'il dévisageait la populace. On aurait dit un lion au milieu d'une bande de hyènes. Crane lui fit signe de reculer mais Dan le poussa de côté et prit sa place au milieu de la foule.

– Je suis un homme libre ! déclara-t-il. Oui, j'ai rendu visite à Frère Ishmael. Je rends visite à qui je veux.

– Avez-vous discuté avec lui de sa demande de création d'un État islamique ?

– Figurez-vous que oui.

Plusieurs personnes se mirent à l'insulter, hurlant comme des malades. Elena vit à son expression que son sentiment de fierté se transformait peu à peu en colère. Elle eut peur en pensant à ce qu'il allait faire. Pourquoi fallait-il que tout cela arrive ?

Crane se faufila vers Dan.

– Maintenant que nous avons tiré tout ça au clair, mes amis, annonça-t-il, nous allons retourner au…

– Est-ce que vous soutenez la pétition d'Ishmael demandant que certains des États du Sud soient transformés en un État pour les Africks ? lança une voix plus forte que les autres.

Dan se rendit compte que, selon la réponse qu'il allait donner, il perdrait ou non Elena King définitivement.

– Depuis des années, répondit-il, nous avons maintenu enfermés dans des ghettos huit pour cent de nos citoyens. Qu'avaient-ils fait pour mériter cela ? Rien. N'ont-ils pas les mêmes droits et les mêmes libertés que les autres Américains ? Le droit de vivre, d'être libre, d'essayer d'être heureux ? Oui.

– Et le droit des citoyens blancs des États du Sud ? Ils ont le droit de vivre chez eux !

– Frère Ishmael ne veut obliger personne à quitter son pays natal. Il veut seulement la création d'un État islamique, contrôlé par la sagesse d'Allah et le Coran. Les gens qui vivent actuellement dans lesdits États seront libres de faire ce qu'ils voudront.

Crane s'écarta alors de la scène et retourna d'un pas lourd vers la tente. Sumi se précipita pour le consoler. Lanie écouta Dan se lancer dans un long discours sur la Nation de l'Islam et parler du Coran et de politique. Elle crut un instant qu'elle allait s'évanouir. Elle avait attendu longtemps avant de se permettre de tomber vraiment amoureuse de Newcombe. Et maintenant, elle souffrait.

– Êtes-vous membre de la Nation de l'Islam ? gueula un des employés de Whetstone.

Les gens de la sécurité s'étaient mêlés à la foule et avaient progressivement cessé de la surveiller pour écouter Dan, eux aussi.

– C'est une décision que je n'ai pas encore prise, répondit Newcombe. Je suis un citoyen du monde et je suis libre de dire ce que je pense. Et j'ai bien l'intention de continuer.

Sans le savoir, il venait de donner le coup de grâce à Lanie. Il continua, parlant pour Ishmael, comme Ishmael, pendant encore dix bonnes minutes, toujours en direct sur tous les canaux. Et à chaque seconde qui passait, la Fondation perdait un peu plus de ses supporters. Crane se jeta sur une bouteille de bourbon qu'il avait cachée dans un coin.

Les écrans devant Lanie commencèrent à montrer d'autres images, tandis que la foule quittait le camp de toile à pied, en voiture, cassant tout au passage sans paraître s'en préoccuper le moins du monde.

Lorsque Dan eut fini son speech, le village qui représentait le rêve de Crane était anéanti, et la plupart des objets qu'il contenait avaient été volés. Seule la tente rouge était encore debout au milieu du chaos. Le séisme était prévu pour dans deux jours, et tout était déjà fini.

Lanie s'approcha de Crane. Les larmes coulaient sur son visage. Il berçait sa bouteille qu'il tenait couchée sur son bras malade. Elle lui toucha l'épaule. Il sursauta comme si on l'arrachait à un cauchemar particulièrement atroce et écarquilla les yeux.

— Je voulais juste aider les gens, murmura-t-il d'une toute petite voix.

Elle le serra dans ses bras.

— Je crois que nous ferions mieux de partir d'ici.

— Pas question. Partez, moi je reste. Appelez Burt et dites-lui de tout remballer et de retourner à la Fondation avec toute la troupe le plus vite possible.

— Qu'est-ce que vous allez faire ?

— Je vais rester ici et faire mon boulot. Je dois prévenir les gens que le tremblement de terre va bien avoir lieu. Ce n'est pas parce que le gouvernement a décidé que rien ne doit se passer que rien ne va se passer.

Ils se regardèrent dans les yeux un long moment.

— Crane…

— Partez vite. Emmenez tout le monde avec vous et retournez travailler sur le globe. Nous allons continuer comme nous pourrons avec l'argent qui nous reste.

— Ça va aller ? Vous vous sentez bien ?

Il but au goulot.

— Je ne me suis jamais senti bien une seule minute depuis plus de trente ans. Fichez le camp. Je ne veux pas que mes employés se fassent arrêter ici, dans le Tennessee.

– Arrêter?

– Je suis un charlatan, vous vous souvenez? Je suis un escroc qui a escroqué les citoyens. Vous comprenez? Ils vont trouver quelque chose, faites-leur confiance.

Il s'éloigna d'elle et repoussa Sumi lorsque celle-ci fit mine de le suivre.

Lanie quitta le Q.G. et ajusta fermement son chapeau sur sa tête. Burt devait être quelque part par là, en train de faire la chasse aux vandales. Elle sursauta lorsqu'elle aperçut Dan debout au milieu de la route. La foule des curieux qui retournaient chez eux passait autour de lui sans le voir. À plusieurs centaines de mètres de là, une partie du village de toile brûlait, émettant une épaisse fumée noire qui obscurcissait le ciel. Dan admirait les flammes qui montaient des débris.

Lanie se fraya un chemin à travers la cohue et se planta devant lui. Il avait les yeux humides, lui aussi.

– Tu pleures, dit-elle simplement.

– C'était merveilleux. J'ai dit ce que je pensais, sans remords, pour la première fois de ma vie. Et c'était fantastique, j'étais enfin… libre.

Elle regarda les tentes effondrées autour d'eux. Les hommes de Whetstone avaient beau courir avec du matériel, le feu gagnait du terrain et devenait incontrôlable.

– Maintenant, nous sommes tous libres, articula-t-elle.

Dan ne dit rien, il ne remarqua apparemment pas l'ironie de ce qu'elle disait.

– Tu vas rejoindre la Nation de l'Islam, n'est-ce pas?

Il se contenta d'abord de hausser les épaules, puis l'entoura de son bras. Elle se dégagea.

– Tout est au grand jour, maintenant, dit-il. Je te promets qu'il n'y aura plus jamais de secret entre nous. Nous allons…

Elle recula de plusieurs pas.

– Non, Dan. Je ne peux pas. Pas maintenant.

– Mais je t'aime.

Elle s'avança de nouveau et le serra dans ses bras sans enthousiasme.

– Je rentre à la Fondation et je veux être seule. Il faut que je réfléchisse. Nous avons tous les deux beaucoup de choses auxquelles réfléchir.

– Mais, Lanie…

Elle lui tourna le dos et s'éloigna, cherchant Burt. Dan l'appela plusieurs fois. Elle ne se retourna pas. Elle s'avança à travers le saccage. En ruine, le site. En ruine, la Fondation. Et en ruine également, la réputation de Crane. D'ici à quelques semaines, un mois ou deux au plus tard, la Fondation aurait disparu. De tous les merveilleux projets personnels qu'elle avait formés pour elle et pour Dan, et tous les espoirs professionnels qu'elle nourrissait pour Crane et elle, il ne restait plus rien.

Soudain, ce n'était plus la dévastation qui l'entourait qu'elle vit, mais Lewis Crane tel qu'elle l'avait laissé sous la tente, seul, effondré dans son fauteuil, buvant du bourbon à même la bouteille. Le soleil était aveuglant, en cette fin d'après-midi, mais pour Lanie King et Lewis Crane, la nuit était venue.

LIVRE DEUX

LIVRE DEUX

10
LE RIFT AVORTÉ

LA FONDATION
6 NOVEMBRE 2024, 20 H 47

— Qu'est-ce que vous dites de ça, Doc, on dirait que vous n'êtes jamais parti! s'exclama Burt Hill tout en pilotant l'hélic au-dessus de Mendenhall, vers la Fondation.

— C'est le plus beau spectacle que j'aie jamais vu, répondit Crane.

La propriété, la Mosquée, les lignes rouges des lasers des stations de surveillance, tout semblait l'accueillir pour son retour. Il revenait du monde extérieur, de l'enfer. Un mardi soir pas comme les autres, le soir des élections, le soir qui aurait dû couronner son triomphe. Au lieu de cela, il avait dû revenir à Los Angeles déguisé pour éviter les cinglés de la caméra qui n'auraient pas manqué de lui sauter dessus s'ils l'avaient reconnu.

Il se tourna vers Burt dont le visage brillait dans la lumière qui montait de la Fondation.

— Combien d'amis ai-je perdus? demanda-t-il.

— Deux, répondit Hill. Les autres s'accrochent. Ils vous ont bien nourri, au moins, dans cette prison du Tennessee?

— Je ne sais plus, j'ai réfléchi sans arrêt, et le temps a passé vite.

— Ouais, eh bien, je vous trouve maigrichon. Je vais vous faire un bon repas dès qu'on sera posés... et je veux dire un repas, pas un cocktail au rhum !

Hill fit remonter l'appareil puis piqua vers la Mosquée contre le vent qui se levait.

— Sumi est là ? demanda Crane.

— Personne ne l'a vu depuis que tout s'est cassé la gueule, répondit Burt en lui lançant un coup d'œil plein de sous-entendus. Il paraît qu'on lui a donné un boulot pépère à l'Académie des Sciences. Si vous voulez mon avis, ça ressemble à une récompense, les trente deniers de Judas.

— Accordez-lui le bénéfice du doute. Sumi a toujours été un bon ami.

Hill grogna en guise de réponse et posa l'appareil à cent mètres de la Mosquée. Lewis avait du mal à croire que l'un des siens, de son équipe, ait pu l'abandonner complètement. Mais une semaine de prison lui avait donné pas mal de temps pour penser, pour tout remettre en place, et il savait que les chemins de sa pensée, ardus et pénibles, l'avaient mené à une conclusion sombre et désolée.

— Est-ce que Newcombe est là ? demanda-t-il en fonçant vers la Mosquée.

Hill courait pour le rattraper.

— Je crois. Je me demandais quand vous alliez me poser la question.

Crane frappa son pad et se brancha sur le canal P qui le reliait à son tectonicien.

— Où es-tu, Danny chéri ?

— Crane ? Vous êtes sorti ?

La voix de Newcombe trahissait sa surprise.

— Sorti de tôle, oui, mais pas de la partie. Où est-ce que vous vous cachez ?

— Nous sommes dans la salle de conférences. On attend le résultat des élections.

— Je n'ai pas encore voté. Je vous rejoins.

Il coupa la communication et entra dans la Mosquée. Il vit alors le globe, et son cœur accéléra son rythme. Dieu, que ça faisait du bien d'être chez soi ! Durant ses premiers jours en prison, il avait très sérieusement envisagé le suicide, mais c'était la pensée de la Fondation qui l'avait retenu. Il n'avait pas encore dit son dernier mot. Malgré M. Li. Malgré le monde entier qui était contre lui. Il avait encore tant de choses à faire, il ne pouvait pas abandonner. Il était peut-être fauché et déshonoré, mais il avait encore son cerveau et les données, ces merveilleuses données qu'il avait accumulées. Et puis, la mort aurait mis fin à la souffrance qui restait son seul héritage. La douleur était l'origine de la conscience. Il avait revécu tout ce qui avait causé sa souffrance originelle. Il était donc plus conscient qu'avant.

Lewis avait tout perdu, on lui avait fait ce qu'on pouvait lui faire de pire, mais il était encore sur ses pieds. Il savait maintenant que rien ni personne ne pourrait jamais l'arrêter. Cette idée lui donnait une énergie nouvelle.

Il fonça à travers la salle du globe et les labos, courut dans la salle de conférences. Les centaines de personnes qui s'y trouvaient le suivirent d'un regard surpris. Il allait les perdre ou les regagner, ici et maintenant.

Lewis trotta jusqu'à l'estrade en saluant et en souriant. Le grand écran derrière lui diffusait des programmes spéciaux élections. Vingt petits écrans montraient des extraits d'interviews et des reportages en boucle.

Le signe VOTEZ MAINTENANT clignotait en bas de l'écran principal. Crane se loga via son pad et entra son code d'électeur. Il accéda au serveur, pressa un bouton et transmit son vote.

Il se retourna alors vers les spectateurs.

– Et un Yo-Yu pour Lewis Crane, un ! s'écria-t-il à pleine voix.

Il y eut des rires. Il voyait les chiffres qui défilaient à toute vitesse sur l'écran derrière lui. Liang gagnait les élections principales, celles du niveau national. Ce qui était nouveau, c'était que Yo-Yu se taillait la part du lion dans les locales. Les spécialistes commentaient déjà les résultats sur les petits écrans en une cacophonie assourdissante.

Crane leva le poing.

– Je casse personnellement la gueule à quiconque aura le courage de monter sur cette estrade et de me dire que nous sommes foutus ! Je suis vivant, ce qui veut dire que je ne suis pas fini. Vous êtes tous ici. Si vous vous considérez comme finis, foutez le camp immédiatement. Je ne veux plus jamais vous voir.

Il attendit. Personne ne bougea.

– Voici ce que nous allons faire, annonça-t-il. Si nous annulons nos missions à l'extérieur et nous contentons de travailler ici, à la Fondation, je peux continuer à faire marcher la machine une dizaine de mois. Je pourrai continuer à payer le salaire de tout le monde pendant encore deux mois après ça. Ce qui veut dire que nous avons une année devant nous pour redorer notre blason. Nous avons amassé pas mal de données avant que le gouvernement ne nous poignarde dans le dos. Nous allons nous en servir au mieux. Je veux travailler sur deux axes : faire fonctionner le globe et faire des analyses tectoniques dans toute la Californie du Sud. Pour cela, j'ai demandé à tout notre personnel de terrain de se replier sur cette région.

Il s'avança vers l'escalier, à l'autre bout de l'estrade.

— Si vous travaillez encore pour moi, allez travailler. Ne restez pas plantés là.

Il indiqua les écrans d'un mouvement de la tête.

— Et éteignez-moi ces saloperies !

Il descendit l'escalier. Tout le monde se précipita à l'extérieur de la salle. Elena King resta seule, au premier rang. Elle lui souriait, l'air plein de confiance. Newcombe, assis plusieurs rangs derrière, se leva et vint le saluer. Intéressant. Ils n'étaient pas assis côte à côte.

— Bienvenue ! lui dit Elena en le serrant dans ses bras.

Crane sourit.

— Je vous remercie de tout ce que vous avez fait pour me sortir de prison. Je sais que vous avez tout essayé.

— J'espère que vous n'avez pas trop souffert.

Il sourit à nouveau. Les yeux de Lanie, brillants de vie, le fascinaient.

— Mes compagnons de cellule à la prison du comté étaient des gens très bien. Ils m'ont appris comment faire un couteau à partir d'une petite cuillère.

— Je croyais qu'ils allaient vous garder à l'ombre pour toujours, dit Newcombe en s'avançant, la main tendue.

Crane la lui serra sans hésiter.

— J'ai fait une analyse de la structure du building le jour de mon arrivée là-bas, répondit-il. Le lendemain, grâce à l'avocat que m'avait envoyé Lanie, j'ai fait parvenir aux responsables un rapport prouvant que la bâtisse était dangereuse et vétuste, et devait donc être évacuée. Nous avons envoyé ce texte à toutes les agences gouvernementales du Tennessee et aux médias du coin. Ensuite, mon avocat a déposé une plainte au nom de tous mes compagnons de détention. Le surlendemain, le directeur n'avait plus qu'une seule idée en tête : se débarrasser de moi. Est-ce que vous pourriez me consacrer quelques minutes, tous les deux ? Je voudrais que nous parlions de ce qui s'est passé.

Ils acquiescèrent. Lewis remarqua que Lanie se tenait toujours à distance de Dan. Ils quittèrent la salle de conférences, et retournèrent auprès du globe. Burt Hill les rejoignit. Il apportait un gros sandwich pour Crane.

– Restez avec nous, Burt, lui dit-il.

Burt Hill lui fourra littéralement le sandwich dans la bouche.

– Ça fait combien de temps que vous n'avez pas dormi comme il faut ? demanda le gros homme.

Une vraie mère poule !

– Je dormirai cette nuit, répondit Crane en mâchant.

Il ne pouvait s'empêcher d'observer Lanie et Dan et se demandait ce qui avait bien pu se passer entre eux.

– J'ai quelque chose pour vous, lui dit soudain Newcombe.

Il sortit une enveloppe de la poche de son pantalon et la lui donna.

Crane l'ouvrit. C'était un chèque à l'ordre de la Fondation d'un montant d'un demi-million de dollars. Il était tiré sur un compte de Liang Int. à Hongkong.

– C'est une avance sur les royalties de la publication des équations de la séisméco. Comme promis, c'est l'argent pour la Fondation.

Crane passa le chèque à Burt qui le glissa dans la poche de sa chemise.

– Nous avons besoin d'argent, c'est vrai. Je suis surpris et heureux de voir que vous ne nous avez pas quittés. Je suis sûr que vous avez eu des offres.

– Ouais, quelques-unes. Mais mon boulot ici est encore le meilleur de tous.

– Ce que mon ex-camarade de chambre essaie de vous dire, expliqua Lanie, c'est qu'après sa petite sortie au sujet de la Nation de l'Islam il est aussi hors-jeu que la Fondation.

– La Fondation n'est pas hors-jeu ! s'exclama Crane avant

d'ajouter : Newcombe, je veux que vous sachiez que je ne vous tiens pas pour responsable de tout ce qui s'est passé.

– Je ne vais pas cesser de militer, vous savez.

– C'est votre vie, rétorqua Crane. Ne me mêlez pas à tout cela, c'est tout ce que je demande.

– O.K.

– C'est tout ? fit Lanie. Notre monde est en ruine, et vous parlez de continuer comme si de rien n'était !

– La politique, c'est du vent, reprit Lewis. Et le vent tourne souvent. Le vent n'est pas réel, il n'a pas d'existence propre. Je me souviens de l'époque avant l'arrivée de M. Li, et de l'époque encore avant. Je suis toujours là et ils ont disparu. Pour ce qui est de Dan, c'est un homme intègre.

Hill lui fourra dans la bouche un autre morceau du sandwich qui n'avait, d'ailleurs, guère de goût. Crane s'assit sur une chaise haute devant la rangée d'ordinateurs. Ses compagnons s'assirent également, en demi-cercle autour de lui.

Il avala le morceau et repoussa le reste du sandwich que Burt lui proposait.

– Racontez-moi. Comment les… choses se sont-elles passées pour vous ?

– Ils avaient des clichés de moi en compagnie de Frère Ishmael, raconta Newcombe. Ils ont décidé de passer franchement à l'attaque contre la Nation de l'Islam et de se servir de vous et de moi pour faire monter les enchères. Ils ont raconté que nous avions organisé tous les deux une sorte de conspiration. Puis ils nous ont collé l'étiquette d'escrocs sur le dos et ont essayé de donner l'impression que tout le monde était coupable de quelque chose.

– L'accusation d'escroquerie ne tient que s'il y a eu tromperie dans les faits, dit Crane. Ils ont osé prendre un aussi gros risque ?

Burt intervint :

– Non. Lorsque le Président a lu son petit discours sur tous les canaux, il *savait* qu'il n'y allait pas avoir de séisme. Il était trop arrogant, trop sûr de lui.

– Dans ce cas, où avons-nous fait une erreur ? Et, surtout, comment ont-ils su que nous en avions fait une ?

Newcombe fit mine de prendre le sandwich de Crane mais Burt le repoussa. Il haussa les épaules :

– Il est possible que le gouvernement ait écouté les autres géologues et tectoniciens, ceux qui disaient que nous sommes fous.

– Non, je vous le dis, insista Hill. Gideon était sûr de son coup à cent pour cent.

– Ce qui signifie ? soupira Crane.

Lanie n'avait fait aucun commentaire et écoutait tranquillement, mais Lewis sentit qu'elle avait quelque chose à dire. Il la regarda, et elle déclara :

– Repensez à la façon dont tout cela s'est passé. Je n'ai fait que réfléchir à tout cela depuis que c'est arrivé. Ça m'a rendue dingue. En fin de compte, les chiffres sur lesquels nous avons basé notre prédiction étaient les mesures de stress sur le rift du côté du graben. Les autres mesures indiquaient et indiquent toujours qu'un séisme devrait se produire d'un jour à l'autre. Mais ce sont les mesures de tension qui nous ont permis de donner une date.

– Problème d'équipement ? proposa Crane.

– Non ! s'exclama Burt. Nous avons vérifié les piquets-senseurs dans la chambre de pressurisation de la Fondation il y a deux jours. Ils fonctionnent parfaitement.

– Donc, ça ne vient pas des senseurs, reprit Crane. Est-ce que l'ordinateur pourrait avoir mal interprété les chiffres que nous lui avons transmis ?

Newcombe indiqua son pad.

– Nous n'avons pas transmis « directement » à l'ordinateur. J'ai chargé les données dans mon pad, qui a tout transféré vers l'ordinateur de la caravane. Après que nous avons terminé de faire toutes nos mesures et recueilli les résultats des autres équipes, j'ai tout téléchargé vers l'ordinateur de la Fondation, d'un seul coup, en même temps, depuis la caravane.

Crane demeura pensif.

– Deux transmissions. Il y a peut-être eu un bogue pendant le transfert. Est-ce que nous vérifions les données téléchargées depuis l'extérieur ?

– Pas besoin, si aucun humain n'intervient dans le processus, dit Lanie. Lorsqu'il s'agit d'un échange de machine à machine, nous vérifions juste que la taille du fichier reçu correspond à la taille de celui qu'on a envoyé.

Crane fronça les sourcils.

— Est-ce que vous avez toujours les données dans votre pad ?

Newcombe hocha la tête. Crane lui tendit la main.

— Donnez-les-moi. Nous allons comparer votre fichier à celui qui est dans l'ordinateur de la Fondation. Si les chiffres sont les mêmes, nous saurons que les mesures de tension ne sont pas en cause.

Newcombe retira le petit pad de son poignet et le mit dans la main malade de Crane. Celui-ci le lâcha et l'objet tomba au sol. Lanie le ramassa.

Elle relia le pad à un des ordinateurs du globe.

— Quel est le nom du fichier ? demanda-t-elle.

— Reelfoot.

Elle tapa les commandes sur le clavier le plus proche. Le fichier apparut sur l'écran. Elle chercha alors son jumeau dans l'ordinateur de la Fondation.

— Affichez-les côte à côte, ordonna Crane.

Ils avancèrent tous leurs chaises pour mieux voir.

Les chiffres défilèrent sur le moniteur. Densité de la roche, type de matériel utilisé, degré de torsion, degré de dilatation. Les listes étaient longues. Il y avait une sous-liste pour tous les types de roche que les senseurs avaient rencontrés. Le dernier chiffre de chaque ligne était : « LPI », livres par inch carré. Ils représentaient la mesure de tension elle-même et montraient quelle pression la roche subissait au moment du chiffrage.

— Bon. Tout m'a l'air d'aller… waou, stop ! Qu'est-ce que c'est que ce truc ? Affichez seulement les chiffres de ma mesure de tension, sur les deux fichiers.

Lanie fit ce qu'il lui demandait. Il n'y avait plus que deux colonnes sur l'écran.

— Vous ne remarquez rien ? interrogea Lewis.

— La troisième décimale, lâcha Dan d'une voix enrouée par l'émotion. La troisième décimale… tous les chiffres de l'ordinateur de la Fondation ont été augmentés de 1 par rapport aux chiffres de mon pad !

Lanie bondit.

– Tu as raison! Avec ce genre d'erreur, pas étonnant qu'on se soit trompés dans la prédiction. Comment cela a-t-il pu arriver?

– Ça n'a pu se faire que de deux façons, annonça Burt. Soit quelqu'un l'a fait exprès, soit c'est une erreur de l'ordinateur. Et je veux bien être pendu si un ordinateur peut faire une erreur aussi sélective.

– Personne n'a eu accès à ces chiffres, reprit Dan. J'ai tout transmis moi-même.

– Ouais, vous avez fait ça à peu près à la même époque où vous prépariez votre petit discours, n'est-ce pas, Doc Dan? demanda Hill.

Newcombe s'efforça de garder son calme.

– Exact, Burt. Je ne vois pas le rapport. Qu'est-ce que vous insinuez?

– Je vais vous le dire puisque vous me le demandez!

Burt s'apprêtait à poser le sandwich sur l'ordinateur, mais vit la grimace horrifiée de Lanie, se ravisa et le laissa tomber carrément par terre.

– Vous êtes jaloux de Doc Crane, continua Burt. Vous avez sauvé votre mise juste avant qu'on ne coule. Vous aviez entre les mains les chiffres qui ont été tronqués.

Crane l'arrêta.

– Assez! Le Dr Newcombe me dit qu'il n'a pas changé les chiffres, cela me suffit.

– Est-ce que quelqu'un n'aurait pas pu intercepter le signal avant qu'il n'arrive ici? proposa Elena. Il doit y avoir une explication.

– C'est possible, répondit Crane. Mais seule une personne ayant une connaissance approfondie de notre système aurait pu réussir un tel coup. Il aurait aussi fallu qu'elle ait les codes d'accès.

– Quelqu'un qui travaille ici, conclut Lanie.

Hill se donna une claque sur la cuisse.

– C'est Sumi! J'en suis sûr, c'est lui!

Crane secoua la tête.

– Il y a une seconde, c'était forcément Dan le coupable. Nous nous occuperons de faire la chasse au traître plus tard. Pour le moment, je voudrais que nous nous livrions à une petite expérience. Docteur King, pourriez-vous avoir l'amabilité de rentrer les bons chiffres de stress sur le Reelfoot Rift dans l'ordinateur ?

Newcombe se laissa retomber dans sa chaise.

– Bon Dieu… vous avez raison : il est possible que nous ne nous soyons pas trompés… Il va y avoir un séisme. Seule la date reste un mystère.

– Oui, seulement, cette fois-ci, personne ne nous écoutera lorsque nous l'annoncerons, dit Crane.

Lanie fit pivoter son siège et se tourna vers le globe.

– Ça y est, j'ai tout rentré. Je transfère tout ça dans la Bête. Prêts ?

– Allez-y, répondit Crane.

Les lumières s'éteignirent et seuls des spots éclairèrent le globe.

– Vous savez, dit Newcombe, si tout ceci est le fait d'un saboteur, ce salaud va être responsable de la mort de millions de personnes. Les gens ne vont pas se préparer, cette fois-ci.

– Peu importe, rétorqua Crane. Ce qui est fait est fait. Si nous finissons par découvrir qui a fait le coup, il y a de fortes chances pour que ce soit quelqu'un avec qui nous devrons continuer à travailler. Je préfère encore ne pas savoir.

– Mais c'est monstrueux !

Crane se tourna vers Lanie.

– La vie est monstrueuse. Commençons la simulation au jour et à la minute où nous avons fait les mesures sur le terrain. Vous ralentirez le système si un séisme apparaît.

– Je mets en marche, annonça Lanie.

Tous les yeux étaient rivés sur l'énorme globe. Les spots resserrèrent leurs faisceaux. Pendant plusieurs minutes, rien ne se produisit. Puis, un grondement sourd résonna dans les entrailles de la sphère. Lanie recalibra la vitesse et passa en mode temps réel.

Crane contempla la longue ligne rouge qui se formait sur la faille de Reelfoot. Comme il l'avait prévu, le séisme émanait de la région de l'hypocentre, à une cinquantaine de kilomètres de profondeur, et s'étendait dans tous les sens en montant vers la surface.

Les dégâts provoqués par les tremblements de terre provenaient toujours des ondes sismiques qui se développaient en éventail autour de l'hypocentre. Crane et ses compagnons regardaient une simulation stupéfiante de réalisme d'un séisme plus destructeur que tout ce qu'ils avaient pu imaginer dans leurs pires cauchemars. Le bruit, le grondement, provenait des ondes P – ondes primaires ou ondes de pression – qui agissaient comme des ondes sonores et pulsaient dans le sol, compressant puis dilatant la roche, poussant et aspirant la terre. La surface, sous l'effet de ce phénomène, ondulait violemment.

Les ondes S – ondes secondaires – se déplaçaient plus lentement que les ondes P et louvoyaient comme des serpents, fouettant la roche de l'intérieur, faisant bouger le sol de droite à gauche. Sur le globe, le sol était à présent en mouvement à des milliers de kilomètres de la fine ligne rouge qui brillait sur le Reelfoot Rift. Le Mississippi et l'Ohio changeaient de cours sans cesse et ressemblaient à deux longues couleuvres argentées qui dansaient.

Les deux ondes L apparurent alors, les ondes originaires de la surface. Elles formaient le contrepoint de ce qui se produisait dans les profondeurs du sol. Les ondes de Raleigh balayèrent la planète comme des vagues sur l'océan, tandis que les ondes de Love se formaient et vibraient à angle droit de leur trajectoire. Les deux fronts d'ondes avançaient à l'unisson en un mouvement tourbillonnant auquel aucun bâtiment, aucun arbre, ou aucun barrage ne pouvait résister. Ces vagues ondulatoires n'étaient freinées par rien et s'étendaient de plus en plus loin. Le sol sur le globe gonflait par endroits, des fissures se formaient, des collines s'élevaient puis retombaient aussitôt. Le Mississippi se tordait comme un être vivant qui se débat pour se libérer de ses entraves.

Crane entendit Lanie jurer en voyant la zone de destruction s'étendre de plus en plus. Il sentait les muscles de son propre corps se contracter, son bras se mit à lui faire mal. Il regardait dans les yeux le monstre, il faisait face à ses peurs et à ses angoisses. La Bête était là, devant lui, sur la sphère, et elle allait apparaître dans la réalité. Il la devinait, il savait qu'elle allait venir, mais il ne pouvait rien faire. Si la folie était le lot de Lewis Crane, alors il était en train de plonger en ce moment même.

– La date, dit-il dans un murmure. La date, je veux la date !

Lanie se rapprocha de la console sans quitter le globe des

yeux. Un choc secondaire secoua le sol, puis un deuxième. Les secousses s'enchaînaient sans cesse. Elle tapa une commande et, un instant plus tard, des lettres rouge sang de deux mètres de haut flottaient devant leurs yeux :

27 FÉVRIER 2025 – 18 HEURES ENVIRON

— Oh, mon Dieu, lâcha Newcombe. Trois mois et demi. Crane, je… Nom de Dieu, c'est terrifiant !

Crane faisait lentement les cent pas.

— Ouais. Et le niveau de notre crédibilité est à zéro. On m'a prévenu que je serais immédiatement arrêté si je remettais les pieds dans les États du Missouri ou du Tennessee.

— Qu'est-ce qu'on va faire ? demanda Lanie.

— On va crier au loup comme d'habitude, répondit-il. Je vais tellement les emmerder que s'ils ne m'écoutent pas, au moins ils se souviendront que je les avais prévenus.

— À quoi cela va-t-il servir ? interrogea Newcombe en s'approchant du monde virtuel.

Une autre secousse parcourait le sol en grondant, faisant tout onduler comme de l'eau. Un bon tiers des États-Unis dansait avec le Reelfoot. On le considérait comme un rift avorté parce qu'il n'avait jamais réussi à se scinder complètement du continent. Deux cents millions d'années plus tard, aujourd'hui, ce petit ratage géologique allait causer bien des morts imprévues.

— Cela va rétablir leur confiance en moi, répondit Crane. Comme ça, ils m'écouteront la prochaine fois.

Dan lui fit face.

— Très bien, mais qu'est-ce qu'on fait pour cette fois-ci ? Il y a certainement quelque chose à faire !

— Vous avez dit « on », docteur, dit Crane. À qui pensez-vous ? Vous ou moi ?

Newcombe le toisa, puis répondit sans se démonter :

— Vous êtes le patron.

— Le seul petit problème, intervint Burt Hill, c'est que tout le monde est persuadé que notre patron est cinglé. Doc, personne

236

ne va vous écouter. Vous pouvez parier votre vie là-dessus, ça ne changera rien.

– Vous croyez que je ne sais pas que… Attendez un instant !

Crane courut jusqu'à Hill et le serra dans ses bras.

– Vous venez de me donner une idée totalement géniale, Burt !

– J'ai fait ça ?

Crane brancha son pad sur la fibre Q, espérant que Whetstone ne l'avait pas effacé de la liste des personnes autorisées à le joindre directement.

– Allez, Stoney, murmura-t-il en trépignant. Réponds !

– Si je réponds, est-ce que je vais le regretter comme d'habitude ? fit la voix de Whetstone dans son aural.

– Tu es un type bien, Stoney.

– Je suis la risée de la planète entière.

– Peut-être, mais es-tu… joueur ?

– Crane…

– Il faut que je te voie demain. Tu peux ?

– Pas demain. Après-demain.

– O.K. Je vais faire de toi un héros.

Il y eut un long silence, suivi par un soupir.

– Crane, pourquoi est-ce que je t'écoute ?

– Parce que tu es aussi fou que moi. À propos, Stoney, lorsque tu arriveras, j'aimerais que tu puisses me dire de quel argent tu disposes. J'ai besoin de savoir combien de liquide tu pourrais rassembler rapidement.

– Pourquoi ?

– Je veux faire un pari. À après-demain !

Il coupa la communication et pivota vers Lanie, Dan et Burt, un sourire radieux sur le visage.

M. Li se tenait au centre de son globe virtuel et suivait les résultats des élections. La nuit de la victoire. Les chiffres clignotaient tout autour de lui comme autant de feux follets électroniques, faisant monter son adrénaline. Ils avaient conservé la présidence sans difficulté et gagné tous les sièges prétendument «en péril» au Congrès avec parfois, cependant, un peu plus de difficulté que pour la Maison-Blanche. Le résultat était donc que Liang conservait le pouvoir pour au moins les deux années à venir. Li considérait que sa petite histoire de conspiration et les accusations portées à la dernière minute contre Crane et Ishmael avaient en grande partie permis cette victoire. La peur était toujours très stimulante. Il avait d'abord fait peur à la population, puis il lui avait promis de la protéger.

– Êtes-vous satisfait des résultats ? demanda M. Mui qui se tenait à l'extérieur du globe.

Seul le numéro un de Liang était autorisé à l'intérieur de la sphère.

Li sursauta. La question le surprit.

– Bien sûr que je suis satisfait !

– Vous considérez donc que les résultats de ce soir sont un succès ?

– Pourquoi me posez-vous toutes ces questions ? Nous avons gagné, non ?

Il apercevait Mui de l'autre côté du globe, qui marchait, essayant de regarder à l'intérieur.

– D'après mes chiffres, précisa Mui, nous avons perdu trois cents sièges clés à travers tout le pays. Yo-Yu a maintenant une position des plus solides.

– Sans importance. Nous détenons le pouvoir.

– Dans ce pays, le pouvoir politique vient de la base, des lois locales, des organisations locales. Yo-Yu a virtuellement le contrôle de quinze zones législatives, ce qui leur donne quinze zones d'où attaquer notre position économique et tenter de s'implanter dans tout le pays.

– Vous prenez tout cela trop au tragique.

– Je vais exprimer mon opinion de la façon la plus claire dans mon rapport. D'autres aussi vont faire des rapports. De plus, les résultats des derniers sondages montrent que vous avez commis une énorme erreur au niveau de l'affaire islamique.

– Comment cela ?

– Pendant la campagne, au niveau local, Yo-Yu a pris une position modérée sur la question, préconisant qu'il fallait attendre et voir comment les choses évoluaient avant de se prononcer sur la création d'un État islamique. Nous avons pris position contre, immédiatement, et violemment. Ils ont joué la négociation, nous avons joué la confrontation. Leur succès au niveau local est directement lié à cette différence de position.

M. Li consulta les chiffres des élections locales. Tout était, en effet, en plein bouleversement. Il répondit :

– Je ne suis pas d'accord.

– Vous leur avez fait peur, continua Mui. Mais cela les a simplement confrontés à leur peur globale de l'Islam au niveau mondial. Et la plupart des Américains considèrent que l'Islam est trop puissant et ne doit pas être provoqué.

– J'ai fait ce qu'il fallait faire pour gagner les élections ! Pour redresser la situation, il suffit que je trouve quelqu'un sur qui faire retomber la faute, quelqu'un à sacrifier sur l'autel de l'Islam. Il sera le bouc émissaire et nous pourrons devenir plus accommodants. Lors des prochaines élections, tout cela ne sera plus un problème.

– Qui va être le « sacrifié » ?

– Le président Gideon a laissé le vice-président faire toutes les déclarations contre la Nation de l'Islam. Je pense qu'il est peut-être temps pour M. Gabler de se retirer des affaires publiques. Après tout, nous ne pouvons pas laisser un raciste à la vice-présidence, non ?

– Et qui mettriez-vous à sa place ?

Li sourit en repensant aux images de Sumi Chan sous sa douche. Il n'aurait jamais de problèmes pour contrôler Sumi.

– J'ai bien réfléchi à la question, ces derniers jours, dit-il. Et je pense qu'il est grand temps qu'un Sino-Américain passe sur le devant de la scène politique américaine.

– Vous pensez à quelqu'un en particulier ?

– Peut-être. Avez-vous fini de me critiquer pour aujourd'hui ?

– Monsieur, reprit Mui sur un ton respectueux, mon travail consiste à remettre en question vos décisions, tout comme autrefois votre devoir était de critiquer votre prédécesseur. Je me permets de vous suggérer humblement que vous me devez des excuses. Je décrirai, bien entendu, votre attitude envers moi dans mon compte rendu.

Li acquiesça. Dommage qu'ils n'aient pas eu de couteaux à portée de main. Un bon bain de sang aurait mis tout le monde au courant de leurs rapports, une fois pour toutes.

– Je suis désolé de vous avoir offensé, murmura-t-il. Qu'allez-vous mettre d'autre dans votre compte rendu ?

Mui sourit, la blancheur de ses dents contrastait avec les ténèbres environnantes.

– Je vais écrire que vous avez délibérément falsifié les chiffres qui devaient servir à prédire un séisme. Vous avez ainsi mis en danger la viabilité économique de tout ce secteur.

Li haussa les épaules.

– Je vous en prie, vous ne croyez tout de même pas que ce cinglé de Crane peut réellement prévoir les tremblements de terre ?

– Pourquoi n'y croirais-je pas ?

Li sentit la colère monter en lui.

– Parce que c'est impossible, voilà pourquoi.

Mui rétorqua :

– Vos connaissances en la matière sont, sans aucun doute, bien plus grandes que les miennes. Vos certitudes aussi. Je dirais qu'il faut plutôt attendre et voir, comme les gens de Yo-Yu disent toujours. Mais vous, monsieur le directeur, vous êtes prêt à jouer votre vie sur une chose impossible. Bravo.

– Vous êtes en train de vous moquer de moi ?

– Oui, monsieur, c'est exactement ce que je suis en train de faire.

LA FONDATION
8 NOVEMBRE 2024, 16 H 45

Lanie se tenait à l'entrée du living-room du chalet de Lewis Crane. L'endroit avait été nettoyé et briqué pour l'occasion.

– Vous savez pourquoi nous n'avons que du rhum à boire ? dit-elle. Parce que Crane a un stock à écouler !

Newcombe lui sourit. Les yeux de la jeune femme étincelaient. Elle rayonnait. Sa longue discussion avec Kate Masters l'avait surexcitée. Lorsque celle-ci avait appris que Stoney venait à la Fondation, elle avait décidé de se joindre à lui. Mais elle était arrivée en avance et avait aussitôt demandé à voir Elena, ce qui n'avait pas du tout plu à Dan. Il n'aimait pas Masters. Elle s'habillait de façon voyante et parlait avec arrogance. Cela le mettait mal à l'aise. Il était également furieux que les deux femmes soient devenues de proches amies. C'était la faute de Kate, si Lanie s'était fait faire un Vogelman… Dan venait à peine de renouer avec elle et l'intervention avait marqué le début de leur nouvelle rupture.

Elena s'approcha de lui.

– Je suis content que tu acceptes de me parler, murmura-t-il.

– J'ai un verre dans le nez. Ça facilite les choses. En fait, je ne voulais pas vraiment t'éviter mais je ne sais pas trop comment me comporter dans ce genre de situation.

Il aurait voulu lui caresser les cheveux, mais il se retint.

– Peut-être que tu as fait une erreur en créant cette situation. C'est pour ça que tu as tant de mal à la gérer.

– Non. Les choses sont mieux ainsi.

Dan se rapprocha d'elle et la prit par les bras. Le verre qu'elle tenait à la main se renversa sur leurs vêtements.

– C'est faux, et tu le sais.

Il la serra contre lui. Elle se laissa faire mais ne fit pas un geste vers lui.

– Merde, Lanie, souffla-t-il. Reviens à la maison ! Oublions tout ce qui s'est passé et repartons de zéro.

Elle le repoussa.

– Il faudrait pour cela que nous oubliions aussi tout ce qui va se passer. Dan, tu as choisi ton chemin et je ne peux pas t'y suivre.

– Peu importe, nous...

– Hé, tout le monde ! appela Kate Masters depuis le living-room. Venez tous autour de moi, j'ai des nouvelles qui vont vous intéresser.

– Qu'est-ce qui se passe encore ? soupira Lanie tout en se hâtant de s'écarter de Newcombe et de rejoindre le salon sans lui.

Dan la suivit passivement, incapable d'analyser les paroles qu'elle venait de lui dire. Se séparer d'elle lui faisait si mal. Les choses avaient failli marcher entre eux, cette fois-ci. Qu'est-ce qui avait bien pu lui déplaire à ce point ? Il ne pouvait pas croire que ce soit son discours sur la N.D.I. Elle savait qu'il avait une grande gueule. Était-ce le fait qu'il ait publié son papier sur la séisméco ? Il avait pourtant donné le gros chèque à Lewis, ce qui prouvait sa bonne foi.

Crane et Whetstone, qui était arrivé quelques minutes auparavant, rejoignirent le groupe, un verre à la main. Burt Hill s'était allongé sur le sofa derrière l'endroit où se tenait Masters. Il somnolait.

– Je viens de passer la dernière demi-heure à discuter avec mon comité, déclara Kate. Et nous avons enfin pris une décision.

– Nous vous écoutons, dit Whetstone.

Kate passa la main dans ses cheveux roux.

– J'attends le traditionnel roulement de tambour...

Hill se frappa l'estomac comme si c'était une grosse caisse.

Kate se tourna vers Crane.

– En tant que présidente du Parti des Femmes, j'ai le plaisir de vous annoncer que nous sommes revenues sur notre décision de vous retirer nos subventions et que nous vous accordons pour l'exercice 2025 la somme de cinq millions de dollars pour vos recherches sur les séismes.

Tout le monde applaudit. Crane poussa un rugissement de joie. Masters se tourna vers Lanie.

– Vous pouvez remercier cette femme, ajouta-t-elle. Son plaidoyer fut des plus éloquents. J'ai montré au comité des extraits de notre discussion d'aujourd'hui. Le vote a été unanime.

Elena embrassa Kate, puis se tourna vers Lewis, qui s'était avancé vers elle. Ils se regardèrent dans les yeux, sans dire un mot, et tombèrent dans les bras l'un de l'autre. Newcombe eut un sale pressentiment.

– Je remercie le Parti des Femmes, déclara Crane. Vous avez fait preuve d'une grande sagesse.

Tout le monde avait formé un cercle autour de Kate. Il y eut des rires enthousiastes. Crane était aux anges.

Whetstone jeta un coup d'œil plein de sous-entendus à Dan et à Lanie.

– Votre big boss me dit que vous savez maintenant qui a saboté les chiffres de la prédiction du séisme de Memphis. Difficile de croire que quelqu'un travaillant sur ce projet ait pu faire une chose pareille, n'est-ce pas ?

Il y eut un silence gêné. Lanie poussa un long soupir. Newcombe fronça les sourcils. Le visage de Lewis se transforma brutalement en un masque sans expression. Pendant ces deux derniers jours, ils avaient discuté tous les trois des conséquences du sabotage. Ces conversations n'avaient servi à rien, si ce n'est à leur saper le moral.

Kate lança soudain :

– Est-ce que vous pensez que Sumi Chan a quelque chose à voir avec vos problèmes ? J'aime bien ce type, mais il est vraiment bizarre.

– Tout cela n'a plus aucune importance, dit Crane.

Il avait eu beaucoup de mal à avaler cette histoire de saboteur, mais il avait réussi à apaiser sa colère. Il voulait maintenant reporter toute son énergie sur le travail.

– Notre tâche immédiate, continua-t-il, consiste à réparer les dégâts, à convaincre les gens de nous faire à nouveau confiance.

– Ce n'est pas possible, annonça Whetstone avec autorité. La planète entière pense la même chose de toi : Lewis Crane est un fou furieux qui a trompé tout le monde. Ta réputation ne changera plus jamais.

– Il faut pourtant qu'ils écoutent ! hurla Crane.

Les sourcils épais du milliardaire se froncèrent.

– Vous avez recalibré vos chiffres ? Vous avez une nouvelle date, c'est ça ?

– Le 27 février, annonça Newcombe.

– Vous plaisantez ? demanda Kate à l'adresse de Crane.

– Malheureusement non. Nous sommes tout ce qu'il y a de sérieux.

– Vous, Lewis, vous êtes sérieux à cent pour cent ? insista Kate.

– À deux cents pour cent.

– C'est donc pour cela que tu m'as fait venir, dit Whetstone. Alors, qu'attends-tu de moi ?

– As-tu récemment vérifié de combien d'argent liquide tu disposais, Stoney ?

– Je n'ai pas besoin de vérifier. Si j'ai besoin de liquide, je peux réunir trois milliards de dollars en quelques heures, à une centaine de millions près.

– Je veux t'emprunter cette somme.

Whetstone éclata de rire.

– Tu m'en vois surpris. Et que veux-tu faire avec ?

– Un pari.

– Un pari ! Je crois que ton petit séjour en prison t'a perturbé. Quel genre de pari ?

– Je veux parier avec le peuple américain qu'un tremblement de terre aura lieu sur la faille de Reelfoot le 27 février 2025. Je veux que les opérations de mise soient menées par un tiers, une société de comptabilité qui vérifiera les chiffres et sera impartiale. La cote sera de deux contre un. Chaque individu pourra parier jusqu'à cinquante dollars, cette somme devra nous être versée le lendemain du 27 février si le séisme n'a pas eu lieu.

— Tu veux parier trois milliards de dollars m'appartenant que ta prédiction est exacte. J'ai bien compris ?

— On dirait un vrai pari de fou, pas vrai ? fit Crane.

— On *dirait* ? s'écria Whetstone. Mais *c'est* un pari de débile !

— Nous ne nous trompons pas, Stoney. C'est un coup sûr. Les médias ont intérêt à couvrir ce pari parce que tu mets en jeu une somme énorme. On va enfin parler de nous à nouveau. Et, qui sait, nous réussirons peut-être à convaincre quelques personnes que nous avons raison et qu'il faut foutre le camp des zones que nous aurons définies comme étant dangereuses. Une fois que nous aurons gagné notre pari, nous aurons rétabli notre crédibilité et, en plus, nous ne dépendrons plus des politiciens. La Fondation n'aura plus besoin de l'argent du gouvernement pour pouvoir continuer à fonctionner.

Le financier le regarda en face.

— Tu es complètement cinglé ?

— À ton avis ? Les mesures de tension ne mentent pas. Et, cette fois-ci, je suis prêt à parier que l'Ellsworth-Beroza sera positif dans les jours qui précéderont le séisme.

— Écoute, je ne demande qu'à rendre service et à aider mon prochain, mais je ne suis pas devenu milliardaire en me conduisant comme un crétin. Pourquoi est-ce que je risquerais tout ce que j'ai sur une prédiction qui a déjà foiré dans le passé ?

— Parce que c'est ton devoir.

— Mon devoir n'est pas de perdre tout mon argent au jeu. Je risque la ruine. Tu ne pourrais pas faire ton pari avec simplement un million ou deux ?

— Non. Il faut que la somme soit énorme pour que les médias nous accordent leur attention.

Whetstone secoua la tête, ce qui fit onduler son épaisse chevelure blanche.

— J'ai beaucoup de respect pour toi, dit-il, mais cette fois-ci…

— Est-ce que je peux dire quelque chose ? intervint Lanie.

Tout le monde se tourna vers elle.

— Cela fait maintenant six mois que je travaille sur ce projet, que j'essaie de transformer l'idée de Crane en réalité. Le globe se forme sous mes yeux. Mon travail est de lui parler, de lui faire comprendre ce qu'il doit accomplir. Et, en faisant cela, je suis de plus en plus impressionnée par les stupéfiantes possibilités que cette simulation de la Terre offre au-delà de la prédiction des séismes.

– C'est-à-dire ? demanda Masters.

– Par exemple la prévision météo à long terme. La Terre est généreuse mais elle est aussi un système totalement fermé et indépendant à grande échelle. Elle fonctionne selon ses propres règles immuables. La Terre virtuelle peut nous permettre de les comprendre. Cette sphère est peut-être l'engin le plus lourd de conséquences que l'homme ait jamais construit. Si nous pouvons prévoir les fluctuations météorologiques à long terme, nous pourrons définir les zones de famine et d'abondance. Nous les connaîtrons des années à l'avance, cela nous permettra de nous y préparer. Nous saurons où faire pousser les récoltes, où laisser le sol se reposer, et quand les tornades, les ouragans et les inondations frapperont. Monsieur Whetstone, comprenez-vous les implications de ce dont je parle ? Vous pouvez nous aider à rendre ce globe opérationnel, à en faire notre guide. Grâce à lui, nous pourrons transformer à tout jamais la vie sur cette planète, et à faire de celle-ci un monde meilleur. Nous ne pourrons jamais contrôler la Terre mais nous pouvons la comprendre, ce qui est presque la même chose. Ne refusez pas cela à l'humanité.

– Mais votre machine ne fonctionne pas, ma chère, lui objecta Whetstone. Elle ne marchera peut-être jamais.

– Elle fonctionne déjà à un certain niveau, rétorqua Lanie. J'ai réussi à la faire aller d'événements connus jusqu'à d'autres événements connus. Notre problème se situe à la base.

– La Pangée, précisa Crane.

Elena leva le doigt vers lui.

– Exactement ! Il est possible que nous ayons basé la programmation du globe sur une théorie erronée – celle qui dit que la Pangée a réellement existé. Si cette théorie est fausse, alors notre sphère ne pourra jamais relier les événements établis à la jeunesse de la planète. J'ai beaucoup réfléchi à la question, ces derniers temps. Je pense que nous devons remonter bien au-delà de la Pangée, beaucoup plus loin dans le passé, pour trouver la réponse à notre problème.

– Remonter jusqu'où ? demanda Kate.

– Jusqu'au premier jour, je suppose.

– Le début de l'univers ? reprit-elle, abasourdie.

– Il faut ce qu'il faut, approuva Crane. Le seul danger, c'est qu'en remontant plus loin dans le temps et dans l'inconnu nous risquons de construire une Terre qui n'existe pas, une planète entièrement inventée par le globe.

– Non, coupa Lanie, aucun risque. Mon travail, en tant que synnoétiste, est de communiquer avec la sphère, de lui parler, de construire une relation avec elle qui va nous enrichir exponentiellement. Nous savons ce à quoi notre globe doit ressembler en fin de course. Nous avons une longue liste d'événements historiques qui doivent se reproduire au cours de son évolution. Tout ce que j'ai à faire, c'est d'expliquer au globe qu'il doit construire un monde dont le profil corresponde à celui de notre Terre telle qu'elle est aujourd'hui. Le reste se fera tout seul.

– Vous pouvez vraiment faire tout ça ? demanda Whetstone d'une voix rauque.

– Lanie King est la meilleure ! s'exclama Crane. Bien entendu, elle peut le faire !

– Monsieur Whetstone, reprit Elena, vous pouvez nous aider à créer une nouvelle ère dans l'histoire de l'humanité, un âge durant lequel la Terre et les hommes travailleront de concert et ne se combattront plus. Si vous nous laissez tomber, vous retirez à l'humanité tout espoir de s'affranchir des caprices destructeurs de Mère Nature. Vous vous trouvez dans une position qui peut changer l'histoire, monsieur. Combien d'argent vous faut-il pour finir vos jours dans le confort ? Pensez à toutes les souffrances que vont subir les hommes dans le futur !

– Vous pouvez vraiment faire tout ça ? répéta le financier.

– Je le peux, répondit Lanie. Et avec votre aide, je vais réussir.

Whetstone la dévisagea. Ses lèvres remuaient mais il ne dit pas un mot. Il avait l'air hypnotisé. Il se tourna vers Crane.

– Quand mettons-nous tout en marche ?

– Immédiatement, répondit celui-ci sans hésiter. Ce soir même.

– Remercie ton imageur, lança Stoney. Grâce à elle, tu viens de gagner trois milliards de dollars.

– *Emprunter*, corrigea Crane, pas *gagner*. Nous te rendrons l'intégralité de la somme le 28 février.

– Affaire conclue.

Ils se serrèrent la main.

Burt apporta une petite bouteille de Dorph qui restait de la réserve spéciale de Sumi. Tout le monde trinqua, sauf Crane et Newcombe qui ne burent pas.

Newcombe avait l'impression d'être un étranger au milieu de cette petite fête et il se demanda soudain ce que Frère Ishmael pouvait bien être en train de faire en ce moment. Il avait arrêté de boire de l'alcool et de prendre de la Dorph après son court séjour dans la Zone de Guerre. Le résultat était édifiant. Pour la première fois de sa vie, il passait par des moments de dépression, ressentait de la contrariété… toutes les émotions que la Dorph aurait fait disparaître en un instant. Dan était certain que les personnes autour de lui devaient le trouver particulièrement irritable. Mais il avait enfin l'impression d'être en accord avec son moi profond. Il devait supporter ces petites fluctuations émotionnelles mais, au moins, il savait que ce qu'il ressentait était authentique.

– Bon, qu'est-ce qu'on attend ? interrogea Stoney. Il faut que nous mettions au point les formalités du pari, que nous trouvions une société qui s'occupe d'enregistrer les mises, et – du moins, je l'imagine – que nous préparions un communiqué. Exact ?

– Exact, acquiesça Crane. Passons dans mon bureau.

Lanie, Burt et Kate leur serrèrent la main et les félicitèrent.

Newcombe ne pouvait quitter Elena des yeux. Elle et Kate avaient forcé sur la Dorph et étaient occupées à se resservir un autre verre. Cela ne lui plaisait pas, cela ne ressemblait pas à la Lanie qu'il connaissait. Cette idée l'encouragea à parler. Il ne pouvait pas vivre sans elle. Il voulait qu'elle fasse à nouveau partie de sa vie et de ses nuits. Peut-être qu'elle aussi souffrait.

Il s'approcha des deux jeunes femmes.

– Vous ne croyez pas que vous devriez y aller doucement avec cette mixture ? fit-il tout en ôtant son verre des mains de Lanie.

Elle le lui reprit immédiatement.

– Ce que je bois ne te regarde pas, dit-elle avant d'avaler sa boisson d'un trait.

– Kate, vous m'excuserez si je vous prive de la compagnie de Lanie pendant quelques minutes ?

Il la prit par le bras et l'entraîna assez brutalement vers la chambre à coucher de Crane.

– Je reviens tout de suite ! cria-t-elle à Masters par-dessus son épaule. N'ouvrez pas une autre bouteille sans moi !

Dan la poussa dans la chambre et ferma la porte.

– Mais, qu'est-ce qui te prend ? Tu te conduis comme un…

– Nous n'avions pas fini notre conversation.

– Oh, que si. Je n'ai rien de plus à te dire. Tu n'as donc pas encore compris, Dan ? Nous avons passé ces cinq dernières années à nous entre-déchirer. Il est temps d'arrêter, de panser nos blessures, de cesser de souffrir. Dan, tout est fini entre nous.

– C'est à cause de lui, c'est ça ?

Elle s'assit lourdement sur le lit.

– De quoi parles-tu ?

– De Crane… il se passe quelque chose entre toi et ce cinglé.

– Tu te trompes complètement. Mais, même si c'était le cas, ce ne seraient pas tes oignons.

– Tu t'es vendue corps et âme à ce projet de fous, articula-t-il. Je ne pouvais pas croire que c'était bien toi qui sortais toutes ces inepties, il y a quelques minutes. Comment as-tu pu dire tant de conneries sans sourire ?

Elle sauta sur ses pieds et le dévisagea.

– Je crois à tout ce que j'ai dit. Comment oses-tu critiquer ma vie et mon travail ?

– Écoute, tu es très douée en informatique. C'est un plus. Mais Crane est en train de vendre du vent ! Comment peux-tu croire une seule minute que ce putain de globe va fonctionner ?

– Mais il *va* fonctionner. Je travaille dessus jour et nuit.

– Tu es devenue aussi folle que lui.

Ses yeux rencontrèrent les siens et, pour la première fois, Newcombe vit dans son regard de la colère, de la méchanceté.

– Tu as fini ? demanda-t-elle.

– Non, je n'ai pas fini. En fait, je commence tout juste.

– Dans ce cas, j'en ai assez entendu, docteur Newcombe. Si

vous voulez bien m'excuser, il y a dans la pièce d'à côté deux personnes qui ne pensent pas que je suis bonne pour l'asile. Je préfère leur compagnie à la vôtre.

– Je ne vais pas te laisser me quitter aussi facilement, Lanie. La folie de Crane t'a contaminée. Mais je peux attendre. Je t'aime, et je serai toujours là pour toi.

– Fais-moi plaisir, Dan… disparais !

Newcombe brûlait intérieurement. La colère et son désespoir, qui n'étaient pas tempérés par la Dorph, le submergèrent tandis qu'il regardait Lanie quitter la pièce.

Assise à son nouveau bureau de l'Académie des Sciences, Sumi Chan essayait de se concentrer sur la pile de demandes de subventions qui trônait devant elle. Elle avait du mal à travailler. Ils avaient mis Crane en prison, – en prison ! – et tout était sa faute ! Il l'avait toujours traitée avec respect et amitié. Et comment l'avait-elle remercié ? En le trahissant de la façon la plus odieuse. Elle se demanda jusqu'où elle pourrait aller dans l'abject sans devenir un monstre.

– Vous avez l'air bien pensive, fit une voix.

Elle sursauta et revint à la réalité. M. Li se tenait devant elle et lui souriait d'un air condescendant.

Sumi se leva.

– Monsieur… est-ce vraiment vous ou une projection ?

Il se pencha par-dessus la table et lui posa la main sur le bras. Il l'y laissa un peu trop longtemps au goût de Chan.

– Je suis réellement ici. Ce que j'ai à vous dire est extrêmement confidentiel.

– Monsieur ?

– Asseyez-vous, Sumi.

Elle obéit. Li fit le tour de son bureau, se mouvant avec fluidité, comme un serpent. Il s'assit sur le coin de la table.

– Parfois, la vie change les… choses de la façon la plus radicale sans que nous ayons fait quoi que ce soit pour cela. Vous comprenez ce que je veux dire ?

Sumi n'aimait pas l'expression de ses yeux.

– Monsieur, je suppose que mon nouveau poste ici est un bon exemple de…

– À une échelle microscopique, oui. Puis-je vous poser une question personnelle ?

– Je préférerais que vous vous en absteniez.

M. Li éclata de rire.

– Je suis très intrigué par votre façon de vivre. À quoi cela ressemble-t-il, de se faire passer pour quelqu'un du sexe opposé pendant plus de trente ans ?

Sur la défensive, elle répondit avec prudence :

– Je ne sais pas, en fait. Cela m'est devenu si… naturel.

– Vous avez l'impression d'être un homme ou une femme ?

– J'ai l'impression d'être moi.

M. Li se leva, passa derrière Sumi et commença à lui masser les épaules.

– Vous savez parfaitement de quoi je veux parler. De sexe. En quoi consiste votre sexualité ?

– Monsieur, je ne souhaite pas répondre à ce genre de questions.

Ses mains descendirent et il lui caressa les bras. Elle faillit avoir la nausée.

– Vous ferez tout ce que je vous dis de faire. Répondez à ma question.

Elle soupira et se contracta de la tête aux pieds.

– Afin de tromper tout le monde quant à mon identité, j'ai renoncé à toute forme de sexualité il y a bien longtemps. Je ne pouvais me permettre de prendre le risque. Je contrôle donc ce genre de… pensées.

– Vous n'avez jamais eu de rapports sexuels ?

– Non, monsieur.

– Mon Dieu !

Il se pencha et lui embrassa le dessus de la tête, puis s'éloigna d'elle. Sumi se détendit aussitôt. Li se tenait à nouveau devant son bureau et la dévisageait avec intensité.

– Je crois que notre association va être des plus intéressantes, dit-il.

– Comment cela, monsieur ?

Elle priait le ciel pour que Li ne remarque pas que ses mains tremblaient.

– J'ai un nouveau travail pour vous, Sumi. Que diriez-vous d'être vice-président des États-Unis ?

Sumi Chan éclata de rire.

— Vous plaisantez?

— Je suis tout à fait sérieux. Il est temps pour M. Gabler de démissionner. Et il est temps pour la Chine d'avoir un représentant dans les plus hautes sphères américaines. Cela rapprochera nos deux cultures.

— Monsieur Li, vous savez sûrement que la constitution américaine précise que, pour être vice-président, il faut être né citoyen américain.

— Ah!

Li fouilla dans sa poche et en sortit un petit disque.

— Mais vous êtes né citoyen des États-Unis, Sumi. Tout est consigné ici!

Il posa le disque sur la table.

— Vous êtes le fils d'un marine américain, un garde de l'Ambassade, qui a épousé une ressortissante chinoise. Vous êtes né sur un navire américain à destination des États-Unis. Malheureusement, vos parents sont morts durant l'épidémie de grippe il y a plusieurs années... cela au moins est vrai, hein? Tous les documents officiels sont en ordre. J'ai fait le travail moi-même.

— Vous voulez que j'ajoute de nouveaux mensonges à ceux grâce auxquels je survis? Monsieur Li, je ne peux pas faire cela. Mes terres ancestrales...

— Je les ai achetées. Vous les aviez perdues lorsque vos parents ont fait faillite. Je me doutais que vous alliez essayer de les racheter, alors je l'ai fait à votre place. Si vous acceptez mon offre, elles seront à vous. Si vous refusez, vous n'aurez rien.

— Pourquoi vous donnez-vous tant de mal?

— Je vous l'ai déjà dit. J'aime l'idée de mettre un Asiatique à côté du Président. Et cela nous donnera aussi la possibilité de... travailler ensemble. Cependant, nous n'effectuerons pas tous ces changements avant un mois. Je veux donc que vous vous y prépariez.

Le pad de M. Li bipa soudain.

— Quoi? s'écria-t-il, contrarié par cette interruption.

Il écouta un moment sans rien dire.

— Merci, Mui, dit-il enfin.

Il appuya de nouveau sur son bracelet. L'écran mural derrière Sumi s'alluma, et l'image de Crane et de Whetstone apparut.

Sumi ne put s'empêcher de sourire : Crane était sorti de prison.

– On dit que je suis un charlatan, disait Lewis Crane. Eh bien, je vous donne ici la possibilité de profiter de ma prétendue roublardise.

Whetstone parla à son tour :

– Nous avons déposé trois milliards de dollars sur un compte bloqué. Ces trois milliards parlent. Ils disent qu'il y aura un tremblement de terre le 27 février dans la vallée du Mississippi et que toute la zone sera dévastée. Nous parions sur les formidables connaissances du Dr Crane et sur son génie scientifique. Nous offrons une cote de deux contre un. Ceux qui veulent un morceau du gâteau ont intérêt à se dépêcher.

– Mais, qu'est-ce qu'ils font ? demanda Li.

Sumi secoua la tête.

– Vous n'y avez jamais cru, n'est-ce pas ?

– Que ce Crane était capable de prédire les séismes ? Bien sûr que non !

– Vous avez eu tort, monsieur Li. J'ai essayé de vous le dire lorsque vous m'avez demandé de saboter leurs programmes pour vous. Mais vous n'avez pas voulu m'écouter.

– Qu'est-ce qui se passe… ?

Elle se mit à rire, à la fois de soulagement, mais aussi à cause de l'ironie de la situation.

– Vous ne comprenez pas ? Ils ont découvert ce que j'ai fait, et ils ont corrigé leurs calculs. Vous allez l'avoir, votre tremblement de terre, monsieur Li. Vous allez tout perdre en gagnant !

– Mais cela… change tout !

– Oui, monsieur, la vie est faite de changements.

LA PROJECTION KING
LA FONDATION
23 JANVIER 2025, 14 HEURES

Crane courait autour des programmeurs installés dans la sphère stationnaire qui venait d'être construite autour du globe.

– Tu n'es qu'une saloperie ! hurlait-il à l'adresse de sa création. Tu n'es bon à rien, je devrais te vendre à la ferraille !

– Coupez les simulateurs atmosphériques, rentrez à l'intérieur du globe et fichez-moi en l'air cette foutue machine ! lança Lanie depuis la console où elle s'était effondrée.

Il s'arrêta de courir en la voyant. Elle avait l'air totalement abattue, alors que lui était seulement en colère. Il la rejoignit. Elle fixait son clavier. Lorsque la dernière clochette signalant que l'auto-shut-down du système avait résonné, il lui dit d'une voix douce :

– C'est sûrement un détail stupide auquel nous n'avons pas pensé. N'abandonnez pas.

Elle ne se donna même pas la peine de lever les yeux vers lui.

– J'espère que c'est un détail vraiment stupide, parce que nous sommes à court d'idées intelligentes.

Il se retourna et regarda le globe à travers l'épais verre dépoli. Cette fois-ci, l'engin avait coupé tous ses systèmes avant même la formation de la Pangée, pendant la période où la Terre n'était qu'un immense océan. C'était déjà mieux que rien. Durant les deux premières semaines qui avaient suivi le pari, ils avaient dû remettre le système en marche plus de vingt fois. Et, chaque fois, ils avaient modifié légèrement les paramètres de la naissance de la Terre. Et, chaque fois, ils avaient échoué. Puis, à la surprise générale, la sphère avait fait une demande, émis un message personnel destiné à Crane. Celui-ci avait, bien sûr, aussitôt répondu. Il savait que la machine se transformait… Il le savait, Lanie le savait, mais aucun des deux ne pouvait prévoir ce qui allait résulter de cette transformation.

Le globe avait demandé à Crane de repositionner de toute urgence ses pôles magnétiques et de rendre son environnement immédiat plus semblable au champ gravitationnel de la Terre tel qu'il existait jusqu'au-delà de la couche d'ozone. Crane avait immédiatement fait sceller toutes les ouvertures de la salle. Puis un grand nombre de nouvelles machines avaient été amenées à la Fondation. Lewis avait engagé les meilleurs physiciens du moment et, avec leur aide, il avait installé d'immenses tubes à vide et des générateurs de champs de force qu'ils avaient placés au sol et au plafond de l'immense salle, afin de la transformer en une simulation de l'Univers où la Terre avait évolué et tourné sur son axe lors des premiers jours de sa vie.

Et maintenant, cet après-midi, ils avaient au moins pu entreprendre quelques tests. Cependant, malgré les changements apportés, le temps, l'argent, le travail, ils avaient de nouveau échoué… comme d'habitude. Il y avait de quoi devenir fou.

– Vous savez ce qui est le plus triste dans tout ça ? déclara Lanie en avalant une pastille de Dorph. C'est que ce foutu globe n'a aucune idée de la façon dont il lui faut procéder pour se construire. Il ne trouve pas le chemin qui mène de l'événement A à l'événement B.

– Il y a sûrement quelque chose que nous devrions faire et que nous ne faisons pas.

– Ce n'est pas si simple, j'en ai peur, dit-elle en se levant pour rejoindre Crane. Nous connaissons certains facteurs – la Terre était une boule de feu en rotation d'un poids de six sextillions de tonnes et demi. Elle contenait des composants que nous connaissons. Elle tournait sur elle-même extrêmement vite durant sa petite enfance. Mais nous avons déjà pris tout cela en ligne de compte.

– Nous connaissons certains facteurs… Certains facteurs, dites-vous.

Crane avait l'impression d'avoir la solution du problème juste sous le nez, mais de ne pas la voir.

– Peut-être que Dan a raison, soupira la jeune femme. Peut-être que nous sommes tous les deux cinglés et que ce globe n'est qu'un rêve irréalisable.

– Dan dit beaucoup de choses avec lesquelles je ne suis pas d'accord.

Newcombe avait, quelques jours auparavant, refait des déclarations publiques en faveur de la création d'un État islamique. Il avait tenu parole et, dans aucun des deux communiqués qu'il avait diffusés, il n'avait cité le nom de la Fondation. Il se présentait simplement comme « l'inventeur de la séisméco ».

Crane repensa à tout ce qui s'était produit durant les six semaines écoulées depuis l'annonce de son pari avec Stoney. Beaucoup de choses curieuses, en fait. Le gouvernement avait réagi férocement, critiquant Crane, qualifiant le pari de « piège grossier destiné à voler et à humilier le peuple américain ». Malgré cela, la mise avait été couverte en moins de trois jours, en deux jours et demi, plus précisément. On n'en parlait déjà plus aux infos, mais cela n'avait pas d'importance. Plus la date fatidique approcherait, plus les gens y penseraient. Les médias étaient devenus inutiles au bon fonctionnement du concept. Il se suffisait maintenant à lui-même.

À part une ou deux personnes, la communauté scientifique s'était dressée contre Crane. Leur porte-parole avait déclaré que c'était «un fou furieux prêt à tout pour devenir célèbre et faire parler de lui». Cela avait fait très plaisir à l'intéressé car cela signifiait que les autres spécialistes n'allaient pas s'intéresser à la faille de Reelfoot, et donc la lui laissaient.

Newcombe s'approcha de la console de Lanie. Il tenait une liasse de papiers à la main.

— Ne faites pas cette gueule! s'écria-t-il. Les choses ne sont pas si graves.

— La Terre garde bien ses secrets, murmura Crane. C'est exactement ce que vous aviez prédit.

Daniel haussa les épaules.

— J'aimerais bien que vous réussissiez, mais vous vous attaquez à cinq milliards d'années d'histoire dont nous ne savons presque rien. Nous ne pouvons pas vraiment espérer que…

— Tu te trompes une fois de plus, coupa Elena.

Elle indiqua de la main la longue rangée de programmeurs qui travaillaient à toute vitesse, rentrant des données dans le système, augmentant sans cesse le volume des connaissances auxquelles le globe avait accès.

— La Terre d'aujourd'hui, continua-t-elle, est le reflet de la Terre d'hier. À tous les niveaux, nous avons travaillé à reculons, en partant d'un événement ou d'une donnée connus. Je déduis les données du passé, celles qui ont été à l'origine de tout, à partir des données d'aujourd'hui. Cela prend énormément de temps, mais ça marche.

— Alors pourquoi ne pas appliquer ce système à toute la sphère?

— Impossible, répondit Crane. Aller à reculons, en passant d'un événement à l'autre, un à la fois, prendrait des années, le reste de nos vies, voire plus. Il faudrait évaluer chaque donnée, une à une, car nous ne connaissons pas les connexions inhérentes. Et à la fin, nous aurions un globe basé uniquement sur ce que nous connaissons. Nous ne saurions rien des excentricités géologiques qui auraient pu se produire à notre insu durant l'histoire de la Terre.

– Et, de plus, intervint Lanie, même en nous concentrant sur les quelques événements dont j'ai réussi à reconstituer l'historique, nous ne pouvons pas aller au-delà d'un certain point dans le passé. Chaque fois que nous atteignons une date située environ à quelques centaines de millions d'années dans le passé, la machine refuse de continuer à fonctionner et dit : « On ne peut pas aller d'ici à là-bas. »

Newcombe s'assit.

– En d'autres termes, ce que vous dit le globe, c'est que le monde que nous connaissons ne correspond pas au monde tel qu'il était.

Crane se redressa.

– Mais oui, c'est exactement ce qu'il nous dit !

Il se pencha et regarda à travers le verre dépoli l'énorme sphère haute comme un immeuble de trois étages.

– Le monde n'est plus le même. Il est arrivé quelque chose à cette planète, qui l'a changée pour toujours, qui l'a entièrement modifiée. Voyons… qu'est-ce qui a bien pu se passer de si… Oh, nom de Dieu, quel con je suis ! Branchez la Bête, Lanie. On repart de zéro.

– Quoi ?

– Faites ce que je vous dis ! J'ai une idée, et nous allons l'essayer immédiatement.

Le globe s'éteignit tandis que les ordinateurs se réinitialisaient. Une minute plus tard, Crane avait devant lui une boule de feu qui tournoyait sur elle-même, la Terre en pleine jeunesse.

– O.K., dit-il. Je veux que vous augmentiez vos six sextillions et demi de tonnes de un quatre-vingt-unième.

– Un quatre-vingt-unième ? répéta Lanie. Un quatre-vingt-unième ?

– Faites-le.

Newcombe éclata de rire.

– Crane, vous êtes siphonné.

– Uniquement si je me trompe.

– La machine refuse l'augmentation de poids, annonça Lanie. Elle me dit que cette charge supplémentaire va rendre la planète instable. Le globe ne va pas pouvoir supporter cette masse et rester entier.

— Parfait, rétorqua Crane. Dites à cette bécane que nous voulons précisément que le monde devant nous devienne instable.

— Je ne crois pas que le globe accepte ça.

— Dites-lui dans ce cas que l'instabilité disparaîtra d'elle-même.

— Vous le pensez?

— Je le crois.

Lanie se tourna vers sa console et commença une discussion avec les fonctions supérieures de raisonnement de l'ordinateur.

Crane s'approcha de Newcombe.

— Qu'est-ce que c'est que ces papiers que vous avez à la main?

Dan sourit et les lui tendit. C'étaient des courbes de sismographes.

— Ah, j'avais presque oublié. Nous commençons à avoir des tremblements Ellsworth-Beroza du côté du graben du Reelfoot. Les chiffres semblent confirmer qu'il va y avoir un séisme important dans le coin. De plus, les niveaux de radon, de monoxyde de carbone et de méthane continuent d'augmenter en même temps que l'activité électromagnétique.

Crane hocha la tête. Il n'était pas surpris par ces résultats. Il allait gagner ses trois milliards de dollars, mais à un prix inimaginable. Cela recommençait. Le cycle de l'horreur absolue. Les pertes en vies et en matériel allaient être énormes. Et personne n'allait écouter ses avertissements.

— Ça y est, lança Lanie en faisant pivoter son siège. Mais la bécane n'accepte d'obéir que si c'est vous personnellement qui lui donnez l'ordre. Si vous voulez bien venir par ici…

Lewis la rejoignit. Elle entra les commandes qui allaient mettre le globe en marche.

— La machine ne veut pas prendre la responsabilité de ce qui risque de se passer, expliqua-t-elle. Je crois qu'elle a besoin d'être rassurée en prenant ses ordres de la personne le plus haut placée.

Crane consulta l'écran.

INITIALISER LE GLOBE OUI-NON O/N

Il appuya sur la touche « O ». L'écran afficha alors :

CONFIRMER IDENTITÉ DU CHEF DE PROJET

— Annoncez votre nom sur le canal C de votre pad, dit Lanie.

Crane s'exécuta, et les lumières du globe s'allumèrent immédiatement.

La sphère se mit à tourner à toute vitesse, mais perdit très vite son équilibre. Toutes les lumières s'éteignirent. Les programmeurs de Lanie cessèrent de travailler pour regarder le spectacle. La vraie Terre n'était pas parfaitement ronde et ne l'avait jamais été, mais la simulation qu'ils avaient sous les yeux n'avait déjà presque plus de forme. Son équateur ondulait et gonflait, dansant comme une masse molle, projetant la planète dans une orbite confuse.

— Vous allez casser votre jouet, lança Newcombe.

Les lampes rouges des signaux d'alarme s'allumèrent sur toutes les consoles. Les écrans affichèrent des messages avertissant que le globe allait se rompre d'un instant à l'autre.

Une énorme boule de feu se forma soudain à l'équateur. Sous l'effet de la force centrifuge, elle commença à se séparer de la planète, menaçant de la détruire.

— Il faut tout arrêter, Crane ! cria Lanie.

— Essayez, et je vous vire ! hurla-t-il par-dessus la sonnerie des alarmes des consoles qui résonnaient partout dans l'immense pièce.

— Le globe demande à faire un auto-shut-down. Il demande de s'éteindre.

— Oui, mais il ne l'a pas encore fait, n'est-ce pas ? Ce tas de ferraille est plus malin que nous. Laissez-le faire.

La sphère ondulait comme si elle faisait la danse du ventre. Elle craqua et se déchira, mais Crane ne perdit pas son petit sourire.

Le miracle se produisit à ce moment précis.

Le globe, qui était maintenant composé de deux boules de feu reliées entre elles, ne pouvait plus maintenir son intégrité, et la masse qui s'était formée hors de son équateur se sépara brutalement de lui, pour s'éloigner en tournoyant librement, jusqu'à ce que le champ gravitationnel de la planète l'arrête et la retienne. Ce qui restait de la Terre se remit à tournoyer normalement. Les lumières rouges des consoles s'éteignirent d'un coup et les alarmes se turent.

Ils avaient maintenant devant eux une planète et sa lune, une lune faite d'un morceau de globe et qui dansait sur une orbite parfaitement stable. La mère et l'enfant allaient apparemment bien.

Newcombe était assis, la bouche ouverte, incapable du moindre geste.

— C'est notre lune? demanda Lanie.

Crane haussa les épaules.

— Bon, au moins maintenant nous savons d'où vient ce machin-là. Ça nous fait une belle jambe. Voyons la suite.

— Est-ce que son orbite n'est pas un peu trop proche du globe? demanda Elena.

— Je pense que, au fur et à mesure que la rotation de la Terre va ralentir, la lune s'éloignera d'elle. En attendant, imaginez un peu l'influence que la lune a dû avoir sur les marées, lorsqu'elle orbitait à cette distance. Je ne parle pas que des marées des océans, mais aussi de celles du magma.

— Je n'arrive pas à croire que ça marche, s'émerveilla Lanie tandis que des pluies holographiques commençaient à tomber sur la planète et que la lune s'éloignait sensiblement.

— C'est si… étrange, souffla Newcombe. Crane, ce n'est pas un de vos trucs, au moins?

— Non, ce que vous regardez, mon cher petit Danny, s'appelle l'histoire. Personne avant nous n'a vu cette phase de l'histoire de la Terre. Si cette machine continue de fonctionner, nous allons bientôt pouvoir mettre tous nos diplômes au panier.

Et la machine continua de fonctionner, mi-hologramme, mi-« réelle ». Les terres émergèrent des océans qui s'évaporaient. La proximité de la lune provoquait des bouleversements impressionnants sur les océans et le sol – séismes, tsunamis, lames de fond –, le globe était balayé par des chocs que personne n'aurait pu prévoir. Si la Pangée avait un jour existé en tant que telle, ils ne la virent jamais. Pendant une heure, qui correspondait à plusieurs centaines de millions d'années, les masses continentales semblèrent se former et se défaire au rythme des passages de la lune qui continuait de s'éloigner lentement.

Le globe s'arrêta souvent au cours de cette période de formation, rajoutant des comètes holographiques, des astéroïdes et des météores au cocktail, afin de se conformer aux événement connus. Mais il redémarra chaque fois et ne fit pas de shut-down.

Plus il tournait, plus les programmeurs devenaient hystériques. Ils criaient et applaudissaient chaque fois que la machine arrivait à un nouvel événement, s'interrompait pour essayer de l'incorporer au programme, réussissait et continuait d'avancer dans son évolution.

La lune finit par s'éloigner assez de la planète pour ne plus avoir une influence majeure sur la mer et le sol. Ils virent la Terre devenir stable, du moins plus stable qu'elle ne l'avait jamais été durant sa phase de formation primordiale. Les mers se calmèrent et les continents prirent une forme relativement semblable à celle qu'ils avaient aujourd'hui.

Crane ne vit pas le temps passer durant ces événements. Il lui sembla que ces heures n'étaient que des minutes. Il repensa à tous les hommes de science qui, au cours des siècles, avaient essayé d'étudier, de mesurer et de quantifier le développement de leur planète. Sans les données qu'ils avaient recueillies, la sphère n'aurait jamais existé. Pendant des milliers d'années, les scientifiques avaient méticuleusement noté toutes leurs observations sans avoir la moindre idée de ce à quoi elles pourraient servir, ni où menait la route qu'ils avaient prise. Un des hauts lieux vers lesquels ces chemins menaient était le globe, mais ils ne le sauraient jamais. Et il y avait encore tant d'autres routes à explorer.

Cinq heures après, Lewis Crane émergea de ses pensées et s'aperçut qu'on criait et tapait des mains tout autour de lui. La machine se tenait fièrement sous ses yeux, fonctionnant parfaitement. Elle reproduisait la Terre telle qu'elle était aujourd'hui et semblait ignorer avec dédain le bruit et l'agitation qui régnaient dans la salle.

Tout le monde était encore là, même Newcombe. Le reste du personnel de la Fondation les avait rejoints. Personne n'avait la force de quitter le globe des yeux. Il y avait encore des données à charger dans le système mais ils avaient devant eux un objet abouti qui allait leur fournir toutes les réponses à leurs nombreuses questions.

– Est-ce que vous vous rendez compte de ce que nous venons de faire ? demanda Crane à la foule en délire. Les informations que nous avons fournies au mécanisme ne sont qu'un grain de sable par rapport à ce qu'il a déduit et inventé afin de rendre nos données compatibles entre elles. Nous allons maintenant pouvoir connaître tout ce qui s'est passé sur la Terre, chaque fissure, fût-elle de la taille d'un cheveu, chaque graben, chaque rivière souterraine, et chaque essai nucléaire secret. Le savoir est le pouvoir, mesdames et messieurs. Nous avons le pouvoir !

La foule hurla de plus belle. Crane se tourna vers Dan.

– Alors, vous pensez toujours que je suis cinglé ?

– Vous êtes fou d'avoir essayé mais vous êtes génial d'avoir réussi.

Lanie s'approcha d'eux.

– Je suis encore sous le choc, dit-elle.

Elle passa son bras autour de la taille de Crane. Newcombe changea d'expression.

Lewis l'attira à lui, puis la repoussa doucement lorsqu'il commença à se sentir trop bien.

– C'est vous qui avez tout fait, dit-il à la jeune femme. Nous allons l'appeler la prévision King.

– Vous voulez lui donner mon nom ?

– Vous êtes sa maman.

Il haussa la voix pour que tous puissent l'entendre.

– Nous avons réussi l'impossible, annonça-t-il. Maintenant, attaquons-nous à l'impensable. Docteur King, voulez-vous, s'il vous plaît, faire avancer le programme vers le futur et le concentrer sur la région du Reelfoot ? Emmenez-nous jusqu'au prochain gros tremblement de terre.

Lanie se précipita vers son clavier. Ils allaient se servir du globe comme d'une énorme boule de cristal et tenter de voir le futur grâce à lui. C'était à la fois excitant et terrifiant. Cela n'avait rien à voir avec les prédictions qu'ils avaient faites après les mesures de tension. Ils voyaient l'histoire de la Terre se dérouler sous leurs yeux. Une sonnerie retentit, et le globe s'arrêta de tourner. Les spots dirigèrent leurs faisceaux sur la région du Mississippi. Les lignes rouges, en forme d'éclairs, si caractéristiques d'un tremblement de terre dans une vallée, commencèrent à se former.

— Quelle heure ? demanda Crane, la gorge sèche.

Lanie fit apparaître une nouvelle fois les gros chiffres rouges dans les airs. Cette fois-ci, ils indiquaient :

27 FÉVRIER 2025, +/- 17 H 37

Cela voulait dire que le séisme aurait lieu vingt trois-minutes plus tôt que ce qu'annonçaient leurs précédents calculs.

— Nous avons réussi. Nous avons conquis le futur.

Il se tourna vers Newcombe et ajouta :

— Ce globe va être l'outil de base de nos recherches. Il va nous donner toutes les réponses.

Daniel le regarda d'un air dur.

— Maintenant, il ne nous reste plus qu'à trouver le courage d'oser nous en servir. Est-ce que vous voulez vraiment avoir la responsabilité de connaître le futur ?

— Tu dis n'importe quoi, lança Lanie depuis sa console. Qu'on le veuille ou non, la sphère existe.

Newcombe se leva et rejoignit Crane.

— Maintenant que vous avez enfin ce que vous vouliez, murmura-t-il, quel est votre but ? Qu'est-ce que vous allez en faire ?

— Tout ce que je veux, docteur.

Cette nuit-là, le nuage de Massada fut accompagné de pluies. Cela signifiait que la radioactivité allait tomber sur les rues et dans les réserves d'eau. Il y aurait des morts et des malades. Tout ce qui se trouvait à l'air libre allait être contaminé. Mais les choses avaient été encore pires dans le passé. Le danger potentiel que représentait le nuage continuerait de diminuer jusqu'à ce qu'il se dissipe complètement, probablement dans les années 2030-2035. On se souviendrait alors du nuage comme d'un fléau semblable à la grande peste noire ou à la grippe espagnole, mais qui aurait causé des morts au niveau planétaire.

Cette pluie était une bénédiction pour Crane. Il avait fait la fête avec son personnel puis s'était retiré dans son bureau lorsque les alarmes prévenant de la montée du taux de radiations avaient résonné. Tout le monde s'était mis à couvert. Maintenant, la pluie noire tombait dehors, il allait avoir le globe pour lui tout seul.

Il s'assit à la console de Lanie et expliqua exactement à la machine ce qu'il voulait faire. Au moment où il finissait de rentrer ses commandes, la voix de Burt Hill résonna dans son aural.

— Où diable êtes-vous, Crane ?

— Je reste dans mon bureau, ce soir, répondit-il sur le canal P. Ne vous en faites pas pour moi.

— Vous voulez jouer avec votre globe, c'est ça ?

— Normal, non ?

— Tout à fait. Mais il y a quelque chose que je dois vous dire. Il vient d'y avoir un communiqué sur toutes les stations de T.V. Le vice-président Gabler a démissionné. Tout le monde pense que c'est à cause de ses prises de position, liées aux problèmes dans les Zones de Guerre.

— Intéressant, dit Crane qui n'en avait strictement rien à foutre.

— Attendez, patron, c'est pas ça le plus croustillant. Gideon a nommé Sumi Chan comme vice-président intérimaire.

Crane fut subitement très intéressé.

— Sumi ? Je me demande comment ils ont réussi à faire de lui un citoyen américain…

— Peu importe, rétorqua Hill. Ça, c'est la goutte d'eau, patron ! Sumi n'est qu'un sale petit traître vicieux qui…

— Je veux que vous trouviez un canal privé pour communiquer avec Chan, coupa Crane. Je veux lui parler. Et lorsque vous l'aurez, montrez-vous charmant et transmettez-lui nos plus sincères félicitations.

— Mais c'est un…

— Un homme influent qui peut nous aider. Rappelez-moi dès que vous serez en contact avec lui.

Crane coupa la communication et observa la console devant lui. Durant ces douze derniers mois, il avait rentré dans les banques de données du globe tout ce qu'il savait, toutes les informations qu'il avait amassées sur les effets des essais nucléaires sur les failles. Aujourd'hui, le globe en savait infiniment plus que lui.

Il tapa sa question puis frappa la touche « Entrée ».

La sphère n'hésita qu'un instant avant de montrer une série

d'éclairs rouges un peu partout sur la planète. Crane courut voir cela de plus près pour vérifier les emplacements des explosions. Tous les flashes apparaissaient sur des failles, ou à proximité. Son cœur s'emballa tandis qu'il les comptait : cinquante-trois.

Le but de toute son existence était là, devant lui.

Alors, il s'effondra et pleura jusqu'à ce qu'il ait Sumi en ligne et que le travail reprenne ses droits.

12
DÉRIVE CONTINENTALE

LA FONDATION
25 FÉVRIER 2025, 19 H 30

Lanie boucla son dernier sac, puis alla sous le porche de son chalet pour suivre les préparations finales du pèlerinage dans le Tennessee. Leur condor apparut un instant dans son champ de vision. Elle l'appela. Il piqua devant elle puis reprit de l'altitude et s'éleva majestueusement vers la montagne. Le soleil était couché, maintenant, laissant tout le monde sortir à sa guise. Il y avait au moins cinquante hélics sur le terrain, tous offerts par des mécènes. On était en train de les bourrer de vivres, d'eau et de matériel médical.

C'était Crane qui avait eu l'idée de demander des hélics. Il pensait qu'ils seraient bien pratiques pour évacuer les gens ou permettre aux équipes médicales d'intervenir plus rapidement. Lanie était stupéfaite du nombre de gens qui croyaient encore assez en lui pour l'aider et participer. En plus du matériel, chaque hélic contenait une équipe de médecins de choc, des gens bien, qui s'étaient tous portés volontaires. Elle se dit qu'il y avait encore de l'espoir pour l'humanité tant que de telles personnes existeraient.

Elle aperçut soudain Dan qui sortait de son chalet, son sac sur l'épaule. Depuis la nuit du pari, ils étaient devenus des étrangers l'un pour l'autre. Il était curieux de constater comment cet homme, qui avait tenu une telle place dans son cœur, avait maintenant totalement changé de rôle dans sa vie. Elle savait qu'il voulait qu'elle lui revienne mais, heureusement, il n'insistait pas trop. Lanie voulait bien rester amie avec lui, aussi, lorsqu'il s'avança vers elle par la passerelle, elle le serra dans ses bras avec tendresse. Il répondit avec fougue.

— Désolée d'avoir été si distante, dit-elle en le regardant dans les yeux. Je ne voulais pas te donner une fausse impression.

— Une fausse impression ? répéta-t-il.

Elle l'observa tandis qu'il reprenait contenance. Il se pencha par-dessus le garde-fou pour voir ce qui se passait en bas. Burt Hill dirigeait les opérations de chargement du matériel et du personnel de la Fondation dans un des jumbo-jets de Stoney. Dan secoua la tête.

— Je me demande ce que nous ferions sans Burt.

— Nous commencerions par mourir de faim, répondit-elle en s'appuyant sur la rambarde. Ensuite nous manquerions de matériel. Ce serait très vite le chaos.

Il lui sourit.

— Sûrement. Lanie, je ne suis pas certain d'avoir bien compris ce qui s'est passé entre nous.

— Tu veux la vérité ?

— Je crois.

— O.K., dit-elle calmement malgré son cœur qui battait à toute vitesse. Je ne te fais plus confiance, Dan. Et je remarque qu'il y a maintenant des rapports de compétition entre nous. Je me prends à souhaiter que tu sois différent de ce que tu es. Un jour, tu as dit que nous étions peut-être enfin en train de grandir. Je crois que c'est ce qui s'est passé. Nous avons grandi, et nous nous sommes éloignés l'un de l'autre. Et, de toute façon, tu as un mode de vie totalement autre, maintenant.

— Je l'abandonnerais immédiatement si je pensais une seule seconde que...

Elle lui posa la main sur les lèvres.

— Non. Tu aurais l'impression d'être prisonnier, tu serais malheureux. Il n'y a plus rien à faire, Dan. Il faut que nous continuions chacun notre chemin.

— Je ne vais jamais cesser d'être amoureux de toi.

Elle acquiesça et avala sa salive avec difficulté.

– Nous aurons toujours ça. Gardons un bon souvenir du passé.

Il la regarda fixement pendant un long moment.

– Je serai là si tu changes d'avis. Crane ne peut pas te rendre heureuse.

– Tout cela n'a rien à voir avec lui.

– Tu aimes qu'on ait besoin de toi. Peut-être que Crane a plus besoin de toi que moi. Mais j'en doute.

– Je préfère ne pas continuer cette discussion si tu le prends sur ce ton, Dan.

– Je m'en doute.

– Amis ? demanda-t-elle en lui offrant la main.

Elle ne comprit pas le sens du sourire qu'il lui décocha.

– Disons « adversaires amicaux », corrigea-t-il en lui serrant la main. Tu descends ? Il faut que je vérifie la liste de mon équipement. Je ne veux pas qu'ils oublient quoi que ce soit.

– Tu ne pars pas avec nous ?

– Je vais passer la nuit à L.A. Je vous retrouverai sur place demain.

– Je t'accompagne en bas.

Ils descendirent les escaliers métalliques. Dan porta les sacs de Lanie. Elle ne savait pas trop quoi penser de la conversation qu'ils venaient d'avoir. Avec Dan, rien n'avait jamais l'air définitif. Et qu'avait-il voulu dire par « adversaires amicaux » ?

– Tu as l'air fatiguée, remarqua-t-il. Tu fais à nouveau des cauchemars ?

– À nouveau ? Je n'ai jamais cessé d'en avoir !

Elle frissonna. Le rêve qu'elle avait eu la nuit précédente était pire que tous ceux qu'elle avait eus jusque-là. Elle pouvait réellement sentir le feu du brasier qui la consumait comme si elle était un faisceau de brindilles, tandis que Crane continuait d'essayer de lui attraper la main. Et l'adolescent était là, celui qui était mort. Mais dans ce rêve, il était vivant, et elle avait peur pour lui plus que pour elle-même. Elle s'était réveillée en sursaut à deux heures du matin, baignée de sueur, terrorisée, et n'avait pas envisagé une seule seconde de tenter de se rendormir.

– Tu penses toujours que tes cauchemars ont quelque chose à voir avec la Martinique ?

– Je ne vois pas d'autre explication.

Ils avancèrent au milieu des hélics et du personnel qui courait en tous sens pour préparer le départ. Ils avaient formé des chaînes humaines et vérifiaient le matériel embarqué en annonçant à haute voix les numéros des différentes caisses.

Newcombe repéra Burt Hill au loin et lui fit signe de venir.

– Lanie, est-ce que tu as déjà envisagé de demander à Crane de t'aider, pour tes rêves ? Après tout, il était avec toi, là-bas.

– J'ai essayé de lui en parler mais il change de sujet chaque fois. C'est dommage, parce que je suis certaine que, si je me souvenais de ce qui s'est passé à la Martinique, tous mes cauchemars disparaîtraient. Tous les souvenirs sont là, dans ma tête. La solution est devant moi mais je ne peux pas l'atteindre.

– Quoi de neuf, Doc Dan ? lança Burt, essoufflé par sa petite course à pied.

– Il faut que j'aille en ville ce soir. C'est possible ?

– Si vous avez vraiment besoin d'y aller, je peux vous arranger ça. En ce moment, j'ai une bonne douzaine de pilotes qui se tournent les pouces en attendant le début du bal.

Il prit le sac de Dan.

– Un appareil vous attendra sur la piste principale dans dix minutes.

– Merci, Burt.

– Restez à l'ombre, Doc.

Ils se dirigèrent vers la Mosquée. Dan était particulièrement séduisant, ce soir. Il était vêtu d'un costume à col Mao, entièrement noir. On aurait dit une version « séducteur » de Frère Ishmael. Lanie se demanda s'il allait dans la Zone de Guerre.

Ils entrèrent dans le bâtiment et s'avancèrent jusqu'à son terminal. Ils admirèrent le globe à travers le verre dépoli. Lanie était toujours surexcitée quand elle voyait le fruit de son travail vivre et battre comme un cœur.

Ce soir, un groupe de nouveaux programmeurs était en train de rentrer des données météorologiques dans le système.

Elena se concentra sur un point du monde virtuel.

– La Martinique. La cause de ma perte de mémoire et de tous mes cauchemars est là. Il faut que je me souvienne de ce qui s'est passé. Et je ne suis pas loin de réussir. C'est comme un brouillard qui se lève progressivement.

Elle suivit des yeux la chaîne des Antilles qui s'éloignait tandis que le globe tournait. La Martinique était indiquée comme un volcan.

Crane appela soudain Dan à travers une nouvelle ouverture aménagée dans le mur de son bureau pour lui permettre de communiquer avec les programmeurs.

— J'ai besoin de la séisméco de la ville de Memphis ! cria-t-il.

— Je vous l'apporte.

Dan se dirigea vers son labo.

Lanie s'avança lentement vers le bureau de Crane. Le temps était un magicien qui pouvait bien des choses. Il avait un pouvoir sur les gens qui échappait à tout contrôle. Comme, par exemple, pour Dan et elle-même. Ou pour Sumi Chan, qui était passé du statut d'allié fidèle à celui de traître, avant de redevenir un ami, tout cela en l'espace de quelques mois. En tant que vice-président, il soutenait à nouveau Crane en secret et celui-ci acceptait son aide avec reconnaissance.

Elle entra dans le bureau de Lewis et sourit aussitôt. Tous les écrans sur le mur diffusaient les images de ses exploits. Il avait eu raison, le pari intéressait à nouveau les gens. Le public attendait avec impatience de voir ce qui allait se passer. Pour le moment, la planète entière ne parlait que du pari, de l'argent. Mais bientôt, tout cela serait oublié au profit de l'horreur.

Crane semblait lire dans ses pensées, car il lui demanda :

— Comment me jugeront-ils, à votre avis ?

— Il y en aura sûrement qui vont vous tenir pour responsable de ce qui va se passer, comme à Sado. Certains chanteront vos louanges, d'autres vous haïront, ou vous idolâtreront. Vous allez être, à leurs yeux, un sorcier, un scientifique, un monstre et un bienfaiteur. Mais vous vous fichez de tout cela, n'est-ce pas ?

Crane sourit. Il avait remonté les manches de son pull et enfournait des liasses de billets dans un attaché-case. Sa caution.

— Tant que nous avons assez de fric pour continuer à travailler, je suis content. Les gens ne veulent pas voir ce qui est le mieux pour eux, ils ne veulent voir que ce qui les arrange. Il y a longtemps que j'ai compris qu'il ne fallait pas que j'attende trop de l'humanité. Tout le monde devrait faire comme moi, d'ailleurs.

– Dan va en ville, ce soir.

Il grimaça mais ne répondit pas.

Lanie se pencha par la nouvelle fenêtre.

– Je n'arrive toujours pas à me faire à l'idée que ce machin fonctionne vraiment.

– Oh, mais il va continuer à fonctionner longtemps après que nous serons morts. La prévision King sera encore utilisée dans un millier d'années.

– À moins qu'ils ne trouvent un système encore meilleur. Je voudrais savoir pourquoi nous n'avons pas fait avancer le globe au-delà du 27 février. Je suis sûre qu'il y a d'autres séismes que nous pourrions prévoir. Pourquoi ne faites-vous rien ?

– Je vais te dire pourquoi, répondit Newcombe depuis la porte. Maintenant qu'il a le pouvoir suprême entre les mains, il a peur de s'en servir.

Crane prit les papiers que Dan lui tendait et observa :

– Il y a un peu de ça. Je pense qu'il faut que nous réfléchissions à certaines choses avant d'aller plus loin. Et, de toute façon, il faut d'abord nous occuper de Memphis.

Il déploya le plan de la ville.

– Voici la prison municipale. Je suis certain que, lorsqu'ils vont m'arrêter, ils m'emmèneront directement là-bas.

– Vous allez être aux premières loges, dit Newcombe.

– Ouais. J'ai l'impression que la façade est du bâtiment ne résistera pas, mais, heureusement, les cellules se trouvent du côté ouest.

– Ça ne vous laisse pas une grande marge. En cas d'erreur, je…

– J'ai toute confiance en vos calculs.

– Je ne suis pas sûr de ce que j'avance à propos du fleuve, remarqua Dan. Je sais ce qui va arriver à ses rives. Tout va bouger et le forcer à changer de cours, mais je ne sais pas ce qui va se passer exactement à ce niveau-là. L'eau est un élément imprévisible.

– Il faut croiser les doigts.

– Est-ce que vous aurez accès à une T.V., dans cette tôle ?

– Oui.

Lanie consulta un panneau au mur qui montrait des images de ce qui s'était passé à la Martinique. Elle eut l'impression que des petites lumières s'allumaient dans sa tête. Plus elle regardait, plus elle reconnaissait, se souvenait de certains détails. Elle sentait la cicatrice sous ses cheveux, puis la chaleur, l'obscurité, la peur, la panique à l'idée de suffoquer, la maison qui s'effondrait autour d'eux. Puis tout s'évanouit autour d'elle.

Des mains la secouèrent. Une voix distante cria.

– Dan… Est-ce que Dan va bien ? demanda-t-elle.

Mais il y avait quelque chose qui n'allait pas. Des larmes coulaient sur ses joues.

– Lanie ? Lanie, reviens avec nous… Lanie !

Dan était juste devant elle. Elle se trouvait dans le bureau de Crane, à la Fondation. Ses poumons lui faisaient mal, la douleur et le chagrin la submergèrent, et elle s'effondra en pleurs.

– Qu'est-ce qui se passe ? lui demanda doucement Crane.

– Le garçon, sanglota-t-elle, le garçon, nous ne… nous n'avons jamais su son nom !

Dan s'approcha pour la consoler, mais elle se tourna instinctivement vers Crane qui lui passa son bras valide autour des épaules.

Une porte s'ouvrit enfin dans son esprit, et tous les souvenirs qui se cachaient derrière se précipitèrent : la peur, les questions à n'en plus finir, le rhum. Soudain, elle prit conscience que Crane était là.

– Je me souviens, lui dit-elle. Je me souviens de tout.

– De quoi te souviens-tu exactement ? demanda Newcombe.

– La bouteille de rhum… c'est quand ils l'ont fait glisser dans le tube à air que vous m'avez dit votre plan pour en finir définitivement avec les séismes.

– *En finir* avec les séismes ? répéta Dan.

Elle se tourna vers Lewis, comprenant qu'elle venait de révéler un secret, quelque chose qui était censé rester entre eux deux.

– Si vous avez un plan pour en finir avec les tremblements de terre, dit Newcombe, je serais ravi de l'entendre.

Crane se contenta de le regarder sans dire un mot. Dan se tourna alors vers Lanie.

– O.K., alors, toi… Tu me racontes, vas-y.

– Je suis encore sous le choc… je, je… n-ne sais pas ce que…

— Je sais bien que tu es sous le choc, Lanie, mais pourquoi ne me réponds-tu pas ? Pourquoi refusais-tu de te rappeler ce qui s'est passé là-bas ?

— Dan, intervint Crane calmement, c'est à moi qu'il faut poser ces questions, pas à elle. C'est moi qui ai des secrets.

Newcombe le fusilla du regard.

— Vous n'avez que des secrets ! Depuis le début, vous aviez un plan, vous saviez quel était réellement le but de nos travaux, mais vous ne vouliez pas nous le dire. Il a fallu que nous avancions dans le noir, sans savoir où nous allions. Si vous nous disiez la vérité, pour une fois ?

— D'accord, venez avec moi. Je suppose que je perdrais mon temps en vous demandant de me jurer de garder le secret.

Newcombe le suivit hors du bureau.

— J'en ai assez, des secrets, lâcha-t-il.

Lanie resta en retrait. Elle était tendue. Elle n'avait pas voulu trahir la confiance de Crane. Bon sang, pourquoi avait-il fallu qu'elle ouvre sa grande gueule ?

Elle vit avec étonnement que Crane s'était assis devant sa propre console.

— Mesdames, messieurs, dit-il en se tournant vers les programmeurs qui travaillaient à leurs postes, vous pouvez prendre une pause de trente minutes. Je veux que vous sortiez tous du bâtiment. Allez-y.

Lanie s'approcha. Lewis était déjà en train de taper des ordres sur son clavier. Elle comprit vite en voyant les commandes auxquelles il accédait qu'il y avait certaines choses à propos du globe qu'elle-même ne savait pas.

Crane arrêta tous les programmes en cours et commença à en écrire un nouveau.

— J'ai étudié les tremblements de terre toute ma vie, dit-il. J'ai décidé dès le début que je voulais trouver un remède à ce mal et pas simplement être capable de les prévoir. J'ai donc inclus dans le programme de cette bécane toutes les données sur les effets des essais nucléaires au niveau des strates qui les entourent.

— Nous sommes tous au courant de votre travail là-dessus, remarqua Dan. Le monde entier reconnaît en vous l'homme qui a réussi à convaincre les politiques qu'il fallait arrêter les essais.

Crane se mit à rire.

– Ils m'ont même donné le Nobel pour ça! Mais je n'ai jamais vraiment gagné, ni souhaité gagner le Nobel. En tout cas, je ne voulais certainement pas faire arrêter les essais.

– Je ne comprends pas, fit Lanie.

Crane appuya sur la touche «Entrée», et le globe s'arrêta net de tourner. Des petites lumières brillaient à sa surface.

– De la chaleur, dit-il, suffisamment de chaleur pour faire fondre la roche… pour la souder.

– Vous voulez ressouder les plaques? murmura Newcombe d'une voix étranglée.

– J'ai demandé à la machine ce qu'elle en pensait, continua Crane. Je lui ai demandé si, en travaillant avec une température théorique de cinq mille degrés centigrades, il serait possible de reconnecter les plaques entre elles en faisant des soudures à des endroits précis.

Il indiqua le globe du doigt.

– Et voilà sa réponse: cinquante-trois points. Il suffirait de fondre proprement la roche à ces endroits-là, et les plaques continentales seraient de nouveau soudées entre elles et ne dériveraient plus.

– Voilà donc à quoi sert vraiment cette machine, dit Lanie. Vous vouliez qu'elle confirme vos théories.

– Exactement, je sais maintenant que nous pouvons en finir à tout jamais avec les séismes, et ce, en très peu de temps.

Dan n'arrivait pas à croire ce qu'il entendait.

– Vous voulez faire exploser cinquante-trois bombes atomiques? demanda-t-il.

– Cinquante-trois bombes de cinq gigatonnes chacune.

– Vous êtes encore plus fou que je ne le pensais.

– Vous croyez? Réfléchissez à la question. Il y a, un peu partout dans le monde, des stocks d'armes nucléaires dont on ne sait que faire. On ne peut même pas les détruire. Si on fait les choses soigneusement, ces vieilles bombes pourraient être utilisées. Nous les ferions exploser vers le bas, vers le cœur de la planète où se produisent déjà, de toute façon, des processus de fission nucléaire. On en finirait non seulement avec les séismes et les volcans, mais aussi avec les poubelles nucléaires.

Lanie pencha la tête de côté et considéra cette idée. Ce que disait Crane n'était pas aussi démentiel qu'il y paraissait à première vue. Des explosions bien dirigées pourraient frapper exactement entre les plaques, et mettre fin au glissement des continents l'un sur l'autre. À cette profondeur, elles ne représenteraient aucun danger pour la vie à la surface des continents.

– Votre parano est donc sans limites ? s'indigna Newcombe. Il ne vous est pas venu à l'idée que la planète existe peut-être à cause des séismes ? Il n'y aurait jamais eu de vie sur Terre si les volcans n'avaient pas envoyé dans l'atmosphère les particules qu'il fallait. Ce que vous proposez de faire est, ni plus ni moins, d'arrêter le processus qui nous a permis d'exister. Ces phénomènes sont naturels, Crane, ne jouez pas avec ça !

– Qu'y a-t-il de naturel dans un tremblement de terre ? Vous portez un jugement bien rapide. Le fait qu'il y ait toujours eu des séismes ne veut pas dire qu'il doit y en avoir éternellement. Le globe pense que mon idée peut marcher, et la sphère en sait mille fois plus sur notre planète que nous.

– Faux ! s'écria Daniel. Ce putain de globe ne sait rien, il n'a rien d'humain, pas de bon sens, pas d'éthique. Vous voulez interférer dans un processus primordial de la vie de la Terre. Dieu seul sait quelle catastrophe vous provoqueriez en tentant de mettre ce plan à exécution !

– Demandez au globe, rétorqua Crane. Voyez ce qu'il dit.

– Je n'en ai rien à foutre de ce que votre putain de machine peut penser ! hurla Dan. Ce robot n'est qu'une extension de votre folie et de votre parano !

– Une seconde, intervint Lanie. Ce globe fonctionne, tu l'as vu comme nous. Il peut nous rendre bien des services pour…

– Tu es aussi folle que lui ! Écoute-moi bien, c'est toute la planète que vous allez mettre en danger. C'est de la folie, c'est contre nature !

– Curieux argument venant d'un scientifique, remarqua Crane. Les barrages sont contre nature, ils empêchent les fleuves de suivre leur cours naturel. La médecine moderne empêche le développement naturel des maladies. Les manipulations génétiques transforment tout, depuis la nourriture que nous mangeons jusqu'aux enfants que nous portons. Cela aussi est contre nature. Mon projet n'est pas différent.

Newcombe vérifia l'heure sur son pad.

— Il y a une différence entre la science et l'arrogance, mon cher Crane. Pour qui vous prenez-vous donc ?

— Je sais très bien qui je suis, docteur. Et vous, savez-vous qui vous êtes ?

— Oui, maintenant je le sais. Je suis celui qui va vous empêcher de détruire la Terre.

Sur ce, il fit volte-face et quitta la Mosquée d'un pas rapide.

Lanie s'approcha de Lewis et lui posa la main sur le bras.

— Je suis désolée, dit-elle, je n'aurais jamais dû dire tout haut que…

Crane laissa Newcombe partir.

— Ne vous inquiétez pas, dit-il enfin. Il aurait découvert le pot aux roses un jour ou l'autre. Dan va mettre tout le monde au courant.

Il tapota amicalement la main de la jeune femme. Elle comprit qu'ils vivaient peut-être leurs derniers instants de tranquillité.

Frère Ishmael avait élu domicile sur le toit d'un ancien entrepôt qui dominait la Zone. En la contemplant, Newcombe eut l'impression de faire un bond dans le passé.

La cité était propre mais surpeuplée. Il y avait de la foule partout, mais pas d'écrans sur les murs des buildings, pas de dinosaures holographiques dans les rues, ni de Filmeurs à la recherche du fait divers qui les ferait enfin passer à la postérité.

Un groupe de jeunes enfants paradait dans les ruelles. Ils portaient tous des fusils, la foule les acclamait. Newcombe fit la grimace en voyant les armes dans leurs mains.

Au-dessus de leurs têtes dansaient des éclairs bleus qui brillaient sur le ciel noir de la Zone, un système de brouillage électronique qui protégeait une ville dans la ville. Ces gens vivaient dans un cocon, complètement coupés du monde des Blancs. En voyant le grand nombre d'enfants et de jeunes adultes, Dan comprit que la majeure partie de la population de la Zone n'avait jamais connu le monde extérieur.

Il s'assit aux côtés d'Ishmael, de Khadijah et de Martin Aziz, devant un moniteur qui diffusait des images de la porte d'entrée principale de la Zone de Guerre, un secteur où il était théoriquement interdit d'utiliser des armes. Plusieurs centaines d'enfants musulmans chargeaient les FPF, leur jetant des pierres, des morceaux de béton. Les FPF ripostaient en utilisant des infrasons à basse fréquence qui interféraient avec le fonctionnement du cerveau et par des jets de grenades à nausée. Les enfants s'effondraient, se pliaient en deux de douleur et hurlaient. Un spectacle que le monde entier pouvait voir grâce aux T.V.

— Pourquoi ne les faites-vous pas rentrer? demanda Newcombe. La FPF va les embarquer, ou pire… Ce ne sont que des gosses.

— Ce sont des martyrs de l'Islam, répondit tranquillement Ishmael. Leurs souffrances vont ouvrir le cœur des gens à notre cause. Ils sont la première vague de notre djihād.

— Quelle sera la seconde?

— Mon frère parle de bombes, de terrorisme, de meurtres, dit Martin Aziz.

— Mon frère n'a pas le cœur enclin à la révolution, nota Ishmael.

— Tu te trompes, rétorqua Aziz. C'est mon estomac qui n'est pas enclin à tout cela. Je crois fermement que ces cycles de tuerie, de vengeance, encore de tuerie et encore de vengeance, ne feront que rendre notre lutte plus longue et plus difficile.

— Et qu'avons-nous récolté, pendant les années où nous n'avons rien fait? demanda Khadijah.

— Je ne parle pas de ne rien faire, répondit Aziz.

Newcombe écoutait cette petite querelle fraternelle. Cette famille devait passer son temps à discuter.

— Le travail de Frère Daniel, continua Aziz, et son approche des médias nous ont déjà valu le soutien de citoyens haut placés.

Ishmael renifla avec dégoût et se pencha pour voir ce qui se passait dans la rue.

— Le soutien…

En le voyant, la foule qui se tenait en bas hurla. Des milliers de voix scandèrent son nom.

Le leader sourit et se tourna vers Aziz.

— Et que nous a apporté mon travail? Durant le dernier mois, nos Frères du monde entier se sont levés et ont manifesté contre

Liang Int. Trente nations boycottent déjà leurs produits, et la plupart des pays vivant sous la Loi islamique refusent de faire affaire avec eux tant que nous n'avons pas un État indépendant. Les souffrances de nos enfants, nos actions de choc ont touché le cœur de millions de personnes. Mais le plus important, c'est que nous avons frappé Liang au point sensible : en plein dans le portefeuille. Et, croyez-moi, ils vont souffrir.

Aziz se contenta de hocher tristement la tête.

— Admirez les Fruits de l'islam, soupira-t-il.

Un commando de la FPF était sorti de derrière ses barricades et chargeait, armé de matraques électriques, fonçant sur la foule d'enfants pliés en deux et en train de vomir, envoyant cinquante mille volts dans le corps de tous ceux qui ne rampaient pas assez vite pour leur échapper.

Ishmael fit la grimace et se détourna de l'écran.

— Cela suffit, dit-il. Ouvrez les portes et faites-les rentrer.

Aziz appuya sur un bouton de son pad.

— Rappelez les enfants, ordonna-t-il.

Sur le petit moniteur, Newcombe vit les deux portes massives de la cité secrète s'ouvrir lentement, les gosses reculer en pleurant et en hurlant. Les FPF les poursuivirent jusqu'aux grilles, en balançant sur eux leurs matraques. Ils continuèrent à frapper le plus longtemps possible mais n'entrèrent pas dans la Zone. Personne n'avait jamais essayé de pénétrer dans une Zone de Guerre.

Le G reprit sa position à une centaine de mètres des portes, derrière un mur de deux mètres de haut, spécialement aménagé. Ils traînèrent avec eux les corps des enfants restés sur le sol, morts ou inconscients.

— Coupez ça ! ordonna Ishmael.

— C'est horrible, souffla Newcombe, l'estomac retourné. On ne peut pas laisser des choses pareilles se passer.

Ishmael lui mit la main sur l'épaule.

— Tu as raison, mais il y a des victimes dans toutes les guerres. Nous nous disputons entre nous, mais nous sommes tous d'accord sur le fait qu'il faut payer le prix pour obtenir notre liberté.

Daniel chercha quelque chose à rétorquer, mais rien ne lui vint à l'esprit. Il se tourna vers le ciel. Les éclairs bleus se tordaient toujours. Le firmament était toujours le même dans la Zone.

— Comment produisez-vous l'énergie pour faire fonctionner tout cela ? demanda-t-il tandis que Reena, la femme d'Ishmael, servait des petits gâteaux et du café. Je ne suis pas un spécialiste, mais pour approvisionner en énergie une pareille toile d'araignée, il faudrait un focus de la taille d'un immeuble !

— Tu connais le bâtiment de la Ligue panarabe de l'Amitié ? Il se trouve dans les beaux quartiers.

— Bien sûr que je le connais. On dirait un diamant. Beaucoup de touristes vont le…

— Ce building tout entier est un focus, dit Khadijah. Nous n'utilisons qu'une fraction de l'énergie qu'il produit.

Ishmael continua pour elle :

— Personne ne soupçonne quoi que ce soit. Les câbles qui nous y relient sont dans les égouts. Tu constateras que toutes les Zones de Guerre, dans toutes les villes, ont un système plus ou moins similaire.

Les cris redoublèrent dans la rue. Ils se levèrent pour aller voir. En se penchant par-dessus le rebord du balcon, Newcombe aperçut des enfants, dont certains devaient avoir à peine six ans, couverts de sang, certains étendus sans vie sur des brancards, revenir de l'extérieur. La procession de blessés s'arrêta sous les fenêtres d'Ishmael. La foule rugissait. Ishmael prit un porte-voix pour s'adresser à elle. Newcombe sursauta. Il ne lui était jamais venu à l'idée que ces gens n'avaient pas d'aurals. Ils vivaient d'une façon primitive qui semblait à la fois irrésistible et fascinante.

— Héros de la révolution, lança le leader, nous vous saluons ! Vous êtes le futur. Vous vivrez et vous élèverez vos enfants dans un pays qui sera le vôtre et qui aura Allah pour seul guide. Allez, maintenant… retournez chez vos chers parents qui vous aiment !

Les applaudissements retentirent comme le tonnerre. Ishmael retourna s'asseoir à sa place, prit avec précaution sa tasse de café pleine à ras bord et but lentement.

— Bientôt, d'autres villes, d'autres Zones de Guerre se joindront à la révolution des enfants, dit-il sans se retourner. Nous allons tous coordonner nos émeutes. Nous les organiserons l'une après l'autre. Ainsi, il y en aura toujours une en cours quelque part.

Il se tourna vers Dan.

— Est-ce que tu accompagnes tes collègues de la Fondation à Memphis ?

— Je pars demain.

— Il y a une petite Zone de Guerre, là-bas, lui dit Aziz.

— Oui, je sais. Je voulais aussi te parler de cela.

Il déploya le plan des destructions qui allaient avoir lieu dans la ville de Memphis et indiqua un point.

— Tu vois ce secteur ? demanda-t-il à Ishmael. C'est le centre-ville.

Khadijah et Martin les rejoignirent et regardèrent par-dessus son épaule. La Zone de Guerre de Memphis était entourée d'un trait épais au feutre noir.

— Le trait en dents de scie représente l'endroit où le niveau du sol va s'affaisser de plus de quinze mètres. Et ici, de l'autre côté, une contre-poussée va se produire qui déchirera la ville en deux.

— Ça se passe en plein milieu de la Zone de Guerre, remarqua Khadijah.

Newcombe se tourna vers elle. Leurs yeux se rencontrèrent.

— Exact, dit-il avant de se tourner vers Ishmael. Est-ce qu'ils ont un moyen de fuir le secteur ?

— Uniquement par les sous-sols, comme ici.

— Est-ce qu'ils m'écouteraient si je les prévenais du danger ?

— Moi, ils m'écouteraient.

— Alors, entre vite en contact avec eux.

— Mais où iront-ils ? demanda Aziz.

Ils se regardèrent tous en silence. Le visage d'Ishmael s'éclaira lentement d'un sourire radieux.

— Ils iront vers le sud, vers le Mississippi.

Les yeux de Khadijah s'allumèrent, elle joignit les mains et murmura :

— La Terre promise.

— Ils seront les premiers à faire le pèlerinage et à se rendre sur le territoire qui sera bientôt le nôtre, poursuivit Ishmael. Il y a des milliers de villages africks dans l'État du Mississippi. Nos

Frères repéreront les lieux et s'y installeront. Ils seront notre tête de pont.

— Parfait, sourit Daniel. Ça va être un sacré spectacle, ajouta-t-il tout en se rendant compte que ces mots étaient ceux que Crane avait prononcés à Sado.

— Oui, tant que le gouvernement du Mississippi ne se fâche pas, remarqua Aziz.

Khadijah éclata de rire.

— M. Li va avoir un joli petit problème sur les bras.

Ishmael se leva et se mit à faire les cent pas.

— S'il autorise nos Frères à s'installer là-bas, dit-il, nous demanderons immédiatement un État indépendant.

— Et s'il décide d'empêcher le pèlerinage ? demanda Aziz.

Le leader secoua la tête.

— Alors, il y aura d'autres martyrs. Mais j'ai remarqué une chose : les businessmen n'aiment pas tuer les consommateurs.

Aziz acquiesça et sourit.

— Frère Daniel vient de nous fournir l'impulsion nécessaire pour commencer notre révolution. J'approuve ce plan.

— Excellent ! s'écria Ishmael.

Il serra tout le monde sur son cœur, embrassa Newcombe sur les deux joues et rit comme un enfant.

— Et qu'est-ce que ton patron va penser de tout cela ?

— Il est trop occupé à essayer de faire sauter la planète pour remarquer quoi que ce soit, répondit Dan avec rancœur.

— De quoi parles-tu ?

— Tu te souviens de la première fois où nous nous sommes rencontrés ? Tu m'avais dit être persuadé que Crane avait un but secret ?

Ishmael fit signe qu'il se souvenait parfaitement.

— Eh bien, ce cinglé veut ressouder les plaques continentales en faisant exploser cinquante-trois bombes atomiques de cinq gigatonnes chacune aux points les plus sensibles, là où les plaques s'entrechoquent le plus durement. Il veut faire disparaître les séismes une fois pour toutes.

— Il défie Allah lui-même, dit Ishmael. Lewis Crane croit avoir ce droit ? C'est à peine croyable !

— Ce qui est à peine croyable, c'est qu'il ose formuler un tel plan. Comment peut-il croire qu'il y aura un seul gouvernement dans le monde pour l'écouter et mettre à exécution un scénario aussi dangereux que le sien ?

– Eh bien, moi, ce que je trouve incroyable, Frère Daniel, c'est que tu puisses sous-estimer Crane à ce point.

Ishmael passa le bras autour de la taille de sa sœur qui toisa Newcombe d'un air méprisant.

– Crane est déjà revenu du royaume des morts. Il retourne maintenant dans le Tennessee, sur les lieux d'un de ses crimes. Je ne doute pas une seule seconde qu'il soit capable de convaincre les gens de le suivre une fois de plus.

Dan parut déconcerté.

– Tu dis ça comme si c'était une bonne chose.

Ishmael haussa les épaules.

– J'attendais depuis longtemps le jour où les chemins de Crane et de la Nation de l'Islam se croiseraient enfin. Ce moment tant attendu est arrivé. Nous allons voir si nous sommes dignes de notre mission. Nous sommes enfin au pied de la montagne sur laquelle je vais prendre le thé avec le Dr Crane.

– Je veux me convertir, annonça soudain Newcombe.

Il observa avec amusement l'expression d'Ishmael. Aziz et Khadijah éclatèrent de rire.

– Tu es un homme sans Dieu, sourit Ishmael, pourquoi veux-tu te convertir à l'islam ?

– Qu'est-ce que ça peut te foutre ? Tu accepterais ma conversion même si je vénérais les taches d'encre. Je me trompe ?

– Tu as raison, Frère, rétorqua Aziz avant qu'Ishmael ait eu le temps d'ouvrir la bouche. En te convertissant publiquement, tu nous permettras de frapper un grand coup médiatique. Imagine : un homme intelligent, diplômé et qui a réussi dans la vie choisit la Nation de l'Islam parce qu'il croit en elle. Il faut que quelqu'un fasse connaître au monde la douceur de l'islam. Il faut contrebalancer son côté violent.

– En se convertissant, ajouta Ishmael, Daniel va devenir rapidement, et sans même le vouloir, notre porte-parole officiel. Il fait partie du monde des Blancs. Mais, dis-moi d'abord pourquoi tu veux te convertir.

– La raison est facile à deviner. Je le fais pour la cause. Je le fais pour pouvoir me dresser directement contre Lewis Crane le jour où il annoncera publiquement son plan de destruction de la Terre. C'est un fou dangereux. Je veux lutter contre lui à vos côtés.

– Menteur, lâcha Khadijah, c'est à cause de cette femme blanche…

Newcombe baissa la tête.

– Non, Lanie et moi ne… sommes plus ensemble. Mais nous l'avons été pendant longtemps.

Khadijah ricana et se rapprocha de lui.

– Tu veux lui donner une bonne leçon, c'est ça ?

– J'espère bien que mes motivations profondes sont plus nobles que cela.

Une bouteille de rhum coincée entre les genoux, Crane regardait les images que les satellites avaient enregistrées lors de l'option Massada. Il avait honte, mais il était fasciné par la beauté monstrueuse de ces trente bombes de plusieurs méga-tonnes chacune qui explosaient en même temps. Le nuage soulevé par la déflagration s'élevait incroyablement haut, cela se voyait même sur ces images prises du ciel. Puis la couronne blanche retombait, s'étalait au-dessus du sol et commençait à s'étendre.

Cette explosion faisait partie de ces rares événements historiques qui avaient marqué le monde entier. Tous les habitants de la planète se souvenaient de l'endroit où ils se trouvaient au moment où cela s'était passé. Crane se souvenait qu'il se faisait poser son premier implant aural lorsque Massada avait eu lieu. La nouvelle avait été la première chose qu'il avait entendue par son aural tout neuf. Comme tout le monde, il avait d'abord été horrifié et paralysé par le choc. Mais il savait qu'on ne pouvait rien faire, qu'on ne pouvait pas repartir en arrière. Il s'était donc mis à réfléchir à la façon dont il pourrait utiliser cette catastrophe dans son étude sur les rapports entre les essais nucléaires et les séismes.

Dès le lendemain, il était au Soudan, vêtu d'une combinaison anti-radiation, au volant d'un camion rempli de sismographes. Ce fut le jour suivant, alors qu'il se trouvait en Arabie Saoudite, que l'idée de ressouder les plaques avec des bombes lui vint pour la première fois. Le désert de Rub' al-Khāli ressemblait à une feuille de verre solide qui s'étendait jusqu'à l'horizon. L'intensité de la chaleur avait fait fondre le sable. Le ciel était noir, et des pluies de cendres radioactives s'abattaient sans cesse. Le sable avait l'apparence de la glace, et il s'était amusé à faire des glissades dessus.

– Crane, appela Lanie, vous êtes là ?

– Fichez le camp !

Sur l'écran, le nuage dérivait maintenant vers l'est, la Chine et la Corporation russe. Tous ces pays furent bientôt entièrement cachés par la masse nuageuse grise.

– Personne n'arrivait à y croire, fit Lanie depuis la porte, d'une voix faible. J'avais vingt-deux ans. Je faisais mes études. Je me souviens de ma première impression : on venait de me voler, je n'allais pas hériter du monde qui devait être le mien. Les gens dans les rues cédaient complètement à la panique. Ils ont commencé à poursuivre et à tuer des Juifs un peu partout. C'était horrible.

– C'est à ce moment-là que vous êtes devenue une Cosmie ?

Elle rit et vint s'asseoir à ses côtés sur le sofa.

– Non. Mon père était né juif, mais pas ma mère. Comme le judaïsme est une religion matriarcale, cela voulait dire que je n'étais pas juive. Autant que je me souvienne, mon père a toujours été un Cosmie, je crois qu'il s'est converti quand j'étais petite. J'imagine que je suis devenue cosmie à cause de lui. Les Cosmies sont des gens sympas, un peu comme les Unitariens, mais eux ont une vision plus constructive du monde. Cela dit, ça n'a pas empêché qu'on me refuse une bourse sous prétexte que j'étais juive.

– Les gens ont été en colère pendant très longtemps, soupira Lewis. Je me souviens de leur réaction. C'est pour cela que la plupart des scientifiques qui travaillent à la Fondation sont des Juifs. Personne n'en voulait. Je peux vous poser une question ?

– Je suis tout ouïe.

– Est-ce que vous pensez que je suis fou ?

– Vous êtes un visionnaire, répondit-elle. Les visionnaires sont toujours considérés comme des dingues par les gens dont ils veulent améliorer la vie.

– Vous n'avez pas répondu à ma question.

Elle se tourna vers lui. Crane était tendu à l'extrême. Le regard de Lanie le brûlait.

– Oui, vous êtes fou, murmura-t-elle. Vous êtes assez cinglé pour pouvoir survivre dans l'asile psychiatrique que notre planète est devenue.

– Mon plan peut marcher, j'en suis sûr.

– Vous n'avez pas besoin de me convaincre.

Il hocha la tête d'un air triste.

– Merci.

Puis il se tourna de nouveau vers les images qui défilaient sur l'écran.

– Pourquoi fuyez-vous toujours mon regard? demanda Lanie.

Il l'observa du coin de l'œil, d'un air hésitant.

– J'ai du mal à… me concentrer quand je vous regarde. Je ne sais pas pourquoi. Ce genre de chose ne m'est jamais arrivé auparavant. Je ne sais pas… j'ai l'impression de tomber dans un puits sans fond quand je vois vos yeux… un truc comme ça. C'est ridicule, non?

Elle se pencha pour être dans son champ de vision.

– C'est la chose la plus gentille qu'on m'ait jamais dite.

Il soutint son regard. Elle continua:

– Vous savez, je me souviens maintenant de toutes les choses que vous avez dites pendant que nous étions prisonniers dans les décombres, à la Martinique. Vous vous rappelez ce que vous avez dit?

Il voulait désespérément baisser les yeux mais résista à la tentation.

– Oui, je m'en souviens aussi.

– Vous le pensiez vraiment…

– Je croyais que vous ne vous le rappelleriez jamais.

– Vous pensiez ce que vous avez dit?

– Je le pensais.

Elle lui prit le menton et le força à la regarder. Il reprit:

– Je suis désolé, Lanie, je ne voulais pas… gâcher nos rapports professionnels.

– Rien à fiche des rapports professionnels.

Elle se rapprocha et lui passa les bras autour du cou.

– Vous êtes un homme hors du commun. Je trouve ça très excitant.

– Mais je ne suis qu'un infirme…

– Taisez-vous et embrassez-moi.

Dans les minutes qui suivirent, Lewis Crane découvrit pour la première fois de sa vie qu'une communication n'avait pas besoin d'être verbale pour être efficace.

13
MERCALLI XII

MEMPHIS, TENNESSEE
27 FÉVRIER 2025, DÉBUT DE L'APRÈS-MIDI

La grange puait le cheval mouillé et le purin. Newcombe s'était caché derrière un tas de bottes de paille pour se mettre en contact avec la Zone de Guerre.

– Il n'y a aucun doute, le séisme va se produire aujourd'hui, dit-il à l'adresse de la micro-caméra qu'il tenait face à son visage dans la paume de sa main. Ce message vous est transmis avec une autorisation de niveau vert. Je répète : niveau vert. Votre pèlerinage doit commencer dans l'heure qui vient si vous voulez survivre. Il faudra sans doute que vous vous battiez pour sortir de la Zone. Mais vous ne rencontrerez pas de résistance sur le reste du chemin. Il vous faut partir tout de suite. Allez-y !

Il coupa la communication en espérant que tout se passerait bien. Il avait transmis sur une bande d'ultra-haute fréquence. Personne ne se servait de ce mode de transmission en raison du coût des appareils. Mais les gens de la Zone du centre-ville de Memphis capteraient le signal grâce à leur immeuble-focus. Ils retransmettraient le message sur leur réseau de T.V.

Ses mains tremblaient. Dan venait de commettre un acte de sédition. Frère Ishmael s'était arrangé pour que ce soit *lui* qui envoie ce message.

– Si tu es convaincu que le séisme va avoir lieu, avait il dit, tu dois envoyer le message toi-même.

Oui, il était convaincu que le séisme allait se produire.

La zone de nucléation Ellsworth-Beroza montrait maintenant une augmentation constante et régulière de l'activité sismique. Le système de senseurs captait des soubresauts dans le sol, indétectables à la surface mais qui annonçaient la grande secousse. Les roches s'étaient brisées et avaient libéré de grandes quantités de gaz qu'elles gardaient jusque-là prisonnier. Tout le Reelfoot commençait à se dilater. Les ondes de type S, qui ne pouvaient pas se diffuser à travers l'eau infiltrée dans les fractures des rocs, ne se dispersaient déjà plus. Un véritable cas d'école. Tous les signes avant-coureurs étaient là. Les chevaux frappaient nerveusement les parois de leur box à coups de sabot et hennissaient de peur et d'angoisse. Les chiens aboyaient au loin.

– Dan ! appela Lanie. Dan, tu es là ?

Il glissa sa micro-caméra dans sa poche et sortit de sa cachette.

– Pris sur le fait ! sourit-il d'un air penaud.

– Qu'est-ce que tu fous là-dedans ? demanda-t-elle en passant la porte de l'étable.

Elle portait d'épais vêtements protecteurs, un large chapeau. Son visage était enduit de crème.

– Il fallait que je m'isole un peu, dit-il. Je n'en pouvais plus d'être dans cette atmosphère de démence.

– Si tu prenais deux tablettes de Dorph…

– Pourquoi me cherchais-tu ?

Elle se rapprocha.

– Ils sont là… pour Crane, fit-elle d'une voix tremblante. Ils vont l'arrêter.

Il la prit par les bras.

– Calme-toi. Nous savions que cela arriverait. Nous avons fait tout ce que nous pouvions.

– J'ai peur, Dan. La foule est très remontée contre nous et le…

– Nous avons les moyens de fuir en cas de besoin. Ne t'en fais pas. Viens, allons soutenir le boss.

Ils sortirent de la grange. Dehors, l'atmosphère était hystérique. La démence régnait sur toute la plantation de soja. Un homme nommé Jimmy Earl avait fait cadeau à la Fondation de sa ferme de dix mille hectares. Elle se trouvait juste au sud de Memphis, à Capleville. Crane l'avait transformée en camp pour les réfugiés. L'homme n'était d'ailleurs pas un altruiste désintéressé. Il faisait une vidéo sur Crane et sur sa prédiction «vue de l'intérieur». Mais personne n'avait anticipé la réaction des Américains. Au-dessus de leurs têtes, des centaines d'hélics tournoyaient comme des moustiques. Les nuages montraient en boucle un discours du président Gideon qui condamnait Crane.

Rendus furieux par l'alerte injustifiée d'octobre, surexcités par les communiqués du gouvernement et les émissions spéciales, les habitants de la région se dirigeaient tous vers la ferme de Jimmy Earl. On aurait dit des sauterelles. Des milliers de personnes étaient venues ces derniers jours, hurlant, demandant la tête de Crane. On avait installé en vitesse des clôtures électriques autour du camp. Et les hommes de Whetstone, au lieu de pouvoir mettre sur pied l'organisation des secours, s'étaient retrouvés tenus de faire la police.

Newcombe rajusta ses lunettes intégrales sur ses yeux. Lanie et lui traversèrent le village de tentes. Juste à ce moment, les grilles de la propriété s'ouvrirent et une voiture de police apparut, tous phares allumés.

– Il est au Q.G. ? demanda Dan.

La foule massée derrière les portes essayait d'entrer en suivant le véhicule. Le personnel chargé de la sécurité se précipita et la repoussa sans ménagement.

– Ouais… il veut transmettre ses conseils à la population jusqu'à la dernière minute.

– Est-ce qu'ils vont arrêter aussi Whetstone ?

– Ils sont tous les deux interdits de séjour, persifla-t-elle cyniquement. À propos, Dan, d'autres stations de sismo dans le monde commencent à capter nos chocs précurseurs. Les gens vont peut-être commencer à se poser des questions.

– Trop tard. Personne ne changera de position, pas tant que le Président passera sur tous les canaux. Il nous accuse de tous les crimes possibles.

– Tu es tendu.

– Oui, je suis tendu. J'ai retravaillé sur le plan des destructions à venir dans Memphis et j'ai peur d'avoir mal évalué les dégâts que le fleuve va causer. Je peux arriver à calculer quel en sera approximativement le nouveau cours, mais mes équations sont prévues pour un fleuve normal, pas pour un géant comme le Mississippi. Il faudrait que je refasse tous mes calculs.

— Est-ce que Crane sait que tu as encore des doutes de ce côté-là ?

— Ouais, il dit qu'il me fait une entière confiance. Mais il faut que je travaille encore mes équations sur les fleuves.

Il n'y avait personne dans les longues rangées de tentes, excepté les volontaires. Pas un seul habitant de la région n'avait encore accepté d'aide. Daniel et Elena atteignirent enfin le Q.G. situé au centre du camp. La voiture de police arriva jusque-là dans un grand nuage de poussière.

Newcombe retira ses lunettes et entra sous l'énorme tente. Il y avait des écrans partout, certains montraient les prévisions séismécographiques de ce qui allait se passer en ville. D'autres passaient les listes des objets à prendre dans sa trousse d'urgence et les cartes des routes les plus sûres pour fuir la région.

Debout l'un à côté de l'autre, Crane et Whetstone étudiaient un large terminal relié aux sismographes. Tous les chiffres augmentaient de façon constante et exponentielle. C'était très inquiétant. Un groupe d'une dizaine de Filmeurs tournait autour d'eux et les enregistrait. Ils travaillaient pour des médias privés et avaient trouvé un moyen d'émettre malgré le brouillage mis en place par le gouvernement. Jimmy Earl était là, bien sûr, et tournait sa vidéo personnelle.

Crane était en train de parler :

— ... de Memphis, parce que Memphis est la ville qui va souffrir le plus du tremblement de terre. Il existe une échelle de mesure qui sert depuis plus d'un siècle et qui s'appelle l'échelle de Mercalli. Je prévois que ce qui va se passer à Memphis se situera aux alentours d'un Mercalli XII. Destruction : totale. Pratiquement tous les bâtiments seront détruits ou grandement endommagés. Les rues onduleront de façon visible. Le niveau du sol changera, l'horizon sera modifié. Les objets seront projetés dans les airs. Pour l'amour de Dieu, si vous habitez Memphis, écoutez-moi ! Quittez la ville, allez vers le sud. Venez à Capleville. Nous avons tout ce qu'il faut pour vous aider.

— Crane, appela Newcombe. Ils sont là.

Crane fronça les sourcils et regarda Whetstone. Ils se serrèrent la main et se dirigèrent vers l'entrée de la tente juste comme les policiers entraient.

– Vous êtes le patron, à présent, dit Crane à Newcombe. Je serai de retour dès que possible.

– Je ne suis pas sûr de ce qui va se passer avec le fleuve, est-ce qu'on ne peut pas…

– Non, il est trop tard. On ne peut plus rien changer. Il va falloir faire avec.

– Je suis Hoskins, de la police de Memphis, déclara le flic tout en passant les menottes à Whetstone. Et voici, avec moi, M. Lyle Withington, le maire de notre belle ville. J'ai deux mandats d'arrêt aux noms de Lewis Crane et de Harry Whetstone.

Le maire sourit à Crane.

– Monsieur, je vais prendre un grand plaisir à vous voir mettre derrière des barreaux, là où vous ne pourrez plus faire de mal à mes concitoyens.

– Est-ce que vous vivez hors de la ville, monsieur le maire ? demanda celui-ci tandis qu'on lui passait les menottes.

– Non, j'ai une maison dans le quartier de…

– Alors appelez votre famille et dites-leur de fuir la ville immédiatement.

– Vous dépassez les bornes, docteur !

– Est-ce qu'il y a ici un nommé Jimmy Earl ? appela Hoskins.

– Je suis là !

Jimmy, un solide gaillard de la campagne, aux joues rouges, et qui n'arrêtait jamais de sourire, s'avança jusqu'au flic. Il puait l'argent, l'argent hérité, bien sûr, se dit Newcombe.

– Vous pouvez nous accompagner, dit Hoskins. Le maire vous accorde la permission de filmer la cellule.

– Merci, oncle Lyle ! s'écria Jimmy en serrant la main du maire avec enthousiasme.

Crane se tourna vers les autres. Filmeurs.

– Habitants de Memphis, déclara-t-il tandis que Hoskins le traînait vers la sortie, allez à votre générateur principal et fermez votre focus. S'il y a quoi que ce soit chez vous qui fonctionne au gaz naturel, coupez l'arrivée, faites vite !

Tout le monde les suivit à l'extérieur. Newcombe remit ses lunettes. La foule poussa des cris de joie en voyant Crane entre deux flics.

— Hoskins, dit Dan en montrant la populace qui hurlait de plus en plus fort, est-ce que vous ne pourriez pas les faire partir ? Ils sont sur une propriété privée.

— Non ! cria Crane tandis qu'on le poussait dans la voiture. Laissez-les rester ! Ils sont en sécurité ici et ils pourront nous aider après le séisme.

Lanie se pencha dans la voiture et donna un long baiser à Crane. Les caméras se rapprochèrent immédiatement. Newcombe sentit la colère monter en lui, mais garda son calme.

Elena recula. Lewis passa la tête par la vitre ouverte et cria aux caméras :

— Ôtez tous les objets lourds de vos étagères, décrochez les lustres, mettez par terre tout ce qui est en verre. Retirez tous les produits inflammables de votre maison. Dépêchez-vous ! Faites-le maintenant !

Hoskins s'assit au volant. Whetstone et Jimmy Earl, ce dernier surexcité, s'assirent aux côtés de Crane.

Le maire, M. Withington, toisa Newcombe.

— Je vous conseille de faire vos bagages et de foutre le camp d'ici le plus vite possible. Aucun flic de cet État ne lèvera le petit doigt pour vous protéger de la colère de ces gens.

— Avant ce soir, vous changerez d'avis à notre sujet, j'en ai peur, rétorqua Newcombe.

Il tourna les talons et se dirigea vers la tente en parlant dans son pad.

— Burt... Burt, où êtes-vous ?

— Je suis là, Doc Dan.

— Vous êtes en contact avec cet avocat que Crane a ramené de force de Memphis ?

— Ouais, il est à côté de moi.

— Crane vient d'être arrêté. Donnez-lui son avance, prenez le fric dans la mallette, et dites-lui d'aller demain en ville et de payer la caution... Espérons qu'il y aura encore une prison ou une ville.

— O.K., Doc.

— Mais qu'est-ce que c'est que ce...

Dan coupa la ligne avec Burt et se tourna vers Lanie qui faisait la grimace en voyant le spectacle que montraient les écrans.

Des milliers d'Africks et d'Hispanicks sortaient des égouts de la ville, tirant des coups de feu en l'air. Ils fracturaient les portes des voitures qui se trouvaient dans la rue, court-circuitaient leurs sécurités et démarraient en trombe. Les véhicules roulaient pare-chocs contre pare-chocs sur l'autoroute 51, l'Elvis Presley Boulevard.

— Mais qu'est-ce que c'est que ce bordel ? répéta Lanie.

— Le début de notre révolution, répondit Dan.

Il faillit ajouter fièrement : *Et c'est moi qui ai tout provoqué*.

— Quelle heure est-il ? demanda-t-elle.

— Trois heures quarante-cinq, je viens de regarder. Nous avons moins de deux heures devant nous.

La prison municipale de Memphis faisait partie du nouveau complexe des bâtiments de la police construits sur l'ancien commissariat du 201 Poplar Street. Cette partie de la ville était la plus ancienne et se trouvait à environ huit kilomètres du Mississippi. Juste en face s'étendaient les buildings de l'U China de l'État du Tennessee et le superbe Audubon Park. La plupart des arbres étaient, bien entendu, morts depuis longtemps, grillés par le soleil, mais les pairs de la ville avaient récolté des fonds pour que les branches mortes soient renforcées et ornées de feuilles artificielles afin que l'ambiance de la cité soit conservée intacte. L'hiver et l'été étaient simulés, pour le plus grand plaisir des habitants.

Les flics emmenèrent Crane et Whetstone à la prison dans une confusion totale. La Zone de Guerre venait d'exploser comme une Cocotte-Minute, ses habitants se répandaient partout dans la ville et toutes les unités de police disponibles étaient appelées d'urgence. Mais, à la surprise générale, les Zoniers refusaient le combat et fuyaient, apparemment en direction du sud.

Des douzaines de musulmans venaient d'êtres amenés au dépôt. Ils hurlaient et réclamaient le droit de quitter la ville. Crane sentit un frisson le parcourir. Il y avait encore des gens pour écouter ses conseils !

Le temps que les flics relèvent l'identité de tout le monde et fassent entrer de force la foule dans le « réservoir » – une immense cellule commune –, il était quatre heures. Les Zoniers arrivaient par dizaines et braillaient de plus belle. Lorsque le réservoir fut plein, les agents entassèrent les prisonniers dans les cellules adjacentes, puis dans les couloirs. Ils cadenassèrent les portes de toute la section du bâtiment.

Durant tous ces événements, Crane n'arrêta pas une seule seconde de parler pour la caméra de Jimmy Earl qui ne se contentait pas d'enregistrer mais était également reliée en direct à un réseau satellite.

– Vous n'avez plus beaucoup de temps, disait-il. Les gens autour de moi sont des habitants de la Zone de Guerre qui veulent fuir avant la catastrophe. Il faut que vous écoutiez attentivement ce que je dis, si vous voulez survivre. J'ai bien peur qu'il ne soit trop tard pour quitter la ville. Si vous n'êtes pas déjà sur la route, faites ce que je vais vous dire. Mettez vos chaussures, des vêtements épais et préparez un gros sac. Bourrez-le de conserves et d'aliments sous vide. Remplissez d'eau toutes les bouteilles que vous pouvez dénicher. L'eau propre va être l'élément le plus difficile à trouver et le plus utile, dans les heures qui viennent. Mais, pour l'instant, votre préoccupation principale reste votre maison. Elle est remplie d'objets apparemment inoffensifs qui peuvent vous tuer. Tout ce qui est accroché aux murs ou posé sur les tables va se transformer en projectile. Le conduit de votre cheminée va s'éventrer, vos conduites d'eau vont exploser, le toit risque de s'effondrer sur vous. Les briques sont des bombes, les poutres des sabres. Sortez de chez vous. Essayez d'éviter les rues où il y a des arbres encore debout. Allez dans les endroits à découvert. Souvenez-vous que nos services d'urgence sont à Capleville. Si vous pouvez voir sur vos écrans les prévisions pour votre quartier, repérez le lieu le moins dangereux et rendez-vous-y. Souvenez-vous que, dans les jours qui viennent, il y aura des centaines de chocs secondaires. Vous devrez donc continuer à vous diriger vers des endroits sûrs. Mais prenez de l'eau fraîche tout de suite ! Remplissez vite des bouteilles, il ne reste plus beaucoup de…

Il l'entendit alors. Le sourd grondement sous ses pieds. Tout le monde se tut soudain dans la cellule. Le mugissement se fit de plus en plus fort.

– Ça commence! hurla Crane vers la caméra. Ça y est, sortez vite de vos maisons! Dépêchez-vous! Vite, vite!

Le rugissement devint assourdissant, le sol de la cellule se souleva, projetant tous les prisonniers contre les murs. Dehors, les rues s'ouvraient, les trottoirs et les pelouses explosaient.

Jimmy Earl hurla et s'accrocha aux barreaux de la porte. La grille céda d'un coup et s'effondra sur les personnes qui se trouvaient dans le hall. Une pluie de plâtre et de poussière s'abattit autour d'eux. Les lumières s'éteignirent.

– Stoney! appela Crane.

Le sol ondulait et grinçait comme un bateau sur l'océan un jour de grande tempête. Les gémissements des blessés et les cris de terreur n'arrivaient pas à couvrir ce bruit infernal.

– Stoney! hurla encore Crane.

– C-Crane… je suis l-là… répondit une voix faible.

Crane maudit les flics. Ils avaient mis beaucoup trop de monde dans les cellules. Il rampa et se fraya un chemin au milieu des corps qui se tordaient sur le sol de plus en plus agité. Le plafond s'effondrait par plaques. Crane était sur le qui-vive, mais n'avait pas peur. Il savait que la mort jouerait longtemps avec lui avant de l'avaler tout cru.

– Crane?

Il trouva Whetstone dans un coin de la pièce. Sa tête saignait tellement que ses cheveux blancs paraissaient rouges. Il avait le bras et peut-être aussi l'épaule cassés. Des morceaux de poutres lui étaient tombés dessus et lui avaient écrasé la cage thoracique.

– Tes jambes, hurla Crane pour se faire entendre au milieu du vacarme. Est-ce que tu peux marcher?

Il avait l'impression que le grondement durait depuis toujours. En fait, à peine une demi-minute s'était écoulée depuis le début de l'enfer.

– Oh, mon Dieu… Crane, j'ai… j'ai mal…

– Est-ce que tu peux te servir de tes jambes?

– J-je pense…

– Alors serre les dents.

Un large morceau du plafond trembla. Crane se jeta sur Stoney et le protégea de son corps avant qu'une grosse plaque ne s'effondre. Le sol ondulait moins qu'auparavant, le grondement semblait s'amenuiser. La première secousse se terminait.

Crane se remit debout tant bien que mal, imité par les autres prisonniers. Il tira alors Stoney sur le sol en criant :

– Sortez, sortez tous ! Il va y avoir d'autres secousses !

Il y avait de grandes ouvertures dans les murs. Les prisonniers se précipitèrent vers la lumière de l'extérieur. Soudain, le pad de Crane se mit à clignoter. Tenant toujours Stoney dans ses bras, il appuya sur le bouton de réception avec le nez.

– Quoi ?

– C-Crane ? Vous allez bien ?

C'était la voix de Lanie.

– Pas vraiment. C'est la panique, ici. J'essaie de sortir de la prison en ce moment même. À quoi ressemble la situation ?

– Pour le moment, tout ce qu'on peut voir depuis les hélics, c'est de la fumée. Rien d'autre… de la fumée partout.

– Elle se dissipera. Il faut que je sorte de là. Je vous recontacterai. Dites à Newcombe que la prison était *vraiment* aux premières loges.

Il coupa la communication et continua à avancer en trébuchant tous les trois pas. Il y avait des corps partout.

Ils atteignirent enfin le hall d'entrée où une foule hystérique se pressait pour sortir par un trou dans le mur.

– Nous avons trouvé un chemin pour sortir d'ici ! cria-t-il pour que tout le monde l'entende. Nous sommes en sécurité, nous sommes tous des gens bien. Aidons les blessés à passer en premier. Tout va bien, nous sommes en sécurité.

Jimmy Earl arriva à sa hauteur juste au moment où il allait se glisser par l'ouverture. Il avait toujours la caméra à la main, il continuait à faire son « film ». Il aida Crane à passer, puis Whetstone.

– Accroche-toi, mon salaud ! fit Crane à Stoney qui geignait et respirait de plus en plus difficilement. Je te dois trois milliards de dollars. Ne me claque pas dans les bras avant que je te rembourse !

Ils s'éloignèrent de la prison et avancèrent dans Poplar Street. Il y avait là quelques flics qui regardaient autour d'eux d'un air totalement perdu. Le bâtiment de la police s'était entièrement effondré, les dix étages écrasés au sol. L'air était lourd de poussière et avait un goût âcre.

La chaleur d'un incendie tout proche chauffait les débris et les cendres qui flottaient autour d'eux. Leurs yeux les brûlaient atrocement. Crane ne pouvait pas voir grand-chose mais, pour autant qu'il pouvait en juger, la ville de Memphis n'existait plus. Les autoroutes surélevées ressemblaient à du papier froissé. L'hôpital, qui se trouvait un peu plus loin lorsqu'il était arrivé dans la voiture de police, n'était plus là. Il ne pouvait même pas voir le parc, juste à côté. Ce qui restait de l'université était en flammes. Les rues, les trottoirs et les pelouses étaient gondolés. De larges fissures s'étaient ouvertes à certains endroits, là où le glissement des plaques s'était fait le plus sentir.

Un choc secondaire secoua soudain la ville. Tout le monde fut projeté au sol. Une conduite d'eau explosa et cracha son contenu dans les airs en un geyser d'une bonne centaine de mètres de haut.

Un rugissement étrange que Crane n'avait jamais entendu auparavant résonnait dans le lointain. Avec l'aide de Jimmy Earl, il allongea doucement Whetstone sur le sol et alla voir ce qui se passait.

Ils avancèrent avec précaution dans la rue en ruine, se dirigeant vers l'est d'où provenait l'épaisse fumée qui leur bouchait la vue. Ils n'avaient pas fait cinquante mètres que Crane comprit que ce n'était pas de la fumée, mais un fin brouillard, une brume, presque une vapeur, qui les entourait.

– Oh, mon Dieu! s'écria Earl.

Ils se tenaient sur la rive du nouveau cours du Mississippi. Le torrent furieux coulait là où se trouvait auparavant la ville de Memphis, Tennessee. Les squelettes des plus hauts immeubles émergeaient hors des eaux tourbillonnantes. Des corps humains et des maisons flottaient, entraînés par le puissant courant. Memphis avait été une ville d'un million d'habitants. Ce n'était plus maintenant que le fond d'un fleuve. Un peu plus haut, là où s'étendaient autrefois les parcs, on avait une vue terrifiante et pourtant superbe dans sa grandeur destructive. Une chute d'eau de trente mètres de haut coulait depuis le centre-ville. Tandis qu'ils admiraient le spectacle d'un regard incrédule, l'immense pont Memphis-Arkansas apparut au départ de la cascade, tomba au ralenti et se brisa dans le fleuve en contrebas.

C'était au-delà de l'imagination, même de celle de Crane.

Earl tomba à genoux et se mit à vomir.

Lewis l'attrapa par le col et l'obligea à se redresser.

— Nous n'avons pas le temps pour ce genre de choses, Jimmy. Il faut que vous filmiez tout ça comme prévu.

Il consulta son pad et demanda :

— Quelle heure est-il ?

Une voix dans son aural annonça quatre heures trente-neuf.

Traînant Jimmy derrière lui, Lewis retourna aux côtés de Whetstone. Harry était pâle mais conscient. Il s'accroupit à côté de lui.

— Tu es vraiment un curieux bonhomme, lui dit Stoney d'une voix faible.

— Tais-toi. Garde tes forces. Nom de Dieu, il faut que nous continuions à travailler sur le globe. Le séisme s'est produit cinquante-huit minutes plus tôt que prévu.

— C-c'est pas une grosse erreur sur une échelle de cinq millions d'années.

— Ouais, soupira Crane.

Il se tourna vers Jimmy et sa caméra.

— Si vous pouvez m'entendre, faites ce que je vous dis. Éloignez-vous de tout ce qui peut vous tomber dessus. Puis organisez-vous et aidez les blessés. Vous vous occuperez plus tard de récupérer vos biens dans les décombres.

Sans se préoccuper du soleil, il retira sa chemise et la glissa sous Whetstone.

— Ça va faire mal, annonça-t-il.

Il noua la chemise autour des côtes de Stoney et serra au maximum.

— Les gens sont en état de choc, dit-il ensuite en pivotant de nouveau vers la caméra. Ils vont tourner en rond sans trop savoir où ils sont. Regroupez-les, prenez-les sous votre protection.

Il tira brutalement sur l'épaule de Harry et lui remit l'omoplate en place. Whetstone soupira de soulagement.

Des gens se mirent à hurler dans les cellules qui se trouvaient dans les étages les plus élevés de la partie du bâtiment encore intacte. Des hommes étaient pendus dans le vide, accrochés au rebord des fenêtres et aux trous dans les murs.

Crane appela les Zoniers à côté de lui. La fin du monde se déroulait sous leurs yeux.

— Vous ! Ramassez des débris, des poutres, des morceaux de

béton armé. Empilez le tout contre le mur. Faites une plate-forme pour permettre à vos frères de descendre de là.

Il prit la ceinture en cuir de Whetstone, la plia en deux et la lui colla dans la bouche. Puis, sans dire un mot, il commença à lui appuyer sur le coude, remettant peu à peu en place l'os cassé. Stoney mordit la ceinture, pâlit et tourna de l'œil.

Jimmy Earl se tenait devant lui et filmait tout. Des larmes coulaient sur son visage.

– Continuez, Jimmy, lui dit Crane. Ce que vous faites est très important.

– Je… je n'aurais jamais cru que…

– Pas maintenant !

Crane examinait avec inquiétude la blessure à la tête de Stoney.

Il se leva et alla ramasser une poignée de boue au pied de la descente d'eau éventrée. Jimmy Earl le suivit. Crane expliqua ce qu'il faisait devant la caméra.

– Si vous voyez des gens qui sont blessés et qui saignent, utilisez le remède que Mère Nature nous fournit.

Il montra la boue dans ses mains.

– Vous pouvez arrêter l'hémorragie avec cette terre. Recouvrez bien la plaie.

Il courut vers Whetstone et appliqua la boue sur sa blessure tout en expliquant comment il fallait procéder.

– Il ne va plus se vider de son sang, conclut-il. Nous nous occuperons d'enrayer le risque d'infection plus tard.

Une gigantesque explosion l'interrompit. Cela venait du complexe universitaire. Tout le monde fut à nouveau projeté au sol.

Il ôta doucement la ceinture d'entre les dents de son ami et la lui passa autour du cou afin d'en faire une écharpe pour son bras cassé. Derrière lui, les Zoniers travaillaient rapidement, installant une sorte de tour de fortune pour pouvoir atteindre les prisonniers. Ces gens luttaient, luttaient contre les ténèbres du désespoir.

Earl s'était apparemment remis et filmait avec application la chaîne humaine qui se formait pour passer plus vite les poutres et les débris. Des policiers s'étaient joints aux Zoniers. L'humanité se réveillait. Les querelles politiques et sociales étaient oubliées. La race humaine se battait pour sa survie.

Il y avait encore de l'espoir pour les hommes.

Stoney reprit conscience en grognant et sourit à Crane.

— Je te remercierais bien, mais je suis sûr que tu vas trouver le moyen de me faire un procès pour tout ça.

— Te faire un procès ? répéta Crane. Je suis en train de te faire faire des économies.

— Comment ça ?

— La prison n'existe plus. Nous n'avons donc pas à payer de caution pour en sortir.

LIVRE TROIS

14
CHOCS SECONDAIRES

WASHINGTON, D.C.
13 AVRIL 2026, MILIEU DE LA MATINÉE

Le condor de Mohammed Ishmael glissa doucement dans les airs au-dessus du centre thermal, en haut de Constitution Avenue, puis suivit la longue procession de voitures qui entouraient le véhicule de Crane. Il continua ensuite son vol dans le ciel de la ville fantôme de Washington, D.C., vers le Capitole.

Beaucoup de choses avaient changé depuis un an, et de façon surprenante. Lorsque M. Li Cheun avait annoncé au président des États-Unis, le matin du 25 février, qu'il n'y aurait pas de tremblement de terre, il ne se doutait pas que lui-même serait mort quelques heures plus tard. Mort de sa propre main.

Le cataclysme du Reelfoot avait dévasté la région, et ce, principalement à cause de la duplicité de M. Li. Les dégâts s'étaient produits en une seule journée, mais ils étaient tels qu'ils allaient influer sur le marché. Liang Int., pour la première fois depuis son implantation en Amérique, allait être en déficit sur l'exercice 2025.

En voyant les prévisions financières pour les mois à venir, M. Li, en homme d'honneur, s'était arrosé de carburant, était entré dans son diorama bien-aimé et s'était immolé par le feu. Attention délicate, pensa M. Mui. Sa mort permettait de continuer le travail sans avoir à faire trop de manipulations. Si M. Li était allé en prison ou parti en exil, il aurait fallu changer tous les codes, comme le demandait le règlement de la compagnie.

M. Mui avait survécu à la descente du service d'inquisition de la société en exhibant les nombreux rapports qu'il avait envoyés au siège social de Beijing et dans lesquels il dénonçait l'attitude « irresponsable » de Li. Il accusait aussi le défunt d'avoir été « égoïste et intraitable » dans sa façon de mener les transactions, et il jurait qu'il allait être un patron plus raisonnable et enclin au compromis, et qu'il remettrait Liang America à flot en moins d'un an. Ce dernier point était, bien entendu, un pieux mensonge et tout le monde le savait, mais l'optimisme restait un élément important dans le monde des affaires.

M. Mui se vit attribuer immédiatement sa propre Harpie, un jeune ambitieux nommé Tang. Ce dernier insistait sans cesse pour que Liang se remette en compétition avec Yo-Yu sur le marché des clubs à puces. Son intérêt pour ce secteur du marché était bien compréhensible, puisqu'il était lui-même un Pucier et avait deux implants dans la tête.

À la vérité, l'empire de Liang Int. était en train de s'effondrer sous son propre poids. Le séisme de Reelfoot et les huit cents secousses secondaires qui l'avaient suivi n'avaient fait qu'accélérer le processus.

En 2011, Liang avait racheté toutes les dettes de l'Amérique, toutes ses merdes. Liang était le propriétaire du pays. L'argent récolté par le service des impôts était presque intégralement utilisé pour payer cette dette et les énormes intérêts que le pays devait maintenant à Liang. Une petite partie des taxes, cependant, servait encore à financer quelques projets bénéficiant au peuple américain. Liang Int. possédait et exploitait l'Amérique, mais ne souhaitait pas maintenir son investissement. La catastrophe de Reelfoot avait frappé avant que Liang ait passé la main. La compagnie était, de fait, le gouvernement au moment du drame.

Le séisme de Reelfoot avait été assez puissant pour faire tomber un géant. La secousse principale avait atteint une intensité de 8,5, le maximum. Memphis ne réapparut jamais hors du Mississippi, bien que le fleuve ait continué de changer de cours pendant les trois mois qui suivirent. Memphis était une ville engloutie, il n'en restait plus que le souvenir. Des plongeurs du dimanche allaient bientôt venir y chercher des trésors enfouis.

Little Rock et Paducah étaient devenues totalement inhabitables. Nashville avait été sérieusement endommagée, tout comme Louisville, Evansville et Carbondale. Le fleuve avait noyé Saint Louis sous une immense vague, envoyant l'Arche frapper le centre-ville, anéantissant tous les bâtiments. À Kansas City, la rivière Quay sortit de son lit et tua plus de gens que le tremblement de terre lui-même. Le lac Michigan déborda et inonda Chicago lors des secousses secondaires. Les deux hautes tours noires de Liang Int. à Dearborn furent détruites.

Knoxville, Lexington, Frankfort, Indianapolis, Fort Wayne, les deux villes de Springfield – celles du Missouri et de l'Illinois –, Jefferson City, toutes ces cités souffrirent de dommages de niveau VII ou VIII sur l'échelle de Mercalli.

Quatre barrages de l'ensemble Tennessee Valley Authority s'effondrèrent, inondant le Tennessee. Les centrales hydroélectriques s'arrêtèrent de fonctionner et laissèrent sans électricité toute la partie du continent qui dépendait d'elles. Toutes les digues des États du Mississippi et de la Louisiane s'écroulèrent.

Le nombre de victimes était estimé à presque trois millions. Dix millions de personnes, hagardes, se retrouvaient sans abri. Les dégâts s'élevaient à plusieurs centaines de milliards de dollars.

Liang avait pour principe d'adapter sa production aux ressources naturelles. Des centaines d'usines chimiques, de fabriques de papier, de chaînes automatisées, de centres distributeurs de produits alimentaires, de manufactures de focus et d'écrans pare-soleil furent détruits, sans parler des milliers de petites boutiques qui appartenaient à Liang et qui revendaient les marchandises de la compagnie dans tout le pays. La population demandait de l'aide financière au gouvernement, ce qui mettait Liang Int. dans la position paradoxale et peu enviable de se réclamer de l'argent à elle-même.

Ils ne pouvaient pas payer. Les compagnies d'assurances non plus.

Les instances régionales décidèrent de continuer à écouler les stocks en les distribuant dans les zones intactes du pays, et de reconstruire lentement le reste. Pour rendre les choses bien claires, la compagnie déclara que la zone du séisme était entièrement perdue et s'en désintéressa complètement, faisant de toute une partie des États-Unis, le Middle West, une région morte où la pauvreté et les épidémies décimaient ceux qui avaient survécu. Le Midwest n'était donc plus qu'un rêve brisé, une succession d'immeubles couchés sur le sol. Les pertes financières étaient effrayantes. Les relations publiques étaient réduites à néant.

Le président Gideon était devenu l'homme le plus haï des États-Unis. Il avait refusé de démissionner parce qu'il avait besoin de continuer à toucher son salaire. Il ne pouvait pas faire retomber le blâme sur M. Li – qui pourtant était responsable – car cela aurait voulu dire qu'il reconnaissait avoir pris ses ordres de Liang. Gideon était prisonnier de la Maison-Blanche.

Le condor de Frère Ishmael plongea et rasa la cime des arbres pour faire des gros plans de la procession de voitures qui arrivaient au Capitole. Les passagers sortirent tous de leurs véhicules et se précipitèrent dans le bâtiment.

La version courte du film de Jimmy Earl *Notre meilleur espoir* était le spectacle le plus regardé de l'année 2025. Jimmy reçut plusieurs prix et devint célèbre. Accessoirement, ce film fit de Lewis Crane l'homme le plus aimé et le plus respecté du pays.

Les choses avaient certes changé depuis un an. Il y avait aussi les Zoniers, rescapés du cataclysme de Memphis. Ils étaient descendus vers le sud pour prendre le contrôle militaire d'une petite ville appelée Friars Point, dans l'État du Mississippi. Là, la ville avait été rebaptisée New Cairo, et ce «Nouveau Caire» s'était vu immédiatement occupé par cinquante mille réfugiés.

Le Mississippi avait toujours coulé juste aux abords de la ville. Aujourd'hui, son lit s'était déplacé de plusieurs kilomètres, laissant derrière lui le limon le plus riche de la planète. Très vite, les cinquante mille réfugiés avaient été rejoints par un million de leurs frères : des Africks du sud du pays, des Zoniers qui avaient fui leur ville, et tous les musulmans qui voulaient commencer une nouvelle vie. Les frontières du territoire occupé par la communauté n'arrêtaient pas d'avancer, chassant les petits propriétaires qui se trouvaient là. M. Mui finit par être obligé d'intervenir.

Il considérait l'expansion de l'Islam comme inévitable. De toute façon, il n'était pas question d'envisager d'engager des dépenses pour leur déclarer la guerre et les chasser de là. M. Mui créa donc ce qui n'était ni plus ni moins qu'une Zone de Guerre plus grande que toutes les autres. Il fit construire un mur de vingt mètres de haut autour de New Cairo, mais à plusieurs kilomètres du périmètre de la ville afin qu'il ne soit pas ressenti comme une menace. On pouvait circuler librement dans la ville et en sortir à son gré, à condition de ne pas être armé.

La N.D.I. se mit immédiatement en contact avec les autres nations islamiques du monde. Elles l'approvisionnèrent en nourriture et en matières premières tandis que les colons s'organisaient. Peu de temps après, Frère Newcombe alla signer un marché avec Yo-Yu. La compagnie leur fournit suffisamment d'écrans pour protéger les plantations du delta qui allaient bientôt faire de la ville un monde autosuffisant et indépendant.

Cela fonctionna. L'engrenage de la violence aussi, hélas! La guérilla était incessante et la guerre économique faisait rage. La FPF n'arrêtait pas de provoquer des accrochages, et on parla d'organiser un boycott général des produits de Liang Int. Même au sein des plus hautes instances dirigeantes de la N.D.I., les dissensions ne faisaient que s'accroître. Martin Aziz et Dan Newcombe contre Mohammed Ishmael, personne n'arrivant à marquer nettement sa supériorité.

Échec et mat.

Trônant dans sa tribune du Sénat, Sumi Chan présidait la session, cette réunion de gros prétentieux paternalistes qui se faisaient appeler des «députés». En cet instant, ils «débattaient» pour savoir si, grâce à un miracle de la rhétorique, ils allaient voter une motion qui ferait reposer – comble d'ironie – la responsabilité de la tragédie de Reelfoot sur Yo-Yu.

– Monsieur le président, dit la représentante de New York, je souhaiterais céder trois minutes de mon temps de parole à l'Honorable Sénateur représentant de l'Arkansas-Oklahoma.

– Accordé, lui répondit Sumi. Monsieur Gerber, vous avez la parole.

– Merci, président! s'exclama un homme qui avait l'arrogance et la vulgarité d'un marchand ambulant prêt à vanter les qualités de son sirop miracle.

Tandis qu'il parlait, Sumi laissa vagabonder ses pensées. Elle n'avait pas encore bien compris comment elle s'était retrouvée à cette place. Le seul homme qui aurait pu lui donner une explication n'était plus de ce monde. Elle s'était débrouillée pour éviter M. Li dès le premier jour et ne l'avait pas revu jusqu'à sa mort. Elle avait peur de l'intérêt sexuel qu'il avait manifesté envers elle. Et maintenant, elle se retrouvait, assise ici, à mourir d'ennui. Elle dirigeait la vie politique américaine depuis que Gideon s'était enfermé dans la Maison-Blanche.

Une voix la fit soudain sursauter :

— Monsieur le président !

C'était un des jeunes huissiers du Sénat.

— Monsieur, il y a quelqu'un qui veut vous voir, continua le gamin en lui tirant la manche. Votre visiteur dit que c'est important.

— Qui est-ce ?

— Lewis Crane.

— Crane est ici ? demanda-t-elle assez fort pour que toute l'assemblée l'entende.

— Il vous attend dans le couloir, monsieur.

— Mon Dieu…

Sumi n'avait pas eu de contact personnel avec Lewis depuis le Reelfoot. Elle se tourna vers l'huissier, un fils de juge au visage poupin, et lui dit :

— Faites-le entrer dans la salle de l'ancienne Cour suprême. Je le rejoins dans un instant.

Le garçon sortit en courant. Sumi était maintenant parfaitement réveillée et même surexcitée. On pouvait dire beaucoup de choses de Crane mais il avait une qualité que personne ne mettait en doute : il n'était jamais ennuyeux. Elle passa son marteau de président au sergent de garde et lui demanda d'appeler le chef de la majorité pour qu'il la remplace. Sumi se glissa discrètement hors de la salle et avança dans les gigantesques couloirs où ses pas résonnaient à l'infini. Elle avait lu quelque part que, aux temps jadis, jusqu'à six millions de personnes par an venaient ici visiter le bâtiment et assister aux débats pour admirer la démocratie en pleine action. Aujourd'hui, plus personne ne venait. Tous ceux qui travaillaient ici étaient des anachronismes vivants, passant leur journée dans ce foutu bâtiment de plus de deux cents ans. Pour couronner le tout, l'endroit commençait à s'effondrer. Lors de la construction, George Washington avait insisté pour qu'on prenne les pierres dans la carrière d'un de ses proches bien qu'elles fussent de qualité inférieure.

Sumi n'arrivait pas à y croire. Lewis Crane était venu sur son territoire. Il devait vouloir quelque chose. Mais Crane voulait toujours quelque chose. Cette fois-ci, il devait avoir besoin d'un service avant que les gens de Yo-Yu ne prennent le pouvoir. Dans ce gouvernement, on mettait les voix en vente. Et Yo-Yu avait en ce moment un pouvoir d'achat bien plus élevé que Liang. Yo-Yu pouvait aujourd'hui prendre le pouvoir sans avoir à gagner une seule élection. Même *elle* s'était vu proposer un dessous-de-table… et avait sérieusement considéré la possibilité d'accepter. L'Amérique avait cet effet sur tout le monde.

Crane s'installa avec Lanie au premier rang du balcon de la petite salle de tribunal, tandis que les gens qui les accompagnaient allaient faire le tour du monument. La pièce était telle qu'elle était au XVIIIe siècle. Elle paraissait curieusement petite quand on pensait à l'importance des décisions qui avaient été prises ici – Dred Scott, Marbury contre Madison –, des affaires qui avaient fait jurisprudence. La société américaine moderne avait été construite dans ces lieux, puis détruite dans le bâtiment de style néogrec de l'autre côté de la rue.

Elena posa sa main sur celle de Lewis.

— Ne t'en fais pas, murmura-t-elle comme si elle était dans un lieu de culte cosmie. Tu vas voir, ça va marcher.

— Je n'ai pas vu Sumi depuis bien longtemps.

— J'ai foi en toi. Tu es venu voir la bonne personne au bon moment.

Crane espérait qu'elle avait raison, mais il avait des doutes. Et tout ce qui touchait à la politique réveillait le cynique qui dormait en lui. Il déciderait ce qu'il convenait de penser de Chan *après* lui avoir parlé. Son bras malade le faisait affreusement souffrir. Il allait y avoir un séisme important cet après-midi sur la plaque Cocos, là où elle touchait la plaque caraïbe. Plus tard, dans la soirée, la grande faille africaine s'ouvrirait un peu plus, comme une blessure qui s'infecte. Des grabens se formeraient, des failles apparaîtraient. Il y aurait des glissements de terrain en Californie. Les zones à risque étaient en cours d'évacuation grâce au rapport Crane, le bulletin de santé de la Terre qu'il publiait tous les mois. Il prévenait les populations deux mois à l'avance de tous les séismes dangereux.

— Crane ! appela une voix depuis la porte.

Il se retourna et découvrit Sumi Chan en pyjama de soie noire, les bras ouverts, tout sourires.

Crane se précipita pour serrer le petit homme dans ses bras.

— Vous avez l'air en pleine forme.

Chan alla saluer Lanie.

— Les apparences sont trompeuses. J'ai appris que vous alliez bientôt vous marier. Tous mes vœux. J'espère être invité à la cérémonie.

— C'est la raison de notre visite, dit Crane tandis que Sumi baisait la main d'Elena. Nous voulions vous inviter personnellement.

Chan se tourna vers lui en souriant de plus belle.

— Je vois, et pendant que vous êtes là, pourquoi ne parlerions-nous pas affaires ?

— Pourquoi pas, en effet ?

Ils s'assirent tous les trois sur un banc. Crane remarqua que Sumi avait l'air las d'une personne indifférente à tout. Ce type avait besoin d'un peu d'aventure. Il sortit un magazine de sa poche et le lui donna.

— Voici le prochain rapport Crane, tout frais sorti de l'imprimerie.

— J'en ai déjà une copie. C'est une lecture obligatoire pour tous les chefs d'État du monde. À quand le grand jour ?

— Le 23 juin, répondit Lanie. À exactement deux heures trente-sept de l'après-midi.

— Dans l'Himalaya, précisa Crane.

Sumi haussa un sourcil.

— L'Himalaya ? Votre chance a vraiment tourné depuis la dernière fois que nous nous sommes vus ! La fortune vous sourit, mon ami.

— À vous aussi.

– Non, je continue à faire la même chose que lorsque nous nous sommes rencontrés la première fois : relations publiques et battage médiatique. La seule différence, c'est que je fais cela dans un autre cadre. J'ai parfois l'impression d'être le gardien de nuit, de surveiller le bureau en attendant que le vrai vice-président arrive.

– Ce que nous avons entendu au sujet de Yo-Yu est donc vrai ? demanda Lanie.

– Beaucoup plus vrai que vous ne pouvez l'imaginer. Leur groupe a fait d'énormes bénéfices avec leur nouvelle puce qui, paraît-il, est meilleure que la Dorph. Les gens veulent Yo-Yu au pouvoir. J'ai su que Liang était fini le jour où Yo-Yu a commencé son programme de régénération de la couche d'ozone. Ils ont déjà réussi à en reconstituer cinq pour cent en un an seulement. Cela plaît aux électeurs, ils voteront en conséquence.

– Vous n'avez plus aucun pouvoir ? demanda Crane.

Le regard de Sumi s'aiguisa.

– J'en ai encore. Comment va le Dr Newcombe ?

– Je ne l'ai pas rencontré personnellement ces derniers mois, répondit Lewis. Il a pris une année sabbatique. Il essaie d'améliorer son système de séisméco pour mieux prendre en compte la liquéfaction du sol. Mais nous le voyons tout le temps via les T.V.

Sumi acquiesça.

– Il est plus souvent à Washington que moi. New Cairo fait encore la une, et il est le porte-parole officiel de la Nation de l'Islam. Je pense que sa conversion publique est la raison majeure pour laquelle le peuple accepte de mieux en mieux l'idée d'un État islamiste.

– C'est un géologue, pas un politicien, lâcha Crane sans chercher à cacher son mépris. Il ferait mieux de s'occuper des choses vraiment importantes.

– Est-ce que j'aurais, sans le vouloir, touché un point sensible ? demanda Chan.

Crane haussa les épaules.

– Dan a beaucoup de talent. Je n'arrive pas à comprendre qu'il perde son temps à se mêler de choses inutiles comme la politique… sans vouloir vous offenser, Sumi.

– Certaines personnes, en Amérique, pensent qu'un État isla-

mique serait loin d'être «inutile». Les gens de chez Liang considèrent le projet comme une priorité.

– Les gens de chez Liang peuvent se…

– Crane… l'interrompit Lanie en indiquant son pad.

Il hocha la tête, puis se força à sourire. Il n'aurait pas cru être
aussi nerveux.

– Sumi, vous êtes-vous demandé pourquoi je ne suis pas
entré en contact avec vous pendant tout ce temps ?

Le vice-président s'inclina légèrement.

– Je suppose que vous étiez encore fâché contre moi.

– Oh non, Sumi ! Réfléchissez. Qui, mieux que moi, peut comprendre ce qu'il en est de subir des pressions, d'être persécuté,
d'être finalement obligé de faire des choses qu'on ne veut pas
faire ? Qui, mieux que moi, peut comprendre les raisonnements
qui amènent à la conclusion que la fin justifie les moyens ?

Il secoua la tête, et prit un air à la fois philosophe et compa-
tissant.

– Le passé est oublié. Croyez-moi. Oubliez-le aussi.

Sumi et Crane se regardèrent dans les yeux. Le courant passa.
Ils se comprirent et se pardonnèrent mutuellement.

Lewis s'éclaircit la gorge.

– J'ai passé toute l'année à travailler sur un projet très spécial, quelque chose d'énorme. Mais pour le réaliser, j'ai besoin
de votre aide.

– Cela me chagrine d'avoir à l'admettre, Crane, mais en ce
moment le gouvernement ne dispose de rien. C'est triste, mais
lorsque nous avons besoin d'argent, nous devons demander
l'avis de Beijing.

– Je ne veux pas d'argent. Je veux une autorisation et votre
approbation. La Fondation est riche. Vous vous souvenez du pari
de trois milliards de dollars que nous avons gagné ? De plus,
nous publions maintenant le Rapport. Le monde paie pour le
lire, pour avoir les plans des zones qui subiront des dommages
tels que la séisméco les prévoit, pour nos conseils, pour nos éva-
luations des dégâts potentiels. Nous sommes plus riches que je
ne l'ai jamais rêvé.

– Vous ne voulez pas d'argent ? demanda Sumi en fronçant
les sourcils. Dans ce cas, pourquoi avez-vous besoin de moi ?

Que puis-je posséder qui fasse envie à un homme aussi riche que vous ?

Crane avait la gorge sèche. Il fouilla dans sa poche et en sortit un petit disque.

– Jetez un coup d'œil à ceci, dit-il en le tendant à Sumi. Vous allez tout comprendre.

Chan glissa le disque dans son pad, puis chercha un écran autour d'elle.

– Je peux vous emprunter vos lunettes ?

Lanie lui passa des lunettes intégrales, une paire qu'elle avait toujours dans son sac – elle appelait cela le *nécessaire de survie spécial Lewis Crane*. Puis elle mit les siennes et Crane fit de même. Elle inspira à fond et observa Sumi. Le moment de vérité était arrivé.

– Essayez de le visionner sur le canal fibre L, lui dit Crane tandis que Chan passait aussi ses lunettes et branchait son pad.

Puis il ajouta en plaisantant :

– Lorsque vous en aurez fini avec votre travail ici, souvenez-vous que j'ai toujours besoin d'un bon *public relations*.

– Vous essayez de m'acheter, Crane ? répondit Chan. Votre projet doit être vraiment important.

– C'est le moins qu'on puisse en dire. Mais, sérieusement, il y aura toujours une place pour vous à la Fondation. J'espère que vous le savez.

– Le globe… sourit Sumi en voyant les images commencer à bouger dans ses lunettes.

Crane prit un air attendri, comme un père à qui on parle de son enfant.

– Oui. Vous nous avez manqué, Sumi.

Le globe tournait de plus en plus vite. Si seulement Chan savait tout ce que cette sphère avait révélé durant cette année, pensa Lewis. Le système avait évolué à une vitesse incroyable, bien au-delà de ses espérances les plus folles. Il n'aurait jamais cru cela possible lorsqu'il avait engagé Lanie. Les fonctions cognitives du globe étaient parfaitement au point. Mais le plus fascinant était que cette machine commençait à devenir vraiment intelligente et à… Crane se secoua et sortit de sa rêverie pour se concentrer sur les images qui défilaient devant ses yeux. Le globe tournait, les projecteurs éclairèrent la Californie et la rotation ralentit.

Ils étudiaient maintenant la Californie. L'image occupait l'intégralité de leur champ de vision. Les terres étaient vertes et marron, l'océan bleu, les villes brillaient d'un éclat jaune pâle familier.

— O.K., dit Crane. Vous vous souvenez où se trouve le butoir de San Andreas?

— Juste au sud de Bakersfield, non? Au mont Pinos.

— Exact.

Le butoir de San Andreas était un repli en forme de «S» à l'intérieur de la faille du même nom. Une sorte de boudin, de protubérance, une saillie qui se trouvait exactement là où la plaque pacifique, qui se déplaçait vers le nord, et la plaque nord-américaine, qui se dirigeait vers l'ouest, se rejoignaient. Le mouvement inexorable continuait. Les monstrueuses plaques étaient deux titans que rien ne pouvait arrêter, et qui appuyaient l'une contre l'autre, faisant sans cesse augmenter la pression dans le butoir, mettant les roches à dure épreuve.

— Là, dit soudain Crane, vous voyez la zone rouge qui s'ouvre à la base?

Des flashes couleur sang clignotaient juste au sud de Bakersfield. Ils gagnèrent peu à peu toute la longueur de la ligne de faille qui englobait la majeure partie de la plaque pacifique et rejoignait les Philippines. Los Angeles se trouvait du mauvais côté de la ligne de cassure. San Francisco aussi. La déchirure allait vers le sud, jusqu'au Mexique, coupant la péninsule de Baja à l'extrémité nord du golfe de Californie.

— La tache rouge est très importante à l'endroit du butoir, nota Sumi.

— C'est parce que le butoir tout entier est sur le point de céder. Regardez la suite.

À présent entièrement rouge, le repli palpitait, s'étirait. Puis tout s'effondra d'un seul coup, et la pression cessa aussitôt. La plaque pacifique bougea. Les êtres humains n'étaient pas représentés sur ce globe. Mais, tandis que les villes viraient du jaune au rouge sang, Sumi crut entendre les cris d'agonie et de douleur des dizaines de milliers de personnes, blessées ou mourantes.

– Nous sommes en train d'assister au détachement de la Californie du Sud de la plaque nord-américaine, expliqua Crane. La Californie est en train de devenir une île contenant les carcasses de deux des plus grandes métropoles du pays, sans parler des villes qui se situent au bord de l'océan et qui sont tout aussi développées. Cet État devient un cadavre sous nos yeux. Voyez, un mini-continent vient de naître, et pousse vers le nord.

Le bout de continent avançait doucement vers l'extrémité nord de la plaque, où il serait détruit par la subduction.

– Stupéfiant, murmura Sumi. En quelle année…

– Ce n'est pas fini.

Crane donna une tape à Lanie qui remonta ses lunettes sur son front. Il haussa les épaules. Elle fit de même, puis lui envoya un baiser avant de remettre ses lunettes en place.

Lewis rajusta les siennes aussi, juste au moment où les chiffres 6.3.2058 apparaissaient sur l'écran.

– Sumi, dit-il, je tiens à vous rappeler que ceci n'est pas une simulation ni la démonstration d'une théorie. Vous regardez dans une boule de cristal, et vous voyez directement le futur, le vrai futur.

– Trente-deux ans.

Sumi appuya sur son pad pour arrêter la projection. Tous les trois retirèrent leurs lunettes. Le visage de Sumi Chan était tendu et pâle.

– Ce doit être si triste d'être obligé de voir de telles horreurs tout le temps, remarqua Sumi. De savoir que la catastrophe est inévitable…

– Êtes-vous certain qu'elle est inévitable ?

– Vous venez de me dire que je regardais dans une boule de cristal.

– Une boule de cristal qui montre un futur qui n'est réel que lorsqu'il se produit.

– Je ne comprends pas.

– Remettez le disque en marche. Je voudrais vous montrer un autre futur.

Le globe réapparut dans les lunettes. Le temps se déroula à l'envers.

– Vérifiez plus au sud de l'Imperial Valley. Vous allez voir une petite zone rouge s'ouvrir.

Tandis qu'il parlait, une petite tache rouge brilla pendant quelques secondes sur le bras sud de la faille de San Andreas, puis disparut.

– Qu'est-ce que c'était ? demanda Sumi.

– Regardez, dit Crane, le globe va accélérer.

La sphère se mit à tourner follement, les années passèrent, puis elle s'arrêta à nouveau sur la Californie. Les chiffres 6.3.2058 apparurent à nouveau. Mais la région semblait calme et paisible. Le spectacle était fini. Les spectateurs ôtèrent leurs lunettes.

Le vice-président dévisagea longuement Crane, puis Lanie.

– O.K., qu'est-ce qui s'est passé ? Qu'est-ce qui a fait la différence ?

Crane répondit après un long silence.

– J'ai demandé à la sphère s'il serait possible d'éviter la destruction de la Californie en ressoudant les plaques.

– Comment pourrait-on ressouder les plaques tectoniques, Crane ?

– Par la chaleur, par une chaleur si intense qu'elle ferait fondre le roc pour le reformer en un bloc uni.

– Mais comment produire une chaleur assez forte ?

– Par une réaction thermonucléaire. C'est la seule façon. Dans ce cas précis, une explosion de cinq gigatonnes sur une longueur de dix kilomètres, à une profondeur de trente-deux kilomètres sous la surface de la Terre, exactement à l'endroit indiqué sur le globe.

– Vous parlez là d'une explosion des milliers de fois plus puissante que tout ce qu'on a pu faire sauter dans l'histoire de l'humanité.

Crane hocha la tête vigoureusement.

– Mais dirigée vers le bas, vers le cœur thermonucléaire de la planète. La surface ne serait en rien affectée. Nous avons fait des simulations, ça marche.

– Mais comment savoir que cela ne va pas tout simplement causer une rupture supplémentaire dans la faille et accélérer la catastrophe ?

– Sumi, vous m'avez dit que le rapport Crane était lu par tous les chefs d'État. Ce rapport est basé sur les prédictions de la sphère, et jusqu'ici, il n'y a eu aucune erreur. Dans le cas présent, nous nous servons du globe d'une façon légèrement différente. Pensez-y : en soudant les plaques au fond de la faille, là où en ce moment il n'y a pas de tensions, nous soulagerons le butoir car nous ferons disparaître toutes les pressions qui s'exercent dessus. En fait, cette petite soudure va ralentir la dérive continentale en rendant les deux plaques solidaires. Nos simulations montrent que, durant les cinquante années qui suivront cette opération, la dérive de ces deux plaques sera effectivement ralentie de quatre-vingts pour cent, et le nombre de séismes sera diminué d'autant.

Sumi se leva et se mit à faire les cent pas.

– Vous êtes sûr que la pression ne va pas se reporter sur un autre endroit de la planète ? Vous allez peut-être détruire l'Amérique du Sud pour sauver Los Angeles.

– Je suis allé deux cent cinquante ans dans le futur via le globe, et je n'ai rien vu d'anormal. J'ai vu que tout se déroulait exactement comme si de rien n'était. Il se peut que, plus loin encore dans le futur, notre soudure influe sur l'histoire de la Terre, mais jusqu'où aller ? Nous savons que cette opération réduirait le nombre de séismes sur notre planète de soixante-dix pour cent.

– Vous en êtes sûr ?

– Absolument certain.

Chan passa entre les rangées de bancs pour aller se tenir dans l'allée centrale. Elle pointa un doigt vers Crane.

– Vous ne vous arrêterez pas avec la Californie, n'est-ce pas ?

– Non, répondit-il. La sphère m'a indiqué cinquante-trois points où faire des soudures qui mettront une fin définitive à la dérive des continents, et en même temps aux tsunamis, aux séismes et aux volcans. Je crois qu'il sera beaucoup plus simple de convaincre les peuples de la Terre que mon plan va marcher en leur montrant d'abord comment il fonctionne avec un exemple concret tel que la Californie.

– Trente-deux ans, cela représente deux générations de politiciens. Cela va être un problème.

– Ça sera encore plus difficile que vous ne le pensez, dit Crane. Nous avons une fenêtre de seulement cinq ans au plus pour agir sur la faille de San Andreas. En septembre 2033, la pression sera telle sur toute la longueur de la faille que toute tentative de soudure provoquera un séisme majeur.

Sumi vint s'asseoir à côté de lui et regarda les fauteuils vides des juges d'antan.

— Et qu'attendez-vous exactement du gouvernement?

— Beaucoup de choses, mais pas d'argent. Primo, il va falloir que je trouve un moyen de détourner le traité international qui interdit les essais nucléaires. Il me faudra aussi la permission de creuser dans l'Imperial Valley, dans la mer de Salton. Et, bien entendu, il faudra que j'aie accès aux stocks d'armes nucléaires.

— Ce ne sera peut-être pas aussi difficile que vous le croyez, répondit Sumi.

— Que voulez-vous dire?

— Vous êtes un expert pour tout ce qui touche au nucléaire. Vous vous souvenez, bien entendu, de la façon dont la première bombe a été mise au point?

— Le projet Manhattan, bien sûr, quel rapport?

— Ce projet fut mené dans le plus grand secret. Le gouvernement avait décidé de traiter la chose comme un secret national. Personne ne sut rien jusqu'au jour où on largua la bombe sur les Japonais.

— Est-ce que vous suggérez qu'on fasse tout en secret? demanda Lanie.

Sumi hocha la tête, puis se tourna vers Lewis et posa la main sur son bras.

— J'ai toujours eu foi en vous, Crane. Si vous me dites que votre projet marchera, je crois qu'il marchera. Vous êtes un homme de bien. Je vous ai fait beaucoup de mal. J'ai une immense dette envers vous, vous le savez. C'est une question d'honneur.

— Non, Sumi, jamais je ne…

Le vice-président leva la main pour le faire taire avant qu'il n'en dise plus.

— Je vous en prie, permettez-moi de retrouver mon propre respect. Liang Int. est au plus mal. Ils finiront par approuver votre projet s'il est mis à exécution avant les élections, et surtout s'il ne leur coûte rien. Vous savez maintenant quelles sont les règles du jeu.

– Je comprends.

– Il ne serait dans l'intérêt de personne de mettre le monde au courant de ce plan. J'entends déjà les cris de protestation, surtout avec le nuage de Massada qui passe au-dessus de nos têtes tous les dix-sept jours comme pour nous rappeler à quoi ressemble l'horreur que peut engendrer le nucléaire. Vous êtes peut-être en train de vivre un jour historique pour vous, Crane. Vous allez peut-être enfin réaliser votre rêve. J'imagine que vous avez attendu ce moment toute votre vie.

– Vous êtes très perspicace.

– Il ne me reste donc plus qu'à convaincre les bonnes personnes que tout ceci est possible. Mettez-moi tout cela noir sur blanc. Je suppose que vous avez tout vérifié cent fois ?

Il acquiesça.

– J'ai passé l'année entière là-dessus. Je connais tous les arguments pour et contre mon projet.

Il fouilla dans sa poche et en sortit un autre disque.

– Tout est là-dessus.

Sumi prit le disque.

– Les gens de Liang Int. vous respectent et vous craignent. Ils se sont trompés une fois sur votre compte et ils l'ont chèrement payé. Cette fois-ci, ils vont écouter très attentivement ce que vous avez à dire.

Elle mit le disque dans sa poche et se leva.

– Je vais leur en parler dès maintenant.

Crane se leva aussi.

– Vous allez… vraiment le faire ?

– Absolument. C'est peut-être pour cela que je suis né… Pour vous aider à réaliser ceci.

Lewis Crane, tendu comme la faille de San Andreas et concentré comme un épicentre, se laissa retomber sur son siège.

– Je… je ne sais pas comment… comment vous remercier.

Sumi secoua vigoureusement la tête.

– Non, c'est à moi de vous remercier. Vous me donnez là l'occasion de retrouver mon honneur.

Elle s'inclina et quitta la pièce d'un pas rapide. Crane tremblait, il avait presque la fièvre.

Lanie poussa un cri et lui passa les bras autour du cou.

— Tu as réussi, tu as réussi !… Tu as… Comment te sens-tu ?

Crane s'essuya les yeux et embrassa sa fiancée.

— J'ai l'impression qu'on vient de m'ôter des épaules un poids vieux de cinq millions d'années.

RECOMBINAISONS
NEW CAIRO
16 JUILLET 2026, 14 HEURES

Abu Talib, anciennement connu sous le nom de Daniel Newcombe, se tenait au milieu d'un immense champ de coton avec les représentants des républiques islamiques d'Algérie et du Guatemala. Chaque jour, des dignitaires venaient présenter leurs respects ou proposer des accords commerciaux à New Cairo. En ce moment, le coton était roi.

Lors de sa conversion à l'islam, Dan avait pris le nom d'Abu Talib. C'était le nom de l'oncle de Mahomet, un homme qui avait soutenu le prophète toute sa vie et qui, pourtant, ne croyait pas à la mission de celui-ci, tout comme Dan Newcombe ne croyait pas aux commandements de l'islam ni à la philosophie de Frère Ishmael. C'était le nom d'un homme sans Dieu qui se convertissait à une nouvelle religion.

Le champ s'étendait dans toutes les directions, sur des hectares et des hectares. Les écrans de Yo-Yu, trois mètres au-dessus de leurs têtes, coloraient tout de bleu. Dans le lointain, on pouvait deviner le mur de Liang. Des centaines de personnes travaillaient dans les champs, autour des dignitaires. Pour le moment, les plants de coton ressemblaient à des petits buissons morts. Mais la terre était noire et riche, et les pluies de printemps arriveraient dans quelques semaines à peine.

Ali Garcia, le chargé des affaires commerciales du Guatemala, à genoux devant un plant, le considérait d'un air grave.

— Est-ce que le coton américain ressemblera à ça ? demanda-t-il en jouant délicatement avec une des petites branches.

— Ce sera le plus beau du monde, répondit Frère Talib. Je sais qu'il ne paie pas de mine pour le moment, mais les fleurs se formeront après les pluies. Une fois ces fleurs fanées, les

« capsules », comme on les appelle, se formeront. Elles arriveront à maturité en deux mois. Vous pourrez venir chercher votre livraison à la mi-août.

– Quelle quantité allez-vous produire dans ce champ ? demanda l'Algérien Fayçal ben Achmed.

– Nous avons fait huit cent mille balles de coton dans ce champ l'an dernier et nous ne connaissions rien à cette culture. Nous pensons faire le double cette année. Cela vous intéresse ?

– Bien sûr que ça nous intéresse, répondit Garcia. Que voulez-vous en échange ?

– Des capitaux pour nos investissements, des machines agricoles, du bétail et du matériel de construction, dit Talib. Nous creusons, nous faisons des tranchées en attendant que le reste de notre peuple puisse rejoindre cette Terre promise. Nous voulons solidifier les fondations sur lesquelles grandira notre nation.

– *Kwaïs*, acquiesça Fayçal. Votre peuple est fort, votre sol est béni de Dieu. Vous serez un membre important dans notre famille internationale.

– Il faut que nous partions, dit Garcia en se redressant. Nous devons prendre la première navette pour Belize.

– Vous ne voulez pas rester avec moi et partager mon repas ? leur demanda Talib. La nourriture est délicieuse. Tous nos aliments sont produits ici même, à New Cairo. Permettez-moi de vous offrir l'hospitalité.

– *Alfshukre*, dit Fayçal. Mais c'est impossible, à notre grand regret. Nous savons que l'hospitalité d'Abu Talib est renommée.

Talib s'inclina, puis les reconduisit jusqu'à la route principale qui traversait le champ. Ils grimpèrent tous les trois à bord d'un gros véhicule qui attendait là, sous le soleil brûlant.

– Quelle est la taille du territoire que vous occupez ? demanda Garcia tandis que le chauffeur ouvrait le focus et démarrait.

– Nous sommes en ce moment au coin nord-ouest de nos territoires. Le Mississippi nous sépare de l'Arkansas et de la Louisiane, et nous sert de frontière naturelle vers le sud jusqu'au golfe du Mexique. Nous nous développerons vers l'est, vers l'océan Atlantique. Nous aurons largement la place.

– Pour le moment, dit Fayçal.

Ils éclatèrent tous de rire.

– Est-ce que les Américains vont capituler ? demanda Garcia.

– Je l'espère, répondit Talib. Je l'espère sincèrement.

Ils roulèrent au milieu de champs de coton, de soja, de riz, puis le long des laiteries, des élevages de poulets. Les immeubles d'habitation étaient disséminés dans la campagne afin que les ouvriers vivent près de leur lieu de travail. Les maisons étaient toutes semblables : deux étages, des appartements. La brique utilisée pour leur construction avait été fabriquée à New Cairo. La construction était une priorité pour tout le monde. N'ayant eu en leur possession aucune des machines nécessaires, les premiers pionniers avaient utilisé des méthodes guère différentes de celles de l'Antiquité. Talib voulait remédier à cela au plus vite et reconstruire de vraies maisons.

Il appréciait beaucoup le respect avec lequel on le traitait ici. Lorsqu'il travaillait avec Crane, il était toujours dans l'ombre. Ici, c'était lui qui faisait de l'ombre aux autres. Il était quelqu'un. La plupart des gens pensaient à lui et non pas à Frère Ishmael lorsqu'on parlait de l'État islamique. Cela rendait les rapports entre les deux hommes extrêmement tendus, d'autant que Talib ne considérait pas Ishmael comme son guide spirituel.

La route était bordée de magnolias morts et de travailleurs. Le chemin menait jusqu'à la vieille plantation qui datait d'avant la guerre de Sécession. Le gouvernement et les instances religieuses de New Cairo y avaient établi leurs quartiers. Yo-Yu avait obtenu l'autorisation d'y installer une fabrique de boucliers solaires sur les terres islamiques. En échange, ils construisaient trois panneaux pour que les opérations de régénération des milliers de magnolias de New Cairo puissent commencer.

Il descendit du camion, souhaita à ses invités *shhah inoor*, demanda au chauffeur de les conduire à destination, puis s'avança à travers la foule massée devant la porte de la maison où siégeait le gouvernement. Il y avait toujours du monde, parfois des gens venus se plaindre, mais le plus souvent des réfugiés venus demander asile. Dès qu'il aurait fini de faire construire les nouveaux bâtiments, Talib ferait transférer les bureaux d'immigration le plus loin possible de ce quartier de New Cairo !

La foule le reconnut et s'écarta respectueusement. Il était une présence, on disait de lui qu'il était la pensée d'Ishmael faite homme, et on le traitait en conséquence. Et il était le seul homme d'État de la Nation de l'Islam. Frère Ishmael refusait le poste et ne voulait même pas visiter New Cairo tant que, selon ses propres mots, «tous mes Frères ne seront pas libres de se rendre là-bas».

Pour les habitants de New Cairo, c'était donc Abu Talib qui commandait. Jusqu'ici, on avait toujours suivi scrupuleusement ses directives et personne n'avait remis en question son statut de leader incontesté. La première année de New Cairo avait été pleine de difficultés émotionnelles, physiques, financières. Mais ils avaient survécu et la colonie s'épanouissait, en grande partie grâce à lui.

Il lui avait paru tout naturel de prendre une année sabbatique pour venir ici. Il était au cœur de l'action, on le respectait et il pouvait travailler directement sur ce foutu sol qui avait fait mentir pour la première fois sa séisméco. Et puis, ici, Lanie et Crane étaient loin. Il travaillait dur dans l'espoir de les oublier. Sans grand succès.

Son labo était composé d'une chambre à coucher spacieuse et d'une immense véranda. Il travaillait et dormait ici, laissant les fenêtres ouvertes toute la nuit pour pouvoir enfin respirer.

– *Salām 'alaikum*, fit une voix derrière lui, quelque part au milieu de ses ordinateurs et de ses sismographes.

Il se retourna et sursauta de surprise. Khadijah le regardait fixement.

– *Wialaikum asalām*, répondit-il en s'approchant d'elle pour l'embrasser sur les deux joues. Que viens-tu faire ici, au pays des Africks ? Tu es bien loin de la ville !

– C'est mon frère qui m'envoie. Il veut que je m'habitue à la plaine alluviale. Est-ce qu'il fait toujours aussi chaud, ici ?

Talib se mit à rire.

– La plupart du temps, oui. Je ne devrais pas le dire, mais je suis content de te voir.

– Merci. Moi aussi, je suis heureuse d'être là.

– Bon, si tu as l'intention de séjourner ici, n'oublie pas de porter le voile quand tu sors dans la rue. C'est un État islamique, ici.

Elle sourit.

– Je m'en suis aperçue à mes dépens. Quelqu'un m'a jeté une pierre au moment où j'arrivais.

– Et qu'as-tu fait ?

– Je l'ai ramassée et jetée à la figure de celui qui me l'avait envoyée.

Il gloussa.

– Il va falloir que tu te mettes au boulot. C'est la loi ici. Il faut que tu travailles.

– Dans les champs ? s'écria-t-elle d'un air horrifié.

– Tu peux choisir la construction, la plomberie, la maintenance des écrans…

– Tais-toi. Nous reparlerons de tout cela demain.

Elle indiqua le liquéfieur :

– Qu'est-ce que c'est que ça ?

– Lorsque j'aurai fini de rentrer les données dans mes ordinateurs, je dupliquerai le séisme de l'an dernier. Ceci est une carte exacte de l'endroit où nous nous trouvons. Je l'ai truffée de petits senseurs pour enregistrer les changements. Avec un peu de chance, la rivière miniature va changer de cours, et coulera là où elle se trouve aujourd'hui. Si ça marche, alors cela voudra dire que j'ai réussi mes calculs. Si ça ne fonctionne pas, il faudra que je refasse tout depuis le début.

– Combien de fois as-tu déjà essayé ?

Il haussa un sourcil.

– Une douzaine de fois environ. La science n'est pas un art facile, mais je me rapproche peu à peu de la solution.

Elle lui posa la main sur les lèvres pour le faire taire.

– J'ai appris que la femme blanche va épouser l'homme des séismes.

Il la repoussa doucement et secoua la tête.

– J'aime bien la façon délicate dont tu annonces les choses, Khadijah. Oui, il est exact que Crane et Lanie vont se marier, ajouta-t-il d'un air sardonique. La cérémonie aura lieu la semaine prochaine. Dans un chalet, quelque part dans l'Himalaya. Le mont Everest comme décor… Je suis sûr que c'est Crane qui a choisi l'endroit. Il a toujours eu le sens du spectacle.

– Au ton de ta voix, je devine que tu as enfin oublié cette femme.

Talib haussa simplement les épaules.

– Elle ne sera jamais tienne ? insista Khadijah.

– Non.

– Alors j'ai une offre à te faire.

Talib se demanda ce qu'elle avait bien pu inventer cette fois. Il sourit d'un air moqueur.

– Est-ce qu'une femme musulmane qui se respecte fait des offres à un homme ?

Elle eut un soupir exaspéré.

– Écoute, tu n'as pas de femme. Je n'ai pas d'homme. Je suis d'une famille importante. Ce serait une alliance politique parfaite.

– Qu'est-ce qui serait une alliance politique parfaite ?

– Notre mariage ! De quoi crois-tu que je suis venue te parler ?

Il éclata bruyamment de rire.

– Notre mariage ? Tu te moques de moi !

– Oh, ferme-la et écoute-moi ! coupa-t-elle sur un ton furieux. C'est déjà assez difficile pour moi sans que tu ries par-dessus le marché. Je sais que tu es... un homme de bien. Tu serais bon avec moi.

– Et je te permettrais de rester près du pouvoir, c'est ça ?

– Et alors ? Il n'y a rien de mal à cela. Au cas où tu n'aurais pas remarqué, c'est quasiment génétique... Enfin, disons que c'est une tradition dans ma famille... moi, mes frères... J'aime l'action, comme tout le monde. Je serais aussi une bonne épouse et je saurais m'occuper de ta demeure en suivant les lois islamiques. Je pourrais te donner des enfants. Je suis d'une constitution robuste.

Sa voix perdit soudain de la force, et elle baissa les yeux avant de continuer dans un murmure :

– Tu aurais également mon cœur et ma fidélité pour toujours.

– Arrête !

Il la prit doucement mais fermement par les épaules.

– Khadijah, continua-t-il, nous ne pouvons pas nous marier, nous n'allons pas nous marier. Je suis flatté, tu es une femme merveilleuse. Mais bientôt un homme te demandera de...

– J'ai trop de personnalité pour les hommes islamiques.

– Ah, oui... C'est juste...

– Il va bien falloir que tu te maries et que tu aies des enfants. Nous ferons les futurs leaders de notre nation, ensemble ! Tu ne comprends donc pas que c'est notre destin ?

– Khadijah, je ne suis pas amoureux de toi.

– Qui parle d'aimer ? Je ne pourrais jamais aimer un égoïste comme toi. Épouse-moi. La femme que tu désires appartient désormais à un autre.

– Cela ne veut pas dire que je vais cesser de l'aimer.

– Tu parles encore d'aimer ? Qu'est-ce que c'est que cette histoire ? La vie continue, Abu Talib, avec ou sans toi.

Les mains de Talib tremblaient sur les épaules de la jeune femme.

– Laisse-moi seul, dit-il.

Il se détourna et se dirigea vers le balcon. Penché par-dessus la rambarde de la véranda, il contempla la foule, une immense rivière qui serpentait à travers les rues. L'histoire se jouait ici. Il avait accompli tant de choses. Il avait permis que tout ceci arrive, alors pourquoi ressentait-il une telle douleur au fond de lui-même ?

Khadijah l'avait rejoint et lui prit le bras.

– Je suis encore vierge, dit-elle. Je peux me donner à toi tout de suite si tu le désires. Je sais que je peux te procurer du plaisir.

– Si tu veux me plaire, oublie que cette discussion a eu lieu. Ne te sacrifie pas sur l'autel de Dan Newcombe.

– D'Abu Talib, corrigea-t-elle en se rapprochant de lui jusqu'à ce que leurs corps se touchent. Abu est ton nom, et je suis ton avenir.

Lentement, elle s'écarta et, la tête haute, quitta la véranda. Il la regarda sortir de son labo. Ses yeux se portèrent alors vers son domaine, en bas, dehors. Une mer d'écrans bleus qui s'étendait dans toutes les directions. Il pensa à Elena.

Cela lui faisait très mal de savoir qu'elle épousait Crane aussi rapidement. Il avait cru mourir lorsqu'il avait appris qu'elle était enceinte. La question du mariage, celle de fonder une famille avaient été un point de désaccord entre lui et Lanie, pendant des années. Elle ne semblait pas avoir eu ce problème avec Crane. Elle s'était liée à lui sans hésiter.

Il jura et frappa violemment de son poing droit sa paume gauche. Il était internationalement connu – vénéré, même –

mais il ne pouvait pas admettre qu'Elena King l'avait abandonné en faveur de Crane. Il ricana de sa propre bêtise. Il leur avait envoyé le cadeau de mariage le plus beau, le plus exotique, qu'il ait pu dénicher : une girouette sismique Chang Heng datant du IIe siècle. C'était un large vase orné à l'extérieur de huit dragons dorés regardant vers le bas. Sous chaque dragon se trouvait une grenouille, la bouche ouverte. Chaque dragon tenait dans sa gueule une grosse boule en bronze. En cas de secousse sismique, le dragon qui se tenait dans la direction de l'épicentre lâchait sa balle qui tombait alors dans la bouche de la grenouille en dessous et déclenchait une alarme. La direction vers laquelle était tourné le dragon indiquait où s'était produit le tremblement de terre. En 138, cette même urne avait détecté un séisme qui s'était produit à quatre cents kilomètres de là. Les messagers qui étaient arrivés tant bien que mal à la capitale, Loyang, pour annoncer que la terre avait tremblé dans leur région, découvrirent avec stupéfaction que le vase les avait devancés.

C'était un instrument délicat, un cadeau magnifique. Et c'était tout ce qu'il leur offrirait. Il ne leur ferait pas le plaisir d'aller à la cérémonie. Il soupçonnait Lanie et Crane de vouloir en profiter pour sceller leur réconciliation et renouer les liens entre eux trois. Mais Talib le savait : les voir se marier le déchirerait, marquerait la fin de sa vie d'homme. Non, la cérémonie se déroulerait sans lui.

Il frémit à cette idée. Était-ce une question d'amour, de race, d'ego ou de rivalité professionnelle qui le poussait ainsi à se complaire dans la jalousie et à s'apitoyer sur lui-même ? Il l'ignorait. Il savait seulement qu'il ne voulait pas passer le reste de sa vie seul et sans enfants. Et il y avait Khadijah…

15
DÉBUTS/FINS

**HIMALAYA – NÉPAL, INDE
23 JUILLET 2026, 14 HEURES**

Vêtue d'une combinaison couleur crème, Lanie se tenait à la fenêtre du vieux chalet de style anglais et contemplait avec émerveillement les monts jumeaux Everest et Kangchenjunga. Elle haussa les épaules. Dans moins d'une heure, elle serait l'épouse de Lewis Crane et, dans moins de sept mois, elle mettrait au monde leur enfant. Elle se sentait comblée.

Il l'avait emmenée sur le toit du monde pour leur mariage, l'unique endroit à la mesure de leur bonheur, de la joie qu'ils s'apportaient l'un à l'autre, à travers leur travail, à travers leur vie ensemble. Et, une fois de plus, Crane ne s'était pas trompé. Ce lieu était la représentation parfaite de ce qu'elle ressentait. Elle était éblouie et émerveillée. Les deux pics qu'elle contemplait s'élevaient à presque dix kilomètres de haut. Et la chaîne de montagnes dont ils faisaient partie, l'Himalaya, mesurait à certains endroits jusqu'à trois cent vingt kilomètres de large et s'étendait sur plus de vingt-quatre mille kilomètres en longueur. Tout cela était né, bien entendu, de séismes. Et aujourd'hui, cet après-midi même, le premier tremblement de terre dans cette région depuis 1255 allait avoir lieu.

Un nouveau choc secoua le chalet et Lanie sentit de la poussière et du plâtre tomber sur ses épaules nues. Elle éclata de rire.

Crane était le seul homme au monde à pouvoir choisir un endroit et un jour pareils pour son mariage. C'était parfait.

Elle avait l'impression de n'avoir réellement commencé à vivre que le jour où Lewis avait enfin compris qu'ils étaient amoureux l'un de l'autre. Et elle savait que, de son côté, il ressentait la même chose. Mon Dieu… il n'arrêtait pas de le lui répéter ! Mais, plus important, il le lui prouvait souvent, de toutes les façons imaginables. Il la traitait comme son égale, une collègue, durant leur travail mais aussi pendant leur vie quotidienne. Il la considérait comme une véritable moitié de lui-même, tant sur le plan émotionnel que sexuel… elle n'aurait jamais cru qu'un autre être humain puisse la comprendre aussi bien, prendre tant soin d'elle.

Dehors, devant le chalet, les invités s'étaient réunis sur la pelouse protégée par un écran – un écran de chez Liang, bien entendu. Un petit groupe de scientifiques et de chefs d'État triés sur le volet se mettaient en place pour la cérémonie. Les gens de la Fondation, les amis et les admirateurs se tenaient juste derrière eux. Plus loin, la pelouse devenait peu à peu une forêt qui grimpait le long de la colline. Ils étaient à trois mille six cents mètres, l'altitude maximale à laquelle les arbres pouvaient pousser. Plus haut, dans la montagne elle-même, seuls les mousses, les lichens et l'herbe arrivaient à survivre au froid et à l'air sec. Et encore plus haut, il n'y avait plus rien que la neige. Tout le monde, et Lanie le savait, était impressionné par la beauté de cet endroit.

Se détournant de la fenêtre, elle vit sa robe, fraîchement repassée, pendue à la porte du placard. Elle sourit et s'assit dans un des deux fauteuils en cuir séparés par une petite table de bois sculpté. On avait installé les deux sièges devant la fenêtre, à l'endroit d'où on pouvait le mieux apercevoir les deux pics. L'Everest, majestueux, semblait défier le ciel. Un autre choc précurseur. La sensation était extraordinaire, se dit Lanie. Rien à voir avec Sado ou Memphis. Elle rit, amusée de son propre enthousiasme. L'idée d'être bientôt une jeune mariée puis une jeune maman lui montait à la tête comme de l'alcool.

Mal à l'aise dans son smoking, Crane se tenait dans la salle de bains, juste à côté de la cuisine, à l'étage principal du chalet. Trois autres hommes se trouvaient avec lui dans cette pièce trop petite. Des lampes à arc bleues les éclairaient. Ils se passaient le petit pad, le moment de signer leur accord était venu. Le président Gideon était assis sur la commode, le vice-président Sumi Chan était debout, coincé entre le mur et l'épaule de Gideon. Crane et M. Mui se tenaient face à face, Mui appuyé contre le lavabo.

– Quand allez-vous mettre en marche le projet ? demanda le patron de Liang en appliquant son pouce sur le pad.

Une lumière verte s'alluma sur l'engin, indiquant qu'il avait été identifié.

– Tout de suite après le mariage, répondit Crane.

– Pas de lune de miel ? remarqua Gideon. Votre épouse est une fort jolie femme…

L'idée d'avoir une lune de miel n'était jamais venue à l'esprit de Lewis.

– Non, il y a trop à faire, répondit-il. Nous n'avons que cinq ans devant nous. Ensuite, il sera trop tard pour espérer souder les plaques. On ne peut pas se permettre de perdre du temps.

Mui lui passa le pad.

– La sécurité autour du site devra être maximale.

– Nous travaillerons sous couvert d'une opération de forage profond appelée Northwest Gemstone. Notre but officiel sera de rechercher des filons de cristaux à focus.

Crane pressa son pouce sur la plaque. Elle le reconnut immédiatement.

– Nous construirons un bâtiment appelé « raffinage des cristaux ». C'est là que nous effectuerons les opérations de préparation sur le matériel nucléaire. Nous assemblerons les engins sur place. J'ai déjà contacté mes spécialistes pour qu'ils s'y mettent.

– Et comment amènerez-vous les bombes jusque-là ?

Crane lui passa le pad.

– Nous avons déjà acheté plusieurs camions. On est occupés à les aménager de façon qu'on puisse dissimuler les bombes dedans. Ces véhicules porteront des logos de la compagnie Northwest Gemstone. Ils auront l'apparence de camions de transport de matériel tout à fait banals.

Sumi prit le pad des mains du Président et appuya son pouce dessus. Sa signature était la dernière. Ils venaient de sceller définitivement leur accord.

– Voilà qui est fait, déclara Chan en souriant.

Le pad venait d'enregistrer un contrat secret, mais qui ne permettait pas de revenir en arrière. C'était assez paradoxal.

– Votre rêve est en marche, continua Sumi. Quand aura lieu la « livraison » ?

– Dans deux ans, répondit Crane.

Il prit le pad, mit son interface en contact avec celui qu'il avait au poignet. Les deux machines chantèrent, puis émirent un bip de satisfaction.

– Hé, Crane ! cria soudain quelqu'un dans l'entrée. Nom de Dieu, mais où es-tu ? La fête a commencé sans toi !

L'intéressé sourit.

– C'est Stoney.

Il déconnecta les deux machines, rendit le pad à Mui qui le glissa dans sa poche en demandant :

– Est-ce qu'il est au courant ?

Lewis secoua la tête.

– En dehors de nous, seule Lanie est au courant. Même les gens que j'ai engagés pour creuser les tunnels ne savent pas. Ils croient que nous faisons un coffre-fort souterrain pour ranger des archives. Les pyros qui vont construire la bombe croient qu'ils sont sur un secret défense US et que les États-Unis veulent reprendre les essais souterrains. Ils ont tous été choisis en raison de leurs habilitations de sécurité.

– Crane !

– Ici, Stoney ! appela Lewis en ouvrant la porte.

Debout dans l'entrée, Harry sourit en les voyant sortir tous les quatre de la salle de bains. Seule la canne sur laquelle il s'appuyait rappelait qu'il avait failli être tué lors du séisme de Memphis.

– Quand j'étais môme, dit-il, je voyais souvent des types se planquer dans la salle de bains. Mais, en général, lorsqu'ils en ressortaient, ils étaient accompagnés d'un épais nuage de fumée !

– Où est Lanie ? demanda Crane.

– Avec le reste des invités, répondit Whetstone en saluant de la main les compagnons de Lewis. Je crois qu'elle va devenir folle si elle ne te trouve pas dans les minutes qui viennent !

Le futur marié lui donna une tape sur l'épaule.

– Sois un chic type, va dire à Lanie que j'arrive tout de suite.

– C'est ton mariage, je ferai ce que tu me dis de faire ! Mes félicitations, vieux. J'ai passé toute ma vie à chercher une femme comme Lanie, mais je ne l'ai jamais trouvée !

– Merci, Stoney.

Crane le serra dans ses bras. Whetstone s'éloigna en boitillant, s'aidant de sa canne en bois de peuplier du Tennessee.

Lanie. Qu'avait-il fait pour la mériter ? Il avait soigneusement orchestré sa vie et, soudain, elle était arrivée pour tout bouleverser. La chose la plus merveilleuse qui lui soit jamais arrivée. Pour lui, Lanie était la seule femme qui existait au monde. Et elle aimait travailler autant que lui ! Son existence avait maintenant un sens, les pièces du puzzle formaient à présent une image. Des rêves, des rêves, encore des rêves.

Il savourait cet instant, sachant qu'il n'en connaîtrait pas beaucoup d'autres.

Son bras malade lui faisait horriblement mal. Le séisme allait bientôt se produire. Il savait que cela semblait plutôt étrange – surtout pour lui – de vouloir se marier au beau milieu d'un tremblement de terre dévastateur. Mais comme il avait prévu l'événement et qu'il n'y aurait donc pas de victimes, il considérait que l'occasion était bien choisie pour une fête. Les habitants de la région allaient perdre leurs maisons et vivre un cauchemar, mais cela valait cent fois mieux que de mourir.

Il sortit sur le perron de bois. Les invités, qui tous bavardaient, se turent dès qu'ils le virent. Tout le monde le regarda. Un dais avait été installé au-dessus de la pelouse. Lànie, vêtue de taffetas blanc et d'un voile, l'attendait à quelques mètres, souriante et calme. Elle avait à la main un bouquet d'orchidées blanches. Un prêtre cosmie vêtu de rouge se tenait à sa gauche. Kate Masters, qui avait elle aussi des fleurs, était à sa droite. Stoney accueillit Crane sur la première marche du petit escalier.

– Prêt ? demanda-t-il.

Un éclair zébra soudain le ciel entre les deux pics. Les invités commencèrent à s'agiter.

– Mesdames, messieurs! leur cria Crane en ouvrant les bras. Faites-moi confiance!

Ils éclatèrent de rire et se détendirent. Lewis se tourna vers Stoney.

– Maintenant je suis prêt. Tu as les alliances?

– Quelles alliances? s'étonna-t-il. Désolé, c'est une blague idiote. Évidemment que je les ai!

La traditionnelle marche nuptiale du *Lohengrin* de Wagner résonna. Ils s'avancèrent tous les deux vers Lanie sur le long tapis rouge. Crane s'aperçut avec surprise qu'il était bien plus nerveux qu'au moment de signer l'accord avec Liang.

Il se plaça à côté de Lanie et fut immédiatement hypnotisé par son regard lumineux, ses superbes yeux noisette. Elle le considéra avec attention et amour.

– Mon Dieu, que tu es belle! murmura-t-il au moment même où un grondement s'élevait sous leurs pieds.

Sa main se crispa sur la sienne.

– Ce n'est rien, dit-elle. Comment ça s'est passé?

– C'est fait.

Lanie se jeta à son cou.

– Peut-être pourrions-nous commencer… murmura le prêtre en voyant avec inquiétude les meubles de jardin et les plantes vertes se mettre à trembler.

Crane consulta son pad. 14 h 36' 30". Il lança un sourire au curé.

– À vous de jouer, mon père.

– Appelez-moi Al.

Le sol sous leurs pieds commençait à danser.

– Alors faites vite, Al!

– Frères cosmiques! déclara le prêtre. Toute vie est faite des mêmes molécules et ces deux êtres, devant nous, souhaitent retrouver cette unité, cette union préexistante, à travers l'institution sacrée du…

La suite de son discours fut, Dieu merci, rendue inaudible par le rugissement du sol sous eux. L'hypocentre se situait à quarante kilomètres de profondeur, quelque part près de Dhangarhi. La plaque indienne se soulageait enfin des pressions qui s'accumulaient sur elle. C'était un tremblement de terre monstrueux. On n'en avait pas vu de tel depuis le grand séisme de l'Alaska en 1967.

Tandis que le prêtre les déclarait «coêtres dans la grande unité», le sol se mit à onduler comme les vagues sur la mer. Le panneau au-dessus d'eux émit des craquements inquiétants. Crane embrassa sa jeune épouse en espérant que les barrages de la vallée tiendraient malgré les calculs qui prédisaient qu'ils allaient céder.

Le ciel s'était maintenant assombri et des éclairs se succédaient en un feu d'artifice naturel entre les deux pics qui dominaient la scène. Tout le monde quitta la pelouse et la protection du dais pour regarder un pan de l'Everest, aussi grand qu'une ville, se détacher du flanc de la montagne et tomber dans la vallée.

— Quel merveilleux cadeau de mariage! dit Lanie en passant ses bras autour de Crane. C'est vraiment incroyable.

— Notre enfant vit son premier séisme, nota Crane, ému.

— Que feras-tu, lorsque tu auras enfin réalisé ton rêve et mis fin à tout cela?

Il sourit.

— Je n'en ai pas la moindre idée. Je pourrais devenir comptable…

Les vallées autour d'eux se mirent soudain à gémir, à grincer comme des milliers d'ongles sur un tableau noir gigantesque, l'écho en amplifiant le bruit des milliers de fois. Crane avair l'impression d'y entendre des voix. Des hurlements, des cris de terreur absolue.

Pliés en deux, les invités se couvraient les oreilles de leurs mains pour se protéger du tumulte assourdissant. Le vent se mit à souffler en tempête, soulevant robes et cheveux. L'écran de Liang, d'une qualité médiocre, s'effondra sur lui-même, mais heureusement, personne ne se tenait plus dessous.

C'est alors que cela se produisit, sous leurs yeux. L'Everest, au milieu du vent qui hurlait et des craquements des roches brisées, trembla comme le vieil homme qu'il était. Ses flancs se mirent à craquer en même temps que les arbres des forêts se cassaient et s'abattaient dans un bruit infernal. Et l'Everest grandit. On aurait dit qu'il se levait soudain. La montagne de dix kilomètres de haut s'allongea brutalement vers le haut, se dressant de plus en plus vers les nuages, nourri par la plaque tectonique qui avançait et montait. Il grandit, rajeunit pour devenir une nouvelle montagne.

L'événement ne dura pas plus de trois minutes. Trois minutes qui changèrent la topographie de la planète. Trois minutes qui suffirent à faire grandir la plus haute montagne du monde de quinze mètres. Le prochain homme qui l'escaladerait allait devoir grimper plus haut que sir Edmund Hillary au même endroit.

Une naissance avait eu lieu grâce à une destruction.

Sumi Chan se tenait aux côtés de Burt Hill, qui portait un smoking trop petit pour lui. Il contemplait la fête qui s'organisait tout autour d'eux. On aurait dit un singe qui cherchait son maître joueur d'orgue de Barbarie. L'entrée du chalet était pleine à craquer. Des cadeaux de mariage étaient entassés le long des murs. Le petit bureau juste à côté en était également rempli. Des beaux parleurs professionnels bavardaient entre eux, buvant du synthé devant une cheminée si grande qu'on y brûlait des troncs d'arbres entiers.

— Du 9 sur l'échelle de Richter, dit Hill. Ça a été si fort qu'ils n'ont pas pu mesurer précisément.

Il secoua la tête et but une gorgée de sa gnole à la Dorph.

— Tout le monde dit que c'est un miracle. Il n'y a eu que cinq cents morts. Il aurait dû y en avoir des centaines de milliers. Ces saloperies de barrages ont bel et bien cédé comme prévu. Ils ont noyé cinquante villes.

Sumi hocha la tête.

— C'est ce qu'on appelle du nettoyage en grand.

— Ouais, mais c'est Liang qui paie les dégâts. Ils essaient d'empêcher les musulmans de prendre le contrôle du coin. Cette région représente un sacré nombre de consommateurs.

Chan avala une gorgée de sa boisson à la Dorph. Elle n'arrivait plus à supporter ces soirées mondaines si elle n'avait pas son coup de Dorph.

— Est-ce que Crane connaît les résultats du séisme?

Hill indiqua du doigt son patron qui dansait avec sa jeune épouse.

— Non. Pour la première fois de sa vie, le patron pense à autre chose qu'aux tremblements de terre. Ça vaut le détour, non ?

— Je ne me souviens pas l'avoir jamais vu aussi heureux.

— Mon pote, dit Hill, ça, ça n'a rien d'étonnant ! C'est parce qu'il n'a jamais été aussi heureux de sa vie ! C'est terrifiant, non ?

— Comment ça, terrifiant ?

Hill devint rêveur.

— Quand vous êtes heureux, vous oubliez de surveiller vos arrières, vous commencez à faire confiance aux gens… vous faites des erreurs.

— Dans ce cas, rétorqua Sumi, je suis sûr de ne jamais faire d'erreur dans le futur.

Le gros homme la toisa.

— Je parlais de Crane !

Il vida son verre d'un trait et ajouta :

— Bon, je vais chercher un autre rafraîchissement…

Elle le regarda s'éloigner et comprit qu'il ne *lui* faisait pas confiance. Il avait sans doute de bonnes raisons pour ça, mais cela n'avait aucune importance. Dans peu de temps, elle allait être poursuivie pour une imposture plus grande que toutes celles dont il la soupçonnait. Elle espérait que cela n'affecterait en rien la réalisation du rêve de Crane. Elle voulait qu'il réussisse, elle voulait payer sa dette.

— Je n'aime pas boire seule, annonça soudain la voix de Kate Masters derrière elle. Et vous, Sumi ?

Celle-ci sourit d'un air enjôleur.

— Très chère, vous savez que j'apprécie toujours votre compagnie.

— Parfait. Alors, quand me donnez-vous la recette de votre cocktail à la Dorph ?

— C'est un secret.

Des sherpas népalais étaient sortis de leur cachette et faisaient un numéro d'acrobatie, sautant, plongeant et roulant les uns par-dessus les autres. La foule était ravie.

— Je crois que vous avez plus d'un secret.

Le corps de Sumi fut parcouru malgré elle d'un frisson.

— Que voulez-vous dire ?

— Vous tenez vraiment à ce que j'aborde le sujet ?

— Oui.

– O.K. Primo, vous n'êtes pas celui que vous prétendez être.

Le cœur de Sumi accéléra. Elle sentit son sang battre dans sa gorge. Elle rougit.

– Je…

– Je connaissais votre mère, dit Masters. Le Parti des Femmes était l'unique partenaire de vos parents lors d'une certaine opération financière. Nous avions tous risqué gros sur ce coup, vos parents plus que tous. Votre mère parlait tout le temps de vous. Cela me choque que vous ayez déshonoré son nom en vous réinventant un passé.

Sumi baissa les yeux.

– Je l'aurais encore plus déshonoré si je n'avais pas fait ce que j'ai dû faire. Vous saviez, et vous n'avez rien dit ?

– Je pensais que je devais me taire puisque nous étions amis. Est-ce que nous sommes amis, Sumi ?

– En dehors de Crane, je n'ai jamais eu d'amis.

– Et voyez ce que vous lui avez fait…

Sumi faillit s'étouffer sous l'effet de la surprise.

– Comment…

– Je suis une petite futée, je sais que deux et deux font quatre.

– Oui… moi aussi je suis une petite futée, soupira Sumi.

Masters la fixait toujours, mais son expression avait changé. Elle l'observait, la disséquait.

– Vous dites cela au sens propre ?

Sumi hocha la tête.

– M. Li savait, et il m'a obligée à changer mon passé. J'ai dû mentir pour pouvoir continuer de cacher au monde le drame de mes parents…

– Est-ce que quelqu'un d'autre sait ?

– Vous.

– Pourquoi me dites-vous tout cela ?

Sumi prit une profonde inspiration.

– J'ai de gros ennuis… Je… je ne sais plus quoi faire… Je crois que j'ai besoin… d'aide.

Masters tomba en avant comme si elle avait trébuché et plaqua la main sur l'entrejambe de Sumi. Elle se redressa aussi vite.

– Désolée, mon chou, je suis du Missouri, et chez nous, on ne croit que ce qu'on voit. Quel genre d'ennuis ?

— La loi oblige le Président et le vice-président à passer une visite médicale une fois par an. J'ai réussi à l'éviter jusqu'ici. Mais les médecins de la Maison-Blanche ont mal pris la chose et ils commencent à se poser des questions. Croyez-moi, j'ai de gros, d'énormes ennuis.

— Pourquoi me faites-vous confiance ?

— Je crois que je vous ai toujours considérée comme une personne digne de confiance. Je ne dis pas que je vous fais totalement confiance, mais certainement plus qu'aux médecins de la Maison-Blanche…

— Vous ne pouvez pas vous faire examiner par d'autres médecins ?

Sumi hocha la tête.

— Je pourrais dire que je préfère mon médecin personnel…

— O.K., acquiesça Masters, voilà un bon point de départ.

— Vous allez m'aider ?

— Hé, je représente le Parti des Femmes, vous vous en souvenez ? Bienvenue au club, petite sœur !

Elle serra Sumi dans ses bras.

Celle-ci se mit à pleurer.

— Merci.

Les yeux de Kate Masters brillaient.

— Vous me remercierez quand vous serez Président !

16
FORCES DE COMPRESSION

ZONE DE GUERRE DE LOS ANGELES
29 JUILLET 2026, 2 H 30

– La proposition est intéressante et je vais l'étudier attentivement, dit Mohammed Ishmael.

Abu Talib se tassa dans son fauteuil.

– Frère Ishmael, j'ai donné ma parole à M. Tang.

– Tang, répéta Ishmael d'une voix chargée de mépris. Un valet ! La Harpie de Mui Tsao, il n'a rien dans la tête en dehors de ses deux interfaces à puces. Au nom de qui as-tu donné ta parole, Talib ?

L'expression d'Ishmael était dure. Il dévisageait son interlocuteur.

Ils étaient dans un petit bunker à l'atmosphère étouffante. La longue table luisante occupait presque toute la place. C'était la première fois que Talib venait dans ce lieu dissimulé sous la Zone. Les murs étaient doublés de plomb, la porte était hermétique comme celle des sas de sous-marins.

Des couchettes en fer étaient accrochées aux murs. Les espaces restants étaient envahis d'étagères bourrées de bouteilles d'eau, de boîtes de conserve et de bocaux scellés contenant du riz et du maïs. Cet endroit était un abri antinucléaire des plus classiques, bien conçu et judicieusement équipé.

Ishmael fit le tour de la table et se pencha en avant jusqu'à ce que son visage ne soit plus qu'à quelques centimètres de celui de Talib.

— Je te demande au nom de qui tu leur as parlé, dit-il d'une voix forte. Parce que tu n'as pas parlé pour moi, ni pour mon peuple !

Talib se leva brusquement, sa chaise se renversa et tomba bruyamment à terre. Martin Aziz se précipita et s'interposa entre les deux hommes.

— Mon frère, dit Aziz à Ishmael, l'arrangement que Talib a pris avec Tang nous permet d'obtenir tout ce dont nous avons besoin. En échange, tout ce que nous avons à faire, c'est de mettre fin à la violence. Est-ce que tu comprends ?

Ishmael repoussa son frère sur le côté, se planta devant Talib et le regarda dans les yeux.

— Ce que je comprends, c'est que ce sont mes méthodes qui nous ont permis d'en arriver là où nous en sommes, de commencer à nous installer sur notre Terre promise. Maintenant ce sont les *Blancs* qui viennent nous lécher les bottes ! C'est en nous battant que nous sommes parvenus aussi loin. Pourquoi changer de méthode ?

— Aurais-tu oublié le problème des immeubles-focus ? lui demanda Talib. Liang est maintenant au courant et menace de tous les fermer.

Ishmael leva les bras d'un air exaspéré.

— Les immeubles-focus, toujours cette histoire d'immeubles-focus !

Il haussa un sourcil et ajouta :

— Comment faisions-nous avant que tu n'arrives ? Les immeubles-focus nous ont toujours fourni le courant qu'il nous fallait, ils survivaient malgré ton absence, merde !

Il s'éloigna de Talib, se glissa entre Aziz et le mur et retourna s'asseoir à l'autre extrémité de la longue table, à cinq mètres de là. Il plaqua violemment ses mains sur la surface de bois.

— Il ne t'est donc jamais venu à l'esprit, espèce de tête de mule, que s'ils fermaient nos focus, notre réponse serait un exode massif vers New Cairo ? Imagine la migration de Memphis multipliée par cinquante, et sans tremblement de terre pour occuper les flics. Imagine les coups de feu. Imagine l'hécatombe. Imagine un peu l'effet côté relation publiques !

Talib eut soudain l'impression d'être un imbécile.

— Je n'avais pas pensé à ça…

— Eh bien, ton ami blanc, M. Tang, y a pensé, je te l'assure. Il veut que nous mettions fin à la violence, cette violence qui nous a permis de survivre. Et que nous propose-t-il en échange ? Il te donne sa parole de continuer à faire ce qu'il a fait jusqu'à maintenant… rien ! Ne t'inquiète pas, s'ils avaient jugé utile de fermer nos focus, ils l'auraient fait, et sans nous prévenir ou nous proposer de marché ! La raison pour laquelle ils ne nous ont pas attaqués pour les détruire est simple. Nous faisons partie de tout ceci… ce paysage, les fondations de ce pays. Si tout le monde les voit nous attaquer ouvertement, cela leur donnerait trop à réfléchir. Il y a une raison à chaque chose. La G a été rappelée hors du secteur de la Zone de Memphis pour des raisons de relations publiques. Et Liang s'est arrangé pour que les T.V. montrent des images du séisme et pas de l'exode.

— Léonard, fit doucement Aziz, est-ce que nous ne pourrions pas baser nos réflexions là-dessus ? Ne pourrions-nous pas jouer leur jeu à notre avantage ? S'ils ont l'intention de coexister maintenant en paix avec nous, pourquoi continuer à nous battre ? Plus d'un millier des nôtres, des enfants pour la plupart, sont déjà morts lors d'accrochages avec la G.

— Ce sont des martyrs, souffla Ishmael, et je *sais* combien sont morts.

Talib se leva et se redressa de toute sa hauteur. Il avait démissionné de son poste à la Fondation, et maintenant il s'apprêtait à démissionner de ses fonctions dans la N.D.I. Qu'allait-il devenir ? Un homme sans travail, sans même un endroit qu'il pourrait considérer comme son chez-lui.

— Frère Ishmael, dit-il sur un ton officiel, étant donné que vous n'avez de toute évidence plus aucune confiance en moi, et que vous désapprouvez le travail que j'ai l'intention d'effectuer, je me permets respectueusement de vous présenter ma démission du poste de porte-parole officiel de la Nation de l'Islam.

— Assieds-toi donc, soupira Ishmael. Je respecte ton opinion et le travail que tu fais. Tu es irremplaçable. Nous allons trouver une solution à cette histoire de compromis avec Tang, d'accord ? Je t'ai dit… je te demande de te rasseoir.

Talib s'assit puis déclara :

– J'ai étudié la situation de New Cairo. Un exode massif n'est pas envisageable. Il n'y a pas assez de logements. Les propriétaires dont nous « réquisitionnons » les terres détruiront tout ce qu'ils pourront avant de partir plutôt que de voir leurs maisons tomber entre nos mains. Les gens, surtout ceux des villes, doivent apprendre à cultiver la terre, à travailler avec leurs mains. Mets vingt millions de personnes dans cette situation sans préparation, et tu te retrouveras avec des problèmes de vivres, d'eau et d'égouts que tu ne peux même pas imaginer.

– Je sais, répondit Ishmael. Nous ne sommes pas encore prêts. C'est pourquoi je suis en train de réfléchir à l'accord que tu as passé avec ce Tang. Aziz, tu ne pourrais pas t'asseoir, aussi ? Tu me rends nerveux ! Bien, tout ce que je demande pour l'instant, c'est qu'on ne remette pas en question mon autorité. Est-ce que nous sommes d'accord ?

Aziz et Talib acquiescèrent.

– Bon, je suis favorable à ce que notre déplacement vers New Cairo se fasse petit à petit. Commençons par bien installer les structures qui s'y trouvent actuellement. Nous bâtirons notre pays autour. En attendant, Frère Talib a eu la bonté de nous révéler que le but final de Crane était de souder les plaques continentales par des explosions nucléaires. Nous allons donc nous concentrer sur Crane.

– Pourquoi ? demanda Talib. Jamais on ne lui accordera les autorisations pour faire cela. Et puis, où trouverait-il les ogives ?

Ishmael se tourna soudain vers Talib et le regarda comme s'il était un petit enfant. Il sourit d'un air rayonnant, s'enfonça dans sa chaise et joignit le bout de ses doigts.

– Je continue à me demander comment tu as pu travailler aussi longtemps avec cet homme, être si proche de lui, et ne pas arriver à voir le pouvoir qui est en lui.

– Le pouvoir qui est en lui… la folie ! Ce type est un malade.

– Non, sa force réside dans sa capacité à voir les choses clairement, rétorqua Ishmael. C'est aussi ma force.

– Il ne peut rien faire.

– Il trouvera un moyen de changer cet état de fait. Et notre travail sera de l'arrêter. Crane est Satan, mon ennemi, Abu ! Je veux que cela soit bien clair. Ma bataille contre lui va être la plus difficile que j'aie jamais menée. Comme Mahomet avec les habi-

tants de La Mecque. « Bien qu'ils m'aient offert le soleil et la lune
pour que j'oublie ce que j'avais compris, je ne m'arrêterai pas
avant que le Seigneur ait permis à sa cause d'être victorieuse, ou
avant que je meure. » Promettez-moi que, si je ne survis pas à ce
qui va venir, vous continuerez mon travail après moi.

— Je te le jure, dit Talib. Je traquerai Crane jusqu'à mon dernier souffle.

— Je fais le même serment, annonça Martin Aziz.

— Bien. C'est Crane qui, en fin de compte, nous donnera la clé
de notre Nation. Je ne peux pas expliquer comment, mais je sais
cela, tout comme je sais avec certitude que je ne verrai pas la fin
de ce combat. Est-ce qu'il y a d'autres choses du monde extérieur dont tu souhaitais nous parler ?

Talib s'éclaircit la gorge.

— Avec respect et humilité, je voudrais te demander la main
de ta sœur.

— Une alliance ? fit Ishmael. Tu ne t'intéresses donc plus à la
femme de Crane ?

— J'étais un imbécile.

Frère Ishmael se leva et passa derrière Talib.

— Oui, tu étais un sot. Mais tu n'en es plus un.

Talib se leva. Les deux hommes s'embrassèrent.

— Bienvenue dans notre famille ! sourit le leader. Tu es réellement mon frère, maintenant.

Il l'embrassa encore sur les deux joues.

— Je vais annoncer la nouvelle à Khadija, je vais la chercher.
Il faut fêter ça !

En fait, Mohammed Ishmael aurait pu charger quelqu'un
d'autre d'aller chercher sa sœur. Mais il avait besoin d'être seul.
Il savait que Talib était un homme de bien qui devenait peu à
peu un bon musulman. Toutefois, malgré son discours, il ne
savait apparemment pas encore quelle attitude adopter lorsqu'il avait affaire aux infidèles. Ishmael savait qu'il allait devoir
surveiller son nouveau frère de très près — surtout maintenant
que Crane commençait à tisser la toile qui allait les emprison-
ner et sceller leur destin commun. Ishmael sentait déjà la mort
se rapprocher de lui. Des larmes se formèrent aux coins de ses
yeux. Comme Moïse, il verrait la Terre promise mais ne vivrait
pas assez longtemps pour y pénétrer.

Une fois dans l'entrée, il se tourna face au mur pour que personne ne puisse le voir et pleura tout en se maudissant pour cet accès de faiblesse. Seules les paroles du prophète lui apportaient un peu de réconfort: «Vis comme un voyageur, un passant qui traverse le monde, et considère que tu fais partie des morts.»

Qu'il en soit ainsi.

SILVER SPRING, MARYLAND
13 AOÛT 2026, 16 H 23

Sumi Chan observait sur son écran de sécurité l'hélic qui se posait doucement sur la plate-forme. Kate Masters et un homme portant une trousse médicale en sortirent. Les lumières de la plate-forme faisaient luire les paillettes de la combinaison rouge et moulante de Masters. Elle ressemblait à un personnage d'opéra chinois.

Sumi les vit s'approcher des ascenseurs privés. Elle était très énervée car elle n'avait jamais confié son secret à personne, même pas à Crane. Elle avait peur de découvrir quel prix elle aurait à payer pour s'être livrée à Kate.

Les portes de l'ascenseur s'ouvrirent: le docteur et Masters entrèrent. La jeune femme repéra immédiatement la caméra de surveillance et se servit de son objectif comme d'un miroir pour rajuster sa coiffure.

— J'espère que ces images me mettront en valeur... c'est pour les archives, vous savez! lança-t-elle avec un clin d'œil en arrangeant son décolleté.

La résidence du vice-président était située à Silver Spring, Maryland, à quelques minutes de la capitale. La maison était entièrement en sous-sol et protégée par un système électronique, ce qui permettait à l'occupant des lieux de faire l'économie de gardes du corps. Sumi avait déjà répertorié une bonne douzaine de façons de pénétrer dans la maison sans se faire repérer par les systèmes de surveillance. Cela n'avait aucune importance. Dans toute l'histoire des États-Unis, personne n'avait jamais attenté à la vie d'un vice-président. Ils n'avaient aucun pouvoir et étaient faciles à remplacer.

Sumi appuya sur le bouton d'ouverture de la porte et se hâta à travers la petite maison traditionnelle de style chinois. Par les fausses fenêtres, on pouvait voir des holoprojections de la province du Henan, là où elle avait grandi – des champs immenses, des ouvriers agricoles au travail, le fleuve Huang He coulant doucement de l'est vers l'ouest, dans le lointain. Durant cette année, elle avait vu les paysans ensemencer ces terres, puis faire deux récoltes. Elle avait même assisté à deux typhons de printemps et vu de la gelée sur les carreaux en hiver.

Les portes de l'ascenseur s'ouvrirent sur le salon. Masters bondit dans la pièce et embrassa Sumi.

– Tout ce secret… c'est très excitant !

– J'ai peur, lui murmura Sumi à l'oreille. Ce médecin… comment puis-je savoir que je peux lui faire complètement confiance ?

Masters se redressa et sourit.

– Monsieur le vice-président Chan, puis-je me permettre de vous présenter mon père… le Dr Ben Masters ?

– Ravi de vous connaître, dit l'homme en serrant la main de Sumi qui se sentait déjà plus à son aise. Katie me dit que vous avez un petit problème d'identité sexuelle, continua-t-il.

Chan acquiesça.

– Je ne veux pas qu'on sache que je suis une femme.

Elle n'avait jamais dit ces mots à voix haute. Cela la troubla.

Le visage ridé du médecin se détendit.

– On me demande simplement de faire un bilan de votre état de santé, pas de vérifier votre état civil. Depuis combien de temps n'avez-vous pas été vue par un médecin ?

– Il y a dix ans, avant que je quitte la Chine.

– O.K., allons-y. Où puis-je m'installer ?

– Il y a une chambre d'amis au bout du couloir. Est-ce que cela vous conviendra ?

– Parfait. Donnez-moi cinq minutes pour tout préparer.

Le médecin s'éloigna. Sumi se tourna vers Masters.

Kate tendit la main et ramena sur les côtés les cheveux sévèrement plaqués en arrière de Sumi. Elle lui arrangea quelques mèches, lui fit des accroche-cœurs, puis sourit avec satisfaction en contemplant son travail. On aurait dit que, maintenant seulement, elle admettait que Sumi Chan était une fille.

– Je suis prêt! appela le père de Kate depuis la chambre d'amis.

– J'arrive! s'écria Sumi.

Mais Kate la retint par le bras.

– Asseyez-vous une seconde. Il y a quelque chose que je veux vous demander. Quelque chose de personnel.

Sumi se tendit malgré elle.

– Vous allez me parler de sexe, c'est cela? Dans ce cas, je vous répondrai ce que j'ai déjà répondu à M. Li dans le passé. J'ai dû maîtriser certaines pulsions naturelles afin de pouvoir continuer à me faire passer pour un homme.

– Vous êtes asexuée?

– Non.

– Vous aimez les filles ou les garçons?

– Je ne suis pas attirée par les filles. Pourquoi me posez-vous toutes ces questions?

– O.K., quel genre d'homme trouvez-vous attirant?

– Kate, murmura Sumi de plus en plus nerveuse, où voulez-vous en venir?

– Répondez simplement à ma question. Quel genre d'homme vous attire? Les jeunes éphèbes, les culturistes?

Chan éclata de rire.

– Non, pas du tout ce genre. À quel jeu essayez-vous de me faire jouer?

– Jouez et vous verrez. Quel genre d'homme?

– Je ne sais pas… intelligent. Quelqu'un qui me forcerait à me dépasser intellectuellement. La quarantaine environ… pas un gamin ayant la tête encore farcie d'idées stupides. Fort mais vulnérable. Quelqu'un de sûr de lui mais ouvert au dialogue…

– C'est Crane que vous êtes en train de me décrire.

– Quoi?

– Vous me décrivez Crane!

Sumi cligna des yeux et porta la main à sa bouche.

– Vous êtes amoureuse de lui, continua Kate. C'est cela, hein?

Chan faillit s'étouffer et se détourna. Maintenant, Masters connaissait absolument tous ses secrets. Celle-ci passa les bras autour d'elle et lui posa la tête sur l'épaule.

– Je suis si triste pour vous, mon chou, murmura-t-elle.

Elle prit le visage de Sumi et le tourna vers elle. Puis elle sortit de son sac un petit morceau de métal d'où pendaient deux fagots de senseurs de trois centimètres de long.

– Un implant pour puces? demanda Sumi.

– Mon père peut vous en installer un dans le crâne en moins de cinq minutes. Faites-moi confiance, cela va vous aider avec vos problèmes sexuels.

– Qui dit que j'ai des problèmes? coupa Sumi sur un ton cassant. Je ne donne pas dans les puces, Kate!

– Je ne fais pas partie de ce qu'on appelle les Puciers, et pourtant…

Kate releva ses cheveux au-dessus de son oreille droite, révélant un implant.

– Voyez, je ne me complique pas la vie. Si c'est mal, je le fais, si c'est amusant, je le fais aussi. Les deux vont d'ailleurs souvent de pair. Faites-moi confiance, mon chou. Je peux vous arranger ce coup, et vous aurez une vie sexuelle sans jamais avoir à rencontrer un homme! Ça ne prendra que cinq minutes à installer. On peut le mettre sous vos cheveux, à un endroit où personne ne pourra le voir.

Sumi Chan, les yeux grands ouverts, parut hésiter.

La pluie holographique tombait sur le Henan. Le vent glacé, chargé de l'odeur de la terre, venait battre les fenêtres. Sumi avait éteint les lumières. Des éclairs zébraient l'horizon holographique.

Sa tête lui faisait un peu mal. Elle regarda la puce, posée dans son emballage de protection sur la table de chevet. Le check-up s'était bien passé, et la petite opération n'avait – comme l'avait promis Kate – duré que cinq minutes. La majeure partie de ce temps, d'ailleurs, avait été utilisée à raser un petit carré d'un demi-centimètre de cheveux, là où l'implant allait être inséré dans sa boîte crânienne Le médecin lui avait administré un anesthésique local, avait fait une incision et passé les senseurs à travers la petite ouverture. Les capteurs étaient très pointus, et Ben Masters avait utilisé un marteau pour les faire pénétrer dans la boîte crânienne elle-même. Une fois l'os traversé, il avait poussé un coup sec, et les senseurs étaient entrés en contact avec le cerveau.

L'opération avait été entièrement indolore.

Il y eut de nouveau des éclairs à l'extérieur. Sumi examina la puce, puis les minuscules pincettes reliées à la boîte par une longue chaîne. Il n'y avait aucune contre-indication à ce qu'elle s'en serve tout de suite, avait dit Kate.

Elle s'assit, posa les pieds sur le sol, faisant bruisser son pyjama de soie contre les draps. Puis elle prit la boîte, l'ouvrit et en retira la puce. Du petit doigt, elle chercha son nouvel implant et y dirigea la puce. L'objet glissa dans le lecteur sans difficulté. Un léger bourdonnement, qu'elle seule pouvait entendre, s'éleva.

Sumi attendit quelques instants, scruta la pièce autour d'elle. Rien ne se passait. Pas d'hallucinations, pas de couleurs vives, pas de sensations nouvelles. Elle se rallongea, déçue, remonta les couvertures sur sa poitrine et se mit à contempler les ombres au plafond.

Il y eut un bruit. Quelqu'un frappait doucement à la porte. Elle remonta les draps jusque sous son menton et appela :

– Qui est là ?

La porte s'ouvrit, et un homme entra, une bougie à la main.

– Je vous apporte un peu de lumière, dit-il en chinois. Je me suis dit que la tempête devait sûrement vous effrayer.

L'homme s'approcha. Le cœur de Sumi battit plus fort. Elle faillit tendre la main vers l'alarme mais il était de toute façon trop tard pour la sauver. Comment ce type était-il entré dans la propriété ?

– Je n'ai pas eu à entrer, j'ai toujours été ici, dit-il comme s'il avait entendu ses pensées.

– Qui êtes-vous ?

– Qui je suis, ou *qu'est-ce que* je suis ?

Il posa la chandelle sur la table de chevet, puis s'assit sur le lit à côté de Sumi. Elle sentait sa cuisse contre la sienne. Il la contempla d'un air innocent. Chan tendit la main vers la chandelle. Elle pouvait en sentir la chaleur.

– Commençons par le « qui ».

– Je n'ai pas de nom. C'est à vous de m'en donner un.

– Alors, « quoi » ? Vous êtes « quoi » ?

– Je suis votre homme idéal. Je vis dans votre cerveau depuis que le vieux Doc Ben y a posé les capteurs. Je suis un mélange de Lewis Crane, de votre père et de M. Weng, un professeur de lycée pour lequel vous aviez un gros faible.

— M. Weng… répéta-t-elle, rougissante de honte. Je n'avais jamais pensé à lui de cette façon…

— Vous avez pensé à lui aujourd'hui, lorsque Kate vous a demandé quel genre d'homme vous aimiez.

— Pourquoi êtes-vous ici ?

— Pour être votre amant, Sumi, si vous le voulez du moins. Je serai votre ami si vous ne désirez pas d'amant. Mais, en ce cas, je me dois de vous signaler que vous passeriez à côté de stimuli fort intéressants. Cette puce est de premier choix. Je suis très réel.

— Mais vous n'êtes pas… pas vraiment là, pas physiquement là ?

— Votre cerveau pense que je suis là, et cela me suffit.

Il posa la main sur la cuisse de Sumi et commença à la caresser. Elle se détendit peu à peu. Le fait de savoir que c'était *elle* qui créait cet amant rendait les choses beaucoup plus faciles. Il était inutile d'avoir peur.

— Je vais vous appeler Paul, dit-elle.

Il se mit alors à lui caresser le visage. Sumi sentit son corps parcouru de frissons.

— O.K., acquiesça-t-il. Mais pourquoi « Paul » ?

Elle le dévisagea.

— Parce que je n'ai jamais rencontré d'homme nommé « Paul ».

Ils éclatèrent de rire ensemble.

Il passa les bras autour d'elle et l'attira à lui. Elle huma l'odeur de son après-rasage, sentit la texture de ses cheveux souples et épais.

— Je t'aime, Sumi, lui murmura-t-il.

— Je sais, répondit-elle, je sais.

Les larmes coulèrent le long de son visage.

ZONE DE GUERRE DE LOS ANGELES
17 DÉCEMBRE 2026, 19 H 03

Abu Talib s'assit avec Khadijah dans la petite pièce à l'arrière de la grande salle de briefing. Il étendit les jambes et renversa la tête en arrière. Il était fatigué, épuisé. Cinq mois plus tôt, il avait signé l'accord avec Tang. Un accord qui le rendait très fier… et très nerveux. En échange de la promesse de la N.D.I. d'arrêter toute action violente, Liang avait donné sa parole d'organiser un référendum national sur la création d'un État islamique. Et aujourd'hui était le grand jour ; les élections auraient lieu ce soir.

Il y avait à côté de lui environ trente personnes alignées devant les murs d'écrans. Elles surveillaient le déroulement du vote dans les grandes villes qui avaient une Zone de Guerre.

Dans la salle de briefing, celle-là même où on avait amené Talib lors de sa première visite – qui semblait avoir eu lieu des millions d'années auparavant –, se tenaient Mohammed Ishmael et Martin Aziz, l'un vêtu d'une tunique noire, l'autre d'une tunique blanche… le jour et la nuit… Ces deux hommes étaient totalement unis pour défendre la même cause, mais avaient des méthodes radicalement opposées. Ils regardaient un écran géant qui couvrait tout un mur.

Khadijah s'assit aux côtés de Talib, posa la tête sur son épaule et se blottit contre lui. Il l'embrassa sur le front.

Il ne put s'empêcher de se demander ce que Frère Ishmael allait faire si le vote était négatif. Ces derniers mois, Martin Aziz s'était disputé tous les jours avec son frère au sujet des violences sur les territoires occupés par New Cairo. Pendant cinq mois, il avait dû chaque jour le convaincre de ne pas faire recommencer les émeutes et de se contenter plutôt de laisser se dérouler calmement la phase d'«éducation des citoyens» qu'il avait mise au point et que Talib était chargé de mener.

Le travail de Talib consistait simplement à faire des discours et à apparaître dans le show de tous ceux qui l'invitaient. Il fallait convaincre les gens que la Nation de l'Islam était une organisation pacifique, qui avait pour seul but la création d'un État islamique et l'instauration d'une paix fraternelle entre tous les hommes.

Talib n'avait pas arrêté pendant ces cinq mois et avait dû complètement laisser de côté la science. Son carnet de bal était plein. Il n'avait même plus le temps de s'occuper de ses fonctions diplomatiques à New Cairo. Il commençait à se sentir un peu désorienté : changer tout le temps de ville, répéter inlassablement le même discours… Il était épuisé. Quelle foutue façon de passer les premiers mois de sa vie d'homme marié !

Aziz, de son côté, avait organisé des manifestations pacifiques, des «marches d'information», comme il les appelait. Il considérait que, puisque Ishmael avait attiré l'attention générale avec ses émeutes et ses violences, il était possible de s'attirer la sympathie du peuple américain et de les faire voter dans le bon sens, en les éduquant et en organisant les relations publiques de la Zone.

— Pourquoi est-ce que toi et mon frère faites cette tête ? demanda Khadijah. Est-ce que nous ne gagnons pas ?

— Pour le moment si, répondit Talib. Mais tu n'as pas d'expérience en ce qui concerne la façon de voter. En fait, très peu de gens votent pendant la journée. La plupart attendent de rentrer chez eux après le travail, ils écoutent les discours et les promesses de dernière minute. Pour eux, voter n'est qu'un amusement comme un autre.

Il sentit plutôt qu'il n'entendit Khadijah soupirer avec force. Elle indiqua du doigt un écran dans un coin. L'image montrait Lewis Crane et Lanie, enceinte jusqu'aux dents. Il vérifia le nom du canal audio correspondant à la transmission, le M, et brancha son pad dessus. Il entendit la fin de ce que Crane était en train de dire devant la caméra.

— … et c'est la raison pour laquelle mon épouse et moi-même soutenons la cause de la Nation de l'Islam. Nous avons voté pour la création d'un État indépendant, et nous espérons que vous ferez de même.

Talib faillit s'évanouir de stupeur. Il se redressa et coupa le canal M. Comment était-il censé réagir à cela ? Il pouvait bien sûr envoyer un e-mail à Lanie et à Crane pour les remercier de ce soutien officiel. Tous les médias avaient longuement couvert leur mariage dans l'Himalaya. Mais peu de choses avaient été dites sur le couple, ses projets et ses travaux. Les T.V. s'étaient contentées de colporter quelques ragots de circonstance. La communauté scientifique ne bronchait pas. Talib avait tout de même entendu dire que quelque chose se préparait, que Crane travaillait sur un nouveau site. Mais il avait été trop occupé pour pouvoir se renseigner davantage… Non pas qu'il fût inquiet. Lewis ne risquait pas d'être en train de se préparer à ressouder les plaques. Il était, bien entendu, assez riche depuis son pari pour se permettre de monter une opération aussi monstrueuse, mais jamais il n'obtiendrait les autorisations et les ogives nucléaires nécessaires… On verrait bien, de toute façon…

Khadijah lui secoua brutalement le bras.

– Qu'est-ce que tu as ? demanda-t-elle d'un ton agressif. Tu as l'air retourné, ce n'est tout de même pas parce que tu viens de voir cette femme blanche avec son gros ventre qui te rappelle qu'elle porte l'enfant de Crane ?

– Non, mentit-il. Tout cela est fini.

– Mais tu aimerais avoir des enfants… des fils, n'est-ce pas ?

Il souleva doucement la tête de Khadijah toujours appuyée sur son épaule et la regarda dans les yeux.

– Bien sûr, c'est un de mes souhaits les plus chers.

– Voilà qui tombe bien. Parce que, justement, tu vas en avoir un. Je vais te donner un fils, un leader pour New Cairo.

– Quoi ?

Les yeux de la jeune femme brillaient. Elle s'amusait beaucoup.

– Tu m'as bien entendue. Tu ne devrais pas être surpris, nous avons fait tout ce qu'il fallait pour que je sois enceinte, non ?

Talib la serra contre son cœur. Il se sentait débordant de joie mais aussi d'amertume.

– C'est merveilleux. Quand ?

– Il naîtra en juin.

– Tu es sûre que c'est un garçon ? Tu as fait faire les tests ?

– Je n'ai pas besoin de tests. J'ai fait un mâle qui servira l'Islam. Nous avons beaucoup de volonté dans ma famille.

– Talib ! appela soudain Ishmael. Branche ta saloperie d'aural !

Abu embrassa Khadijah et ouvrit le canal V. Il était totalement euphorique.

– Khadijah est enceinte ! annonça-t-il pour tout le monde dans son pad.

La foule poussa un cri de joie.

– Nous prierons pour que ce soit un mâle, dit Ishmael. En attendant, regardez les écrans.

Ce que vit Talib ne le surprit pas outre mesure. Une moitié de l'écran montrait l'extérieur de la Zone de Guerre de Los

Angeles. Des Zoniers, adultes et enfants confondus, chantaient. Ils avaient tous une bougie à la main. L'autre partie de l'écran donnait les derniers résultats du vote. La N.D.I. était minoritaire.

— Nous sommes partis pour perdre, s'écria Ishmael en levant les bras au ciel d'un air exaspéré, et que fait mon frère? Il fait chanter des *negro spirituals*! Il nous fait jouer *La Case de l'oncle Tom*, version comédie musicale!

— Rappelle-toi, dit Talib, nous avions prévu que nous perdrions dans certaines régions.

— Nous avons perdu un point à Seattle, annonça quelqu'un dans le groupe de gens qui contemplaient les écrans, et nous perdons deux points à Phoenix.

— Nous ne sommes plus en tête à New York!

— Ça y est, murmura Ishmael.

Talib vérifia l'écran qui diffusait le panneau des résultats par région. Ils étaient en train de perdre.

— Qui est-ce qui surveille l'écran de Detroit? cria Ishmael au milieu de la confusion générale.

Un homme assis non loin de Talib se leva.

— Moi, monsieur.

Talib se leva également, Khadijah aussi.

Aziz attrapa Ishmael par le bras.

— Non! Tu ne peux pas faire ça!

Ishmael se dégagea et cracha par terre.

— Voilà le résultat de tous tes beaux conseils!

Il s'adressa à l'homme qui surveillait les résultats de Detroit.

— Est-ce que Frère Elijah a les choses en main là-bas? demanda-t-il.

— Oui, monsieur.

— Dis-lui de passer à l'action.

Aziz avait déjà transféré les images de Detroit sur l'écran principal. Talib regarda. La foule qui chantait là aussi en tenant des petites bougies reçut les ordres d'Ishmael. Ils se turent aussitôt et jetèrent leurs chandelles sur les gardes de la FPF alignés cinquante mètres plus loin.

Puis ils chargèrent et passèrent dans le no man's land entre la Zone et le monde extérieur en criant: «Dieu est grand» et en jetant des pierres.

La FPF fit envoyer des grenades à nausée. Et des armes apparurent parmi les Zoniers.

— Des fusils ! s'écria Aziz, horrifié. Qu'est-ce que tu fais ?

— Ce que j'aurais dû faire depuis longtemps, rétorqua Ishmael. Au point où nous en sommes, c'est le seul choix qui nous reste. Nous allons peut-être créer un événement assez intéressant pour que les gens qui n'ont pas voté suivent ces scènes… et oublient de voter. Appelez Miami, dites-leur de se préparer.

— C'est la catastrophe à Detroit, annonça l'homme à côté de Talib. Nous avons maintenant cinq points de retard !

— Dites-leur de tenir bon ! s'écria Ishmael en tournant en rond comme un tigre furieux.

Il pointa soudain le doigt vers un des moniteurs.

— Que disent les comparaisons entre les régions ?

— Nous gagnons dans les villes où il n'y a pas de Zone, lui répondit-on via son aural.

— Frère, murmura Aziz qui écoutait aussi, à propos de Detroit…

— Faites arrêter immédiatement les actions à Detroit ! ordonna Ishmael en s'avançant parmi ceux qui s'occupaient de télécharger les dernières statistiques. Silence, arrêtez tout !

Tout le monde sursauta puis s'exécuta.

Son ordre arriva à Detroit instantanément. Dans toutes les villes, les Zoniers cessèrent leurs chants. À Detroit, les manifestants étaient déjà en cours de repli à l'intérieur de la Zone.

— Et maintenant ? demanda Aziz.

— Tu oses me poser cette question ? rugit Ishmael en lui brandissant le poing sous le nez. Nous allons perdre, et c'est ta faute ! C'est la tienne également, Talib !

— La violence ne résout rien, dit Aziz. Je t'en supplie, choisis la voie de la paix !

— Non ! hurla Ishmael.

Il se détourna de son frère, fonça à travers la foule et sortit par la petite porte sans regarder derrière lui.

17
MER DE SALTON

BOMBAY BEACH, CALIFORNIE
15 JUIN 2028, 11 HEURES

Lewis Crane fit monter l'hélic jusque dans les nuages cotonneux dont le blanc tranchait sur le bleu vif du ciel, puis piqua vers le sol. Charlie, tout juste dix-huit mois, battit des mains et éclata de rire. Assis sur les genoux de sa mère, il tenait sous son petit bras un gros éléphant en peluche jaune.

– Tu sais ce que sont les nuages, Charlie ? lui demanda Crane en virant vers le sud où se trouvait le Centre. Eh bien, les nuages… c'est de l'eau !

L'enfant répondit par un gazouillis. Il semblait adorer ses parents et écoutait toujours avec la plus extrême attention tout ce qu'ils pouvaient lui dire. Il les gratifiait même parfois d'une réponse composée d'une suite d'onomatopées.

– Et tu sais combien pèse un nuage ?

Les grands yeux noisette du garçonnet, les mêmes que ceux de sa mère, s'écarquillèrent, et il scruta le ciel autour de lui comme s'il avait compris ce que son père venait de lui dire. Il tendit sa petite main et articula :

– Naaage… naaage !

– C'est ça, vieux, des nuages, approuva Lewis. Je parie que tu es persuadé que les « naaages » ne pèsent rien, comme les toiles d'araignée. Eh bien, sache que les gros nuages sont très, très lourds. Disons, dans les cinq millions de kilos. Plutôt lourds, hein ?

— Lou ! répéta Charlie en ouvrant les bras.

Puis il brandit sa peluche et s'écria :

— Néléffffant ! Looooouuuu…

— Ouais, acquiesça Crane, ça doit peser plus lourd qu'un éléphant…

Il se tourna, rayonnant, vers Lanie.

— Tu as entendu ça ? Deux mots d'un coup, « nuage » et « éléphant ». Et il a pigé mon blabla sur le poids !

Elena sourit et arrangea les cheveux de son fils. Elle résista à la tentation de se moquer de son mari. Peu importait. Charlie était effectivement surdoué, de toute façon. Il n'était peut-être pas encore prêt pour faire un discours devant une assemblée de prix Nobel, mais Crane avait de bonnes raisons d'être fier de lui. Il aimait ce gosse et se montrait un excellent père. Mais le plus merveilleux, pensa Lanie, c'était que l'enfant était d'une nature tranquille. Il était très affectueux et curieux de tout.

Comme s'il avait deviné ses pensées, le garçonnet se tourna sur son siège et lui donna un baiser mouillé sur la joue. Elle rit et se rendit compte en même temps que le Centre venait d'apparaître en dessous d'eux.

Comme d'habitude, il y avait des manifestants agglutinés devant les grilles de l'enceinte. Les manifestations avaient commencé juste après le début des opérations de forage. Charlie était né deux jours plus tard. Mohammed Ishmael organisait toujours plus de manifestations de la N.D.I., et elles étaient chaque fois plus violentes. La raison officielle de leur présence permanente autour du Centre Northwest Gemstone était qu'ils voulaient « empêcher ce fou de Crane de déclencher un cataclysme nucléaire dans l'espoir d'arrêter les tremblements de terre ». Lanie et Lewis savaient qui leur avait parlé de cela : Dan Newcombe… ou plutôt Abu Talib, comme il se faisait appeler maintenant.

Lorsque Daniel avait quitté la Fondation, ils avaient craint qu'il ne révèle à tout le monde le véritable but de Crane. Ils n'arrivaient pas à comprendre pourquoi il avait attendu si longtemps. Dan avait mis du temps à apprendre où se trouvait

Northwest Gemstone et à comprendre ce qui s'y passait. C'était très étrange. Jusqu'à aujourd'hui, ils n'avaient pas eu à mentir, car les gens étaient enclins à ne plus croire un mot de ce que disait la N.D.I. Après avoir perdu le référendum sur la création d'un État islamique, Mohammed Ishmael avait accaparé le devant de la scène, faisant encore plus de discours et d'apparitions en public que Dan. Il parlait sur tous les médias, et devant son propre peuple. Et il ne faisait aucun doute que c'était Mohammed Ishmael qui avait organisé la reprise des attaques terroristes et de la guérilla.

Les Zones de Guerre avaient d'abord déclenché des émeutes, toutes en même temps. Puis avaient suivi les actions de commando dans tous les quartiers des villes... kamikazes les poches bourrées d'explosifs, voitures remplies d'hommes armés tirant en rafale sur tous ceux qui avaient la malchance de se trouver sur leur chemin. La guérilla urbaine dans toute son horreur.

Et chaque fois qu'une bombe explosait, qu'un coup de feu était tiré, Mohammed Ishmael en revendiquait la responsabilité et répétait que les violences cesseraient immédiatement le jour où les musulmans auraient leur Nation... et où Crane serait arrêté.

Liang Int. continuait de soutenir le projet de Crane, en grande partie pour ne pas perdre la face devant Yo-Yu dont le nouveau logo – les lettres Y, O, U, « vous », écrites en rouge sang – semblait interpeller les gens. Yo-Yu était en plein boum. Leurs puces étaient devenues remarquablement sophistiquées. Elles arrivaient maintenant à créer des affects qui permettaient au cerveau de reconnaître l'illusion du réel. Les puces YOU étaient devenues si bonnes que les efforts désespérés de M. Tang pour leur reprendre le marché étaient voués à l'échec, parce qu'on ne pouvait pas égaler leur qualité. Le fossé technologique entre les deux firmes s'élargissait, et Yo-Yu gardait jalousement ses secrets.

Et puis il y avait la vallée du Mississippi. Yo-Yu gagnait des sommes énormes grâce à ses puces qui, peu à peu, remplaçaient la Dorph. La firme avait demandé à racheter toute la région sinistrée. Une offre que Liang avait acceptée. Cela avait permis à M. Mui de retrouver la face puisque Liang avait fait des bénéfices sur l'exercice 27 grâce à cette opération. Yo-Yu avait dépensé beaucoup d'argent dans la région, ce qui avait redynamisé l'économie. Le secteur ressemblait maintenant à ces villes frontières, jeunes et en pleine expansion. Tous ceux qui ne dépendaient pas d'une firme mais avaient de l'ambition venaient s'y installer et prendre la place de ceux qui avaient fui après le séisme et ses multiples chocs secondaires.

Bruyants, agités, hors de portée de la loi, les gens de la vallée du Mississippi avaient fait de leur région un endroit chaud où l'on pouvait se faire de l'argent facilement. Cela avait permis à Yo-Yu de s'installer enfin au niveau de base du marché : propriété terrienne, bois, chimie organique, agriculture. La vallée du Mississippi allait lui servir de tremplin pour prendre la place de Liang America.

Leur personnel était le meilleur. Ils avaient réalisé l'opération de relations publiques la plus réussie de l'histoire de l'humanité en amorçant la régénération de la couche d'ozone, une idée qu'ils avaient piquée à Liang. Le travail de Yo-Yu avait déjà régénéré vingt-sept pour cent de la couche, améliorant ainsi la vie de tout le monde gratuitement. On pouvait de nouveau marcher au soleil sans craindre de contracter un cancer de la peau. Les arbres qu'on croyait définitivement morts commençaient à bourgeonner de nouveau. Lors des élections de 26, Yo-Yu avait raflé quatre-vingt-neuf sièges à la Chambre des représentants. C'était énorme, et cela avait créé une sorte d'équilibre politique. Les vrais débats sur les problèmes réellement importants pouvaient enfin reprendre au Congrès.

Crane raccorda son pad au haut-parleur extérieur et déclencha la sirène de l'hélic dans les oreilles des manifestants. Il vit leurs poings se lever vers lui.

— Vous êtes sur une propriété privée, annonça-t-il.

Charlie riait et battait des mains en entendant la voix de son père résonner si fort autour de lui.

— Nous allons commencer des essais avec de nouveaux gaz de combat mortels, continua Crane. Quittez les lieux sur-le-champ.

Il se posa lentement en les regardant s'égailler. Puis il appela sur son pad le centre de contrôle du projet.

– Mettez en marche le système d'arrosage.

Ils éclatèrent de rire en voyant les stupides tuyaux d'arrosage de la pelouse se mettre à cracher leur liquide. Les manifestants fuyaient, toussant, rampant, respirant avec difficulté. Le pouvoir de l'autosuggestion était sans limites. Crane changeait de blague régulièrement afin que le stratagème puisse continuer à marcher.

Ils passèrent au-dessus de la clôture, le petit contingent de la FPF les salua de la main au passage. Frère Ishmael faisait beaucoup de menaces et de bruit, mais il n'avait jamais attaqué directement le Centre. Il avait sans doute peur de s'aventurer avec ses troupes trop loin d'une Zone de Guerre où se replier ensuite. À moins, bien sûr, qu'il n'ait tout simplement craint, comme il le clamait, que le Centre ne renferme de dangereux matériaux radioactifs.

– Donc, il a dit que les machines ne creusent pas correctement ? demanda soudain Lanie tandis qu'ils se rapprochaient du Centre.

– M. Panatopolous est très contrarié, il veut qu'on repousse la date de fin des travaux.

– Ce type a toujours été un emmerdeur.

– C'est dans sa nature, mon amour. Le père Pany contribue à la construction du monde de demain par sa mauvaise humeur permanente. Au fond, je n'ai aucune envie qu'il change. Ses coups de gueule me manqueraient.

– Qu'est-ce que tu lui as dit de faire ?

– Je lui ai dit que j'allais charger ma femme de s'occuper de son problème. Et tu vas le faire, n'est-ce pas ?

Elle hocha la tête.

– Ça doit être encore un problème de calibrage. Les foreuses s'arrêtent de tourner au bout de quelques instants, mais personne ne remarque rien.

Ils s'approchèrent du sommet du bâtiment de confinement. Son dôme sans fenêtres ressemblait à une verrue en béton sur la longue étendue de sable plat de Bombay Beach. Le site se trouvait sur la berge est de la mer de Salton, à plusieurs kilomètres d'une importante communauté de retraités. Encore plus à l'est, on pouvait trouver les montagnes de San Bernardino. Salton étincelait sous le brûlant soleil de la mi-journée. S'étalant sur quarante-huit kilomètres de long et sur seize de large, cette étendue d'eau s'était formée en 1905, lorsque le Colorado avait brisé les barrages d'irrigation et inondé la région. On appelait Salton une mer mais, en fait, c'était un étroit lac salin. Le Centre y pompait l'eau nécessaire à ses réacteurs.

Toutefois, ce n'était pas pour cela que Salton existait. Le lac se trouvait soixante-neuf mètres au-dessous du niveau de la mer, ce qui leur permettait de commencer les forages très bas. De plus, il était situé juste au-dessus de la convergence de failles la plus importante de Californie. Exactement sous cette pseudo-mer, la faille de San Andreas rejoignait la faille Impériale pour n'en former plus qu'une, qui conservait le nom d'Impériale et courait comme une plaie ouverte jusqu'au golfe de Californie. Les deux failles, ainsi unies, remontaient ensuite vers le nord pour se fondre avec d'autres cassures et des volcans inactifs. Salton était l'endroit idéal pour fermer le clapet à San Andreas une bonne fois pour toutes. En outre, on pouvait du même coup en finir avec au moins trois des principales failles de la région. Le globe avait signalé à quel point il était urgent de s'occuper de ces trois menaces. Il avait démontré qu'en 2070, trente années après que la Californie serait devenue l'île de Baja, le reste de l'État se déchirerait à partir de la mer de Salton, depuis la frontière mexicaine jusqu'à l'Oregon, faisant de la région une péninsule en saillie, où les flots du Pacifique viendraient clapoter le long de l'Arizona et du Nevada.

Crane avait l'intention d'arrêter tout cela en une seule opération qui allait avoir lieu dans deux semaines.

Il se posa sur la piste noire à côté du bâtiment de confinement que les ouvriers lavaient avec des lances d'incendie. Massada était passé la nuit dernière. Le nuage commençait à se dissiper et disparaîtrait complètement dans les années à venir. Tout n'était que changement. Trois mois auparavant, un groupe de scientifiques juifs s'était rendu en Israël, malgré les radiations, pour construire un dôme au centre de ce qui restait de la ville de Jérusalem. L'abri de leur petite colonie touchait les vestiges du mur ouest, tout ce qui restait du temple de Salomon construit trois mille ans plus tôt. Le monde islamique avait protesté avec violence et les avait menacés, mais les Juifs étaient restés. Deux bébés étaient déjà nés, nés sur la terre de leurs ancêtres.

La roue tourne, avait pensé Crane, *prends ça dans les dents, Frère Ishmael!*

Ils sortirent de l'appareil mais, au lieu de se diriger vers le dôme de confinement, allèrent en direction des nombreux petits bâtiments érigés dans la plaine. Il y avait des maisons pour ceux qui vivaient là pendant la durée du projet, une cafétéria avec une salle de jeux, des baraques où étaient rangés les équipements et une zone où tous les engins bizarres de M. Panatopolous, les foreuses arthropodomorphes, étaient garés. Dans le lointain, sur le plat désert de sel, on apercevait une petite colline de soixante mètres de haut, composée de roches et de terres extraites des profondeurs. C'était le point le plus élevé de toute la région.

L'ascenseur qui menait à la caverne ressemblait à tous les autres bâtiments : deux étages, pas de fenêtres. L'air chaud du désert qui soufflait à travers le camp était chargé d'une poussière jaune. Ils coururent jusqu'à l'entrée, Lanie portant Charlie dans ses bras. Elle plaqua son chapeau à large bord sur le visage de l'enfant pour lui éviter de respirer trop d'impuretés. Il le repoussa en arrière. Charlie aimait bien le désert.

Ils se firent identifier par le système de sécurité à reconnaissance vocale puis marchèrent jusqu'à la porte intérieure, gigantesque, afin de permettre le passage des grosses machines. Le système vérifia de nouveau leur identité, y compris celle de Charlie, par un scan rétinien et une analyse de leurs empreintes digitales.

Les portes de l'ascenseur s'ouvrirent avec le bruit caractéristique d'un déverrouillage hydraulique. Ils entrèrent dans le cylindre de métal de six mètres de haut et de dix mètres de diamètre. Cet engin pouvait contenir et transporter une centaine de personnes ou six tonnes d'équipement. L'ascenseur était un électroaimant géant qui se propulsait grâce au champ magnétique terrestre. La cabine flottait au-dessus d'un trou abyssal d'une profondeur de trente-deux kilomètres. Rien ne la maintenait en place et il n'y avait pas de freins. Les deux seuls boutons dans la paroi près de la porte étaient deux flèches indiquant le haut et le bas.

Il y avait un tapis au centre de l'ascenseur et tout ce qu'il fallait pour le confort et l'amusement. La descente durait plus de vingt minutes. Lanie se laissa tomber dans un des sofas. Charlie se précipita vers l'holomécano, un petit projecteur holographique que l'on tenait à la main et qui créait des blocs de couleurs destinés à construire absolument n'importe quoi. L'enfant adorait les empiler jusqu'au plafond, puis donner un coup de pied dans celui du bas pour les voir dégringoler.

Crane contemplait son fils avec l'adoration que seul un père d'âge mûr pouvait lui vouer. À quarante et un ans, il ne se sentait pas spécialement vieux, mais il avait vécu une vie mouvementée, et vu plus de choses qu'aucun autre de ses contemporains. Il était heureux de n'avoir jamais éprouvé les sentiments de tendresse qui l'habitaient maintenant avant que son rêve ne soit en voie de réalisation. Il avait peur de perdre l'énergie presque psychotique qui lui avait permis d'en arriver là. Ce projet était trop important pour le monde. Il ne pouvait pas se permettre de se laisser aller. Déjà, il commençait à se civiliser et sentait que, bientôt, il allait devenir complaisant, puis commencerait sûrement à faire des concessions… la mort de la créativité.

– Est-ce que tu vas repousser la date ? demanda Lanie tandis que les blocs de couleurs volaient en tous sens pour la grande joie de Charlie.

Crane se cala dans son fauteuil. Le gamin recommençait déjà à empiler des cubes.

– Non, tout va se passer sans problème. Je suis d'ailleurs content de savoir que nous en aurons fini avec tout ceci avant les élections.

Elena s'étendit sur le sofa. L'ascenseur se déplaçait sans bruit, excepté un petit claquement, un point de contact, toutes les dix secondes.

– Peut-être que cette horrible violence cessera aussi après les élections.

– Tu vas bien ? demanda Crane.

– Ce n'est rien… je suis juste fatiguée. Je n'ai pas bien dormi la nuit dernière.

– Tu as eu des cauchemars ?

– Je te dis que ce n'est rien.

– Lanie…

Elle se redressa sur le divan, l'air tendue.

– Tu te souviens de ce rêve que je faisais tout le temps ?

– Ton cauchemar martiniquais ? Bien sûr. Tu as cessé de le faire dès que tu as retrouvé la mémoire.

– Ça recommence. J'ai eu de nouveau ce cauchemar la nuit dernière. C'était si… réel. Je pouvais sentir le feu me brûler les jambes, entendre les cris et…

Il alla s'asseoir auprès d'elle et lui passa un bras autour de la taille.

– Ce n'est qu'un mauvais rêve, Lanie.

Elle se colla contre lui.

– Ce qui est dingue, c'est que… l'endroit où ça se passe ressemble beaucoup à l'endroit où nous nous trouvons maintenant.

Il l'embrassa sur la joue.

– Ton cerveau incorpore des éléments de ta vie quotidienne dans ton rêve, voilà tout.

Elle se raidit.

– Non, mon cauchemar n'a pas changé. Les choses ont toujours été comme ça dans mon rêve.

Il lui tourna doucement la tête pour qu'elle le regarde.

– De quoi sont faits les rêves ? demanda-t-il.

– D'impulsions électriques se développant au hasard dans le cortex cérébral. Le cerveau les interprète comme bon lui semble. Mais comment ai-je pu voir cet endroit, ici, il y a quatre ans ?

Elle le regardait toujours dans les yeux.

– C'est une coïncidence, sans plus, répondit-il. Toutes les cavernes se ressemblent.

Tout le monde était fatigué au Centre. Crane avait hâte que ce soit fini. Lorsqu'il annoncerait les résultats et la suite possible des opérations au monde, il passerait la main à quelqu'un d'autre pour coordonner les choses. Il avait envie de se reposer, de passer un peu de temps avec sa famille.

– Tu as peut-être raison, dit Lanie.

Ils allaient bientôt arriver à destination. Crane sentait son estomac se rebeller sous l'effet de la décélération. Les portes de l'ascenseur s'ouvrirent enfin sur un hall bien éclairé, fait de murs de béton et de poutrelles de métal. Ils s'engagèrent dans le couloir du quartier administratif, passèrent la réception et se dirigèrent vers la section informatique.

Ils s'arrêtèrent devant la porte. Lanie passa Charlie à Crane.

– Allez, va avec ton papa voir M. Panatopolous pendant que maman remet ce sacré projet sur les rails.

– Oui, viens, mon grand. On va aller voir les foreuses.

– Fo-euse ! s'écria Charlie, ravi.

Il y avait un escalier métallique à l'extrémité du couloir flanqué d'un panneau : « Réservé au personnel autorisé. » Crane en descendit les marches et émergea dans la caverne.

Elle était monstrueuse, avec ses quatre cent cinquante mètres de large et son plafond naturel à près de trente mètres au-dessus de leurs têtes. De chaque côté de la grotte se trouvaient les excavations faites par Panatopolous. Elles étaient toutes assez grandes pour y laisser passer camions et équipement lourd. Le réseau courait sur près de cinq kilomètres dans les deux directions. Un puissant système d'éclairage rendait l'endroit extrêmement lumineux et la température restait celle des profondeurs de la terre : vingt et un degrés Celsius.

Dominant la grotte, se trouvait l'immense salle des ordinateurs, ceinte de baies vitrées.

– Fais bonjour à ta maman, vieux !

Crane fit « coucou » avec la main en même temps que son fils. Lanie répondit par un signe. La symbiose entre eux était idéale. Crane et son épouse se complétaient parfaitement dans tous les aspects de leurs vies. Ils se partageaient l'éducation de leur fils, et travaillaient quand ils en avaient envie ou lorsqu'ils ne pouvaient pas faire autrement. Mais, ce qui jouait le plus dans leur bonne entente, c'était que chacun comprenait les motivations de l'autre et les respectait. Pour la première fois de sa vie, Lewis comprenait le vieux dicton qui disait que « l'homme n'est pas fait pour vivre seul ».

Il posa Charlie sur le sol. La gamin fonça directement vers les petites voitures à trois roues qu'on utilisait pour se déplacer dans les cavernes. Son père courut derrière lui, et ils s'installèrent à bord d'un des véhicules.

– Appelle maman ! dit Crane en tendant son pad à son fils.

Le petit frappa immédiatement la touche du canal P. La voix de Lanie résonna dans l'aural de Crane.

– Dis donc, on travaille, ici !

– Ouais, ouais, je sais. Tu peux me dire où se trouve Panatopolous ?

– Corridor A, répondit-elle. Tout au bout.

– Merci, mon amour. À tout à l'heure.

Il coupa la communication et mit le focus en marche. Après un petit soubresaut, le véhicule s'ébranla en ronronnant sur le sol de ciment. Tandis qu'ils s'avançaient à travers la grotte en direction du couloir A, Crane contempla son œuvre. Des galeries aussi larges que des piscines olympiques étaient taillées tous les dix mètres dans la roche. Il y avait des poutres d'acier partout. Chacun de ces couloirs s'enfonçait vers le cœur de la Terre sur plus de six kilomètres, son centre étant occupé par un tube rempli de matériaux nucléaires. Il y avait en tout cent galeries, et donc cent tubes.

La voiture tourna sur la gauche et prit le couloir A qui serpentait le long d'autres galeries prévues pour recueillir les bombes destinées à souder les failles qui sillonnaient la région. Cette zone du Centre était située si profondément sous le lac salé de Salton que les explosions feraient à peine frémir la surface de l'eau.

Il y avait tous les huit cents mètres des systèmes de mesure du niveau de radiation dans les galeries. Quelques fuites s'étaient produites, d'ailleurs facilement maîtrisées par un système destiné à disparaître dès la semaine suivante. Étant donné les quantités de matériau radioactif manipulé ici durant ces huit derniers mois, il était étonnant qu'il n'y ait jamais eu de problème plus sérieux. C'était ce petit miracle qui allait leur permettre de tout terminer avant les élections qui – tout le monde le savait – allaient aboutir à une victoire éclatante de Yo-Yu. Les gens commençaient à croire aux rumeurs qu'ils entendaient sur le Centre. Yo-Yu annulerait sûrement tout.

Le couloir ne cessait de serpenter, véritable galerie d'exposition sur les possibilités géologiques de la nature. On voyait sur les parois des traces de fractures, de compressions, de ruptures, de failles. Ce lieu disparaîtrait après l'explosion, et sa roche serait fondue par la chaleur dégagée.

Ils débouchèrent dans un couloir en ligne droite et repérèrent la foreuse de M. Panatopolous, qui se trouvait à une bonne centaine de mètres devant eux. Le petit homme tournait en rond, comme d'habitude. Crane avait tenu parole. Pany les avait aidés à creuser dans la boue de Reelfoot, il lui avait donc offert de diriger les opérations de forage, et lui avait même promis un bonus de cinquante pour cent s'il finissait les travaux avant la fin mars.

– Vous en avez mis, du temps ! s'écria Gary Panatopolous en voyant leur voiture approcher.

Puis il aperçut Charlie, changea d'expression et se mit à sourire.

– Mais, voilà mon copain ! s'écria-t-il en prenant le gamin dans ses bras. Ce que tu grandis vite, bonhomme !

Le garçonnet sourit, non sans contempler avec fascination la foreuse de cinq mètres de haut qui ressemblait à une mante religieuse penchée sur sa proie.

Charlie était un peu la mascotte du Centre. Au cours de ces derniers mois, il était progressivement passé de l'état de bébé à celui de petit garçon sous les yeux des soixante employés.

Crane s'avança jusqu'à la machine qui avait le museau enfoncé dans le trou qu'elle creusait, et dont on ne pouvait pas voir le fond. Une nacelle juste assez grande pour contenir un homme se balançait au bord de l'excavation. Ces petites cages permettaient à des ouvriers de descendre dans le trou pour vérifier l'étanchéité. Elles permettraient aussi, bientôt, d'aller mettre en marche le détonateur devant faire sauter les tonnes de plastic qui allaient être entassées dans ce trou et qui, elles-mêmes, mettraient en marche la réaction nucléaire.

La foreuse, d'une puissance extrême, déchiquetait littéralement la roche. Les débris étaient aspirés par un tube qui les ramenait dans une chambre cylindrique près de la machine, où ils étaient réduits en poussière par un broyeur à ultrasons. On chargeait ensuite cette poudre dans des bennes qui la remontaient à la surface. La colline de terre près du lac grandissait un peu plus tous les jours.

Panatopolous rendit Charlie à son père.

– J'aurais déjà fini ce trou si je ne dépendais pas de vos foutus ordinateurs ! s'écria-t-il. Un trou, c'est un trou. Pourquoi voulez-vous les vérifier un à un ?

– Vous êtes le roi des trous, répondit Crane. Moi je suis le patron du contenu des trous, O.K. ?

– Vous êtes le roi de rien du tout, alors... Dans un trou, y a que du vide !

Crane lui sourit.

– Quel est le poids moyen d'un nuage ?

– Quoi ?

Crane appela Lanie sur son pad.

– Je suis à côté d'une foreuse qui attend sans rien pouvoir faire. Dis-moi quelque chose !

– Ne laisse pas Charlie s'approcher du trou ! lui répondit Lanie dans son aural.

– Roger, chef !

– Et dis à notre malheureux ami qu'il faut qu'il recalibre sa bécane de zéro virgule cinq centimètre sur un angle de vingt-trois degrés...

– Zéro virgule cinq centimètre sur un angle de vingt-trois degrés, répéta Crane à Panatopolous.

L'homme jura, puis s'excusa auprès de Charlie.

– Il est en train d'attaquer la section qui est à l'intérieur même de la faille, continua la voix de Lanie. Nos ordinateurs ne toléreront pas la moindre déviation de l'axe prévu.

– J'ai compris. Quoi d'autre ?

Il y eut un silence qui dura plusieurs secondes.

– Lanie ? appela Crane.

– Il y a ici deux groupes qui viennent visiter les lieux.

– Et alors ?

– Un des deux groupes est composé de représentants de la Nation de l'Islam.

– Quoi ? Mais je n'ai jamais autorisé...

– Désolée, Crane. Sumi m'a appelée hier et m'a demandé si je pouvais arranger ça... comme un service personnel. Il doit penser que ça va peut-être calmer les esprits. Tu n'étais pas là, j'étais débordée de boulot… J'ai dit oui et j'ai oublié de te prévenir.

— Ne laisse personne passer la réception. J'arrive.

Crane était si célèbre que tout le monde voulait le voir, l'approcher. Dès le début des excavations, des groupes étaient venus pour l'apercevoir. Ils avaient donc décidé que le meilleur moyen d'obtenir une image de marque positive, et aussi de détourner les soupçons quant au véritable but du Centre, était d'accepter des visiteurs et de leur montrer les galeries en insistant sur l'intérêt géologique des lieux.

— Crane, appela Lanie, Dan fait partie du groupe.

Lewis sentit la colère monter en lui.

— Il a le culot de venir ici !

— Je l'ai en face de moi, rétorqua Lanie.

Abu Talib se tenait dans l'entrée réservée aux visiteurs, avec Khadijah. Elle était enceinte de son deuxième enfant. Martin Aziz était là aussi. Abu haïssait Crane, il l'avait haï dès le premier jour mais avait complètement occulté ce sentiment pendant les premiers temps de leur association.

Ici, dans les profondeurs abyssales, symboles de la folie de Crane, il pouvait enfin mesurer ce qu'étaient les forces du mal. Une bande d'élèves de sixième de l'école de Niland couraient dans la pièce, poursuivis par leurs professeurs qui tentaient en vain de les calmer. Talib ne les voyait même pas. Il écoutait les ronflements des machines, les voix des ouvriers, le bourdonnement du système de refroidissement. C'étaient les bruits d'un système opérationnel. Crane était réellement en train de jouer à Dieu. Si Talib avait eu le moindre doute quant à ce qui se passait vraiment ici, il n'en avait plus aucun à présent. Inutile pour lui de faire la visite. Il savait qu'il allait voir des galeries, beaucoup de galeries, toutes pleines de matériel nucléaire.

Talib ne croyait pas en Dieu, mais il était fermement attaché aux lois de la nature. La Terre était bonne, elle était le fruit de toute l'histoire de l'univers. Elle était sacro-sainte. On pouvait l'étudier, on pouvait essayer de vivre en harmonie avec elle. Mais la contrôler ? Blasphème ! Il pensa soudain à la loi de Newton qui disait que tout mouvement était naturellement compensé par un mouvement opposé de force égale. Comment la Terre allait-elle réagir à l'attaque de Crane ?

Abu Talib était furieux. Il allait devoir être le champion du bien. Il allait devoir faire ce que personne d'autre ne pouvait faire : combattre et arrêter le fou qui risquait de détruire la planète entière.

— Je n'arrive pas à croire que vous ayez eu le culot de venir ici.

Talib fit volte-face. Lewis se tenait là, deux hommes du G à ses côtés. Lanie était derrière lui. Elle portait son enfant, son enfant blanc, dans ses bras.

— Et moi, répondit-il, je n'arrive pas à croire que vous ayez eu le culot de mener à bien votre entreprise démente.

Lanie passa entre les deux G et sourit aux écoliers qui s'étaient figés sur place en entendant le ton sur lequel les deux hommes se parlaient.

— Bonjour, les enfants, dit-elle. Je vais vous demander de choisir chacun un casier, de retirer tous les moyens de communication que vous avez sur vous et de les y déposer. Débranchez vos aurals. Ôtez également vos pads.

Ils obéirent.

— Merci, leur dit-elle. Maintenant, vous pouvez suivre ce policier qui va vous faire visiter la salle des roches et des cristaux.

Les gosses se mirent en ligne derrière un des hommes du G au visage totalement inexpressif. Crane et l'autre garde s'avancèrent de façon à entourer les trois musulmans.

— Eh bien, dit Lewis, combien de personnes avez-vous tuées aujourd'hui, Dan ? Avez-vous atteint le chiffre hautement symbolique de mille ?

— Foutez-lui la paix ! s'écria Khadijah. Nous menons une guerre de libération. Il y a des morts dans toutes les guerres.

Crane s'approcha d'elle.

— Vous devez être la femme de Dan.

— Je ne relèverai rien de ce que vous pourrez dire, Crane, dit Talib. Je ne suis pas venu discuter de l'avenir de la Nation de l'Islam. Je suis ici pour vous donner une dernière chance de revenir à la raison. Je vous en supplie, arrêtez cette folie immédiatement. Revenez du côté du bien.

– Vous me connaissez, Dan…

– Moi je ne vous connais pas du tout, intervint Martin Aziz.

Crane regarda l'homme vêtu d'une longue robe blanche.

– Qui êtes-vous ?

– Un homme qui, comme vous, réprouve la violence.

– Dans ce cas, vous devriez changer d'amis.

Lanie s'avança, son bébé dans les bras. Talib sentit ses entrailles se nouer.

– Bonjour, Dan, dit-elle doucement.

Il croisa les bras pour empêcher ses mains de trembler.

– Ainsi c'est vous, Lanie ? Je suis Khadijah, la femme d'Abu Talib. Votre fils est un très bel enfant.

Lanie ne quittait pas Dan des yeux.

– Merci, répondit-elle. J'ai entendu dire que vous aviez vous-même une fille.

– Et un fils en cours de fabrication, ajouta Khadijah en se tapotant le ventre. Est-ce que votre enfant a hérité de la folie de son père ?

Elena regarda Dan avec froideur.

– Je l'espère. Pourquoi ne nous laisses-tu pas tranquilles, Dan ? Qu'est-ce que nous t'avons fait ?

Il sentit soudain tout son courage l'abandonner et baissa les yeux.

– Tu ne comprends pas, Lanie. Ce que vous faites risque de détruire la planète.

– O.K., lança Crane. Fichez le camp, maintenant.

À la connaissance de Talib, Crane n'avait jamais haï qui que ce soit. Et pourtant il sentait les ondes négatives, la colère de Lewis tandis qu'il le dévisageait. Ils étaient ennemis. Il ne protesta pas. Il fallait en effet qu'il parte d'ici.

Ils quittèrent la salle des ordinateurs pour retourner à l'accueil. Un homme balayait le sol juste à l'extérieur de la pièce. Lorsque Talib passa près de lui, il sentit que celui-ci lui glissait un disque dans la poche de sa veste.

Ils arrivèrent à la réception. Talib sortit le disque de sa poche, l'inséra dans son pad pour le copier et toussa bruyamment pour couvrir le bip qu'émit l'appareil lorsque la copie fut terminée.

Puis il ôta le disque et le laissa tomber dans une poubelle près de la porte. L'homme continua de balayer et entra dans la pièce voisine.

Crane et la FPF les raccompagnèrent jusqu'aux ascenseurs. Les écoliers, toujours aussi agités, les y rejoignirent quelques minutes plus tard. Au moment où ils allaient entrer dans l'immense ascenseur, Crane attrapa Talib par la manche et lui décocha un coup d'œil assassin.

– Je ne sais pas pourquoi vous êtes venu après si longtemps, lui dit-il. Mais ne revenez jamais. Je ne veux plus jamais revoir votre visage.

Talib se dégagea.

– Ne me touchez pas.

Les portes se refermèrent entre eux.

La dernière image que Crane vit de Dan fut ses yeux, deux puits de lave incandescente. Ils avaient maintenant une seule chose en commun : la haine.

– Crane ! hurla Lanie en courant dans le couloir, le petit Charlie toujours dans ses bras. Crane !

Elle arriva, hors d'haleine, juste à temps pour voir l'ascenseur disparaître.

– Ils sont partis, dit-elle.

– Bien sûr qu'ils sont partis. Quelque chose ne va pas ?

– Un disque a disparu.

– Lequel ?

– Les schémas des structures de base, les graphes des analyses de base.

Il remonta le couloir avec elle.

– Montre-moi de quoi il s'agit. S'ils ont pris quelque chose, nous avons encore le temps de les faire arrêter en surface.

Ils se précipitèrent dans la salle des ordinateurs. La pièce était froide et sombre, taillée à même le roc.

– J'ai voulu consulter ce disque pour vérifier le réalignement de Gary, expliqua-t-elle. Il fallait que je rentre les données corrigées.

Crane prit un petit disque qui traînait de l'autre côté du clavier et le lui tendit.

– C'est celui-ci ?

Elle le glissa dans la machine la plus proche.

— C'est celui-ci! Mais je ne l'avais pas laissé là, j'en suis sûre.

— Certaine?

Elle hocha la tête. Crane leva les yeux pour contempler le plafond comme s'il pouvait voir Abu Talib à travers la roche.

18
FAILLES CACHÉES

CENTRE D'IMPERIAL VALLEY
30 JUIN 2028, 21 H 18

La voix de Harry Whetstone résonnait dans l'immense caverne tandis qu'il parlait depuis le petit podium. L'assemblée des représentants des compagnies associées au Projet l'écoutaient attentivement. Crane observait la scène et se sentait étrangement calme, comme s'il avait enfin dompté ses vieux démons.

– Nous nous trouvons ici à un tournant de l'histoire, disait Stoney qui avait maintenant l'air vieux et fragile. Je n'aurais jamais pensé qu'un jour je me retrouverais à faire un discours à l'intérieur d'une bombe, la plus grosse bombe de l'histoire de l'humanité. Je n'aurais jamais cru que je pourrais *souhaiter* voir une bombe exploser. Et pourtant, je suis impatient de voir celle-ci sauter. Nous sommes au seuil d'un nouvel âge pour l'humanité, un âge où l'homme va dominer son environnement pour le plus grand bien de ceux qui vivent aujourd'hui et de ceux qui naîtront demain. Je suis fier d'avoir humblement contribué à la réalisation de ce projet. Je dis humblement parce qu'un seul homme est responsable de ce grand événement. Un homme dont le génie, la patience et le dévouement ont rendu ce saut de géant possible… Lewis Crane !

Les soixante-dix personnes présentes applaudirent à tout rompre. Le bruit fut amplifié par l'écho. Dans l'assemblée se trouvaient les ouvriers qui avaient travaillé sur le chantier, les représentants des institutions et ceux qui s'étaient dévoués corps et âme au projet – Sumi Chan, Kate Masters, Stoney, MM. Tsao et Tang, Burt Hill et le personnel clé de la Fondation.

Lewis salua et Whetstone leva son verre de champagne.

– À toi, Crane! s'écria-t-il. Tu as réussi l'impossible grâce à ton courage indomptable.

Tout le monde but. Lanie s'approcha de lui et serra son bras valide.

– Tu as réussi, lui dit-elle en l'embrassant sur la joue. Cette fois-ci, tu as vraiment réussi.

– Nous avons tous réussi, lui répondit son mari. Tous les gens qui sont ici ont contribué à cette réussite… surtout toi.

– Tu as été le pivot de notre travail, Crane.

– Tu vas bien? lui demanda-t-il.

Il avait été inquiet pour elle toute la journée. Elle était là physiquement, mais semblait préoccupée par quelque chose dont elle n'avait pas l'air de vouloir parler à voix haute.

– Je me sens bizarre. Mais tout ceci a été un tel boulot…

Il la serra contre lui. Sa chaleur, son parfum l'enivraient.

– Oui, tu as raison. Je t'aime, tu sais.

– Oh, Crane…

Elle l'embrassa passionnément sur la bouche et le regarda dans les yeux.

– Tu ne sauras jamais, tu ne comprendras jamais à quel point tu as rendu ma vie merveilleuse.

– Comment pourrais-je comprendre? murmura-t-il. J'étais mort sans le savoir jusqu'au jour où je t'ai rencontrée. Une épouse… une famille. Je n'aurais jamais cru que ces choses pourraient m'être données. Je…

Elle le fit taire avec un baiser puis dit quelque chose qu'il trouva extrêmement étrange:

– N'oublie jamais les moments que nous avons passés ensemble. Ils me permettront d'être avec toi pour toujours.

La façon dont elle avait prononcé ces mots le glaça de terreur. Il sentit un frisson lui parcourir le dos.

– Félicitations! lança M. Mui en s'inclinant d'un air officiel.

Vous avez tout terminé en avance. Pas de problèmes financiers, pas de problèmes sociaux, ni de complications scientifiques. Vous avez tout payé de votre poche et vous allez laisser l'éco-système de cette région intact après votre départ. Vous êtes un homme de parole, monsieur Crane. J'apprécie beaucoup cela.

– Et moi j'apprécie le soutien de Liang Int., qui a été à nos côtés jusqu'au bout, rétorqua Crane en s'inclinant. Vous n'avez jamais cessé de nous appuyer malgré les nombreuses pressions.

Mui s'inclina de nouveau. Lanie sourit et dit :

– Bon. Dans douze heures nous allons avoir droit au feu d'artifice final… et nous verrons enfin le rêve de mon époux se réaliser. Veuillez m'excuser, messieurs, mais il semblerait que j'ai égaré mon fils.

Elle sortit alors. Le fait que Charlie ait disparu de son champ de vision n'était qu'une simple excuse. Elle savait très exactement où le petit se trouvait. Lanie avait le plus grand mal à ne pas s'effondrer, ce soir. Tout le monde était joyeux, mais elle était terrorisée et se repliait un peu plus sur elle-même à chaque minute qui passait. Ses rêves morbides étaient devenus de plus en plus intenses et elle avait senti toute la journée une ombre la suivre. Elle n'arrivait pas à se défaire d'un sale pressentiment et avait passé la journée à essayer de cacher son appréhension aux autres.

Kate tenait Charlie contre elle. Le garçonnet était toujours dans les bras de quelqu'un. Kate et Sumi se trouvaient près de la table du buffet. Charlie se penchait pour attraper des petits fours qu'il balançait ensuite sur la première personne qui passait à portée de tir.

Elena traversa la foule surexcitée et saisit le bras de son fils juste au moment où il allait décocher un missile au foie gras sur la tête de Whetstone.

– Qui est-ce qui commande, Charlie ou Kate ? demanda-t-elle en prenant l'enfant dans ses bras.

Il avait l'air fatigué et de mauvaise humeur. Il y avait long-temps qu'il aurait dû être au lit.

Kate rajusta son chemisier à paillettes.

– C'est bien pour cela que je préfère être la tatie que la

maman, dit-elle. Jouez avec eux, épuisez-les, et ensuite… rendez-les à leur maman !

– Votre fils est superbe, dit Sumi avant de se tourner vers le vide. N'est-ce pas, Paul ? ajouta-t-elle en parlant comme s'il y avait quelqu'un devant elle pour l'entendre.

– Paul ?

Sumi secoua la tête.

– Je suis désolée. Permettez-moi de vous présenter Paul. Paul, voici Elena King Crane.

Lanie plissa les yeux, jeta un coup d'œil interloqué à Kate et bafouilla :

– Appelez-moi Lanie.

– Paul est le camarade de puce de Sumi, expliqua Kate.

– Vous voulez dire… comme un ami imaginaire ?

Sumi se tourna vers l'endroit où devait se trouver Paul et éclata de rire.

– Imaginaire pour vous ! Mais pour moi, il est bien réel. C'est ma moitié, tout ce qu'il y a de bien en moi est en lui. Il est intelligent, sage… il adore faire plein de choses, aller à des soirées, voyager, faire des balades. À propos, je me demandais justement si Paul et moi pourrions visiter les installations.

– Bien sûr, dit Lanie. Prenez un des véhicules qui sont garés là-bas, sous la salle des ordinateurs. Allez où vous voulez, mais méfiez-vous des trous où sont placées les ogives. Vous tombez là-dedans et c'est cinq kilomètres de chute non-stop.

– Merci, sourit Sumi. Tu viens, Paul ?

Ils s'éloignèrent. Lanie se tourna vers Kate.

– Est-ce que Sumi va bien ?

Kate ne put réprimer un sourire.

– Oui, c'est un truc de chez Yo-Yu. La puce prend directement des informations dans le cerveau, dans le subconscient. Mais elle a aussi une grande capacité de stockage. Cela lui permet d'enregistrer chaque rencontre entre les deux amis et de se servir de ces éléments pour construire la suite des événements. Vous êtes restée dans ces tunnels trop longtemps, ma chère, sinon vous sauriez que pratiquement tout le monde en porte, aujourd'hui. La puce en question est la solution pour les gens qui se sentent trop seuls. Elle leur fournit un compagnon. Les personnes âgées, par exemple, dont tous les amis sont morts depuis longtemps ont ainsi de nouvelles relations avec qui elles s'entendent parfaitement, et qui ne portent jamais de jugement sur elles.

– Mais Sumi est vice-président des États-Unis, protesta Lanie. Est-ce qu'il se balade toujours comme ça en public ?

– Pas toujours, mais souvent. J'ai cependant l'impression que Paul est assez envahissant, il ne veut rien rater.

– Eh bien, prévenez-moi la prochaine fois que ce Paul est dans le secteur. Je ne veux pas risquer de lui marcher accidentellement sur les pieds.

– La puce est trop rapide pour que cela arrive. Elle empêcherait ce genre d'incident.

– Vous parlez, vous aussi, de Paul comme s'il était vrai.

– Il est aussi vrai que Sumi, à mon avis en tout cas. Et vous, Lanie, que vous arrive-t-il ? Je vous trouve bien calme. Je pensais que vous alliez être surexcitée. C'est le plus grand jour de votre vie, non ? Il y a quelque chose qui ne va pas ?

– Cela se voit à ce point ?

– On dirait que vous avez peur de quelque chose. Qu'est-ce qui se passe, mon chou ?

Lanie serra Charlie contre elle et colla sa joue contre la sienne.

– Je ne sais pas… J'ai l'impression depuis quelques jours que cette grotte ressemble à… un tombeau. Lorsque tout ceci sera fini, je ne remettrai plus jamais les pieds dans une caverne.

– Vous êtes la deuxième personne qui m'ait dit cela aujourd'hui.

– Qui d'autre vous a dit ça ?

– Burt Hill.

Burt Hill était au fond du tube numéro trente-trois et vérifiait systématiquement qu'il n'y avait pas de conspirateurs dans le coin. Il était descendu avec la nacelle, une descente de dix secondes, et se tenait à présent debout juste à côté de l'ogive nucléaire. Il avait l'impression d'être cerné par des ennemis, une impression qui le hantait autrefois avant que Doc Crane le sorte de l'hosto et lui donne un travail. Il croyait sentir une main glacée se refermer sur son cœur. Il était oppressé et savait que des traîtres se trouvaient tout autour de lui.

Burt regarda en l'air et aperçut la petite tache de lumière quatre kilomètres plus haut. On aurait dit un œil géant qui l'observait. Il remonta dans la cage et appuya sur le levier de commande. La nacelle commença son ascension. Les marques sur les parois indiquant à quelle distance de la surface il se trouvait défilaient à toute vitesse. Les murs étaient tapissés d'explosifs. Il n'aurait jamais le temps de vérifier les cent tubes ce soir. Il fallait qu'il trouve une solution. Et soudain, il eut une idée.

Crane était assis avec Whetstone dans la salle des ordinateurs. Pour une fois, Stoney était plus saoul que lui, pour autant que Lewis l'était, d'ailleurs. Depuis que Lanie était devenue une part de lui-même, il avait en effet arrêté de boire. Les deux hommes observaient la réception à travers la paroi de verre d'où leur parvenaient des voix et des sons étouffés.

Whetstone était pâle, il semblait presque transparent. Ses lèvres étaient pourpres.

– Crane, est-ce que tu as parfois l'impression que tout ceci n'est qu'un rêve?

– Tout ceci? répéta Lewis. Non, ça n'est pas un rêve. Nom de Dieu, j'étais ici lorsqu'ils ont commencé à creuser dans la poussière de ce foutu désert. Tout est bien réel pour moi. Mais... il y a quelque chose d'étrange... je ne sais pas comment exprimer mon impression.

Whetstone sourit.

– Permets-moi de t'aider. Tu as travaillé toute ta vie pour obtenir un résultat. Et aujourd'hui, tu es sur le point d'atteindre ton but. Tu te sens perdu, peut-être même inutile.

– Tu as déjà ressenti cela toi-même, non?

– J'étais en plein dans cette phase quand je t'ai rencontré, jeune homme. On peut travailler pour le fric, mais une fois qu'on en a, il faut trouver un sens à sa vie. Toi et tes idées folles m'avez redonné le feu sacré. Et aujourd'hui, j'ai le sentiment que ma vie a servi à quelque chose.

– Qu'est-ce qu'on va faire, maintenant?

– Personnellement, je vais mourir, Crane.

– Oh, Stoney, pitié! Ce n'est pas le moment de…

– Non, je ne plaisante pas. J'ai profité de la vie, et maintenant, je vais payer pour mes excès.

– On ne peut rien faire?

Whetstone haussa les épaules.

– On m'a bien proposé ces machines fantastiques qui permettent aux gens riches de vivre encore des décennies après qu'ils sont morts. Ce n'est pas pour moi. C'est trop sinistre. J'ai vécu ma vie en tant qu'être humain. Je ne veux pas devenir une sous-valve type A-57 et végéter dans une saloperie de machine.

– Il te reste combien de temps à vivre?

Stoney prit un air malicieux.

– Combien de temps faut-il à la feuille pour tomber de la branche de son arbre et toucher le sol? C'est l'automne, Crane.

Lewis le regarda dans les yeux, sans pitié, sans peur. Ils savaient tous les deux ce à quoi ressemblait la mort, et ils n'en n'avaient aucune crainte.

– Tu me manqueras, Stoney.

– Il va falloir que toi et mes ex-femmes trouviez une autre source de revenus, déclara-t-il en riant. Je laisse tout à la Fondation.

– La Fondation n'a pas besoin de ton argent.

– Je te connais bien, Crane. Je sais comment tu raisonnes, comment tu mènes ta vie. Ton existence ne va pas s'arrêter demain matin, il va te falloir continuer. Il faut que tu trouves un autre but. Et la Fondation s'est presque totalement ruinée sur cette opération.

– J'y ai déjà pensé.

Stoney posa son verre par terre et serra la main valide de son ami.

– Tu es un homme plein de bon sens, Crane, mais l'âge apporte une autre forme de sagesse. Écoute-moi. Consacre ta vie à quelque chose de bon, de positif. Tu es un être à part et les rêves que tu as ne ressemblent à ceux de personne d'autre. N'oublie pas de t'occuper de toi-même. Travaille dur jusqu'au dernier jour de ta vie. Tu m'as appris ce que voulait dire le mot dévouement. Tu te souviens de notre pari de trois milliards de dollars?

379

– Si je m'en souviens? C'est ce qui a rendu tout ceci possible.

– Eh bien, dans un jour futur, tu voudras peut-être à nouveau faire un pari de plusieurs milliards. Et mes vieux os danseront de joie dans ma tombe si je suis celui qui aura rendu la chose possible.

– Merci, Stoney, pour tout. Tu as été un vrai père pour moi.

– J'ai été extrêmement heureux de te connaître, Crane, et de partager ta passion.

Whetstone s'appuya sur sa canne en peuplier du Tennessee et se dirigea vers la porte. Puis il s'arrêta, se retourna et ajouta :

– Sauf pour cet avion que tu as donné. Ma femme de l'époque a demandé le divorce suite à cette histoire. C'était un cadeau d'anniversaire.

– Tu parles d'Yvette? Celle qui jouait à cache-cache avec tous les livreurs qui se présentaient chez vous?

– Ouais. Je crois que j'ai divorcé à cause de cela aussi… j'ai l'impression qu'en vieillissant j'oublie les choses désagréables pour ne plus me souvenir que des bonnes.

Stoney dévisagea longuement Crane, puis pointa sa canne vers lui et dit :

– On se reverra en enfer, mon garçon!

Crane le regarda partir et comprit qu'il ne reverrait plus jamais son ami. Le corps du vieil homme était mourant mais son esprit allait continuer de s'enrichir jusqu'à la dernière minute, malgré l'entropie qui gagnait l'univers et son propre corps. Ce soir, Stoney s'était comporté avec une dignité incroyable, et Crane songea qu'il aurait bien de la chance s'il arrivait un jour à ressembler ne serait-ce qu'un tout petit peu à Harry Whetstone.

Soudain, Burt Hill apparut dans l'encadrement de la porte où venait de disparaître Stoney.

– Patron, faut qu'on cause.

Crane se dirigea vers le terminal de surveillance du niveau de radiation. Tous les voyants étaient au vert.

– O.K., je vous écoute, Burt. De quoi voulez-vous me parler?

– Combien de temps ça va prendre pour faire sauter tout ce bazar? demanda Hill.

– Je ne sais pas… Il va falloir environ une heure pour tout

mettre en place, puis il nous faudra le temps d'évacuer. Ensuite vérifier le détonateur télécommandé… Vous savez tout cela.

– Faites sortir tout le monde et faisons tout péter tout de suite.

– Puis-je vous demander pourquoi ?

Hill se rapprocha de lui. Ses yeux étaient ceux d'un fou.

– Parce qu'ils nous observent, voilà pourquoi ! Ils sont là, tapis dans l'ombre, à attendre leur heure ! Ils attendent, ils attendent que nous baissions notre garde…

– De qui parlez-vous ?

– D'eux ! hurla Hill. Vous ne sentez donc pas qu'ils sont là ? Que leurs yeux suivent chacun de nos mouvements ?

– Vous avez oublié de prendre vos médicaments, Burt ?

– Ça fait trois ans que j'oublie de prendre mes médicaments ! Je vous dis que si nous devons faire sauter ce bordel, il faut le faire tout de suite ! Il faut faire sortir tout le monde et tout faire péter immédiatement !

Hill avait été le fidèle bras droit de Crane pendant dix ans, mais tout le monde semblait épuisé, ce soir, ce qui expliquait son brusque changement d'attitude. Crane avait engagé Burt parce qu'il était un paranoïaque profond et donc enclin à tout vérifier cent fois. Il était peut-être temps de s'occuper de cette paranoïa.

– O.K., allons-y. Je m'occupe de faire sortir les invités. Vous prenez le monte-charge et vous vérifiez ce qui se passe en surface. Regardez dans tous les baraquements, dans tous les bâtiments. Dites au G de faire une ronde de sécurité. Lorsque vous jugerez que tout est O.K., revenez ici. Vous et moi, nous mettrons en place le détonateur. Nous appuierons sur le bouton lorsque l'envie nous en prendra. Ça vous va ?

– Impec ! Je fonce !

À l'instant où Hill quittait la pièce, un des voyants de contrôle du niveau de radiations passa au rouge. Il y avait une petite fuite dans le tube soixante-trois, couloir B. Une fuite minime, mais qui serait une bonne excuse pour faire partir tout le monde.

Il s'aperçut soudain que l'idée de Burt lui plaisait. Il était impatient d'en finir. Plus qu'impatient.

Abu Talib se tenait à côté d'un arbre. Grâce à ses jumelles infrarouges, il pouvait voir les hommes du G se déplacer dans le périmètre extérieur de la clôture de sécurité qui entourait le Centre de Crane, à cinq kilomètres de là. Il avait quarante hommes avec lui, cachés dans les contreforts des collines de San Bernardino, qui attendaient le bon moment, comme lui.

Son esprit était un torrent, les pensées s'enchaînaient. Lanie, son enfant, Crane, la Fondation – tout cela provoquait en lui des émotions contradictoires. Mon Dieu, si seulement les choses avaient pu se dérouler différemment... le bien, le mal, l'amour, la haine, la loyauté. Abu Talib ne savait plus ce que ces mots voulaient dire. Il avait l'impression d'être en train de dévaler un escalier à toute vitesse, de ne plus pouvoir s'arrêter. Il n'avait plus le contrôle de sa propre vie.

Il raccrocha ses jumelles à une des branches de l'arbre. Curieusement, ce maigre végétal du désert qui ne portait que quelques minces feuilles aux extrémités de ses branches lui faisait irrésistiblement penser à un plant de coton encore immature. Peut-être la ressemblance n'existait-elle que dans son subconscient. Il voyait l'arbre ainsi parce qu'il aurait préféré être à New Cairo en train d'organiser les récoltes plutôt qu'ici, à la tête d'une opération de commando.

Ils se tenaient cachés dans une petite tranchée. Leurs trois camions armés de pare-chocs frontaux chasse-pierres étaient presque invisibles sous leur camouflage spécial.

Frère Ishmael s'approcha de lui et lui tendit une tasse de café.

– Du nouveau ? demanda-t-il.

– Non, les invités sont toujours à l'intérieur. Les manifestants sont partis et les hommes du G sont toujours à leurs postes.

– Bien, je vérifie la dernière prise de vue aérienne et nous passons au debriefing final.

Ils retournèrent vers les camions. Leurs hommes étaient là, vêtus de noir, leurs masques remontés sur le front. La nuit était claire, la pleine lune illuminait le désert immaculé. La petite troupe frissonnait dans le froid. Un des écrans posés contre un arbre s'alluma et montra les images transmises par le condor d'Ishmael. L'oiseau planait en cercles paresseux au-dessus du Centre de l'Imperial Valley.

Tout était calme. Les voitures et les hélics étaient alignés les uns contre les autres dans le parking. La plupart des ouvriers qui travaillaient en permanence au Centre habitaient à quelques kilomètres de là, à Niland. Une fois qu'ils seraient partis, le parking serait entièrement vide. Ils virent soudain sur les images un homme seul, en train d'inspecter méthodiquement les bâtiments un à un. Il s'arrêta pour parler avec les gardes.

— Qui est-ce ? demanda Ishmael.

— Il s'appelle Burt Hill. C'est la bonne à tout faire de Crane. Il s'occupe aussi des questions de sécurité. Il fait son travail…

— Bien. Allah a guidé nos pas, ce soir. Dès que les invités seront partis, nous entrerons en scène. Mettez vos lunettes et branchez-vous sur le canal C.

La petite troupe émit des grognements de lassitude. Ils avaient répété ces gestes des centaines de fois durant les dernières semaines. Ils mirent leurs lunettes comme on le leur avait ordonné. Talib activa le disque qu'il avait copié le jour où il avait visité l'abomination qui se trouvait sous leurs pieds.

Une image virtuelle des lieux apparut sur l'écran. La salle des ordinateurs… l'escalier qui menait à la salle principale…

— Souvenez-vous qu'il y a des petites voitures sous l'escalier, dit Talib. L'équipe rouge prendra le couloir à gauche… vous le voyez ? C'est le couloir A. Cette structure n'a pas été construite pour durer, elle est donc très instable. Équipe rouge, vous poserez les charges sur les piliers de ce corridor. Équipe bleue, vous ferez la même chose dans le couloir B. Les autres, vous prendrez trois charges chacun, réglez-les toutes pour qu'elles explosent dans une heure. Vous laisserez tomber vos charges à l'intérieur des tubes qui contiennent les bombes.

— Tu es vraiment certain que nos charges ne risquent pas de faire sauter les ogives ?

Talib soupira.

— Tu m'as posé cette question des centaines de fois et je t'ai répondu des centaines de fois qu'on ne faisait pas sauter une bombe atomique aussi facilement que cela, Frère ! Nos petites charges sont des pétards qui n'auront aucun effet sur les ogives. Par contre, elles vont causer des fuites de radiations. Une fois que nous aurons terminé notre travail, il fera si chaud, en bas, que personne ne pourra ni ne voudra plus jamais y redescendre. Je vais m'occuper de la salle des ordinateurs. Ensuite nous boucherons le puits de l'ascenseur avec le camion qui est plein à ras bord d'explosifs. Rappelez-vous que si nous faisons les choses comme prévu, personne ne sera blessé.

– Les invités ne devraient pas tarder à partir, dit Ishmael.

Il retourna jusqu'aux camions, souleva la bâche qui recouvrait l'un d'eux et retira deux valises qu'il ouvrit. Elles contenaient des armes qui allaient servir la cause de l'islam.

– Qu'est-ce que c'est que ça ? demanda Talib en suivant Ishmael jusqu'au camion où apparaissaient maintenant des caisses de munitions. Ishmael, tu m'avais dit qu'il n'y aurait pas de violence.

Le leader prit une mitraillette dans une des valises et la passa à son épaule.

– Frère Abu, nous nous apprêtons à faire sauter tout un complexe souterrain, à causer des fuites radioactives, et c'est toi qui es l'instigateur de l'opération. La violence existait dans ton plan original.

– Mais, les armes, bafouilla Talib. Nous avions fait un marché, personne ne devait être blessé. Nous ne devions faire tout sauter qu'une fois qu'il n'y aurait plus personne dans le périmètre.

– Vous entendez cela, mes amis ? s'exclama Ishmael. Notre frère veut faire la guerre sans verser de sang !

– Je suis d'accord ! s'exclama quelqu'un. Il ne faut pas que *notre* sang soit versé !

Tout le monde éclata de rire. Ils passèrent des ceintures auxquelles étaient accrochés des chargeurs.

Talib agrippa le bras d'Ishmael.

– Attends ! Ce n'est pas le marché que nous avions conclu !

Ishmael se dégagea.

– Tu n'es qu'un rêveur, Talib ! Comment peux-tu espérer que nous descendions dans ce puits ? En demandant gentiment aux types du G de nous inviter pour le thé ?

– Je pensais que… Je ne sais plus ce que je pensais…

Ishmael attrapa une bandoulière garnie de munitions pour le fusil à canon scié qu'il emportait avec lui.

– C'est bien ce qu'il me semble. Souviens-toi d'une chose,

Frère Talib. Les philosophes préparent les révolutions, mais ce sont les bandits qui les font!

Il se tourna vers ses troupes.

— Une fois que nous serons là-bas, il n'y aura plus moyen de reculer. Nous réussissons ou nous mourons. Ce soir, nous allons combattre le grand Satan lui-même. Tirez pour tuer, tirez sur tout ce qui essaiera de nous boucher le passage. Nous ne nous en sortirons sans doute pas tous vivants. Si j'arrive au paradis en premier, je préparerai le chemin pour vous!

Les hommes poussèrent des cris en levant leurs armes en l'air. Talib était pétrifié. Tout ceci était bien réel, il ne s'agissait pas de plans ou de discours. Et tout allait bien trop vite pour lui.

Ishmael lui colla un pistolet dans la main.

— Tiens, tu en auras sûrement besoin.

Talib regarda longuement l'arme puis, à contrecœur, la passa dans la ceinture de son pantalon noir.

Crane et Charlie disaient au revoir aux invités qui montaient dans l'ascenseur en continuant de les féliciter. La sirène d'alerte du détecteur de radiations mugissait dans le lointain. Les portes de la cabine se refermèrent. Lanie arriva de la salle des ordinateurs et prit Charlie des bras de son père. Le gamin posa immédiatement sa tête sur l'épaule de sa mère, ferma les yeux et mit son pouce dans sa bouche.

— Tu es certaine de ne pas vouloir remonter avec eux? lui demanda Crane. Je vais en avoir encore pour deux bonnes heures, ici.

— Certaine. Charlie peut dormir dans la salle informatique. J'ai beaucoup de choses à préparer pour demain.

Il sourit.

— Nous sommes sur la même longueur d'onde. Burt et moi avons décidé de déclencher l'explosion ce soir. Il n'y a aucune raison d'attendre. Je vais m'y mettre mais, d'abord, il faut que j'aille jeter un coup d'œil à cette émanation du soixante-trois.

— C'est une jolie fuite, dit Lanie. Elle pourrait devenir très dangereuse dans quelques heures. Tu as chargé quelqu'un de nous renvoyer l'ascenseur?

— Burt est là-haut. Il s'en occupera.

Lanie berça doucement Charlie.

– Tu déclenches tout ce soir ?

Il sourit.

– Ouais.

– Et pourquoi décides-tu cela tout d'un coup ?

– Une intuition de Burt. Je lui fais confiance. Tu fais de la claustrophobie, ma chérie. Tout est prêt. Pourquoi attendre ?

Ils se dirigèrent, à travers le grand hall, vers la salle des ordinateurs.

– Ton idée me va, dit-elle. Mais je suis sûre qu'il y a une kyrielle d'officiels, d'inspecteurs qui…

– Et aussi de manifestants et de terroristes. Si mon idée ne leur plaît pas, ils n'auront qu'à me faire un procès.

Ils éclatèrent de rire en même temps. Lanie lui donna un long baiser au moment où ils atteignaient la salle informatique.

– Tu as l'air plus détendue tout d'un coup, remarqua-t-il.

– Tu plaisantes ? Tu ne peux pas savoir à quel point je suis contente de pouvoir enfin sortir de cet endroit. Je vais entrer dans cette fichue pièce, ranger mes affaires personnelles, éteindre les ordinateurs, armer les charges de plastic et dire enfin bye-bye à cet endroit de merde. D'où est-ce que tu déclencheras l'explosion ?

Il la poussa contre la porte.

– Depuis chez nous… pendant que nous ferons l'amour… Nous ferons trembler la terre !

– Ça, tu sais déjà le faire, mon trésor !

Elle lui donna un autre baiser.

– Finissons-en et retournons ce soir même à la Fondation… C'est le seul endroit que nous pouvons appeler notre « maison », non ?

– Il me semble, oui.

– Il faudrait peut-être que nous pensions à en acheter une. Il va falloir un jour que Charlie s'aperçoive qu'il n'est pas le seul enfant sur terre.

– Je prends note, dit-il. En fait, il y a plein de choses que nous allons pouvoir faire une fois que nous en aurons fini ici. Prenons des vacances. Nous partirons demain. Rien ne nous retiendra. Nous retirerons nos pads et irons vivre dans la nature !

– Ça fait combien de temps que tu n'as pas pris de vacances?

– Je n'en ai jamais pris. Mais ça pourrait être amusant d'essayer.

– Il faudra que je le voie pour le croire...

– Tu me verras en vacances, promis!

19
DANSE MACABRE

CENTRE D'IMPERIAL VALLEY
30 JUIN 2028, DEUX MINUTES AVANT MINUIT

Abu Talib regardait les invités sortir du gigantesque ascenseur et se diriger vers leurs véhicules. Il avait les entrailles nouées. Il se sentait encore plus mal que lorsqu'il avait appris l'existence de la Northwest Gemstone, avant de comprendre que c'était une ruse et de se forcer à attaquer publiquement Crane.

Plusieurs des hélics appartenant aux invités s'envolèrent dans le ciel nocturne et prirent la direction du nord. Les voitures s'alignèrent dans l'allée qui allait du parking aux grilles d'entrée.

— Ça y est, murmura Ishmael. Rappelez-vous qu'ils vont riposter avec du gaz à nausée et des ondes sonores étourdissantes. Les respirateurs dans vos masques vous protégeront. Si vous portez un aural, coupez-le. Sinon, ils vous enverront les infrasons directement dans le cerveau. Concentrez-vous chacun sur votre mission et gardez les atténuateurs de son dans vos oreilles. Ils ont sûrement des canons à eau électrisée, mais nous leur passerons sur le corps avant qu'ils n'aient eu le temps de les mettre en marche. Vous savez ce que vous avez à faire. Allez, tous à vos véhicules !

Les années de guérilla avaient été un excellent entraînement pour Ishmael et la cause de l'islam.

Les hommes poussèrent des cris et s'encouragèrent mutuellement. Ils montèrent dans les camions, prêts pour la bataille. Paralysé sur place, Talib se contenta de les regarder.

— Si tu n'as pas la force de tes convictions, lui lança Ishmael d'un air méprisant, reste là!

Talib indiqua un point sur l'écran.

— Hé, l'hélic de Crane est encore là.

Ishmael vérifia.

— Vraiment? Alors la bénédiction d'Allah est sur nous! Nous allons nous occuper du blasphème en même temps que du blasphémateur. Alors, tu viens maintenant?

Talib retrouva tous ses moyens d'un seul coup.

— Tu parles que je viens!

Il alla rejoindre Ishmael.

— Mais, nous sommes d'accord… pas de tuerie.

Talib monta sur le siège du passager, Ishmael prit le volant. Dans le lointain, le long serpent lumineux formé par les phares du cortège d'automobiles s'éloignait déjà des portes du complexe et se dirigeait vers le sud.

Frère Ishmael avait encore son masque relevé sur le front. Ses yeux étincelaient comme la lumière des étoiles. Il ouvrit le focus et le camion démarra en trombe, fonçant vers le Centre, le parechocs chasse-pierres visant les portes principales. Le leader avait les mâchoires serrées et le visage tendu.

— Ils ne nous verront que lorsque nous serons sur le point de les écraser!

Talib murmura:

— Je t'en prie, promets-moi que si nous trouvons Crane, tu ne lui feras aucun mal.

— Je ne lui ferai pas de mal, répondit Ishmael. Je le tuerai très proprement.

— Ishmael…

— Savoure ce moment, Frère. Tu es sur le point de voir la justice rendue sous sa forme la plus pure.

Ishmael tendit la main et appuya sur un levier qui activa les caméras disposées à l'extérieur et à l'intérieur des véhicules. Talib et lui avaient le visage nu. Ils étaient déjà en direct sur le réseau.

Les trois camions fonçaient de plus en plus vite. Séparés les uns des autres par une trentaine de mètres, ils heurtaient en cahotant les irrégularités du sol du désert. Soudain, les lumières blafardes des systèmes de surveillance du périmètre de sécurité s'allumèrent. On se serait cru en plein jour. Pour ajouter encore au caractère sensationnel des images transmises, les hommes d'Ishmael diffusaient en ce moment un discours préenregistré et longuement préparé, dans lequel il expliquait les objectifs de la sainte mission dont ils étaient investis.

– C'est parti! hurla Ishmael.

Il mit en marche les petits atténuateurs qu'il portait dans les oreilles et se couvrit le visage de son masque.

Talib essaya de faire de même, mais ses mains tremblaient, son cœur lui défonçait la poitrine. Il transpirait à grosse gouttes.

– Les gaz!

Ils fonçaient à présent à l'aveuglette à travers d'épais nuages de gaz nocifs. Ils mirent tous deux leurs lunettes et passèrent en vision infrarouge. Talib ne cessait pas de trembler. Il avait la bouche sèche. Qu'est-ce qu'il foutait ici? Quelle folie l'avait conduit dans ce camion?

Ils percutèrent la barrière de sécurité dans un bruit assourdissant. La chaîne qui entravait le chemin se prit dans le chasse-pierres, cassa, puis vola dans les airs en se tordant avant de venir frapper leur pare-brise, le transformant en un kaléidoscope de toiles d'araignée.

Talib regarda Ishmael. Celui-ci prit son fusil à canon scié, l'appuya contre la vitre devant lui et pressa sur la détente. À peine la feuille transparente avait-elle explosé en mille morceaux, qu'ils découvrirent un homme en travers du chemin, juste devant eux. Le chasse-pierres l'attrapa aux genoux et le trancha en deux. Son torse rebondit sur le capot du camion et vint s'encastrer dans les restes du pare-brise. Sa tête pénétra dans la cabine du côté de Talib. L'homme était toujours vivant. Du sang coulait des orifices de son masque de la FPF. À l'extérieur, ses bras battaient comme les ailes d'un oiseau affolé.

Talib poussa un hurlement muet.

Burt Hill se trouvait dans le bâtiment des équipements, rangeant une pelle qu'il avait trouvée dans un coin du complexe, lorsqu'il entendit des coups de feu claquer comme des chapelets de pétards. Il se pencha avec précaution par la fenêtre et vit les trois camions qui venaient de pénétrer dans l'enceinte de sécurité.

Les gardes furent mis hors combat en quelques secondes seulement. Rien ne les avait préparés à une attaque aussi directe, aussi sauvage. Un des véhicules se dirigea vers les baraquements, les deux autres foncèrent directement vers la cage de l'ascenseur géant.

Il y eut des explosions dans les baraques. Le premier des deux camions qui filaient vers l'ascenseur fonça droit sur la rampe de béton armé menant aux portes. Des éclats de ciment volèrent dans toutes les directions. Burt entendit des cris et de nouveaux coups de feu dans les bâtiments alentour.

Il mit le doigt sur son pad pour appeler Crane sur sa ligne personnelle et s'immobilisa. Les assaillants devaient sûrement écouter les transmissions. S'il appelait Crane, ils sauraient qu'il était en bas avec sa famille et que lui, Burt, était ici. En bas, dans les grottes, il n'y avait aucun endroit où se cacher, mis à part dans les tubes mêmes des ogives. Il ne lui restait donc qu'à éviter de se faire repérer. Il allait prendre l'ascenseur de service, se glisser dans un des tubes et leur tendre une embuscade.

La pelle toujours à la main, Burt se dirigea vers l'arrière du bâtiment, se fit identifier par le système de reconnaissance vocale et entra dans le petit monte-charge qui servait à la maintenance de l'ascenseur principal. Il appuya sur le bouton en serrant les dents avec détermination. Cet engin n'était pas aussi rapide que le gros ascenseur, mais il arriverait tout de même en bas à temps.

Abu Talib sauta du camion, arracha son masque et vomit. Le G qui s'était encastré dans le pare-brise avait fini par mourir, mais non sans avoir déversé tout son sang sur Talib par la carotide.

Ce dernier en était couvert, du sang noir qui venait directement du cœur. Ses vêtements étaient trempés.

La fumée recouvrait le Centre, les sirènes hurlaient. Les derniers gardes qui se trouvaient dans les baraques furent abattus à l'arme automatique. Abu était horrifié.

Les hommes masqués, armés de leurs charges d'explosifs et de mitraillettes, sautèrent de l'arrière du camion et s'avancèrent vers ce qui restait de la rampe d'accès à l'ascenseur. Sur un signe d'Ishmael, tous ceux qui avaient un aural désactivèrent leurs atténuateurs de sons.

– Dieu est grand! hurla-t-il. Et nous sommes les instruments de Sa volonté.

Puis il prit violemment Talib par le bras et le poussa jusqu'au système de sécurité de la porte d'accès.

– Qu'est-ce qu'il faut pour ouvrir ça? Réponds, vite!

– Heu... scan de la rétine... heu... empreintes digitales... Je suis désolé, je...

– Amenez les prisonniers! appela Ishmael.

Le troisième camion s'arrêta et un homme du G fut traîné jusqu'à l'énorme porte coulissante.

Ishmael arracha son masque au G et découvrit avec stupeur qu'il s'agissait d'une femme. Elle avait l'air hagarde. Ses yeux étaient sans vie, ses lèvres bougeaient sans émettre de son. Son uniforme était couvert de sang. Ishmael lui colla brutalement le visage contre l'écran de scan, et Talib lui prit la main, qu'il posa sur la plaque. Les lumières du système passèrent toutes au vert. L'énorme porte s'ouvrit lentement sous les cris des Fruits de l'islam.

Ishmael repoussa la femme. Elle glissa le long du mur et se retrouva assise par terre. Il lui donna un grand coup de pied. Elle roula, et son corps vint bloquer la porte, l'empêchant ainsi de se refermer.

– Amenez le camion qui contient les charges! ordonna Ishmael.

Le véhicule approcha et entra dans l'ascenseur, accompagné de plusieurs hommes qui marchaient à côté. Talib les suivit lentement, comme dans un rêve.

L'engin s'arrêta au centre de la cabine, écrasant les meubles qui s'y trouvaient. Les autres hommes d'Ishmael entrèrent à leur tour. Le camion-bombe allait servir à sceller le conduit de l'ascenseur pour fermer l'accès au sous-sol et le transformer en sarcophage.

Ishmael repoussa le corps de la femme G hors de la glissière de la porte, qui se referma immédiatement. Il s'approcha de Talib.

– Reprends le contrôle de toi-même, Frère. Sois un homme !

– Si Crane est en bas, articula Talib, il est possible que sa femme et son fils soient avec lui.

Ishmael eut un sourire satisfait.

– Nous pourrons ainsi détruire le nid de vipères et toutes les vipères d'un seul coup !

Il pivota vers le chauffeur du camion.

– Mets en marche le compte à rebours des détonateurs, lui ordonna-t-il. Frères, nous n'avons qu'une heure devant nous pour agir.

Lanie Crane était dans la salle des ordinateurs. Elle entendit le signal d'arrivée de l'ascenseur, puis des voix. L'espace d'une seconde, elle crut que les invités étaient redescendus pour quelque raison mystérieuse. Mais la voix de Mohammed Ishmael résonna soudain et elle comprit que c'était la fin du monde.

Elle attrapa Charlie qui dormait par terre, pelotonné dans une couverture, et courut dans le couloir.

Charlie se réveilla et se mit à pleurer. Elle lui colla la main sur la bouche, se précipita jusqu'au bas de l'escalier, dépassa les petites voitures et appuya sur le bouton d'appel de l'ascenseur de service.

– Je suis désolé, annonça la voix charmante de l'ordinateur. Mais l'ascenseur de service est occupé.

Elle entendit alors les coups de feu dans la salle informatique, le bruit d'objets que l'on brisait. La grande baie vitrée explosa soudain, projetant sur elle et sur Charlie une pluie de verre fin. L'enfant hurla de terreur.

Lanie fit demi-tour, courut vers les voitures, monta à bord de l'une d'elles et fonça dans le couloir B tout en plaquant d'une main son fils contre elle. Elle fuyait parce que c'était la seule chose qu'elle pouvait faire… mais il n'y avait aucun endroit où fuir.

Six kilomètres plus bas, au fond du tube numéro soixante-trois, Crane se tenait dans sa cage hermétiquement scellée et examinait la fuite. Elle était minime. Il n'aurait pas dû mettre sa combinaison anti-radiation, elle rendait ses mouvements lents et difficiles. Cette espèce de scaphandre était lourd et chaud, sa couche externe rigide de façon à protéger la personne qui le portait contre d'éventuelles chutes de débris. Un simple petit bout de caillou tombant d'une hauteur de six kilomètres devenait un projectile mortel.

Il crut entendre au-dessus de lui un cliquètement, le bruit d'une règle que l'on tape sur une table pour faire taire des élèves. Il regarda autour de lui et ne vit rien susceptible d'avoir produit un tel son.

Crane leva alors la tête vers le haut du tube. Le bruit pouvait venir de la caverne, mais dans ce cas il avait dû être extrêmement puissant pour qu'il l'entende de là où il se trouvait, six kilomètres plus bas. Un frisson glacé lui parcourut le dos.

Il brancha l'aural externe intégré dans son casque, qui permettait d'entendre ce qui se passait au-dehors. Des explosions, des explosions sourdes et intenses. Qui venaient de la caverne.

Son pad émit soudain un signal d'appel. Il ouvrit la ligne et entendit la voix angoissée de Lanie :

— Crane, réponds, je t'en prie !

— Lanie, qu'est-ce qui se passe ?

— Des hommes… avec des mitrailleuses… ils détruisent tout, ils ont essayé de me tirer dessus, je…

— Ils nous écoutent ! s'écria Crane. Lanie, coupe la communication tout de suite ! Cache-toi, vite !

— Mais, qu'est-ce que…

Il interrompit aussitôt la transmission et poussa le levier de commande de la nacelle. La petite cage se mit à glisser doucement sur ses rails vers le haut.

— Plus vite ! murmura-t-il en se concentrant comme s'il pouvait faire accélérer l'engin rien que par sa volonté. Plus vite !

La vitesse maximum de la nacelle était de cinquante kilomètres heure, ce qui signifiait six bonnes minutes pour atteindre le haut du trou. Tout pouvait arriver en six minutes !

Il savait que le commando faisait partie de la Nation de l'Islam. Il savait que Dan Newcombe était revenu terminer leur petite *danse macabre*. Il n'avait plus qu'un seul espoir : atteindre la caverne et offrir sa vie en échange de celles de Lanie et de son fils.

Il appuya sur le bouton « tous canaux » de son pad.

– À tous ceux qui peuvent m'entendre, dit-il dans le micro de son casque relié à son pad, c'est Lewis Crane qui vous parle. J'accepte de me livrer à vous et de faire tout ce que vous me direz. Mais, par pitié, ne faites pas de mal à ma femme et à mon fils. Ils sont innocents.

– Tout le monde est innocent, répondit la voix d'Ishmael dans son aural. Tout le monde, et personne ! La vie est cruelle, et Dieu est grand.

La cabine dépassa la marque sur la paroi qui indiquait « 4 kilomètres ». Il entendait des explosions de plus en plus fortes. Ils étaient en train d'anéantir la caverne ! Quelque chose tomba dans le tube juste à côté de lui. Il ne vit pas ce que c'était.

Dix secondes plus tard, la base du tube numéro soixante-trois explosa. Il y eut une grande lumière, puis un vacarme assourdissant. Les parois tremblèrent, la nacelle se balança violemment. Un feu se déclara en bas du trou. Le phosphore, projeté dans toutes les directions, commençait à corroder la carapace de plomb qui protégeait les matériaux nucléaires.

La cage continuait son ascension avec des grincements sourds. Elle faillit sortir de ses rails dans les cent derniers mètres. Crane déboucha dans la caverne juste à temps pour voir les petites voitures s'éloigner sur le chemin courbe qui menait à la grotte principale. À cet instant, il y eut une violente explosion à l'extrémité du tunnel où il se trouvait. Les poutres se tordirent, des pans entiers de renforts s'effondrèrent, tandis qu'une nuée de poussière et de fragments était soufflée dans tout le couloir.

Sa voiture était encore garée le long de la paroi. Il monta à bord comme il put, protégé par son casque et sa combinaison. Il ouvrit le focus. Une autre explosion, plus loin, secoua la grotte tout entière. Des morceaux de roche et de la poussière épaisse tombèrent sur lui, recouvrant son casque, le rendant quasiment aveugle.

Crane accéléra, essayant de se fier à sa connaissance de l'endroit. Il laissa la voiture frotter contre la paroi de droite. Il ne fallait pas qu'il soit projeté dans un des trous à ogives par une autre explosion. Soudain, toute la section du couloir derrière lui s'effondra juste au moment où il tournait vers un autre corridor.

Il ouvrit le focus au maximum et fonça à travers le reste du tunnel. À ce moment, un des tubes sur le côté explosa. Le monde de Crane et sa vie étaient en train de disparaître, mais tout cela n'avait aucune importance. Seuls Lanie et Charlie comptaient. Il fallait qu'il les trouve.

Il traversa la grotte principale, pied au plancher. Derrière lui, des hommes vêtus de noir couraient dans les escaliers. La salle des ordinateurs était en flammes. Des explosions retentissaient au fond des tubes principaux. De la fumée et de la poussière en sortaient. Tout le réseau de couloirs et de grottes était secoué. La roche du plafond se fendait et tombait par plaques sur le sol de ciment.

C'était la fin du monde, don de Frère Ishmael. Crane entendit les balles siffler autour de lui tandis qu'il fonçait vers le corridor B. Il heurta de plein fouet un homme qui courait. Des explosions, encore. L'entrée du couloir derrière lui s'effondra.

Le signal d'alarme du système de détection des radiations hurlait. Les lumières des appareils clignotaient à l'entrée de la zone rouge. Sa voiture arriva alors dans une zone dégagée, et il vit soudain la mort. Un homme dans une petite voiture semblable à la sienne riait tout en pointant son arme vers le fond du tube vingt et un. Les rails du tube étaient tordus, un véhicule était tombé dedans et la cage de service était bloquée.

Crane devait réussir. Il tenta le tout pour le tout et, à pleine vitesse, se lança contre la voiture du tueur. Le choc projeta le véhicule et l'homme dans le tube, et Crane faillit les suivre dans leur chute.

Une sourde explosion s'ensuivit.

Crane sauta hors de sa voiture et courut jusqu'au tube. Du phosphore brûlait sur tout le sol de la caverne. Les deux véhicules étaient imbriqués l'un dans l'autre dans le tube, entre les deux rails. Ils étaient en flammes. Le feu sévissait partout et risquait de faire sauter les pains de plastic. La cage de service, sortie de ses rails, se balançait au-dessus des deux voitures, cinq mètres plus bas. L'ensemble tenait en équilibre instable et risquait à tout moment de tomber au fond du tube. Lanie et Charlie se trouvaient dans la nacelle. Les flammes les entouraient. Elena, recroquevillée en position fœtale, serrait l'enfant hurlant contre elle. Elle leva la tête.

– Grimpe! cria Crane. Prends ma main!

– Je… je ne peux pas! répondit-elle. J'ai la tête qui tourne… Mes jambes ne… Oh, mon Dieu, aide-moi, Crane!

Il comprit soudain : le vertige. Lanie avait toujours eu le vertige et elle était incapable de faire le moindre mouvement. Il se coucha à plat ventre, se pencha dans le trou et tendit la main. Les yeux de Lanie s'agrandirent d'horreur. Et Crane comprit alors qu'elle était en train de vivre le cauchemar qui la hantait depuis si longtemps.

Elle lança la main droite vers lui, maintenant Charlie contre elle. Mais elle était incapable de se mettre debout et tremblait de la tête aux pieds. L'enchevêtrement de voitures et de câbles émit soudain un craquement sourd, puis bougea. Lanie hurla tandis que l'ensemble commençait à glisser lentement.

Crane se pencha au maximum et lui saisit le poignet avec sa main valide.

Sous elle, les débris métalliques grincèrent alors en un bruit terrifiant, se détachèrent et tombèrent dans l'abîme. Le bras de Crane faillit se disloquer au niveau de l'épaule. Lanie se balançait au-dessus du gouffre. Les flammes léchaient les parois du trou et n'étaient pas loin de l'atteindre.

– Accroche-toi! cria-t-il.

Mais Lanie ne pouvait pas l'entendre à travers son gros casque. Il essaya de la remonter mais elle était trop lourde et il n'avait pas de point d'appui pour tirer. La sueur lui coulait sur le visage et tombait en grosses gouttes sur sa visière, brouillant totalement sa vision.

Crane ne trouvait rien à quoi s'accrocher. Il tenta alors de se mettre à genoux pour se lever, mais il n'y arriva pas. Lanie hurla. Les flammes commençaient à la brûler.

– Prends Charlie! cria-t-elle en tentant de lui passer l'enfant qu'elle tenait sous le bras.

Ses cris résonnaient dans le casque de Crane, vrombissant dans sa tête. Il ramena à lui son bras invalide et le laissa pendre dans le trou.

– Je ne peux pas! hurla-t-il pour toute réponse à la question

qu'il lisait dans les yeux de son épouse. Lanie, je ne peux pas…
mon bras… mon bras malade!

– Attrape Charlie, je t'en prie! Attrape-le!

– Je ne peux pas!

Une explosion toute proche les envoya heurter la paroi. La
main de Lanie commença à glisser hors de la sienne. Ses doigts
cherchaient désespérément à s'accrocher aux siens. Elle fit un
ultime effort pour lui passer l'enfant qui criait de plus belle.

– Oh, mon Dieu, Lanie!

Elle glissa.

Tout simplement. Il la regarda tomber lentement, le petit
Charlie sous son bras. Dans son esprit, il la verrait toujours dans
cette position, suspendue à jamais dans le vide, comme une
image prise au piège sur l'*horizon des événements* d'un trou
noir. Éternellement pure, vivante pour toujours. Il n'avait dorénavant plus qu'un seul but: suivre Lanie et Charlie dans la mort.

– Eh bien ? fit soudain une voix derrière lui.

Il se retourna, et Mohammed Ishmael lui assena un grand
coup de pied qui le fit rouler sur le côté. Puis il se pencha vers
Crane, son revolver pointé vers sa tête.

– Les graines ont disparu! s'écria Ishmael. Voici venu le
temps d'abattre l'arbre qui les avait produites.

– Merci, murmura Crane.

Il comprit que cet homme allait finalement lui donner la paix
éternelle.

Mais Ishmael se tourna à demi et Crane aperçut alors Burt
Hill qui fondait sur eux, les yeux injectés de sang, une pelle à la
main. Il leva l'outil et l'abattit violemment.

Il frappa Ishmael au beau milieu du dos avec le bord tranchant. Le leader tomba au sol, le corps secoué de soubresauts.

Hill leva de nouveau la pelle au-dessus de lui pour frapper
encore.

– Non! hurla Talib derrière lui.

Hill pivota et s'apprêta à riposter.

– Non, Burt! cria de nouveau Talib.

Burt chargea. L'arme dans la main de Talib cracha deux fois
et fit mouche à deux reprises. Hill s'effondra, face contre terre.
Une explosion retentit, toute proche, secouant toute la caverne.

Une des poutres de soutien du plafond s'effondra entre Crane et Newcombe.

Crane se mit à genoux. Une tempête de poussière soufflait dans le couloir. Newcombe se couvrit le visage de la main.

– Vous êtes satisfait ? rugit Crane. Vous l'avez tuée, vous avez tué l'enfant…

Crane s'effondra. Il se plia en deux et se mit à pleurer, la tête entre les mains.

– Crane, dit Talib en se rapprochant de lui, je ne voulais pas cela… je n'ai jamais…

– Tuez-moi ! hurla Lewis en levant le visage vers lui. Ayez au moins la décence de m'épargner cette souffrance !

– Crane…

– Pour l'amour de Dieu, tuez-moi ! Tuez-moi !

Talib leva l'arme. Ses lèvres remuaient spasmodiquement. Il se mit à trembler, l'arme lui échappa des mains. Sa respiration haletante se transforma en sanglots. Il tomba à genoux, les larmes lui coulant sur le visage. Il saisit le col d'Ishmael et le tira dans le couloir à contre-courant des nuages de poussière.

Saisi de tremblements, Crane pleurait. Juste au moment où il allait sauter dans le trou béant, il entendit des gémissements à côté de lui.

Burt Hill, couvert de sang et de poussière, l'attrapa par les épaules.

– C… Crane, souffla-t-il. Il faut… il faut… partir…

L'homme tituba et laissa tomber un genou au sol.

Crane regarda longuement le tube devant lui, puis détourna les yeux à contrecœur, avant de marmonner :

– Pourquoi êtes-vous encore en vie ? Soyez maudit.

Il s'éloigna du bord du trou. Il n'était pas assez égoïste pour obliger Hill à mourir avec lui. Il jura avant d'enjamber la poutrelle cassée, prit Burt sous les bras et l'aida à se remettre debout.

– Je ne… ne peux plus respirer…

– C'est la poussière, répondit Crane en sachant qu'il ne pouvait pas l'entendre. Vous avez sûrement un poumon perforé.

Il réussit à faire monter Hill dans la petite voiture, parvint à éviter la poutre tombée et accéléra. Derrière eux, le couloir du tunnel vingt et un s'effondra d'un coup, enterrant à tout jamais ses raisons de vivre.

Ils atteignirent l'ascenseur de service. Des pans de plafond tombaient au sol et se brisaient. Il ôta maladroitement son gros casque et traîna Hill dans l'ascenseur en titubant.

Les portes se fermèrent. Crane appuya sur le bouton « Montée ». Il entendit nettement la caverne s'effondrer. La cabine commença son ascension.

Crane ne parvint jamais, par la suite, à se souvenir de ce voyage vers la surface. Hill avait une blessure sans gravité au bras et une plaie ouverte à la poitrine, qui émettait des bruits de succion. Il lui fallait immédiatement des soins.

Crane ôta ses gants épais et en appliqua un sur la blessure. Il avait un pain de mastic de plomb dans une des poches de la ceinture de sa combinaison et s'en servit pour souder le gant à la peau de Burt, la succion créant un vide sous le pansement de fortune. Il roula le gros homme sur le côté pour faciliter sa respiration avec son poumon valide. Burt pouvait survivre, mais il fallait qu'on le soigne sans attendre.

Il s'assit auprès du blessé qui grognait et sanglota en secouant la tête. C'était fini, tout était fini. Quel imbécile il avait été… croire qu'il pouvait changer le cours de l'histoire! Quelle arrogance il avait montrée! La vie n'était qu'une suite de souffrances et rien d'autre. Il ne voyait plus qu'une seule image: Lanie et Charlie figés dans le temps, les yeux de sa femme chargés d'une déception céleste tandis qu'elle tombait.

Il perçut un tintement et comprit qu'ils avaient atteint la surface. La porte s'ouvrit, révélant la réserve de matériel léger. Crane se leva, traîna Burt avec lui. Une explosion gigantesque les souffla alors tous deux hors de l'ascenseur, dont la cage s'effondra sur elle-même. Le baraquement autour d'eux se mit à trembler.

Il regarda dehors. Des sirènes hurlaient dans le lointain. Les hélics tournoyaient au-dessus de leurs têtes, leurs projecteurs découpant la nuit. La beauté en plein milieu d'une scène d'horreur. Crane leva les yeux et contempla les étoiles qui brillaient, immobiles et froides… les larmes dans ses yeux les rendaient encore plus belles.

La lune était pleine. Les lettres YOU brillaient sur sa surface en lettres de sang… you, toi… TOI.

Le mausolée était très ancien. Fait de marbre, et soutenu par des piliers comme ceux du Parthénon. Des chérubins le décoraient, noircis par des années d'exposition aux éléments. Près de la base apparaissait une fracture, tandis que la voûte présentait deux fentes en dents de scie. Tout prouvait qu'il y avait une activité sismique dans ce secteur. Crane avait choisi ce mausolée parce qu'il se trouvait juste en face des plaques à la mémoire de Lanie et de Charlie, et qu'il pouvait s'asseoir à l'intérieur, recroquevillé dans le petit escalier sous la surface, sans que personne le voie. Il se tenait parfaitement immobile et portait des lunettes de soleil et une crème protectrice légère sur le visage.

Les funérailles de Lanie et de Charlie avaient été solennelles et impressionnantes. Crane avait arrangé les choses lui-même. Leurs corps ayant disparu, on avait donc mis en terre deux cercueils vides après une longue procession à travers la ville. Une foule immense avait assisté à l'enterrement. La vie des Crane avait été si liée à l'actualité que la plupart des gens avaient l'impression de les connaître personnellement. Des milliers de personnes étaient venues, pour la plupart des Filmeurs, bien entendu. Le représentant de Yo-Yu avait fait un discours, lui aussi, mais ses paroles de condoléances avaient été aussi vides que celles du représentant de Liang.

Lanie aurait détesté cette cérémonie, tout comme Crane. Mais il avait une bonne raison de se prêter à ce cirque. Et son stratagème fonctionna, le faux enterrement réveilla sa douleur, mais le résultat en valait la peine.

La Nation de l'Islam avait fui. Talib et ses hommes de main se terraient comme des rats dans leur labyrinthe de couloirs et de passages souterrains, en espérant échapper à la colère du peuple. Car les gens étaient fous de rage. Frère Ishmael n'avait jamais prévu que la réaction des électeurs à son attaque sauvage contre le Centre serait celle-là. L'image de l'homme du G coupé en deux, s'encastrant dans le pare-brise du camion, repassait en boucle partout dans le monde. Une autre, plus terrible encore, prise par la micro-caméra attachée à la ceinture de Frère Ishmael, montrait qu'il s'était contenté de sourire en voyant Lanie et Charlie mourir. Tous, quelle que soit leur opinion au sujet du Centre d'Imperial Valley, avaient pleuré en pensant au petit garçon. Le peuple réclamait que Liang punisse de la façon la plus sévère le soi-disant saint homme et son homme de main, Abu Talib.

Crane remonta lentement les marches de l'escalier et contempla les tombes de Lanie et de son fils qui se trouvaient cent mètres plus loin, sur la pente douce des petites collines de Forest Lawn. Dans le lointain, il devinait une silhouette qui s'approchait de lui en regardant sans cesse par-dessus son épaule.

La carcasse vide et morte qui avait été autrefois Lewis Crane se réveilla soudain. Il ressentit quelque chose : de la haine, pure et simple. Et lui qui croyait ne plus jamais pouvoir éprouver quoi que ce soit…

Il appuya sur le canal P de son pad et souhaita à la personne qui lui répondit une joyeuse fête nationale. Puis il coupa la communication et gravit les dernières marches.

La silhouette atteignit les tombes et s'arrêta, la tête baissée. L'homme était vêtu de l'uniforme vert des employés du cimetière. Il portait un chapeau à large bord qui lui cachait le visage, mais Crane aurait reconnu Abu Talib/Dan Newcombe même s'il s'était collé une fourrure sur le dos et avait couru à quatre pattes en aboyant.

Talib leva les yeux. Il n'eut pas l'air surpris en découvrant Crane qui s'approchait de lui.

– Je n'ai jamais souhaité la mort de qui que ce soit, lui dit ce dernier. Mais j'aimerais pouvoir vous tuer de mes propres mains.

– Je l'aimais, murmura Talib, les yeux pleins de larmes. Je ne lui aurais jamais fait le moindre mal… Ni à votre enfant… Jamais je ne leur aurais fait de mal.

– Je vous attendais, vous savez.

– Je savais ce que je risquais en venant ici. Mais je… je ne pouvais pas ne pas venir. Peut-être ne suis-je qu'un faible, je ne sais plus.

– Si c'était après moi que vous en aviez, vous auriez pu me tuer quand vous le vouliez. Pourquoi avez-vous fait cela ?

L'homme baissa les yeux.

– Nous jugions qu'il était primordial de mettre fin à votre projet, pas seulement à votre vie.

– Vous vouliez arrêter la science ? Était-ce cela qui vous poussait, Dan ?

– Quelle importance ?

Crane hurla :

– Ça a de l'importance pour moi ! Vous m'avez volé ma vie !

De sa main valide, il attrapa le col de Dan et reprit :

– Il faut que vous me disiez pourquoi vous avez fait cela. Il le faut !

Les lèvres de Talib remuèrent, mais aucun son n'en sortit. Il finit par murmurer :

– Je n'ai aucune réponse à vous donner. Je ne sais plus rien. J'ai tout ce sang sur mes mains et je… je ne sais pas quoi faire pour le laver. Vous me demandez comment les choses en sont arrivées là ? Je l'ignore. J'essaie moi-même de comprendre, mais je n'arrive pas à me concentrer sur une seule idée. J'ai tiré sur Burt… Je l'ai…

– Il va s'en sortir. Où est Ishmael ?

Crane remarqua des hélics qui tournaient au-dessus d'eux dans le ciel. Des hommes du G, vêtus de blanc, avançaient à pas feutrés entre les tombes.

Newcombe fit la grimace.

– Le coup de pelle de Burt lui a brisé la colonne vertébrale. Il est paralysé. Martin Aziz a décidé qu'il était temps pour lui de prendre la place de son frère. J'imagine que cela veut dire que nous n'avons plus besoin d'Ishmael…

– Personne n'a plus besoin de vous non plus, dans ce cas.

– Vous m'aviez dit de ne pas m'occuper de politique. J'aurais dû vous écouter.

Les hommes du G les encerclaient à présent. Talib les dévisagea un par un, comme s'il reconnaissait chacun derrière son masque. Ils tenaient des paralyseurs à la main.

– Je ne vais pas tenter de fuir, les rassura-t-il.

– Voilà une sage décision, répondit un des hommes. Venez avec nous.

Le G tendit la main et prit Dan par le bras.

Crane les regarda partir.

– Pourquoi ? lança-t-il tandis qu'ils s'éloignaient. Pourquoi ?

Il aurait voulu dire quelque chose à Talib, lui faire admettre la folie de ce qu'il avait fait. Mais, maintenant que le moment était venu, il ne trouvait pas les mots. Rien, aucune explication, aucune parole n'aurait pu apaiser sa souffrance. Pendant quelque temps, il avait tout eu, et on lui avait tout repris. Le pourquoi importait peu.

Il contempla le sol, les tombes contenant les cercueils vides. Il ne trouverait pas de réconfort ici.

Un hélic se posa non loin de là et l'on fit monter Talib à bord. L'appareil redécolla aussitôt.

Tout était fini, si vite. On allait régler l'affaire, la clore, et le monde continuerait son petit bonhomme de chemin.

Lewis Crane était de nouveau seul.

20
SHIMANIGASHI

QUELQUE PART EN AMÉRIQUE
PRINTEMPS 2038, MILIEU DE LA MATINÉE

Abu Talib commença sa journée de la façon la plus extraordinaire qui soit, exactement comme il avait commencé tous les jours de sa vie depuis dix ans… en décidant de ne pas se donner la mort.

Il regarda la corde qu'ils lui avaient laissée. Le nœud coulant était déjà fait. Il caressa la tresse. Les douces fibres de Nylon glissèrent facilement entre ses doigts. C'était si tentant, l'idée du suicide, l'idée de reprendre le contrôle de son destin. Mais il n'avait pas envie de se pendre, ce matin.

Chaque jour, pendant dix ans, il avait sorti la corde du petit meuble qui se trouvait dans sa chambre – il n'osait pas appeler cet endroit une cellule puisqu'il n'y avait pas de barreaux – et en avait admiré le nœud en écoutant l'appel de la mort. Chaque matin, pendant dix ans, il avait résisté, même s'il avait failli craquer plusieurs fois.

Lors de son procès – ou du moins le simulacre de procès – on l'avait condamné à une peine à vie en isolation *Shimanigashi*. Les prisons et la FPF étaient gérées par des compagnies privées. Les cours de justice également. Il n'y avait pas eu de témoins à son procès. Pas de jury, pas d'avocats, pas de spectateurs.

Il y avait eu seulement un homme dont il ne connaissait pas le nom, en costume trois-pièces. On avait projeté les vidéos de l'attaque contre le Centre de l'Imperial Valley.

Il se souvenait avoir signé des papiers en trois exemplaires.

L'homme en costume était le dernier être humain qu'il eût vu, et cela remontait à plus de dix ans.

On l'avait endormi avec une espèce de gaz et il s'était réveillé ici, dans cette pièce aux murs beiges et aveugles. Il y avait un lit, une table, une chaise, une seule lampe. Et aussi la corde, bien sûr. Dans un coin se trouvait une douche qui coulait soixante secondes par jour, et des toilettes qu'on vidait en appuyant sur un bouton dans le mur. Il n'y avait aucun miroir.

Pas de livres, pas de télé, pas de musique, pas de papier, à part celui des toilettes, et pas de crayons. Son uniforme de prisonnier consistait en une combinaison noire en espèce de matière plastique ultra-fine. À la fin de la journée, Talib l'arrachait, la jetait dans un orifice situé dans le mur, et le lendemain, en se réveillant, il en trouvait une autre. S'il ne jetait pas ses vêtements le soir, il n'en avait pas de nouveaux le lendemain matin.

À sa connaissance, il était le seul prisonnier dans cet endroit. Aucun garde ne venait jamais voir ce qu'il faisait et il n'entendait jamais aucun bruit à part ceux qu'il faisait lui-même. Sa nourriture apparaissait deux fois par jour dans une fente située au bas de la porte. Le repas était toujours le même. Du riz et du potage. Ces dernières années, cependant, il lui était arrivé d'avoir droit à des haricots et du pain, ce qui lui laissait à penser qu'il y avait des changements dans le monde extérieur, du moins au niveau de la direction du pénitencier.

Ses cheveux et sa barbe avaient poussé, depuis dix ans. Il s'était aperçu qu'il grisonnait le jour où sa barbe était devenue suffisamment longue pour qu'il tire dessus et la regarde. Ses cheveux lui arrivaient jusqu'aux reins.

Talib s'était dit dès le début qu'il allait sûrement devenir fou. Il l'était en effet devenu, à plusieurs reprises, ce qui devait être le but de toute cette mise en scène. Chaque fois qu'il pétait les plombs, il espérait que cela causerait une réaction chez ses geôliers, que quelqu'un viendrait le voir. Mais personne ne venait jamais, et il devait faire face, seul, à ses propres angoisses. Même le jour où il avait été malade à crever, avec une douleur insupportable au ventre, personne ne s'était montré. La pièce s'était subitement remplie de gaz. Quand il s'était réveillé, il avait une cicatrice à l'endroit où se trouvait jusque-là son appendice.

Mais c'était tout de même une victoire. Cela voulait dire que quelqu'un le surveillait. Cela voulait dire que s'il parlait, quelqu'un l'écoutait. Cette idée, bizarrement, le rassurait.

Se rendre compte de la vitesse du passage du temps et arriver à le mesurer avait été le premier et le plus difficile des problèmes auxquels il avait été confronté. Et comment savoir combien de temps il avait été endormi durant son appendicectomie ? Ne pouvant pas faire la différence entre le jour et la nuit, il n'avait aucun point de repère. Mais, dès les premiers jours de sa détention, il avait compris que s'il perdait tout repère temporel, il ne lui resterait plus que la corde. Ce fut à ce moment qu'Abu Talib, né Daniel Akers Newcombe, se mit à entraîner son esprit à une tâche très spéciale.

Il commença par compter les secondes… une… deux… trois… des journées entières, jusqu'à ce qu'il commence à ressentir physiquement à quoi ressemblait le rythme d'une journée. Il avait envisagé de se laisser pousser les ongles au lieu de se les couper avec les dents comme il avait fait jusque-là, pour pouvoir faire une marque d'un coup de griffe dans le mur, une marque par jour. Mais il abandonna cette idée, se disant qu'ils repeindraient sûrement la pièce pour l'empêcher de continuer. Il allait devoir se transformer en horloge humaine, c'était le seul moyen.

Et c'est ainsi que, n'ayant rien d'autre à faire, il était effectivement devenu un homme-horloge. Il jugea que, sur les dix années qu'il avait ainsi égrainées, il ne devait pas avoir dévié de la réalité de plus d'une semaine ou deux. Une fois qu'il eut accepté son nouveau statut de montre humaine, il décida de faire passer le compte à rebours dans son subconscient afin de pouvoir penser à autre chose.

Il se souvint avoir lu quelque part – pourquoi, d'ailleurs, n'avait-il pas lu davantage ? – qu'un prisonnier de guerre incarcéré dans un quartier d'isolation avait réussi à garder la raison en jouant aux échecs dans sa tête, visualisant l'échiquier et le mouvement des pièces. Talib réussit après plusieurs semaines d'entraînement à jouer aux échecs de cette façon et consacra dès lors beaucoup de temps à cette activité.

N'ayant rien d'autre à faire, mis à part les exercices physiques, il commença à explorer son propre esprit, parfois avec plaisir, parfois avec horreur. Il avait une grande capacité de concentration et pouvait recréer des images dans sa tête, revivre son passé. La plupart des choses dont il se souvenait l'embarrassaient. Mais ce qui le gênait le plus, c'était de s'apercevoir peu à peu qu'il avait perdu beaucoup de temps au cours de sa vie, du temps qu'il ne récupérerait jamais.

Il se demanda souvent pourquoi, au lieu de subir un tel calvaire chaque jour, il ne se servait pas simplement de la corde. Il n'avait jamais réussi à formuler la raison qui le retenait, peut-être voulait-il simplement contrarier les plans de ses geôliers. Mais cette explication ne le satisfaisait pas.

Talib découvrit au fond de lui-même de nouveaux éléments, qui l'obligèrent à redéfinir entièrement ses processus de pensée. Il se servit de son isolation comme d'une métaphore, isolant son esprit, séparant les pensées les unes des autres, en extrayant les éléments égoïstico-émotionnels. Il faisait face à ses propres pensées et à ses sentiments avec indifférence, comme les gens qui essaient de soulager leur angoisse. Il examinait ces éléments comme s'ils étaient de simples données sur un tremblement de terre.

Il n'aimait pas beaucoup le fond qu'il découvrait peu à peu sous la surface. Il lui semblait à présent qu'il avait passé beaucoup de temps à suivre ce que lui dictaient ses émotions et ses hormones, sans assez réfléchir de façon rationnelle. Il n'arrivait pas à ressentir de la haine envers ceux qui l'emprisonnaient ainsi, car il méritait la peine qu'il purgeait. N'éprouvant pas les sentiments de colère qui auraient absorbé une partie de son énergie, il réussit à passer de l'autre côté de la barrière humaine de la rationalisation et se vit tel qu'il était – un animal obéissant à des passions animales. Une fois qu'on prenait conscience de cela, il devenait impossible de faire demi-tour et de revenir à l'ignorance sereine du commun des mortels. Il avait accepté ses responsabilités en tant qu'être humain. À son avis, la plupart des gens n'arrivaient pas à cela en dix ans.

Puis il y eut les «épisodes», les phases durant lesquelles il plongeait dans la folie. Chaque fois qu'il devenait dingue, c'était après une journée de face-à-face avec lui-même, de dépression durant laquelle il se laissait peu à peu envahir par une psychose qui finissait par prendre le pas sur sa raison.

Un jour, il avait décidé qu'il était en fait mort durant le raid sur le Centre, qu'il se trouvait en enfer, et qu'il allait tourner en rond dans cette cage durant toute l'éternité. Saisi d'hystérie, il se laissa mourir de faim pendant trois jours. On lui envoya les gaz et on le nourrit de force. Il se réveilla sans savoir combien de temps il avait été inconscient, mais il se sentait nettement mieux. Ces événements lui permirent de comprendre que ses geôliers ne voulaient pas qu'il meure d'une façon aussi passive. La seule porte de sortie autorisée était-elle la corde?

Durant une autre phase de folie, Talib crut qu'il était libre et pouvait quitter sa prison quand il le désirait. Il choisissait de rester parce que, comme il se le répéta à voix haute sans interruption : «C'est bien mieux comme ça !» Ils avaient fini par le gazer, cette fois-là aussi.

Et maintenant, il avait peur, car il sentait qu'un de ces «épisodes» allait recommencer.

Après avoir effectué son petit rituel du matin avec la corde, il ramassa son plat de riz et son potage et s'assit pour manger. Il n'avait pas avalé trois bouchées qu'un bruit étrange lui parvint de la porte. Quelques secondes plus tard, le panneau s'entrouvrit à moitié en grinçant. C'était la première fois que cela arrivait.

Il regarda la porte entrebâillée un long moment. Il voyait un couloir de l'autre côté. Les murs étaient bleus, une lumière jaune tamisée éclairait le long corridor…

Cela faisait trop d'éléments à assimiler d'un seul coup. Talib se remit à manger tout en réfléchissant. Entre chaque bouchée – avec les mains, car on ne lui donnait pas de fourchette –, il levait la tête pour voir si la porte était toujours ouverte, pour apercevoir cette merveilleuse couleur bleue qui prenait des teintes vertes dans la lumière pâle et dorée. Il eut l'impression que les couleurs étaient organiques, vivantes, et interagissaient entre elles comme une respiration.

Il acheva son repas et alla glisser son plateau dans la fente en bas de la porte. Plus il le poussait, plus le panneau s'ouvrait. Il scruta le couloir qui s'étendait sur des centaines de mètres dans les deux directions. Les ampoules jaunes étaient situées tous les deux mètres environ. Il y avait des portes tout le long, des deux côtés, et chacune d'elles portait un numéro.

Il se tenait là, debout, le plateau à la main, et comprit qu'on attendait de lui qu'il franchisse ce seuil. Ce fut le moment le plus atroce de toute son incarcération. Il ne voulait pas partir. Sa peur était si forte qu'il recula et lâcha le plateau, qui atterrit au sol avec bruit.

Il fallait qu'il réfléchisse à cette histoire de porte ouverte, qu'il considère la question pendant plusieurs jours. Mais le fait d'avoir cette ouverture là, devant lui, l'obligeait à prendre une décision immédiate. Il respira à fond et avança d'un pas. Bientôt, il fut dans le couloir.

Il ne ressentit la panique que pendant une demi-seconde. Puis la fierté l'envahit : il avait réussi ! Il était à l'extérieur.

Il y avait une porte aux deux extrémités du long corridor. Laquelle choisir ? L'idée d'avoir soudain plusieurs choix possibles en dehors du suicide le surexcita. Droitier, il décida de suivre son inclination naturelle et se dirigea vers la droite.

En passant devant les autres portes, Talib se demanda qui se trouvait de l'autre côté, et même s'il y avait quelqu'un. Il n'avait jamais entendu de bruits venant de l'extérieur, à part les grincements des roues du chariot à nourriture.

Pouvoir marcher ainsi en ligne droite pendant si longtemps lui fit une impression étrange. Lorsqu'il arriva enfin au bout du corridor, il dut de nouveau surmonter sa peur pour ouvrir la porte. Il entra.

Le battant céda devant lui, et une jolie jeune femme s'avança, accompagnée de deux enfants. Elle écarquilla les yeux et grimaça, horrifiée, en le voyant. Les deux bambins reculèrent.

— Abu ? articula-t-elle.

Alors seulement, il la reconnut.

Cela faisait longtemps qu'il n'avait pas parlé.

— Kh… Khadijah, murmura-t-il d'une voix à peine audible. C'est bien toi ?

Il tenta de s'approcher d'elle, mais elle lui fit signe de ne pas bouger.

– Pas de contact physique, dit-elle. C'est une des conditions de cette visite.

– Il y a d'autres conditions? demanda-t-il en se ressaisissant peu à peu.

– Je n'ai pas le droit de te donner quoi que ce soit, je ne peux pas te dire où tu te trouves et je dois partir quand ils le demanderont.

Il hocha la tête.

– Je vois.

– Tu as l'air... d'un homme des bois. Tes cheveux, cette barbe... Mon Dieu, ils ne t'ont donc jamais coupé les cheveux?

– Non... Ce sont mes enfants?

Elle opina et alla s'asseoir sur le petit banc, le garçon à sa droite, la fille à sa gauche.

– Najan, demanda-t-il à la fillette dont les yeux brillaient au-dessus de son voile, tu te souviens de moi?

– Non, monsieur. Mais je sais que vous êtes mon père.

– Et toi, dit-il en regardant le garçon qui devait avoir environ neuf ans, comment t'appelles-tu?

– Abu ibn Abu Talib, répondit-il en se levant. Je porte votre nom.

– J'en suis très fier. Tu as l'air d'un brave petit. Et cette chemise que tu portes... Est-ce qu'elle change de couleur comme je le vois?

– Oui, monsieur. Tout le monde en porte.

– On te communique des nouvelles de l'extérieur, ici? demanda Khadijah.

Il secoua lentement la tête.

– Non, rien. Nous sommes le 13 mars 2038?

Elle haussa un sourcil.

– Le 24 avril.

– Je n'étais pas loin, commenta-t-il.

Elle se pencha vers lui comme pour mieux l'examiner.

– Tu dois avoir beaucoup de questions à me poser.

– Pas tant que ça. J'ai arrêté de me poser des questions il y a bien longtemps. Mais tu as l'air en pleine forme, tu as pris des rondeurs...

– Être mère a ses avantages.

Elle sourit. Il voulut faire de même mais les muscles de ses joues étaient trop faibles.

– Est-ce qu'ils vont me libérer?

Il craignait tellement d'entendre la réponse. Les larmes lui montèrent aux yeux. Il se contrôla aussitôt.

– Non. Ils ont trop peur de toi.

– Peur… de moi?

Elle soupira.

– Après qu'Ishmael eut rejoint la longue liste des personnes assassinées…

– Assassiné? Non! Quand?

Elle haussa les sourcils.

– Tu n'étais pas au courant, bien sûr… Cela remonte à plusieurs années. On n'a jamais su qui étaient les assassins. On ne les a jamais arrêtés. À l'époque, tu étais le seul autre personnage connu qui symbolisait le mouvement. Martin a pris le relais. C'est un bon administrateur, mais personne ne le connaissait. Pour garder le feu sacré, nous avons fait de toi le symbole de notre cause. Nous avons demandé ta libération en tant que prisonnier politique. Tu es devenu le ciment qui a uni l'État islamique dans les différentes Zones de Guerre. Tu es devenu le symbole de tous les prisonniers. Tu as obtenu le prix Nobel de la Paix l'année dernière. Ton influence est mondiale.

– Si je m'attendais à ça… murmura-t-il sans enthousiasme. À t'entendre, on dirait que je me suis bien amusé pendant ces dix ans.

– Je veux te montrer quelque chose, dit-elle.

Les yeux de Khadijah brillaient, elle sortit un disque qu'elle enfonça dans son pad. L'instrument était deux fois plus petit que ceux qu'il connaissait et il n'y avait aucun signe ni bouton dessus.

Une vidéo apparut sur le mur beige. Elle montrait la Zone de Guerre. Les gens partaient. La Zone se vidait. Des colonnes se formaient pour rejoindre le Sud où l'État islamique avait été reconnu.

– Quand est-ce que tout cela est arrivé? demanda-t-il.

– L'année dernière. La présidente Masters a signé l'indépendance le jour de Thanksgiving de l'an 2037.

412

– La présidente Masters ?

– Kate Masters. Je crois que tu la connaissais.

– Je le croyais aussi, remarqua-t-il d'un air mystérieux. Comment cela s'est-il passé ?

– Le gouvernement et You-Li Corporation ont patiemment acheté les gens dans ces régions, pendant des années. Le tremblement de terre de Memphis a facilité les choses. La plupart des Blancs voulaient partir, de toute façon.

Elle indiqua l'écran sur lequel on voyait la rue d'une petite ville, où l'on se battait d'une maison à l'autre, race contre race.

– Ceux qui ne voulaient pas partir ont résisté mais nous avons fini par nous en débarrasser.

– Débarrasser ? Il y a donc une armée africk ?

Les enfants éclatèrent de rire. Talib fronça les sourcils.

– On n'utilise plus ce terme, expliqua Khadijah en souriant.

– Pourquoi ?

– Nos Frères islamistes d'Afrique trouvaient que beaucoup d'entre nous avaient la peau trop claire pour être qualifiés d'Africains. Ils nous ont surnommés les « mestizos ». Le nom nous est resté.

– Ce n'est pas spécialement gentil.

– Nous en avons fait notre nom.

Elle se redressa et annonça d'un air solennel :

– Donc, aujourd'hui le pays s'appelle les États-Unis d'Amérique et d'Islam. New Cairo occupe maintenant les anciens États de Floride, de Caroline du Nord et du Sud, de Géorgie, d'Alabama, de Louisiane et du Mississippi.

– Pourquoi leur a-t-on donné ces territoires après si longtemps ? demanda-t-il. Ça a dû coûter une fortune de racheter les propriétés des fermiers assez cher pour qu'ils acceptent de partir.

– Ils n'ont pas eu d'autre choix. Le monde est à présent à soixante-dix pour cent islamique. Les compagnies chinoises sont en train de péricliter parce qu'elles ne contrôlent plus le marché. En ce moment, c'est l'Afrique qui détient le pouvoir économique. Les Chinois ont été obligés de signer un contrat avec nous pour nous céder secrètement leur production à des prix dérisoires. Cela permet aux deux pays de survivre.

Le mur montrait maintenant Martin Aziz saluant la foule et faisant des discours.

— C'est lui qui est à la tête du mouvement, dit Khadijah, mais c'est *toi* que le peuple aime. Il a refusé de signer tout accord avec les Blancs tant qu'ils ne nous auraient pas permis de te voir, toi ou ton cadavre. Personne ne savait si tu étais vivant ou mort. Maintenant que nous savons, je te promets, Abu, que nous n'aurons de cesse que nous te fassions libérer.

— Pourquoi ai-je l'impression que tout ceci n'a que peu de rapport avec moi ?

— Tu es un symbole. Tu es Abu Talib, tu es plus qu'un homme. Les habitants de New Cairo ont besoin de quelqu'un vers qui se tourner pour retrouver l'espoir en ces temps difficiles. Les Blancs ont tout brûlé derrière eux en partant. Nous avons été obligés de tout reconstruire de zéro. Ton exemple leur a donné la force d'aller jusqu'au bout.

Il sourit et, de nouveau, ses muscles lui firent mal.

— Mon exemple ? Je ne suis un exemple pour personne. J'ai survécu ici comme un animal. Je veux que tu saches que ça n'a pas été facile… J'ai… j'ai tellement changé. Pour être tout à fait honnête, je n'ai pas pensé beaucoup à notre mouvement depuis le début de mon incarcération. J'ai passé plus de temps à rêver de respirer de l'air frais ou de voir le ciel.

Il tendit le bras devant lui et ferma le poing.

— J'ai rêvé de creuser le sol et de ramasser des roches, et de tout découvrir sur une région à travers ses rochers… L'histoire de toute une contrée à travers ses pierres, depuis le début des temps… J'ai rêvé de sexe…

Elle baissa les yeux instinctivement. Il l'observait et devina aussitôt ce qu'elle pensait.

— Ne te sens pas coupable, dit-il. Dix ans, c'est long. Tu ne savais même pas si j'étais vivant ou non. Je…

Un klaxon résonna soudain. Khadijah se leva.

— Il faut que nous partions. Est-ce qu'il y a quelque chose que tu souhaites dire à notre peuple ?

Il se mit à rire, malgré la douleur.

— C'est la première fois aujourd'hui depuis dix ans que j'entends une voix autre que la mienne. Je ne vis plus dans le même monde que toi.

Elle haussa les épaules.

– J'inventerai quelque chose.

Il y eut un petit bruit, un déclic. La porte derrière elle s'ouvrit. Les enfants se dirigèrent vers la sortie. Déjà ? Comment cette rencontre pouvait-elle être déjà terminée ? Cette séparation était plus cruelle encore que l'isolement qu'il avait connu.

– Crane, murmura-t-il tandis qu'elle poussait doucement les enfants dehors. Que fait Crane en ce moment ?

Le rire qu'elle émit le surprit tellement qu'il sursauta.

– Les grands aussi tombent. Un paria, voilà ce qu'est devenu Crane. Un intouchable. Son projet de faire sauter les… bombes a été rendu public. Et lorsque les gens ont appris ce qu'il voulait faire, ils se sont retournés contre lui. Puis, pendant des années, il a continué à délirer, à passer sur les T.V., à faire des discours annonçant une espèce de catastrophe qui devait bientôt détruire la Californie. Personne ne l'a écouté. Ça fait un bon bout de temps maintenant que je n'ai pas entendu parler de lui.

Elle se retourna au moment de franchir le seuil de la porte.

– Nous allons te sortir de là.

– Reviens me voir plus souvent, dit-il.

Mais elle était déjà partie. La porte se referma et il entendit le loquet se remettre en place.

– Je veux avoir des nouvelles de l'extérieur ! cria-t-il. Khadijah, fais quelque chose, je t'en prie !

Il s'effondra sur sa chaise. Le battant derrière lui s'ouvrit avec un petit bruit. Il se leva lentement et se dirigea vers sa cellule en traînant les pieds. Désormais, il allait vivre pour ces visites. Sa vie ne serait plus qu'une suite de moments d'attente et d'espoir. Il venait de perdre sa capacité de mesurer le temps. Il ne la retrouverait jamais.

Lewis Crane était assis à l'arrière de l'hovercraft lunaire en compagnie de Burt Hill. Le gros ventre gonflé d'hélium du véhicule tout-terrain flottait au-dessus du sol aride de la Lune. Les étoiles brillaient dans le ciel comme des têtes d'épingles lumineuses. La Terre apparaissait à l'horizon derrière eux. L'homme de l'agence immobilière parlait sans s'arrêter, obligeant le système de régulation du niveau de l'oxyde de carbone de la cabine à rajuster sans cesse la composition de l'atmosphère. La pâle lumière reflétée par la Terre illuminait le sol. Cette partie de la Lune allait entrer dans une période de « nuit » de deux semaines.

— Nous n'avons pas beaucoup de clients qui soient intéressés par la face cachée, dit l'agent immobilier qui s'appelait Ali. Les gens préfèrent avoir une propriété avec une bonne luminosité et une vue sur la Terre.

— C'est justement ce que je ne veux pas, rétorqua Crane en se tournant vers la fenêtre.

Ils glissaient vers la mer du Sud, la *Mare Australe* de Galilée. Ils se rendaient à la mine désaffectée de titane appartenant à Yo-Yu sur la mer de la Sérénité. Le cratère Jules Verne se dressait majestueusement à leur gauche. La mer était composée de poussière et non d'eau comme l'avait cru Galilée, de la poussière de roche et des débris d'astéroïdes.

— Je ne comprends pas pourquoi vous voulez visiter les propriétés du côté où il fait nuit, fit Burt en respirant avec difficulté. Un petit peu de soleil de temps en temps, ça fait du bien.

— Il y a autant de lumière de ce côté que de l'autre. La seule différence, c'est qu'ici on n'est pas obligé de regarder la Terre. C'est tout.

— J'ai beaucoup de bons lots là-bas, déclara le vendeur. Lever de Terre à chaque petit déjeuner.

Crane fit mine de ne pas avoir entendu.

— Bon, si j'achète quelque chose ici, c'est à moi. Exact ?

Ali se tourna vers lui. Il sourit, faisant bouger sa grosse moustache noire.

— Vous serez le souverain absolu.

Il claqua des doigts.

— Beaucoup de groupes achètent ici afin de pouvoir avoir une totale liberté religieuse, vous savez. D'autres le font pour la politique. Le gouvernement de la Terre ne met pas son nez dans le coin, vous me comprenez… c'est un bon endroit pour quelqu'un qui veut être indépendant.

— Et pour ce qui est de l'approvisionnement en eau ? demanda Hill.

— Pour l'eau ? Vous vous débrouillez, vous passez des contrats comme vous pouvez pour obtenir la quantité qui vous est nécessaire. Mais le consortium qui a le monopole ici pratique des prix assez exorbitants. La plupart des gens n'ont pas les moyens de passer par eux et préfèrent amener eux-mêmes leur flotte de la Terre.

Crane grogna. En ce moment, la Terre n'était pas l'endroit rêvé où prendre de l'eau. La couche d'ozone était régénérée, les gens vivaient à nouveau en plein soleil, comme lorsqu'il était enfant. Le nuage de Massada avait disparu depuis cinq ans, on en avait à peine parlé. Les gens étaient bien trop préoccupés par le niveau de radioactivité dans les nappes phréatiques pour se soucier de quoi que ce soit d'autre. En se dissipant, Massada avait contaminé bien plus que l'eau. Les stocks nucléaires qui traînaient un peu partout sur la planète avaient tous eu des fuites. Mais tout le monde s'en était moqué jusqu'à ce que cela commence à tourner à la catastrophe. L'eau était contaminée partout.

Crane avait commencé à étudier le problème à la Fondation, sur le globe, en se servant des données qu'il avait sur le niveau des fuites, la masse et les mouvements des nappes d'eau souterraines. Il espérait pouvoir faire une prédiction suffisamment à l'avance, découvrir quand et où la maladie contaminerait la planète elle-même, créant ainsi une panique générale parmi la population qui ne saurait où aller pour se mettre à l'abri du danger.

Mais certaines personnes considéraient que la pollution de toute l'eau de la Terre était sans grande importance. Il y avait des optimistes à toutes les époques.

Le globe était une merveille, Lanie vivait à travers lui. Beaucoup de problèmes, comme celui de la radioactivité, avaient été soumis à ses hautes fonctions cognitives et cela avait permis de tirer des conclusions précises. Mais la sphère ne fonctionnait plus aussi bien qu'avant, ce qui ne serait pas arrivé si Lanie avait été là. Cela se manifestait par des séismes qui n'étaient pas prévus, dont un en Californie. Jusqu'à ce jour, le globe avait semblé infaillible, mais il commençait parfois à décevoir Crane.

Cela lui rappelait toujours ce qu'avait dit Lanie, un jour : une piscine qu'on creusait à Rome pouvait fort bien déclencher un tremblement de terre en Alaska. Et, en effet, deux des séismes non prévus avaient été attribués à la création de deux lacs artificiels à mille kilomètres de l'épicentre. L'eau, en remplissant les lacs, s'était écoulée dans le sol par les fissures et avait lubrifié des failles jusque-là non répertoriées. Il se demandait si un jour viendrait où l'on en saurait assez pour pouvoir ordonner aux gens de ne pas creuser de lac... ou de piscine.

– Nous y voilà, messieurs ! s'écria Ali en indiquant à travers le pare-brise des lueurs dans le lointain, à plusieurs kilomètres de là. Je leur ai demandé d'allumer les lumières pour vous, ajouta-t-il.

Crane se demanda ce que Lanie aurait pensé de tout ceci – acheter un bout de Lune avec les trois milliards qu'il avait hérités de Stoney. Whetstone lui avait dit de se servir de son argent pour acheter un autre rêve et, aujourd'hui, dix ans plus tard, Crane suivait les conseils de son vieil ami.

Ali inversa la poussée des aérojets pour les ralentir et l'hover-craft s'arrêta brutalement au beau milieu d'une ville fantôme faite de dômes et de blocs connectés les uns aux autres par des tubes, de bâtiments en matériaux préfabriqués qui ressemblaient aux cubes avec lesquels Charlie jouait dans l'ascenseur du Centre d'Imperial Valley.

– Est-ce que les puits de la mine sont toujours ouverts ? demanda Crane tout en regardant une longue rangée de restaurants abandonnés dont les noms lui étaient familiers.

Ali hésita.

– Ma foi, je ne vois pas quel intérêt You-Li trouverait à venir ici et à boucher tous ces trous. On peut donc discuter...

– Je *veux* les puits ! Je vais puiser dans le cœur de la Lune l'énergie pour produire chaleur et électricité.

Ali leva les mains au ciel.

– Vous voulez des puits ? s'écria-t-il gaiement. Vous en avez ! Des trous, il y en a partout, ici.... Cette fichue zone en est pleine. Monsieur veut des trous ? Monsieur est servi !

Ali arrima doucement l'hovercraft au sas. Il y eut un bruit sourd. Les crocs d'amarrage magnétique se refermèrent et scellèrent hermétiquement la jonction entre le véhicule et la chambre d'entrée.

– Il va falloir que vous mettiez les casques, soupira Ali. Je ne peux pas me permettre de remettre en marche le générateur d'atmosphère rien que pour vous faire visiter la ville.

Ali mit son casque, puis fit signe à Crane de faire de même. Burt l'aida à s'équiper.

— Quelle surface recouvre ce complexe? demanda Crane.

— Considérez que ces constructions sont le point central. L'ensemble s'étend sur environ deux mille kilomètres carrés autour de nous. Vous serez propriétaire du cratère Van de Graaff, du Leibnitz et du Von Karman. Et la mer de la Sérénité sera toute à vous!

— Le prix?

— Trois milliards deux. Ça fait beaucoup de fric, mais j'ai de plus petites propriétés du côté clair qui…

— Baissez votre prix à trois milliards et l'affaire est faite, dit Crane.

— Vous êtes sûr d'avoir cette somme… sans vouloir vous offenser, monsieur?

— Je paie cash.

— Mon cher ami, s'écria Ali, vous venez de rendre un vieux marchand de chameaux très heureux! Personne ne veut du côté sombre!

— Moi, si. On fait le tour de l'endroit?

La visite dura moins d'une heure. Ali avait hâte de retourner du côté éclairé de la planète et Crane se foutait éperdument des installations. Le camp You-Li ressemblait à tous les autres complexes miniers, spartiate, mal ravitaillé sans doute à l'époque où il fonctionnait. Crane allait de toute façon détruire tous ces bâtiments pour en construire d'autres, le moment venu. Mais les ingénieurs et les planificateurs allaient dans un premier temps devoir habiter dans ces installations vétustes. Leur mission serait de transformer ce centre minier de la face cachée en une nouvelle civilisation. Ce serait un travail long et difficile, mais Crane avait déjà mené à bien des projets autrement plus fous.

Plus tard, de retour à la base lunaire Marriott, Crane et Hill s'assirent à une table du grand pub. Lewis tournait le dos au magnifique clair de terre qui brillait à travers les épaisses fenêtres. L'hôtel était plein. Les zones alentour commençaient à ressembler à une ville hérissée de dômes et de petits bâtiments. La Lune était un territoire vierge que You-Li, les anciens propriétaires, avait décidé de vendre à bas prix, et vite fait. Les Chinois avaient fort à faire pour consolider leurs positions financières, et la Lune ne faisait pas partie de leur programme pour le futur. C'était ainsi que, comme tous les nouveaux territoires, la Lune était prise en main par les pionniers, ceux qui toujours défrichaient les nouveaux espaces et construisaient les premières installations : les renégats et les héros. Crane ne savait pas trop de laquelle de ces deux catégories il devait se réclamer.

Hill, qui était devenu fragile et réservé depuis les événements d'Imperial Valley, leva son verre de bière.

– À vous, dit-il. Je ne comprends pas trop ce que vous avez fait, mais… félicitations tout de même.

Crane leva son verre de scotch.

– Nous saisissons une superbe occasion pendant qu'il en est encore temps, expliqua-t-il. J'ai toujours voulu être mon propre gouvernement.

– Mon cul ! Ce que vous avez toujours voulu faire, c'est mettre fin aux tremblements de terre. Et nous voilà en train d'acheter la Lune !

– Ça n'a rien d'une décision soudaine. Cela faisait longtemps que je pensais à ce projet. Mais il n'était pas réalisable jusqu'à aujourd'hui. Cependant, j'avoue que je ne vous dis pas tout ce à quoi je pense, Burt.

– Exact, vous ne m'aviez par exemple jamais dit que Sumi était une femme !

– Je me disais que, si vous étiez assez bête pour ne pas vous en rendre compte vous-même…

C'était une vieille blague entre eux. En réalité, ni l'un ni l'autre n'avaient jamais eu de soupçon sur le véritable sexe de Sumi. Son histoire avait été fascinante et presque tragique. Tant de choses s'étaient passées durant ces dernières années.

À peine un mois après l'attaque du Centre d'Imperial Valley, le président Gideon avait glissé sur sa savonnette dans sa salle de bains et s'était tué sur le coup. C'était du moins la version officielle de la Maison-Blanche. Sumi Chan était devenu président et avait aussitôt nommé Kate Masters vice-président. Liang Int. et Yo-Yu se partageaient l'électorat, mais Sumi réussit à prendre les deux géants à leur propre jeu et fut élu président sans être affilié à l'un ni à l'autre lors des élections de novembre 28.

C'était Chan qui avait posé les bases devant servir à construire ce qui allait devenir l'État islamique. En raison de ce qu'il décrivit comme étant des «problèmes de santé», M. Sumi Chan décida de ne pas se représenter en 32, bien qu'il ait été un président respecté et efficace. Ce fut lors de cette même conférence de presse que Sumi révéla son véritable sexe, disant qu'elle ne «pouvait plus continuer à jouer la comédie».

Kate Masters s'était présentée et avait gagné haut la main, s'appuyant sur les adhérentes de son parti, déjà fort nombreuses, et sur les sentiments anti-chinois de la population. L'économie continua à péricliter en raison des sanctions imposées par le mouvement islamique mondial, dont le point de vue était ethnocentrique – c'était le moins qu'on puisse en dire –, contre les intérêts chinois.

Les véritables raisons qui avaient poussé Sumi à ne pas se représenter devinrent très vite évidentes lorsqu'elle fut internée dans un hôpital psychiatrique. Paul, son amant créé par sa puce, avait envahi sa vie au point de devenir celui qui prenait toutes les décisions, choisissait ses conseillers, pour la faire plonger dans une spirale grandissante de xénophobie et de repli sur elle-même. Elle portait son propre monde en elle, et Paul n'autorisait plus personne à entrer en contact avec Sumi.

Crane avait été irrégulièrement en relations avec elle durant cette période. Il avait racheté à You-Li, à la demande expresse de Kate, les terres ancestrales de Sumi qu'il lui avait louées ensuite. Le contrat de location était à perpétuité et le loyer d'un dollar par an. Sumi avait besoin d'un divorce légal qui lui permettrait de se défaire de Paul. Elle l'obtint. La présence du jeune homme était si forte qu'il resta à ses côtés après que la puce fut extraite de sa tête. Elle n'était pas la seule à avoir ce genre de problème. Des millions de personnes étaient ainsi devenues totalement dépendantes de leur puce Yo-Yu. Une nouvelle branche de la médecine fut créée pour soigner les victimes : la Restauration de Personnalité.

Sumi Chan passa quatre années enfermée. Yo-Yu dut verser des millions d'indemnités aux victimes pour frais d'hospitalisation et de traitement. Les conséquences économiques furent telles pour la compagnie qu'elle fut contrainte de fusionner au niveau mondial avec sa faible rivale, la You-Li Corporation. La puce Yo-Yu disparut totalement de la circulation tandis que les puces éducatives devenaient de plus en plus populaires. Crane lui-même s'était fait mettre un implant en 35 et trouvait l'outil extrêmement utile pour ses recherches.

Pendant ce temps, Kate Masters, réélue en 36, avait encore deux ans de présidence devant elle. Sumi menait une vie retirée sur ses terres ancestrales en Chine.

Stoney était mort moins d'un an après la catastrophe d'Imperial Valley.

Quant à Crane, ces dix dernières années avaient été un véritable cauchemar. Peu de temps après l'arrestation de Talib et son incarcération, la vérité commença à se savoir concernant le véritable but du Centre. L'opinion publique se retourna contre Crane. Il devint rapidement le méchant de l'affaire. Le simple fait d'avoir envisagé de faire exploser des bombes atomiques suffisait à le condamner... de même que le fait d'avoir pensé pouvoir changer la structure de la planète ou avoir le droit de le faire.

Il ne fut plus écouté. Il tenta bien de prévenir ses concitoyens qu'une catastrophe était imminente en Californie. La réponse du public à ses messages enregistrés, écrits ou en direct, fut pire que toutes les insultes, pire que la moquerie : le silence. Il avait, au bout du compte, fini par perdre espoir.

Et il avait commencé à sentir son âme disparaître peu à peu... de plus en plus.

Puis la Lune fut mise en vente et il ressentit quelque chose, une étincelle au fond de lui-même. Il sauta sur l'occasion.

— Vous allez vraiment mettre des bâtiments et des... machins là-bas ? demanda Hill.

— J'en ai l'intention. Je veux construire toute une ville là-bas, Burt. Un endroit où les gens auront *envie* de venir habiter.

— Et vous y habiterez aussi ?

Crane sourit.

— Non, mon cher, je crois que nous avons tous les deux joué les pionniers un peu trop longtemps. Nous sommes trop vieux pour ce genre d'aventure.

Hill s'enfonça dans son fauteuil et soupira de soulagement.

— Ça me rassure. Je n'aimerais pas vivre avec un de ces

casques sur la tête en permanence. Qu'est-ce qui se passe si on éternue ou si on veut se moucher quand on a ça sur le crâne ?

– Nous viendrons souvent, toutefois. Il va y avoir beaucoup de travail à faire, de décisions à prendre.

Il but une gorgée de scotch et regarda un groupe d'ouvriers en combinaison qui venaient s'asseoir à une table.

– Je n'aime pas l'idée de dépendre de la Terre pour l'eau, ajouta-t-il. Je me demande si on ne pourrait pas faire des pontages permanents sur Mars et amener les chargements d'eau ici nous-mêmes. Contrôler l'eau, c'est contrôler l'environnement.

– Vous voulez installer combien de personnes là-bas ?

– Au minimum quelques milliers, j'espère.

– Vous êtes complètement enthousiasmé par ce projet, vous en parlez depuis des mois. Je trouve ça dingue. Pourquoi faites-vous cela ? À quoi cela va-t-il servir ?

Crane fit la grimace, acheva son verre, puis le leva. Le barman remarqua son geste, inclina la tête et alla chercher la bouteille de scotch.

– C'est à cause de tout ce fric que Stoney m'a laissé, expliqua-t-il. Je ne trouvais aucun projet digne de cette somme... ou qui puisse durer aussi longtemps, qui m'occupe aussi longtemps. Et puis l'occasion s'est présentée.

– Mais pourquoi la Lune ?

– J'ai eu un aquarium... deux fois dans ma vie, en fait. Mais celui auquel je pense se trouvait chez ma tante, quand j'étais enfant. Il était à moi. J'avais mis plein de poissons de races différentes. Un jour, j'y ai mis une crevette. Une petite chose délicate, belle et fragile. Mais elle ne mangeait rien de tout ce que je lui donnais, et elle a fini par se dévorer elle-même, jour après jour, bout par bout, simplement pour rester en vie. Elle a fini par toucher un organe vital.

Il se retourna et admira la Terre, énorme et bleue, tachetée de nuages. Il la montra du doigt.

– Je pense que c'est ce qu'ils vont faire. Se dévorer vivants. Ils tuent au nom de Dieu et détruisent aveuglément l'écosystème qui leur permettait jusque-là de survivre.

– Les gens sont ce qu'ils sont, soupira Burt avec un haussement d'épaules.

– Ce que vous dites signifie en fait que les humains sont des animaux. Mais moi je dis qu'il pourrait en être autrement. Nous pouvons construire une civilisation, une vraie civilisation, fondée sur la compréhension de ce que nous sommes et de ce qu'est l'Univers. J'ai acheté cette propriété sur la face cachée de la Lune parce que je ne veux pas que mon peuple puisse un jour voir la Terre mourir sous ses yeux. Ma… ville est peut-être le dernier espoir de l'humanité, Burt. C'est pour cela que j'agis ainsi. Est-ce que mon rêve est assez grand pour vous ?

– Vous n'avez pas pu sauver la Terre, alors vous allez bâtir un nouveau monde ?

– C'est une façon de voir les choses.

– Comment allez-vous appeler cet endroit ?

– Charlestown, je vais l'appeler Charlestown.

Les yeux de Burt s'embuèrent.

– Je trouve que c'est un bon nom, Doc. Un très beau nom.

21
PLUIE DE FEU

BARRIÈRE COUPE-FEU DE SHIRAHEGA
TOKYO, JAPON
1er SEPTEMBRE 2045, MIDI

D'en haut, on ne pouvait pas manquer de voir la barrière coupe-feu de Shirahega, même au milieu de la plus grande ville du monde. C'était un immeuble, ou plutôt une longue ligne d'appartements, prévue pour stopper toute pluie de feu pouvant résulter d'un séisme. Elle protégeait les quartiers situés au nord des quartiers plus pauvres du sud. On l'appelait le Grand Mur de Tokyo.

Crane et Burt Hill voyageaient à bord d'un hélic de la section d'intervention de la Croix-Rouge. Une bonne douzaine de médi-techs vêtus de blanc, des jeunes gens pour la plupart, étaient assis à leurs côtés ou en face d'eux. Ils ne savaient pas qui était Crane, ils ne reconnaissaient pas en cet homme vieillissant celui qui avait fait vibrer le monde avec ses exploits et ses drames.

Les techs, bouche bée, regardaient par les hublots panoramiques de l'appareil. La vue de Tokyo étalant ses tentacules en dessous d'eux aurait coupé le souffle à n'importe qui. Les hauts buildings de la mégapole dominaient le paysage, mais c'était la partie externe de la ville, les débris entremêlés des habitations de trente-trois millions de personnes qui attiraient leur atten-tion. Ces petites maisons de bois serrées les unes contre les autres dans les rues étroites faisaient l'effet d'un patchwork. Des millions de bicoques en bois, plus que l'esprit humain ne pouvait en imaginer.

Mais plus terrifiantes encore étaient les énormes cuves de propane situées derrière les habitations, qui les dominaient de toute leur hauteur. Les habitants de cette ville se servaient encore de gaz. Lorsque le séisme commencerait – ce qui ne devait plus tarder –, les pluies de feu seraient légion. En moins de quinze minutes, un bon quart de Tokyo allait être réduit en cendre, rayé de la carte. Un demi-million de maisons qui brûleraient… Crane avait mal à son bras malade.

– Vous êtes vraiment cinglé de venir ici, lui dit Burt. Courir après les tremblements de terre comme vous le faisiez en 28. Je crois que vous devriez voir un psychiatre !

– Vous êtes le type le plus déplaisant que je connaisse, rétorqua Crane. Je me demande vraiment pourquoi je vous supporte.

– Parce que vous avez besoin de moi. Vous êtes un vrai bébé, incapable de prendre soin de vous-même. Bordel, quoi ! Vous seriez déjà mort vingt fois si je n'avais pas été là. Et je me permets de vous dire qu'aujourd'hui vous risquez votre peau pour la vingt et unième fois. Je suis prêt à parier que vous n'avez pas demandé à Doc Bowman l'autorisation de venir ici.

– Je ne lui en ai pas parlé, c'est vrai.

Il n'avait pas réussi à amadouer Bowman depuis son début de cancer du côlon, l'an dernier. Ce cancer, causé par son exposition aux radiations lors du combat dans le Centre d'Imperial Valley, était la raison pour laquelle il se trouvait ici aujourd'hui. Il voulait assister à un séisme de grande importance, une fois de plus. Cela faisait dix-sept ans qu'il ne s'était pas autorisé à vivre un tremblement de terre. Il se punissait, Burt avait raison à ce sujet. Et pourtant, malgré la haine et la souffrance que ravivait la Bête en lui, il se sentait également euphorique, surexcité. La Bête réveillait en lui une inimitié particulièrement exquise.

Crane se trouvait à la base lunaire de Charlestown et supervisait les petits détails de ce projet, si vaste et si difficile qu'il aurait découragé n'importe qui d'autre, lorsqu'il tomba malade. Il n'avait jamais été vraiment souffrant auparavant. Le cancer était déjà très avancé lorsqu'on le découvrit. On lui fit de la chimiothérapie et on lui affirma que son corps ferait le reste tout seul. Mais ce qu'on ne lui dit pas, c'était l'immense prix qu'il allait devoir payer physiquement. Son organisme mena une guerre contre la maladie durant huit mois qui l'épuisèrent totalement. Quand cela fut terminé et que toutes traces de cellules cancéreuses eurent disparu, il se retrouva pour ainsi dire immunisé contre la plupart des variantes de la maladie, mais il en sortit extrêmement affaibli. Il ne pouvait plus boire et se sentait comme un vieillard alors qu'il n'avait que cinquante-huit ans. Et, aujourd'hui, il allait assister à un séisme tel qu'il n'en avait jamais vu auparavant.

Tokyo se trouvait au milieu de la jonction de quatre plaques : philippine, pacifique, eurasienne, et l'extrémité de la nord-américaine via le Japon et les tranchée Isu. Un séisme de subduction d'une grande puissance allait se produire, qui détruirait la majeure partie de la ville.

Le rapport Crane avait depuis quelques années un statut pour le moins étrange. Certains n'y croyaient plus, d'autres le lisaient scrupuleusement. Il était utilisé par certains pour préparer leurs aventures et leur mort. Dès qu'un tremblement de terre important était prévu, des centaines, voire des milliers de personnes, se rendaient sur place pour affronter le monstre. Les hommes s'en servaient comme test pour prouver leur virilité, tout comme certains allaient courir devant un taureau. D'autres y allaient pour se suicider de la façon la plus spectaculaire possible.

La barrière coupe-feu se trouvait juste en dessous d'eux, une ligne en dents de scie, composée de bâtiments collés les uns aux autres, coupant la ville en deux. Leurs volets d'acier étaient déjà tous fermés et les canons à eau étaient prêts. Ironie du sort, on était le 1er septembre, le Jour des Tremblements de Terre au Japon. Un souvenir du 1er septembre 1923, au cours duquel quarante mille personnes avaient été brûlées vives par le déluge de feu qui s'était abattu sur Edo, l'ancienne ville de Tokyo. Ce jour-là, cent cinquante mille habitants avaient trouvé la mort.

L'hélic se dirigea vers Shirahega. L'observatoire situé au sommet d'un des immeubles était noir de monde. Juste à côté se trouvait une aire d'atterrissage pour hélics. Le pilote fit descendre l'appareil. La foule s'écarta tant bien que mal et les jeunes techs sautèrent du véhicule dès qu'il eut touché la piste. Ils venaient ici pour aider les survivants. Il restait encore du monde dans la ville, pas seulement les pillards, mais aussi les habituels entêtés qui refusaient d'évacuer.

Crane et Hill sortirent de l'hélic en dernier. Lewis repoussa son ami lorsque celui-ci voulut l'aider à descendre.

– Je suis peut-être infirme, grogna-t-il, mais je ne suis pas encore gâteux !

À peine avait-il mis le pied sur le toit qu'il ressentit la première secousse.

– Vous avez senti ça, Burt ?

– Hein ? marmonna Hill.

Crane sentait les tremblements monter dans sa jambe, résonner dans tout son corps. Il vibrait comme un diapason.

– Je crois que nous ferions bien de nous préparer, dit-il. Ça va commencer.

Des ceintures étaient fixées au mur métallique situé à l'avant du coupe-feu. Hill l'aida à s'attacher. Il attrapa la paire de jumelles accrochée à une courroie près de la ceinture. En bas, dans les rues environnantes, des groupes de personnes continuaient de faire la fête, presque toutes habillées de la même façon. Certaines étaient vêtues de tenues noires ornées de rayures rouges qui allaient de l'épaule aux chevilles. Un autre groupe était composé d'hommes et de quelques femmes, entièrement nus à l'exception de leurs chaussures. Chacun d'eux avait ses vêtements dans un baluchon. Une autre bande était costumée en clown. De jeunes imbéciles. Ils se faisaient appeler les Rockeurs, parce qu'ils avaient pour but de « défier les forces géologiques sur le terrain ».

Plus loin, dans la ville, on apercevait les candidats au suicide qui se promenaient en examinant les bâtiments, cherchant une bâtisse vétuste sous laquelle ils pourraient s'installer pour attendre la mort. Les Rockeurs demeuraient suffisamment près du mur coupe-feu pour pouvoir courir s'abriter. Les suicidaires erraient sans but, mais toujours assez loin pour rester hors de portée de Shirahega en cas de pluie de feu. Quant à ceux qui ne croyaient pas qu'un tremblement de terre allait se produire, ils devaient se trouver dans leur bureau ou leur maison, et continuaient leur petit train-train quotidien comme si de rien n'était.

– Auriez-vous quelques minutes à consacrer à une vieille amie ? fit une voix derrière lui.

Crane se retourna et découvrit Sumi Chan. Elle avait les cheveux longs jusqu'aux épaules et les yeux légèrement fardés de bleu.

– Mon Dieu ! s'écria-t-il.

Il attira Sumi à lui et la serra dans ses bras.

– Laissez-moi vous regarder.

Sumi se dégagea doucement et recula pour qu'il puisse mieux la voir. Elle portait une combinaison noire et de grosses chaussures. Encore très séduisante, elle avait bien vieilli. Ayant passé toute sa vie à dissimuler ses émotions, elle n'avait pas la moindre ride sur le visage. Crane réalisa qu'en fait Sumi était tout simplement belle, d'autant plus que ses yeux souriaient. Elle était de toute évidence en bonne santé et heureuse de vivre.

– Qu'est-ce que vous faites ici ? demanda Crane tandis qu'elle allait embrasser Hill déjà sanglé au mur.

– J'ai su que vous seriez là, alors je suis passée, répondit-elle. Nous sommes presque voisins.

Un ronflement sourd monta du sol. Les bâtiments se mirent à trembler, et Crane attrapa Sumi. Il l'attira jusqu'au mur pour qu'elle puisse s'attacher aussi.

– Accrochez-vous ! cria-t-il. Ça va être quelque chose !

Le building fut secoué violemment de droite à gauche. Les ondes S, les plus importantes, traversaient le manteau de la planète, en s'intensifiant sans cesse. Les ondes P se joignirent bientôt à la fête et firent onduler le sol.

Crane s'assit contre la façade et s'agrippa de sa main droite qui avait encore de la force. Il regardait fixement la ville, vingt étages plus bas. Les groupes se dispersaient, oubliant d'un coup leur stupide résolution de rester là pour faire face au séisme. Ils couraient, tombaient, se précipitaient vers la barrière coupe-feu. De larges fissures s'ouvraient dans les rues en un vacarme sinistre. Le groupe des Rockeurs nus fut avalé par les entrailles de la Terre.

Les secousses s'amplifièrent encore. Des pans entiers d'immeubles s'effondraient ; le sol prenait un aspect liquide. Le bruit du verre et des morceaux de béton qui se brisaient en tombant se mêlait au rugissement de la Terre en un fracas assourdissant.

Un nuage de poussière se leva des décombres et commença à recouvrir la ville.

Trente secondes à peine après la secousse, les premières explosions commencèrent. Les bretelles d'autoroute et les ponts s'effondrèrent, projetant dans le vide les voitures de ceux qui évacuaient la ville au dernier moment et les piétons qui couraient.

Un peu partout, les incendies se déclarèrent alors.

Quatre-vingt-dix secondes passèrent, et le sol continua d'être secoué en tous sens. À cinquante mètres de Crane, l'hélic qui les avait déposés sur le toit sauta soudain sur le côté et dégringola dans le vide.

— Je vous avais prévenu, cria Hill. On est en plein milieu de la merde !

— Et c'est fantastique !

Crane se sentait vivant ! Il avait l'impression de brûler de l'intérieur. L'énergie de la Bête l'envahissait. Son ennemi lui rendait la vie. Cela faisait des années qu'il n'avait pas éprouvé un tel bien-être.

Sumi lui prit le bras et le serra de toutes ses forces.

— Regardez la baie de Tokyo !

Elle était vide, sèche. Ce n'était plus qu'un trou boueux, traversé par une longue cicatrice, une faille béante de plusieurs kilomètres.

— Ce vent… murmura Hill.

— La pluie de feu a créé un vide en consumant l'oxygène autour d'elle ! cria Crane par-dessus le tumulte. Ce vent que nous sentons provient de l'air qui se précipite pour remplir ce vide.

Les secousses étaient à présent moins violentes, mais le mur de flammes se rapprochait d'eux, dévorant Tokyo, maison après maison.

— Vous sentez la chaleur ? s'écria Sumi en se couvrant le visage des mains.

Le feu couvrait maintenant une surface de quinze kilomètres de long sur trois. Il avançait toujours en rugissant, lentement mais sûrement. Une nouvelle secousse déséquilibra tout le monde.

La fumée était épaisse. Crane avait l'impression que son sang bouillait. Il ne sentait même pas la chaleur. Les flammes, implacables et immenses, avançaient comme un océan, en roulant par vagues successives. Le feu, aveuglant, léchait le building, s'écrasait sur lui, tentait de l'escalader en hautes flammes orange.

Ils transpiraient tous à grosses gouttes. Les canons à eau se mirent en marche, pompant l'océan et formant un mur liquide d'une largeur égale à celle du rideau de feu. Les gouttelettes reflétaient la lumière des flammes et, au milieu des explosions, des milliers de petits arcs-en-ciel naquirent çà et là. Un des canons pointés en l'air servait à refroidir le bâtiment avant d'attaquer la pluie de feu elle-même. La même scène se jouait dans toute la ville. Shirahega était le dernier espoir de Tokyo.

La température continuait de monter et devenait insupportable. Burt arracha son masque et se mit à tousser.

– Ça va ? lui cria Crane.

Hill se racla la gorge.

– Bordel de merde... je vous avais pourtant dit que je ne supporterais pas de vivre avec un casque ou tout autre machin sur la tronche ! Mais je tiendrai le coup aussi longtemps que vous !

Amusée, Sumi déclara :

– J'ai l'impression qu'il faudra vous faire décrasser les poumons après ça !

L'eau dégoulinait sur ses cheveux, lui ruisselait sur le visage tandis que son maquillage lui coulait sur les joues.

Crane commençait à sentir la chaleur passer à travers ses vêtements. Tout le monde était cramoisi.

– Je vous rappelle que j'avais prédit ce séisme, cria-t-il à Sumi. Mais je ne l'ai pas causé !

Il y eut des cris parmi les personnes attachées plus loin. Tous scrutaient les airs. Crane également. Le ciel au-dessus de lui était orange. Le feu essayait de passer par-dessus le mur pour atteindre l'autre côté.

– Les arbres vont flamber comme des torches ! s'exclama Crane.

Il se détacha et se retourna pour regarder l'autre face du bâtiment. Sumi et Burt le suivirent.

Il observa le nord. La ville était en ruine, de petits foyers de pluie de feu étaient visibles malgré la fumée qui obstruait l'horizon. En dessous de lui, dans le parc d'évacuation, se trouvaient des gens qui avaient par miracle survécu au séisme et au feu. Deux arbres avaient déjà commencé à flamber, allumés par des flammèches qui volaient dans l'air. Les gens rampaient pour éviter de respirer la fumée. C'était exactement ainsi que les choses s'étaient passées à Edo cent vingt ans plus tôt, et tout le monde était mort.

Crane regarda de nouveau les panneaux coupe-feu. La plupart des canons à eau aspergeaient directement l'édifice, mais trois d'entre eux, chacun de la taille d'un gros obusier, étaient solidement calés aux extrémités du toit. Lewis se tourna vers Hill.

– Vous pensez pouvoir vous servir d'un de ces trucs ?

Burt ôta de nouveau son masque et cracha.

– Je sais me servir de tout ce qui est mécanique !

– Orientez le canon côté sud-est, ordonna Crane. Pointez-le vers le parc, maintenant. Vite !

Sumi emboîta le pas à Crane jusqu'au canon sud-ouest pointé vers le ciel. Il était suffisamment massif et bien arrimé pour ne pas être renversé par l'intense pression de l'eau qu'il crachait. Il avait deux grosses poignées sur le dos. Lewis et Chan en saisirent chacun une et le firent lentement tourner, puis le pointèrent vers le bas jusqu'à ce que l'énorme jet passe au-dessus de la façade et arrose le parc.

Les Japonais qui se trouvaient sur le toit coururent vers le mur nord et se penchèrent. Quand ils se redressèrent, ce fut pour applaudir poliment Crane et Sumi.

Épuisés, Lewis Crane et Sumi Chan s'appuyèrent sur le rebord du toit pour regarder le parc d'évacuation situé sous eux. Les méditechs commençaient à trier les blessés et à administrer les premiers soins. Hill était parti Dieu sait où chercher un moyen de transport pour quitter cet endroit, leur hélic étant tombé du toit.

– Ça faisait combien de temps qu'on ne s'était pas vus ? demanda Crane.

Il n'avait aucune difficulté à admettre le fait que Sumi était une femme. Cela le stupéfiait.

432

– Je ne sais pas… Dans les quinze ans, peut-être. Je me faisais encore passer pour un homme, à l'époque.

Crane sourit.

– Et vous aviez Paul avec vous. Nous étions tous persuadés que vous étiez homosexuel. Est-ce que vous voyez toujours Kate ?

– Il y a quelques mois, elle est venue me rendre visite durant une semaine. Cette sacrée Kate n'a pas du tout changé. Elle est en train de liquider son divorce d'avec son quatrième mari et de se préparer à épouser le numéro cinq !

Crane soupira. Il se demandait pourquoi Sumi était venue le voir aujourd'hui.

– Kate est le seul point fixe de cet univers fait de changements, dit-il.

– Quelle est la situation des réserves d'eau mondiales ? J'imagine que la Fondation est toujours impliquée dans les projets de décontamination radioactive des nappes.

– Nous publions des comptes rendus quotidiens dès que nous recevons les dernières nouvelles des différentes zones de la planète. Puis nous faisons des suggestions quant à ce qu'il conviendrait de faire le jour suivant. Il se passe des choses assez remarquables. Il y a deux types, un dans le Colorado, en Amérique, et un autre en Argentine, qui sont occupés à détourner des rivières souterraines pour les faire passer par la surface et éviter ainsi les zones contaminées. Les chiffres sont toujours très alarmants, et il faut continuer le rationnement, mais je pense que nous pourrons inverser la tendance dans une petite douzaine d'années.

– Et le Moyen-Orient ?

Sumi était une vraie professionnelle.

– Plus explosif qu'un volcan, répondit-il. Et si vous me disiez maintenant pourquoi vous êtes ici ?

Elle sourit et lui tapota la main.

– O.K., j'ai deux propositions à vous faire.

– Kate Masters ne vous a pas rendu visite uniquement par courtoisie, n'est-ce pas ? Elle voulait votre soutien, je me trompe ? Et j'imagine qu'elle l'a obtenu.

Le sourire disparut du visage de Sumi.

– Vous avez raison sur tous les points, Crane. L'Amérique est au bord d'une guerre raciale. Il y a des combats tout le long des frontières de New Cairo. La libération d'Abu Talib a pris le pas sur tout, même sur la vie et sur la logique.

– Je ne veux pas entendre parler de cela, rétorqua-t-il. Et sachez que lorsque Burt sera de retour, il ne voudra pas en entendre parler non plus.

– Burt entendra ce que vous lui direz d'entendre… comme d'habitude.

– Je dois prendre cela comme une insulte ?

– Non, c'est une simple constatation. Il vous vénère. Vous le savez. Il m'écoutera si vous lui dites de le faire. Laissez-moi parler avant de me flanquer dehors comme au bon vieux temps, O.K. ?

– Je trouve cette conversation extrêmement dérangeante. Faites vite.

– D'accord. Les gens de Washington n'ont absolument aucune idée de celui qu'ils détiennent dans leur prison. Kate aurait dû amnistier Talib voilà plusieurs années, mais elle ne l'a pas fait par respect pour vous et pour votre deuil. Aujourd'hui, elle le regrette. Les responsables politiques croient que, s'ils libèrent Talib, il deviendra une espèce de monstre sanguinaire qui entraînera l'État islamique dans une guerre sanglante contre l'Amérique. Les musulmans sont persuadés que les Américains gardent Talib en prison uniquement pour les humilier, pour les priver de la présence de *leur* chef religieux.

– Newcombe… religieux ?

– Sa femme est la seule personne qui soit en contact avec lui. Elle transmet au peuple des messages, des ordres sur le protocole religieux qu'elle dit tenir de lui. Elle est très persuasive et bien entourée. Le peuple croit tout ce qu'elle dit.

– Et Kate veut faire éclater la vérité ?

– Elle a encore beaucoup d'influence bien qu'elle soit retirée des affaires politiques.

– Ouais, je vois en quoi consiste sa retraite…

– Écoutez-moi. Elle veut que vous et Burt témoigniez. Vous connaissiez très bien Talib. Si vous demandez sa libération, tout le monde écoutera vos paroles. Nous savons tous les deux que jamais Dan ne déclarerait la guerre ni n'organiserait des attentats ou quoi que ce soit de ce genre.

— Je l'ai vu tirer sur Burt à bout portant. C'est lui qui a organisé le raid durant lequel ma famille a été tuée. Je le crois capable de n'importe quoi.

— J'ai visionné tous les enregistrements de l'attaque, dit Sumi. À ce que je crois, il a organisé ce raid pour vous arrêter mais il y est surtout allé pour empêcher que cela ne tourne au bain de sang. Il a tiré sur Burt uniquement parce que celui-ci s'apprêtait à lui fendre la tête d'un coup de pelle. Burt allait le tuer. Dan n'a fait que se défendre.

— Vous ne comprenez donc pas? Tous ces gens sont morts aujourd'hui autour de nous, toute cette ville a été détruite… Mais j'aurais pu empêcher cela, si Newcombe n'avait pas fait entrer le commando dans le Centre! Sans lui, nous vivrions aujourd'hui sur une planète sans séismes!

— Ce que vous dites n'est que pure spéculation. Vous ne pouvez pas savoir si le reste du monde vous aurait autorisé à continuer votre programme.

— Je le hais!

— Ce qui est en jeu ici est bien plus important que vous ou lui. La vie de bien des gens…

— J'ai abandonné le métier de saint-bernard il y a bien longtemps, l'interrompit-il.

— Dans ce cas, pourquoi avoir changé la direction de ce canon à eau?

Crane la regarda. Il aurait voulu, ne serait-ce que pour une seconde, lui faire partager la souffrance qui le consumait chaque fois qu'il voyait un petit enfant, chaque fois qu'il voyait un homme et une femme se tenir la main.

Les larmes lui coulèrent sur les joues.

— Il a gâché toute ma vie, S… Sumi. Je ne veux pas réveiller tous ces souvenirs… Je ne veux même plus penser à tout cela. Vous ne pouvez pas réaliser votre plan sans moi?

— Non, ça ne marchera qu'avec votre coopération. Vous ne comprenez pas, Crane. Si vous «réveillez» tout cela, comme vous dites, vous ne libérerez pas seulement Abu Talib mais aussi Lewis Crane.

— Me réveiller pour découvrir un monde de cauchemar?

– Ou peut-être un monde de paix. Qui sait ?

Il la dévisagea un long moment en silence puis reprit :

– Vous aviez dit avoir deux propositions à me faire.

Elle le regarda dans les yeux.

– Je veux que vous m'épousiez.

– Quoi ?

– Paul n'était qu'un ersatz de Lewis Crane. Les années que j'ai passées à vivre avec lui puis à tout faire pour me débarrasser de lui furent très difficiles et destructrices. J'ai maintenant cinquante-deux ans et aucune idée de la façon dont il faut s'y prendre pour rencontrer ou aborder un homme.

– Vous voulez dire que vous êtes amoureuse de moi ?

– Je l'ai toujours été… cela fait vingt-cinq ans, maintenant.

Crane soupira et se laissa glisser le long du mur. Il s'assit par terre au milieu de l'eau qui stagnait toujours sur le toit.

– Cela fait si longtemps qu'on n'a pas pensé à moi de cette façon, dit-il. Depuis Lanie, il n'y a pas… il n'y a eu personne.

– Est-ce que vous vous sentez prêt pour le cimetière ? Êtes-vous déjà mort ? Parce que, s'il reste la moindre étincelle de vie en vous, vous devriez considérer mon offre sérieusement. Je comprends votre travail, je vous comprends. Je sais que tout cela est difficile pour vous. Vous avez toujours pensé à moi comme à un homme. Mais je n'en suis pas un. J'étais une actrice en train de jouer un rôle. Je vous aime, Crane. Et j'ai tellement peur de vieillir et de mourir sans avoir pu partager ma vie avec vous que j'en suis réduite à m'asseoir ici, dans cette mare, et à me rendre ridicule simplement pour être près de vous. Je n'ai même pas honte de moi.

Crane appuya la tête contre le mur. Les sirènes hurlaient autour d'eux, leur rappelant où ils se trouvaient. Hier encore, il aurait été horrifié par la proposition de Sumi. Mais hier était hier. C'était avant tout ce qui s'était passé aujourd'hui. Avant qu'il ne découvre qu'il restait encore quelque chose de vivant au fond de lui.

– Et ce serait pour quand ? demanda-t-il.

– Le meeting avec Kate ?

– Non, rétorqua-t-il en lui souriant. Notre mariage.

Crane était assis avec Sumi sur un banc à l'extérieur de la salle d'audience de la grise et morne prison. Il écoutait Joey Panatopolous, le fils de M. Panatopolous – un homme, maintenant – lui parler à toute vitesse via son aural.

– Crane… ça marche… Vous m'entendez? Ça marche!

– Les générateurs fonctionnent?

– À pleine puissance! Nous ne carburons plus qu'à l'énergie thermique! Les turbines chantent, la chaleur est conduite vers les dômes. Nous n'avons plus besoin de combustibles solides ni même de focus! Charlestown est à présent autosuffisante du côté énergétique!

– La Lune nous nourrit, dit Crane. Elle travaille avec nous et pas contre nous. Vous avez fait un très bon travail, Joey. Votre papa aurait été très fier.

– J'aimerais tellement qu'il soit là pour voir tout ceci!

– Oui… moi aussi. En dehors de vous, votre père était le seul homme en qui j'avais assez confiance pour lui confier la charge d'atteindre le cœur.

– C'était mon professeur.

– Je sais. Transmettez mes félicitations à tous les habitants de Charlestown.

Il allait couper la transmission mais se ravisa et ajouta:

– Faites d'aujourd'hui un jour férié pour toute la ville. Nous venons de conquérir notre indépendance. Nous fêterons cela tous les ans.

– O.K., répondit Joey. Je vous rappelle demain.

– Demain, parfait.

Crane regarda son pad et annonça:

– Fin de transmission.

La communication se coupa toute seule.

Sumi passa le bras autour de lui.

– De bonnes nouvelles?

Il sourit devant l'air amoureux qu'elle affichait.

– Nous avons réussi à atteindre le cœur et à en utiliser l'énergie.

– Je n'ai jamais douté une seule seconde que tu réussisses.

Il l'embrassa sur le bout du nez.

– Moi non plus. Tu n'as jamais douté de tout ce que j'affirmais. C'est pour ça que j'ai toujours voulu t'avoir dans mon équipe.

– C'est parce que tu ne t'es jamais trompé.

Il sentit aussitôt s'évaporer la joie qu'avaient éveillée en lui les nouvelles de Charlestown.

– Je me suis déjà trompé une fois. Et je vais peut-être commettre ma deuxième erreur.

Elle pointa l'index vers lui.

– Ne recommence pas à te torturer. Tu te fais du mal. Tu as pris la bonne décision.

– Tu crois? Je lui ai fait confiance et il m'a trahi à tous les niveaux.

Sumi haussa les épaules.

– Tu lui avais piqué sa petite amie, il est devenu jaloux…

– Les choses ne se sont pas passées ainsi… Ce n'était pas aussi mesquin et…

– Tu ne veux pas que je parle de jalousie et pourtant toute ton attitude est dictée par un désir de vengeance!

Elle l'étreignit rapidement, puis lui prit le visage entre ses mains.

– Crane, je t'aime, mais tu te conduis parfois comme un taureau. Tu fonces et tu es aveugle lorsque cela t'arrange. Tu prêches la tolérance et la politesse, mais tu fais comme tout le monde : tu veux faire du mal à ceux qui t'ont fait du mal, pour voir qui souffrira le plus. Mais ce n'est pas comme cela que tu vas avancer!

– Sumi, je…

Elle le fit taire en lui posant un doigt sur les lèvres.

– Écoute-moi. Personne ne te force à pardonner à Newcombe. La façon dont tu gères ta douleur ne concerne que toi. Mais, bon sang, Crane, cet homme est resté en confinement et en isolation totale pendant dix-sept ans et demi! Ce que je te demande, c'est de reconnaître que justice a été faite. Je veux que tu le dises et que tu parles du Dan Newcombe que tu connaissais avant le drame.

– C'était un bon scientifique.

Elle lui sourit.

– Eh bien, dis-leur! C'est tout. Essaie d'aller au-delà de tes émotions. Dis la vérité.

Crane hocha la tête et se laissa embrasser avec plaisir. Il se demandait ce qui se passait à l'intérieur. Burt Hill était en train de témoigner. D'autres personnes, des mestizos, faisaient les cent pas dans le hall en attendant des nouvelles. De temps en temps, ils observaient Crane puis détournaient les yeux dès qu'ils croisaient son regard.

C'était si étrange de voir tous ces partisans, car il supposait qu'on pouvait les appeler ainsi. Ils voulaient tous désespérément qu'on libère Newcombe. Mais pourquoi? Ils étaient tous trop jeunes pour l'avoir connu et s'y être attaché. Ils attendaient quelque chose de Dan, quelque chose de fondamental.

Qu'il leur donne l'unité, c'était cela! Un cercle confortable de croyances et d'idées, un puits auquel ils pourraient s'abreuver. C'était ce que tout le monde recherchait. Charlestown aussi allait être un puits. Dan Newcombe était le leader le plus âgé de ces gens, tout comme Crane était le patriarche de Charlestown. Les similitudes entre leurs deux situations étaient nombreuses.

– Par pitié, dites-moi que vous n'avez pas encore témoigné! lança la voix sonore de Kate Masters dans le hall. Dites-moi que je n'ai pas manqué ça!

Masters n'entrait pas dans une pièce, elle l'investissait. Elle avait tant de présence que, soudain, le sinistre couloir sembla être un décor spécialement conçu pour son apparition. Elle glissa jusqu'à eux, vêtue d'un voile diaphane. Elle semblait ne pas avoir vieilli d'un seul jour durant ces vingt années.

– Hello, hello! papillonna-t-elle en embrassant Crane sur la joue. Comment vont nos amoureux?

Sumi se leva d'un bond et la serra sur son cœur.

– Nous sommes les prochains à passer, dit-elle. Je suis si contente que vous ayez réussi.

– Réussi? C'est le coup le plus difficile que j'aie jamais eu à organiser!

Masters s'assit à côté d'eux et se pencha pour se faire entendre des deux à la fois.

– Croyez-moi, dit-elle, si la question n'est pas résolue aujourd'hui, vous aurez intérêt à faire vos paquets et à aller vivre dans un autre pays parce que, dans ce cas, les choses vont légèrement chauffer! Des deux côtés de la frontière de New Cairo, les militaires et les milices se préparent déjà au combat. Tout le pays exploserait.

– J'ai déjà entendu des prédictions plus sinistres.

– Il n'a pas l'air en forme, s'étonna Kate.

– Il est grognon, c'est tout, répondit Sumi. Il a encore du mal avec T-A-L-I-B.

– Je sais encore épeler, merci, rétorqua Crane. Je l'appellerai « Newcombe », de toute façon.

Masters posa la main sur son épaule.

– Crane, vous n'allez pas reporter votre amertume sur moi?

– Foutez-moi la paix, Kate.

– Pas question. Votre responsabilité, c'est d'entrer dans cette salle et de résoudre le problème avant que tout ne pète!

– Pourquoi? En quoi est-ce ma responsabilité?

– Vous connaissez déjà la réponse à cette question, répliqua froidement Masters en se levant. Je vous verrai à l'intérieur.

Elle se dirigea d'un pas déterminé vers la salle d'audience.

– Bravo, maintenant Kate est toute retournée!

– Tu n'arrêtes donc jamais de donner dans la diplomatie?

– Non, la négociation, c'est ce que je fais de mieux.

Crane sourit.

– Ma foi, je ne suis pas d'accord. La nuit dernière tu m'as appris quelques trucs qui…

Elle lui donna une claque sur l'épaule.

– Arrête, quelqu'un pourrait t'entendre!

La porte battante de la salle d'audience s'ouvrit et Burt Hill apparut, la tête baissée, le dos voûté. Il avait tout de suite accepté de témoigner quand on le lui avait demandé. Et Crane, pour sa part, s'était refusé à l'influencer d'une façon ou d'une autre. Les deux hommes n'avaient jamais parlé de ce qu'ils ressentaient ou de ce qu'ils allaient dire.

– Ça va? lui lança Lewis en même temps que Sumi demandait:

– Qu'est-ce qui s'est passé ?

– Je suis un gros con, voilà ce que je suis.

Crane le prit doucement par le bras.

– Burt…

– Je voulais le détruire, murmura Hill. Je voulais le griller complètement aux yeux des juges… Merde, quoi, je ne suis plus qu'un zombie depuis que ce salaud m'a tiré dessus ! Mais… je suis entré dans la pièce…

Il avait l'air perdu, comme hypnotisé.

– Burt ! s'écria Sumi. Que s'est-il passé ?

Crane leva la main et lui demanda de se taire. Hill se reprenait. Il allait tout raconter.

– J'entre là-dedans, répéta-t-il, et là… je le vois. Oh, bon Dieu, ça m'a déchiré le cœur. C'était Doc Dan mais… c'était… Bordel !

Il porta la main à sa poitrine.

– Faut que je m'assoie…

Il s'effondra sur le banc, le regard vide, et secoua la tête. Il respirait avec difficulté.

La porte battante s'ouvrit à nouveau. Une femme au visage voilé passa la tête dans le couloir.

– Lewis Crane, appela-t-elle.

Il se leva. Elle lui fit signe de venir.

– Vous êtes sûr que ça va aller ? demanda Sumi à Burt resté seul sur le banc.

Il marmonna un vague oui. Sumi et Crane entrèrent dans la salle en se tenant la main.

À l'autre extrémité de la pièce se tenaient une cinquantaine de personnes, en partie des Filmeurs vieillissants et des citoyens de New Cairo. Filmer devenait un passe-temps pour retraités. La technologie des puces était maintenant assez développée pour que les jeunes trouvent une raison d'être à l'intérieur de leur crâne et non plus dans le monde extérieur. Les tech-kids qui n'avaient été éduqués qu'au travers du pad représentaient l'avant-garde de ce plug-in planétaire.

Crane reconnut Khadijah parmi le groupe de gens vêtus de longues robes multicolores. Elle se tenait droite et la tête haute. Ses yeux brillaient. À ses côtés se trouvaient deux jeunes gens. Les enfants de Newcombe, sans doute. Crane vit soudain en surimpression le visage du petit Charlie. Il regarda partout mais n'aperçut pas Martin Aziz. Son absence semblait pour le moins étrange.

De l'autre côté de la salle, une ligne jaune que personne ne franchissait était tracée au sol. Au-delà il y avait un simple bureau de plastique gris. Un homme en costume et cravate y était assis.

Sur la tête, il portait un ghutra à carreaux rouges et noirs, la dernière mode chez les cléricaux. Derrière se tenait un Chinois, sans doute un représentant de You-Li. Près du bureau se trouvait une chaise rivetée au sol.

Ce fut alors qu'il aperçut Newcombe enchaîné au mur. Ses cheveux et sa longue barbe étaient d'un blanc immaculé. Extrêmement amaigri, il avait le visage émacié et ses yeux sombres semblaient vides. Quatre G l'entouraient comme s'il risquait de s'échapper. Leurs tenues noires et leurs masques leur donnaient l'air de monstres sortis tout droit d'un conte pour enfants, suppôts de la méchante sorcière de service. Crane comprit alors que le G avait perdu beaucoup d'hommes lors du massacre d'Imperial Valley, comme on l'appelait maintenant. Cette audience les concernait donc aussi.

– Docteur… Crane ? appela le type derrière le bureau en pointant avec un stylet vers l'écran sur lequel il lisait les noms des personnes présentes.

– Je suis Crane.

– Veuillez vous avancer.

Il obéit et s'approcha du bureau pour prêter serment.

– Êtes-vous un consommateur ? lui demanda l'homme en costume.

Crane faillit éclater de rire.

– Évidemment ! Comme tout le monde, non ?

L'autre hocha la tête d'un air approbateur.

– Excellent. Veuillez vous asseoir.

Crane s'assit. Le bonhomme lui tendit un pad de reconnaissance.

– Voici le contrat standard. Vous êtes ici de votre propre gré et vous cédez la propriété intellectuelle et les droits de reproduction de cette audience au service de sécurité de la Ferme-À-Double-Tour Inc. Vous ne serez pas payé pour votre présence ici.

Si vous acceptez les termes du contrat, appuyez votre pouce sur le pad.

Crane obéit et retourna s'asseoir, non sans longuement étudier Newcombe de nouveau. Il était difficile de ressentir de la haine envers cet homme, enchaîné comme une bête, pitoyable, brisé. Leurs regards se croisèrent. Ils se fixèrent un long moment. Crane vit de la tristesse dans les yeux luisant au milieu de ce visage amaigri. Mais il y vit aussi autre chose. Malgré l'enfer qu'était devenue sa vie, Newcombe avait gardé sa fierté d'antan.

Crane se tourna vers Sumi. Elle avait l'air nerveuse et tendue mais lui fit un petit signe d'encouragement.

– Nous vous écoutons, docteur Crane, lui lança l'homme derrière le bureau.

Lewis s'éclaircit la gorge, n'ayant aucune idée de ce qu'il allait bien pouvoir dire. Puis il déclara :

– Ma femme… heu, excusez-moi, madame le Président Émerite me rappelait juste avant d'entrer dans cette salle que tout ce que j'avais à faire, c'était de dire la vérité. Mais quelle vérité ? *Ma* vérité ? Ou bien existe-t-il une vérité au-delà de la mienne ? Je suis un scientifique, comme le Dr Newcombe en était un. Nous sommes devenus des hommes de science pour nous débarrasser du fardeau de la subjectivité. J'ai toujours essayé d'atteindre la vérité suprême que peut nous offrir la science : le savoir. Mais j'ai échoué. Si vous voulez connaître *ma* vérité, je vous dirai que je hais l'homme qui se trouve là-bas, en face de moi. Je n'arrive toujours pas à croire ce qu'il m'a fait. Il m'a tout pris, même mes rêves.

Il baissa la tête puis continua :

– Voilà ma vérité toute subjective. Mais quelle est la vérité lorsque je me mets à analyser les faits d'un point de vue scientifique ? Cette vérité-là me dit qu'autrefois j'aimais beaucoup cet homme, qu'il a commis une erreur dont les conséquences ont été tragiques. Il a abandonné les dieux de la science pour Allah, et a ainsi, sans s'en rendre compte, changé le but de sa vie. Il est le produit de sa religion tout comme je suis le fruit de la mienne, et il en est également la victime. Mais nous ne sommes pas ici pour parler de victimes. Kate Masters m'a prié de bien m'en souvenir. Avant que nous nous en rendions compte, nous perdons tous ceux que nous aimons, tout ce qui est important dans notre vie, et nous finissons aussi par nous perdre nous-mêmes. Nous devons aller au-delà de notre nature de victimes et considérer les choses à long terme afin de voir non seulement ce que nous laissons derrière nous mais aussi ce qui nous est resté.

Crane parlait de plus en plus fort sans s'en rendre compte. Ce n'était pas à cause de Newcombe. Sumi le comprit tout de suite. Il parlait de Charlestown, de la vie harmonieuse au sein d'une communauté.

— Il est toujours facile de justifier la violence, les souffrances qu'on fait subir à autrui. C'est une réaction naturelle, celle qui nous vient en premier. Je dois me demander avant d'agir ce qui est bien et ce qui ne l'est pas.

Crane regarda l'homme assis derrière le bureau.

— Suis-je autorisé à poser certaines questions au prisonnier ? L'autre hocha la tête.

Crane se leva alors et s'avança vers Newcombe. Le visage de celui-ci changea et se plissa en une expression proche de l'amusement.

— Considérez-vous avoir payé votre dette à la société ? demanda Crane.

— J'ai payé la facture et les intérêts, répondit aussitôt Newcombe avec assurance.

Crane ne put réprimer un sourire. Le corps de cet homme était affaibli mais son esprit n'avait rien perdu de son énergie d'antan.

— Lorsque vous vous êtes introduit dans le Centre d'Imperial Valley, aviez-vous l'intention de tuer qui que ce soit ?

— Non.

— Avez-vous des remords lorsque vous repensez à ce qui s'est passé ?

— J'ai des remords, car des vies ont été perdues. J'ai des remords, car je n'ai pas sauvé autant de vies que je l'aurais voulu au cours de mon existence. C'est ainsi que je suis.

— Je sais. Avez-vous un tempérament violent ?

— Je suis un scientifique.

— Oui, et un excellent scientifique, monsieur, renchérit Crane à l'adresse de l'homme en costume dont il ignorait le nom.

— Merci, dit Newcombe. Vous êtes plutôt doué, vous-même.

– Vous considérez-vous comme un être civilisé, docteur Newcombe ?

– Je m'appelle Talib. Oui, je me considère comme civilisé.

– Même après avoir passé presque un tiers de votre vie en prison ?

– J'ai déjà répondu à votre question.

Crane s'approcha de lui jusqu'à ce que leurs visages se touchent presque.

– Acceptez-vous de porter la responsabilité de la mort de ma femme et de mon fils ?

– Non ! répliqua Newcombe d'une voix soudain rauque. Leur mort fut ma punition pour tous les autres méfaits que j'ai pu commettre.

Crane recula, la main sur la bouche. Il avait été si traumatisé par la mort de Lanie qu'il ne lui était jamais venu à l'idée que Dan pût l'avoir aimée autant que lui.

Il l'observa attentivement et vit soudain en lui un miroir. Un miroir où Crane découvrait ses propres émotions, son âme. Et il devina que Newcombe voyait la même chose en lui. Dan inclina alors la tête pour montrer qu'il reconnaissait cette similarité. Manifestement ébranlé, Crane recula de plusieurs pas.

Il y eut soudain un brouhaha dans l'auditoire. Khadijah écarta la foule et sortit, suivie de ses enfants.

Crane fit de nouveau face à Newcombe. Des émotions confuses et contradictoires rugissaient en lui comme des ondes de pression dans le sol lors d'un séisme.

– Je pense, dit-il, que je peux trouver en moi le courage de vous rendre votre liberté, sans pour autant vous pardonner, et que vous pouvez retrouver votre liberté sans avoir besoin d'obtenir mon pardon. Je crois que cela s'appelle être civilisé.

Il se tourna vers Sumi. Des larmes coulaient sur ses joues.

Il s'adressa alors à l'homme assis au bureau gris

– Monsieur, je crois que nous sommes arrivés à un tournant dans notre société. Deux grandes nations sont en train de pousser l'une contre l'autre et de mesurer leurs forces. Elles se déchirent peu à peu, comme la grande faille qui va briser la Californie en deux. M. New... Talib est le point central sur lequel s'accumule toute la pression de cette faille. Il est le butoir qui empêche nos deux sociétés d'avancer plus loin. La pression appliquée sur ce point-pivot va en augmentant et, si on ne fait rien, la poussée sera telle que la faille cédera et que la rupture se produira, détruisant tout inutilement.

Crane baissa les yeux au sol.

— Toute ma vie, continua-t-il, j'ai ressenti une profonde haine envers les tremblements de terre, parce qu'ils m'ont tout pris. J'ai haï M. Talib pour les mêmes raisons. Quel pauvre… pauvre imbécile j'ai été !

Il regarda vers l'auditoire et poursuivit :

— J'ai finalement compris que la haine ne mène à rien et n'est pas constructive. Elle est destructrice. Elle est le suppôt de la peur. Et où tout cela nous mène-t-il ? Je vous conjure de libérer cet homme, quelle que soit la force de la haine ou de la peur que vous ressentez envers lui. Pour le bien de tous, vous devez alléger la pression qui force sur cette faille. Je suis sûr que vous voyez, comme moi, que M. Talib ne représente aucun danger. Il n'est qu'un être humain, un homme qui a commis une erreur, rien de plus. Laissez-le retourner librement chez lui. Laissez-nous oublier tout cela.

Faisant volte-face, il se dirigea directement vers la porte sans regarder Newcombe. Il ressentait toujours la même douleur, mais il savait mieux que personne que la vie était souffrance.

Dans le hall, ses yeux rencontrèrent ceux de l'épouse de Newcombe. Il vit qu'elle le haïssait malgré le fait qu'il ait témoigné en faveur de son mari. Khadijah était le genre de personnes qui gardaient toujours en elles rancœur et colère. Tant pis. Elle lui tourna brusquement le dos et alla se perdre dans le groupe de mestizos qui se trouvaient dans le couloir. Un cercle protecteur se referma autour d'elle.

Crane s'assit à côté de Burt, qui lui demanda :

— Vous ne l'avez pas descendu en flammes, vous non plus, hein ?

Crane fit signe que non.

— Nous faisons un joli duo de vieux cons, soupira Hill.

Crane appuya sa tête en arrière contre le mur métallique beige et froid.

— Quelle importance ? La vie continue. On ne peut pas vivre de haine. Ça ne s'appellerait pas vivre.

La porte s'ouvrit soudain à deux battants et Sumi apparut, les bras ouverts, un sourire radieux aux lèvres.

– Tu as réussi! s'écria-t-elle.

Elle se précipita pour lui passer les bras autour du cou.

L'instant suivant, une foule hurlant de joie surgit dans le hall, portant Newcombe en triomphe, l'acclamant, l'applaudissant. Les deux hommes évitèrent de se regarder. Crane sentit son estomac se nouer en voyant ces gens traiter Dan comme un héros. Mais il était moins révolté par ce spectacle qu'il ne l'aurait été seulement hier.

Cela s'appelait le progrès.

10 SUR L'ÉCHELLE DE RICHTER

**LA FONDATION
3 JUIN 2058, AUX ENVIRONS DE MIDI**

Crane se souvenait très exactement du jour où il avait compris que sa vie touchait à sa fin : le printemps 2055. Ce matin-là, il était allé fouiller dans les containers des archives pour en sortir toutes les médailles, tous les diplômes qu'on lui avait décernés au cours des cinquante années qu'il avait consacrées à tenter de tuer la Bête. Il avait fait encadrer les plus importants et les avait accrochés dans son bureau de la Fondation jusqu'à ce qu'il n'y ait plus de place sur les murs. Il les avait observés longuement et avait soudain compris qu'il vivait pour le passé et non pas pour l'avenir. Ce fut alors qu'il avait décidé de commencer à vivre dans le présent.

Il était assis dans son bureau avec un jeune homme nommé Tennery, embarrassé par l'étalage de tous ces diplômes qui lui semblaient soudain prétentieux, arrogants. Alors il parla sans s'arrêter, de sorte que l'attention de Tennery soit entièrement concentrée sur lui et qu'il n'ait pas le temps de regarder les murs autour de lui.

– Et pourquoi voulez-vous vous joindre à notre petite colonie ? lui demanda Crane.

Tennery était un rouquin aux cheveux ondulés qui lui tombaient jusqu'aux épaules. Il devait avoir vingt-quatre ans tout au plus.

– J'ai entendu dire que… les choses y sont différentes. On m'a dit que, là-bas, des gens essaient de construire un monde où la logique guidera les décisions, où l'on réfléchira avant d'agir.

Il éclata de rire.

– J'ai toujours voulu vivre dans un monde comme le vôtre. Ici, j'ai l'impression d'être dans un asile psychiatrique.

Crane contempla le globe, dans la salle principale. Il tournait lentement, des lumières et des sonneries attiraient l'attention sur les mouvements géologiques importants en train de se produire le long de la faille de San Andreas.

– Je comprends ce que vous ressentez, répondit-il. Vous êtes bien botaniste ?

– Non. Je ne suis qu'un fermier, un simple fermier. J'ai mon diplôme d'agriculture, mais…

– Mais les diplômes ne servent à rien quand il s'agit de faire pousser une récolte.

Le jeune homme hocha la tête.

– Se lever tous les jours à cinq heures du matin, c'est parfois plus difficile que d'obtenir un diplôme. Moi, c'est le sol de la Lune qui m'intéresse.

– Je vois. La poussière stérile qui s'y trouve est dénuée de tout composé organique mais lorsqu'on la mélange avec du terreau et…

– J'ai reçu de Charlestown de la poussière en provenance de la mer de la Tranquillité. Elle m'a permis d'augmenter ma production de maïs de presque quinze pour cent. J'ai entendu dire que vous aviez également un mélange intéressant.

Crane sourit. La tournure de cette conversation lui plaisait beaucoup.

– Oui, un cocktail de boue du delta du Gange, de l'Amazone et de l'Himalaya Nous mélangeons des terreaux provenant de plus de cinquante régions différentes. Nous cherchons à obtenir le meilleur Ph possible et un équilibre nutritionnel naturel. Ça vous intéresse ?

– Si ça m'intéresse ? (Le jeune homme regarda ses mains, puis Crane.) Ma femme voulait que je vous demande quelque chose. Il paraît que vous avez de gros problèmes d'approvisionnement en eau sur la Lune…

– Pas à Charlestown. Le consortium islamique qui a pris le

contrôle de toutes les sociétés qui amènent les chargements d'eau jusqu'à la Lune essaie de faire chanter les colons. Il menace de couper tout approvisionnement si la Lune ne devient pas un État islamique. Nous avions prévu cela, et nous avons donc installé en secret des forages sur Mars. Nous y cherchions du permafrost, des poches de glace permanente. Et l'opération a réussi. Nous recevons maintenant toutes les six semaines un arrivage d'eau en provenance de Mars. Nous espérons en avoir bientôt en surplus pour pouvoir le revendre aux autres colons. Cela nous permettra de gagner de l'argent et de préserver l'autonomie de la région.

– Bon courage.

– C'est moi qui devrais vous souhaiter bonne chance. Après tout, c'est vous qui allez vivre à Charlestown.

– Vous n'allez pas vous joindre à nous ?

– Pas de la façon que vous croyez, sourit Crane. Bienvenue à bord.

– Vous m'acceptez ?

– Vous, votre épouse Mona et vos deux enfants…

Il marqua une pause le temps de se souvenir des prénoms :

– Lana et Sandy… Nous avons besoin de gens comme vous dans notre colonie. Je considère que la Lune finira par être l'ultime refuge pour l'humanité. Il faut donc que les gens qui y vivent soient honnêtes et intègres.

– Je ne sais que très peu de choses sur Charlestown.

– C'est normal. Nous faisons exprès d'éviter la publicité. Les gens dont nous avons besoin nous cherchent et nous trouvent. Nous sommes un peu comme un phare, nous les attirons.

– Quelles sont les règles du jeu ?

– Soyez poli avec ceux qui vous entourent et vivez votre vie, répondit Crane. Nous n'avons pas de police, pas de tribunal, pas de prison. Nous sommes une grande famille. Tout ce que nous gagnons est réinvesti dans les équipements de la ville elle-même. Ce qui reste est divisé en parts égales. Tout le monde a l'air satisfait de cet arrangement, à ce qu'il me semble. Notre cité se suffit à elle-même. Ses habitants vont développer lentement un mode de vie qui leur est propre. J'ai compris il y a fort longtemps que je n'avais pas toutes les réponses. Je rencontre les candidats, je leur parle. S'ils me plaisent, ils deviennent des nôtres. S'ils ne me plaisent pas, ils restent sur la Terre. Vous êtes le dernier.

– Le dernier à poser sa candidature ?

Crane hocha la tête.

– Le dernier que je rencontre personnellement. Avec vous et votre famille, la population de notre ville va s'élever à cinq mille personnes. J'ai mis tous les éléments en place, à vous de faire évoluer et fonctionner le tout.

– Vous avez des écoles ?

– Nous avons tout le confort moderne. Mais j'avoue que nos écoles sont assez vieux jeu. Nous apprenons à nos enfants à se servir de leur cerveau au lieu de leur pad. Et j'ai l'impression que la religion ne tient pas un grand rôle dans la vie des habitants de Charlestown.

– Ma religion, c'est le travail, dit Tennery en se levant. Quand est-ce qu'on peut partir ?

– Demain. Vous partirez depuis mon complexe de Colorado Springs. Emportez tout ce que vous pourrez.

Burt Hill apparut soudain dans l'encadrement de la porte.

– Ça vous va bien de dire ça, Crane, lança-t-il. Vous n'avez même pas commencé à faire vos paquets !

– Chaque chose en son temps, Burt. Dites plutôt bonjour à notre nouveau concitoyen : Jackson Tennery.

Hill lui serra la main.

– Charlestown se trouve sur la face cachée, vous savez ça ?

– Je sais.

Hill secoua la tête.

– Vous êtes aussi cinglé que ceux qui vivent là-haut. Bon, Crane, si vous voulez vraiment passer dans cette putain d'émission de T.V., il faut qu'on parte maintenant.

Crane se leva.

– Allons-y. Je raccompagne M. Tennery jusqu'à son hélic.

Ils sortirent du bureau. La Fondation grouillait d'activité. Des scientifiques, des ouvriers couraient dans tous les sens, portant des caisses chargées d'équipements ou d'effets personnels. On évacuait Mendenhall. Dans moins de quelques heures, les restes de la Fondation feraient partie de l'île de Baja, une île de plus sur la carte du Pacifique.

Ils passèrent par la salle du globe. Crane regarda une dernière fois cette machine qui représentait à la fois tous ses rêves et toutes ses frustrations. C'était la sphère de Lanie. Mais beaucoup d'autres s'en étaient servis depuis, y compris Sumi, morte deux ans plus tôt d'un virus du cancer créé par manipulation génétique. La souche avait été répandue par la Fraternité, la branche armée de l'ordre religieux de l'Union Cosmique. Les Cosmies, qui voulaient obtenir un État indépendant à l'abri des persécutions religieuses que leur faisait subir le monde musulman. Cette nouvelle peste avait tué presque quarante millions de personnes à travers le monde avant de muter et de se transformer en un simple virus similaire à celui de la grippe. Crane, qui avait eu un cancer des années auparavant, était immunisé contre cette peste. Sans le vouloir, Frère Ishmael lui avait sauvé la vie.

Sumi… c'était Sumi qui avait finalement tout rendu possible grâce à son travail sur le globe. C'était Sumi qui lui avait fait comprendre qu'il n'avait pas toutes les réponses et que la douleur faisait partie de la vie de tous, et pas seulement de la sienne. C'était Sumi qui avait eu l'idée qui allait synthétiser son existence entière, qui allait faire d'aujourd'hui – le 3 juin 58 – le sommet de sa carrière, le point culminant de tous ses rêves, de ses espoirs et de ses attentes. Lanie avait été l'amour de sa vie, mais Sumi Chan Crane avait été son mentor. Elle avait donné un sens à sa vie, et à sa mort.

Il avait entièrement repensé Charlestown après que Sumi l'eut obligé à témoigner. Il avait pris conscience du fait qu'il était plus intelligent que tout le monde et n'avait pas son pareil quand il s'agissait de dire aux gens ce qu'il fallait faire. C'était cela qui allait faire la différence.

Les années qu'ils avaient passées ensemble avaient été les meilleures, les plus heureuses de sa vie. Il se considérait comme un homme béni par des dieux. Il avait connu deux femmes visionnaires à la personnalité remarquable, deux femmes qu'il avait profondément aimées. Il avait eu beaucoup de mal à continuer de vivre sans elles.

Crane avait parfois du mal à réaliser qu'il avait connu Sumi pendant cinquante ans et Lanie pendant seulement cinq. Dans son esprit, les années se compressaient comme des failles entre les continents. Tandis que tout changeait autour de lui, son esprit ne se souvenait que de ce dont il désirait se souvenir. Il pouvait oublier une décennie et avoir l'impression qu'une année avait duré un siècle. Lorsque la personne qu'on aime disparaît brutalement, l'amour qu'on ressent pour elle lui survit.

Grâce aux conseils de Sumi, il avait enfin fini par apprendre à se détendre. Il avait appris à faire du voilier, et commencé à étudier l'océanographie avec Sumi. Il avait vu Charlestown arriver à maturité, et passé le pouvoir avec joie à ses habitants. Il avait vu la fin des longs travaux de décontamination radioactive des systèmes d'irrigation et avait regardé les fréteurs de la compagnie Crane emporter les déchets en orbite haute autour de la Lune puis, par effet de fronde, partir en direction du Soleil. Tout ce qu'il avait observé, tout ce qu'il avait rêvé, emplissait son esprit. Aucun homme n'aurait pu espérer avoir une vie plus complète et il ne ressentait plus aucune amertume au sujet de son échec à la mer de Salton – ce n'était qu'un des nombreux événements qui s'étaient produits au cours de son existence, un de ses nombreux rêves.

Les années avaient passé vite, mais lui avaient laissé des millions de souvenirs qui lui permettraient de rêver encore des milliers d'années. Que pouvait-il espérer de plus ?

Le globe fonctionnait toujours et continuerait ainsi jusqu'à ce que les forces de la nature elles-mêmes le détruisent. Les équipes de la Fondation allaient se scinder en deux, une partie irait au quartier général dans les montagnes Cheyenne et l'autre travaillerait autour de la sphère de l'île de Wight. C'étaient tous des spécialistes, des experts qui sauraient continuer son travail.

Ils sortirent de la Mosquée et s'avancèrent sur la plaine de Mendenhall. Des hélics passaient au-dessus d'eux dans le ciel. S'il y avait une chose que Crane avait apprise, c'était bien celle-ci : même si on annonçait une catastrophe longtemps à l'avance, les gens attendraient toujours le dernier moment pour faire le nécessaire.

– Est-ce que tout cela va réellement disparaître d'ici à ce soir ? demanda Tennery tandis qu'ils le raccompagnaient à l'hélic de location.

Crane eut l'impression de revoir sa vie entière défiler sous ses yeux.

– Oui, c'est pour aujourd'hui. Tout disparaîtra mais nous n'oublierons rien. La vie est faite de changements, que nous le voulions ou non.

Le jeune homme était au comble de l'excitation et, de toute évidence, se foutait pas mal du sort de la Californie. Il grimpa dans l'hélic.

– Je suis impatient de raconter tout ça à Mona. Elle va sauter de joie. Est-ce que vous avez un message à transmettre aux habitants quand j'arriverai là-haut, quelque chose que vous voudriez leur dire ?

– Oui, répondit Crane. Dites-leur d'agir pour le mieux !

Il sourit à Tennery et claqua la portière derrière lui. Puis il se retourna et s'éloigna, accompagné de Hill qui ne le lâchait jamais d'une semelle.

– Vous vous rendez compte qu'avec tout ça vous n'avez plus le temps de faire vos valises ? lui dit ce dernier en le conduisant vers un hélic de transport du personnel qui se trouvait au milieu d'un essaim d'autres appareils.

– Ça n'a pas d'importance, lui répliqua Crane, il n'y a rien que je souhaite emporter.

– Putain, vous êtes décidément de bonne humeur aujourd'hui. Et moi qui pensais que vous alliez être dans un état pas possible ! Je me disais que j'allais avoir à vous soutenir, à présent que votre rêve s'effondre une fois pour toutes.

Crane passa un bras autour des épaules du gros homme.

– Rien n'est jamais complètement fini, Burt. Les choses changent, c'est tout. Et puis, de toute façon j'ai fait le maximum pour empêcher cette catastrophe.

– Vous êtes cinglé, vous savez ça ?

Crane sourit.

– Oui, complètement. Et ça n'est que le début, Burt.

– Le début de quoi ?

– De la phase deux, répondit Crane avec un clin d'œil.

Hill secoua la tête, puis grimpa à bord de l'énorme appareil avant d'aider Crane à monter.

– Bon, je vais voir si je peux trouver quelqu'un qui puisse empaqueter vos affaires.

– Comme vous voulez.

Les sièges étaient luxueux et profonds. Crane s'installa sans quitter des yeux le complexe de la Fondation, les chalets sur les flancs de la colline, l'escalier couvert qui menait à celui habité autrefois par Lanie. Il ne reverrait jamais cet endroit, mais n'en éprouvait aucun regret. Ces lieux continueraient à vivre, à suivre leur destin propre.

Le vaisseau s'éleva sans bruit dans les airs pour s'envoler vers Los Angeles. Le ciel était empli d'hélics et d'autres appareils. Les gens fuyaient vers les camps de réfugiés qui les attendaient dans l'Oregon et l'Arizona. On avait eu beau leur expliquer des centaines de fois que la partie d'Imperial Valley située au nord de San Francisco allait disparaître, la plupart des habitants continuaient de raisonner comme s'il devait s'agir d'un banal tremblement de terre, comme s'ils allaient pouvoir revenir après le séisme pour reconstruire leurs maisons et leurs vies.

Il ne savait pas exactement quel allait être le sort de Baja. Des milliers de Cosmies affluaient vers la région tandis que les habitants fuyaient. Ils avaient l'intention de faire de Baja un État indépendant dès que l'île se serait séparée du continent. Ils voulaient en faire une république qui serait sous leur contrôle. Et ils avaient une bonne chance de réussir. Il n'y avait plus aux États-Unis de structure gouvernementale capable de les arrêter. Quant au monde islamique, il était en train de s'effondrer sous son propre poids tandis que les nations non musulmanes signaient des pactes d'alliance économique et s'armaient contre eux. Le centre du monde avait changé, il se situait maintenant à Stockholm, et aussi à Toronto. L'importance de l'Islam avait toujours tenu davantage à son contenu émotionnel qu'à sa force économique. Une fois qu'il avait atteint son but et fièrement réussi à dominer le monde, ses membres avaient aussitôt commencé à se quereller entre eux, et leur foi à se dissiper. Crane s'amusait beaucoup en regardant la roue du destin ainsi tourner.

New Cairo ressentait, elle aussi, le changement. Ses rapports avec le reste de l'Amérique avaient fini par se détériorer dès que les États-Unis s'étaient mis en tête de signer des alliances avec des puissances non musulmanes. Ils devaient également payer les dépenses énormes causées par deux guerres contre des États islamiques d'Amérique centrale qui tentaient de faire sécession économique.

Moins d'un an après sa libération, Abu Talib était devenu le chef politique et spirituel de New Cairo, juste après l'assassinat de Martin Aziz. Comme pour le meurtre d'Ishmael Mohammed, on ne découvrit jamais les coupables. Les chemins de Talib et de Crane ne s'étaient plus croisés depuis l'audience qui avait décidé de sa mise en liberté. Lewis avait aperçu Talib quelquefois dans des émissions de T.V. Il avait l'air calme et serein, parlait d'unité et de fraternité. Apparemment, c'était sa femme qui se chargeait de la majeure partie des décisions politiques, lui ayant l'air satisfait de cette situation et restant dans son ombre. Ces derniers jours, Crane avait beaucoup pensé à Newcombe – Newcombe, et pas Talib. Et il regrettait de ne pas l'avoir contacté pour faire définitivement la paix avec lui. Mais son nouveau projet allait sûrement beaucoup plaire à Dan et attirer son attention.

L'hélic passa au-dessus de l'ancienne Zone de Guerre, redevenue un quartier de la ville comme les autres, puis se dirigea vers Sunset Boulevard et les studios de la KABC où Crane devait donner son interview. L'endroit était situé en plein cœur de la zone qui allait être la plus durement touchée. Des voitures et des flotteurs à hélium se suivaient en d'interminables bouchons sur toutes les routes, dans les deux directions. Crane se demanda si ceux qui fuyaient en ce moment auraient assez de temps devant eux. Son hélic se posa sur le parking. Il savait qu'au même moment la compression sur la faille près du mont Pinos augmentait pour bientôt atteindre le point de rupture. La faille d'Impérial Valley allait également se rompre, entamant ainsi le processus qui devait briser la Californie depuis le golfe de Californie via la mer de Salton, la faille de San Jacinto et jusqu'à San Francisco. Pendant ce temps, la faille d'Emerson, près de Landers, allait se déchirer sous la mer de Salton et ouvrir la brèche qui allait s'étendre sur près de mille kilomètres jusqu'au mont Shasta. Ainsi, dans quelques années, les États du Nevada et de l'Arizona deviendraient des zones côtières du Pacifique. Crane ne serait alors plus là pour voir le spectacle. Il avait eu sa chance et il était plus que prêt à quitter ce monde de… Comment avait dit Tennery ? Cet asile psychiatrique. Il aimait bien cette expression. Un monde de fous.

Ils descendirent de l'hélic pour se retrouver au milieu du fracas de la grande cité. Partout autour d'eux, des pillards brisaient les vitrines des magasins. Ceux qui étaient trop bêtes ou trop pauvres pour pouvoir quitter la ville célébraient à leur manière le fait que, désormais, elle leur appartenait. Les sirènes des systèmes d'alarme hurlaient, mais il n'y avait pas le moindre policier en vue. Los Angeles était au bord du gouffre, dans tous les sens du terme.

— Vous êtes sûr de vouloir venir ici ? demanda Hill. Je veux dire, pour voir ça ?

— Je veux contempler la scène, répondit Crane en se dirigeant vers les bâtiments. Toute ma vie, j'ai su que ce jour viendrait.

Une voiture passa près d'eux ; le chauffeur en avait perdu le contrôle. Le véhicule alla s'écraser contre un mur. Le pare-brise explosa.

— Vous n'avez pas un plan, un truc dingue en réserve, au moins ? s'inquiéta Burt en lui ouvrant les portes.

— Cela dépend de ce que vous entendez par « dingue ».

Ils entrèrent dans le petit bâtiment d'un étage. Il y faisait frais et sombre. Crane se sentait comme enivré. Depuis la mort de Sumi, il avait compté les jours qui le séparaient de cette date. Aujourd'hui. Elle aurait été fière de lui.

Un homme avec une micro-caméra implantée à la place de son œil gauche se précipita vers eux à travers le hall d'entrée vide. Il portait un costume de plastique vert pomme brillant orné d'un nœud papillon doré et une chemise avec des manchettes assorties.

— Vous êtes Crane, je ne me trompe pas ?

— C'est bien moi.

L'homme avait l'air particulièrement nerveux. Il transpirait à grosses gouttes.

— Je m'appelle Abidan. C'est un sacré spectacle que vous nous avez préparé là, dit-il en tremblant.

— Ce n'est pas moi qui cause les séismes, vous savez. Vous allez rester ici ?

— C'est ce que tout bon journaliste doit faire, rester sur les lieux de l'action.

— C'est aussi ce que font les géologues, mon garçon. Allons-y.

– Nous allons diffuser le programme depuis là-bas, expliqua Abidan en les conduisant à travers un studio désert.

Il n'y avait plus personne, les lumières de tous les équipements clignotaient.

– C'est notre studio spécial nouvelles, continua-t-il. Nous sommes en liaison avec quarante-sept canaux d'infos à travers la planète tout entière. Et je vais vous brancher sur chacun d'eux en même temps.

Il ouvrit une porte et les fit entrer dans un petit studio décoré à la façon d'un salon bourgeois, avec des rideaux noirs. La lumière était baissée au minimum.

Hill faillit s'étouffer en voyant qui se trouvait là.

– Sale fils de pute !

Assis sur une des chaises au milieu de la pièce se trouvait un vieil homme, Abu Talib. Il portait son costume noir habituel, mais n'avait pas de fez. Il se leva.

– On est peut-être vieux, mais va pas t'imaginer que ça va nous empêcher de te casser la gueule ! s'exclama Hill.

Crane le fit taire d'un geste de la main.

– Tout va bien, Burt, tout se passe comme je le souhaitais. Cela ressemble au bon vieux temps.

Il se sentait de plus en plus survolté. Les choses se mettaient en place sans même qu'il ait à intervenir. Son rêve était devenu réalité. Les rêves pouvaient devenir réalité.

Il traversa le studio jusqu'au petit salon. Abu Talib se leva, on aurait dit qu'il avait cent ans. Il tendit la main à Crane en souriant.

– Je suis heureux de vous revoir, vieil ami.

– Moi aussi, je suis également heureux de vous revoir… Comment dois-je vous appeler ? Votre Excellence, ou monsieur Talib ? Ou…

– Appelez-moi Dan, répondit-il. Je crois que c'est la solution la plus simple pour tous les deux.

– Nous y voici, mesdames et messieurs, annonça Abidan, son œil électronique pointé vers eux. La rencontre entre les deux grands ennemis ! L'un qui voulait sauver la Californie, l'autre qui était prêt à tuer pour l'en empêcher.

Talib secoua la tête en dévisageant Abidan comme s'il était un enfant désobéissant.

– Pas très sympathique, comme présentation. Nous nous sommes fait avoir, Crane. Hein, Burt ?

Abidan exultait.

– Docteur Crane, déclara-t-il, vous vous trouvez au milieu de l'endroit où va se produire un cataclysme, l'homme qui a détruit votre vie est à côté de vous. Que ressentez-vous ?

Crane eut un petit rire.

– Si M. Abidan espère nous voir nous battre, il va être déçu…

Hill applaudit discrètement à ces paroles.

Newcombe afficha un air sombre.

– M. Abidan a déjà été assez grossier avec nous, dit-il calmement. Je crois que s'il avait vraiment l'intention de nous interviewer, il se tairait pour nous laisser parler.

Il sourit, et des rides apparurent sur son front et sur ses joues comme les plis d'un accordéon.

– Mais ne vous en faites pas, ajouta-t-il, nous n'en avons pas pour longtemps.

– Pourquoi êtes-vous venu ? demanda Crane à Talib. Vous avez un pays à diriger.

– Nous parlerons de cela après l'émission, si vous le voulez bien. Asseyons-nous d'abord. Mon dos n'est plus ce qu'il était.

– Mon corps tout entier n'est plus ce qu'il était, rétorqua Crane en s'asseyant. Et je suis impatient de parler avec vous. J'ai une proposition à vous faire.

Newcombe s'installa confortablement. Ses yeux enfoncés dans ses orbites se mirent soudain à briller.

– Une proposition ? Voilà qui est intéressant.

Abidan fit mine d'aller s'asseoir à côté d'eux, mais Newcombe l'en empêcha d'un signe de la main.

– Burt, venez vous asseoir avec nous. Ce jeune homme peut bien rester debout… tout au moins, jusqu'à l'arrivée du séisme.

Tous les trois se mirent à rire, puis Crane indiqua Abidan.

– Vous savez ce qu'il faut faire pour sauver votre vie, jeune homme ? demanda-t-il avant de se tourner vers Burt et Dan. Regardez-le, il transpire déjà. Il tremble tellement que l'image doit être floue ! J'entends déjà ce qui se passe à Imperial Valley. La faille rugit comme un animal blessé et s'ouvre lentement, poussant vers l'ouest, arrachant les flancs du mont Pinos. Mon petit, vous rendez-vous compte de la tâche que vous vous

êtes imposée, sans même réfléchir ? Ces gens, dans les rues…
ils sont inconscients, ou fous, ou prêts à mourir. Mais les
hommes que vous avez devant vous ne craignent pas la mort. Et
vous ?

Le journaliste secoua la tête sans parvenir à articuler un son.

– Vous allez assister au spectacle depuis les premières loges,
continua Crane. Un tsunami monstrueux va se former à l'*est*
de Los Angeles lorsque le Pacifique va se précipiter pour remplir le trou gigantesque que provoquera le séisme dans les
entrailles mêmes de la terre. Vous rendez-vous compte que
vous allez voir les rues exploser devant vos yeux ? Ensuite,
lorsque le tremblement de terre sera fini, il vous faudra trouver
de quoi survivre. L'eau fraîche va tout de suite faire défaut.
Et, dès qu'on recommence à vivre comme l'homme des
cavernes, les germes qui sommeillaient autour de nous se
réveillent. Est-ce que vous êtes prêt à enterrer deux millions de
cadavres ? C'est pourtant ce qu'il vous faudra faire pour éviter la
propagation des maladies et surtout pour ne plus sentir cette
odeur pestilentielle. Cela dit, vous transpirerez tellement que
vous sentirez épouvantablement mauvais. Ce qui n'aura guère
d'importance puisque tous vos amis et votre famille seront
morts.

Newcombe se tourna vers Abidan.

– Imagineriez-vous que ce cataclysme sera la douce poussée
d'un courant qui vous éloignerait de la rive ? Essayez d'imaginer
la nature des forces qui peuvent raser une montagne avec
autant de facilité que vous allumez votre œil électronique le
matin. Est-ce que vous vous rendez compte que Los Angeles n'a
aucune chance de survivre à la déchirure des failles élyséennes ? La ville va être dévastée, des blocs d'immeubles vont
tomber dans des crevasses profondes de plusieurs kilomètres et
y disparaîtront pour toujours. La Californie va être un enfer. Il va
y avoir une déflagration que l'on n'a pas vue sur cette planète
depuis des millions d'années. Vous semble-t-il tellement impératif de mourir aujourd'hui avec la Californie ?

Adiban déglutit avec difficulté et secoua la tête. Son œil électronique bougea en même temps.

– Parfait, dit Newcombe. Dans ce cas, je veux que vous nous
laissiez dire ce que nous avons à dire, ensuite grimpez sur votre

cheval et déguerpissez le plus rapidement possible. Vous êtes jeune, vous avez encore de belles années devant vous. Tâchez de demeurer en vie pour pouvoir en profiter. Ne faites pas la même bêtise que ces idiots qui restent dans les rues.

Abidan bafouilla :

– M… merci…

– Vous m'épatez, observa Crane en se penchant vers Newcombe. Vous avez appris à vous servir de votre autorité naturelle.

– Et vous, vous avez finalement appris à vous taire, rétorqua Dan. Nous avons changé, tous les deux.

Hill grimaça.

– Mon Dieu, c'est reparti pour un tour !

Crane se tourna vers la caméra et montra Newcombe du doigt.

– Ce type n'a pas cessé de m'emmerder depuis le jour de 2023 où je l'ai engagé ! Ce type n'a jamais, de toute sa foutue vie, été d'accord avec moi sur quoi que ce soit.

Newcombe rit aux éclats.

– Vous étiez un vrai dictateur, vous aviez, en plus, des projets secrets !

Crane leva les bras au ciel.

– Je crois qu'aujourd'hui nous allons comprendre pourquoi je les gardais secrets.

– C'est moi que vous devriez remercier, intervint Hill. Sans moi, vous n'auriez rien pu faire, ni l'un ni l'autre. C'est moi qui vous empêchais de passer votre temps à vous taper dessus.

– Merci, Burt ! s'exclamèrent les deux hommes à l'unisson.

– Ce fut un plaisir. De toute façon, je n'avais pas grand-chose d'autre à faire.

Crane regarda la caméra. Abidan tremblait de tous ses membres. Son bon œil s'écarquilla soudain lorsqu'un petit choc précurseur passa sous leurs pieds, secouant le décor, faisant tomber un projecteur par terre. Les trois hommes éclatèrent de rire en voyant Abidan se jeter au sol, la tête dans les mains.

– Cet endroit n'est plus sûr, lâcha Hill.

– Laissez-moi faire, rétorqua Crane en se dirigeant vers le jeune homme qui s'était mis en position fœtale. Tournez-vous vers moi, mon petit, lui dit-il.

Abidan se tordit, puis s'allongea progressivement sur le dos.

La lueur rouge qui brillait au fond de son œil électronique se tourna vers Crane.

– Je veux partir d'ici, gémit-il.

– Mon hélic est posé sur le parking, dit Crane. Je vous ai gardé une place à bord. Mais laissez-moi d'abord faire ma déclaration.

Il se pencha et regarda droit dans la caméra.

– Mesdames, messieurs, vous avez entendu ce que nous disions. Nous n'avons rien exagéré. Si vous vivez à l'ouest de la faille de San Andreas, vous êtes en danger de mort. Aucun endroit n'est sûr dans la zone où vous vous trouvez.

Crane prit une profonde inspiration, se préparant à débiter son habituelle litanie, espérant que des gens étaient en train de l'écouter, qu'il y aurait des personnes suffisamment intelligentes pour suivre ses conseils.

– Si vous êtes trop loin pour passer à l'est de la faille dans les heures qui viennent, ne restez pas dans vos maisons, ce sont des pièges mortels. Évitez aussi de rester près des grands arbres. Allez à découvert, éloignez-vous des bâtiments autant que vous le pouvez. Ces conseils sauveront la vie de certains d'entre vous, mais de certains seulement. Au cours de ma carrière, j'ai personnellement assisté à plus de soixante tremblements de terre, et j'ai plus de cent fois visité des régions juste après qu'elles avaient été touchées par des séismes. Croyez-en mon expérience : Los Angeles sera rayée de la carte, San Francisco sera rayée de la carte, Santa Barbara, San Bernardino, San Diego, Tijuana, toutes les grandes villes de Baja à San Francisco vont disparaître aujourd'hui. Si vous ne voulez pas périr avec elles, écoutez-moi. Vous n'allez pas échapper à la mort en réfléchissant ou en rationalisant. Le moment approche, et celui de votre mort aussi, à moins que vous n'agissiez immédiatement, maintenant, tout de suite !

Crane se redressa et lança à Abidan :

– J'ai fini. Coupez la communication. Les gens doivent partir, à présent.

Il aida le jeune homme à se relever.

– Mon hélic nous attend, allez-y, montez à bord.

Abidan courut vers la sortie.

Newcombe se leva et rejoignit Crane sur le devant du décor.

– Il faut que nous parlions, dit-il.

– Vous avez un hélic ?

Newcombe secoua la tête.

– Intéressant, commenta Crane. Vous serez le bienvenu à bord du mien.

– Merci.

– Allons-y, dit Hill. J'aimerais mettre quelques centaines de kilomètres entre moi et cette ville.

Il les conduisit jusqu'à l'hélic. Abidan était déjà installé dans un des dix sièges réservés aux passagers et avait mis sa ceinture de sécurité. Hill monta à bord et aida Crane à le suivre.

Mais celui-ci lui déclara alors :

– Allez-y sans moi.

Hill prit un air triste et soupira :

– Vous ne venez pas, c'est ça ? Je savais bien que vous maniganciez quelque chose de ce genre.

Il scruta alors le visage de Newcombe, qui répondit à sa question silencieuse :

– Je reste également.

Le visage de Burt changea. Il bafouilla, chercha ses mots.

– Vous avez été à mes côtés lorsque j'ai enterré mes deux épouses, dit Crane en montant dans l'appareil pour serrer le gros homme dans ses bras. Vous avez été là lorsque j'ai enterré mon fils. Vous m'avez aidé lorsque j'étais si triste que je pensais ne plus pouvoir jamais rire. Vous m'avez sauvé la vie mille fois, et de mille façons différentes. Merci pour tout, vieil ami.

Il ne ressentait aucun regret. Tous deux avaient toujours fait de leur mieux. Il n'y avait aucune tristesse à cela.

– Je… je ne peux pas vous accompagner dans ce voyage, murmura Hill. Je ne suis pas prêt. Pas encore.

– Je le sais, Burt. Et puis, il est temps que je commence à faire certaines choses tout seul. Asseyez-vous. Vous comprenez qu'il faut que je boucle la boucle ?

– Oui. Vous allez me manquer, Doc.

Lewis Crane sourit, puis donna une tape sur le flanc de l'appareil et fit signe au pilote de décoller. Celui-ci s'exécuta sans attendre.

Il leur restait environ une heure.

– Si nous allions faire une promenade? proposa Crane à Newcombe.

– Bonne idée! En fait, ce dont j'aurais besoin en ce moment, c'est d'un bon verre!

– Je croyais que l'alcool n'était pas autorisé par l'islam.

Newcombe sourit de toutes ses dents.

– Je pense que, étant donné les circonstances, Allah comprendra.

– Bon. Essayons de trouver un restaurant en terrasse au sommet d'un de ces immeubles, un des plus hauts. J'ai envie de sentir vraiment le choc lorsqu'il se produira.

Ils marchèrent jusque dans les entrailles de la grande ville. L'anarchie régnait partout autour d'eux, on cassait tout. Crane avait, au cours de sa vie, vu beaucoup de choses changer et beaucoup de choses rester exactement ce qu'elles étaient. Il y avait les pillards, les Rockeurs qui se faisaient à présent appeler les Séismos, les suicidaires, les Cosmies qui portaient tous des chasubles blanches avec le symbole du troisième œil brodé en rouge sur la poitrine. Aujourd'hui, Crane était parmi eux. Peut-être avait-il en fait toujours été un des leurs. Une partie de la ville brûlait. Les pillards aidaient le tremblement de terre à faire ses ravages. Cela donnait à penser.

Ils avancèrent sans que personne s'intéresse à eux. Les candidats au suicide avaient toujours un air particulier, et pour une raison mystérieuse, tout le monde les laissait tranquilles et respectait leurs derniers moments en ce bas monde.

Ils marchèrent sur l'avenue, sous le chaud soleil et dans le vent marin de la cité des anges. Au bout de quelques centaines de mètres, ils découvrirent une immense tour de métal et de verre dont la structure avait l'air fort mal en point. L'ascenseur qui menait au restaurant situé à son sommet fonctionnait encore. C'était exactement ce qu'ils cherchaient, l'endroit le plus dangereux que Crane ait jamais vu.

Depuis la terrasse du restaurant, on avait une vue superbe sur la ville, dans toutes les directions. Ils cassèrent la porte d'entrée en verre, se glissèrent à l'intérieur, puis choisirent une table avec vue sur l'ouest. Crane alla chercher une bonne bouteille de scotch derrière le bar.

Le ciel était plein d'hélics qui volaient en essaims bourdonnants. Des curieux, venus de partout pour voir un monde mourir et un autre naître dans la douleur.

Crane prit deux verres propres. Il n'avait pas bu une goutte d'alcool depuis près de quinze ans.

– Pourquoi faites-vous cela ? demanda-t-il à Dan.

– Moi aussi, je boucle la boucle. J'ai passé de longues années en prison à penser à cet instant... Disons qu'il s'agit de ma punition.

Crane s'approcha de lui, posa les verres sur la table et les emplit à ras bord.

– Vous avez payé votre dette envers la société, Dan. Oubliez tout cela.

– Si vous étiez à ma place, est-ce que vous pourriez oublier ?

Lewis leva son verre.

– Je ne sais pas. Buvons. À votre santé, vieil ami !

– À nous deux, rétorqua Newcombe en levant son verre.

Il fit la grimace en buvant, lui non plus n'avait pas avalé une gorgée d'alcool depuis des années.

– Vous avez l'air étonnamment heureux, Crane. Sachant que ce jour est le dernier de votre vie...

– Les fins sont des débuts. Vous avez l'air heureux, vous aussi.

– Vous voulez rire ? Je nage en pleine extase ! Pour la première fois depuis plus de trente ans, j'ai pris une décision seul. Venir ici. Pendant dix-sept ans, tous les matins, je me suis réveillé avec une corde de chanvre sous le nez. Je n'ai plus peur de la mort depuis bien longtemps.

Crane contempla son verre dans lequel le liquide frissonnait sous l'effet des vibrations qui parcouraient déjà le sol.

– Je suis mort il y a bien des années. Et puis, j'ai décidé de revenir du royaume des morts. Je me rends compte, maintenant, que la vie et la mort ne sont que des mots. Je n'éprouve plus de haine envers les tremblements de terre non plus. C'est drôle, tout change avec le temps.

Il avala une rasade. Son estomac lui faisait déjà mal.

– Je vais me faire décaniller, comme au billard, ajouta-t-il.

– Moi aussi, dit Newcombe. Et l'opération ne prendra que quelques minutes.

Crane acquiesça.

– Je continue à ne pas vous comprendre. Il y a longtemps

que j'ai fini tout ce que j'avais à faire en ce monde. Je suis impatient de partir. Mais vous… vous avez une femme, une famille, des responsabilités politiques et sociales.

– Mettons les choses au point, répondit Dan en souriant de toutes ses dents. Pour ce qui est de mes responsabilités politiques, c'est drôle, mais c'est la vérité, je me suis aperçu en sortant de prison que ma femme – qui, soit dit en passant, a couché avec tous les hommes en état de baisser leur pantalon – avait tué de ses mains son cher frère Ishmael pour pouvoir prendre sa place. Elle a fait passer la chose pour un assassinat politique et a fait de lui un martyr. Puis elle a commencé en cachette à œuvrer contre son autre frère, Martin, jusqu'à ce que je sois libéré. Le jour où je suis sorti, elle a chargé ses hommes de tuer Aziz. J'ai alors pu prendre ma place de demi-dieu du peuple et de serviteur personnel de mon épouse.

– Je… je n'aurais jamais cru que…

Newcombe avala une autre rasade.

– Attendez, je n'ai pas fini. J'ai beaucoup changé en prison. Je ne voulais pas du pouvoir, cela ne m'intéressait pas. J'aurais donné n'importe quoi pour pouvoir recommencer à faire de la géologie. Mais j'étais pris au piège. J'étais le symbole vivant de l'unité du monde islamique pour des millions de personnes. Ma femme me disait de faire un discours, je faisais un discours. Je n'étais que son homme de paille. Cependant, j'ai essayé de mettre mes propres forces au service du bien du peuple. Et Dieu sait qu'il y avait du travail ! Mais les ambitions de Khadijah ne connaissaient plus de limites. On a tenté trois fois de me tuer. J'ai fait mon enquête et j'ai découvert que, les trois fois, c'était ma chère épouse qui était responsable. Lors de la dernière tentative, elle s'est fait aider par mon fils bien-aimé. C'était pour lui qu'elle faisait tout cela. Faites-moi confiance, Khadijah sera bientôt le leader de New Cairo, et Abu ibn Abu sera son nouvel homme de paille. Elle s'est servie de moi trop longtemps. Je suis content de pouvoir tirer ma révérence.

– Vous avez vécu une vie bien triste, Dan.

– Je n'ai rien voulu de tout cela. Je crois bien que, de toute ma vie, mes seules années de bonheur, mes années les meilleures, ont été celles que j'ai passées auprès de vous, à travailler sur la séisméco et à parcourir le monde, à poursuivre votre vieux démon. Mon travail avec vous a été le seul geste positif que j'aie jamais fait.

– Le discours qui a servi de témoignage en votre faveur était sincère, dit Crane. Vous m'avez obligé à me poser certaines questions, à m'humaniser d'avantage. Lewis Crane, grâce à vous, a cessé de jouer à Dieu. Sumi m'a permis d'y arriver. C'était une sacrée bonne femme.

Newcombe leva de nouveau son verre.

– À Sumi.

Ils burent en même temps.

– Vous avez dit une chose lors de votre témoignage, une chose que je n'ai jamais oubliée, dit Newcombe.

Ils regardaient tous les deux en direction de l'océan, mais la fumée des feux qui brûlaient un peu partout obstruait la vue. Il poursuivit :

– Vous avez dit que vous pouviez parfaitement demander ma libération sans pour autant avoir à me pardonner, et que je pouvais continuer à vivre sans avoir à réclamer votre pardon.

Il baissa la tête.

– J'ai besoin de votre pardon, Crane. Je ne veux pas… Je ne veux pas continuer sans savoir que vous m'avez pardonné.

– Il y a des années que je vous ai pardonné, Dan. Il le fallait bien pour que je puisse commencer à travailler sur Charlestown et oublier le passé pour me tourner vers l'avenir.

– Mais vous ne me l'avez jamais dit.

– Non… je ne vous l'ai jamais dit. Et je vous demande pardon de ne pas l'avoir fait. Mais, aujourd'hui, je vous revois enfin et je peux corriger mon erreur. J'espère que vous croyez ce que je vous dis.

Ils burent, puis remplirent à nouveau leurs verres.

– Est-ce que Charlestown est cette colonie lunaire dont vous vous occupez ?

– Oui, dit Crane en se penchant vers lui. Est-ce que vous avez de l'argent ?

– Vous voulez dire du liquide, dans ma poche ?

– Non, de l'argent. Des gros sous.

– Je ne sais plus quoi en faire. Les chefs d'État sont tous pleins aux as. J'ai réussi à pomper plusieurs centaines de millions.

– Je veux que vous me les donniez, dit Crane. Et je crois que nous devrions nous dépêcher, maintenant.

Il indiqua la ville. Les buildings les plus hauts commençaient à osciller. Les vibrations qui naissaient dans le sol d'Imperial Valley se faisaient sentir jusqu'ici, au nord.

– Qu'est-ce que vous voulez faire de mon argent ? Vous allez mourir avec moi dans quelques minutes.

– Vous avez une interface ? demanda Crane d'une voix rauque en indiquant sa tête.

– Oui, répondit Newcombe.

Crane sortit alors une petite puce de son pad grâce à de fines pinces qu'il avait dans sa poche. Il passa l'instrument à Newcombe qui vacillait légèrement car il avait un peu trop bu. Il dut s'y reprendre à deux fois avant de pouvoir insérer la puce dans l'interface implantée dans son crâne. Quand cela fut fait, il se laissa tomber contre le dossier de son siège.

Crane sourit en voyant Newcombe fermer les yeux. La puce contenait une visite de Charlestown, une visite opticovidéo de l'endroit ainsi que les émotions que Crane éprouvait à propos de ces lieux. Et puis, il y avait aussi le Plan.

Le petit programme était conçu pour être ressenti comme une pensée personnelle, qu'on aurait toujours eue en soi. Tout ce que Crane savait, croyait et ressentait pour Charlestown se fondit en un instant en une osmose parfaite avec l'esprit de Newcombe – les sentiments de Crane, ses sentiments. La vitesse de la pensée…

Dan hocha la tête d'un air appréciateur.

– Oh oui… Je vois, je comprends. C'est bon. C'est vraiment très, très bien.

Puis il ôta la puce de son interface et la rendit à Crane.

– C'est stupéfiant, admit-il.

Crane la remit aussitôt à l'abri dans son pad et appuya sur une touche, transmettant pour la première fois le programme vers les systèmes de communication de la Lune.

– Vous pensez vraiment pouvoir faire ça ? demanda Newcombe.

– C'est Sumi qui en a eu l'idée. Elle a passé les dernières années de sa vie à travailler là-dessus. Nous sommes tous partie intégrante de ce globe, Dan.

– Vous me demandez de…

– De vous joindre à nous? Oui! Acceptez-vous?

Newcombe éclata de rire.

– Crane, espèce de salopard! Vous avez réussi à faire un pied de nez final au système! Bien sûr que je me joins à vous. C'est une occasion comme on n'en a qu'une seule fois dans sa vie.

– Bien. Occupons-nous d'abord de votre argent. Je ne pense pas que votre épouse et vos enfants en aient besoin.

Le grondement s'éleva alors, puissant, beaucoup plus fort qu'à Tokyo. Les bâtiments à l'extérieur de la ville oscillaient violemment. Newcombe indiqua le sol. Des rats étaient en train de sortir des murs.

– On n'échappe pas à un tremblement de terre, où qu'on soit! s'écria-t-il au milieu d'un fracas assourdissant.

Crane attrapa leur bouteille juste au moment où leur table se renversait.

– Comptes bancaires, annonça Newcombe.

Son pad se mit immédiatement en communication avec ses banques.

– Compte de Charlestown, ordonna Crane en regardant son pad, acceptez le transfert en cours.

Le building fut secoué violemment. La vitre de la fenêtre qui se trouvait près d'eux fut aspirée à l'extérieur, emportée dans une chute de trente étages. L'océan bouillonnait et se soulevait à l'horizon. Le spectacle était magnifique, fascinant.

– Transaction terminée, annoncèrent leurs pads respectifs via leurs aurals.

– Parfait, dit Crane en sortant une autre puce. Maintenant, vite, mettez cela dans votre interface!

– Qu'est-ce que c'est?

– Une puce vierge. Je vais copier votre esprit et le transmettre à nos ordinateurs.

Newcombe hurla :

– Donnez-la-moi, vite!

Une chaise fut soudain projetée sur eux. Dan tomba au sol, mais prit soin de protéger le verre de whisky qu'il tenait toujours à la main. Le séisme commençait à rugir tout autour d'eux.

– Voilà, annonça Crane.

Newcombe saisit la puce et l'inséra dans son interface.

– Faites vite! lui cria Crane.

Les chaises et les tables sautaient sur place comme si l'énorme immeuble lui-même dansait la gigue. Crane était fou de joie, il vivait enfin un séisme de magnitude maximale. Encore une secousse ou deux comme celle-ci, et le restaurant panoramique se retrouverait au rez-de-chaussée.

Newcombe brancha la puce et pencha la tête tandis que le petit programme aspirait le contenu de son cerveau pour le recopier sur un minuscule bout de plastique. Le building grinçait et ondulait. Tombé à genoux, Crane avala une dernière rasade.

Newcombe retira la puce de son interface.

– Je suis prêt pour le départ, dit-il. Oh, que oui!

Crane inséra le minuscule objet dans son pad et lança la transmission.

Un spasme violent les saisit en même temps et tous deux roulèrent sur le sol à travers la pièce. Ils allèrent heurter le bar qui était aussi en train de glisser le long de la salle. Ce fut alors que la Bête hurla pour de bon et que le bâtiment commença à s'effondrer.

Crane cria au milieu du vacarme :

– C'est la chose la plus folle que j'aie jamais... mon bras... mon bras ne me fait pas mal!

Le building se plia, des morceaux de plafond tombèrent sur eux par plaques. Lewis Crane sortit une puce de l'implant qu'il avait sur le côté de la tête, la glissa dans son pad et sentit qu'il tombait... tombait...

L'image se dissipa. Tout était lointain. Une ville s'effondrait, château de cartes emporté par un tourbillon. Tout fut balayé en un instant.

ÉPILOGUE

L'hélic géographique disparut, remplacé par un paysage lunaire. Des dômes géodésiques reflétant la lumière du soleil brillaient jusqu'à l'horizon. Ils étaient tous connectés entre eux par des tunnels, des conduits, des passerelles. Au beau milieu de la place centrale s'élevait un énorme globe, une projection King de la Lune, qui tournait sur lui-même.

Un Lewis Crane virtuel marchait à travers la salle de classe, entre les rangées d'enfants.

– Et voilà comment est née la base lunaire de Charlestown.

Tenant son bras malade dans le dos, il s'avança jusqu'à l'estrade. Cette image du fondateur était projetée par le globe et contenait l'esprit du vrai Crane sous forme de charges électromagnétiques. Il n'était pas réel, et pourtant c'était Lewis Crane.

– Cette ville, dit-il, est à vous. C'est votre tâche de la construire. Qu'allez-vous en faire ? Je vous demande seulement de vous servir de votre raison avant de prendre quelque décision que ce soit et de vous efforcer de ressentir la douleur d'autrui aussi intensément que vous ressentez la vôtre.

Le Crane virtuel sourit.

– Je voudrais maintenant vous présenter des personnes que vous allez sûrement reconnaître.

Il ouvrit la porte, et Burt Hill, Dan Newcombe, Sumi Chan et Lanie King entrèrent. Le Crane virtuel éprouva une bouffée de joie lorsqu'il vit les enfants sourire en les reconnaissant. Ils se mirent à applaudir les autres esprits que Lewis avait stockés dans la machine.

Lanie, Dan, Sumi l'accompagnèrent au centre de la pièce.

Crane montra alors aux enfants tous ces gens qu'il avait tant aimés et qui avaient donné un sens à sa vie.

– Ayez la foi, leur dit-il. Croyez en vos rêves ; les rêves ne meurent jamais.

Il se tourna alors vers la porte. Lanie regardait déjà dans cette direction. Hill, Newcombe et Sumi souriaient.

– Eh bien, ne reste donc pas planté là ! s'écria Crane. Entre ! Viens dire bonjour aux enfants !

– Oui, ajouta Lanie, viens vite.

Et, à la grande joie de son père, de sa mère et des autres adultes qui l'avaient aimé, le petit Charlie Crane, âgé de dix-huit mois, apparut en courant, les bras ouverts.

POSTFACE

Il y a de cela bien des années, je me trouvais dans un hôtel de New Delhi, lorsque je pris conscience d'une vibration dans le sol. Je m'étonnai auprès de mes hôtes :

– J'ignorais que Delhi eût un métro.

– Il n'y en a pas, me répondirent-ils.

Ce fut ma seule et unique rencontre avec les tremblements de terre. Alors, pourquoi me suis-je impliqué dans *10 sur l'échelle de Richter*? Eh bien , disons que ma principale source d'inspiration fut le séisme qui eut lieu à Northridge en janvier 1994, et dont j'avais vu des images à la télévision. Entre le 1er et le 3 février, j'écrivis d'une traite un scénario de film de huit cent cinquante mots que je faxai sur-le-champ à mon agent, Russell Galen. Je n'avais pas assez de documentation pour pousser l'affaire plus avant, ma connaissance de la Californie se limitant aux studios de la M.G.M. et au foyer du Beverly Wiltshire Hotel. Du coup, Mike McQuay fut choisi pour faire tout le boulot difficile, et il s'en tira à merveille.

Il y eut une autre composante majeure, le programme *California Earthquakes* créé par John Hinkley, le génie de l'informatique dont les modélisations en réalité virtuelle sous Vistapro ont permis les illustrations de Mars «avant et après terraformage» dans mes *Neiges de l'Olympe*. Croyez-le ou non, ce programme recense vingt mille tremblements de terre ayant eu lieu entre 1992 et 1994. Lorsque vous l'activez, il vous montre une carte de la Californie, et vous pouvez choisir tous les séismes ayant une magnitude comprise entre 1 et 6 par des codes de couleurs. Ensuite, vous déterminez l'échelle du temps, une seconde équivalant au choix d'une minute à un an. Il y a même une fonction «Zoom» pour examiner les détails.

L'affichage du programme en cours est extraordinaire, et terrifiant : de petits cercles de toutes les couleurs couvrent soudain la Californie, et au bout d'un bref moment, la silhouette de la faille de San Andreas se dessine clairement, tout comme une deuxième ligne de faille, qui longe la frontière est de l'État. La région centrale en revanche est totalement vierge de séismes, et l'on peut aisément imaginer où une personne saine d'esprit pourrait envisager d'investir dans l'immobilier. La catastrophe de Northridge est particulièrement spectaculaire, surtout si l'on zoome pour voir les détails. Lorsque l'on fait défiler le programme au ralenti, des centaines de secousses sont visibles, s'étendant sur plus d'une semaine. C'est vraiment un logiciel terrifiant, et je suis surpris que la chambre de commerce de Californie n'en ait pas prohibé l'exportation, ou n'ait pas, à tout le moins, déclaré John (qui persiste à y vivre !) *persona non gratissima*.

Au cours de l'année qui a suivi la signature du contrat, je n'ai pas reçu de nouvelles de Mike, ni ne lui ai communiqué la moindre idée supplémentaire. Aussi, lorsque son manuscrit m'est parvenu, je ne savais pas à quoi m'attendre. Le travail qu'il avait fait pour donner du corps à mon synopsis était si remarquable que je ne pouvais m'empêcher de tourner les pages, de plus en plus excité, pour voir ce qui venait *après*…

Bien qu'il me soit arrivé de collaborer de manière active avec d'autres auteurs en quelques occasions – notamment avec Gentry Lee au cours de la série des *Rama* –, c'est la première fois que je fournis une idée à un auteur en laissant libre cours à sa fantaisie pour la développer à sa guise. Mais ce pourrait ne pas être la dernière : j'ai en effet découvert que cette manière de faire me donnait toutes les joies de l'activité créatrice – mais sans les longues heures de pénible labeur au clavier.

J'ose espérer que vous aurez eu autant de plaisir que moi à lire le roman qui en est résulté.

Arthur C. CLARKE
26 avril 1995

Post-Scriptum

À peine un mois après que j'eus écrit la note qui précède, j'appris la tragique nouvelle du décès de Mike : une crise cardiaque l'avait emporté à l'âge de quarante-six ans. Apparemment, il n'y avait pas eu le moindre signe avant-coureur.

Je tiens à dire combien je suis heureux d'avoir pu lui écrire, après avoir reçu son manuscrit, pour lui signifier toute mon admiration devant l'habileté avec laquelle il avait développé mon synopsis. Et plus heureux encore me rend le fait d'avoir reçu sa réponse, si chaleureuse, probablement une des dernières lettres qu'il ait écrites.

Bien que nous ne nous soyons jamais rencontrés, j'ai la certitude que sa disparition trop tôt survenue a privé le monde de la science-fiction d'un de ses talents les plus doués et les plus prometteurs.

Arthur C. CLARKE
27 juillet 1995

5598

Composition PCA - 444000 Rezé
Achevé d'imprimer en Europe (France)
par Maury-Eurolivres – 45300 Manchecourt
le 16 mars 2001.
Dépôt légal mars 2001. ISBN 2-290-30297-X

Éditions J'ai lu
84, rue de Grenelle, 75007 Paris
Diffusion France et étranger : Flammarion